ELISABETH LOWELL
Himmlische Leidenschaft

Buch

Mit dreizehn Jahren verwaist, mit vierzehn die Braut eines alten Trinkers, mit sechzehn verwitwet – Sarah Kennedy hat gelernt, ohne Illusionen zu leben. Jetzt, mit zwanzig, versucht sie ihre kleine Farm in den Bergen Utahs zu versorgen. Ihr einziger Traum ist es, den sagenhaften spanischen Schatz zu finden, der irgendwo in den Canyons versteckt ist. Aber seitdem die Culpepper-Bande die Gegend unsicher macht, ist die Schatzsuche lebensgefährlich geworden. Sie braucht also Hilfe, und zwar von einem Menschen, der weder Tod noch Teufel fürchtet.

Case Maxwell, ihre einzige Hoffnung, ist jedoch ein harter Mann, der jedes Vertrauen in Gerechtigkeit und Liebe verloren hat, seitdem die Culpeppers seine Familie ermordeten – bis er im flackernden Licht des Lagerfeuers die sanften Augen einer ungewöhnlichen Frau auf sich ruhen sieht. Und plötzlich wird sein brennender Wunsch nach Rache abgelöst von einem ebenso glutvollen Verlangen …

Autorin

Elizabeth Lowell ist das Pseudonym der amerikanischen Erfolgsautorin Ann Maxwell, einem wahren Multitalent. Sie hat in den USA bisher weit über vierzig Romane veröffentlicht und wurde vielfach mit Preisen ausgezeichnet. Sie lebt mit ihrem Mann im Nordwesten der USA.

Bereits bei Goldmann von Elizabeth Lowell lieferbar:
Abenteurer meiner Träume (43484), Brandung des Herzens (42489), Fesseln aus Seide (42867), Feuergipfel (43784), Im Strudel der Gefühle (42492), Lockende Nachtigall (43408), Roulette der Liebe (42497)

Unter dem Namen Ann Maxwell bei Goldmann erschienen:
Flammender Diamant (42427), Flammender Himmel (43615)
Lockende Wildnis (42428), Schimmernder Rubin (43406)

ELIZABETH LOWELL

Himmlische Leidenschaft

Roman

Aus dem Amerikanischen
von Elke Bartels

GOLDMANN

Die Originalausgabe erschien 1996 unter dem Titel »Winter Fire«
bei Avon Books, The Hearst Corporation, New York

Umwelthinweis:
Alle bedruckten Materialien dieses Taschenbuches
sind chlorfrei und umweltschonend.
Das Papier enthält Recycling-Anteile

Der Goldmann Verlag
ist ein Unternehmen der Verlagsgruppe Bertelsmann

Deutsche Erstveröffentlichung Januar 1998
© der Originalausgabe 1996 by Two of a Kind, Inc.
© der deutschsprachigen Ausgabe 1998 by
Wilhelm Goldmann Verlag, München
Umschlaggestaltung: Design Team München
Umschlagillustration: Case/Schlück, Garbsen
Satz: deutsch-türkischer fotosatz, Berlin
Druck: Elsnerdruck, Berlin
Verlagsnummer: 43979
Lektorat: SK
Redaktion: Petra Zimmermann
Herstellung: Heidrun Nawrot
Made in Germany
ISBN 3-442-43979-5

3 5 7 9 10 8 6 4 2

*Für meine Lektorin, Carrie Feron,
und für ihre entzückende kleine Charlotte.*

1. Kapitel

Winter 1868
Im Staatsgebiet von Utah

»Keine Bewegung. Atmen Sie noch nicht mal.« Die tiefe, emotionslose Stimme des Mannes genügte, um Sarah Kennedy erstarren zu lassen. Und selbst wenn seine Stimme sie nicht gezwungen hätte, reglos zu verharren, dann hätte es der Rest von ihm getan.

Es war ihr einfach nicht möglich, sich zu rühren oder zu atmen.

Sarah lag am Rande eines Abgrunds, der Länge nach auf dem Bauch ausgestreckt und plattgedrückt unter dem gewaltigen Gewicht eines Fremden. Der Mann bedeckte ihren Körper vom Kopf bis zu den Zehenspitzen und preßte sie derart fest gegen den kalten Felsboden, daß sie keinen Finger rühren konnte.

Gott, ist das ein Brocken von einem Mann! dachte sie voller Furcht. *Nicht dick. Nur unglaublich groß und schwer.*

Zu groß und schwer.

Selbst wenn der Fremde von ihr abgerückt wäre, so daß sie sich hätte bewegen können, hätte sie keine Chance in einem Kampf gegen ihn gehabt. Trotz seiner Größe bewegte er sich so schnell und lautlos wie ein Habicht.

Sarah hatte nicht einmal geargwöhnt, daß sie plötzlich nicht mehr allein unter dem Felsüberhang der niedrigen Höhle war.

Der Körper des Fremden fühlte sich ebenso hart an wie das kalte, scharfkantige Felsgestein, das ihre Brüste quetschte und sich selbst durch ihre dicke Winterkleidung schmerzhaft in ihre Hüften bohrte. Die lederbehandschuhte Rechte des Mannes lag auf ihrem Mund mit einem Griff, der keinesfalls lockerlassen würde, auch wenn sie sich noch so heftig unter ihm winden oder ihn zu beißen versuchen würde.

Doch sie verschwendete ihre Kraft nicht mit sinnlosem Gezappel. Eine unglückliche Ehe hatte sie gelehrt, daß sie sogar gegen einen alten Mann, der nicht größer oder schwerer als sie selbst war, keine nennenswerte Chance hatte.

Und der Mann, der sie in genau diesem Moment auf dem Boden festnagelte, war weder alt noch hatte er ihre Größe und ihr Gewicht.

Und das war nicht das Schlimmste.

Trotz der trockenen Winterkälte war die linke Hand des Fremden unbehandschuht. Seine Finger umschlossen einen sechsschüssigen Revolver, der aussah, als wäre er schon sehr häufig zum Einsatz gekommen.

Als ob Sarahs Peiniger gespürt hätte, daß sie sich nicht gegen ihn wehren würde, lockerte er seinen Griff um ihren Mund nur gerade genügend, daß sie atmen konnte.

Aber nicht genug, als daß sie um Hilfe hätte schreien können.

»Ich werde Ihnen nicht weh tun«, sagte der Mann leise an ihrem Ohr.

Und ob du das tun wirst, dachte sie trostlos. *Das ist doch das einzige, wozu die meisten Männer taugen. Zu Brutalität gegenüber Frauen.*

Sie schluckte schweigend gegen die Furcht und die Übelkeit an, die in ihrem Magen rumorte.

»Immer mit der Ruhe, Kleine«, murmelte der Mann beschwichtigend. »Es ist nicht meine Art, wehrlose Frauen, Pferde oder Hunde zu mißhandeln.«

Sie hatte diese Redensart seit dem Tod ihres Vaters nicht mehr gehört. Die Worte erschreckten sie, während sie sie gleichzeitig mit einem Fünkchen Hoffnung erfüllten.

»Aber wenn Sie den Culpeppers, die sich dort unten am Fuß der Felsen versammeln, in die Hände fallen«, fuhr er fort, »dann gnade Ihnen Gott. Die werden Sie nämlich so zurichten, daß Sie um Ihren Tod betteln. Ihre Gebete werden zwar erhört werden, aber nicht annähernd so schnell, wie es Ihnen lieb wäre.«

Ein kalter Schauder überlief Sarah, der jedoch nichts mit der Winternacht oder dem eisigen Felsen, auf dem sie lag, zu tun hatte.

»Nicken Sie, wenn Sie mich verstanden haben«, sagte der Mann.

Trotz seiner gebildeten Sprache und der Andeutung eines schleppenden südlichen Dialekts war seine Stimme gedämpft, rauh, tödlich.

Sie nickte.

»Und jetzt nicken Sie, wenn Sie mir glauben«, fügte er trocken hinzu.

Ein absurder Drang zu lachen stieg in ihr auf.

Reine Hysterie, dachte sie. *Reiß dich gefälligst zusammen.*

Du hast schon Schlimmeres durchgemacht, ohne gleich vor Angst überzuschnappen.

Wieder nickte Sarah.

»Mädchen, ich hoffe inständig, Sie belügen mich nicht.«

Sie schüttelte heftig den Kopf.

»Gut«, murmelte er. »Denn so sicher, wie Gott kleine grüne Äpfel erschaffen hat, so sicher werden wir bis zur Halskrause mit Blei vollgepumpt werden, sobald Sie schreien.«

Wieder überkam sie ein verrücktes Bedürfnis zu lachen. Sie unterdrückte es.

Aber nur mit knapper Not.

Behutsam löste sich die Hand des Fremden von ihrem Mund.

Sarah gab keinen Laut von sich, während sie langsam und tief Atem holte. Die Luft, die sie in ihre Lungen sog, schmeckte nach Leder und war mit einem reizvollen Duft gewürzt.

Äpfel, dachte sie. *Er muß gerade einen Apfel gegessen haben.*

Die schmerzhafte Anspannung in ihrem Körper ließ ein ganz klein wenig nach.

Ihr Ehemann hatte immer nur Sex von ihr verlangt, wenn er getrunken hatte, nicht, wenn er aß.

Noch beruhigender für sie war, daß nicht die schwächste Spur von Alkohol im Atem des Fremden zu riechen war. Auch an seiner Haut oder seinen Kleidern haftete keinerlei Geruch nach Alkohol. Alles, was sie riechen konnte, war ein Hauch von Seife, Leder, Hitze und … Apfel.

Deshalb also bin ich nicht so verängstigt, wie ich eigentlich sein sollte, erkannte sie. *Er mag vielleicht ein Bandit sein, aber er ist nüchtern, riecht sauber und mag Äpfel.*

Vielleicht ist er nicht bösartiger, als er unbedingt sein muß.

Der Mann, der wie eine schwere, lebendige Decke auf ihr lag, spürte, wie die furchtsame Anspannung allmählich aus ihrem Körper wich.

»So ist es schon besser«, murmelte er. »Ich werde Sie jetzt etwas von der Last meines Gewichts befreien. Aber bewegen Sie sich um Gottes willen nicht. Bleiben Sie ganz still liegen. Haben Sie mich verstanden?«

Sarah nickte schweigend.

Mit einer Lautlosigkeit und Schnelligkeit, die sie fast schwindelig machte, verlagerte der Mann sein Gewicht und rollte sich auf die Seite.

Die scharfkantigen Felsen gruben sich nicht länger in ihre Brüste und ihren Bauch. Jetzt ruhten das Gewicht und die Kraft des Mannes leicht entlang ihrer rechten Körperseite.

Er war noch da, noch immer wachsam. Wenn er wollte, könnte er sie ebenso schnell und geräuschlos wieder überwältigen, wie er es schon einmal getan hatte.

»Alles in Ordnung mit Ihnen?« fragte der Fremde leise.

Sie nickte.

Dann fragte sie sich, ob er ihre stumme Kommunikation überhaupt verstehen würde, nachdem er ihr jetzt nicht mehr so nahe war, daß er jeden Herzschlag von ihr spüren konnte. Denn unter dem Felsüberhang war es so dunkel wie im Inneren eines Stiefels.

»Braves Mädchen«, murmelte er.

Er muß Augen wie ein Adler haben, dachte Sarah. *Gott, wenn ich doch nur die Flügel eines Adlers hätte, dann würde ich mich jetzt einfach in die Luft schwingen und davonfliegen.*

Bei dem Gedanken überlief sie ein Schauder verzweifelter Sehnsucht.

»Nun führen Sie sich mal nicht gleich so widerborstig gegen mich auf«, sagte der Fremde leise, als er ihr Frösteln spürte. »Wir sind noch lange nicht aus diesem Schlamassel heraus.«

Wir? fragte sie stumm. *Als ich das letzte Mal hingeschaut habe, war ich allein, und von einem Schlamassel war weit und breit nichts zu erkennen!*

Rauhe Männerstimmen, das Knirschen von Sattelleder und das ungeduldige Schnauben eines Pferdes drangen aus der Finsternis am Fuße der Felsen zu ihnen herauf.

In der nächtlichen Stille der roten Felswüste war jedes Geräusch meilenweit zu hören.

Na schön, gab Sarah schweigend zu. *Ich war allein, und die Schwierigkeiten haben sich um mich herum zusammengebraut.*

Jetzt bin ich nicht mehr allein. Und die Gefahr ist in unmittelbarer Reichweite.

Und sie duftet nach Äpfeln.

Sie kämpfte gegen ein Lächeln an.

Vergeblich.

Case Maxwell sah das flüchtige Aufblitzen von Weiß, als sich ihre Lippen zu einem Lächeln verzogen. Und er fragte sich verwundert, was das Mädchen wohl so amüsant an dieser üblen Klemme fand, in der sie steckten.

Denn trotz der Dunkelheit, trotz der schweren Männerkleider, die sie trug, hatte Case keinen Zweifel daran, daß es eine Frau war, an deren Seite er lag. Ihr Körper war schlank und verführerisch weich, und sie duftete nach Sommerrosen.

Sie muß Sarah Kennedy sein, entschied er. *Entweder das oder Big Lola. Sie sind die einzigen weißen Frauen im Umkreis von mehreren Tagesritten.*

Irgendwie bezweifelte er, daß es sich bei dem Mädchen, das er in der niedrigen Höhle entdeckt hatte, um Big Lola handelte. Es ging das Gerücht um, daß Big Lola so groß und so kräftig wie ein Mann war, so hart wie ein Mann und so zäh wie jede Dirne, die sich jemals westlich des Mississippi vorgewagt hatte.

Das schlanke, kleine Ding, das sich ein Lächeln zu verkneifen versuchte, hatte nicht das Benehmen – oder den Geruch – einer Hure.

Sarah Kennedy, sagte er sich. *Sie muß es sein.*

Wie während des Sezessionskrieges, so arbeitete sein Verstand auch jetzt blitzschnell, als er die Informationen zusammentrug, die er über ein Mädchen namens Sarah Kennedy hatte.

Witwe. Jung. Geht Männern aus dem Weg. Ist so ruhig wie Schatten und sogar noch schwerer mit dem Lasso einzufangen.

Ein kleiner Bruder namens Conner, ein alter Bandit, der als Ute bekannt ist, und Big Lola leben mit ihr zusammen auf der Lost River Canyon Ranch.

Ich frage mich nur, warum niemand erwähnt hat, daß Sarah nach Sommerrosen duftet und ein ausgesprochen bezauberndes Lächeln hat.

Und überhaupt, worüber zum Teufel lächelte sie eigentlich?

Er öffnete gerade den Mund, um zu fragen, als das Geräusch näherkommenden Hufschlags aus der in Schwarz und Silber getauchten Landschaft unter ihm heraufschallte. Die Reiter strebten zum Fuß der Felsen, zu einer Stelle, die knapp neun Meter unterhalb des höhlenähnlichen Felsvorsprungs lag, wo Case sich versteckt hatte, um Ab Culpepper und seine brutale Sippe auszuspionieren.

Dann hatte er entdeckt, daß er nicht der einzige war, der die besorgniserregenden Verhandlungen zwischen den Culpepper-Jungs und der Gangsterbande belauschen wollte, die als Moody's Breeds – »Moodys Mischlinge« – bekannt war.

Ein höllischer Ort, um ein Mädchen zu finden, das sich wie ein Mann kleidet und nach warmem Sommerregen und Rosen duftet, dachte er.

Ein höllischer Ort für ein Mädchen, basta.

Nur wenige Zentimeter von seinem Kopf entfernt verlief der äußere Rand einer flachen Höhle, die Regen und Schmelzwasser aus einer massiven Felsklippe herausgewaschen hatten. Das andere Ende dieser Höhle befand sich knapp drei Meter hinter seinen Stiefeln.

Ein winziger Strom von Wasser aus der Sickerstelle an der Rückwand des Überhangs wand sich nur ein kleines Stück von seinem Revolver entfernt den schräg abfallenden Fels hinunter. Von dort aus ergoß sich das Wasser über die Kante des Felsvorsprungs und außer Sicht in die Nacht.

Das lächerliche Rinnsal würde nicht mal den Furz eines Vogels übertönen, dachte Case grimmig. *Bleibt nur zu hoffen, daß Sarah tatsächlich soviel Verstand und Mumm hat, wie sie zu haben scheint.*

Jede rasche, unvorsichtige Bewegung von ihm oder dem Mädchen würde ihre Anwesenheit sofort an die Banditen unter ihnen verraten.

Zumindest hat sie genug Vernunft besessen, nicht zu schreien, tröstete er sich. *Vielleicht besteht ja doch noch die Chance, daß wir heil und in einem Stück hier herauskommen.*

Andererseits rechnete er nicht mit einem glücklichen Ausgang. Der Krieg und seine brutalen Auswirkungen hatten ihn gelehrt, kein anderes Schicksal zu erwarten als jenes, das einem den Tod brachte und zerstörte, was immer einem lieb und wert war.

Langsam, ganz langsam hob Case seine rechte Hand und legte seinen Zeigefinger auf Sarahs Lippen, um ihr zu bedeuten, keinen Ton von sich zu geben. Obwohl die Berührung nur leicht war, fühlte er, wie Sarah zurückzuckte.

Sie nickte, um ihm zu zeigen, daß sie verstanden hatte.

Als sie nickte, streifte ihr Mund kaum merklich über seinen weichen Lederhandschuh, eine Bewegung, die Case zutiefst beunruhigte. Er hätte schwören können, daß er die Wärme ihres Atems selbst noch durch das Leder spüren konnte.

Es war, als ob man Feuer berührte.

Eine elementare maskuline Hitze schoß durch seinen Körper und schockierte ihn.

Verflixt und zugenäht, wie Elyssa sagen würde, dachte er. *Was für ein verdammt unpassender Zeitpunkt, um geil zu werden!*

Ich habe ja nie gewußt, daß ich den Duft von Rosen so erregend finde.

»… verflucht, das hat überhaupt nichts damit zu tun, und du weißt es auch verdammt gut, verflucht noch mal.«

Von unterhalb des Felsvorsprungs schallte eine unflätige Stimme herauf und lenkte seine Gedanken von seiner unerwünschten Reaktion auf die Frau ab, die so dicht neben ihm lag.

»Das ist Joe Moody«, flüsterte Case an Sarahs Ohr. »Seine Männer nennen ihn Verflucht, aber nicht in seiner Gegenwart.«

Wieder sah er ihr Lächeln in der Dunkelheit schimmern.

»Ist er so furchtbar häßlich anzuschauen?« erwiderte sie ebenso gedämpft wie er.

Auf Case wirkte der leicht kehlige, heisere Klang ihrer Stimme so berauschend wie Whiskey. Er holte langsam und vorsichtig und sehr gründlich Luft. Er redete sich ein, daß er es nicht etwa deshalb tat, um in dem Duft von Rosen und weiblicher Wärme mitten in einem trostlosen Wüstenwinter zu schwelgen.

Die Glut, die durch seine Adern pulsierte, und die rasche Art, wie sich sein Schaft versteifte, sagten ihm jedoch, daß er sich etwas vormachte.

»Verflucht, der alte Bastard hat Silber gefunden, verflucht«, sagte Moody.

»Warum lebt seine Witwe dann so ärmlich wie eine Indianerin?« kam die kalte Erwiderung.

Die Anspannung, die Cases Körper beim Klang jener Stimme erfaßte, dauerte nur einen flüchtigen Moment, doch Sarah spürte sie.

So deutlich, wie sie auch jene andere Veränderung seines Körpers fühlte.

»Ab Culpepper«, raunte er in ihr Ohr.

Diesmal schwang ein solch furchterregender Unterton in seiner Stimme mit, daß es Sarah eiskalt überlief. Es war dieselbe kalte, leidenschaftslose Stimme, die er benutzt hatte, als er sie zuerst überwältigt hatte. Die Stimme eines Mannes, dem alles gleichgültig war – egal ob Hitze oder Kälte, Schmerz oder Freude.

Selbst der Tod.

»Verflucht, woher soll ich denn wissen, warum sie nicht in Saus und Braus von all dem Silber lebt?« fragte Moody mit schriller Stimme. »Ist schließlich 'ne Frau, verflucht noch mal.«

»Selbst der Teufel weiß nicht, was im Kopf einer Frau vorgeht«, pflichtete Ab ihm ruhig bei. »Nichtsnutzige Schlampen, alle miteinander.«

Ohne sich dessen bewußt zu sein, stieß Sarah einen gedämpften Laut des Protests aus und verkrampfte sich noch mehr. Ihr Ehemann hatte täuschend ähnlich wie Moody geklungen. Stark angetrunken. Übellaunig und gereizt. Unvernünftig. Ein Frauenhasser, außer wenn ihn die Wollust gepackt hatte.

Case spürte, wie sich ihre Muskeln erneut verspannten.

»Still«, hauchte er.

Sie nickte nicht, doch er wußte, daß sie verstanden hatte. Sie gab keinen Laut mehr von sich.

»Genau das hab' ich doch gemeint, verflucht!« sagte Moody triumphierend. »Sie könnte wie 'ne brütende Henne auf all dem Silber hocken.«

»Nicht mit Ute und Big Lola in ihrer Nähe«, erwiderte Ab. »Parnell hat mir erzählt, daß die beiden früher Banken ausgeraubt haben. Ute würd' nicht zulassen, daß so ein Spucht von einem Mädchen zwischen ihm und 'nem Haufen spanischen Silbers stehen würde.«

»Verflucht, vielleicht weiß er gar nichts davon!«

Ein Pferd stampfte ungeduldig mit den Hufen. Oder ein Maultier. Sarah war sich nicht sicher. Sie wußte nur, daß die Culpepper-Bande große rotbraune Maultiere ritt, die so schlank und sehnig wie Mustangs waren und schneller als der Blitz.

»Moody«, sagte Ab ungeduldig. »Ein Mann kann kein Silber fressen.«

»Verflucht, wir müssen schon nicht hungern. Meine Jungs ...«

»Deine Jungs sollten gefälligst anderswo klauen, aber nicht in unmittelbarer Nähe unseres Lagers«, unterbrach Ab ihn schroff. »Die Ochsen, die zwei von deinen Leuten gerade hinter dem Lager abgeschlachtet haben, waren Circle A-Vieh.«

»Na und?« fragte Moody herausfordernd.

»Das ist nur zwei Tagesritte vom Spring Canyon entfernt«, erklärte Ab ausdruckslos. »Ich hatte dir gesagt, drei Tagesritte, und nicht weniger.«

»Es waren drei, verflucht noch mal!«

»He, was reitet ihr da eigentlich?« fragte eine dritte Stimme sarkastisch. »Zweibeinige Beutelratten?«

Auf jenen Kommentar folgten laute Stimmen und Gefluche, als eine hitzige Debatte zwischen den Culpeppers und Moodys Männern über die Schnelligkeit von Pferden gegenüber Maultieren entbrannte.

Case horchte aufmerksam, während er die verschiedenen Stimmen zu unterscheiden versuchte.

Parnell Culpepper war leicht zu erkennen. Seine Stimme war schwach und krächzend. Sein Cousin Quincy hatte eine vollere Stimme, die jedoch nicht weniger unangenehm in den Ohren klang. Reginald Culpepper, sowohl Cousin als auch Bruder der beiden anderen, sagte kaum jemals etwas.

Kester Culpepper war auch nicht viel gesprächiger, es sei denn, er war betrunken. Dann hielt er nicht eher den Mund, bis er im Vollrausch zusammenbrach oder bis jemand seines pausenlosen Geschwafels überdrüssig wurde und ihn bewußtlos schlug.

Moodys Männer waren für Case schwerer zu unterscheiden, weil er weniger Zeit damit verbracht hatte, sich an sie anzuschleichen. Es gab einen Mann namens Crip, dessen linker Arm verkümmert war. Das Gerücht behauptete, daß er die Verletzung mit der Kraft seines rechten Arms und mit der Geschicklichkeit im Umgang mit seinem abgesägten Repetiergewehr mehr als wettmachte.

Ein anderer Mann wurde Whiskey Jim genannt. Er war ein Trinker. Wenn er nüchtern war, konnte er ausgezeichnet mit Dynamit umgehen, eine nützliche Fähigkeit für ehemalige Bankräuber.

Die Bande, die als Moody's Breeds bekannt war, bestand noch aus mindestens fünf weiteren Mitgliedern, doch Case hatte den Gesichtern oder Stimmen noch keine Namen zuordnen können. Er war zu intensiv damit beschäftigt gewesen, den Culpeppers auf den Fersen zu bleiben.

Diesmal würde er sichergehen, daß nicht einer von ihnen entkommen konnte. Die lange Vorgeschichte der Culpeppers als Viehdiebe, Plünderer, Brandstifter, Vergewaltiger und Mörder würde hier, in der Wildnis aus rotem Fels, ein Ende finden.

Kein Mann wird mehr nach Hause zurückkehren, um seine Ranch zerstört und seine Frau gefoltert und ermordet vorzufinden, dachte er grimmig.

Kein Kind wird mehr brutal getötet und dann wie eine leere Whiskeyflasche am Wegesrand weggeworfen werden.

Dafür würde Case sorgen.

Persönlich.

Dennoch war es kein heißer, leidenschaftlicher Drang nach Rache, der ihn antrieb. Der Krieg hatte ihn jeglicher Gefühle beraubt – bis auf die Zuneigung für seinen älteren Bruder, Hunter – den Bruder, den Case weggeschleppt hatte, um in einem sinnlosen Krieg zu kämpfen.

Nach dem Krieg waren die Brüder nach Texas zurückgekehrt in der Hoffnung, sich dort ein besseres Leben aufzubauen. Sie hatten nur noch ein Trümmerfeld vorgefunden; von ihrem Zuhause war nichts mehr übriggeblieben als die abscheulichen Ruinen eines Culpepper-Überfalls.

Wenn Case heute überhaupt noch etwas fühlte, dann nur in seinen Träumen, und er achtete sorgsam darauf, sie in den hintersten Winkel seines Bewußtseins zu verdrängen.

Alles, was ihn bewegte, war ein kalter Sinn für Gerechtigkeit. So wie er die Dinge sah, war Gott zu beschäftigt gewesen, um sich um alle seine Kinder während des Krieges zu kümmern. Der Teufel jedoch hatte gut für die Seinen gesorgt.

Jetzt würde Case für ausgleichende Gerechtigkeit sorgen.

»Maul halten, alle miteinander!«

Abs kalte Stimme schnitt durch das Gezeter wie ein Messer, räumte den Streit wie Eingeweide aus einem leblosen Kadaver und ließ Schweigen, so dick wie Blut, aufkommen.

Sarah kämpfte gegen den panikartigen Drang zu fliehen. Wenn Hal sich von seiner schlechtesten Seite gezeigt hatte, hatte er genau wie Ab Culpepper geklungen. Dann hatte sie sich in ihrer Angst und Verzweiflung nicht anders zu helfen gewußt, als sich Conner zu schnappen und in den Irrgarten roter Steinsäulen und ausgetrockneter Canyons zu fliehen. Nur die Raubvögel konnten ihren Weg durch die versteinerte Wildnis finden.

Sie hatten die wilden Vögel beobachtet, und sie hatten daraus gelernt. Sie und ihr jüngerer Bruder hatten die harten Zeiten überlebt, als ihr Ehemann in seinem Alkoholrausch wahnsinnig geworden war.

Aber wenn du jetzt davonläufst, wirst du nur getötet werden, erinnerte sie sich grimmig. *Und wer würde sich dann um Conner kümmern? Ute ist nur mir gegenüber loyal, und Lola hält nur zu Ute.*

Conner würde mutterseelenallein dastehen.

So mutterseelenallein, wie Sarah gewesen war, nachdem ihre Eltern bei der Flutkatastrophe ums Leben gekommen waren. Jene Einsamkeit war es, die sie dazu getrieben hatte, mit vierzehn Jahren einen Fremden zu heiraten, der dreimal so alt war wie sie.

Gott sei Dank, daß Hal tot ist, dachte sie nicht zum ersten Mal.

Einmal hatten sie Schuldgefühle geplagt, weil sie so froh darüber war, ihren brutalen Ehemann los zu sein. Einmal, und dann nie wieder. Jetzt war sie ganz einfach dankbar, daß sie und ihr jüngerer Bruder Hal Kennedy überlebt hatten.

»Wir hatten ausgemacht, keine Überfälle in der Nähe des Spring Canyons«, sagte Ab scharf. »Erinnerst du dich, Moody?«

»Verflucht, ich …«

»Erinnerst du dich oder nicht?« fauchte Ab.

Case sah die schattenhaften Bewegungen unten am Fuß des Felsens, als einige Mitglieder von Moodys Bande in Kampfstellung gegenüber den Culpeppers gingen.

Gut, dachte er. *Vielleicht wird Moody dem ganzen üblen Haufen einfach das Lebenslicht auspusten und mir die Mühe ersparen. Dann kann ich mich endlich weiter auf die Suche nach einem geeigneten Ort machen, um meine eigene Ranch aufzubauen.*

Aber Case rechnete nicht ernsthaft damit, daß ihm soviel Glück beschieden sein würde. Ab Culpepper war viel zu gerissen, um sich von Leuten wie Moody und seinesgleichen überrumpeln zu lassen.

»Verflucht!« schimpfte Moody.

Er wiederholte sich mehrere Male. In seiner Stimme schwang jedoch eher halbherziger Protest als Überzeugung mit.

»Die Circle A-Ranch ist zu nahe«, sagte Ab. »Wenn du Fleisch willst, reite gefälligst weiter weg. Wenn du Wild willst, kannst du überall jagen, wo es dir gefällt. Klar?«

»Verflucht, ich denke immer noch …«

»Du denkst überhaupt nicht«, fiel Ab ihm ungeduldig ins Wort. »Das ist mein Job. Wenn dein Kopf zum Denken taugen würde, wärst du im Winter nicht restlos pleite und würdest nicht deinem eigenen Schwanz in dieser roten Hölle nachjagen.«

»Du tust doch genau das gleiche, verflucht.«

»Ich hab' zwanzig Yankee-Dollar, die Satteltaschen voller Munition, und ich jag' gar nichts.«

»Verflucht noch mal! Wir müssen den ganzen weiten Weg bis nach New Mexico reiten, um Fleisch zu kriegen, verflucht, und wir haben nich' die Zeit, um nach spanischem Silber zu suchen!«

»Suchen könnt ihr, nachdem wir das Fleisch haben, das wir brauchen, damit wir im kommenden Frühjahr nicht wie die Rothäute Wurzeln fressen müssen.«

»Was ist mit Frauen, verflucht?«

»Was soll denn mit Frauen sein, verflucht?« äffte Ab ihn nach.

»Ein Mann kann nicht den ganzen Winter durchhalten ohne eine Frau, die seine Hosen wärmt und ihm seine Bohnen kocht.«

»Dann raub dir 'ne Frau, oder kauf dir eine unten in Mexiko. Oder nimm dir eine Indianerin.«

»Verfl …«

»Aber paß ja auf, daß sie nicht die Ehefrau oder Tochter eines Häuptlings ist, verstanden?« Ab sprach geradewegs über Moodys Protest hinweg. »Ein paar von den Rothäuten sind das reinste Gift, wenn sie in Rage geraten.«

Wenn Case der Typ gewesen wäre, der zum Lächeln neigte, dann hätte er bei Abs Worten still vor sich hingelächelt. Er wußte genau, warum Ab so empfindlich reagierte, wenn es darum ging, das falsche Indianermädchen zu rauben.

Drüben in den Ruby Mountains von Nevada waren Ab und ein paar Mitglieder seiner Sippe einmal wegen eines geraubten Mädchens mit Indianern aneinandergeraten. Ab und Kester waren die einzigen Culpeppers gewesen, die die Auseinandersetzung überlebt hatten. Sie hatten sich aus dem aussichtslosen Kampf ausgeblendet, sich auf ihre Pferde geschwungen und sich hastig verzogen, um sich dem Rest ihrer Sippe im Gebiet von Utah anzuschließen.

»Was ist mit den beiden weißen Frauen drüben am Lost River Canyon?« erkundigte sich eine neue Stimme. »Sie haben niemanden, der sie beschützt, außer einem halbwüchsigen Jungen und diesem alten Gangster. Das wär' doch was für uns.«

»Hab' gehört, das Mädchen soll 'n heißes Gerät sein«, warf Moody eifrig ein.

Andere Männer stimmten in den Chor roher Kommentare über das Mädchen ein, das sie nur einmal durch ihre Ferngläser gesehen hatten.

Als Sarah die Stimmen hörte, kämpfte sie gegen die Übelkeit an, die ihren Magen wie einen Waschlappen auszuwringen versuchte.

»Haltet die Klappe«, sagte Ab schroff. »Hoffentlich kriegt ihr's endlich mal in euren Schädel 'rein. Keine Überfälle in der Nähe des Lagers!«

»Aber …«

»*Maul halten.*«

Einen Moment lang war nur das schwache Plätschern von Wasser zu hören, das in der Dunkelheit über das Felssims hinunterrieselte.

»Nichts bringt die Armee so sehr in Harnisch, als wenn eine weiße Frau von Mischlingen vergewaltigt wird«, sagte Ab kalt. »Wenn ich entscheide, daß die Kennedy-Witwe jemanden braucht, der's ihr besorgt, dann werd' ich das höchstpersönlich erledigen, und zwar legal. Ich werd' sie heiraten.«

Ein schwaches Murren erhob sich unter Moodys Männern, aber kein echter Protest. Als sie den Culpeppers zum ersten Mal begegnet waren, hatte einer von Moodys Bande Abs Zorn angestachelt. Der Mann war gestorben, noch bevor er seinen Revolver halb aus seinem Holster herausgezogen hatte.

Ab war schneller mit einem Revolver als jeder Scharfschütze, den Moody's Breeds je gesehen hatten, und sie hatten geglaubt, sie hätten sie alle gesehen.

Bis sie an Ab Culpepper geraten waren.

»Wäre leichter, wenn wir auf der Lost River Ranch überwintern würden, verflucht«, knurrte Moody.

»Die leichteste Lösung ist nicht immer die beste. Wird wirklich Zeit, daß du das lernst. Wir werden genau das tun, was wir geplant hatten.«

»Im Spring Canyon bleiben?« fragte eine andere Stimme. »*Por Dios*, der Wind da ist höllisch kalt.«

»Wenn du und der Rest von den Mischlingen das Blei aus euren Ärschen kriegen würdet«, erwiderte Ab, »würdet ihr's im Lager so urgemütlich haben wie 'ne Zecke in einem Hundeohr.«

Jemand fluchte lästerlich, aber keiner wagte es, Ab zu widersprechen.

»Den nächsten Mann, den ich dabei erwische, wie er Circle A-Vieh klaut, werde ich kurzerhand erschießen«, erklärte Ab kalt.

Niemand sagte ein Wort.

»Und das gleiche gilt für jeden, der sich an die weißen Frauen ranmacht«, fügte er hinzu.

»Selbst Big Lola?« fragte Moody ungläubig.

»Ich hab' gehört, sie hat das Hurenleben aufgegeben.«

»Klar, verflucht, aber sie ist trotzdem nur 'ne alte Hure, verflucht!«

»Laßt sie in Ruhe. Wir werden tun, was die Apachen tun. Zu Hause still und unauffällig leben und unsere Überfälle und Viehdiebstähle auf weit entfernte Gebiete beschränken.«

Es entstand einige Unruhe unter den Männern, doch keiner widersetzte sich Ab Culpeppers ruhig gesprochenen, schonungslosen Befehlen.

»In einem Jahr oder so«, fuhr Ab fort, »werden wir tausend Stück Vieh zusammenhaben und genügend Frauen, daß es für einen Sultanspalast reicht. Hat irgend jemand Schwierigkeiten damit?«

Schweigen.

»In Ordnung. Dann bewegt euren Hintern wieder zum Lager zurück. Kester und ich werden den Weg durch die Schlucht zurückreiten und sehen, ob einer von den Circle A-Leuten vielleicht auf die Idee kommt, uns einen Besuch abzustatten. Falls ihr noch Fragen habt, wendet euch an Parnell.«

Beschlagene Hufe klapperten laut auf felsigem Boden. Die unbeschlagenen Hufe der Mustangs, die Moodys Männer ritten, erzeugten nur ein dumpfes Trommeln.

Der Geruch von Staub stieg zu der flachen Höhle hinauf, wo Sarah und Case reglos lagen.

Nachdem mehrere Minuten lang Stille geherrscht hatte, machte Sarah Anstalten, aufzustehen. In Bruchteilen von Sekunden lag Case wieder auf ihr, preßte sie flach auf den Boden und brachte sie mit einer Hand auf ihrem Mund zum Schweigen.

»Ab«, war alles, was Case in ihr Ohr flüsterte.

Mehr brauchte er auch nicht zu sagen. Sie verhielt sich sofort mucksmäuschenstill.

Lange Minuten verstrichen.

»Ich hab's dir ja gesagt, die Luft ist rein«, ließ sich Kester plötzlich vernehmen.

»Und ich sage dir«, erwiderte Ab, »daß da draußen jemand ist.«

»Geister.«

21

»Geister«, spottete Ab. »Es gibt keine Geister, Junge. Wie oft muß ich dir das noch sagen?«

»Hab' sie gesehen.«

»Na klar doch. Auf dem Boden einer Flasche.«

»Hab' sie gesehen«, wiederholte Kester störrisch.

»Gott im Himmel, benimm dich nicht wie ein verdammtes Baby. Pa hätte dich dafür mit Fußtritten durch den Hof gejagt, bis dein bedauernswerter Arsch blau und grün gewesen wäre.«

»Hab' sie gesehen, verdammt noch mal.«

»Blech! Als nächstes wirst du noch rumwinseln, daß uns diese Texaner wieder folgen.«

»Die hab' ich nicht gesehen.«

»Blech.«

Damit zog Ab sein Maultier herum und trabte in die Dunkelheit davon. Kesters Maultier folgte.

Case rührte sich nicht.

Sarah blieb ebenfalls still liegen, aus dem einfachen Grund, weil sie noch immer von seinem Gewicht zu Boden gedrückt wurde.

Schließlich rollte Case sich langsam zur Seite. Bevor sie sich jedoch bewegen konnte, um aufzustehen, preßte er eine Hand fest zwischen ihre Schulterblätter.

Reglos horchten sie auf das immense Schweigen des Landes.

Wenn sie es nicht gewohnt gewesen wäre, zu jagen oder einfach wilde Tiere zu beobachten, wäre sie ungeduldig geworden, lange bevor Case ihr ein Zeichen gab, daß es gefahrlos war, sich zu bewegen.

Aber sie hatte viele Jahre damit verbracht, mit einer Büchse oder Schrotflinte auf die Jagd zu gehen, um Nahrung für ihren jüngeren Bruder und ihren nichtsnutzigen Schatzjäger von einem Ehemann zu beschaffen. Und so ertrug sie die Unannehmlichkeit, weil es das einzig Vernünftige war, was sie tun konnte.

Ihre Geduld beeindruckte Case ebensosehr wie ihre absolute Reglosigkeit. Er hatte nur wenige Männer und noch keine Frau gekannt, die sich über eine lange Zeitspanne hinweg absolut still und unbeweglich verhalten konnten. Die meisten Männer wurden früher oder später unruhig und begannen zu zappeln.

Aber die meisten Männer starben auch früher oder später.

Gott, das Mädchen riecht wirklich gut, dachte er. *Fühlt sich auch gut an. Weich, aber nicht puddingähnlich weich. Wie eine Rosenknospe, erfrischend frühlingshaft und lebendig. Wie sie wohl schmeckt? Wie eine köstliche Mischung aus Regen und Hitze und Rosen?*

Mit einem stummen Fluch über seine ungebärdigen Gedanken – und die heftige Reaktion seines Körpers – nahm Case schließlich seine Hand von Sarahs Rücken und gab ihr mit einem Kopfnicken zu verstehen, daß die Gefahr vorüber war.

»Dämpfen Sie Ihre Stimme«, sagte er leise. »Jedes Geräusch trägt meilenweit durch diese Steinschluchten.«

»Ich weiß.«

»Haben Sie ein Pferd?«

»Nein.«

Was Sarah nicht sagte, war, daß der Hufschlag ihres Pferdes zuviel Lärm gemacht und Conner alarmiert hätte, daß sie allein in die Nacht hinauswanderte. Sie hatte dies in letzter Zeit immer häufiger getan, von einer seltsamen Ruhelosigkeit getrieben, die sie nicht verstand. Sie wußte nur, daß sie in der klaren, von Mondlicht erhellten Stille der Landschaft Frieden fand.

»Können Sie reiten, Mrs. Kennedy?« fragte Case.

»Ja.«

»Ich werde Sie sicher nach Hause bringen.«

»Das ist nicht nötig, Mr., äh …«

»Nennen Sie mich einfach Case. Mein Pferd ist in einer grasbewachsenen Rinne weiter im Süden«, erklärte er. »Kennen Sie den Ort?«

»Ja.«

»Gut. Dann gehen Sie voraus, und ich werde Ihnen folgen.«

Sarah wollte etwas sagen, dann zuckte sie die Achseln und wandte sich ab. Es hatte keinen Sinn, mit ihm zu streiten. Wenn er sie nach Hause begleiten wollte, dann würde er das tun, ob es ihr gefiel oder nicht.

Doch wenn er ihr tatsächlich folgte, dann mußte er es völlig geräuschlos tun. Nach ein paar Minuten gewann ihre Neugier die Oberhand, und sie blieb stehen und drehte sich um.

Er war nur wenige Schritte hinter ihr.

Der erschrockene Laut, der über ihre Lippen kam, als sie ihn so dicht hinter sich aufragen sah, erzeugte eine noch erschreckendere Reaktion bei Case. Im einen Moment waren seine Hände noch leer. Im nächsten schimmerte ein sechsschüssiger Revolver im Mondlicht, mit gespanntem Hahn und schußbereit.

Case bewegte sich mit geschmeidigen Schritten auf sie zu, bis er nahe genug war, um eine leise Frage in Sarahs Ohr zu raunen.

»Was ist los?« fragte er.

»Ich habe Sie nicht gehört, deshalb habe ich mich umgedreht, um zu sehen, wo Sie sind, und Sie waren mir direkt auf den Fersen«, flüsterte sie. »Ich habe mich erschrocken, das ist alles.«

Der Revolver verschwand genauso lautlos und schnell wieder in dem Holster, wie er in seiner Hand erschienen war.

»Laut zu sein kann einen Mann umbringen«, erklärte er nüchtern. »Besonders im Krieg.«

Sarah holte zitternd Luft, wandte sich ab und strebte erneut weiter.

Sein Pferd wartete an dem schmalen Ende der windgeschützten Bodenrinne. Das einzige Geräusch, das das große Tier machte, war das leise Rupfen von Gras, während es in der kleinen Oase graste. Als der Hengst Sarahs Geruch witterte, hob er ruckartig den Kopf, die Ohren wachsam gespitzt.

Die Silhouette des Pferdekopfes gegen das helle Mondlicht sagte ihr, daß dies kein gewöhnliches Tier war. Die klaren Linien, die gerade, feingeformte Nase, die geblähten Nüstern und die weit auseinanderstehenden Augen zeugten von edler Zucht.

»Bleiben Sie zurück«, sagte Case. Dann: »Ganz ruhig, Cricket. Ich bin's nur.«

Als er an Sarah vorbeieilte, erkannte sie, warum er so leise auf den Füßen war. Er trug kniehohe, fransenbesetzte Mokassins statt der schweren Lederstiefel, die die meisten weißen Männer trugen.

Mit schnellen, geschickten Bewegungen zog Case den Sattelgurt fester, griff nach den Zügeln und führte Cricket zu Sarah.

Das Pferd war riesig.

»Sie haben Ihr Pferd Cricket – Grille – getauft? Ich muß schon sagen, das ist die größte Grille, die ich je gesehen habe«, murmelte sie. »Stockmaß einen Meter siebzig, wenn nicht sogar noch mehr.«

»Er war nicht größer als eine Grille, als ich ihm den Namen gab.« Sie hatte zwar ihre Zweifel daran, hielt aber den Mund.

»Lassen Sie ihn Ihren Geruch aufnehmen«, sagte Case. »Sie brauchen keine Angst zu haben. Er ist zwar ein Hengst, aber er benimmt sich wie ein Gentleman, solange ich in der Nähe bin.«

»Ich und Angst vor Pferden?« gab sie spöttisch zurück. »Niemals.«

Dann veränderte sich ihre Stimme. Sie wurde sanft, beruhigend, fast ein lockender Singsang, so klar und einlullend wie das Murmeln von Wasser in einem Bach.

Cricket war ebenso entzückt über die melodischen Laute wie Case. Das überraschend feine Samtmaul des Hengstes bewegte sich schnüffelnd über ihren Hut, knabberte an ihren langen Zöpfen und schnoberte behutsam an ihrer Wolljacke. Dann senkte Cricket den Kopf und stupste sie gegen die Brust in einer unmißverständlichen Bitte, getätschelt zu werden.

Sarahs perlendes Lachen leckte wie Feuerzungen über Cases Körper. Er schaute schweigend zu, wie sie ihre Handschuhe abstreifte und den Hengst liebevoll an Kopf und Ohren kraulte. Sie ließ ihre Finger unter den Zaum gleiten, wo Leder auf Pferdefell juckte und nur eine menschliche Hand kratzen konnte.

Cricket seufzte, stupste sie erneut an und lehnte dann seinen Kopf an ihre Brust, so entspannt wie ein Hund.

Case konnte nicht umhin, sich zu fragen, was es wohl für ein Gefühl sein mochte, solch zärtliche, wissende Hände in seinem Haar, auf seinem Körper zu spüren und ihr entzücktes Lachen bei seiner Reaktion zu hören.

Allmächtiger, fluchte er stumm. *Was ist bloß mit mir los? Wenn ich weiter solch verrückten Gedanken nachhänge, wird es ein verdammt langer, unbehaglicher Ritt.*

»Brauchen Sie Hilfe beim Aufsitzen?« fragte er schroff.

»Er ist Ihr Pferd. Brauche ich Hilfe?«

Case bewegte sich so schnell, daß Sarah überhaupt nicht begriff, wie ihr geschah. Im einen Moment streichelte sie noch Cricket. Im nächsten saß sie bereits im Sattel, mit der Erinnerung an Case, der sie so mühelos hinaufgehoben hatte, als wöge sie nicht mehr als Mondschein.

Noch bevor sie sich an die Veränderung gewöhnen konnte, machte er erneut eine blitzschnelle Bewegung. Plötzlich saß er hinter ihr; seine Arme umzingelten sie, während sich seine muskulösen Schenkel an ihre preßten.

Sie versteifte sich abrupt, als die alte Angst in ihrem Inneren explodierte.

Cricket spürte ihre Furcht und scheute nervös.

»Immer mit der Ruhe, Junge«, sagte Case mit beschwichtigender Stimme. Dann, weniger sanft: »Ich dachte, Sie hätten gesagt, Sie könnten reiten.«

»Das kann ich ja auch«, stieß sie zwischen zusammengebissenen Zähnen hervor.

»Dann nehmen Sie den Ladestock aus Ihrem Rückgrat. Sie machen Cricket nervös.«

Sarah stieß den angehaltenen Atem aus, als sie erkannte, daß er lediglich nach den Zügeln gegriffen hatte, nicht nach ihr.

»Sie sind ein ziemlich jäher Mann«, murmelte sie.

»Das hat man mir schon des öfteren gesagt.«

Allmählich entspannte sie sich wieder. Cricket bewegte sich in einer leichtfüßigen, federnden Gangart, die ihn ohne besondere Kraftanstrengung über weite Strecken trug.

»Ein gutes Pferd«, bemerkte Sarah nach einer Weile. »Wirklich gut.«

»Er und Bugle Boy sind die letzten.«

»Die letzten? Wovon?«

»Von den Pferden, die mein Bruder und ich damals gezüchtet haben. Der Krieg und Banditen haben sich den Rest geholt, mitsamt der Familie meines Bruders.«

Seine Stimme war ruhig, emotionslos, als ob er etwas beschriebe, was einem Fremden widerfahren war.

»Sie hatten wenigstens noch etwas übrig«, erwiderte Sarah. »Alles, was ich noch hatte, waren ein zerlumptes Kleid, ein kleiner Bruder und genug Hunger, um Gras zu essen.«

»Krieg?«

»Ein Hurrikan. Vor sechs Jahren.«

Case verlagerte kaum merklich sein Gewicht im Sattel, als er versuchte, den Druck zwischen seinen Schenkeln zu lindern. Der köstliche Duft und die verlockende Wärme und die Nähe von Sarah Kennedy verursachten seinem Körper Höllenqualen.

»Louisiana?« fragte er und zwang sich, normal zu sprechen.

»Ost-Texas.«

Er holte tief Luft. Der schwindelerregende Duft von weiblicher Wärme und Rosen ließen ihn gleich darauf wünschen, er hätte es nicht getan.

»Vor sechs Jahren?« meinte er. »Da müssen Sie ja noch ein halbes Kind gewesen sein.«

»Dreizehn, fast vierzehn. Alt genug.«

»Wofür?«

»Für die Ehe.«

Der Tonfall ihrer Stimme regte nicht dazu an, weitere Fragen zu stellen.

Case war es nur recht so. Denn der schwach kehlige, durch und durch feminine Klang ihrer Stimme tat nichts, um die heiße Erregung in seinem Blut zu dämpfen.

Die wenigen Meilen bis zu Sarahs Haus flogen nur so unter Crickets weitausgreifenden Schritten dahin. Sie gab Case niemals einen Hinweis bezüglich der Richtung, die er einschlagen sollte. Und er fragte auch nie nach dem Weg.

Er wußte genau, wohin.

Die Erkenntnis drang so langsam und vollständig in ihr Bewußtsein wie der Duft nach Äpfeln, Pferd und Leder. Und dennoch, statt Furcht dabei zu empfinden, daß ein Fremder den genauen Standort ihres einsam gelegenen Heims kannte, war sie fasziniert.

Was tut er wohl hier in der Gegend? fragte sie sich.

Sie brachte ihre Neugier jedoch nicht laut zum Ausdruck. Selbst wenn sie unhöflich genug gewesen wäre, Case zu fragen, was er in dieser Wildnis tat – sie war keine Närrin. Nur Banditen, Indianer, Goldsucher und verrückte Künstler kamen in diese fernab gelegene Steinwüste, die ihr Zuhause war.

Sie bezweifelte, daß er ein Hilfscowboy war. Cricket war ganz sicherlich kein gewöhnliches Kuhpony, wie es die Cowboys zum Zusammentreiben der Herden benutzen. Es war auch keine Spur von einer Schürfausrüstung hinter dem Sattel festgebunden.

Nach dem, was sie in der Dunkelheit von Case sehen konnte, wirkte er nicht indianisch. Damit blieben also nur noch die Möglichkeiten Bandit oder verrückter Künstler übrig.

Was immer Case auch sonst sein mochte, verrückt war er ganz sicher nicht.

Er zügelte sein Pferd am Kopfende des steilen Pfades, der in das weite, von Pyramidenpappeln gesäumte Tal des Lost River Canyons hinunterführte. Da der Mond strahlend hell zwischen den rasch dahinziehenden Wolken schien, achtete er sorgfältig darauf, im schützenden Schatten der Bäume und Felsen zu bleiben.

Ein paar hundert Fuß unterhalb des Randes des Plateaus schimmerte Lampenlicht durch die Risse eines recht und schlecht zusammengezimmerten Blockhauses. Ein Korral mit einem Bretterzaun und einem aus geflochtenen Weidenzweigen erbauten Unterstand diente als Scheune. Es gab einen ordentlichen Küchengarten, Obstbäume, deren kahle Äste sich in den winterlichen Himmel reckten, und einen Berg Wiesenheu, der hinter der provisorischen Scheune aufgestapelt war. Eine Hütte aus Reisig und eine kleine, gedrungen wirkende Holzhütte standen ein ganzes Stück vom Haus entfernt.

»Wer hat heute nacht Wache?« erkundigte sich Case.

»Niemand.«

Seine Augen wurden schmal. Sein Instinkt sagte ihm zwei Dinge. Das erste war, daß Sarah nicht log.

Das zweite war, daß aber irgend jemand Wache hielt.

Mit einer schnellen, geschmeidigen Bewegung schwang er sich aus dem Sattel, wobei er darauf achtete, die massige Gestalt von Cricket zwischen sich und der kleinen Ranch zu halten, um nicht gesehen zu werden.

»Hat keinen Zweck, Ihre Mannsleute zu alarmieren«, erklärte er. »Ich werde von hier oben aus aufpassen, bis Sie sicher im Haus verschwunden sind.«

Sarah war nicht überrascht, als sie erneut zwei kräftige Hände um ihre Taille spürte, die sie mit Schwung von dem Hengst herunterhoben und auf den Boden stellten. Was sie überraschte, war die Tatsache, daß sie das Gefühl von Cases muskulöser, geschmeidiger Kraft ebensosehr zu genießen begann wie den Duft nach Äpfeln in seinem Atem.

Ich wüßte zu gerne, wie er unter diesem breitkrempigen Hut aussieht, dachte sie. *Seine Augen scheinen hell zu sein, und sein Haar ist dunkel. Er hat sich seit ein oder zwei Wochen nicht mehr rasiert, aber ansonsten ist er sauber und gepflegt.*

Ob er wohl wie reife, von der Sonne erhitzte Äpfel schmecken würde?

Dieser erregende Gedanke schockierte sie mehr als alles andere, was in dieser Nacht passiert war.

Case hörte, wie sie scharf nach Luft schnappte, sah, wie sich ihre Augen plötzlich weiteten. Und er wußte mit intuitiver Gewißheit, daß das sinnliche Feuer, das in seinem Inneren loderte, auch sie erfaßt hatte.

»Wandern Sie nicht wieder allein von der Ranch fort«, sagte er ausdruckslos. »Das nächste Mal bin ich vielleicht nicht gerade in der Nähe, um Ihnen aus der Klemme zu helfen.«

»Ich war in keiner wie auch immer gearteten Klemme, bis Sie mich unter sich plattgedrückt haben wie ein Hemd unter dem Bügeleisen.«

»Es tut mir leid. Ich hatte nicht die Absicht, Ihnen weh zu tun.«

»Sie haben mir nicht weh getan. Sie sind nur ... ein ziemlicher Brocken von einem Mann.«

Wieder berührte ihn der kehlige Unterton in ihrer Stimme wie eine Peitsche aus Feuer.

»Hören Sie auf, mich so anzusehen«, knurrte er.

»Wie sehe ich Sie denn an?«

»Wie ein Mädchen, das Liebe im Sinn hat. In mir ist keinerlei Liebe mehr. Alles, was ich noch habe, ist *das* hier.«

Er beugte sich vor und umfing ihre Lippen mit seinen. Es sollte ein harter, schneller Kuß sein, eine Warnung an sie, keine romantischen Träume um ihn herum zu spinnen.

Und dennoch – als er sich zu ihr hinunterbeugte, sog er den schwindelerregenden Duft von Rosen ein.

Und er stellte fest, daß er ebensowenig dazu fähig war, ihren Mund brutal zu nehmen, wie er eine Rosenknospe hätte zerreißen können. Seine Zungenspitze glitt über ihre Lippen in einer zärtlichen, heißen Liebkosung.

Dann war Case fort, und Sarah blieb allein in der Nacht zurück – mit dem Geschmack eines Fremden auf ihren Lippen und von prickelndem Erstaunen über ihren ersten Kuß erfüllt.

2. Kapitel

Am nächsten Morgen war Case bereits lange vor Sonnenaufgang wach. Die Nacht in der Wüste war so kalt wie ein Gebirgsbach gewesen, doch das war nicht der Grund, warum er schon so früh auf den Beinen war.

Er hatte nicht viel geschlafen. Jedesmal, wenn er gerade dabei war, einzudösen, hatte er wieder an den betörenden Geschmack von Sarahs Lippen denken müssen ... was zur Folge hatte, daß er mit einem Ruck hellwach war und sein Herz gegen seine Rippen hämmerte, ein Zustand, der garantierte, daß er wach bleiben würde, bis sich sein erregtes Blut wieder abgekühlt hatte.

Das war der Grund, warum er schon lange vor der Sonne auf war, um neben seinem Pferd in der Hocke zu sitzen und mit ihm zu sprechen.

»Tja, Cricket, ich hatte recht. Sie hat tatsächlich nach Rosen und Hitze und gerade genügend Salz geschmeckt, um einem Mann zu verraten, daß sie durch und durch Frau ist.«

Der große Hengst drehte ein Ohr in Cases Richtung, hielt jedoch nicht mit Grasen inne.

»Und ich bin ein verdammter Idiot, weil ich es unbedingt herausfinden wollte.«

Cricket schnaubte laut, schwang den Kopf zu Case herum und fuhr dann fort, Gras zu rupfen.

»Schon gut. Du brauchst es mir nicht noch unter die Nase zu reiben.«

Das Pferd ignorierte ihn.

»Was Sarah nicht weiß, ist, daß Geduld nicht gerade Abs Stärke ist. Spätestens zu der Zeit, wenn die ersten starken Schneefälle einsetzen, wird er es satt haben, in einer Reisighütte zu hausen. Dann wird er anfangen, an das windschiefe kleine Blockhaus zu denken und an das warme Mädchen darin.«

Plötzlich hob Cricket den Kopf, stellte wachsam die Ohren auf und blickte über Cases Schulter hinweg in die Ferne.

Noch während Case blitzschnell auf die Füße kam und herumwirbelte, hatte er einen sechsschüssigen Revolver in seiner linken Hand. Dann stand er ruhig da und wartete auf das, was auch immer es sein mochte, was das Pferd bereits entdeckt hatte.

Vom oberen Rand der Schlucht stieg das langgezogene Geheul eines Kojoten in einen Himmel auf, dessen Sterne langsam verblaßten, um einer zitronengelben Morgendämmerung zu weichen.

Nach einem Moment senkte Cricket wieder den Kopf und fuhr fort zu grasen.

»Nur ein einsamer Wüstenkläffer, wie?«

Er schob den Revolver in sein Holster zurück und ließ sich wieder in die Hocke sinken. Da er im Moment nicht vorhatte, sich an irgend jemanden anzuschleichen, trug er Reitstiefel statt der weichen Mokassins.

Es brannte kein Feuer, um etwas Trost und Wärme in der kalten Morgendämmerung zu spenden. Sein Frühstück war so spartanisch wie sein Lager – in Streifen geschnittenes und an der Luft gedörrtes Fleisch, harte Biskuits und Wasser von der Sickerstelle unter dem Felsvorsprung, wo er Sarah Kennedy gefunden hatte.

Ab weiß von ihr, dachte Case voller Sorge. *Er weiß, wo sie lebt. Und er weiß auch, daß sie außer einem alten Banditen, einer Hure und einem halbwüchsigen Jungen niemanden hat, der sie beschützen kann.*

»Vielleicht sollte ich aufhören, Abs Spur zu verfolgen, und besser auf eine Chance warten, um die Culpeppers alle auf einmal zu erwischen«, sagte er nachdenklich zu Cricket.

Das leise Geräusch von Gras, von kräftigen weißen Zähnen abgerupft, war Crickets einziger Kommentar.

»Vielleicht sollte ich mich mal in dieser primitiven kleinen Siedlung drüben am Fluß umsehen. Das ist der Ort, wo die Culpepper-Jungs Dampf ablassen. Was meinst du dazu, Cricket?«

Was immer der Hengst dachte, er graste ungerührt weiter.

»Ich könnte mal wieder eine Runde Poker mit den Jungs spielen«, sagte Case. »Früher oder später wird mich einer der Culpeppers herausfordern, genauso wie es ihre Verwandten Jeremiah und Ichabod unten in der Nähe der Spanish Bottoms getan haben.«

Er sprach nicht über die Tatsache, daß Ichabod beinahe ebenso schnell seine Waffe gezogen hatte wie er selbst. In jener Nacht war Case gefährlich nahe daran gewesen zu sterben.

Damals hatte es ihm nicht allzuviel ausgemacht.

Jetzt beunruhigte es ihn schon ein bißchen. Nicht der Gedanke an den Tod, das nicht. Der Krieg hatte ihm diese Gefühlsregung gründlich ausgetrieben, zusammen mit allen anderen Emotionen.

Aber er konnte nun einmal nichts dafür, er fühlte sich einfach für Sarah Kennedy verantwortlich.

Er wußte mit erschreckender Sicherheit, wie unglaublich brutal Ab Culpepper Frauen gegenüber sein konnte. Case hatte die Ergebnisse seiner Arbeit gesehen und die seiner Verwandten, die grauenhaft zugerichteten Leichen, die ihren Weg von Texas bis nach Nevada gepflastert hatten. Je wehrloser das Opfer, desto größer der Spaß für die Culpeppers.

Selbst Kinder waren nicht vor ihnen sicher.

Ted und Klein Em, dachte Case trostlos. *Sie wären heute noch am Leben, wenn ich Hunter nicht dazu überredet hätte, mit mir in den Krieg zu ziehen, um für Ehre und Würde und Südstaatenstolz zu kämpfen.*

Mit fünfzehn war ich ein verrückter Heißsporn, bereit, vom Morgengrauen bis zum Sonnenuntergang und bis zum Morgengrauen Yankees zu töten.

Mit fünfzehn war ich ein richtiger Pferdearsch.

Es war kein Zorn in seinen Gedanken, nur nüchterne Akzeptanz. Er hatte Hunter von seiner Familie weggelotst und in den Krieg geschleppt, hatte die kleinen Kinder der Obhut ihrer Mutter überlassen, einer Frau, die noch nicht einmal in der Lage gewesen war, ein junges Hündchen aufzuziehen, geschweige denn ein Kind.

Niemand war dagewesen, als die Culpeppers über Ted und Klein Emily hergefallen waren.

Quäl dich nicht ständig mit Selbstvorwürfen, sagte er sich energisch. *Das ist Vergangenheit. Oder wird es sein, wenn ich Erde auf das letzte Culpepper-Grab geschaufelt habe.*

»Je eher ich anfange, desto eher werde ich fertig sein«, sagte Case laut. »Dann kann ich endlich aufhören, Abschaum zu begraben, und mit dem weitermachen, was wichtig ist – den richtigen Ort für eine Ranch zu finden.«

Er trank den letzten Schluck Wasser aus seiner Blechtasse, befestigte sie an seinem Gürtel und erhob sich.

Die Morgenröte ergoß sich über die Landschaft in einer lautlosen goldenen Woge. Steinsäulen, schroffe Felsblöcke, zerklüftete Berggipfel, Hochebenen und Plateaus aus massivem Granitgestein kristallisierten sich in jeder nur denkbaren Schattierung von Rot und Dunkelheit aus dem morgendlichen Dunst heraus.

Wie vom Tagesanbruch herbeigerufen, erhob sich ein leichter Wind. Saubere, kalte Luft umschmeichelte Case wie eine Geliebte, zerzauste sein schwarzes Haar und liebkoste sein Gesicht. In der Luft schwang ein Hauch von Ewigkeit und Ferne, Stein und längst vergangenen Sonnenaufgängen mit.

Der Kojote rief wieder.

Der Wind antwortete.

»Ich werde meine Ranch an einem Ort wie diesem erbauen«, murmelte Case vor sich hin. »Diese steinernen Zinnen waren schon vor Anbeginn der Zeit hier. Und sie werden auch noch hier sein, lange nachdem der letzte Mensch nicht mehr als der Geschmack von Asche im Munde Gottes ist.«

Er stand noch eine Weile länger da und beobachtete schweigend, wie die bizarre Felslandschaft aus dem Mutterschoß der Nacht geboren wurde. Etwas, was fast an inneren Frieden grenzte, milderte die harte Linie seines Mundes.

»Das Land hält aus«, sagte er. »Ganz gleich, wie dumm oder böse die Menschen sind, das Land wird jeden Tag aufs neue in all seiner Reinheit geboren.«

Wieder heulte der Kojote und verstummte dann.

»Amen, Bruder. Amen.«

Nachdem sein Entschluß feststand, wandte Case sich von der atemberaubenden Schönheit der Morgenröte ab. Mit raschen, geschickten Handgriffen, die von langer Übung darin zeugten, aus Satteltaschen zu leben, rollte er seinen Schlafsack in eine Ölhaut, band sie zusammen und legte sie beiseite.

Der Sattel lag umgedreht auf einem Felsblock, damit die mit Schaffell gefütterte Unterseite trocknen konnte. Daneben lüftete die Satteldecke, die Case als zusätzliche Bettdecke diente, wenn das Wetter zu ungemütlich war.

Sobald er nach dem Sattel griff, begann Cricket, schneller zu grasen. Der Hengst wußte, daß sie bald wieder unterwegs sein würden. Und an Gras war in dieser Steinwüste nur sehr schwer heranzukommen.

Cricket hielt auch nicht im Fressen inne, während Case ihn rasch striegelte, seine Hufe säuberte und ihm dann den Sattel auflegte.

Wie immer überprüfte Case erst sein Repetiergewehr und seine Schrotflinte, bevor er aufsaß. Wie immer stellte er fest, daß sie in kampfbereitem Zustand waren. Er schob sie in ihre jeweiligen Sattelscheiden.

Seinen sechsschüssigen Revolver brauchte er nicht erneut zu kontrollieren. Das hatte er in dem Moment getan, als er aufgewacht war.

Schnell band er die Satteltaschen und die Bettrolle hinter dem Sattel fest, griff nach Crickets Zaumzeug und sah sich noch ein letztes Mal suchend nach irgendwelchen Dingen um, die er möglicherweise einzupacken vergessen hatte.

Der Boden war nackt, bis auf die Spuren, die er und Cricket hinterlassen hatten. Case war kein vergeßlicher Mann.

Als er sich Cricket näherte, das Zaumzeug in der Hand, rupfte, kaute und schluckte der Hengst mit beeindruckender Schnelligkeit Gras.

»Du liebst es einfach, deine Trense mit dem grünen Zeug vollzusabbern, stimmt's?«

Der Hengst hob den Kopf, um die Trense zu empfangen. Lange grüne Speichelfäden hingen zu beiden Seiten seines edlen Mauls herab.

Case gab einen empörten Laut von sich. »Ich weiß, du lachst mich aus, du verwöhnter Teufel.«

Trotz seiner Worte waren seine Hände sanft, als er Cricket aufzäumte. Er war dazu erzogen worden, ein gutes Pferd auf die gleiche Weise zu schätzen, wie ein kluger Mann ein gutes Gewehr zu schätzen wußte. Kümmere dich gut um sie, und sie werden sich zu gegebener Zeit um dich kümmern.

Was für ein Jammer, daß Menschen nicht wie Pferde und Waffen sind, dachte er. *Dann würde es sehr viel weniger Kriege geben.*

Und überhaupt keine Culpeppers.

Mit einer raschen, geschmeidigen Bewegung schwang er sich in den Sattel. Cricket legte nicht die Ohren an oder machte einen Buckel, wie es viele Westernpferde morgens als erstes taten. Er akzeptierte es, geritten zu werden, so wie er den Einbruch der Morgendämmerung akzeptierte – als einen ganz normalen Teil des Lebens.

»Dann mal los, Cricket. Laß uns beide mal diese verlauste Hütte von einem Saloon auskundschaften. Wir wollen doch mal sehen, ob dieser einäugige Kaplan die Karten diesmal etwas raffinierter zinkt.«

Es wurde Spätnachmittag, bis Case den Ort erreichte, der von allen und jedem spöttisch als Spanish Church, »Spanische Kirche«, bezeichnet wurde.

Der Name rührte teilweise von der Tatsache her, daß die riesige Felsformation, die die Rückwand des Saloons bildete, eine gewisse Ähnlichkeit mit einer spanischen Kirche hatte, wenn der Beobachter zu betrunken war, um noch einigermaßen deutlich sehen zu können. Der Rest des Namens ging auf den ursprünglichen Eigentümer des Saloons zurück, Pader Gunther. Pader war schnell zu »padre« – »Kaplan« – korrumpiert worden. Seitdem wurde derjenige, wer immer die Bar betrieb, »der Kaplan« genannt.

Der Spitzname Spanish Church haftete so beharrlich an dem Ort wie ein schlechter Ruf. Der schlechte Ruf zumindest war verdient.

Die Siedlung war kaum mehr als eine Handvoll roh zusammengezimmerter Hütten, die verstreut am Ufer des Cottonwood River lagen. Die meiste Zeit war der sogenannte Fluß ein Bach, so schmal, daß man hinüberspucken konnte, doch er führte das ganze Jahr über Wasser, was selten in diesem Teil des Westens war. Die Quelle des Baches lag in einer fernen Berggruppe, wo im Frühjahr das Schmelzwasser von schneebedeckten Gipfeln herunterströmte und durch schiefer- und granithaltiges Gestein floß, um sich von dort aus in den Irrgarten von Felscanyons zu ergießen, den noch kein weißer Mann je durchwandert hatte.

Spanish Church hatte keine richtige Straße, kein Gebäude, das den Namen wert gewesen wäre, und keinen Stall. Die Wassertränke für die Pferde war derselbe schlammige Teich, der auch das Trinkwasser für die Menschen lieferte, deren Durst nicht von dem selbstgebrannten Fusel gestillt wurde.

Von seinem Aussichtpunkt auf einem nahegelegenen Hügel aus beobachtete Case Spanish Church durch sein Fernglas. Er konnte acht Reittiere sehen, die entlang dem schmalen Bach angebunden waren.

Zwei von ihnen waren rotbraune Maultiere.

Doch ganz gleich, wie sorgfältig er die Maultiere musterte, er konnte nicht erkennen, welcher Culpepper im Inneren des Gebildes aus löchrigem Weidengeflecht und Zeltleinwand war, das als Saloon durchging.

»Nur gut, daß du den größten Teil der Nacht damit verbracht hast, dir den Bauch zu füllen«, sagte Case zu Cricket. »Dort unten gibt's mächtig wenig Ausbeute für Mensch und Tier gleichermaßen.«

Es waren zu viele Tiere am Ufer des Baches zurückgelassen worden, um sich selbst ihr Futter zu suchen, während ihre Reiter die Tage und Nächte vertranken, bis ihr Geld restlos ausgegeben war oder ihre Mägen kapitulierten.

»Vielleicht hat Ab eins von den Maultieren da unten geritten«, sagte Case leise. »Vielleicht schneide ich der abscheulichen Schlange von einem Kerl einfach den Kopf ab und lasse den Rest des Körpers wie wild um sich schlagen, bis er von allein stirbt.«

Vielleicht …

Sein Mund verzog sich zu einer grimmigen Linie unter seinen schwarzen Bartstoppeln.

Aber das ist wohl kaum wahrscheinlich, dachte er. *Ab mag zwar derjenige gewesen sein, der Ted und Klein Em höchstpersönlich so übel zugerichtet hat, bevor er sie an die Comancheros verkaufte, doch der Rest seiner Sippe hat keinen Finger krummgemacht, um ihn daran zu hindern.*

Case stand noch eine Weile da und beobachtete die Szene durch sein Fernglas, während er die Vorteile und Gefahren seines Plans abwägte, in die Siedlung hinunterzureiten.

Wenn Ab dort unten war, würde Case erkannt werden; allerdings nicht als einer der Texaner, die den Culpeppers mit einer Satteltasche voller »Gesucht: Tot oder lebendig«-Plakate folgten.

Ab würde in ihm den Revolverschützen sehen, der von dem kürzlich verstorbenen Gaylord Culpepper in den Ruby Mountains von Nevada eingestellt worden war. Die Culpeppers hatten versucht, auf die bequeme Tour an ein gutes Versteck heranzukommen – indem sie die legalen Eigentümer der Ladder S- und der Bar B-Ranches mit Waffengewalt von ihrem angestammten Besitz zu verjagen versucht hatten.

Das Vorhaben war mißlungen, doch die Kämpfe hatten eine ganze Weile getobt, und der Ausgang hatte auf des Messers Schneide gestanden.

Was Case nicht wußte, war, ob in der Zwischenzeit irgend jemand herausgefunden hatte, daß er damals in Nevada *gegen* die Culpeppers gearbeitet hatte.

Falls Ab Bescheid wußte, würde er Case sofort erschießen.

Es gibt nur eine Möglichkeit, das herauszufinden, entschied er.

Gedankenverloren zog er seinen Revolver, drehte den Zylinder, um sich noch einmal zu vergewissern, daß auch in allen Kammern Patronen steckten, schob die Waffe in das Holster zurück und sicherte sie mit einer Schnalle aus ungegerbtem Leder. Er holte einen zweiten Zylinder aus seiner Jackentasche, sah, daß er ebenfalls vollständig geladen war, und verstaute ihn wieder.

Es wäre schön, Hunter als Rückendeckung zu haben, wenn ich dort hinunterreite, dachte er.

Dann dachte er an Elyssa, die Hunter so innig liebte, wie nur wenige Männer jemals das Glück hatten, von einer Frau geliebt zu werden.

Nein, es ist besser für Hunter, wenn er in den Rubys bleibt. Wenn ich nicht von da unten zurückkehre, wird keine Frau Trauerkleidung anlegen müssen, und kein Kind wird jämmerlich nach seinem Vater rufen.

Er schwang sich in Crickets Sattel mit demselben sparsamen Bewegungaufwand und der raschen Effizienz, mit der er alles tat. Bis man Case neben anderen Männern stehen sah, fiel seine Größe überhaupt nicht auf. Er wirkte nur wie einer von vielen ruhigen, sich geschmeidig bewegenden Männern, die sich auf einem Pferderücken wie zu Hause fühlten.

Wie immer inspizierte er das feindliche Gelände noch einmal gründlich aus der Nähe, nachdem er es vorher aus der Ferne beobachtet hatte. Er wählte einen Pfad, der sich einen langen, sanft abfallenden Abhang hinunterwand und in einem Bogen um die Siedlung führen würde.

Er rechnete eigentlich nicht mit Wachtposten oder einem Hinterhalt. Andererseits hätte es ihn nicht sonderlich überrascht. Spanish Church war nichts für Chorknaben.

Der erste Mann, den er sah, lag mit dem Gesicht nach unten neben einem riesigen Weidengestrüpp. Er war entweder sinnlos betrunken oder tot. Aus einer Entfernung von dreißig Metern ließ sich das nur schwer feststellen, und Case hatte nicht vor, noch näher an den Fremden heranzukommen.

Cricket drehte ein Ohr in die Richtung des Mannes, schnaubte durch die Nüstern und trabte in einem großen Bogen um ihn herum.

»Ich kann's dir wirklich nicht verübeln, Junge«, sagte Case schmunzelnd. »Ich habe schon süßere Stinktiere gerochen, die in der Sonne zum Trocknen ausgebreitet lagen.«

Bevor er in den Saloon ging, führte er Cricket in einem Kreis um die anderen grasenden Tiere herum, um die Brandzeichen zu überprüfen.

Circle A-Ranch. Rocking M.

Er erkannte die Brandzeichen augenblicklich. Beide waren von Ranches, die in der Nähe von Sarah Kennedys Heim lagen. Allerdings nicht sehr nahe. Sie als Nachbarn zu bezeichnen hieße, die Wahrheit so stark zu dehnen, daß man eine Zeitung hindurch lesen könnte.

Die Eigentümer der Circle A und der Rocking M hatten sich in dem wasserreichen Hochland angesiedelt, zwei harte Tagesritte von der Steinwüste entfernt, wo Hal Kennedy seinen Claim abgesteckt hatte.

Die übrigen Pferde trugen Brandzeichen, die entweder zu schlimm verpfuscht waren, um sie entziffern zu können, oder die absichtlich verändert worden waren, um das ursprüngliche Brandzeichen zu überdecken.

Das glänzende, rotbraune Fell der Maultiere wies überhaupt kein Brandzeichen auf.

In einer schattigen kleinen Schlucht ein Stück weiter bachaufwärts entdeckte Case drei weitere Pferde, die mit gefesselten Vorderbeinen grasten, während sie mit ihren langen Schwänzen nach Fliegen schlugen. Ein Pferd war gesattelt. Die anderen waren mit Bündeln und Paketen voller Vorräte beladen. Die Bündel waren mit ordentlichen Knoten verschnürt.

Die Pferde waren Mustangs, hatten aber gute, kräftige Beine, eine relativ breite Brust und einen muskulösen Rumpf. Obwohl offensichtlich gepflegt und gut versorgt, waren die Tiere nicht beschlagen. Was auch nicht nötig war. Jeder Mustang, der vom Laufen über steinigen Boden wunde Füße bekam, überlebte von vornherein nicht lange genug, um das Erwachsenenalter zu erreichen.

Das Beste vom Besten, dachte Case, während er die drei Mustangs begutachtete. *Jemand hier in der Gegend muß ein guter Pferdekenner sein.*

Als er näher heranging, sah er, daß alle drei Tiere mit demselben Brandzeichen markiert waren: S-C.

S-C Connected, dachte er. Sarah Kennedys Brandzeichen.

Ob sie wohl weiß, daß drei ihrer Pferde davonspaziert sind zu diesem Banditennest?

Als er um die Mustangs herumging, entdeckte er eine kleine Wasserstelle am Kopfende der Schlucht. Im Herbst und zu Anfang des Winters war genügend Regen gefallen, so daß die Quelle selbst nach der natürlichen Dürre des Sommers noch nicht versiegt war.

Obwohl die Hufe der anderen Pferde tief in die weiche rote Erde um das Wasserloch eingeschnitten hatten, war das Wasser noch immer klar. Case ließ Cricket trinken, aber nicht genug, um den Hengst träge und schwerfällig zu machen, falls sie die Siedlung im Eilzugtempo verlassen mußten.

»Tut mir leid, mein Junge«, sagte er, während er Cricket von der erfrischenden Quelle wegzog. »Du wirst noch eine Zeitlang im Dienst bleiben müssen.«

Seinem Wort getreu ließ Case den Sattelgurt fest angezogen, als er Cricket an einen Busch auf der sonnigen Seite der »Kirche« anband. Die Stelle, die er gewählt hatte, war nahe an der Eingangstür des Saloons – falls man eine fleckige, ausgefranste Türklappe aus Zeltleinwand eine Tür nennen konnte.

Er wußte, daß die Gefahr für ihn in dem Moment am größten sein würde, wenn er sich unter der Klappe hindurchduckte und in der Zeitspanne eines Atemzugs von hellem, blendendem Sonnenschein in rauchgeschwängertes, trübes Zwielicht kam. Doch er zögerte nicht. Er löste nur rasch die Schnalle, die seinen sechsschüssigen Revolver in dem Holster sicherte, als er sich bückte und den Saloon betrat.

Ein schneller Blick in die Runde sagte ihm, daß weniger Männer im Saloon saßen, als draußen Pferde angebunden waren. Die Tatsache gefiel ihm zwar nicht, doch er konnte wohl kaum etwas dagegen tun.

Vielleicht schlafen sie irgendwo draußen im Gebüsch ihren Rausch aus, sagte er sich.

Aber er verließ sich nicht darauf. Er wählte einen Platz an der Theke, der ihm einen ungehinderten Blick auf den schmuddeligen Raum und die einzige Tür gestatten würde.

Niemand kam, um ihn zu bedienen.

Niemand schlief in dem schmalen Raum, der hinter der Bar aus dem Felsen herausgehauen worden war.

Er kehrte der leeren Bar den Rücken zu und ließ seinen Blick durch den Rest des Saloons schweifen.

Vier Männer saßen um einen Tisch und spielten Karten. Zwei von ihnen waren Culpeppers, doch Ab war nicht darunter. Obwohl kaum nennenswerte physische Unterschiede zwischen den Culpeppers bestanden – sie alle neigten zu einem mageren, sehnigen Kör-

perbau, waren mehr oder weniger schieläugig, strohblond und bösartig –, hatte Case seine Feinde inzwischen lange genug gejagt, um
sie auseinanderhalten zu können.

Quincy, Reginald und kein Ab, dachte er voller Empörung.

*Verdammt. Der alte Knabe ist aber auch nie in der Nähe, wenn die
Zeit zum Sterben gekommen ist.*

Er beschwichtigte seinen plötzlich aufwallenden Ärger, indem er
sich daran erinnerte, daß Quincy und Reginald auch nicht gerade
großäugige Unschuldslämmer waren. Ihre Namen standen auf den
meisten der »Gesucht«-Plakate in Crickets Satteltaschen. Sie galten
als geübte Revolverschützen, bereit, bei einem schiefen Seitenblick
sofort ihre Waffe zu ziehen. Obwohl sie schnell mit dem Revolver
waren, ging das Gerücht um, daß beide Männer es vorzogen, ihr Opfer aus dem Hinterhalt zu überfallen.

Reginald und Quincy waren dafür berüchtigt, jeden in den Bauch
zu schießen, der sie verärgerte, und dann Wetten darüber abzu-
schließen, wie lange der unglückselige Mann wohl noch leben würde.
Eines ihrer Opfer hatte drei Wochen durchgehalten. Am Ende war
die Wette darum gegangen, wie oft er in Todesqual schreien würde,
bevor er endlich seinen letzten Atemzug tat.

Ein fünfter Mann lümmelte sich schnarchend am Feuer. Ein dünner, struppiger Hund lag neben ihm ausgestreckt.

Case begann, den Raum abzuschätzen. Er war kaum mehr als ein
natürlicher Felsüberhang, auf drei Seiten von Weidengestrüpp um-
standen und mit Zeltleinwand abgedichtet, die schon zu der Zeit, als
Lazarus von den Toten erweckt worden war, ziemlich alt gewesen
sein mußte.

Es gab keinen Rauchabzug für das Feuer, das in einem unregel-
mäßigen Kreis aus roten Steinen brannte. Der Rauch trieb einfach
durch den Raum und vermischte sich mit dem Qualm, der in Kräu-
seln von Zigaretten und Stumpen aufstieg. Wenn der Wind stark genug wehte, lösten sich die Rauchschwaden ein wenig auf. Die Luft
wurde auch kalt genug, um Fleisch zum Trocknen aufzuhängen.

Spanish Church gehörte nicht gerade zu der einladenden Sorte von
Bars mit einer Theke aus Kirschbaumholz, Fußstützen aus blank-
poliertem Messing, eleganten Spiegeln und Porzellanspucknäpfen.

Die Theke bestand aus Whiskeyfässern, über die rohe Bretter gelegt worden waren. Die Tische waren von der gleichen Machart bis auf den einen, den Pader Gunther damals noch eigenhändig aus den Bohlen eines alten Karrens zusammengezimmert hatte.

Whiskeyfässer, in zwei Teile zersägt und umgedreht, dienten als Sitzgelegenheiten. Andere Stühle bestanden aus recht und schlecht aneinandergenagelten Ästen von Pyramidenpappeln, mit einem Kuhfell als Sitzbespannung. An den Stellen, wo das Fell nicht vom Sitzen abgewetzt war, haftete noch immer Haar in Schattierungen von Rot, Gelblichbraun und Weiß an den steifen Häuten.

Auf den Kuhhäuten waren viele verschiedene Brandzeichen. Spanish Church war schon immer ein Handelsort für Banditen und Viehdiebe gewesen, solange die Siedlung entlang einer Quelle guten, frischen Wassers in einer dürren Wildnis bestanden hatte.

»Hat einer von euch zufällig den Kaplan gesehen?« fragte Case gelassen.

»Reg dich ab, Junge«, sagte Quincy, ohne von seinen abgegriffenen Karten aufzusehen. »Er hält gerade seinen Schönheitsschlaf.«

Case blickte zu dem Barkeeper und dem Hund hinüber. »Ist das da seine Ehefrau?«

Einer der Männer grinste. Er trug sein glattes, von grauen Strähnen durchzogenes Haar nach Art der Indianer, in Schulterhöhe mit einem Messer abgeschnitten und mit einem Band um die Stirn aus den Augen gehalten. Das Stirnband bestand jedoch nicht aus einem Lumpen oder einem Streifen ungegerbten Leders, sondern war in einem kühnen Muster gewebt, das weder indianisch noch europäisch war.

Obwohl der Mann ein Halbblut war, gehörte er nicht zu Moodys Bande.

Das muß der alte Bandit sein, den sie Ute nennen, dachte Case. *Er ist offenbar hier, um Vorräte für Sarah zu besorgen.*

Oder für sich selbst. Er wäre nicht der erste Mann, der eine Witwe und ein Kind bestiehlt.

Ute betrachtete den schlafenden Mann und den Hund, grinste erneut und warf dann einen Blick auf Case. Die Augen des alten Banditen verengten sich abrupt, als ob er Case von irgendwoher wiedererkannt hätte.

Wenn es so war, dann sagte Ute jedenfalls nichts und tat auch nichts, um die Aufmerksamkeit auf ihn zu lenken.

»He, Alter, was ist nun? Machst du jetzt deinen Einsatz, oder willst du einen Furz ablassen?« fauchte Reginald Ute an.

Der Klang seiner Stimme ließ erkennen, daß er dabei war, die Pokerpartie zu verlieren.

Ute schaufelte eine Handvoll Silbermünzen vom Tisch auf und ließ sie in seiner Tasche verschwinden. Dann schenkte er Reginald ein zahnlückiges Grinsen und sagte auf Spanisch, daß seine Mutter eine Hure sei und seine Schwester auf allen vieren kröche.

Der Mann zu Reginalds Linken lächelte dünn, aber kein Culpepper konnte genug Spanisch, um die Beleidigung zu verstehen.

»Hey, du kannst nicht einfach mein Geld einsacken, ohne mir eine Chance zu geben, es zurückzugewinnen!« schimpfte Reginald.

»Komm bei Neumond wieder her«, erwiderte Ute.

»Aber …«

Was immer Reginald sagen wollte, wurde abrupt abgeschnitten, als Ute kurzerhand den Tisch umwarf und mit einer für einen Mann seines Alters überraschenden Schnelligkeit auf die Füße sprang.

Bis sich die anderen Spieler von der Überraschung erholt hatten, stand Ute breitbeinig und mit gezogener Waffe da und wartete gelassen auf das, was kommen würde. Eine doppelläufige Schrotflinte lag in seinen Händen. Beide Hämmer waren zurückgeklappt und schußbereit. Einer seiner dicken, mit Narben bedeckten Finger lag quer über den Abzugshähnen.

»Bei Neumond«, wiederholte Ute.

Case achtete sorgsam darauf, keine Bewegung zu machen. Er hielt auch beide Hände locker an den Seiten und in Sichtweite des Mannes, eine Höflichkeit, die nicht unbemerkt blieb.

Ute blickte ihn mit einem zahnlückigen Grinsen an und wich dann rückwärts aus dem Raum zurück, bevor ihn einer der Culpeppers aufhalten konnte.

»Ich werd' dem Hurensohn einen Bauchschuß verpassen«, sagte Reginald wütend.

»Heute nich'«, erklärte Quincy. »Heute spielen wir Karten. Du bist dran mit Geben, Beaver.«

Der Mann namens Beaver griff nach dem Kartenpäckchen und teilte aus.

Der Kaplan schnarchte laut.

Case schlenderte zum Feuer hinüber und stieß den Kaplan mit der Spitze seines Stiefels unsanft in die Seite.

Der Kaplan schnarchte ungerührt weiter.

»Der Kerl scheint sich ja einen mächtigen Rausch mit seinem selbstfabrizierten Wanzensaft angetrunken zu haben«, sagte Case zu niemand Besonderem.

»Ich bin so pleite wie'n Floh«, meinte Reginald. »Gib mir den Einsatz, Quincy.«

»Du hast mir deine Schulden vom letzten Mal noch nicht zurückbezahlt.«

»He, was soll denn das, ich bin doch dein Bruder!«

»Halbbruder.«

»Schei-ße!«

Reginald kehrte dem Tisch voller Empörung den Rücken zu. Er konzentrierte sich auf das erste, was in sein Blickfeld kam.

Case.

»Hab' ich dich nicht schon mal irgendwo gesehen?« erkundigte sich Reginald argwöhnisch.

»Schon möglich. Ich bin hier und dort gewesen.«

»Wo bist du in letzter Zeit gewesen?« verlangte er zu wissen.

Beaver warf einen besorgten Blick über seine Karten hinweg. Einen Mann zu fragen, wo er herkam, war nicht nur unhöflich, es konnte auch gefährlich sein. Reginald war vielleicht so gereizt, daß ihm das ruhige Selbstbewußtsein des Fremden entging, aber Beaver war es nicht.

Instinktiv blickte sich Beaver nach einem Ort um, wohin er sich verziehen könnte, wenn die Bleikugeln durch den Raum zu schwirren begannen. Er hatte nicht die Absicht, Reginald aus der Klemme zu helfen. Für seinen Geschmack trieben sich ohnehin zu viele Culpeppers in der Nähe herum. Einer mehr oder weniger würde überhaupt nicht ins Gewicht fallen.

»Dort«, erwiderte Case.

»Häh?« fragte Reginald verwirrt.

»Du hast mich gefragt, wo ich in letzter Zeit gewesen bin«, erklärte Case ruhig. »Und ich habe es dir gesagt.«

Reginald kam mit einem Satz auf die Füße. »Dort?« wiederholte er. »Scheiße, was ist denn das für eine Antwort?«

»Die einzige Antwort, die du von mir bekommen wirst.«

Jetzt sprang auch Quincy von seinem Platz auf.

Beaver flüchtete sich hastig in eine, wie er hoffte, ruhige Ecke des Saloons.

»Du bist uns zahlenmäßig unterlegen, Kumpel«, sagte Quincy. »Oder kannst du nicht so weit zählen?«

»Ich kann zählen, aber ich zähle keine Flöhe.«

»Nennst du uns etwa Flöhe?« grunzte Reginald.

»Wie käme ich dazu«, erwiderte Case. »Ich habe nicht die Absicht, Flöhe zu beleidigen.«

Mit der Schnelligkeit einer wütenden Schlange griffen die Culpeppers nach der Waffe in ihrem Patronengürtel.

Verdammt, sind die Jungs schnell!

Noch während ihm der Gedanke durch den Kopf schoß, zog Case seinen Revolver und feuerte in einem unablässigen Donnerrollen, das nicht eher verstummte, bis er seine Munition restlos verschossen hatte. Ohne eine überflüssige Bewegung vertauschte er den leeren Zylinder mit dem vollen in seiner Tasche.

Als er ein paar Schritte vortrat, hatte sein Gang etwas Zögerndes, Schwankendes an sich, was er vorher nicht gehabt hatte.

»Ich gehöre nicht dazu, Boß«, erklärte Beaver von seiner Ecke aus.

»Dann sorg dafür, daß es auch so bleibt.«

»Yes, Sir.«

Der Kaplan setzte sich langsam in seinem Stuhl auf, blinzelte verwirrt und blickte sich im Raum um.

»Was ist denn das für ein verdammter Lärm?« fragte er rauh.

»Schlaf weiter«, erwiderte Case.

»Riecht verdächtig nach 'ner Schießerei«, erklärte der Kaplan. »Irgend jemand getötet worden?«

»Flöhe, das ist alles. Nur Flöhe.«

»Zum Teufel. Was für eine Verschwendung von gutem Schießpulver, Flöhe zu schießen. Hättest sie einfach mit dem Daumennagel zerquetschen sollen.«

Damit ließ sich der Kaplan wieder in seinen Stuhl zurückfallen. Sein zweiter Atemzug war ein tiefes Schnarchen.

Case ignorierte das Blut, das an seinem Bein herunterlief, als er in einem Bogen um die gefallenen Culpeppers herumging. Er trat die Revolver vorsichtshalber mit der Stiefelspitze aus ihren erschlafften Händen und schob sie außer Reichweite, bevor er sich hinunterbeugte, um nach den Männern zu sehen.

Beide Culpeppers lebten noch, waren jedoch nicht sonderlich glücklich darüber. Im Laufe der Zeit würden sie sogar noch weniger glücklich sein. Alle ihre Verletzungen waren unterhalb der Gürtellinie.

»Tut mir leid, Jungs«, sagte er. »Wenn ihr nicht so verdammt schnell eure Schießeisen gezogen hättet, hätte ich euch ein sauberes Ende bereitet. Aber diese ersten Kugeln, die ich abbekommen habe, haben mich völlig aus dem Konzept gebracht.«

Langsam richtete er sich wieder auf. Er löste sein Halstuch, wickelte es um seinen rechten Schenkel und band es fest.

Blut sickerte unablässig aus der Wunde. Mehr Blut floß aus einer Schußverletzung an seinem rechten Arm.

»Dich hat's erwischt, Kumpel«, lautete Beavers Kommentar.

Case ignorierte ihn, als er in sein Hemd griff, einen »Gesucht: Tot oder lebendig«-Steckbrief hervorzog und ihn auseinanderrollte. Er benutzte sein eigenes Blut als Tinte, um die Namen Quincy und Reginald Culpepper durchzustreichen. Auf dem Papier waren noch andere Namen durchgestrichen. Andere tote Culpeppers.

Es gab jedoch auch eine Reihe von Namen, durch die sich kein Strich zog.

Zu viele.

»Du solltest besser zusehen, daß du von hier verschwindest«, ließ sich Beaver wieder vernehmen. »Die Jungs da haben Verwandte. Sie werden dich aufspüren und dein Hirn langsam über einem Feuer rösten, so wie es die Apachen tun.«

Case ließ das Plakat zwischen die beiden Culpeppers fallen. Dann warf er eine Handvoll Münzen dazu.

»Hier ist euer Wetteinsatz«, sagte er zu Reginald. »Jetzt könnt ihr beide, du und Quincy, wetten, wer von euch zuerst stirbt.«

Langsam wich Case rückwärts in Richtung Tür. Er behielt Beaver bei jedem Schritt des Weges wachsam im Auge. Case war zwar verletzt, aber der Lauf des sechsschüssigen Revolvers in seiner linken Hand blieb die ganze Zeit ruhig und unverwandt auf die Brust des anderen Mannes gerichtet.

Beaver hütete sich, auch nur zu blinzeln.

Sobald Case die Tür erreicht hatte, stieß er einen hohen, seltsam melodiösen Pfiff aus, wie der Ruf eines Habichts, der an einem leeren Himmel kreist.

Um Gottes willen, beeil dich, beschwor er sein Pferd in Gedanken. *Ich muß in Deckung gehen, bevor ich ohnmächtig werde.*

Gebüsch raschelte, und Zeltleinwand flatterte, als Cricket sich losriß und auf seinen Reiter zutrabte. Case griff nach dem Sattelhorn und zog sich mühsam auf den Rücken des Hengstes.

Mit jedem Herzschlag rollten Wogen von Schmerz und Übelkeit über ihn hinweg. Er biß die Zähne zusammen und band sich am Sattel fest, um nicht bewußtlos hinunterzustürzen. Seine Hände waren erschreckend taub und ungeschickt.

Ich muß es irgendwie nach Hause schaffen, dachte er verzweifelt, während sich alles in seinem Kopf drehte.

Aber er hatte kein Zuhause.

Mit letzter Kraft drückte Case Cricket die Fersen in die Seiten und galoppierte in halsbrecherischem Tempo auf die steinerne Wildnis zu.

3. Kapitel

»Hab' dir was mitgebracht«, sagte Ute.

Sarah blickte von dem Habicht auf, den sie gesundpflegte. Einer der Banditen, die im Spring Canyon kampierten, hatte entschieden, den Vogel als Zielscheibe für seine Schießübungen zu benutzen. Zum Glück war der Flügel des Habichts nicht gebrochen. Er würde wieder heilen. Aber bis dahin mußte der Vogel gefüttert werden, sonst würde er elendiglich verhungern.

»Bücher?« fragte sie erfreut.

Der Habicht sperrte den Schnabel auf und kämpfte darum, sich aus ihrem Griff zu befreien. Sarah drückte ihn behutsam an ihre Brust und sprach beruhigend auf ihn ein.

»Auch ein paar Bücher, ja«, sagte Ute.

»Was noch?«

Er wies mit einer Kopfbewegung zur Vorderseite des Blockhauses hinüber. »Solltest dich besser beeilen. Ich glaube nicht, daß er's noch lange machen wird.«

Sie warf ihm einen seltsamen Blick zu, stritt jedoch nicht mit ihm. Vorsichtig zog sie dem Habicht eine weiche Lederkappe über den Kopf, band seine Beine an einer Sitzstange fest und eilte hinaus.

Das einzige, was Sarah auf den ersten Blick wirklich wahrnahm, war das Blut des Reiters – geronnenes, frisches, verkrustetes, hervorquellendes Blut und noch mehr Blut bedeckte die in sich zusammengesunkene Gestalt, die in einem ähnlich blutbeschmierten Sattel hockte.

Plötzlich erkannte sie den Hengst.

»Großer Gott«, sagte sie erschrocken. »*Case.*«

»Hab' ihn so gefunden, deshalb habe ich ihn zu dir gebracht wie all die anderen verletzten Viecher.«

»Hol ihn herunter«, sagte sie knapp.

Dann begann sie, Befehle zu rufen.

»Conner! *Conner!* Komm sofort her und hilf Ute! Lola, bring deine Heilkräuter mit!«

Ute zog ein Messer aus dem Gürtel, das so lang wie sein Unterarm war, und machte sich daran, das Lasso durchzuschneiden, das Case im Sattel festhielt.

Als die letzten Schnüre durchtrennt waren, kam Conner vom Bachufer heraufgelaufen. Er war ein magerer, hochaufgeschossener, schlaksiger Fünfzehnjähriger, der den Eindruck machte, als ob er erst noch in seinen Körper hineinwachsen müßte.

»Was ist denn los, Schwester?« verlangte er zu wissen.

»Sieh selbst«, sagte sie und wies mit einer Handbewegung auf den blutüberströmten Reiter. »Die Culpeppers müssen ihn erwischt haben.«

Case begann, seitwärts aus dem Sattel zu rutschen. Conner ächzte, als er Ute half, das enorme Gewicht des bewußtlosen Mannes aufzufangen.

»Verdammte Pest, was'n das für'n Brocken!«

»Du sollst nicht fluchen«, sagte sie automatisch. »Und außerdem heißt es, was ist denn das und nicht, was'n das.«

»Wirst du mir jetzt eine Lektion in Grammatik erteilen, oder willst du dem Mann helfen?« gab ihr jüngerer Bruder unfreundlich zurück.

»Ich kann beides gleichzeitig tun«, fauchte sie. »Bringt Case ins Haus und legt ihn auf mein Bett.«

»Case, wie?« fragte Conner spitz.

Er packte die großen, blutbeschmierten Stiefel und richtete sich unter dem Gewicht auf. Ute packte Case an den Schultern. Gemeinsam trugen sie ihn ins Haus.

»Ist dies der Typ, der dich neulich nachts nach Hause begleitet hat?« fragte Conner.

»Ja«, erwiderte Sarah abgelenkt. Dann, verdutzt: »Woher weißt du das?«

»Ich habe ihn gesehen.«

»Wieso hast du zu der nachtschlafenden Zeit noch nicht im Bett gelegen?«

»Wenn Ute weg ist, wache ich beim leisesten Geräusch auf«, sagte Conner schlicht.

Ob Conner auch beobachtet hat, wie Case mich geküßt hat? fragte sie sich.

»Lola!« rief sie laut. »Himmel noch mal, wo bleibst du denn?«

»Nur die Ruhe, Mädchen. Bin ja schon unterwegs. Ein paar von uns sind nicht mehr so rüstig wie andere.«

Die Worte kamen aus der Richtung der Weidenhütte, wo sich Ute und Lola häuslich eingerichtet hatten.

»Legt ihn auf mein Bett«, wies Sarah die beiden Männer an.

Conner blickte skeptisch von dem blutüberströmten Mann auf das blütenweiße Bettzeug seiner Schwester.

»Worauf wartest du denn noch!« fauchte sie.

»Na sag schon«, murmelte er. »Wer hat ein Wiesel in dein Hühnerhaus gesetzt?«

Sie ließen Case vorsichtig auf das Bettzeug nieder, das auf einer Pritsche aus geflochtenen Schilfgräsern lag.

»Hol frisches Wasser aus dem Bach«, wies Sarah Conner an. »Ute, nimm die frischgewaschenen Lappen von der Wäscheleine und bring sie her.«

Beide beeilten sich, ihr zu gehorchen. Wenn Sarah diesen grimmigen Glanz in den Augen hatte, war es besser, einfach Befehle entgegenzunehmen, als sich noch lange mit ihr herumzustreiten.

Sie kniete sich neben Case. So vorsichtig, wie sie konnte, zog sie ihm Stiefel und Socken aus. Obwohl er keinen Laut von sich gab, wußte sie, daß er noch lebte, weil noch immer Blut aus seinen Wunden sickerte. Wenn das Herz eines Mannes zu schlagen aufhörte, kam auch jede Blutung zum Stillstand.

Zuviel Blut, dachte sie erschrocken, als sie die Schlüpfrigkeit der Stiefel fühlte. *Er hat viel zuviel Blut verloren!*

Sie löste den Kinnriemen seines Hutes und warf ihn auf eine aus Weidenzweigen geflochtene Truhe. Mit schnellen, geschickten Handgriffen knöpfte sie sein Hemd auf und schälte es von seinem reglosen Körper; dann verfuhr sie auf die gleiche Weise mit seinem Unterhemd.

Behutsam tastete sie seine Brust mit den Fingerspitzen ab, um nach irgendwelchen Wunden unter dem verkrusteten Blut zu suchen. Sie fand keine bis auf die eine, die sie bereits auf der Innenseite seines rechten Arms bemerkt hatte.

Nur eine oberflächliche Schußwunde, dachte sie erleichtert. *Sie blutet stark, aber ansonsten hat sie keinen allzu großen Schaden angerichtet.*

Sie hakte seinen Gürtel auf. Dann schob sie seine Hose und Unterwäsche über seine Hüften herunter, während sie sich bei jedem Zentimeter des Weges vor dem fürchtete, was sie möglicherweise entdecken würde.

Bitte, Gott, mach, daß es keine Bauchschußwunde ist, betete sie stumm.

Das einzige Blut auf seinem Unterleib war von der Streif-schußverletzung an seinem Arm heruntergelaufen.

Sarah stieß erleichtert den angehaltenen Atem aus. Mit großer Vorsicht streifte sie die Hosen weiter an seinen Beinen hinunter.

Beim Anblick der Verletzungen an seinem Oberschenkel krampfte sich ihr Magen abrupt zu einem Knoten zusammen.

»Junge, Junge, ich muß schon sagen, das nenne ich ein erstklassiges Stück Männerfleisch«, sagte Lola unvermittelt hinter Sarah.

»Junge, Junge, aber im Moment sieht er eher wie Hackfleisch aus als wie ein Steak«, gab Sarah schroff zurück. »Bring mir bitte Onkels Arzttasche.«

Lachend ging Lola zu dem Weidenkorb, klappte den Deckel hoch und nahm eine abgeschabte schwarze Ledertasche heraus.

»Was brauchst du?« fragte sie.

»Ein Wunder«, erwiderte Sarah.

»Ich wußte gar nicht, daß du sie in dieser Tasche hier aufbewahrst.«

»Ich auch nicht.«

Danach herrschte eine Weile Stille bis auf das Plätschern von Wasser, als Sarah sorgfältig Cases Wunden säuberte. Sie begann mit seinem Arm. Wie sie gehofft hatte, war es zwar eine stark blutende, aber zum Glück nur oberflächliche Wunde.

»Die braucht nicht genäht zu werden«, lautete Lolas Kommentar.

Alles, was Sarah sagte, war: »Heißes Wasser, bitte. Seife. Und noch mehr Lappen. Er sieht wirklich schlimm aus mit all dem Blut.«

»Ute!« rief Lola barsch.

»Du brauchst nicht so zu schreien, ich höre dich sehr gut«, antwortete er verdrießlich. »Aber ich verstehe nicht, warum du dir die Mühe mit all der Schrubberei machst, Sarah, wenn ...«

»Hör auf zu meckern«, unterbrach Lola ihn. »Sie hat damals auch deine jämmerliche Haut gerettet, erinnerst du dich?«

Leise vor sich hinmurmelnd schürte Ute das Feuer und warf dann einen prüfenden Blick in den Wassertopf, der auf dem dreibeinigen Gestell über den Flammen hing.

»Dauert nur noch einen Moment«, sagte er.

»Danke«, erwiderte Sarah, ohne aufzuschauen.

Ute beobachtete mit ehrfurchtsvollen schwarzen Augen, wie sie den Verletzten wusch. Auf irgendeiner wortlosen Ebene seines Wesens war er davon überzeugt, daß sie ein Engel mit zimtfarbenem Haar war, den Gott auf die Erde gesandt hatte, um all den Geschöpfen zu helfen, die sich nicht selbst helfen konnten.

Es war etwas, worüber er nur selten sprach, aber es war wirklicher für ihn als alle Worte, die er kannte.

Während das Wasser langsam heiß wurde, wusch Sarah sanft das Blut von Cases Körper. Als sie fertig war, blickte sie auf ihr Werk hinunter.

Lola hat recht, entschied sie gedankenverloren. *Case ist wirklich ein phantastisch gebauter Mann.*

Der müßige Gedanke überraschte sie. Seit ihrer brutalen Einweihung in die Pflichten einer Frau im Ehebett hatten Männer keine körperliche Anziehungskraft mehr auf sie auszuüben vermocht.

Hastig drapierte sie ein sauberes Tuch über Cases Blöße, um wenigstens eine Spur von Anstand zu wahren.

Aber sie würde lange Zeit brauchen, um zu vergessen, was sie gesehen hatte.

Er ist größer und kräftiger, als Hal war.

Überall am Körper.

Der Gedanke ließ Sarah schaudern. Sie hatte genug Schmerz von ihrem eher schmächtig gebauten Ehemann erleiden müssen. Die Vorstellung, mit zusammengebissenen Zähnen dazuliegen, während ein Mann von Cases Größe seine Gelüste zwischen ihren Schenkeln befriedigte, war undenkbar.

»Hier, bitte«, sagte Ute.

»Danke.«

Sie nahm ihm den Topf mit heißem Wasser ab. Dann blickte sie auf in Utes schwarze, zu Schlitzen verengte Augen.

»Onkel William hat mir einmal gesagt«, erklärte sie ruhig, »daß eine saubere Wunde besser heilt als eine schmutzige, und jede Frau weiß, daß Dinge mit heißem Wasser und Seife sauberer werden, als wenn man ausschließlich kaltes Wasser verwendet.«

Utes Kopfnicken war fast eine Verbeugung.

»Ich hatte nicht die Absicht, dich zu kritisieren«, sagte er unbehaglich.

Sie berührte eine seiner narbenbedeckten Hände.

»Ich weiß«, sagte sie. »Ich wollte nur, daß du verstehst, damit du weißt, was du tun mußt, falls ich eines Tages verletzt werde.«

»Gott wird niemals zulassen, daß du verletzt wirst.«

»Gott ist sehr beschäftigt.«

»Nicht zu beschäftigt für Seine Engel.«

Mit einem traurigen kleinen Lächeln wandte sich Sarah wieder Case zu. Sie gab sich keinen Illusionen darüber hin, daß irgend jemand etwas Besonderes in ihr sehen könnte, geschweige denn Gott.

Vorsichtig und sorgfältig säuberte sie Cases Wunden, bis sie nichts als rohes Fleisch und frisches Blut sehen konnte. Eine der Beinverletzungen befand sich hoch oben auf der Innenseite seines Schenkels. Sie tastete die Wunde behutsam ab, konnte jedoch kein Blei fühlen. Die Kugel hatte lediglich eine Furche in das Fleisch gegraben und ihren Weg dann fortgesetzt.

Die zweite Beinwunde war tiefer und besorgniserregender. Sie blutete unaufhörlich, aber nicht mit dem kräftigen Strahl, der häufig den sicheren Tod bedeutete, wie ihr Onkel sie gewarnt hatte.

»Steckt die Kugel noch drin?« wollte Lola wissen.

»Ja«, sagte Sarah unglücklich. »Nach dem Einschußwinkel zu urteilen, sitzt die Kugel irgendwo auf der Rückseite seines Schenkels. Wenn sie den Knochen verfehlt hat ...«

Sachlich schob Lola ihre Hand unter Cases Schenkel. Sie drückte unversehrte Haut und Muskeln prüfend mit den Fingerspitzen, während sie nach der Kugel suchte. Als Case stöhnte, zuckte sie nicht mit der Wimper.

Aber Sarah zuckte unwillkürlich zusammen.

»Er hat Glück gehabt«, sagte die ältere Frau. »Die Kugel hat nur Fleisch getroffen.«

»Bist du sicher?«

»Ja. Hat den Knochen sauber verfehlt. Ute, reich mir mal dein Messer. Ich werde das Blei so schnell herausschneiden, wie sich eine Schlange über die Lippen leckt.«

»Warte!« rief Sarah erschrocken.

Lola warf ihr einen seltsamen Blick zu. »Die Wunde heilt besser ohne Blei.«

»Ich weiß. Es ist nur ...«

Sarahs Stimme erstarb. Sie wußte nicht, wie sie Lola erklären sollte, daß sie der bloße Gedanke, in Cases glattes, muskulöses Fleisch zu schneiden, ängstlich und traurig und wütend zugleich machte.

»Alles in Ordnung mit dir, Schwester?« erkundigte sich Conner. »Du siehst ein bißchen blaß um die Nase herum aus. Vielleicht solltest du das hier lieber uns überlassen.«

»Mir geht's gut«, erwiderte sie brüsk. »Ute hatte sehr viel schlimmere Schußwunden, als wir ihn damals gefunden haben. Und ich habe an ihm herumgesäbelt und ihn zusammengeflickt wie eine Patchworkdecke, erinnerst du dich?«

»Ich erinnere mich noch lebhaft daran, daß du dich hinterher übergeben hast«, murmelte ihr Bruder.

»Na und?« gab Lola energisch zurück, bevor Sarah etwas erwidern konnte. »Vorher hat sie aber noch ihre Arbeit erledigt, und das ist das einzige, was zählt. Du selbst hast auch nicht schlecht gespuckt, mein Junge, vergiß das nur nicht.«

Conner verengte seine grünen Augen zu Schlitzen und schluckte ein Wort hinunter, von dem er wußte, daß es ihm nur eine Strafpredigt von seiner älteren Schwester einbringen würde.

»Ute«, sagte Sarah hastig. »Roll Case auf die Seite. Ich werde die Kugel mit einem Skalpell herausholen.«

»Ich werde ihn herumdrehen«, sagte Conner.

Sie blickte überrascht auf. In ihren Augen war ihr Bruder noch immer das neunjährige Kind, das am Grab seiner Eltern schluchzte. Aber heute war ihr jüngerer Bruder ein kräftiger, grobknochiger Kind-Mann, bereits einen ganzen Kopf größer als sie und mühelos doppelt so stark.

Er wird zu schnell erwachsen, erkannte sie mit plötzlicher Furcht. *Wenn ich nicht bald jenen spanischen Schatz finde, wird es zu spät sein. Conner wird von hier wegreiten und verschwinden wie all die anderen ziellos Herumwandernden, die irgendwann unweigerlich in einer Sackgasse enden.*

Er hat wirklich etwas Besseres verdient. Er ist ein kluger Kopf. Er könnte Arzt oder Richter werden oder ein Gelehrter, wie unser Vater einer war.

Case stöhnte erneut, als Conner ihn herumdrehte.

»Sei vorsichtig!« sagte Sarah besorgt.

»Er spürt ja nichts davon.«

»Glaubst du vielleicht, er singt dir eine Hymne vor?« gab sie scharf zurück. »Case hat starke Schmerzen, auch wenn er nicht richtig bei Bewußtsein ist.«

»Darauf kannst du Gift nehmen«, warf Ute ein. »Wenn er wach wäre, würde er keinen Muckser von sich geben.«

»Woher willst du das wissen?« fragte Conner.

»Ich habe ihn in Spanish Church gesehen. Ruhig und absolut beherrscht. Er würde es hassen, ein Zeichen von Schwäche zu zeigen.«

Conner drehte Case auf die Seite. Behutsam.

Eine Kugel wölbte sich dicht unter der Haut seines muskulösen Schenkels.

»Na bitte, ich hab's dir ja gesagt«, erklärte Lola.

Sarah sagte gar nichts. Sie griff einfach nach dem sauberen Skalpell, atmete tief durch und redete sich ein, daß es eine Hirschkeule sei, die sie zerteilte.

Ein rascher Schnitt genügte bereits. Die Kugel sprang aus der Wunde heraus und rollte auf den festgestampften Lehm, der in dem Blockhaus als Fußboden diente.

Conner hob die Kugel mit einer lässigen Bewegung auf, die sowohl schnell als auch seltsam unbeholfen war. Er hatte noch immer Mühe, sich an seinen sich rapide verändernden Körper zu gewöhnen.

»Hier, fang«, sagte er, als er Ute die Kugel zuwarf. »Es gibt wieder Arbeit für den Schmelztiegel.«

Ute fing das Blei auf, grunzte und schob es in seine Tasche.

»Zu schade, daß er nicht das Messing aufgehoben hat«, fügte Conner hinzu. »Wir sind knapp an Patronenhülsen.«

»Um Himmels willen«, sagte Sarah empört. »Nur ein Idiot würde Patronenhülsen aufsammeln, während er langsam aber sicher dabei verblutet.«

»Nur ein Idiot würde sich überhaupt erst so über den Haufen schießen lassen«, gab ihr Bruder zurück.

»Junge«, sagte Ute, »du bist kein verdammter Narr, also hör auf, dich wie einer zu benehmen. Dieser Mann hier hat sich mit zwei Culpeppers gleichzeitig duelliert. Er konnte danach noch auf seinen eigenen zwei Beinen hinausgehen. Sie nicht.«

Sarahs Hände hielten mitten in der Bewegung inne.

»Was?« fragte sie erschrocken.

»Culpeppers«, wiederholte Ute. »Reginald und Quincy.«

»Tja, dann wird der Teufel zwei weitere Seelen zum Abendessen haben«, warf Lola ein. »Ich kann nicht behaupten, daß es mir leid tut.«

Ute knurrte.

»Wir sollten uns besser auf Besucher gefaßt machen«, erklärte der alte Bandit ruhig. »Beaver wird keine zwei Atemzüge lang dichthalten, wenn Ab erst einmal anfängt, ihn auszuquetschen.«

Sarah fuhr hastig herum und starrte Ute an.

Er zuckte die Achseln. »Ich habe versucht, die Spuren zu verwischen, aber Case hat wirklich schlimm geblutet. Ich hab' gehört, die Culpeppers sind mächtig gute Fährtenleser. Sie werden wissen, daß er hier ist.«

Lola murmelte etwas vor sich hin, von dem Sarah inständig hoffte, daß ihr Bruder es nicht hörte.

»Man sollte wirklich meinen, wir hätten schon genug Probleme«, sagte sie brüsk. »Haben wir Munition?«

»Ja«, erklärte Ute.

»Genügend?«

»Mehr als wir Waffen haben, um sie zu verschießen.«

»Du übernimmst die erste Wache am Felsrand.«

Ute war bereits verschwunden, noch bevor sie den Satz zu Ende gesprochen hatte.

»Conner«, fuhr Sarah fort, »du löst Ute ab. Ich werde …«

»Du wirst hierbleiben und diesen Mann pflegen«, unterbrach Lola sie energisch. »Ich habe nicht deine sanfte Hand, und er braucht sie. Ich werde deine Wache oben auf dem Felsrand übernehmen.«

»Aber deine Hüfte …«

56

»Meiner Hüfte geht's gut«, fiel ihr Lola erneut ins Wort. »Fang lieber an, diesen Burschen hier zusammenzuflicken, bevor er verblutet.«

Sarah widersprach nicht länger. Sie fädelte feine Seide in eine spezielle Nadel ein und begann, den Schnitt zu nähen, den sie in Cases Haut gemacht hatte.

Das Haar auf seinen Schenkeln war so schwarz und seidig wie das Garn, das sie benutzte. Seine Haut war warm, überraschend glatt und so weich und schmiegsam wie feines Leder.

»Dreh ihn auf den Rücken«, befahl sie.

Ihre Stimme klang heiser, fast atemlos. Hastig räusperte sie sich.

Conner warf ihr einen sonderbaren Blick zu, bevor er sich bückte und Case vorsichtig herumrollte.

»Jetzt sind deine Laken blutig«, sagte er.

»Wär' nicht das erste Mal«, murmelte Lola.

»Was?« fragte Conner verwirrt.

»Die Monatsblutungen einer Frau, Junge. Du solltest deinen Kopf wirklich zu etwas mehr als nur als Hutablage benutzen.«

Eine verlegene Röte kroch in Conners Wangen, aber er hielt wohlweislich den Mund. Er hatte schon vor längerer Zeit gelernt, sich nicht auf ein Wettschimpfen mit Big Lola einzulassen. Sie kannte die Art von Ausdrücken, die Steine versengen konnten.

Und wenn sie provoziert wurde, dann benutzte sie sie auch.

Sarah beugte den Kopf, um ihr Lächeln über den Verdruß ihres Bruders zu verbergen. Lola war so hart und unverblümt wie eine Steinaxt, aber sie war nicht grausam. Sie hatte einfach keine Geduld mit dickschädeliger, männlicher Dummheit.

Sarah übrigens auch nicht.

Schnell faltete sie ein sauberes Tuch zu einer Kompresse zusammen und drückte sie auf die Wunde. Als sie etwas mehr Kraft anwandte, stöhnte Case vor Schmerz. Sie biß sich auf die Lippen und fuhr fort, das Tuch auf die Wunde zu drücken.

Nach einer Weile hob sie vorsichtig eine Ecke der Kompresse an. Es floß noch immer Blut, aber etwas langsamer.

»Mach weiter«, sagte Lola. »Die Blutung ist noch nicht gestillt.«

Sarah wiederholte den Vorgang mit einem neuen Tuch. Ihre Zähne gruben sich hart in ihre Unterlippe, als Case zusammenzuckte und stöhnte.

»Reg dich nicht auf«, sagte Lola. »Er spürt es ja nicht wirklich.«

»Hoffentlich hast du recht.«

»Gott im Himmel, Mädchen, der Mann ist ein Bandit und keine feine Lady, die bei jeder Gelegenheit in Ohnmacht fällt!«

»Das bedeutet noch lange nicht, daß er keinen Schmerz empfinden kann.«

»Ich werde jetzt den Brei für den Wickel anrühren«, war alles, was Lola sagte.

Endlich ließ die Blutung so weit nach, daß Sarah die Wunde weiter versorgen konnte. Lola reichte ihr ein Glas mit einem stark riechenden Brei.

Mit angehaltenem Atem strich Sarah die Mischung aus Kräutern, Öl und schimmeligem Brot auf eine saubere Bandage, legte sie über beide Wunden und wartete, während Lola das gleiche mit der Wunde auf der Rückseite von Cases Schenkel tat. Rasch umwickelte Sarah das Bein mit sauberen Stoffstreifen, die noch nach der Frische des sonnigen Wintertags dufteten.

»So, das hätten wir«, sagte Lola. »Deck ihn zu, leg ihm ein paar Wärmsteine ins Bett und laß ihn in Ruhe.«

Sie redete noch immer, während Sarah die oberste Schicht von Ziegelsteinen von dem Feuerring wegzuziehen begann. Sie waren höllisch heiß. Sie holte zischend Luft, als sie die Steine in alte Mehlsäcke wickelte. Vorsichtig schob sie die Wärmsteine an Cases Füße und legte zur Sicherheit noch einige zusätzliche rechts und links neben seine Beine.

»Hat er Fieber?« wollte Lola wissen.

»Noch nicht.«

Sie brummte. »Das wird kommen.«

Sarah kaute auf ihrer Unterlippe, widersprach jedoch nicht. Lola hatte mehr Erfahrung mit Schußwunden als sie.

»Wird er … durchkommen?« fragte sie besorgt.

»Das will ich doch hoffen. Wär' eine Schande, solch prächtige Männer zu vergeuden. Es gibt viel zu wenig von der Sorte.«

Sarah zog die Bettdecke hoch und steckte sie sorgfältig um Cases

Schultern fest. Wie alles andere in dem Blockhaus war das Bettzeug so sauber, wie es sich mit harter Arbeit, heißem Wasser und Seife bewerkstelligen ließ.

Lola zog sich mit einem Ächzen auf die Füße und ging zur Tür. Bei jedem Schritt schwangen die Falten ihres Rockes aus alten Mehlsäcken forsch um ihre kniehohen Mokassins. Ihre schlichte, handgenähte Bluse war von der Farbe ungebleichten Musselins. Das Stirnband, das sie trug, um ihre dicken, grauen Zöpfe aus dem Gesicht zurückzuhalten, war fein gewebt, mit einem farbenprächtigen Muster, und aus dem Haar der Ziegen gesponnen, die sie wegen ihrer Milch, ihres Fleisches und der seidigen Wolle hielt.

»Überprüfe die Gewehre und Schrotflinten«, wies Sarah ihren Bruder an, ohne den Blick von Case zu wenden. »Ist genügend frisches Wasser da?«

»Ich werde noch welches holen«, erwiderte Conner. Dann, fast widerstrebend, fügte er hinzu: »Was glaubst du? Wird er wieder auf die Beine kommen?«

Sie schloß einen Moment lang die Augen. »Ich weiß es nicht. Wenn sich seine Wunden nicht infizieren …«

»Du hast es doch auch geschafft, daß Ute damals durchgekommen ist.«

»Ich hatte Glück. Und er desgleichen.«

»Vielleicht wird dieser hier auch Glück haben.«

»Das hoffe ich sehr.«

Sie stand auf und blickte sich im Haus um, während sie im Geist die Dinge notierte, die getan werden mußten.

»Ich brauche mehr frisches Wasser aus dem Bach«, sagte sie, »mehr Feuerholz, eine Pritsche oder irgend etwas, damit ich heute nacht neben Case schlafen kann, Lola wird wahrscheinlich Hilfe mit ihren Arzneikräutern brauchen …«

»Bin schon unterwegs«, sagte Conner.

Sarah lächelte, als ihr Bruder zum Haus hinauseilte. Er war ein guter Junge, trotz einer gewissen Neigung zu Heftigkeit und Wildheit, Eigenschaften, die sie oft des Nachts vor Sorge nicht schlafen ließen.

Conner braucht jemanden, zu dem er aufblicken kann. Banditen sind wohl kaum der richtige Umgang für ihn, dachte sie. *Ich muß diesen Schatz finden. Ich muß einfach!*

In dem Moment stöhnte Case leise und versuchte, sich aufzusetzen.

Sofort lag Sarah auf den Knien neben ihm, um mit beiden Händen seine Schultern in die Kissen zu drücken.

Er fegte sie beiseite, als wäre sie nicht mehr als eine Feder, die auf dem Wind dahinsegelt. Dann setzte er sich auf und schüttelte den Kopf, um die Benommenheit aus seinem Hirn zu vertreiben.

Behutsam legte sie eine Hand auf sein dichtes Haar und streichelte ihn beruhigend wie einen verletzten Habicht.

»Case«, sagte sie mit klarer, deutlicher Stimme. »Case, können Sie mich hören?«

Er öffnete langsam die Augen und konzentrierte seinen Blick auf sie.

Seine Iris ist eine eigenartige Mischung aus Blau, Grau und Grün, dachte sie. *Nicht richtig Haselnußbraun. Eher ein blasses Grün.*

So klar wie der Winter und unendlich tief. Und kalt, eisig kalt.

»Sarah?« fragte er rauh. »Sarah Kennedy?«

»Richtig, die bin ich«, erwiderte sie.« Legen Sie sich wieder hin, Case.«

Sie drückte erneut gegen seine Schultern. Dieses Mal bemerkte sie die federnde Qualität seiner Muskeln unter ihren Handflächen, die männliche Kraft, die unter der glatten, nackten Haut schlummerte.

Und die Hitze. Kein Fieber. Nur … Leben.

»Was ist passiert?« fragte er mit belegter Stimme.

»Sie sind angeschossen worden. Ute hat Sie gefunden und hierhergebracht.«

»Culpeppers?«

»Ja, Reginald und Quincy.«

»Muß von hier weg«, murmelte er. »Sie kommen hinter mir her.«

»Das bezweifle ich doch stark. Nach dem, was Ute sagte, werden die beiden nirgendwo mehr hingehen außer geradewegs in die Hölle.«

Case blinzelte verwirrt und rieb sich mit einer Hand über die Augen.

»Andere Culpeppers«, sagte er.

Seine linke Hand bewegte sich automatisch zu seiner Hüfte, als wollte er nach seiner Waffe greifen. Seine Finger fanden nichts als nackte Haut.

»Revolver«, sagte er heiser. »Wo?«

»Beruhigen Sie sich und legen Sie sich hin. In Ihrem Zustand könnten Sie noch nicht einmal gegen ein Küken kämpfen.«

Case schüttelte Sarah unwirsch ab und versuchte, aufzustehen. Eine Woge von Schmerz rollte durch seinen Körper und raubte ihm sekundenlang den Atem. Er unterdrückte ein Aufstöhnen, als er wieder auf das Bett sank.

»Muß … aufstehen«, murmelte er.

»Ich bringe Ihnen einen Revolver, wenn Sie sich nur wieder hinlegen«, sagte sie hastig. »Bitte, Case. Wenn Sie aufstehen und herumlaufen, fangen Ihre Wunden wieder zu bluten an, und dann werden Sie sterben!«

Die Eindringlichkeit ihres Tonfalls durchdrang schließlich seine Benommenheit. Er hörte auf, sich zu wehren, und ließ sich gehorsam wieder von ihr zudecken. Dann lag er still da und beobachtete mit vor Schmerz glasigen Augen, wie sie aufstand und durch den Raum ging, um seinen Revolver zu holen.

Wie es ihre Gewohnheit war, trug Sarah Männerkleidung. Röcke und Unterröcke waren mehr als nutzlos, wenn sie in den Felscanyons herumkletterte auf der Suche nach dem Schatz oder kranke Tiere pflegte oder einen der unruhigen Mustangs ritt, die Conner und Ute eingefangen hatten, um genügend Reitpferde auf der Ranch zu haben.

»Männerkleider«, sagte Case mit verschwommener Stimme.

»Was?«

»Hosen.«

Ihre Wangen färbten sich glutrot. »Ich, äh, das heißt …«

Ihre Stimme versagte, als sie sich an das Bild erinnerte, das Case abgegeben hatte, als sie ihn entkleidete. Selbst über und über mit Blut beschmiert und halbtot hatte der Anblick seines Körpers noch ausgereicht, um ihren Herzschlag zu beschleunigen.

Dumme Gans, schalt sie sich selbst. *Nur weil er dich so süß und zart wie ein Schmetterling geküßt hat, heißt das noch lange nicht, daß er dir nicht weh tun würde, wenn es um sein eigenes Vergnügen ginge.*

Er ist schließlich ein Mann.

Und ein großer, kräftiger obendrein.

»Ich werde Ihnen Ihr Hemd bringen, sobald ich das Blut herausgewaschen habe«, sagte sie. »Aber Sie sollten eine Zeitlang weder das Hemd noch eine Hose tragen. All das Reiben des Stoffes auf Ihrer Haut würde nur bewirken, daß Ihre Wunden noch schlechter heilen.«

»Ich meinte eigentlich Ihre Kleider, nicht meine«, sagte er vorsichtig.

»Dann ist es ja gut«, gab sie zurück, »weil Sie nämlich im Moment so gut wie gar nichts anhaben.«

Er versuchte zu antworten, doch plötzlich brach schwindelige Benommenheit wie ein langer Wintersturm über ihn herein. Er schloß die Augen, biß die Zähne zusammen und kämpfte mit aller Macht darum, einen klaren Kopf zu behalten.

Aber es war eine Schlacht, von der Case schon von vornherein wußte, daß er sie verlieren würde.

»Hier«, sagte sie. »Ich habe die erste Kammer geleert.«

Er fühlte, wie das kalte, vertraute Gewicht seines sechsschüssigen Revolvers in seine linke Hand gedrückt wurde.

»Und jetzt legen Sie sich wieder hin«, befahl Sarah.

Er ließ sich widerspruchslos auf die Pritsche zurücksinken. Als Sarah sich über ihn beugte, um die Decke um seine Schultern festzustecken, fiel einer ihrer Zöpfe nach vorn. Er streifte liebkosend über Cases Wange wie ein seidiges Seil.

»Rosen«, murmelte er.

»Was?«

Case blickte zu ihr auf und ertappte sich dabei, wie er in Augen starrte, deren Farbe eine Mischung aus Nebel und Silber war, ihr Ausdruck mitfühlend und mißtrauisch und bewundernd zugleich.

»Rosen und Sonnenschein«, sagte er gepreßt. »Ich habe Sie geküßt.«

»Ja«, flüsterte sie. »Sie haben mich geküßt.«

»Das Dümmste, was ich je getan habe.«

»Was?«

Sie erhielt keine Antwort. Case war bewußtlos.

4. Kapitel

Sarah saß mit überkreuzten Beinen neben der Pritsche, wo Case unruhig schlief, von Wundschmerz und Fieberschauern geschüttelt. In den vergangenen drei Tagen hatte sie sich kaum von Cases Seite weggerührt, außer um den verletzten Habicht zu versorgen.

»Em …« murmelte er rauh. »*Emily*.«

Die nackte Qual in seiner Stimme bewirkte, daß sich Sarahs Kehle schmerzlich zuschnürte und Tränen des Mitleids in ihren Augen aufstiegen.

Sie wußte nicht, wer Emily war. Sie wußte nur, daß Case sie liebte. Er rief auch andere Namen – Ted und Belinda, Hunter und Morgan – aber es war Emilys Name, der in einem derart leiderfüllten, gequälten Tonfall über seine Lippen kam.

»Case«, sagte sie, wobei sie die Stimme benutzte, die sie eigentlich für verängstigte Tiere reserviert hatte. »Sie sind in Sicherheit, Case. Hier, trinken Sie das. Es wird gegen das Fieber und die Schmerzen wirken.«

Während sie beruhigend auf ihn einsprach, stützte sie seinen Kopf mit einer Hand und hielt eine Tasse an seine Lippen.

Er schluckte, ohne sich zu sträuben, denn er wußte mit instinktiver Sicherheit, daß ihm die sanft murmelnde Stimme und die kühlen Hände eher helfen als Schmerz zufügen würden.

»Rosen«, stieß er heiser hervor und seufzte.

Sarahs Lächeln war so traurig wie ihre silbergrauen Augen, die sein erhitztes Gesicht beobachteten. Sie hatte in ihrem Leben schon für viele verletzte Geschöpfe gesorgt, hatte jedoch ihren Schmerz niemals derart intensiv mitempfunden wie bei diesem Fremden.

»Schlafen Sie«, flüsterte sie beruhigend. »Schlafen Sie. Und träumen Sie nicht, Case. Ihre Träume … sind zu schmerzlich.«

Nach einigen weiteren Minuten seufzte er tief und versank wieder in der Welt des Zwielichts, jenem Dämmerzustand zwischen Schlafen und Wachen. Aber er war jetzt ruhiger.

Sarah wagte kaum zu atmen, aus Angst, ihn zu stören. Sein Fieber war etwas gefallen im Vergleich zu den beiden vergangenen Tagen, und die Entzündung seiner Wunden war im Abklingen begriffen, doch bis zu seiner vollständigen Genesung würde noch eine ganze Weile vergehen.

Mit langsamen, geräuschlosen Bewegungen kürzte sie den Docht der Laterne, zündete ihn an und untersuchte dann den Flügel des Habichts. Der Vogel protestierte bei der Berührung, doch wie Case sträubte sich der Habicht nicht länger gegen sie, wenn sie Salbe in seinen Flügel einrieb. Ihre sanften Hände und ihre beschwichtigende Stimme hatten den wilden Raubvogel inzwischen so weit gezähmt, daß sie ihm keine Kappe mehr auf den Kopf setzen mußte, um ihn daran zu hindern, in Panik zu geraten.

»Heilt sehr schön«, murmelte sie, als sie den Flügel begutachtete. »Du wirst dich wieder in den Winterhimmel hinaufschwingen können, mein wilder Freund. Bald.«

Sie stellte die Laterne neben die Pritsche, wo Case lag. Dann setzte sie sich auf einen Stuhl in der Nähe, griff nach einem kleinen Bündel Wolle und begann, sie auf eine hölzerne Spindel zu wickeln. Ihre Finger flogen förmlich, als sie eine formlose Masse von Ziegenhaar zu weichem Garn verspannen. Wie von Zauberhand wurde die Garnmenge um die Spindel ständig größer, während der Wollberg zusehends schrumpfte.

Die Haustür öffnete und schloß sich rasch. Auch ohne aufzuschauen konnte Sarah an den Schritten erkennen, daß es ihr Bruder war.

»Wie geht es ihm?« erkundigte sich Conner leise.

»Besser. Das Fieber ist etwas gesunken.«

»Siehst du? Ich hab' dir doch gesagt, daß er es schaffen wird.«

Sie lächelte matt.

»Du siehst müde aus«, sagte er. »Warum legst du dich nicht hin und schläfst etwas? Ich werde solange auf ihn aufpassen.«

Sie schüttelte schweigend den Kopf.

Ihr Bruder begann zu widersprechen, dann zuckte er die Achseln und hielt den Mund. Lola hatte recht – keiner hatte Sarahs Geschick, wenn es darum ging, Verletzte zu pflegen. Irgendwie gelang es ihr, jedem Geschöpf, vom Raubvogel bis hin zum Mustang, die Angst zu nehmen und ihm zu versichern, daß es in ihren Händen nichts zu befürchten hatte.

»Tut sich oben am Felsrand irgendwas?« wollte sie wissen.

»Keine Spur von den Culpeppers, falls es das ist, was du meinst.«

»Ute muß bessere Arbeit geleistet haben, als er glaubte, als er Cases Spuren verwischte.«

»Vielleicht. Vielleicht warten sie auch einfach.«

»Worauf?«

»Woher soll ich das wissen? Ich bin kein Culpepper. Sind noch ein paar Bohnen übrig?«

»Du hast doch gerade erst gegessen«, meinte Sarah.

»Das ist doch schon Stunden her«, erwiderte Conner.

»Eine Stunde.«

»Aber ich habe Hunger.«

»Iß die restlichen Bohnen, spül den Topf und setz neue …«

»… Bohnen zum Einweichen auf«, unterbrach er sie, während er die wohlbekannten Anweisungen herunterleierte. »Herrgott noch mal, man sollte meinen, ich läge immer noch in den Windeln oder so was. Ich weiß, wie man Bohnen zubereitet!«

»Ach, wirklich? Glaubst du, sie wachsen in schmutzigen Töpfen? Ist das der Grund, weshalb ich gestern mitten in der Nacht noch den Topf spülen und das Abendessen für heute vorbereiten mußte?«

Conners Lippen wurden schmal.

Sarah bereute ihre scharfen Worte im selben Moment, in dem sie sie ausgesprochen hatte. Seufzend fragte sie sich, wie geplagte Eltern es schafften, sich zu beherrschen und nicht jedesmal aus der Haut zu fahren. Im einen Moment benahm Conner sich so verantwortungsbewußt wie ein erwachsener Mann, im nächsten war er schlimmer als ein Zweijähriger.

Dennoch war es von lebenswichtiger Bedeutung, daß sie sich auf ihn verlassen konnte.

Im Grunde ist es ihm gegenüber nicht fair, dachte sie. *Er ist ja noch ein halbes Kind.*

»Tut mir leid«, sagte sie zerknirscht. »Du warst die halbe Nacht auf den Beinen, um Wache zu halten.«

Conner sagte nichts, sondern kratzte nur den letzten Rest Bohnen auf einen Teller. Er wußte, daß er im Unrecht war. Er hätte die Bohnen aufsetzen sollen, selbst als er sich vor Müdigkeit und Schlafmangel kaum noch auf den Füßen hatte halten können. Aber er hatte es schlicht und einfach vergessen.

»Ich werd's nicht wieder vergessen«, murmelte er.

»Ist schon in Ordnung.«

»Nein, isses nich'.«

»*Ist es nicht*«, korrigierte sie ihn automatisch.

»*Ist es nicht.* Zum Teufel, welchen Unterschied macht das schon? Ich werde auf keine teure Schule im Osten gehen! Auf *überhaupt keine Schule!*«

»Doch, das wirst du. Sobald ich den Schatz gefunden habe.«

»Bevor das passiert, werden wir alle so tot wie die Blumen vom letzten Jahr sein. Außerdem will ich nicht zur Schule gehen.«

»Ich werde das Silber finden«, erwiderte sie energisch. »Und du wirst gehen.«

Conner hörte die Beharrlichkeit in der Stimme seiner Schwester und wechselte das Thema. Jedesmal, wenn sie über seinen Mangel an offizieller Schulbildung sprachen, kam es zu einem Streit zwischen ihnen. Und je älter er wurde, desto erbitterter wurden die Auseinandersetzungen.

Er wollte seine Schwester nicht kränken, aber er hatte nicht die Absicht, wieder in den Osten zu gehen und sie zurückzulassen, um sich allein durchzuschlagen. Sie würde niemals zugeben, daß sie ihn brauchte, aber genauso war es.

Er marschierte in die Nacht hinaus, um den Kochtopf im Bach auszuspülen.

Das leise Flüstern von Ziegenhaar, das zu Garn gesponnen wurde, erfüllte die Stille des Hauses. Sarah arbeitete schnell und geschickt, während sie versuchte, nicht an die Zukunft zu denken.

Es war unmöglich.

Conner wächst zu schnell heran.

Obwohl sie eher gestorben wäre, als es zuzugeben, hatte sie Angst, daß sie das spanische Silber nicht mehr rechtzeitig finden würde, um ihren jungen Bruder vor dem unsteten, heimatlosen Leben zu bewahren, das zu vielen Männern im Westen beschieden war.

Und jetzt muß ich mir auch noch Sorgen wegen dieser Culpeppers und Moodys Bande machen. Als ob ich nicht schon genug Probleme hätte!

Sie biß sich auf die Unterlippe und fuhr ohne Pause zu spinnen fort.

Ich verbringe soviel Zeit damit, über meine Schulter zu blicken, daß ich das Silber wahrscheinlich nur dann finden werde, wenn ich auf dem Weg zum Abort zufällig darüber stolpere.

Das nächste Mal, wenn ich hinausreite, werde ich es in dem Gebiet nördlich und westlich der Ranch versuchen. Man trifft in der Gegend nur sehr selten auf Banditen. Weil es für sie dort nichts zu holen gibt. In den meisten Canyons gibt es weder Wasser noch Gras für die Pferde noch Jagdmöglichkeiten.

Und auch kein Silber. Noch nicht.

Aber ich werde es finden.

Ich muß einfach.

Trotz ihrer trostlosen Gedanken hielten ihre Finger niemals in ihrer Arbeit inne. Die letzte Jacke, die Lola für Conner gewebt hatte, war ihm schon wieder viel zu kurz in den Ärmeln. Und es war kein Geld da, um eine neue für ihn zu kaufen.

Spinnen und weben, spinnen und weben, dachte sie. *Gott, ich wünschte, alles im Leben wäre so einfach.*

Sie wußte, daß es das nicht war. Andererseits kam beim Spinnen und Weben zumindest ein greifbares Ergebnis heraus. Alles, was sie mit der Schatzsuche bisher erreicht hatte, war, daß sie ihre Mokassins beinahe noch schneller zerschliß, als Ute ein neues Paar anfertigen konnte.

Conner kehrte ins Haus zurück und brachte einen Schwall kalter Luft mit herein. Obwohl noch kein Schnee gefallen war, herrschte bei Nacht eisige Kälte.

Wortlos setzte er Bohnen zum Einweichen auf. Dann rollte er sich auf seiner Pritsche in der Nähe des Feuers zusammen. Innerhalb von zwei Atemzügen war er eingeschlafen.

Mit einem leisen Seufzer streckte Sarah ihren schmerzenden Rücken und strich sich mit einer Hand durch ihr frischgewaschenes Haar. Der süße Duft von Wildrosen haftete an ihren Fingern. Am Spätnachmittag hatte sie die Abwesenheit ihres Bruders ausgenutzt, um ein gründliches Bad zu nehmen. Es war etwas, was sie so häufig tat, daß Ute schwor, ihr würden eines Tages noch Schuppen und Flossen wachsen.

Ihr taillenlanges Haar fühlte sich kühl und noch ziemlich feucht an.

Noch nicht trocken genug, um es zu flechten, entschied sie. *Dann kann ich auch ebensogut so lange aufbleiben, bis es Zeit ist, Cases Verbände zu wechseln und ihn dazu zu beschwatzen, noch etwas Wasser zu trinken.*

Sie griff wieder nach der Spindel und richtete sich darauf ein, noch ein paar stille Stunden lang Wolle zu spinnen und sich um Case zu kümmern und sich Sorgen um Conners Zukunft zu machen.

Als Case aus seinen Fieberträumen erwachte, war das erste, was an sein Ohr drang, eine Art von rhythmischem Flüstern. Die meisten Männer in seiner Situation hätten die Augen geöffnet, um herauszufinden, wo sie waren, oder hätten sich bewegt oder einen Laut von sich gegeben.

Case jedoch ließ mit keiner Regung erkennen, daß er aufgewacht war.

Seine Sinne sagten ihm, daß er nicht allein war. Und da der einzige Mensch, dem er rückhaltslos vertraute, weit entfernt in den Ruby Mountains von Nevada war, konnte die Tatsache, daß jemand ganz in seiner Nähe war, nur Gefahr bedeuten.

Seine linke Hand, verborgen unter der Decke, bewegte sich verstohlen, um nach der Waffe zu tasten, die er immer in Reichweite aufbewahrte, selbst wenn er schlief.

Der Revolver war da.

Und er selbst war nackt.

Vorsichtig, sehr vorsichtig schlossen sich seine Finger um die Waffe, während er seine Kräfte sammelte, um sich für einen Kampf bereitzumachen.

Trotz seiner eisernen Selbstkontrolle hätte ihm der plötzliche Stich von Schmerz in seinem rechten Bein, als er sich bewegte, beinahe einen Schrei entrissen. Der Blitzschlag der Qual, der seinen Körper durchzuckte, löste Erinnerungen aus. Einige waren so klar und scharf wie der Schmerz selbst. Andere waren traumähnlich in ihrer Verschwommenheit.

Die Schießerei im Saloon gehörte zu den deutlichen Erinnerungen.

War es Ab Culpepper, der mich aufgespürt hat?

Case tat den Gedanken sofort wieder ab.

Nein. wenn Ab Culpepper mich erwischt hätte, würde ich nie mehr aufwachen, und ich würde todsicher keine Waffe in der Hand halten.

Ich bin verwundet worden, erinnerte er sich schmerzlich. *Ich weiß noch, daß ich mich an Crickets Sattel festgebunden habe und mit ihm davongaloppiert bin und ...*

Die Erinnerung endete in einem Wirbel von Qual und Dunkelheit.

Er horchte angestrengt, hörte jedoch kein Geräusch, das ihm sagte, daß Cricket in der Nähe graste. Alles, was er hören konnte, war ein gedämpftes, irgendwie tröstliches Flüstern, ähnlich wie leise Atemzüge.

Aber es war kein Atmen. Nicht ganz.

Spinnen, dachte er plötzlich. *Jemand sitzt dicht neben mir und spinnt Garn.*

Andere Erinnerungen stürmten auf ihn ein – der Duft nach Rosen und Wärme; kühle, behutsame Hände, die ihn beruhigend streichelten; Wasser, das zwischen seine Lippen tröpfelte, um den quälenden Durst zu stillen, der ihn verzehrte; das lange Haar einer Frau, sanft schimmernd im Laternenlicht.

Sarah?

Bruchstücke der Vergangenheit regneten auf Case herab wie Splitter von buntem Glas, scharfkantig und wunderschön zugleich.

Silbergraue Augen und seidiges Haar von der Farbe von Zimt.

Sie schmeckt sogar noch süßer, als sie duftet.

Ich hätte sie niemals küssen dürfen.

Das war das Dümmste, was ich jemals getan habe.

Ich war wirklich ein ausgemachter Idiot.

Vorsichtig öffnete er die Augen, gerade weit genug, um sehen zu können, ohne erkennen zu lassen, daß er wach war.

Sarah saß in Reichweite neben seiner Pritsche. Ihre Hände bewegten sich in einem geschickten, beruhigenden Rhythmus, während sie einen Haufen schwarzer Wolle zu Garn verspann. Ihr Haar floß über ihre Schultern in seidigen, zimtbraunen Wellen, die förmlich darum zu flehen schienen, von einer Männerhand gestreichelt zu werden. Ihre Augen reflektierten das leuchtende Gold von Laternenlicht.

Sie beobachtete ihn.

»Wie fühlen Sie sich?« fragte sie leise.

»Wie ein Idiot.«

Sie fragte nicht nach dem Grund. Weil sie befürchtete, daß sie die Antwort bereits kannte.

Der Kuß.

Schon die Erinnerung an jenen süßen, zärtlichen Kuß genügte, um ihre Finger zittern zu lassen.

»Sie brauchen sich wirklich keine Vorwürfe zu machen«, sagte sie betont sachlich. »Sie sind nicht der erste Mann, der in eine Schießerei verwickelt wurde.«

Oder der erste, der ein Mädchen geküßt hat, dachte Case.

Nun, zumindest ist sie Witwe. Sie wird nicht den Fehler machen, den sinnlichen Hunger eines Mannes mit einem Versprechen von jetzt und immerdar zu verwechseln.

»Wie schlimm ist es?« fragte er.

»Sie meinen, Ihre Verletzungen?«

Er nickte.

»Eine Kugel ist zwischen die Innenseite Ihres rechten Arms und Ihre Brust eingedrungen.«

Im Sprechen beugte sie sich über ihn und berührte vorsichtig seine rechte Schulter.

»Und Sie haben zwei Schußverletzungen am rechten Schenkel abbekommen.«

»Infektion?« fragte er mit ausdrucksloser Stimme.

Sie legte ihre Spindel beiseite. »Das können Sie gleich selbst sehen. Es ist Zeit, Ihre Verbände zu wechseln.«

Er beobachtete sie angespannt, während sie geschäftig im Raum hin und her ging, um saubere Lappen zu holen, warmes Wasser und ein Glas mit etwas durchdringend Riechendem, das er nicht identifizieren konnte.

»Möchten Sie ein Mittel gegen die Schmerzen?« erkundigte sich Sarah. »Ute hat selbstgebrannten Whiskey, der …«

»Nein«, unterbrach Case sie. »Ich will einen klaren Kopf behalten.«

Sie war nicht überrascht. Obwohl er schrecklich bleich war, offensichtlich Schmerzen litt und nicht in der Lage war zu stehen, hatte er eine animalische Wachsamkeit an sich, die unmißverständlich war.

Er war ein Mann, der es gewohnt war, mit Gefahr zu leben.

Ute war genauso wachsam und mißtrauisch gewesen, als er damals auf die Lost River Ranch gekommen war.

Oft war er es auch heute noch.

»Wie kommt es, daß ich hier gelandet bin?« wollte Case wissen.

»Ute hat Sie gefunden und hierhergebracht.«

Ruhig zog sie die Bettdecke bis zu seiner Taille herunter. Als sie sich über ihn beugte und den Verband an seinem Arm abzuwickeln begann, fiel ihr Haar nach vorn und glitt in einer weichen Kaskade über seine Brust.

Kühl und seidig. Und dennoch verbrannte ihn die Berührung wie glutheiße Flammen. Er sog zischend den Atem ein, und sein Pulsschlag beschleunigte sich.

»Entschuldigung«, murmelte Sarah und zog augenblicklich ihre Hände zurück. »Sind Sie sicher, daß Sie nichts gegen die Schmerzen haben wollen?«

»Ja«, stieß er zwischen zusammengebissenen Zähnen hervor.

Ihre Lider zuckten, doch sie sagte nichts. Sie machte einfach weiter mit der Aufgabe, den Rest des Verbandes um seinen Arm abzuwickeln. Zart streiften ihre Fingerspitzen über die Haut um die Furche, die die Kugel in seinem Fleisch hinterlassen hatte.

Wieder holte er zischend Luft.

Sie runzelte die Stirn. »Ist die Stelle derart empfindlich?«

»Nein.«

»Sind Sie sicher?«

»Ja«, knurrte er.

Sie warf ihm einen mißtrauischen Blick zu. Dann fuhr sie fort, die Haut um die flache Wunde herum behutsam abzutasten.

Diesmal gab Case keinen Laut von sich, trotz der sinnlichen Hitze in seinem Blut, die eine einzige simple, unpersönliche Berührung entfacht hatte.

Ich hätte sie niemals küssen dürfen, sagte er sich grimmig. *Wie konnte ich nur so dumm sein. Ich habe keine Frau mehr so begehrt, seit ...*

Seine Gedanken zerstreuten sich.

Er hatte noch nie zuvor eine Frau derart heftig begehrt wie Sarah Kennedy.

Die sanfte, köstliche Folter ihrer Berührung dauerte noch einige weitere Sekunden an. Dann zog sie ihre Hand zurück.

»Die Haut um die Wunde ist kühl«, erklärte sie. »Keine Entzündung, aber Sie werden eine Narbe zurückbehalten.«

»Es wird nicht die erste sein.«

»Oder die letzte«, sagte sie, als sie an die Verletzungen an seinem Schenkel dachte. »Da Sie jetzt wach sind, werde ich Ihren Arm nicht wieder verbinden. Er wird schneller heilen, wenn Luft an die Wunde herankommt.«

Case beobachtete ihr Gesicht, während sie die Decke über seine nackte Brust heraufzog. Dann versetzte sie ihm einen regelrechten Schock, indem sie die Decke über seinen Beinen zurückschlug und seinen gesamten Unterkörper bis zum Bauchnabel entblößte.

»Verdammte Pest!« fluchte er.

Hastig griff er mit einer Hand hinunter und zog die Decke wieder über seine Blöße.

Sarah war zu überrascht, um ihn daran zu hindern.

»Schwester?« rief Conner schlaftrunken.

»Schlaf weiter«, sagte sie ruhig. »Es ist nur Case, der sich im Bett herumwirft.«

»Brauchst du Hilfe? Soll ich ihn festhalten, während du seine Verbände wechselst?«

Sie blickte Case an und zog ihre zimtbraunen Augenbrauen in einer stummen Frage hoch.

»Also, was ist nun?« sagte sie leise.

Cases Augen weiteten sich erschrocken. Er war gerade dahinter-gekommen, daß es keinen Zentimeter seines Körpers gab, den Sarah Kennedy noch nicht gesehen hatte.

Splitterfasernackt.

Schamröte brannte auf seinen Wangenknochen über seinem wochenalten Bart. Schweigend zog er seine Hand von der Decke zurück.

»Danke, Conner, aber ich komme schon allein zurecht«, sagte Sarah in neutralem Tonfall. »Schlaf du lieber weiter. Du mußt Ute in ein paar Stunden ablösen.«

Ihr Bruder murmelte etwas Unverständliches vor sich hin und glitt wieder in den Schlaf, den sein heranwachsender Körper so dringend brauchte.

»Bringen Sie mir einen Lendenschurz«, sagte Case brüsk.

Ohne ein Wort stand Sarah auf, ging zu einem Korb in der Ecke und schüttelte ein altes Hemd aus, aus dem Conner herausgewachsen war und das er getragen hatte, bis es völlig durchgescheuert war. Der restliche Stoff war für den Flickenteppich bestimmt, an dem Sarah arbeitete. Es würde dem Stoff nicht weiter schaden, wenn er vorübergehend zweckentfremdet wurde.

»Genügt das hier?« fragte sie.

»Ja.«

Case streckte seine rechte Hand aus. Es war offensichtlich, daß er die Absicht hatte, sich das Tuch selbst umzuwickeln.

»Wenn Sie sich bewegen«, sagte sie, »besteht die Gefahr, daß Ihre Wunden wieder aufplatzen. Lassen Sie mich den Stoff um Ihre Hüften ...«

»Nein!« unterbrach er sie barsch.

Ein Blick in sein Gesicht genügte, um ihr zu sagen, daß es sein voller Ernst war. Sie konnte ihm widerspruchslos den Stoff reichen oder mit ihm kämpfen.

»Seien Sie nicht töricht«, sagte sie spitz. »Ich habe Conner aufgezogen, ich war verheiratet, und ich habe Ute gesundgepflegt, als er in einer sehr viel schlechteren Verfassung war als Sie. Ich werde schon nicht in Ohnmacht fallen beim Anblick Ihres ... Ihres, äh ... das heißt ...«

Zu ihrem großen Ärger fühlte sie, wie ihre Wangen vor Verlegenheit zu glühen begannen. Abrupt warf sie ihm das Tuch hin und kehrte ihm den Rücken zu.

»Na los, machen Sie schon«, fauchte sie. »Aber wenn Sie Ihre Wunden wieder aufreißen, brauchen Sie hinterher nicht zu mir zu kommen und mir die Ohren vollzujammern, wie weh es tut.«

»Der Tag, an dem ich jammere, ist der Tag, an dem die Sonne im Osten untergehen wird.«

Sie zweifelte nicht daran. Er war kein emotionaler Mann. Während sie einen schmalen Riemen aus ungegerbtem Leder von ihrem Handgelenk löste und ihr Haar damit zurückband, dachte sie an den grimmigen Ausdruck seines Gesichts.

»Was ist mit Lachen?« fragte sie, ohne nachzudenken.

»Was soll denn damit sein?«

»Tun Sie's?«

»Was? Lachen?« fragte Case verwirrt.

»Ja.«

»Wenn ich etwas komisch finde.«

»Wann haben Sie das letzte Mal gelacht?« gab sie zurück.

Er grunzte vor Schmerz, als er seine Hüften anhob, um den Lendenschurz um sich zu wickeln.

»Nun?« fragte sie beharrlich.

»Ich kann mich nicht mehr erinnern. Warum?«

»Wie ist es mit Lächeln?«

»Was soll das eigentlich? Veranstalten Sie hier ein Verhör mit mir?« fragte er wütend. »Haben Sie erwartet, Robin Goodfellow von Schüssen durchlöchert zu finden, während er Scherze macht, um Sie zu unterhalten?«

Sarah lachte leise.

»Robin Goodfellow«, sagte sie versonnen. »Gott, ich habe schon seit einer Ewigkeit nichts mehr von Shakespeare gelesen. Hat Ihnen *Ein Mittsommernachtstraum* gefallen?«

»Früher mal, ja.«

»Aber jetzt nicht mehr?«

»Seit dem Krieg ist *Hamlet* mehr nach meinem Geschmack.«

In Cases Stimme schwang ein Unterton mit, der Sarah einen kalten Schauder über den Rücken laufen ließ.

»Rache«, sagte sie.

»Ich bin fertig«, murmelte er, während er den Stoff an seiner Hüfte verknotete. »Sie können tun, was immer Sie mit meinem Bein vorhaben.«

Als sie sich herumdrehte, lag er flach auf der Pritsche ausgestreckt. Sie sah sofort, daß er angefangen hatte, den Verband um seinen Schenkel zu lösen, die Arbeit aber nicht beendet hatte.

Es war offensichtlich, daß die simple Tätigkeit, den Lendenschurz um seine Hüften zu winden, fast über seine Kräfte gegangen war. Sein Gesicht über dem Bart war wachsbleich. Ein dünner Schweißfilm glänzte auf seiner Stirn. Sein Mund war zu einer Linie zusammengepreßt, so schmal, daß sie fast unsichtbar war.

»Sie hätten mich das tun lassen sollen«, schalt Sarah. »Sie brauchen Ihre ganze Kraft, um gesund zu werden.«

»Entweder Sie wechseln jetzt den verdammten Verband, oder Sie lassen es bleiben. Mir ist das völlig egal.«

Wenn seine Stimme nicht vor Schmerz verzerrt geklungen hätte, hätte sie ihn weiter ausgeschimpft, als ob er ihr jüngerer Bruder wäre.

»Wir lachen nicht«, murmelte sie, als sie sich neben ihm auf die Knie sinken ließ, »wir jammern nicht, wir lächeln nicht. Aber wir können ganz schön wütend werden, wie?«

Es gelang ihm nur mit Mühe, eine scharfe Erwiderung hinunterzuschlucken.

Er war überrascht, wieviel Anstrengung es ihn kostete, einfach nur seine Zunge im Zaum zu halten. Er, der sich geschworen hatte, überhaupt nichts mehr zu fühlen, seit Ted und Emily so grausam ums Leben gekommen waren.

Noch nicht einmal mehr Wut.

Muß am Fieber liegen, dachte Case grimmig.

Aber er befürchtete, daß es an dem nach Rosen duftenden, scharfzüngigen Engel der Barmherzigkeit lag, der an seiner Seite kniete.

Er biß die Zähne zusammen und ertrug die sanfte Folter ihrer Berührungen, als sie den Verband von seinem Schenkel löste. Mehr als einmal fühlte er ihren Rock über seine nackten Beine streifen, während sie seine Wunde versorgte.

Zweimal war er sich sicher, daß er das seidige Gewicht ihrer Brüste an seinen Beinen fühlte.

Seine Schmerzen hätten ihn eigentlich davon abhalten müssen, erregt zu werden. Sie taten es nicht. Der Lendenschurz, den er sich gerade umgebunden hatte, um seine edlen Teile zu verhüllen, verlor rapide den Kampf zwischen Anstand und offenkundigem männlichen Hunger.

»Pest und Hölle«, zischte er.

Sarah zuckte zusammen. Jedesmal, wenn sie die Bandage einmal um seinen Schenkel herum abwickelte, war sie gezwungen, mit dem Handrücken sein Geschlecht zu streifen. Die harte Vorwölbung, die unter dem Lendenschurz wuchs, war ausgesprochen einschüchternd.

»Tut mir leid«, sagte sie. »Ich gebe mir wirklich Mühe, vorsichtig zu sein.«

»Hören Sie auf, so zartfingerig und zögerlich herumzuhantieren. Erledigen Sie den Verbandwechsel einfach, und damit basta.«

Sie biß sich auf die Zunge und wickelte den Rest des Verbandsmulls ab. Sie protestierte noch nicht einmal, als Case sich auf die Ellenbogen stützte, um seine Wunden zu inspizieren.

Auf einer Wunde hatte sich bereits Schorf gebildet, und sie heilte gut. Die andere war ein rotes, verzogenes Loch in seinem Oberschenkel. Die Reste des Breiumschlags glitzerten auf seiner Haut wie dunkler Regen.

»Trage ich Blei mit mir herum?« fragte er.

Sie warf einen verstohlenen Blick auf den Lendenschurz.

Sämtliche Kammern sind voll geladen, nach dem, was ich sehen kann, dachte sie.

Der Gedanke weckte ein eigenartiges Gefühl in ihr, eine Mischung aus Beunruhigung und noch etwas anderem, was sie nicht benennen konnte.

»Äh, nein«, erwiderte Sarah. »Ich habe die Kugel auf der anderen Seite herausgeschnitten. Sie hatte den Knochen zum Glück verfehlt.«

»Das dachte ich mir. Der Schuß hat mich nicht zu Boden geworfen. Hat mich allerdings stark in meiner Zielsicherheit beeinträchtigt.«

»Nicht allzu stark. Ute hat erzählt, Sie wären der einzige gewesen, der sich nach der Schießerei aus eigener Kraft fortbewegen konnte.«

»Wo jene beiden hergekommen sind, gibt es noch mehr als genug Culpeppers.«

Case setzte sich vorsichtig auf, um die Rückseite seines Schenkels zu betasten, und fühlte ordentlich verknotete Stiche unter seinen Fingerspitzen. Er beugte sich über die offene Wunde auf der Oberseite seines Schenkels und holte tief Luft.

Wogen von Schmerz überfluteten ihn mit jedem Herzschlag, aber er legte sich nicht eher wieder auf die Pritsche zurück, bis er sich die Verletzung genau angesehen hatte. Die Wunde wies keinerlei Anzeichen einer Entzündung auf. Er konnte auch nichts von dem typischen Infektionsgeruch riechen.

Gott sei Dank, dachte er erleichtert.

Der Tod als solcher konnte ihn zwar nicht sonderlich schrecken; es gab jedoch einige Arten des Sterbens, die er lieber vermeiden würde. Nach dem, was er im Sezessionskrieg gesehen hatte, war Wundbrand eine weitaus qualvollere Art zu sterben, als an einem Bauchschuß zu verbluten.

Mit einem rauhen Seufzer legte er sich wieder zurück.

»Sie haben gute Arbeit geleistet«, murmelte er heiser. »Danke.«

»Sie können mir danken, indem Sie nicht die Fäden herausziehen oder sich so unruhig herumwerfen, daß die Wunden wieder aufplatzen.«

»Ich werde daran arbeiten.«

»Tun Sie das«, sagte sie schroff.

Trotz ihres brüsken Tons waren ihre Hände sehr behutsam, als sie den Brei aus Heilkräutern auf eine frische Bandage strich und sie um die offene Wunde wickelte. Die Blässe seiner Haut beunruhigte sie, ebenso wie das Rasseln seines Atems in seiner Brust.

»Wie fühlen Sie sich?« flüsterte sie besorgt.

»So prächtig wie Froschhaar.«

»Ich habe mich schon immer gefragt, wie sich das wohl anfühlt.«

»Feiner als Seide«, stieß Case zwischen zusammengebissenen Zähnen hervor. »Aber nicht so fein wie Ihr Haar.«

Sarah warf ihm einen verdutzten Blick zu. Seine Augen waren geschlossen. Offensichtlich kämpfte er hart mit sich, um sich nicht anmerken zu lassen, wie stark seine Schmerzen waren.

Wahrscheinlich weiß er noch nicht einmal, was er gesagt hat, dachte sie.

»Ich habe einen Topf mit heißer Fleischbrühe auf dem Feuer stehen«, sagte sie in gleichgültigem Ton. »Sie sollten etwas davon trinken, wenn Sie das Gefühl haben, daß Ihr Magen sie bei sich behalten kann.

Case gab keine Antwort.

Er war eingeschlafen.

Sanft, ganz sanft strich sie ihm das dichte Haar aus den Augen, zog die Decke noch ein wenig höher über seine Schultern und ließ die Innenseite ihres Handgelenks einen Moment auf seiner Stirn ruhen.

Seine Haut war von einem leichten Schweißfilm überzogen, verursacht durch den Schmerz, aber Fieber hatte er offensichtlich nicht. Sie lächelte und strich zart mit den Fingerspitzen über seine breite, von Bartstoppeln bedeckte Wange.

»Gute Nacht, mein süßer Prinz«, murmelte sie, als sie an seine Vorliebe für *Hamlet* dachte.

Dann erinnerte sie sich an weitere Einzelheiten des Stückes, und plötzlich überlief es sie eiskalt. Der süße Prinz war gestorben.

Sarah hüllte sich in eine Decke und rollte sich neben Case zusammen. Selbst als sie schlief, ruhten ihre Fingerspitzen weiter auf seinem Handgelenk, wo sein Puls schlug, als ob sie die tröstliche Bestätigung brauchte, daß er noch lebte.

5. Kapitel

Sarah stand draußen im Hof, damit beschäftigt, Bandagen aus einem Kessel mit kochendem Wasser zu fischen und sie zum Abkühlen über eine Wäscheleine zu drapieren, die zwischen zwei kräftigen Weidenbüschen gespannt war.

Mehrere Bandagen baumelten dampfend an der Leine in der frischen, klaren Luft des frühen Morgens. Die Sonne war ein goldener Segen über dem Land; ihr heller Schein hob das Rot der hohen Felsen hervor, die das Tal zu beiden Seiten begrenzten.

Hoch oben am Himmel zog ein Adler majestätisch seine Kreise, während er auf unsichtbaren Luftströmungen schwebte. Der wilde, klagende Schrei des Raubvogels war so intensiv, daß Sarah eine Gänsehaut über die Arme lief.

Halte dich vom Spring Canyon fern, warnte sie den Vogel in Gedanken. *Diese nichtsnutzigen Banditen würden dich todsicher abschießen, aus reiner Freude am Töten.*

»Wenn du die Lappen da weiter so kochst, werden nur noch Fäden übrigbleiben«, sagte Lola unvermittelt hinter ihr.

Sarah schlang die letzte Bandage über die Leine und drehte sich mit einem Lächeln zu der älteren Frau herum. »Guten Morgen, Lola.«

»Gott, was sind wir heute heiter gestimmt. Ich nehme an, dein Lieblingsbandit ist auf dem Wege der Besserung.«

»Du weißt doch gar nicht, ob Case ein Bandit ist.«

»Pah«, erwiderte Lola verächtlich. »Es gibt nur zwei Sorten von Männern hier draußen, Mädchen, und zwar Banditen und verdammte Idioten, und der *hombre* dort drinnen ist garantiert kein verdammter Narr.«

»Er könnte ein Marshal sein.«

»Keine Dienstmarke«, erklärte Lola unumwunden.

»Woher willst du das wissen?«

»Ich habe seine Sachen durchsucht.«

»Lola! Du hattest kein Recht, das zu tun.«

Lola verdrehte nur schweigend die Augen, als wäre die Antwort auf Sarahs Dummheit am Himmel zu finden.

»Ich habe eine Handvoll ›Gesucht: Tot oder lebendig‹ – Steckbriefe aus Texas in seinen Satteltaschen entdeckt«, erklärte die ältere Frau, »ferner einen zusätzlichen Revolver, zwei Gewehre – erstklassige Qualität –, genug Munition für eine größere Schießerei, einmal Kleidung zum Wechseln, Seife, Rasierzeug, ein Fernglas und vielleicht dreihundert Dollar in Gold. Nach dem Schnitt seines Mantels zu urteilen, war er ein Anhänger der Südstaaten im Bürgerkrieg. Und er trug eine winzige Tasse und Untertasse bei sich, wie für eine Puppe, sehr sorgfältig in Papier eingewickelt.«

»Nichts von alledem macht ihn zu einem Banditen«, gab Sarah zurück.

Lola schnaubte angewidert. »Der Unterschied zwischen einem Banditen und einem Kopfgeldjäger ist nicht sonderlich groß.«

»Stand Utes Name auf einem dieser Plakate?« fragte Sarah geradeheraus.

»Auf keinem einzigen. Aber eine lange Liste von Culpeppers.«

Plötzlich erinnerte sich Sarah wieder an die Unterhaltung zwischen Ab und Kester Culpepper, die sie belauscht hatte.

Blech! Als nächstes wirst du mir noch vorjammern, daß uns diese Texaner wieder auf den Fersen sind.

Hab' sie nicht gesehen.

Sarah hatte den Verdacht, daß sie zumindest einen der Texaner gesehen hatte, die der Spur der Culpeppers folgten.

»Nun laß doch nicht so die Mundwinkel hängen«, sagte Lola. Es ist wirklich nicht nötig, wegen solchem Pack wie den Culpeppers Tränen zu vergießen. Wenn auch nur die Hälfte von dem, was auf den Gesucht-Plakaten steht, der Wahrheit entspricht, dann sind sie so jämmerliche Exemplare von männlichen Wesen, wie nur selten jemals welche in die Welt gesetzt wurden. Und Ab ist der Schlimmste von dem ganzen üblen Haufen.«

»Das bezweifle ich nicht«, sagte Sarah, als ihr Bruchstücke dessen einfielen, was sie Ab Culpepper hatte von sich geben hören.

Selbst der Teufel weiß nicht, was im Kopf einer Frau vor sich geht. Nichtsnutzige Schlampen, alle miteinander. Raub dir eine Frau oder kauf dir unten in Mexiko eine. Oder nimm dir 'ne Indianerin.

Wenn ich entscheide, daß das Kennedy-Mädchen jemanden braucht, der's ihr besorgt, dann werde ich das persönlich tun.

»Was haben die Culpeppers in Texas getan?« fragte Sarah voller Unbehagen.

»Hauptsächlich Banken ausgeraubt, vergewaltigt und gemordet«, erklärte Lola.

Sarah zuckte zusammen.

»Und sie haben Kinder an die Comancheros verkauft«, fügte Lola hinzu, »nachdem sie derart brutal mit den Kleinen umgesprungen sind, daß der Teufel wie ein Waisenknabe daneben aussehen würde.«

Sarah fragte nicht nach weiteren Einzelheiten. Sie schluckte nur hart und begann, die jetzt abgekühlten Bandagen auszuwringen. Die Heftigkeit ihrer Bewegungen sagte mehr als Worte.

»Es sieht ganz danach aus, als hätte Case einen persönlichen Grund dafür, Culpeppers zu jagen«, sagte sie nach einer Weile.

»Wahrscheinlich«, stimmte Lola zu. »Ich hoffe nur, er kommt schnell wieder auf die Beine.«

»Warum?«

»Weil wir ihn brauchen werden, deshalb.«

»Was meinst du?«

»Die Culpeppers haben hier in der Gegend herumgeschnüffelt.«

Sarahs Magen zog sich zu einem Knoten zusammen.

»Bist du sicher?« fragte sie.

»Ute hat Abdrücke von Maultierhufen neben seinen und Cases Spuren auf dem Rückweg zur Ranch entdeckt.«

Schweigend wrang Sarah eine weitere Bandage aus und hängte sie zum Trocknen über die Leine. Sie brauchte nicht zu fragen, ob Ute mit Sicherheit wußte, von wem die Spuren stammten, die er gesehen hatte. Bevor er sich für die Banditenlaufbahn entschieden hatte, war er einer der besten Armeekundschafter westlich der Rocky Mountains gewesen.

»Weiß Conner davon?« erkundigte sie sich.

»Ich habe es ihm selbst gesagt.«

Einen Moment lang schloß Sarah verzweifelt die Augen. Sie konnte nicht umhin, sich zu fragen, wie lange fünf Menschen – einer davon schwer verletzt – wohl überleben würden, wenn die Culpeppers und Moodys Bande die kleine Ranch überfielen. Der einzige Hoffnungsschimmer, den sie hatte, war Abs unmißverständlicher Befehl, keinen Wirbel im Umkreis von drei Tagesritten um den Spring Canyon zu verursachen.

»Was ist mit der Armee?« fragte Sarah.

»Oh, es könnte schon sein, daß sie auf die Idee kommen, in unsere Richtung zu reiten, aber nicht rechtzeitig genug, um uns in irgendeiner Weise zu helfen. Die Soldatenjungs haben im Moment mehr als genug am Hals mit den Rothäuten.«

»Nun«, sagte Sarah, während sie mit einer energischen Bewegung eine Bandage ausschüttelte, »wir werden eben einfach unser Bestes tun müssen. Ich werde den Anfang machen, indem ich eine Wache auf dem Felsrand übernehme.«

»Nein.«

»Warum nicht?«

»Du würdest die Banditen nicht sofort erschießen«, erwiderte Lola.

»Conner würde auch erst einmal abwarten.«

Lola legte den Kopf schief und musterte die jüngere Frau aus schmalen schwarzen Augen.

»Du kennst den Jungen nicht wirklich gut, stimmt's?« fragte sie. »Er wird tun, was immer nötig ist, um dein Leben zu verteidigen.«

»Ich würde das gleiche für ihn tun«, erwiderte Sarah.

Lola lächelte mit überraschender Sanftheit. »Das weiß ich doch, Mädchen. Du hast dich damals an einen verrückten alten Mann verkauft, um deinen Bruder vor dem Hungertod zu bewahren.«

»Still!« sagte Sarah und blickte sich hastig nach allen Seiten um. »Sag so etwas niemals in Conners Gegenwart, hörst du?«

»Ach, und du meinst, er weiß es noch nicht?« fragte die andere Frau sarkastisch.

»Es ist wirklich nicht nötig, darüber zu reden. *Das* meine ich.«

Seufzend verschränkte Lola ihre dicken Arme vor der Brust. Obwohl sie fast einen Meter achtzig groß war und ziemlich breit gebaut, war nicht übermäßig viel Fett an ihrem kräftigen Körper. Wie immer trug sie einen Revolver an ihrer rechten Hüfte.

»Reden wird nichts an dem ändern, was war und was ist«, erklärte sie kurzangebunden. »Conner und Ute und ich haben uns beratschlagt. Du bleibst hier, und damit Basta. Wir werden abwechselnd auf dem Felsrand Wache halten.«

»Das ist doch lächerlich.«

»Nein, das ist es nicht. Du bist viel zu weichherzig, um einen Mann aus dem Hinterhalt zu erschießen. Selbst einen Culpepper. Du würdest todsicher Skrupel kriegen, und dein Finger auf dem Abzug würde erstarren.«

»Ich …«

Ein langgezogener, schriller Pfiff von dem Felsrand oberhalb der Ranch schnitt ab, was immer Sarah hatte sagen wollen.

Wie auf Kommando wirbelten beide Frauen herum und rannten zu der Stelle, wo sie ihre Schrotflinten gegen die Wand des Blockhauses gelehnt hatten.

Drei kurze Pfiffe folgten der ersten Warnung.

»Nur drei Männer im Anmarsch«, sagte Sarah, als sie nach ihrer Schrotflinte griff.

»Das bedeutet, daß sie unterhandeln wollen.«

Lola schlang sich den Riemen ihrer Schrotflinte über den Kopf und die linke Schulter. Dann griff sie nach einer zweiten Schrotflinte und spannte beide Hähne. Ihr sechsschüssiger Revolver steckte in seinem Holster an ihrer Hüfte, sofort griffbereit, falls sie ihn benötigte.

Als Sarah ihre schwerbewaffnete Hausgenossin ansah, konnte sie durchaus glauben, daß Ute und Big Lola früher gemeinsam Banken ausgeraubt hatten.

»Aber warum würden die Banditen Zeit damit verschwenden, mit uns zu reden?« wollte sie wissen.

»Würdest du blindlings in eine Bärenhöhle hineinstolpern und dich mit ihrem Bewohner anlegen, oder würdest du dich lieber zuerst in seiner Behausung umsehen?« gab Lola zurück.

»Ich glaube nicht, daß Moody so clever ist.«

»Ist er auch nicht. Aber Ab Culpepper ist ein verdammt schlauer Fuchs und doppelt so gefährlich wie eine Giftschlange.«

Ein gedämpfter Pfiff aus der Richtung der Pyramidenpappeln, die den Bach säumten, sagte den Frauen, daß Conner seinen Posten bezogen hatte und ihre Flanke deckte.

»Ute wird den Felsrand auf dem kurzen Pfad herunterkommen«, sagte Lola. »Er wird in Null Komma nichts hier sein.«

Sarah schwieg. Mit dem Blockhaus als Rückendeckung, Conner auf ihrer linken Seite und Ute auf ihrer rechten waren sie bereit zu kämpfen, wenn sie mußten.

Sie hoffte nur inständig, daß es nicht dazu kommen würde.

»Nein«, meinte Lola, während sie gegen die Sonne blinzelte. »Es ist todsicher kein Überfallkommando, das da anrückt.«

»Was macht dich so sicher?«

»Ute würde nicht auf eine goldgeprägte Einladung warten, um

den Ball zu eröffnen. Er würde so schnell schießen, wie er laden und feuern könnte. Wenn er bis jetzt noch nicht geschossen hat, dann gibt es keinen Grund zum Feuern.«

Trotz Lolas Worten verstärkte sich Sarahs Griff um die Schrotflinte, bis ihre Hände schmerzten.

Da Ute mehr tot als lebendig in das kleine Tal gekommen war und ihr seit der Zeit, als sie ihn gesundgepflegt hatte, absolut treu ergeben war, hatte es keine Probleme mit den Indianerverbänden gegeben, die gelegentlich über das Gebiet der Lost River Ranch ritten auf dem Weg von und zu ihren traditionellen Jagdgründen. Es war schon Jahre her, seit sich ein Bandit so nahe an die Ranch herangewagt hatte wie die drei Männer, die in diesem Moment den Felshang hinuntertrabten.

O Gott, hoffentlich wird Conner nicht verletzt, dachte Sarah hilflos.

Ihre Miene ließ jedoch nichts von ihrer Furcht erkennen. Reglos beobachtete sie und Lola, wie zwei große, dünne Männer auf rotbraunen Maultieren, die so mager und zäh wie Eselshasen waren, in den Ranchhof ritten.

»Sie sind ja nur zu zweit«, sagte Sarah leise.

Lola grunzte. »Ich kann auch zählen.«

»Wo ist der dritte geblieben?«

»Hält sich zurück, schätze ich.« Sie schenkte Sarah ein schnelles, zahnlückiges Lächeln. »Auf die Weise kann ein Mann leicht erschossen werden.«

Sarah lächelte matt. Die Vorstellung, wie sich jemand heimlich von hinten an sie anschlich, war alles andere als beruhigend.

Wie Ute es ihr beigebracht hatte, bewegte sie sich in einem stumpfen Winkel von Lola fort, damit sich ihre Schußbereiche nicht überlappten. Lola wich ebenfalls ein paar Schritte zur Seite.

Zumindest haben wir das Blockhaus im Rücken, dachte Sarah grimmig.

Die von der Sonne ausgeblichenen, ungeschickt zurechtgesägten Holzbalken waren zwar kein großer Schutz, aber immer noch besser als gar nichts.

»Tja, die Burschen da sind eindeutig Culpeppers«, sagte Lola nach einem Moment.

»Woher weißt du das?«

»Die Jungs haben eine Vorliebe für große, rotbraune Maultiere.«

Beide Frauen beobachteten schweigend, wie sich die roten Maultiere von dem ähnlich roten Hintergrund der zerklüfteten Felsen lösten, die das Tal wie eine Mauer umgaben. Auf eine Viertelmeile Entfernung wirkten die Reiter so staubig und verblaßt wie Salbeigestrüpp im Hochsommer.

»Ich wüßte gerne, welche Culpeppers das sind. Ob Ab dabei ist?« fragte Sarah.

»Das kann ich von hier aus nicht erkennen. Ute sagt, daß fünf von den Teufeln im Spring Canyon hausen.«

Sarah holte scharf Luft. Sie beugte sich vor und starrte angestrengt zum Fuß der Felsen hinüber.

Sie konnte trotzdem nur zwei Reiter sehen.

»Siehst du den dritten irgendwo?« wollte Lola wissen.

»Nein.«

»Ich wünschte, du würdest dich nicht immer so aufregen, wenn ich Tabak kaue. Tabakkauen wirkt ausgesprochen beruhigend, und ich könnte jetzt wirklich einen Priem gebrauchen.«

»Dann kau um Gottes willen«, erwiderte Sarah. »Jetzt ist nicht die richtige Zeit für Salonmanieren.«

Lola holte einen Tabakpriem aus ihrer Hemdtasche hervor, riß ein Stück mit den Zähnen ab und stopfte den Rest wieder in ihre Tasche.

»Ich bin dir sehr verbunden«, griente sie.

»Keine Ursache. Nur spuck bitte nicht auf die frischgewaschene Wäsche.«

Lola lachte trotz des dicken Tabakpriems, der ihre Wange ausbeulte, ohne die näherkommenden Reiter eine Sekunde aus den Augen zu lassen.

Sarah beobachtete die beiden Reiter ebenfalls scharf, während sie ein stummes Gebet zum Himmel schickte, daß sie es irgendwie versäumt hatten, sich mit dem dritten abzusprechen.

Vielleicht ist Ab derjenige, der zurückgeblieben ist, um ihren Rücken zu decken, dachte sie hoffnungsvoll.

Sie legte wirklich keinen Wert darauf, Ab Culpepper auch nur einen Zentimeter näher zu sein als an dem Abend, als sie in der flachen

Höhle oberhalb des Banditentreffpunkts gelegen und ihre Unterhaltung belauscht hatte. Das Versprechen von Brutalität in seiner Stimme, als er Moody befohlen hatte, keine Überfälle mehr in der Nähe ihres Lagers zu verüben, jagte ihr selbst in der Erinnerung noch einen kalten Schauder über den Rücken.

»Nur gut, daß die Culpeppers Moody nicht trauen«, sagte sie jetzt. »Ich wette, Ab ist zurückgeblieben, um ein Auge auf ihn zu behalten.«

Lola lachte. Aber es war kein warmes Lachen.

»Kein Wesen, das auch nur halbwegs bei Verstand ist, würde Moody trauen«, sagte die alte Frau. »Er würde selbst seiner zahnlosen Großmutter noch das Eiergeld klauen und auf dem Grab seiner Mutter tanzen.«

»Du klingst, als ob du ihn kennst.«

»Er hat mir einmal den Verdienst einer ganzen Nacht abgegaunert. Unten in Mexiko. Natürlich war ich damals noch etliche Jahre jünger. Hatte nicht mehr Ahnung als ein Floh von den betrügerischen Tricks solcher Halunken.«

Sarah lächelte leicht. Sie konnte sich nicht vorstellen, daß es jetzt noch irgend jemandem gelingen würde, Lola übers Ohr zu hauen.

Die beiden rotbraunen Maultiere waren inzwischen nur noch knapp sechzig Meter entfernt. Ihr langbeiniger Gang wirkte auf den ersten Blick gemächlich, was jedoch täuschte, denn sie legten sehr schnell eine weite Strecke zurück.

»Du übernimmst das Reden«, sagte Lola. »Wenn es zu einer Schießerei kommt, flitzt du ins Haus und überläßt mir die beiden.«

»Ich denke gar nicht dran, einfach …«

»Und ob du das tun wirst!« unterbrach Lola sie heftig. »Ute und ich wissen, wie man so etwas macht. Wir werden uns nicht gegenseitig versehentlich erschießen.«

Sarah blieb keine Zeit mehr, sich mit Lola zu streiten. Die Culpeppers hatten sich ihnen jetzt bis auf dreißig Schritte genähert. Einen Moment lang hing eine Staubwolke von den Hufen der Maultiere in der Luft, bevor der Wind plötzlich seine Richtung änderte und sie vertrieb.

Aus dem leeren blauen Himmel ertönte wieder der Schrei des Adlers. Der Laut war hoch und glockenrein und wunderschön.

Sarah beneidete den Adler, wie sie bisher nur selten jemanden in ihrem Leben beneidet hatte.

»Ich bin Ab Culpepper«, sagte der erste Reiter, während er sein Maultier zügelte. »Und das hier ist Kester, mein Verwandter. Er spricht nicht viel.«

Keiner der beiden Culpeppers sah die Frauen direkt an. Statt dessen ließen die Männer ihre Blicke überall hinschweifen, während sie aufmerksam die kleine Ranch abschätzten.

»Guten Morgen«, sagte Sarah gepreßt. »Ich bin Mrs. Kennedy.«

Kester verlagerte sein Gewicht im Sattel, wandte sich jedoch noch immer nicht den Frauen zu. Sein Blick aus graublauen Augen wanderte unaufhörlich umher, und ihm entging nichts.

Lola hat recht, dachte Sarah in einer Mischung aus Erleichterung und Zorn. *Sie wollen nur die Ranch auskundschaften und herausfinden, welche Schutzmaßnahmen wir getroffen haben.*

Bastarde.

Sie straffte die Schultern. Obwohl weder ihre noch Lolas Schrotflinte auf die Reiter zeigte, waren die Läufe ihrer Waffen aber auch nicht weit von ihrem Ziel entfernt.

»Tag«, sagte Kester abwesend.

Fast als ob es ihm erst nachträglich eingefallen wäre, tippte er an die Krempe seines abgetragenen, an den Rändern ausgefransten Hutes.

»Gesellschaftliche Umgangsformen«, sagte Lola leise aus dem Mundwinkel heraus. »Ist schon so lange her, daß er sie benutzt hat, daß sie in den Scharnieren quietschen.«

Sarah lächelte ziemlich grimmig.

Durch die Lücke in ihren Schneidezähnen spuckte Lola einen braunen Strahl von Tabaksaft direkt vor die Hufe von Kesters Maultier. Die Entfernung betrug über zwei Meter.

Kester blickte sie bewundernd an.

»Hätten Sie vielleicht 'nen Schluck heißen Kaffee für mich?« fragte Ab Culpepper unvermittelt.

Damit du auch noch im Inneren des Hauses herumschnüffeln kannst? dachte Sarah wütend. *O nein, Ab. So leicht werde ich es dir bestimmt nicht machen, unsere Waffen zu zählen.*

»Tut mir leid«, erklärte sie. »Wir haben keinen Kaffee. Zu teuer.«

»Na dann Mormonentee«, erwiderte Ab. »Irgendwas Heißes.«

»Wir haben das Herdfeuer schon im Morgengrauen gelöscht und draußen im Freien gearbeitet«, sagte sie. »Waschtag, verstehen Sie.«

Abs Ausdruck sagte ihr, daß er ihr kein Wort glaubte.

Als sie den Zustand der Culpepperschen Kleidung sah, verstand Sarah sein Mißtrauen. Seine und Kesters Hosen sahen aus, als ob sie seit Ewigkeiten nicht mehr gewaschen worden wären. Er hatte wahrscheinlich vergessen, wieviel Arbeit ein Waschtag bedeutete.

Oder vielleicht hatte er es auch nie gewußt.

»Keine Biskuits«, fuhr Sarah mit ruhiger Stimme fort, »keine Bohnen, kein Speck, noch nicht einmal Dörrfleisch. Tut mir leid, wenn ich ungastlich erscheine, aber ich hatte nicht mit Besuch gerechnet.«

Ab drehte sich leicht im Sattel herum, schob seinen Hut aus der Stirn zurück und blickte ihr zum ersten Mal direkt in die Augen.

Es kostete sie ihre gesamte Selbstbeherrschung, nicht vor ihm zurückzuweichen. In seinen Augen war etwas, was ihr einen eisigen Schauder über den Rücken jagte.

Dann fiel ihr wieder ein, was Lola über Ab und seine Sippe gesagt hatte.

Sie haben Kinder an die Comancheros verkauft, nachdem sie derart brutal mit den Kleinen umgesprungen sind, daß selbst Satan noch wie ein Waisenknabe daneben aussehen würde.

»Wenn Ihre Maultiere durstig sind«, sagte Sarah mürrisch, »dann können Sie sie am Bach tränken.«

»Sind nicht durstig«, erwiderte Ab.

Noch nicht einmal der Schrei des Adlers ertönte, um das angespannte Schweigen zu brechen, das sich zwischen ihnen ausbreitete.

»Sie sind nicht sonderlich darauf erpicht, sich Freunde zu machen, nicht?« sagte Ab schließlich.

»Ich habe Freunde.«

Ihr Tonfall ließ deutlich erkennen, daß sie keinen Wert auf weitere Bekanntschaften legte – besonders nicht auf die der Culpeppers.

»Ein Mädchen, das so allein ist wie Sie, kann nicht allzu viele Freunde haben«, sagte er.

»Ich bin nicht allein.«

Ab blickte flüchtig auf Lola, dann starrte er wieder Sarah an.

»Ich meinte Herrenbekanntschaften«, erklärte er.

»Ich habe kein Interesse an Männern, Mr. Culpepper. Nicht das geringste.«

»Tja, kleine Lady, dann wird es Ihnen ja sicher nichts ausmachen, mir meinen Mann zurückzugeben, oder?«

»Wenn ich einen Ihrer Männer hätte, könnten Sie ihn sofort mitnehmen«, erwiderte sie. »Da das nicht der Fall ist, sollten Sie am besten anderswo nach Ihrem verlorenen Mann suchen. Und zwar sofort.«

Abs Miene wurde eisig, und in seinen wässrigen blauen Augen erschien ein seltsamer Glanz.

»He, he, nicht so schnell, Missy«, sagte er scharf. »Was glauben Sie eigentlich, wen Sie vor sich haben? Wir sind kein Gesindel, das sich von Leuten wie Ihnen und einer alten Hure einfach so abfertigen läßt.«

Mit seiner geheuchelten Höflichkeit war es schlagartig vorbei. Ab benutzte jetzt den kalten Tonfall, an den Sarah sich von ihrer ersten Begegnung her erinnerte, jenen Ton, der besagte, daß alle Frauen nichtsnutzige Schlampen waren.

Aber es waren seine Augen, die sie schockierten. Sie hatte noch niemals einen solch nackten Haß gesehen.

»Ihre Ausdrucksweise gefällt mir nicht, Mr. Culpepper«, sagte sie ruhig. »Bitte entfernen Sie sich von der Lost River Ranch.«

»Ich bin wegen des Stinktiers gekommen, das meine Verwandten heimtückisch ermordet hat«, fauchte er. »Geben Sie den Kerl heraus!«

»Ich weiß wirklich nicht, wovon Sie sprechen«, erwiderte sie kühl. »Ich beherberge keinen Mörder auf meiner Ranch.«

Kesters Maultier machte ein paar Schritte nach links.

Lola hob den Lauf ihrer Schrotflinte in einer unmißverständlichen Warnung. Sie ließ beide Hämmer zurückschnappen und beobachtete Kester wachsam wie die Klapperschlange, die er war.

»Er ist hier«, widersprach Ab beharrlich. »Wir haben die Spuren des Schweinehunds von Spanish Church bis hierher verfolgt.«

»Haben Ihre Verwandten Waffen getragen?« fragte Sarah.

»Natürlich waren sie bewaffnet. Sie sind schließlich Culpeppers!«

»Wurden sie von vorn erschossen?«

»Culpeppers sind keine Feiglinge«, erklärte er kalt. »Sie hatten ihm das Gesicht zugewandt.«

»Dann kann man es wohl kaum als heimtückischen Mord bezeichnen, nicht?« erwiderte Sarah vernünftig. »Ihre Verwandten haben ganz einfach auf den falschen Mann gezielt. Sie haben ihre Fehleinschätzung mit dem Leben bezahlt.«

Abs Gesicht lief rot an, dann erbleichte er.

»Der Mann, der meine Verwandten abgeknallt hat, ist dort in dem Blockhaus«, sagte er eisig. »Holen Sie ihn her!«

»Nein«, erwiderte sie. »Er schwebt selbst zwischen Leben und Tod.«

»Wen kümmert das schon? Los, holen Sie ihn!«

»Wenn er überlebt, können Sie Ihre Blutrache anderswo austragen«, erwiderte Sarah. »Bis dahin ist der Mann mein Gast.«

Ab starrte sie an, als könnte er nicht glauben, was er da hörte.

Trotz des kalten Schweißes, der an ihren Rippen herunterrann, erwiderte Sarah seinen Blick ebenso starr und furchtlos. Dann richtete sie den Lauf ihrer Schrotflinte auf seinen Bauch.

»Laß ihn nicht aus den Augen«, warnte Lola. »Ganz gleich, was passiert.«

»Keine Sorge, das werde ich nicht.« Sarahs Stimme klang gepreßt, aber ruhig. »Leben Sie wohl, Mr. Culpepper. Und bitte kommen Sie nicht noch einmal zurück. Wir reagieren nicht sehr freundlich auf unerwartete Besucher.«

Ein Strahl von Tabaksaft landete als bräunliche Pfütze auf dem Boden, als Lola sich räusperte.

»Was sie damit sagen will«, erklärte Lola barsch, »ist, daß wir sie sofort abknallen und in den Boden pflanzen, wo sie liegen. Kapiert?«

Ab verstand. Die Antwort gefiel ihm ebensowenig wie der Anblick der Schrotflinte, deren Lauf auf seinen Bauch zeigte.

Ein Schuß ertönte aus dem Inneren des Blockhauses, schnell gefolgt von zwei weiteren Schüssen.

Sarah zuckte zusammen, richtete jedoch ihre Aufmerksamkeit – und ihre Schrotflinte – weiterhin auf Ab Culpepper.

Lola zuckte noch nicht einmal mit der Wimper.

Von jenseits des Hauses erwiderte niemand das Feuer.

»Klingt, als wäre wieder mal Pflanzzeit«, meinte Lola. »Ich rate euch dringend, eure Schießeisen steckenzulassen, Jungs.«

Keiner der beiden Culpeppers machte Anstalten, seine Waffe zu ziehen. Beide Männer saßen stocksteif da und starrten unverwandt auf die Doppelläufe der Schrotflinten, die geladen und schußbereit auf ihre Bäuche zielten. Die Tatsache, daß Frauen die Flinten hielten, war kein großer Trost.

Man brauchte keine besondere Kraft, um einen Abzug zu drücken.

»Parnell!« brüllte Ab.

Niemand antwortete.

»Noch mehr Verwandte?« fragte Lola verbindlich. »Ihr Jungs seid aber wirklich leichtsinnig.«

Die ganze Zeit über wandte Ab nicht ein einziges Mal den Blick von Sarah ab. Er prägte sich ihr Gesicht, ihren Körper, ihre Hände um die Schrotflinte ins Gedächtnis ein.

»Eines Tages sind Sie dran«, sagte er kalt. »Und ich werde der Mann sein, der mit Ihnen abrechnet. Das gleiche gilt für den hitzköpfigen jungen Spund, der dort drüben zwischen den Pyramidenpappeln liegt. Halten Sie ihn an der Leine, sonst werde ich persönlich dafür sorgen, daß er keine Lust mehr hat, vor den Mädchen rumzustolzieren.«

Abs Hand zog an den Zügeln. Sein Maultier machte auf der Hinterhand kehrt und trottete davon. Kesters Maultier folgte.

Keiner der beiden Reiter blickte noch einmal zurück.

6. Kapitel

»Beobachte sie weiter«, sagte Sarah gepreßt.

Lola spuckte erneut einen Strahl Tabaksaft auf den Boden. »Ich bin nicht von gestern.«

Sarah erwiderte nichts, sondern entspannte nur den Hahn ihrer Schrotflinte und rannte ins Haus. Sie warf einen schnellen Blick auf den verwundeten Habicht auf seiner Sitzstange in einer Ecke des Raums. Der Vogel hockte mit aufgeplusterten Federn da und war nervös und verschreckt wegen des Lärms, aber ansonsten unverletzt.

Was man von dem Mann nicht behaupten konnte.

Case lag in sich zusammengesunken auf dem Fußboden im hinteren Teil des Raums, nackt bis auf den Lendenschurz. Er hatte die Stirn gegen die Wand gepreßt und hielt seinen sechsschüssigen Revolver in der Hand. Der Lauf der Waffe steckte in einem Spalt zwischen den Holzbrettern, wo das Füllmaterial herausgebröckelt war.

Der beißende Geruch von Schießpulver hing noch immer in der Luft.

»Case?« fragte Sarah besorgt.

Seine einzige Antwort bestand in einem undeutlichen Murmeln. Er drehte sich nicht zu ihr um.

Sie eilte durch den Raum und ließ sich neben ihm auf die Knie fallen. Hastig lehnte sie ihre Schrotflinte gegen die Wand und begann, mit beiden Händen über seinen Rücken und seine Beine zu streichen, während sie nach neuen Verletzungen suchte.

Die sanfte Berührung ihrer Hände schickte einen Blitzstrahl sinnlicher Glut durch seinen Körper. Er schnappte keuchend nach Luft und fluchte unterdrückt. Langsam hob Case seinen zerzausten Kopf und blickte sie aus glitzernden graugrünen Augen an.

»Alles in Ordnung mit Ihnen?« fragte sie besorgt.

»Nein.«

Sie gab einen leisen, erschrockenen Laut von sich und streichelte seinen Rücken, als ob er ein verängstigter Habicht wäre.

»Wo haben Sie Schmerzen?« fragte sie. »Sind Sie wieder angeschossen worden? Ihr Rücken hat nichts abbekommen, soweit ich sehen kann. Rollen Sie sich herum, damit ich mir Ihre Vorderseite ansehen kann.«

Der Gedanke, Sarahs behutsame, flinke Hände auf sich zu spüren, während sie jeden Zentimeter seines Körpers erforschte, ließ erneut einen heißen Schauer der Erregung über seine Haut prickeln.

»Führen Sie mich nicht in Versuchung«, knurrte Case.

»Was?«

Er knurrte etwas Unverständliches vor sich hin. Die Angst, die er um sie ausgestanden hatte, als die Culpeppers in den Ranchhof geritten waren, war durch ihre Berührung in nacktes, verzehrendes Verlangen verwandelt worden.

»Mir fehlt nichts weiter«, sagte er schließlich. »Es ärgert mich nur, daß ich diesen Hurensohn verfehlt habe.«

»Wen?«

»Parnell, nach dem Namen zu urteilen, den Ab gerufen hat«, erwiderte Case. »Pest und Hölle!«

»Wo war er?«

»Sehen Sie den Haufen von Felsbrocken dort drüben?«

Sarah bückte sich und spähte durch den breiten Spalt. Der einzige Stoß von Felsbrocken, den sie sehen konnte, war mehr als neunzig Meter entfernt. Sie blickte auf Cases Revolver.

»Großer Gott«, sagte sie. »Natürlich haben Sie ihn verfehlt. Sie hatten schließlich nur einen Revolver.«

»Ein Revolver hätte eigentlich vollauf genügen müssen.«

Sie wollte ihm widersprechen, überlegte es sich jedoch schnell wieder anders, als sie den Ausdruck seiner Augen sah.

»Kommen Sie, lassen Sie sich wieder ins Bett helfen«, sagte sie.

»Gehen Sie lieber hinaus und beobachten Sie die Culpeppers. Ich bin hier auf dem Boden gut aufgehoben.

»Lola beobachtet sie weiter, Ute folgt ihnen, und Conner hält dort hinten zwischen den Pyramidenpappeln Wache, um uns zu warnen, falls sonst noch jemand auftaucht.«

Case spähte eine ganze Weile schweigend durch den Riß zwischen den Holzbalken, bevor er antwortete.

Er konnte keinerlei Bewegung in der Landschaft ausmachen, noch nicht einmal den Schatten eines Vogels, der hoch am Himmel dahinflog.

Als er schließlich den Hahn seines Revolvers entspannte, schien das metallische Knacken fast so laut in der Stille des Hauses, wie es die Schüsse gewesen waren.

»Ich schätze, Sie haben das hier schon ein- oder zweimal zuvor getan«, sagte er.

»Ute ist der Ansicht, daß es besser ist, vorauszuplanen, als seinen Leichtsinn zu bereuen und zu sterben.«

Case grunzte. »Der Ausspruch könnte glatt von Hunter stammen.«

»Hunter?«

»Mein Bruder. Er war Oberst, damals, als der Süden noch eigene Uniformen hatte und jeder Dummkopf darauf brannte, sie zu tragen. Nicht, daß Hunter ein Dummkopf gewesen wäre. Der einzige Idiot in der Familie war ich.«

»Ich bezweifle doch stark, daß Sie ein Idiot sind.«

»Ich nicht.«

Die Leere in seiner Stimme bewirkte, daß sich Sarahs Kehle schmerzlich zusammenschnürte. Ohne sich dessen bewußt zu sein, streichelte sie wieder seinen Rücken mit sanften, tröstenden Bewegungen.

»Lassen Sie sich von mir ins Bett zurückhelfen«, sagte sie nach einem Moment.

»Ich kann auf die gleiche Weise wieder zurückgelangen, wie ich hergekommen bin.«

»Aber das geht doch nicht. Sie sind verletzt.«

Case fühlte ihre Hand liebkosend über seinen nackten Rücken gleiten und kämpfte gegen den Drang an, wild um sich zu schlagen.

Oder Sarah zu packen und sie hungrig zu küssen.

»Case?«

»Wenn Sie nicht sofort aufhören, mich wie eine getigerte Katze zu tätscheln«, sagte er mit sorgfältig beherrschter Stimme, »dann packe ich Sie und zeige Ihnen, wie kerngesund ich mich in genau diesem Augenblick fühle.«

»Getigerte Katze?« Sie lachte. »Sie sind eher ein Puma als eine Hauskatze.«

Er machte Anstalten, sich auf seine unverletzte Seite zu rollen und ihr zu enthüllen, was ihm so zu schaffen machte. Aber schon der Versuch, sich herumzudrehen, erzeugte bereits einen stechenden, fast unerträglichen Schmerz in seinem verletzten Schenkel und zwang ihn, keuchend innezuhalten.

Nun, das sollte mich eigentlich kurieren, dachte er.

Aber es half nicht. Jedenfalls nicht viel.

Ich brauche wohl noch eine zweite kräftige Dosis, sagte er sich.

Mit grimmiger Entschlossenheit rollte er sich auf sein unverletztes Bein. Er ignorierte Sarahs Proteste, während er sich halb kriechend, halb auf dem Bauch rutschend in Richtung Bett bewegte.

»Na bitte«, sagte er, als er sich auf der Pritsche ausstreckte. »Zufrieden?«

Sie betrachtete sein aschfahles Gesicht, die Schweißtropfen, die auf seiner Stirn standen, seine hellen, grau-grünen Augen, die zu Schlitzen gegen den Schmerz verengt waren.

»Sie könnten den Maultieren der Culpeppers noch Unterricht in Sturheit erteilen«, sagte Sarah ärgerlich.

»Ohne Zweifel.«

»Haben Sie Freude daran, mir zusätzliche Arbeit zu machen?«

Er blinzelte verwirrt. »Wie bitte?«

»Sehen Sie sich doch bloß an! Schmutzig vom Kopf bis zu den Zehenspitzen. Ich werde Sie gleich zusammen mit Ihren Verbänden und Ihrem Lendenschurz waschen müssen.«

Case wollte widersprechen, doch plötzlich tat sich Erschöpfung wie ein wilder Strudel unter ihm auf und zog ihn in die Tiefe. Das Ausmaß seiner Schwäche schockierte ihn.

»Bin zu … müde«, brachte er mühsam hervor.

»Ich nicht. Sie werden wieder frisch und sauber sein, bevor Sie wissen, wie Ihnen geschieht.«

Er versuchte, Einwände zu erheben, doch seine Kraft war restlos aufgezehrt. Seine Worte kamen nur noch als ein zusammenhangloses Gemurmel über seine Lippen.

Sarah stand einen Moment lang neben der Pritsche und beobachtete, wie seine Lider flatterten und sich schließlich schlossen. Als sie geschlossen blieben, seufzte sie vor Erleichterung. Selbst wenn er so wie jetzt offensichtlich völlig erschöpft vor Schmerz war, bezweifelte sie, daß sie ihn dazu bringen könnte, irgend etwas zu tun, was er nicht wollte.

»Störrischer, störrischer Mann«, murmelte sie.

Seine Augen blieben geschlossen.

Sie konnte nicht umhin zu bemerken, daß seine schwarzen Wimpern lange, dichte, seidige Fransen waren, die sich an den Enden leicht aufwärtsbogen. Sie ließen ihn seltsam verwundbar aussehen.

»Augenwimpern, auf die jedes Mädchen neidisch wäre«, sagte sie mit gedämpfter Stimme, »und Gott gibt sie einem Mann, der hart genug ist, um Stahl und messerscharfe Rasierklingen zu essen.«

Wenn er sie gehört hatte, so ließ er jedenfalls nichts davon erkennen.

»Danke, Case, wer immer Sie sein mögen, wo immer Sie hergekommen sind«, sagte sie weich.

Er regte sich nicht.

»Wir haben schon immer gewußt, daß die Rückseite des Hauses unsere Schwachstelle ist«, fuhr sie fort. »Conner kann vom Bach aus nicht beobachten, was dort vor sich geht, und Ute kann es auch nicht sehen, sobald er von dem Felsrand herunterkommt, um unsere Flanke zu decken.«

Cases Atem ging tiefer und regelmäßiger, als ihn die Erschöpfung in einen heilenden Schlaf versinken ließ.

Sie kniete sich neben ihn und legte ihm prüfend eine Hand auf die Stirn.

Kühl. Glatt. Feucht vor Schweiß, der bereits trocknete, noch während sie ihn berührte.

»So, dann wollen wir mal sehen, wie schlimm Sie sich verletzt haben, als Sie uns verteidigt haben«, sagte sie ruhig.

Mit schnellen, geschickten Handgriffen löste sie den Verband um seinen Schenkel.

Es war kein neues Blut zu sehen, auch nicht auf der tiefen Wunde.

»Gott sei Dank«, flüsterte sie. »Sie sind wirklich so zäh, wie Sie dickschädelig sind.«

Ein langgezogener Pfiff ertönte hinter dem Haus.
Die Luft ist rein.

Erleichterung rollte in einer Woge über Sarah hinweg, die sie schwindelig machte.

Nach ein paar Augenblicken atmete sie tief durch, sammelte sich wieder und machte sich daran, ein Bad vorzubereiten.

»Alles in Ordnung hier drinnen?« rief Lola von der Tür her.

»Case hat es nicht geschafft, daß seine Wunden wieder aufgeplatzt sind, falls du das gemeint hast«, erwiderte Sarah. »Sind die Culpeppers verschwunden?«

96

»Es ist nichts als Staub in der Luft.«

»Wo ist Conner?«

»Bewacht die Rückseite des Hauses. Ute ist losgeritten, um den dritten Hurensohn zu verfolgen.«

»Ich werde mich um Case kümmern und dann wieder herauskommen, sobald ich fertig bin.«

»Das ist nicht nötig. So wie's im Moment aussieht, stehe ich sowieso nur draußen herum, so unnütz wie Zitzen an einem Bullen. Soll ich dir bei der Krankenpflege helfen?«

»Nein, danke«, sagte Sarah hastig. »Ich komme schon allein zurecht.«

Erst nachdem sie gesprochen hatte, wurde ihr bewußt, daß es ihr widerstrebte, irgend jemandem zu gestatten, Case nackt zu sehen.

Es war eine Sache gewesen, als er zwischen Leben und Tod geschwebt hatte. Es war eine völlig andere, wenn er gesund genug war, um im Haus herumzukriechen. Irgendwie war es ... persönlicher.

Mach dich nicht lächerlich, schalt sie sich selbst. *Lola hat in ihrem Leben schon mehr nackte Männer gesehen, als ich bekleidete gesehen habe.* Und dennoch rebellierte Sarah innerlich bei dem Gedanken, wie die andere Frau Cases schlanken, muskulösen Körper berührte.

»Sei so gut«, rief sie über ihre Schulter zurück, »und hol mir noch zwei Eimer Wasser aus dem Bach, ja?«

»Gott, Mädchen. Wozu brauchst du eigentlich solche Mengen Wasser? Willst du die Felsen waschen und sie zum Trocknen an die Wolken hängen?«

Sarah lachte leise. Niemand hielt sonderlich viel von all der Seife und dem Wasser, die sie so großzügig auf alles anwandte, was nicht weglaufen konnte.

»Keine Felsen«, murmelte sie. »Nur einen Mann. Einen ziemlich großen.«

Wenn sie Case als Mann betrachtete statt als verletztes Geschöpf, das ihre Pflege brauchte, schlug ihr Magen einen seltsamen kleinen Salto. Es war keine Furcht oder auch nur Nervosität, obwohl sie ein wenig von beidem fühlte.

»Was ist nur mit dir los, Sarah Jane Lawson?« fragte sie sich leise, während sie den Sprechrhythmus und die Worte ihrer lange verstorbenen Großmutter nachäffte. »Man sollte meinen, du hättest das klitzekleinebißchen Verstand verloren, das Gott dir gegeben hat.«

Plötzlich schnürte sich ihr die Kehle zu, als sich ein Kummer in ihr regte, dem sie niemals nachgegeben hatte.

Sie hatte schon lange nicht mehr an ihre tote Familie gedacht. Zuerst hatte sie es einfach nicht ertragen können. Schließlich war es ihr zur Gewohnheit geworden, den Schmerz und die Trauer zu verdrängen.

»Ich darf nur an die Zukunft denken, nicht an die Vergangenheit«, erinnerte sie sich. »Conner ist die Zukunft für mich.«

Die einzige Zukunft.

Sie hatte sich geschworen, nie wieder zu heiraten, um nicht ein zweites Mal auf Gedeih und Verderb einem Mann ausgeliefert zu sein. Alle ihre Hoffnungen und Sehnsüchte nach einer Familie konzentrierten sich auf ihren jüngeren Bruder, den Bruder, den Ab nur wenige Minuten zuvor bedroht hatte.

Halten Sie ihn an der Leine, sonst werde ich persönlich dafür sorgen, daß er keine Lust mehr hat, vor den Mädchen rumzustolzieren.

Case regte sich leicht und versank dann noch tiefer in Schlaf.

Sarah verdrängte alles andere aus ihren Gedanken, als sie sich über ihn beugte und mit dem vertrauten Ritual begann, seine Verbände zu lösen, die Wunden zu inspizieren, Salbe aufzutragen und die Verletzungen frisch zu verbinden.

Während sie ihn versorgte, sprach sie leise auf ihn ein und beschrieb, was sie gerade tat. Die Erfahrung hatte sie gelehrt, daß wilde Tiere weniger leicht in Panik gerieten, wenn sie sie genau wissen ließ, wo sie war, indem sie einen konstanten, sanften Wortstrom von sich gab.

In gewisser Weise erinnerte Case sie an ein wildes Tier – ein Einzelgänger, stark und selbstgenügsam, bis der Mensch und seine Waffen die natürliche Ordnung störten.

Die einzige Veränderung in der normalen Routine ihrer Pflege kam, als sie Cases Bein gerade so weit anhob, um die Stiche auf der Rückseite seines Schenkels zu begutachten. Die Haut um die Naht herum war rosig und fest und hatte sich bereits zusammengezogen.

»Du lieber Himmel, Sie heilen aber schnell«, sagte sie mit ihrer sanften, beruhigenden Stimme. »So gesund wie ein Pferd, wie Onkel William sagen würde.«

Wieder überwältigte sie eine unerwartete Traurigkeit. Sie gestattete sich nur selten, an den unverheirateten Arzt zu denken, der der Nachwelt nichts anderes als die schwarze Tasche seines Berufsstandes hinterlassen hatte.

»Ich habe sie sorgfältig für dich gepflegt, Onkel William«, flüsterte Sarah. »Ich halte die Instrumente stets sauber und blank ... weißt du das, wo immer du jetzt bist? Entschädigt dich das ein bißchen für all die Male, die ich mich an deine Fersen geheftet habe und dir auf die Nerven gegangen bin, bis du mir beigebracht hast, was du konntest, bevor du gestorben bist?«

Es kam keine Antwort aus der Stille.

Sie erwartete auch keine. Sie hatte sich inzwischen daran gewöhnt, Fragen zu stellen, auf die es keine Antwort gab.

Mit einer glänzenden, sonderbar geformten Schere schnitt sie die Fäden auf der Rückseite von Cases Schenkel durch. Als sie sie mit einer Pinzette herauszog, bewegte er sich leicht.

»Ist ja schon gut«, murmelte sie beschwichtigend. »Ich ziehe nur ein paar Fäden, die Sie nicht mehr brauchen. Kein Grund, deswegen aufzuwachen.«

Sie erwartete ebensowenig eine Antwort von ihm, wie sie eine Antwort von ihrem toten Onkel erwartet hatte oder von den wilden Tieren, die sie gesundpflegte. Da Case sich in keiner Weise gegen sie sträubte, nahm sie an, daß er noch immer tief schlief.

»Na bitte«, murmelte sie. »Das war der letzte Faden. Jetzt werde ich Sie nur noch schnell frisch verbinden. Es wird kein bißchen weh tun.«

Seine Wimpern hoben sich sekundenlang, um Augen von blassem Grün zu enthüllen. Er wollte Sarah sagen, daß sie ihm überhaupt nicht weh tat, aber es kostete ihn zuviel Anstrengung, die Worte hervorzubringen.

Es war leichter, einfach nur still dazuliegen und sich von ihren sanften Worten und Berührungen beschwichtigen zu lassen.

»Lola schwört, daß diese stinkende Salbe besser als Seife wirkt, um zu verhindern, daß sich Wunden infizieren«, murmelte sie. »Ich weiß zwar nicht, was mein Onkel dazu sagen würde, aber Tatsache ist, daß sie bei Ute und Ihnen und dem Rest der wilden Geschöpfe gute Dienste geleistet hat.«

Sie stellte das Glas mit Salbe ab. Es landete mit einem leisen Plumps auf dem Fußboden neben der Schulter ihres Patienten.

Die durchdringend riechende Mischung aus Wacholder, Salbei und anderen Heilkräutern, die Case nicht identifizieren konnte, strömte über ihn hinweg bei jedem Atemzug, den er tat. Er bevorzugte den Duft nach Sonnenschein und Rosenknospen, der an Sarahs Haut haftete, aber ihm fehlte die Energie, es ihr zu sagen.

»So ist es gut«, sagte sie ermutigend. »Schlafen Sie einfach weiter. Ich werde so schnell einen sauberen Verband angelegt haben, wie ein Lamm braucht, um zweimal mit dem Schwanz zu wackeln.«

Das Gefühl ihrer kühlen Hände auf seiner Haut war Case inzwischen vertraut, ebenso wie das leichte Streifen ihrer Brüste über seine Beine, wenn sie sich vorbeugte, um die Bandage um seinen Schenkel zu wickeln.

Die Reaktion seines Körpers auf die sinnlichen Berührungen war ebenfalls nichts Neues.

Er versuchte gar nicht erst, gegen die Erregung anzukämpfen, die ihn erfaßte, ob er es nun wollte oder nicht. Er hoffte nur inständig, daß der Lendenschurz seine Erektion verhüllte.

»So, jetzt strecken wir dieses Bein aus«, murmelte sie. »Es sollte nur einen winzigen Moment lang weh tun.«

Ihre Hände glitten unter das Knie und die Ferse seines verletzten Beins. Behutsam manövrierte sie sein Bein in eine etwas bequemere Lage.

»Es ist nur gut, daß ich immer nur einen Teil von Ihnen zur Zeit heben muß«, sagte sie leise. »Sie sind enorm groß und kräftig, selbst im Liegen.«

Ihre Hand glitt liebkosend an seinem Bein herab, während sie die Wärme und Straffheit seines Fleisches genoß.

»Was für eine Kraft«, sagte sie bewundernd. »Es muß ein herrliches Gefühl sein, wenn man so stark ist.«

Case gab keinen Muckser von sich, aus dem einfachen Grund, weil er nicht wollte, daß die sanften Liebkosungen aufhörten. Er konnte sich nicht erinnern, schon jemals etwas so Süßes und Betörendes gefühlt zu haben.

»Und staubig sind Sie auch«, fügte sie mit einem leisen Lachen hinzu. »Wie schaffen manche Leute es nur, eine Familie in einem Haus mit festgestampftem Lehmfußboden großzuziehen und die Kleinen sauberzuhalten?«

Während sie sprach, strich ihre Hand erneut sanft an seinem Bein herunter.

Er wußte, die Bewegung sollte beruhigend wirken. Er hatte beobachtet, wie sie ihren verletzten Habicht auf genau die gleiche sanfte, beschwichtigende Art gestreichelt und leise murmelnd auf ihn eingesprochen hatte, um dem Tier die Angst zu nehmen, wenn sie Salbe auf seinen Flügel rieb.

»Ich wünschte, Ute und Conner könnten sich eine Woche von der Farm freimachen, um in die Berge hinaufzureiten und ein paar Bretter für den Fußboden zu sägen«, murmelte Sarah. »Aber das ist wohl vergebliche Hoffnung. Zuviel Arbeit, zu wenig Zeit …«

Sie hob das Glas mit Salbe auf, deckte Case mit einem Flanellaken zu und bewegte sich von der Pritsche fort.

Er stieß einen stummen Seufzer aus, teils vor Enttäuschung, teils vor Erleichterung. So liebevoll gestreichelt zu werden war erregend und seltsam schmerzlich zugleich.

Sie würde eine gute Mutter sein, dachte er. *Aber zuerst wird sie einen Mann finden müssen, der jung oder mutig oder auch töricht genug ist, Gott um Kinder zu bitten, die er nicht beschützen kann.*

Case war nicht mehr derart jung. Er hatte sich nicht mehr jung und unbekümmert gefühlt seit dem Tag, als er nach dem Krieg nach Hause gekommen war und die blutigen Überreste der Familie seines Bruders gefunden hatte.

Noch fünf Culpeppers übrig, sagte er sich. *Dann wird es endlich vorbei sein.*

Er grübelte nicht lange über das nach, was getan worden war oder was noch zu tun blieb. Kein Mann genoß es, eine Abortgrube auszuheben, aber kein Mann, der etwas taugte, drückte sich vor dieser Pflicht, wenn die Arbeit ausgelost wurde und er den kurzen Strohhalm zog.

Jemand mußte die Culpeppers daran hindern, weiterhin zu plündern und zu vergewaltigen und zu morden.

Und Case hatte den kurzen Strohhalm gezogen.

Ein leichter Luftzug und der schwache Duft von Rosen sagten ihm, daß Sarah zurückgekehrt war.

»Ich hoffe, dies hier weckt Sie nicht auf«, sagte sie leise. »Nur ein warmer Waschlappen und etwas Seife. Es ist wirklich nichts, was einen starken Mann wie Sie beunruhigen sollte.«

Schlanke Finger glitten durch sein Haar und strichen es aus seiner Stirn zurück. Er genoß die Liebkosung auf eine seltsam losgelöste Art, wie in einem Fiebertraum.

Seifig und nach Rosen duftend glitt der Lappen über sein Gesicht. Er erinnerte ihn irgendwie an eine große, warme, leicht rauhe Zunge.

»Ich werde Ihr Haar morgen waschen, wenn Sie nicht mehr so erschöpft sind«, sagte sie besänftigend. »Ich habe gleich beim ersten Mal, als ich Ihr Haar berührt habe, gemerkt, daß Sie es gewohnt sind, es regelmäßig zu waschen und zu pflegen. Ich mag Sauberkeit bei einem Mann.«

Die murmelnde Stimme strich so sanft wie der Lappen über Case hinweg. Er schwebte an einem Ort irgendwo zwischen Schlafen und Wachen, während er die zärtlichen Worte und Berührungen in sich aufnahm, wie Wüstenboden Wasser nach einer langen Dürreperiode aufsaugt.

»Ihr Haar ist so schwarz und kühl und glatt wie eine Pferdemähne, nur viel seidiger. Es ist so schön wie Ihre Wimpern.«

Sich auf irgendeine Weise als »schön« bezeichnet zu hören amüsierte ihn, doch seine Miene ließ nichts von seiner Reaktion erkennen. Der Krieg und die schrecklichen Erlebnisse danach hatten ihm nicht nur seine Jugend, sondern auch seine Fähigkeit zu lachen geraubt.

Die weichen, melodischen Geräusche von tröpfelndem Wasser, während Sarah den Waschlappen ausspülte und auswrang, waren wie ihre Stimme. Beruhigend und erregend zugleich. Real und gleichzeitig unwirklich. Zum Greifen nahe und in weiter Ferne. »Vielleicht werde ich Sie in ein paar Tagen auch rasieren«, fuhr sie mit gedämpfter Stimme fort. »Aber nicht Ihren Schnurrbart. Er ist länger als der Bart auf Ihren Wangen, deshalb nehme ich an, daß Sie ihn immer tragen.«

Warmes Tuch streifte über ihn, sanfte Worte hüllten ihn ein. Case glitt mehr und mehr in echten Schlaf hinüber, überließ sich ihr mit einem Vertrauen, das ihn schockiert hätte, wenn er sich dessen bewußt gewesen wäre.

Aber er war es nicht. Er war ebenso eingelullt von Sarahs liebevoller Fürsorglichkeit wie jedes andere mißtrauische, wilde Geschöpf, das ihr in die Hände gefallen war.

Das Flanellaken glitt bis zu seinen Hüften herunter, und die Bewegung ließ ihn abrupt aus seinem entspannten Dämmerzustand aufschrecken. Er gab einen undeutlichen Laut des Protests von sich. Seine rechte Hand bewegte sich leicht, als versuchte sie, die Decke wieder hochzuziehen.

»Ruhig«, murmelte sie. »Alles ist gut, Case. Ich will Sie nur schnell waschen. Dann lasse ich Sie in Ruhe.«

Seine Hand entspannte sich wieder. Er stieß einen tiefen Seufzer aus.

»So ist es gut«, sagte sie beschwichtigend. »So ist es genau richtig. Schlafen Sie weiter und werden Sie gesund, bis Sie stark genug sind, um wieder zu fliegen. Obwohl Sie natürlich nicht fliegen werden, nicht? Sie werden sich einfach auf Crickets Rücken schwingen und davonreiten ...«

Das Murmeln von Wasser und Sarahs Stimme verschmolzen miteinander in Cases Bewußtsein. Er trieb erneut auf die Halbwelt zu, jenen Schwebezustand zwischen Schlafen und Wachen.

Warm, feucht und köstlich rauh leckte der Waschlappen über seine Arme und Brust, um alle Spuren seiner schmerzhaften Reise über den festgestampften Lehmfußboden zu beseitigen.

»Culpepper ... schleicht ... von hinten an.«

Case wußte nicht, daß er laut gesprochen hatte, bis Sarah ihm mit Worten und besänftigenden Bewegungen des Waschlappens auf seiner Brust antwortete.

»Haben Sie keine Angst, Case. Auf der Lost River Ranch wird Ihnen nichts geschehen«, murmelte sie. »Sie sind sicher bei mir. Schlafen Sie, Case. Ich werde nicht zulassen, daß Ihnen irgend jemand Schaden zufügt.«

Vage erkannte er, daß er Variationen jener Worte gehört hatte, als Schmerz und Fieber ihn derart unbarmherzig umklammert hielten, daß er geglaubt hatte, nur im Tod Erlösung zu finden.

Sicher auf der Lost River Ranch.

Schlafen Sie, Case.

Bei mir sind Sie sicher.

Sein Atem ging langsamer und gleichmäßiger, paßte sich den behutsamen Bewegungen der Hände an, die ihn so liebevoll umsorgten. Entspannt trotz seines verzehrenden Verlangens, ließ er sich von dem nach Rosen duftenden Traum von Frieden einhüllen.

Er protestierte nicht, als er spürte, wie sein Lendenschurz gelöst wurde. Alles, wonach er sich sehnte, war, jene süßen Liebkosungen auf seinem Körper zu fühlen. Beruhigt und sinnlich erregt zugleich, beinahe schlafend und dennoch vibrierend lebendig, wußte er nur, daß eine feuchte, köstliche Wärme ihn streichelte. Er gab sich ihr in wohliger Selbstvergessenheit hin, denn es war das eine, was er noch dringender brauchte als Luft zum Atmen.

Lust prickelte über ihn hinweg, pulsierte in seinen Lenden und ließ ihn erneut irgendwo zwischen Tag und Traum schweben.

Mit einem Seufzer, der fast ein Stöhnen war, versank Case schlagartig in tiefen Schlaf, um eine erschrocken dreinblickende Sarah zurückzulassen. »Was um Himmels willen …?« fragte sie.

Etwas Derartiges war niemals passiert, als sie Ute gesundgepflegt hatte, und er hatte sogar noch schlimmere Schußverletzungen davongetragen als Case.

»Eine Infektion?« flüsterte sie.

Sie beugte sich über seinen Körper und atmete eine undefinierbare Mischung aus Salz und Regen und Mann und Rosenseife ein.

»Gott sei Dank«, murmelte sie erleichtert.

Was immer mit ihm geschehen war, es war nicht durch eine Infektion verursacht worden.

Dann sah sie, daß seine Erektion langsam erschlaffte. Ihr Ehemann hatte genauso ausgesehen, nachdem er endlich Befriedigung bei seiner schweigsamen, starren Ehefrau gefunden hatte.

Auf einmal dämmerte ihr die Erkenntnis und färbte ihre Wangen glutrot in einer Woge von Hitze, die Verlegenheit und noch etwas anderes war, etwas, was ihren Magen wieder diesen sonderbaren kleinen Slalom schlagen ließ.

»Nun, Sie sind eindeutig auf dem Wege der Besserung«, murmelte sie.

Dann lachte sie leise und fuhr fort, Case zu baden.

»Ich lerne doch tatsächlich jeden Tag etwas Neues«, sagte sie gedämpft. »Ich habe nie gewußt, daß ein Mann Lustgefühle erleben kann, ohne einer Frau weh zu tun.«

Plötzlich erinnerte sie sich wieder an den zärtlichen, heißen Kuß, den Case ihr gegeben hatte. Nervenenden, von deren Existenz sie überhaupt nichts gewußt hatte, vibrierten tief in ihrem Inneren und überraschten sie mit einem prickelnden Schauer der Erregung.

»Wo ist das denn auf einmal hergekommen?« murmelte sie verdutzt. »Glauben Sie, es ist ansteckend?«

Die Vorstellung, daß die Lust eines Mannes ansteckend sein könnte, war für Sarah noch verwirrender und beunruhigender, als es ihr erster Kuß gewesen war.

Mit raschen, energischen Bewegungen beendete sie die Prozedur des Waschens und deckte Case wieder zu. Zu ihrer Erleichterung taten weder ihr Patient noch ihr eigener Magen irgend etwas Unerwartetes dabei.

7. Kapitel

»Was fällt Ihnen ein! Was tun Sie da?« verlangte Sarah aufgebracht zu wissen, als sie das Haus betrat.

»Wonach sieht es denn aus?« fragte Case knapp.

Die Tür fiel mit einem Knall hinter ihr zu und schloß ein Rechteck von winterlich blassem Sonnenlicht aus.

»Von hier«, sagte sie, »sieht es aus, als ob ein verdammter Narr auf einem Bein herumhüpft, während er ein Gewehr als Krücke benutzt und eine Kugel als Gehirn.«

»Sie haben recht in bezug auf das Gewehr.«

Trotz ihres Ärgers mußte sie lächeln. Cases Schlagfertigkeit brachte doch immer wieder Schwung in ihren Alltag.

Nicht, daß Conner nicht auch einen wachen Verstand besessen hätte. Aber es war nicht das gleiche. Von ihrem kleinen Bruder ließ sie sich nicht viele Frechheiten bieten.

Case dagegen war eine völlig andere Sache.

Aus schmalen, skeptischen Augen beobachtete Sarah sein mühsames Vorankommen. Das erste Mal, als sie ihn dabei erwischt hatte, wie er vollständig angezogen im Haus umhergehumpelt war, hatte sie kurzerhand seine Kleider versteckt, während er schlief.

Aber wenn sie geglaubt hatte, daß Case angesichts der Tatsache, daß er nur einen Lendenschurz hatte, um sich zu bedecken, im Bett bleiben würde, dann hatte sie sich gründlich geirrt. Der Beweis dafür stand vor ihr.

Und er war beeindruckend.

»Wozu die Eile?« fragte sie sachlich, während sie versuchte, das Problem von einer anderen Seite anzugehen.

»Zehn Tage lang flach auf dem Rücken zu liegen hat mich so schwach wie ein junges Kätzchen gemacht.«

Sarah ließ ihren Blick über die muskulöse Länge seines Körpers wandern und lachte laut.

»Ein Kätzchen?« fragte sie amüsiert. »Case, selbst Löwenjungen sind nicht derart kräftig gebaut wie Sie.«

Seine einzige Antwort bestand in einem gemurmelten Wort.

»Hätten Sie vielleicht die Güte, das zu wiederholen?« fragte sie betont unschuldig.

»Ich hätte schon die Güte, aber ich bezweifle, daß Sie es hören wollen.«

Der Gewehrkolben rutschte auf dem Lehmfußboden ab. Case taumelte hilflos und wäre wahrscheinlich gestürzt, wenn Sarah nicht blitzschnell vorwärtsgesprungen wäre und ihm ihre Schulter als Stütze angeboten hätte.

»Immer mit der Ruhe«, murmelte sie beschwichtigend, als sie ihn festhielt, bis er seine Balance wiedergefunden hatte.

»Sparen Sie sich diese Zucker-und-Seide-Stimme für Ihren

Habicht auf. Er ist blind genug, um Ihr Süßholzgeraspel zu glauben.«

»Er trägt im Moment eine Kappe.«

»Sag' ich doch. Blind.«

Sie sah lächelnd zu ihm auf.

Doch er erwiderte ihr Lächeln nicht.

Sie war weder überrascht, noch fühlte sie sich gekränkt. Inzwischen hatte sie sich daran gewöhnt, daß er nie lächelte oder lachte, obwohl er einen ausgeprägten Sinn für Humor hatte, der offensichtlich durch das Zusammenleben mit einer liebevollen, zu Späßen und Schabernack neigenden Familie geschärft worden war.

Zu Anfang hatte sie angenommen, seine starken Wundschmerzen seien der Grund, warum sich seine Lippen niemals zu einem Lächeln verzogen. Aber als sich sein Zustand zusehends besserte, erkannte sie, daß es etwas sehr viel Schwerwiegenderes als eine simple Schußverletzung gewesen sein mußte, was ihm das Lachen hatte vergehen lassen.

Sie wußte nicht, was passiert war, um alle Freude in ihm auszulöschen. Sie vermutete jedoch, daß es etwas mit den Namen zu tun hatte, die er in seinen Fieberträumen gerufen hatte – Emily und Ted, Belinda und Hunter.

Aber hauptsächlich Emily. Case rief ihren Namen mit einem Zorn und einem Kummer und einer Verzweiflung, die Sarah tief ins Herz schnitt.

Sie wußte nur zu gut, was es für ein Gefühl war, alles zu verlieren, jeglicher Liebe und Wärme beraubt zu werden, um zitternd und verlassen und allein zurückzubleiben bis auf einen jüngeren Bruder, ein Kind, das um des nackten Überlebens willen auf sie angewiesen war.

»Wenn ich Ihnen eine Kappe aufsetze, werden Sie dann bleiben, wo Sie hingehören?« fragte sie scherzhaft.

»Wenn Sie mit einer Augenbinde auch nur irgendwo in meine Nähe kommen, dann sollte Ute besser mit einem schußbereiten Gewehr auf mich zielen.«

Sie blickte prüfend in Cases Gesicht. In seinen Augenwinkeln war nicht die leiseste Spur von Lachfältchen zu erkennen, ein sicheres Zeichen dafür, daß er nicht spaßte.

Sie seufzte.

»Conner hat eine Krücke für Sie geschnitzt«, sagte sie nach einer Pause. »Ich werde sie holen.«

»Holen Sie auch meine Kleider.«

»Nein.«

Cases Lippen wurden schmal. Er starrte hinunter in ihr entschlossenes Gesicht. Wie es nur allzuhäufig geschah, wurde er sofort von der geheimnisvollen Farbe ihrer Augen abgelenkt – einem Grau, dessen Nuancen je nach Stimmung wechselten: Mal tanzten blaue Funken darin, mal leuchtete es wie von einem silbrigen Feuer erhellt, und gelegentlich verdunkelte es sich zu der düsteren Farbe von Sturmwolken.

»Sie wollen, daß ich nackt vor Ihnen herumlaufe?« sagte er ruhig. »Na schön, von mir aus.«

Aber seine Stimme klang nicht so barsch, wie er es beabsichtigt hatte. Die Vorstellung, nackt mit dieser schlagfertigen, couragierten, hübschen kleinen Witwe zusammenzusein, war einfach zu reizvoll.

»Sie sind ja nicht nackt«, gab sie zurück.

»Sind Sie sich da sicher?« erwiderte er gedehnt. »Vielleicht sollten Sie besser mal unterhalb meines Kinns nachsehen. Man weiß nie, was sich gelöst haben könnte, während ich durch den Raum getorkelt bin.«

Eine verlegene Röte kroch in Sarahs Wangen, doch sie hielt ihren Blick weiterhin unverwandt auf sein Gesicht geheftet.

»Es geht darum«, sagte sie beherrscht, »daß Sie noch immer zu schwach sind, um im Haus herumzulaufen, ob Sie nun splitterfasernackt dabei sind oder herausgeputzt wie ein Lord am Ostersonntag.«

»Nein, hübsche Witwe, es geht darum, daß Sie so lange nicht sicher vor Ab Culpepper sein werden, bis ich von hier verschwunden bin.

»Ich bin nicht hübsch, und wenn Sie fort sind, werde ich auch nicht sicherer vor ihm sein.«

»Ich habe zufällig gehört, was Ab gesagt hat. Er ist meinetwegen zur Lost River Ranch gekommen, nicht Ihretwegen.«

»Sie haben offensichtlich nicht alles gehört«, gab sie brüsk zurück. »Er hat gedroht, Conner zu kastrieren.«

Case holte scharf Luft. »Allmächtiger! Warum?«

»Ich weiß es nicht, aber ich kann es erraten.«

»Ich höre«, sagte er.

»Mein Bruder ist … nun ja, impulsiv.«

Case wartete.

»Ich glaube, Conner ist heimlich in das Lager der Banditen im Spring Canyon geschlichen«, erklärte sie, »hat Salz mit Zucker vermischt, frischen Kuhdung in die Frühstücksbohnen gerührt und dann ihre Pferde losgelassen, um seine eigenen Spuren zu überdecken.«

»Wäre eine ganze Ecke sinnvoller gewesen, wenn er bei der Gelegenheit gleich ein paar Kehlen aufgeschlitzt hätte, wo er schon mal da war.«

Sarah schnappte entsetzt nach Luft. »Nein! Ich will nicht, daß Conner so leben muß!«

»Dann leben Sie am falschen Ort.«

»Ich nicht. Aber mein Bruder. Deshalb werde ich ihn an die Ostküste auf eine gute Schule schicken.«

Schweigend sah Case sich in dem Blockhaus um. Seine dürftige Möblierung und der festgestampfte Lehmfußboden sagten ihm, daß Geld knapp auf der Lost River Ranch war.

»Conner ist fast erwachsen«, sagte er in neutralem Ton. »Er möchte vielleicht auch ein Wörtchen dabei mitzureden haben, wo er hingeht oder nicht hingeht.«

»Das Leben hat mehr zu bieten als einen Fluß, der durch eine rote Steinwildnis fließt«, sagte sie mit angespannter Stimme.

»Ist das Ihre Ansicht oder die Ihres Bruders?«

»Die Lost River Ranch ist alles, was ich vom Leben erwarte. Ich bin voll und ganz damit zufrieden, hier zu leben.«

Die Intensität in ihrer Stimme spiegelte das leidenschaftliche silberne Feuer in ihren Augen wider.

»Aber Conner ist anders«, fuhr sie heftig fort. »Er hat das Zeug, Arzt zu werden oder Anwalt oder Lehrer. Er könnte über das Meer fahren und Königen begegnen. Er könnte alles werden!«

»Will er das?«

»Wie kann Conner in seinem jugendlichen Alter wissen, was er will?« gab sie mit erregter Stimme zurück. »Alles, was er bisher kennengelernt hat, ist dieser enge Canyon. Wenn er sich in der Welt umgesehen hat und zu der Entscheidung gelangt, daß er wieder hierher zurückkehren will, gut und schön. Aber so wahr mir Gott helfe, *mein Bruder wird die Chance haben, sich umzusehen!*«

Da Sarah noch immer dicht neben ihm stand und ihn stützte, konnte Case die Anspannung in ihrem Körper vibrieren fühlen. Sie war wie ein viel zu fest angezogener Draht, der vor Spannung summte.

Drähte, die derart straff gespannt waren, hatten die Neigung, zu zerreißen. »Ruhig, Kleine, ganz ruhig«, murmelte er, während er sie an den Schultern zu sich herumdrehte. »Diese letzten zehn Tage sind einfach eine zu große Belastung für Sie gewesen.«

»Vergessen Sie die letzten zehn Tage! Ich will doch nur … ich möchte einfach …«

Ihre letzten bruchstückhaften Worte gingen in ein Seufzen über, als Case sie an seine Brust zog. Mit einer für einen so kraftvollen Mann überraschenden Zärtlichkeit streichelte er ihr Haar und ihren Rücken, um ihre angespannten Nerven zu beruhigen.

Allmählich wich die Verkrampfung aus ihrem Körper.

»Wie alt waren Sie, als Ihre Eltern starben?« fragte er ruhig.

»Dreizehn.«

Er schloß sekundenlang die Augen. Er hatte nur zu häufig erlebt, wie junge Mädchen durch den Krieg zur Waise geworden waren. Einige von ihnen, die, die Glück hatten, waren von Verwandten aufgenommen worden. Andere Waisen kämpften mühsam ums Überleben und mußten sich mit Hunden um Essenreste balgen. Zu viele der Kinder starben.

Irgendwie bezweifelte er, daß Sarah eine der Waisen gewesen war, die das Glück gehabt hatten, bei Verwandten unterzukommen. »Wie alt war Conner damals?« wollte er wissen.

»Neun.«

»Das jüngste Kind der Familie?« mutmaßte er.

»Ja.«

»Und obendrein noch maßlos verwöhnt, wie ich annehme.«

»Er ist nicht verwöhnt«, erwiderte Sarah rasch.

»Hmmm. Er hat ein Lächeln, das selbst den Teufel noch erweichen könnte, ganz zu schweigen von einer älteren Schwester, die ihn abgöttisch liebt.«

Sarah hob den Kopf und begegnete Cases klarem Blick. Obwohl sie blaß war, schimmerten keine Tränen in ihren Augen.

»Ich war die Zweitälteste von fünf Geschwistern«, sagte sie. »Und das einzige Mädchen. Mutter war lange Zeit schwach und bettlägerig nach Conners Geburt. Ich habe ihn in meinen Armen gewiegt, habe ihn gefüttert, ihm vorgesungen, seine Wehwehchen weggeküßt ...«

Schließlich wurde ihr die durchdringende Klarheit seines Blickes unerträglich. Es war, als könnte Case geradewegs durch ihre Fassade der Tapferkeit hindurchsehen und bis in die geheimsten Winkel ihrer Seele schauen.

Sie senkte die Augen.

Mit großer Behutsamkeit zog er ihren Kopf an sich und drückte ihre Wange gegen seine Brust. Nach einem kurzen Moment des Zögerns gab Sarah nach und akzeptierte den Trost.

Sie konnte sich nicht mehr erinnern, wann sie das letzte Mal das Gefühl gehabt hatte, sich an jemanden anlehnen zu können. Seit dem Tod ihrer Eltern hatte sie immer die Starke sein müssen, diejenige, die sich um alles kümmerte und dafür sorgte, daß getan wurde, was getan werden mußte, komme, was da wolle.

»Sie waren praktisch Conners Mutter«, sagte Case nach einer Weile.

Sie nickte schweigend.

»Die anderen sind in der Flut ertrunken«, fügte sie nach einer Pause hinzu. »Aber als das Haus um uns herum auseinanderzubrechen begann, habe ich Conner gepackt und ihn an mich gepreßt, bis ich einen Baum fand, der groß und kräftig genug war, um uns über Wasser zu halten.«

»Ihr Bruder kann sich wirklich glücklich schätzen«, sagte Case. »Er ist verwöhnt genug, um zu wissen, daß er geliebt wird, aber wiederum nicht derart verwöhnt, daß er zu nichts taugt.«

»Er ist nicht verwöhnt«, gab Sarah beharrlich zurück.

»Ja, ja. Deshalb haben Sie ihm gestern eine Strafpredigt gehalten, weil er Wildfährten verfolgt und vergessen hatte, mehr Feuerholz zu hacken.«

Sie versuchte, sich Cases Griff zu entziehen und den Kopf zu heben, um ihn böse anzufunkeln, nur um festzustellen, daß sie es nicht konnte. Die Hand, die ihr Haar so wundervoll beruhigend streichelte, war so fest und unnachgiebig wie eine Granitwand. Sie konnte sich gegen die sanften Liebkosungen sträuben, oder sie konnte sich ihnen einfach hingeben und sie genießen, so wie sie einen unverhofften Sommerregen genoß.

Schließlich seufzte sie tief und entspannte sich wieder in seinen Armen. Der Duft nach Seife und Mann hüllte sie verlockend ein. Die Hitze seines Körpers und das weiche Polster lockiger schwarzer Haare unter ihrer Wange erinnerten sie daran, daß Case fast nackt war.

Das Gefühl seiner warmen, muskulösen Brust unter ihrer Wange faszinierte und erregte sie. Sie war einem rüstigen Mann noch niemals so nahe gewesen. Wenn Hal seine Rechte als Ehemann eingefordert hatte, hatte er immer seine lange, kratzige Unterwäsche getragen, und er hatte nach Alkohol und altem Schweiß gerochen.

»Sie duften nach Rosen«, sagte sie nach einem Moment. »Nur … anders.«

Cases große Hand hielt sekundenlang in der Bewegung inne, dann fuhr er fort, ihr Haar zu streicheln.

»Geben Sie Ihrer Seife die Schuld daran«, sagte er.

»Schuld?«

Sie schüttelte so nachdrücklich den Kopf, daß ihre langen Zöpfe sanft gegen seine Haut schlugen.

»Ich mag die Art, wie Sie duften«, sagte sie. »Stört Sie der Geruch?

»Cricket wird sich vielleicht fragen, was mit mir passiert ist, aber, nein, mich stört er ganz sicher nicht.«

»Gut. Denn die einzige andere Seife, die wir haben, ist Laugenseife. Und sie ist so scharf, daß sie die Rinde von einem Baum schälen würde.«

Sie seufzte erneut und schmiegte sich wieder an seine Brust, so vertrauensvoll wie ein Kätzchen.

Sinnliche Hitze schoß in einem Glutstrahl durch Case hindurch, obwohl er wußte, daß ihr Benehmen in keiner Weise kokett war. Sarah nahm ganz einfach den Trost an, den er ihr spendete.

Dennoch, seit er zum ersten Mal die seidige, zimtfarbene Pracht ihres offenen Haares gesehen hatte, sehnte er sich danach, es zu berühren.

Vielleicht wird es ihr nichts ausmachen, dachte er. *Es ist ja nicht so, als versuchte ich, sie zu verführen. Ich möchte ganz einfach ihr wunderschönes Haar streicheln.*

Weil es so tröstlich ist, nur deshalb.

Für uns beide.

Er stützte sich mit einer Hand auf das Gewehr, während er mit der anderen die Lederschnüre aufband, die ihre Zöpfe daran hinderten, sich zu lösen. Behutsam kämmte er mit den Fingerspitzen die langen Strähnen durch, bis sie glatt über ihre Schultern fielen.

Kühles, seidenglattes Haar floß über seine Haut. Seine Finger gruben sich in die rosenparfümierte Kaskade, und er hob eine Faustvoll ihres Haares an sein Gesicht und inhalierte tief den köstlichen Duft, bevor er die seidige Masse wieder freigab.

»Ich mag Ihren Duft auch, Sarah Kennedy«, murmelte er.

Der kehlige, heisere Klang seiner Stimme gefiel ihr. Er war so zärtlich und dennoch so maskulin wie die Hand, die jetzt wieder sanft ihr Haar streichelte.

»Jetzt weiß ich, wie sich meine Habichte fühlen«, sagte sie leise.

Er gab einen fragenden Laut von sich.

»Verwöhnt«, erklärte sie und seufzte. »Es ist ein schönes Gefühl.«

Gerührt, ohne zu wissen, warum, streifte Case mit den Lippen über ihr Haar, so leicht, daß sie es nicht spürte. Er hätte nicht zu sagen vermocht, woher die fast schmerzliche Zärtlichkeit kam, die er in diesem Moment für sie empfand. Er wußte nur, daß er zu viele Frauen und Kinder gesehen hatte, denen der Krieg unermeßliches Leid beschert hatte.

Und er war nicht in der Lage gewesen, irgend etwas zu tun, um ihren Schmerz zu lindern, ganz gleich, wie angestrengt er sich bemüht hatte.

So wie er nicht in der Lage gewesen war, seine Nichte und seinen Neffen zu retten.

113

»Conner kann sich glücklich schätzen, eine Schwester wie Sie zu haben«, sagte Case.

»Ich brauche einen älteren Bruder wie Sie«, erwiderte Sarah mit einem leisen Lächeln. »Wie ist es? Wollen Sie mich nicht adoptieren?«

Etwas wie Schmerz verdunkelte seine Miene, doch seine sanft streichelnde Hand hielt keine Sekunde in ihrer Bewegung inne.

»Kinder brauchen Liebe«, sagte er ruhig. »Und ich bin nicht mehr fähig, Liebe zu empfinden.«

»Aber natürlich sind Sie das. Sie sind sanft und liebevoll.«

»Die Culpeppers würden staunen, wenn sie das hören könnten.«

»Die Culpeppers würden über viele Dinge staunen. Sie haben weniger Bildung als ihre Maultiere.«

Case legte einen Finger unter ihr Kinn und hob ihr Gesicht zu sich hoch, bis sie es nicht mehr vermeiden konnte, ihm in die Augen zu sehen.«

»Machen Sie sich nichts vor, Sarah Kennedy«, sagte er ruhig. »Ich habe keine Liebe mehr in mir. Ich will auch keine Liebe mehr fühlen. Ich werde nie wieder irgend etwas lieben, was sterben kann.«

Sie wollte den Blick von der ruhigen Sicherheit in seinen Augen abwenden, aber sie tat es nicht. Statt dessen ließ sie die Wahrheit seiner Worte wie unsichtbare Stahlklauen in ihr Bewußtsein eindringen.

Es überraschte sie, wie tief und qualvoll der Schmerz war, den sie dabei empfand. Bis zu diesem Augenblick hatte sie gar nicht gewußt, wieviel sie Case bereits von sich selbst gegeben hatte.

Case, der Mann, der nichts von ihr wollte.

Er war wie die wilden Raubvögel, die sich dagegen gewehrt hatten, ihre Gefangenen zu sein, und sei es auch nur für die kurze Zeitspanne, um wieder gesund zu werden.

Aber das ist nun mal die Wesensart von Habichten, erinnerte sie sich. *Case ist ganz sicher nicht immer so gewesen.*

Was mag er nur erlebt haben, daß er derart vor Liebe zurückschreckt?

Sie sprach die Frage jedoch nicht aus. Es hätte keinen Sinn. Sie würde Case damit nur Schmerz zufügen.

»Sie glauben mir«, sagte er.

Es war keine Frage, sondern eine Feststellung. Die Art, wie plötzlich alles Licht in ihren Augen erlosch, die vollkommene Reglosigkeit ihres Körpers, als ob ihr Herz zu schlagen aufgehört hätte, sagten ihm deutlicher als alle Worte, daß sie ihm glaubte.

»Ich glaube Ihnen«, flüsterte Sarah.

Er nickte. »Gut. Ich möchte keine Unwahrheiten zwischen uns.«

»Welche Rolle würde das schon spielen?« fragte sie leicht ärgerlich.

»Sie sind nur ein weiteres dieser wilden Geschöpfe, die verletzt über meine Türschwelle gekommen sind und wieder gehen werden, sobald sie einigermaßen laufen können.«

»Ute ist nicht gegangen.«

»Sie klingen, als ob Sie das beunruhigte.«

»Das sollte es eigentlich. Heilung ist eine Art von ... Zauberei.«

Mehrere Atemzüge lang starrte Sarah schweigend in Cases Augen, Augen, deren Farbe jetzt an das erste zarte junge Grün des Frühlings erinnerte. Aber es war ein Frühling, der für ihn niemals kommen würde.

Weil er es nicht wollte.

Er scheute das Leben auf eine Art, wie die meisten Männer den Tod scheuten.

Das Lächeln, das Sarah ihm schenkte, war ebenso schmerzlich wie ihre Gedanken.

»Machen Sie sich deswegen nur keine Sorgen«, sagte sie. »Ich bin keine Hexe, die über einem Kessel voller Kröten hockt und hämisch in sich hineinlacht. Ich bin nur eine Witwe, die durch unliebsame Erfahrungen gelernt hat, wie man mit Schnittwunden, Knochenbrüchen und Schußverletzungen umgeht.«

Sein angespannter Gesichtsausdruck veränderte sich kaum merklich. Nur wenige Menschen hätten es bemerkt. Noch weniger wären auf die Idee gekommen, daß es seine Art zu lächeln war.

»Keine Kröten, wie?« fragte er.

»Keine einzige.«

»Da fällt mir aber ein Stein vom Herzen.«

Mit einem Widerstreben, das er nicht zeigte, zog er seine Hand von ihrem weichen Haar zurück, wandte sich ab und sammelte seine

Kräfte, um seinen anstrengenden und schmerzhaften Rundgang durch das Haus wieder aufzunehmen.

Sarah drehte sich mit Case herum, während sie ihm als zweite Krücke diente.

Er zögerte einen flüchtigen Moment lang, dann akzeptierte er ihre Hilfe.

»Ich kann allerdings nicht für Lolas Heilsalben sprechen«, sagte sie betont heiter. »Es ist durchaus möglich, daß hin und wieder eine Schlange in ihren Arzneien landet. Oder in ihrem Eintopf, was das betrifft.«

»Big Lola.« Case schüttelte versonnen den Kopf. »Wie ist es eigentlich dazu gekommen, daß Sie mit der alten Hu- äh, Frau zusammenwohnen?«

»Sie kam eines Tages den Weg oben am Felsrand herunter, ungefähr einen Monat, nachdem ich Ute schwerverletzt in den Fingern der Morgenröte gefunden hatte.«

»Finger der Morgenröte? Hab' nie davon gehört.«

Sarah zuckte die Achseln. »Sie sind auch auf keiner Landkarte verzeichnet. Ich habe sie so genannt. Hier draußen gibt es so viele verschiedene Felsformationen, daß ich ihnen einen Namen geben muß, um den Überblick darüber zu behalten, wo ich schon nach dem Schatz gesucht habe und wo nicht.«

Case bewegte sich unbeholfen durch den Raum, während er sich zwang, Sarahs Erklärungen zuzuhören. Es half ihm, seine Gedanken von der sinnlichen Hitze abzulenken, die durch sein Blut pulsierte.

»Ich glaube, Sie sollten sich jetzt wieder hinlegen«, sagte sie nach einer Weile. »Sie sehen erschöpft aus.«

Case schüttelte nur den Kopf. Der angespannte Zug um seinen Mund hatte nichts mit Schmerz zu tun. Sondern mit verzehrendem Hunger.

Sarahs rechter Arm lag um seine Taille. Ihre Finger ruhten warm auf seiner nackten Haut oberhalb des Lendenschurzes. Ihre rechte Seite – Brust, Hüfte und Schenkel – preßten sich gegen ihn bei jedem Schritt, während sie ihm half, das Gleichgewicht zu halten.

Jede Bewegung seines Körpers erinnerte Case an die überraschend weichen, verlockenden Kurven, die sich unter Sarahs derber Kleidung verbargen.

Ob sie das absichtlich tut? fragte er sich verärgert.

Ein schneller Blick in ihr Gesicht sagte ihm, daß sie keine Ahnung hatte, welche Regungen ihre Nähe in ihm auslöste.

Für eine Witwe ist sie wirklich verdammt naiv.

Oder vielleicht hat sie auch genau gemeint, was sie vorhin gesagt hat. Sie wünscht sich einen großen Bruder, keinen Liebhaber.

»Überanstrengen Sie sich nicht«, sagte sie.

»Woher wußte Lola, daß Ute hier war?« fragte Case, entschlossen, seine Gedanken auf etwas anderes zu konzentrieren.

»Sie hatte Gerüchte von seinem Tod bis hierher zurückverfolgt. Dann fand sie heraus, daß er gar nicht tot war. Seitdem ist sie geblieben.

»Weil Ute geblieben ist?«

Sarah nickte. Ihr offenes Haar fiel bei der Kopfbewegung nach vorn und glitt wie die zärtliche Hand einer Geliebten über seine nackte Brust.

Case schnappte keuchend nach Luft. »Wissen Sie, welchen Ruf Ute hat?« murmelte er.

»Ich kann es erraten. Aller Wahrscheinlichkeit nach war er kein Kirchendiakon.«

»Darauf kann ich Ihnen Brief und Siegel geben.«

»Sind Sie hinter ihm her?« fragte Sarah ohne Umschweife.

»Warum sollte ich?«

»Kopfgeld.«

»Glauben Sie das?« fragte Case in kaltem Ton. »Daß ich hierhergekommen bin, um Männer zu jagen, auf deren Kopf eine Prämie ausgesetzt ist?«

»Ich glaube nicht, daß sie es auf Ute abgesehen haben.«

Case knurrte. »Das ist noch eine Wahrheit, auf die ich Ihnen Brief und Siegel geben kann.«

»Aber auf die engstirnigen Köpfe der Culpeppers ist eine recht ansehnliche Summe ausgesetzt«, sagte Sarah.

»Ich würde sie auch umsonst jagen.«

»Warum?«

Er gab keine Antwort.

Sie hütete sich, noch einmal zu fragen.

Schweigend drehten sie einige weitere Runden durch den Raum. Seine Haut fühlte sich sehr warm unter ihrer Hand an.

»Meinen Sie nicht, daß Sie sich jetzt ausruhen sollten?« fragte sie besorgt. »Sie scheinen ziemlich erhitzt.«

»Erhitzt«, dachte er grimmig. *So kann man es natürlich auch nennen. »Höllisch scharf« wäre eine andere Möglichkeit, zu beschreiben, wie ich mich fühle.*

»So geil wie ein Elch zur Brunftzeit«, würde die Wahrheit am besten treffen.

Case war nicht glücklich darüber. Ganz und gar nicht. Wenn seine Sexualität tatsächlich zurückgekehrt war, um zu bleiben, würde es verdammt beschwerlich für ihn werden.

Besonders mit dieser aufreizenden, scharfzüngigen Witwe in greifbarer Nähe.

»Lassen Sie mich los«, stieß er zwischen zusammengebissenen Zähnen hervor. »Ich kann allein laufen.«

»Reden Sie keinen Unsinn.«

»Ich rede keinen Unsinn.«

»Natürlich tun Sie das«, gab sie zurück. »Wenn Sie stolpern und fallen, muß ich Sie wieder von Kopf bis Fuß waschen. Sie könnten sich dabei eine Erkältung holen oder … oder sonst etwas.«

Case warf Sarah einen Blick von der Seite zu. Ihre Wangen waren gerötet, aber nicht nur von der Anstrengung, ihm zu helfen, im Haus umherzuhumpeln.

Der Traum von der süßen Erleichterung, der ihn in der vergangenen Woche zu den unmöglichsten Zeiten verfolgt hatte, stieg plötzlich in seiner Erinnerung auf.

Vielleicht ist es gar kein Traum gewesen.

»Passen Sie auf!« rief sie und machte sich darauf gefaßt, ihn aufzufangen.

Fluchend ließ Case das Gewehr fallen, das ihm als Krücke gedient hatte, und konnte sich gerade noch rechtzeitig fangen, während er sich mit beiden Händen an der Wand abstützte. Sarah fand sich zwischen ihm und den rauhen Brettern eingeklemmt wieder.

»Huch«, murmelte sie. »Sie sind aber schwer.«

»Und Sie sind weich. Zu weich. Verdammt, das wollte ich nicht!«

Er stieß einen rauhen, hungrigen Laut aus, als er den Kopf beugte, um sie zu küssen. Ihre Lippen waren rosig und schimmernd und leicht geöffnet, ihre Augen weit aufgerissen vor Überraschung.

Wenn Sarahs erster Kuß zärtlich und betörend sinnlich gewesen war, so war ihr zweiter heiß, wild und überwältigend. Sie konnte nicht atmen, weil das Gewicht seines kräftigen Körpers sie gegen die Wand drückte. Sie konnte nicht sprechen, weil sich seine Zunge hungrig zwischen ihre Lippen schob und ihren Mund füllte.

Sie konnte noch nicht einmal die Arme bewegen, um Case wegzustoßen.

Resigniert fand sie sich damit ab, seinen Kuß über sich ergehen zu lassen, so wie sie es gelernt hatte, ihren Ehemann im Bett zu ertragen.

Wenn Case doch bloß nicht so groß und schwer wäre, dachte sie. *Dann wäre es gar nicht mal so unangenehm.*

Und wenn er sanft und zärtlich wäre.

Mit einem erstickten Laut bezähmte Case sein heftiges, unerwartetes Verlangen. Als er den Kopf hob, sah er, daß ihre Haut bleich war und ihre Lippen rot und wund von der Gewalt seines Kusses. Ihre Pupillen hatten sich geweitet, bis ihre Iris fast schwarz wirkte, nur von einem schmalen, silbergrauen Rand umrahmt.

Sie sah eher wie ein erschrockenes kleines Mädchen aus als wie eine Frau, die an Leidenschaft interessiert war.

»Es tut mir leid«, murmelte Case, gründlich angewidert von sich selbst. »Sie haben mich überrumpelt.«

»Ich habe Sie überrumpelt?« stotterte sie ungläubig. »Ich habe doch überhaupt nichts getan!«

Er schloß die Augen, um nicht die Erschrockenheit und die Vorwürfe in ihren sehen zu müssen.

»Ich habe dir weh getan«, sagte er mit leiser, gepreßt klingender Stimme. »Das ist mir noch nie passiert. Ich bin noch nie grob zu Frauen gewesen, selbst damals nicht, als ich sie noch begehrt habe.«

Er öffnete die Augen, aber sie glitzerten nicht länger vor Leidenschaft. Wieder beugte er langsam den Kopf zu ihr herunter.

Sarah schnappte in einer Mischung aus Verblüffung und Furcht nach Luft. Ihr Atem entwich in einem zitternden Seufzen der Überraschung, als seine Zungenspitze einen warmen, zärtlichen Pfad um ihre Lippen beschrieb. Dies war der sanfte, schwindelerregend sinnliche Kuß, an den sie sich von jenem ersten Abend her erinnerte, der Kuß, der zur Folge hatte, daß ihr Magen einen seltsamen kleinen Salto schlug und ihre Nervenenden vibrierten.

»Case?« flüsterte sie atemlos.

»Ist schon gut. Es soll nur eine Entschuldigung sein. Nichts weiter ...«

Seine Zähne knabberten behutsam an ihren Mundwinkeln, dann zeichnete seine Zunge erneut quälend zärtlich die Umrisse ihrer Lippen nach.

»Tut das weh?« fragte er rauh.

Sie schüttelte den Kopf. Die Bewegung ließ ihre Lippen weich über seine streifen. Als sie fühlte, wie sich sein gesamter Körper als Reaktion darauf anspannte, wich sie so hastig vor ihm zurück, daß ihr Kopf gegen die Wand schlug.

»Keine Angst«, murmelte er. »Ich werde dir nicht weh tun.«

»Aber ich ...«, begann sie und brach dann hilflos ab, als sie den Gefühlstumult in seinen glänzenden grünen Augen sah. »Case? Ich ... ich möchte nicht ...«

»Verdammt, ich weiß, daß du mich nicht willst! Und ich kann auch nicht behaupten, daß ich es dir übelnehme. Ich an deiner Stelle würde auch keinen Liebhaber wollen, der nicht mehr Manieren als ein Grizzly hat.«

Damit stieß er sich von ihr ab.

Benommen und unsicher und hin- und hergerissen zwischen Zärtlichkeit und Furcht beobachtete Sarah, wie er sich mit einer Hand an der Wand abstützte, um nicht das Gleichgewicht zu verlieren. Unbeholfen bückte er sich, um das Gewehr aufzuheben, das er als Krücke benutzt hatte. Dann drehte er sich wieder zu ihr um, während er sich schwer auf den Gewehrkolben stützte.

Als sie Anstalten machte, ihm wieder ins Bett zurückzuhelfen, bedachte er sie mit einem Blick, der sie erstarren ließ.

Die Zärtlichkeit und die Reue und der Hunger in seinen Augen waren verschwunden. Klares Eis hätte mehr Wärme ausgestrahlt als der Ausdruck, der jetzt in seinen Augen war.

»Seit dem Ende des Krieges habe ich kein Begehren mehr für eine Frau empfinden können«, sagte er ausdruckslos. »Aber ich begehre dich, Sarah Kennedy.«

»Ich ... ich ...«

»Du brauchst keine Angst zu haben, daß ich mich dir aufdrängen werde. Das werde ich nicht tun. Du hast mein Wort darauf.«

Nach einem Moment nickte sie schweigend. Wenn er zu den Männern gehört hätte, die Frauen mit Gewalt nahmen, dann hätte er es längst getan.

»Ich glaube dir«, sagte sie leise.

»Dann glaube auch das hier«, erwiderte er, seine Stimme so kalt wie seine Augen. »Ich hasse es, dich zu begehren. Es bedeutet nämlich, daß nicht so viel von mir gestorben ist, wie ich gehofft hatte.«

8. Kapitel

»Glaub mir, die Schwitzkammer wird ihm guttun«, sagte Ute. »Schwitzen hilft so ziemlich gegen alles, was einen Mann plagt.«

Sarah antwortete nicht, sondern streute nur eine weitere Handvoll Getreide für die Hühner hin, die sich gackernd und flügelschlagend zu ihren Füßen stritten.

Das Federvieh ignorierte den Teller mit Resten vom Abendessen, den sie in ein nahegelegenes Weidendickicht gestellt hatte. Ghost, ein halb verwilderter Hütehund, der die Hühner adoptiert hatte, wenn er nicht gerade auf Lolas Ziegen aufpaßte, saß in dem Gebüsch und hielt Wache.

Wie die meisten der Geschöpfe auf der Lost River Ranch war auch Ghost eher tot als lebendig bei ihr angekommen. Und wie Ute hatte der Hund beschlossen zu bleiben, nachdem Sarah ihn wieder aufgepäppelt hatte.

»Sarah?« fragte Conner.

»Ich überlege gerade.«

Aber sie dachte nicht über seinen Vorschlag nach. Nicht wirklich. Ihr Blick war auf eine Stelle hinter den Hühnern gerichtet, wo der Lost River sauber und klar durch ein Flußbett dahinströmte, das aus massivem Gestein und Geröllbrocken bestand, deren vorherrschende Farbe ein rostiges Rot war.

Der bevorzugte Schlafplatz der Hühner war zwischen den Pyramidenpappeln und Weiden, die das Bachufer säumten. Jedes Jahr verlor sie ein paar Küken oder auch ausgewachsene Hühner an Kojoten und Habichte. Wäre Ghost nicht gewesen, hätte sie sogar noch wesentlich mehr Tiere verloren.

Eines Tages werde ich genug Geld haben, um einen stabilen Stall für die Hühner zu bauen, dachte sie.

Sie griff wieder in den Eimer, um noch eine Handvoll Getreide herauszuschöpfen. Die Körner waren glatt und hart und kalt, wie kleine Flußkieselsteine. In dem hellen, schräg fallenden Sonnenlicht schimmerte das Korn in allen Schattierungen von Rot, Weiß und Gold.

Mais, gewachsen auf der fruchtbaren Schwemmebene des Baches. Pâtisson-Kürbisse und Bohnen wuchsen ebenfalls dort, aber der Mais war in diesem Jahr besonders üppig. Sie verwendete ihn in erster Linie, um die Hühner zu mästen, damit sie besser gegen die winterliche Kälte geschützt waren.

»Also, was ist nun?« fragte Conner erneut.

Wieder warf sie den Hühnern eine Handvoll Körner hin, ohne zu antworten.

»Du kannst Case nicht bis in alle Ewigkeit eingesperrt halten«, sagte ihr Bruder beharrlich. »Die Hühner haben mehr Freiheit als er.«

»Und auch mehr Kleider«, murmelte Ute.

»Wir haben letzte Nacht Frost gehabt. Der Boden ist gefroren«, erklärte Sarah mit übertriebener Geduld.

»Frost ist nichts Ungewöhnliches um diese Jahreszeit«, erwiderte Ute.

»Es ist noch keine drei Wochen her, seit du Case halbtot hier angeschleppt hast«, sagte sie spitz.

»Jetzt wirkt er aber verdammt lebendig«, gab Ute zurück.

»So unruhig wie ein Floh. Kein Wunder, daß der Mann die Wände hochgeht, nachdem er schon so lange untätig im Haus herumhocken mußte.«

»Nun komm schon, Schwester«, drängte Conner wieder. »Lola hält oben auf dem Felsrand Wache, und die Culpeppers haben nicht mehr hier in der Gegend herumgeschnüffelt, seit Case Parnell in den Ar- äh, Rumpf geschossen hat.«

»Ausgezeichneter Schuß«, sagte Ute zu niemand Besonderem. »Wirklich ausgezeichnet. Hätte den Burschen gut gebrauchen können, damals, in meinen Sturm-und-Drang-Jahren.«

Sarah zog eine Grimasse.

Utes Antwort bestand in einem Grinsen, das kräftige, von Kautabak bräunlich verfärbte Zähne enthüllte.

»Du brauchst dir wirklich keine Sorgen zu machen, daß das Pack vom Spring Canyon wieder hier auftauchen könnte, um dich zu belästigen«, sagte er. »Die Schweinehunde haben Angst, ihr Lager zu verlassen.«

»Das bezweifle ich«, meinte Sarah.

»Jedesmal, wenn sie ausreiten, passiert etwas«, sagte Conner, wobei er betont interessiert den Himmel betrachtete.

»Und selbst, wenn sie hübsch zu Hause bleiben, scheinen sie wie vom Pech verfolgt«, fügte Ute hinzu. »Hab' gehört, die Jungs hätten ein ganzes Faß Munition verloren. Die Patronen sollen einfach so rausgehüpft sein und sich von ganz allein davongemacht haben.«

Conner kicherte.

Sarah warf Ute einen scharfen Blick von der Seite zu. Sein glattes, graues Haar, die schmalen, dunklen Augen und die hohen Wangenknochen hätten besser zu einem Propheten oder Priester gepaßt.

Statt dessen gehörten sie einem ehemaligen Banditen und Bankräuber, der einen Bienenkorb umstoßen würde, nur um sich über das darauffolgende Tohuwabohu zu amüsieren.

»Wenn du die Culpeppers schon schikanieren mußt«, sagte Sarah, »dann halte wenigstens Conner aus der Sache heraus.«

Ute senkte den Kopf und starrte auf seine staubbedeckten Mokassins. Sarah war die einzige, die die Fähigkeit hatte, ihn verlegen und beschämt zu machen. Er war davon überzeugt, daß sie ein grauäugiger Engel der Barmherzigkeit war, den Gott auf die Erde geschickt hatte, um Sünder wie ihn daran zu erinnern, was Güte war.

Soweit es ihn anbelangte, konnte es jedenfalls keinen anderen Grund gegeben haben, warum sie sein wertloses Leben hätte retten sollen.

»Yes, Ma'am«, murmelte er.

»Ich meine es wirklich ernst, Ute.«

»Yes, Ma'am.«

»Aber, Schwester, sie sind …«, begann Conner.

»Schluß damit«, unterbrach sie ihn energisch. »Hört mir zu, alle beide. Haltet euch vom Spring Canyon fern!«

»Aber sie sind hinter Hals' Schatz her«, erwiderte Conner aufgebracht. »Und zwar ernsthaft. Sie suchen die Canyons sorgfältig Stück für Stück ab, genau wie du.«

Ein kalter Schauder der Besorgnis überlief Sarah.

Dieses spanische Silber ist Conners Zukunft, dachte sie.

Ich muß es als erste finden!

Abrupt verstreute sie den Rest der Körner auf dem Boden. Dann kehrte sie den gackernden, eifrig pickenden Hühnern den Rücken zu und strebte mit langen, energischen Schritten in Richtung Haus.

Die Männer folgten ihr eilig.

»Schwester?«

»Laßt die Banditen ruhig suchen«, sagte sie. »Sie werden den Schatz nicht finden. Sie kennen die Canyons nicht so gut wie ich.«

In ihrer Stimme schwang jedoch mehr Hoffnung als Gewißheit mit. Seit die Culpeppers und Moody's Breeds die Wildnis aus Granitpfeilern und irrgartenähnlichen Canyons unsicher machten, war die Zeit, die sie auf ihre Schatzsuche verwenden konnte, auf einige wenige gestohlene Stunden reduziert worden.

Seit Case schwerverletzt auf die Ranch gekommen war, hatte sie überhaupt keine Zeit mehr gefunden, nach dem Silber zu suchen. Sie war derart damit beschäftigt, ihn zu pflegen, ein Auge auf Ute und Conner zu behalten und ihre täglichen Pflichten im Haus und auf der Ranch zu verrichten, daß sie genug Arbeit für drei Frauen hatte.

»Irgendwelche Eier?« fragte sie Conner.

»Sechs frische. Und noch ein paar, aus denen Küken schlüpfen werden.«

»Sie werden den Winter nicht überstehen. Du hättest lieber Eier sammeln sollen, damit wir etwas zu essen haben, statt deine Zeit damit zu vergeuden, den Banditen Streiche zu spielen.«

»Ghost wird besser als jede Glucke auf diese Küken aufpassen«, gab Conner zurück.

Sarah warf ihrem Bruder einen Blick zu, den er ignorierte. Schweigend näherten sie sich dem Blockhaus.

»Also, was ist nun?« fragte er nach einem Moment.

»Womit?« fragte sie.

»Mit Case«, erklärte Conner ungeduldig. »Es wird ihm guttun.«

»Nein.«

»Ach, nun komm schon, sei nicht so …«

»Nein«, fiel sie ihm brüsk ins Wort.

»Warum fragst du nicht mich?« ließ sich plötzlich eine tiefe Stimme vernehmen. »Ich bin schon volljährig.«

Mit einem verblüfften Ausruf fuhr Sarah zum Haus herum.

Case stand in der Tür, voll bekleidet, einschließlich Hut und Lederstiefeln. Ein sechsschüssiger Revolver steckte in dem Gürtel um seine schmalen Hüften. Von einer Krücke war keine Spur zu sehen.

Er sah ausgesprochen gefährlich aus.

»Du hast deine Kleider gefunden«, sagte Sarah lahm.

Es war das einzige, was ihr in dem Moment als Erwiderung einfiel.

»Danke, daß du sie gewaschen und geflickt hast«, sagte er. »Ich kann kaum noch feststellen, wo die Kugellöcher waren.«

»Gern geschehen. Aber wenn du das tust, was Conner und Ute wollen, wirst du sie nicht brauchen.«

»Kein Mann braucht Kugellöcher«, erwiderte Case trocken.

Conner lachte und hustete dann, um sein Lachen zu verbergen.

Sarah errötete. Seit jenem verwirrenden und höchst beunruhigenden Augenblick, als Case sie gegen die Holzwand gepreßt und sie mit seinem unverhüllten maskulinen Hunger erschreckt hatte – um sich gleich darauf auf eine Weise zu entschuldigen, die ihr ein sinnliches Prickeln über die Haut laufen ließ, wenn sie nur daran dachte, hatte er sie behandelt, als wäre er der Blutsverwandte, den sie sich gewünscht hatte.

Ich brauche einen älteren Bruder wie dich. Wie ist es, willst du mich nicht adoptieren?

Manchmal war sie dankbar für sein ungezwungenes, brüderlich-ruppiges Benehmen. Häufiger jedoch reagierte sie gereizt darauf, ohne zu wissen, warum.

Und dennoch – wenn er glaubte, sie wäre zu intensiv damit beschäftigt, seine Verbände zu wechseln, um es zu bemerken, dann hatte er eine Art an sich, sie aus verschleierten Augen anzustarren, die eine heiße Röte in ihre Wangen kriechen ließ.

Genau wie jetzt.

Was ist nur mit mir los? fragte sie sich ärgerlich. *Ich habe mir einen älteren Bruder gewünscht, und ich habe ihn bekommen. Mitsamt den Neckereien und allem Drum und Dran.*

Hallelujah.

Trotzdem war ihr irgendwie nicht nach Jubeln zumute.

»Ich meinte eigentlich deine Kleider«, sagte sie kühl, »und nicht die Einschußlöcher.«

»Hast du etwa vor, sie mir wieder zu klauen?« fragte Case mit ausdrucksloser Miene. »Wenn ja, dann muß ich dich warnen, daß ich ziemlich unangenehm werden kann.«

»Wo ist deine Krücke?« wollte sie wissen.

»Im Feuer.«

»Himmelherrgott noch mal«, sagte sie und warf frustriert die Hände hoch. »Na schön, wie du willst. Dann geh mit Ute und Conner in die Schwitzhütte. Lauf so rot an wie ein Hummer und fall platt auf dein pelziges Gesicht!«

Nachdenklich strich sich Case mit einer großen Hand über seine Wangen, während er sich zu erinnern versuchte, wann er sich das letzte Mal rasiert hatte.

Muß anläßlich Hunters und Elyssas Hochzeit gewesen sein, entschied er.

»Ich habe meinen Rasierspiegel zerbrochen«, erklärte er und ließ seinen Blick von Ute zu Conner schweifen.

Aus dieser Richtung war offensichtlich keine Hilfe zu erwarten.

Keiner der beiden hatte genug Kinnfell, als daß es eine Rasierklinge wert gewesen wäre. Es gab auch keine Fensterscheiben in dem Blockhaus, die als provisorischer Spiegel hätten dienen können.

Er sah Sarah an.

»Tut mir leid, ich habe keinen Spiegel«, erwiderte sie. »Lola hat auch keinen.«

»Wie schaffst du es dann, dein Haar so ordentlich zu flechten?«

»Reine Übungssache.«

Er sparte sich die Frage, wie Lola zurechtkäme. Soweit er es beurteilen konnte, flocht Lola ihr Haar, wenn sie es gewaschen hatte, was nicht allzu häufig vorkam.

»Wie hat sich dein Ehemann ohne Spiegel rasiert?« wollte Case wissen.

»Sarah hat ihn früher immer rasiert«, warf Conner ein.

Sarah betrachtete Cases dichten Bartwuchs mit abschätzendem Ausdruck. »Wenn ich dich zu rasieren versuchte, würde das Messer stumpf werden«, meinte sie.

»Kein Problem. Ich schärfe die Klinge wieder«, erwiderte Case.

Sie zuckte die Achseln. »Es ist ja deine Haut.«

»Oh, darüber mache ich mir keine Sorgen. Du wirst schon wieder zusammenflicken, was immer du zerschneidest, und mich obendrein noch wie eine Glucke bemuttern.«

Etwas an seinem Tonfall deutete darauf hin, daß er es als ausgesprochen angenehm empfand, von ihr bemuttert zu werden.

Hastig wandte Sarah den Blick ab, weil sie befürchtete, daß wieder diese verräterische Röte in ihre Wangen kroch.

Zuerst sagt er, daß er es haßt, mich zu begehren, dachte sie. *Und dann benimmt er sich, als könnte er es gar nicht erwarten, meine Hände wieder überall auf seinem Körper zu spüren.*

Oder war die Bemerkung nur scherzhaft gemeint? Spielt er nur wieder mal den neckenden älteren Bruder?

Was für nervtötende, unberechenbare Geschöpfe Männer doch sind. Es ist wirklich ein Wunder, daß Mütter sie bei der Geburt nicht einfach allesamt ertränken.

»Laß mich bitte vorbei«, sagte Sarah mit gepreßter Stimme. »Ich habe einen Habicht, den ich schon längst hätte freilassen sollen.«

Als sie durch die Tür eilte, trat Case beiseite, aber langsamer, als sie erwartet hatte. Sie prallte prompt gegen ihn.

»Entschuldige«, sagte sie, während sie ihm auszuweichen versuchte.

Ihre Schultern stießen gegen den Türrahmen. Sie hatte kaum genügend Platz, um zu atmen.

»Himmel, du nimmst wirklich reichlich viel Platz ein«, murmelte sie.

In seinen Augenwinkeln erschienen winzige Fältchen.

Einen Moment später erschreckte Case Sarah, indem er sie lässig hochhob und im Inneren des Hauses wieder auf die Füße stellte. Instinktiv stemmte sie die Hände gegen seine Schultern, als er nach ihr griff. Das kraftvolle Spiel seiner Muskeln unter ihren Handflächen erzeugte ein seltsames Flattern in ihrer Magengrube und ließ ihre Nervenenden vibrieren.

Es war keine Furcht. Dessen war Sarah sich sicher.

Sie wußte, wie es sich anfühlte, Angst vor einem Mann zu haben.

»Und von dir ist gerade genug da«, murmelte er so leise, daß die beiden Männer es nicht hören konnten.

Dann gab er sie mit einer langsamen Bewegung seiner Hände frei, die fast einer Liebkosung gleichkam, bevor er sich wieder zu Conner und Ute umwandte.

»Sarah hat recht«, sagte er. »Mir ist im Moment noch nicht danach, in einer Schwitzhütte zu hocken und anschließend in einem eiskalten Bach unterzutauchen.«

Conner öffnete den Mund, um zu widersprechen.

Ute war schneller.

»Gut«, sagte er. »Dann kannst du ja währenddessen auf Sarah aufpassen. Wenn sie einem Habicht beim Fliegen zuschaut, hat sie nämlich weniger Verstand als ein Huhn.«

»Stimmt. Eine ganze Kompanie Soldaten und eine Blaskapelle könnten hinter ihr aufmarschieren, und sie würde nichts davon merken«, fügte Conner hinzu.

»Das ist nicht wahr«, protestierte Sarah.

»Haha!« murmelte Ute spöttisch.

Conner lachte.

»Ich bin mal auf einem frisch zugerittenen Mustang dahergekommen, der nach allen Seiten auskeilte und bockte und genug Lärm machte, um selbst Tote zu erwecken«, sagte Conner zu Case, »und als Sarah sich endlich von dem Habicht abwandte und mich sah, ist sie derart erschrocken zusammengezuckt, als wäre ich aus dem Boden unter ihren Füßen hervorgeschnellt.«

»Da hast du ja noch Glück gehabt, daß sie dich nicht erschossen hat«, lautete Cases Kommentar.

»Das war, bevor diese verfluchten Hurens …« begann Conner.

Sarah versteifte sich unwillkürlich.

»… äh, bevor sich das Gesindel im Spring Canyon niedergelassen hat«, korrigierte Conner sich. »Wir haben damals nicht ständig eine Waffe dabeigehabt.«

Case musterte den jungen Mann. Er trug ein Holster, in dem ein alter, ziemlich großer sechsschüssiger Revolver Modell Colt Dragoon steckte. Case fiel auf, daß die Waffe umgearbeitet worden war, um Metallpatronen aufzunehmen. Er hatte wenig Zweifel daran, daß Ute der Waffenschmied war, der die Änderung vorgenommen hatte.

Ich hoffe nur, Conner kann wenigstens halb so gut mit der Waffe da umgehen, wie er glaubt, dachte Case. *Sonst kann es passieren, daß er sich mehr Culpeppers zumutet, als er und Ute bewältigen können.*

»Keine Sorge, ich werde auf deine Schwester aufpassen«, sagte er, während er über Sarahs Kopf hinwegblickte.

Conner wirkte seltsam widerstrebend, als er sie ansah.

»Schwester?«

»Geht ihr ruhig und schwitzt euch dumm und dämlich«, erklärte sie. »Ich werde schon zurechtkommen.«

Der Junge zögerte noch immer. Er warf Case einen skeptisch abschätzenden Blick zu, der ihn überraschend erwachsen erscheinen ließ.

»Ihr wird nichts passieren«, sagte Case ruhig. »Du hast mein Wort darauf.«

Conner musterte ihn erneut, dann nickte er. Er und Ute strebten auf die Schwitzhütte zu, die ungefähr zweihundert Meter entfernt lag. Das kleine Gebäude befand sich ganz in der Nähe eines tiefen

Teiches, der während der jahreszeitlich bedingten Überschwemmungen aus dem Grundgestein herausgewaschen worden war.

Auf seinem Weg zu der Schwitzhütte warf Conner noch mehrmals einen besorgten Blick über seine Schulter zurück.

Jedesmal winkte Sarah ihm fröhlich zu.

Schließlich verschwand ihr Bruder um eine Biegung im Fluß.

»Er ist sehr fürsorglich dir gegenüber«, bemerkte Case.

Ihr Ausdruck veränderte sich. Sie dachte nicht gern über den Grund nach, warum Conner eine derart erwachsene Besorgnis um seine Schwester empfand. Zweimal hatte er sie gefunden, wie sie zusammengekauert in einer Ecke hockte und leise vor sich hinschluchzte, nachdem Hal von einer seiner Zechtouren zurückgekehrt war.

Ein drittes Mal hatte es nicht gegeben.

»Er ist ein guter Junge«, sagte Sarah.

»Er ist so groß wie ein Mann.«

»Er ist erst fünfzehn.«

»Alt genug, um zu töten«, erwiderte Case.

Sie musterte ihn nachdenklich. Was sie in seinen Augen sah, ließ sie wünschen, sie hätte ihren Bruder weiter scharf im Auge behalten.

»Warst du in Conners Alter, als du in den Krieg gezogen bist?« fragte sie wider besseres Wissen.

»Ja.«

Nichts in seiner Miene oder an seinem Benehmen ermutigte dazu, das Thema weiterzuverfolgen, dennoch konnte sie sich nicht dazu bringen, es fallenzulassen.

»Allein?« fragte sie.

»Nein. Ich hatte meinen älteren Bruder, Hunter, mitgeschleppt.«

»War er … ist er …«

»Hunter hat überlebt«, erklärte Case brüsk. »Seine Familie nicht.«

»Du klingst, als ob du dir die Schuld daran gibst.«

»Das tue ich.«

»Du warst doch noch ein halbwüchsiger Junge.«

Er sah sie aus Augen an, die kälter als der Winter waren und noch weniger einladend.

»Soll ich Cricket für diese Expedition satteln«, fragte er, »oder läßt du den Habicht einfach hier in der Nähe frei?«

»Gewöhnlich klettere ich auf den südlichen Felsrand und gehe dann ungefähr eine Meile weiter ins Landesinnere. Auf diese Weise sind meine Hühner nicht das erste, was das Interesse des Habichts erregt.«

»Gut, dann werde ich ihn satteln.«

»Du brauchst nicht mitzukommen. Ich bin sicher, daß keine Gefahr mehr besteht. Wir haben keine Spur mehr von den Culpeppers oder Moodys Männern gesehen, seit …«

Sarah brach seufzend ab. Sie redete nur mit sich selbst.

Case hatte einfach wortlos kehrtgemacht, um zu der Hütte aus Weidengeflecht zu marschieren, wo sie Zaumzeug, Sättel und ihre bescheidene Ausstattung an Arbeitsgeräten für die Ranch aufbewahrten.

Conner benimmt sich genauso, wenn ich vernünftig mit ihm zu reden versuche und er nicht hören will, dachte sie verärgert. *Es ist wirklich zum Aus-der-Haut-fahren mit diesen Geschöpfen!*

»Männer«, murmelte sie vor sich hin, als sie die Tür hinter sich schloß. »Was hat Gott sich eigentlich bei ihrer Erschaffung gedacht?«

Dann begann sie, mit sanfter Stimme auf den Habicht einzureden, während sie sich ihm näherte.

Der Vogel schlug kräftig mit den Flügeln. Da seine Klauen jedoch mit dünnen Lederschnüren an der Sitzstange festgebunden waren, unternahm der Habicht keinen wirklichen Versuch zu fliegen. Er erprobte ganz einfach seine Schwingen und seinen Zorn an allem, was ihm nahe genug kam.

»Hallo, mein grimmiger gefiederter Freund«, murmelte sie. »Du hast dich jetzt so oft im Flügelschlagen geübt, daß ich wette, du wirst dich in den Himmel hinaufschwingen und mühelos weiterfliegen.«

Der Habicht bewegte sich unruhig, als ob er die nahende Freiheit spürte.

»Ja, ja, ist ja gut«, sagte sie beruhigend. »Die nächste Maus oder Schlange, die du frißt, wird eine sein, die du selbst gefangen hast. Jetzt wird dir keiner mehr Fleischstücke in den Schnabel stopfen, die du wohl oder übel hinunterschlucken mußt.«

Während sie sprach, streifte sie dem Habicht eine Lederkappe über den Kopf. Augenblicklich beruhigte sich der wilde Raubvogel, denn er konnte nichts mehr sehen.

Bevor Sarah es geschafft hatte, sich ihre Jacke anzuziehen, den Hut aufzusetzen und den Lederhandschuh überzustreifen, den Ute für sie genäht hatte, war Cricket bereits zur Vorderfront des Hauses getrottet.

»Sarah?« rief Case von draußen. »Beeil dich besser, sonst wird die Sonne untergegangen sein, bevor wir oben auf dem Grat sind.«

»Ich komme ja schon.«

Aber weder ihre Stimme noch ihre Bewegungen verrieten auch nur eine Spur von Ungeduld, als sie nach dem Habicht griff. Sie hatte gelernt, daß Raubvögel mit geradezu unheimlicher Empfindsamkeit auf ihre jeweilige Stimmung reagierten.

Mit sanft gurrenden Lauten lockte sie den Habicht von der Sitzstange herunter und auf ihren Arm.

»Na, na, du brauchst nicht gleich schon wieder das Gefieder zu sträuben«, murmelte sie. »Du hast doch schon einmal auf meinem Arm gesessen.«

Wachsam ritt der Habicht auf ihrem Arm zur Haustür. Obwohl seine Augen von der Kappe verhüllt waren, spürte der Vogel den Unterschied zwischen dem Inneren des Hauses und dem freien Himmel jenseits der Wände. Der gelbe Schnabel öffnete sich weit, als der Habicht einen hohen, wilden Schrei ausstieß.

Cricket schnaubte nervös und scheute … »Was regst du dich denn so auf, du Knallkopf«, sagte sein Reiter beschwichtigend. »Du bist doch viel zu groß, um einem Habicht als Abendessen zu dienen.«

Sarah blickte zu dem riesigen Hengst auf. Zweifel stand deutlich in ihr Gesicht geschrieben.

Case schwang sich wieder aus dem Sattel. Bis auf ein kurzes Zögern, als er sein verletztes Bein mit seinem Körpergewicht belastete, war ihm kaum anzumerken, daß er erst vor knapp drei Wochen blutüberströmt und schwerverletzt auf der Ranch eingetroffen war.

»Du reitest vor mir«, sagte er. »Bereit?«

»Wozu?«

»Zum Aufsitzen. Halte dich mit der linken Hand am Sattelknauf fest und stell deinen linken Fuß in meine verschränkten Hände.«

»Aber was ist mit deiner Verletzung?« protestierte sie, noch während sie seine Anweisungen befolgte.

»Rauf mit dir.«

Er hob Sarah so geschickt in den Sattel, daß der Habicht auf ihrem Arm noch nicht einmal mit den Flügeln schlug.

»Schieb deinen Fuß vorläufig nicht in den Steigbügel«, sagte er mit einer Stimme, die so sanft und milde wie Kerzenlicht klang. »Ich werde um dich herumgreifen und hinter dem Sattel aufsteigen. Fertig?«

Bis Sarah aufging, daß die weiche, samtige Stimme Case gehörte, hatte er sich bereits hinter ihr auf Crickets Rücken geschwungen.

»Kannst du ohne Steigbügel reiten?« fragte er noch immer mit jener betörend sanften Stimme.

»Ich reite gewöhnlich ganz ohne Sattel und Steigbügel.«

»Gut«, murmelte er. »Wenn ich die Steigbügel benutzen kann, ist es angenehmer für mein Bein.

»Wo hast du gelernt, so zu sprechen?«

»Wie?«

»Wie Butter und Honig und Kerzenschimmer.«

»Als ich Pferde zugeritten habe«, erklärte er. »Schien sie zu beruhigen.«

»Deine Stimme wirkt auch beruhigend auf Vögel.«

»Wie ist es mit Menschen?«

»Ich bin noch wach«, gab sie mit bewußt gedämpfter, samtiger Stimme zurück, »aber es fällt mir schwer, die Augen offen zu halten.«

Die Haut in seinen Augenwinkeln kräuselte sich leicht.

Als er einatmete, stieg der Duft nach Rosen und warmem Sonnenschein und frischer Luft von ihr auf und verschmolz zu einem Parfüm, berauschender und faszinierender als alles, was er jemals in einem teuren Kristallflakon gerochen hatte.

Sie wünscht sich einen großen Bruder, keinen Liebhaber, rief er sich ins Gedächtnis zurück. *Und das ist es auch, was ich für sie sein möchte.*

Dann dachte er gereizt: *Verdammt, ich wünschte nur, ich könnte meinen blöden Schwengel davon überzeugen. Ich bin nicht mehr so geil gewesen, seit ich damals zum ersten Mal entdeckt habe, daß er noch zu mehr taugt als nur zum Pinkeln.*

Unruhig verlagerte er sein Gewicht hinter dem Sattel, um den Druck seines sich rasch versteifenden Schafts zu lindern. Als er sich zurechtsetzte, versuchte er zu vergessen, wie verlockend weich und dennoch fest sich Sarahs Körper unter seinen Händen angefühlt hatte, als er sie an sich vorbei ins Haus gehoben hatte.

Sie hat genau die richtige Größe, dachte er wieder. *Nicht so klein, daß ein Mann sie im Bett glatt verlieren würde, aber auch nicht von der Größe eines Scheunentores, so wie Lola.*

Lola würde zwei Männer aus Ute machen.

Muß für interessante Nächte in der alten Reisighütte sorgen.

»Siehst du die Einkerbung in dem Felsrand weiter zur Rechten?« fragte Sarah.

»Ja.«

»Reite darauf zu. Es gibt dort einen Pfad, der die Felsen hinaufführt und über den Rand.«

Er trieb Cricket auf die Schlucht zu.

Das Land begann langsam anzusteigen. Je weiter sich der Hengst vom Fluß entfernte, desto trockener wurde der Boden. Statt des melodischen Murmelns des Baches und des fröhlichen Vogelgezwitschers in den Weiden war jetzt nur noch ein gelegentliches Rascheln zu hören, wenn die Steigbügel verdorrtes Unterholz streiften.

Gewaltige Pyramidenpappeln wichen rasch zerzaust wirkenden Büschen mit schmalen, ledrigen Blättern. Feigenkakteen und andere Kakteenarten wuchsen an Stellen, wo der Boden zu trocken oder zu nährstoffarm für Gras war. In den blassen, schräg fallenden Strahlen der Sonne bildeten die Kaktusstacheln einen golden schimmernden Kranz um die Pflanzen.

Kältere Luft von dem Hochplateau strömte auf ihrem Weg in das Tal hinunter an den Reitern vorbei. Die Brise brachte den Geruch der kommenden Nacht mit sich, kühl und frisch und geheimnisvoll.

Bald waren das Knirschen von Leder und der ruhige, gleichmäßige

Atem des Hengstes die einzigen Geräusche in der Stille des Spätnachmittags.

Wie immer schweifte Cases Blick unablässig über das Land, während er nach etwaigen Gefahren Ausschau hielt. Diesmal sah er jedoch nichts als die karge, atemberaubende Schönheit in einer Landschaft, wo Felsen die Farbe erdgebundener Regenbögen annahmen und Formen aufwiesen, die den wildesten menschlichen Phantasievorstellungen zu entstammen schienen.

Jenseits des Felsrandes wurde der Pfad ebener, allerdings nur für ungefähr eine Meile. Dann stieg das Land erneut steil an, bis sich eine Wand von rostroten Felsen und hohen, roten Granitpfeilern vor ihnen erhob. Ausgetrocknete Wasserläufe zeichneten sich als hellere Bänder gegen den Boden und dunklere Streifen auf den Felsen ab.

»Wieviel weiter noch?« wollte Case wissen.

»Siehst du den Felshügel dort links? Oben auf der Kuppe herrschen kräftige Aufwinde.«

Cricket bahnte sich vorsichtig einen Weg um Felsblöcke herum und tastete sich über Geröllfelder und Flächen gefährlich schlüpfrigen Grundgesteins. Obwohl der Hengst die doppelte Last trug, zeigte er keinerlei Anzeichen von Ermüdung.

»Jetzt sind wir weit genug geritten«, sagte Sarah nach einer Weile.

Case schwang sich von Crickets Rücken. Als er hinauflangte, um Sarah beim Absitzen zu helfen, verwandelte das schräg fallende Sonnenlicht ihre Augen in ein leuchtendes Gold-Grau, wie Zwillingskerzen, die hinter Nebelschleiern brennen. Dasselbe Licht ließ ihr zimtbraunes Haar wie rötliches Feuer schimmern, seidig glatt und strahlend und höchst einladend.

Es kostete Case seine gesamte Selbstbeherrschung, nicht die Hand auszustrecken und ihr den abgetragenen Schlapphut vom Kopf zu ziehen, ihre Zöpfe zu lösen und seine Finger in der feurig glänzenden Haarpracht zu vergraben.

Hunger pulsierte zwischen seinen Lenden und erzürnte ihn mit seiner Dringlichkeit. Case hob Sarah aus dem Sattel, stellte sie auf die Füße und wich dann eilig ein paar Schritte von ihr zurück.

Die Tatsache, daß er hinkte, wenn er sich bewegte, trug ganz und gar nicht dazu bei, seine Laune zu heben.

»Du bist dir ja sicher bewußt, daß sich der Habicht ein paar von deinen Küken holen wird«, sagte er in bemüht neutralem Tonfall.

Sie warf ihm einen prüfenden Blick von der Seite zu. Obwohl er beherrscht bis an die Grenzen der Kälte wirkte, spürte sie instinktiv, daß sich hinter der kühlen Fassade Gefühle verbargen, die er nicht zu zeigen bereit war.

»Da Conner die Neigung hat, aufs Geratewohl Eier zu sammeln«, erwiderte sie, »sollten noch reichlich Küken übrigbleiben.«

Case zuckte die Achseln.

»Bleib hier stehen, bis ich den Habicht befreit habe«, sagte sie. »Ich brauche Platz, um den Arm zu schwingen.«

Sie sprach mit leiser Stimme auf den Raubvogel ein, während sie zu einer Stelle ging, wo eine Platte aus Grundgestein aus der Flanke des Hügels herausragte, den Cricket gerade erklommen hatte.

Trotz der kühlen Luft, die von fernen Gipfeln herabfloß, speicherte das Land weit unten in der Tiefe genügend Sonnenhitze, um Ströme warmer Luft um den Hügel herum aufsteigen zu lassen. Wie eine unsichtbare Woge umspülte der laue Wind, der sich vom Boden des Canyons erhob, den Felsvorsprung, auf dem Sarah stand, um von dort aus weiter in den Himmel emporzusteigen.

Der Habicht schlug aufgeregt mit den Flügeln und lehnte sich in den warmen Luftstrom.

Sarah murmelte ununterbrochen sanfte, beschwichtigende Worte und streichelte das Gefieder des Vogels.

»Ruhig, ganz ruhig«, flüsterte sie. »Dein Kropf ist voller Futter. Dein Flügel ist geheilt. Und es gibt eine Menge sicherer Schlafplätze in der Nähe. Alles, was du jetzt noch brauchst, ist ein kräftiger Aufwind, um dich in die Luft zu schwingen.«

Nach einer Weile gab der Vogel seine Flugversuche auf. Aber noch immer liefen erwartungsvolle Schauer durch seinen Körper, als wüßte er, daß die Freiheit in greifbarer Nähe war.

Was dann folgte, geschah so schnell, daß Case Mühe hatte, Sarahs Bewegungen voneinander zu unterscheiden. Mit einer blitzschnellen Bewegung ihrer linken Hand zog sie dem Habicht die Kappe vom Kopf und warf den Vogel gleichzeitig mit einem kräftigen Aufwärtsschwung ihres rechten Arms in die Luft.

Flatternde Flügel zeichneten sich sekundenlang als schwarze Silhouette gegen das gold-orangefarbene Licht der untergehenden Sonne ab. Dann sank der Habicht in die Tiefe unterhalb des Felsvorsprungs und verschwand aus dem Blickfeld.

Einen Herzschlag lang befürchtete Case schon, daß der Vogel nicht flugfähig war. Doch gleich darauf schoß ein schwarzer Schatten wie ein Komet aus der Tiefe empor, um sich mit jedem kraftvollen Flügelschlag höher und höher in die Luft zu schrauben, bis der Raubvogel nur noch als ein winziger Punkt gegen die farbenprächtige Helligkeit des Himmels zu sehen war.

Ein süßer, frohlockender, wilder Schrei drang an das Ohr des Mannes und der Frau, die das faszinierende Schauspiel von der Erde aus verfolgten.

Leicht hinkend ging Case zu dem Felsvorsprung. Er ignorierte den Schmerz seiner Verletzungen. Er hatte schon Schlimmeres durchgemacht. Und er zweifelte nicht daran, daß ihm die Zukunft wahrscheinlich noch mehr Schmerz bringen würde.

Aber alles, was ihn in diesem Moment beschäftigte, war das silbrige Aufblitzen von Kummer, das er in Sarahs Augen gesehen hatte. Schweigend trat er neben sie.

»Mach dir keine Sorgen. Der Habicht wird durchkommen, davon bin ich überzeugt«, sagte er ruhig. »Er fliegt wundervoll.«

»Ich weiß«, erwiderte sie rauh. »Es ist nur …«

»Was?«

»Ich würde meine Seele dafür geben, wenn ich mit ihm fliegen könnte.«

Die Sehnsucht, die in ihrer Stimme mitschwang, stach wie mit goldenen Nadeln durch ihn hindurch. Plötzlich fühlte er eine Seelenverwandtschaft mit ihr, so intensiv, daß sie fast schmerzlich war.

Noch gefährlicher und wirkungsvoller als jedes körperliche Verlangen vermochte das Gefühl innerer Verbundenheit mit Sarah die Schutzmauer zu durchdringen, die Case gegen alle Empfindungen um sich herum errichtet hatte. Sie rührte etwas in seinem Inneren an auf eine elementare, furchteinflößende Weise.

Abrupt wandte er sich von ihr ab und starrte auf das einsame, geheimnisvolle Land hinaus.

Im Nordwesten spähten die schneebedeckten Gipfel einer fernen Gebirgskette über die Hochplateaus hinweg, die zwischen Bergen und Wüste lagen. Die Bergspitzen reflektierten ein weiches, cremiggelbes Licht. Bis auf die höchsten Teile der Gipfel wurde die Bergkette vollkommen von den unzähligen Reihen zerklüfteter, erodierter Felsplateaus verdeckt, die sich in allen Richtungen erstreckten und terrassenförmig zum Horizont hin abfielen.

Die Sonne sank rasch, bis sie nur noch eine Handbreit über den Bergen stand. Dämmerung senkte sich herab.

Der Hügel, auf dem Case und Sarah standen, war in der gewaltigen, atemberaubend schroffen Felslandschaft nicht bedeutender als ein Sandkorn.

Es wird Zeit, daß wir uns auf den Rückweg machen, dachte Case widerstrebend.

Als er sich wieder zum Rand des Felsvorsprungs umdrehte, ergoß sich schimmerndes orangefarbenes Licht über Plateaus und Hügel und ließ sie in blutrotem Feuer erstrahlen. Zungen von Mitternachtsschwarz leckten aus den tiefen Canyons und Bodenfalten herauf. Dunkelheit sammelte sich im Tal und stieg in einer schweigenden, unaufhaltsamen Woge aufwärts. Granitpfeiler und Felsnasen verwandelten sich im Licht der untergehenden Sonne in Feuersäulen, die lodernd vor dem rasch dunkler werdenden Himmel aufragten.

Weites, wildes, unberührtes Land, wohin das Auge schaute. Nichts deutete darauf hin, daß irgendwo in dieser Steinwüste vielleicht Menschen siedelten. Es gab keine Straßen. Keine befestigten Wege. Kein Laternenlicht. Noch nicht einmal Rauch, der sich in den makellosen Himmel kräuselte.

Hier könnte man leben, dachte Case. *Wirklich leben.*

Keine Nachbarn, die sich um einen drängen. Keine Stadtleute, die ein falsches Lächeln zur Schau tragen und einem mit beiden Händen in die Taschen greifen.

Keine Erinnerungen.

Es gibt keinen anderen Ort wie diesen, nirgendwo auf der Welt.

Sollen sich doch andere Männer die wogenden grünen Hügel und weiten grünen Täler nehmen. Dies hier ist für mich. Rein und wild und frei von der Vergangenheit.

Ein unvertrautes Gefühl, hierherzugehören, so etwas wie eine Heimat gefunden zu haben, stahl sich über ihn hinweg. Er holte tief und langsam Luft, dann noch einmal und noch einmal, während er die schroffe, ruhige Schönheit des Landes in sich aufsog.

Tief unter ihm, entlang dem Grund des größten Canyons, verliefen zwei sich willkürlich schlängelnde Linien, wo sich Pyramidenpappeln und Weiden gegen das dunklere Land abhoben.

Der Lost River, dachte er. *Lost River Canyon.*

Wasser.

Er griff in die Tasche des Mantels, der einmal ein Uniformmantel der Konföderierten Armee gewesen war, aber schon seit langem aller glänzenden Knöpfe und Rangabzeichen beraubt worden war. Das Fernrohr war ein vertrautes, kühles Gewicht in seiner Hand. Er hob das schmale Ende an sein linkes Auge und begann, das Land in der Tiefe sorgfältig abzusuchen.

Doch ganz gleich, wie aufmerksam er hinschaute, er fand nur wenige Hinweise auf Wasser. In einigen felsigen Bodenvertiefungen wuchsen zwar vereinzelt Pyramidenpappeln, aber es gab nur ein gewundenes Band von Bäumen und Buschwerk, um auf das Vorhandensein eines Flusses hinzudeuten, der das ganze Jahr über Wasser führte.

Die Lost River Ranch verfügt über das einzige gute Wasser im Umkreis von vielen, vielen Tagesritten.

Ohne Wasser ist eine Ranch einfach undenkbar.

Und die einzige zuverlässige Wasserquelle ist bereits mit Beschlag belegt.

Dennoch wußte Case, daß er hierhergehörte, hier in dieses Land. Er war sich dessen so sicher, wie er sich noch keiner Sache in seinem Leben gewesen war.

Es gibt etwas, was auf mich wartet, nachdem ich mit den Culpeppers fertig bin, dachte er. *Dieses Land.*

Land, das nicht von Menschen verstümmelt oder ermordet werden kann.

Land, wo Platz zum Atmen ist, wo man sich ausdehnen und eine Ranch bauen kann. Neues Land, frei von schmerzlichen Erinnerungen.

Land, aber kein Wasser.

Nur die Lost River Ranch hat Wasser, das überhaupt der Erwähnung wert ist.

Und die Lost River Ranch gehörte Sarah Kennedy.

Gedankenverloren ließ Case das Fernrohr sinken und verstaute es wieder in seiner Manteltasche.

Ich könnte sie ja vielleicht heiraten, um die Ranch zu bekommen.

Der Gedanke war ihm noch kaum durch den Kopf gegangen, als sich abrupt eine eisige Schwärze in seiner Seele ausbreitete und die zarte Ranke der Hoffnung auf eine bessere Zukunft absterben ließ, die er gerade eben noch gefühlt hatte.

Ehe bedeutete Kinder.

Kinder bedeuteten Alpträume von hilflosen, verstümmelten kleinen Körpern.

Nein, dachte er verbissen. *Nie wieder.*

Niemals.

Es mußte doch noch einen anderen Weg geben, um die Lost River Ranch zu gewinnen.

Einen sicheren Weg.

Eine Möglichkeit, die die Gefahr ausschloß, irgend etwas zu fühlen.

Case schwieg den ganzen Rückweg zur Ranch über. Noch nicht einmal das schräge, silbrige Lächeln des Mondes konnte die finstere Nacht durchdringen, die in seiner Seele herrschte.

9. Kapitel

Am nächsten Morgen erwachte Case lange vor Tagesanbruch. Wie immer lag er erst eine Weile reglos da, während er sich orientierte.

Was hat mich aufgeweckt?

Die Antwort kam mit dem Gefühl von Stoff, der schmetterlingszart seine Schultern streifte, als jemand fürsorglich die Decke um ihn herum feststeckte.

Sarah, dachte er.

Sie wacht noch immer über mich.

Eine Wärme, die nur zum Teil von sinnlichem Verlangen herrührte, breitete sich in seinem Inneren aus. Noch während er wieder in Schlaf hinüberglitt, entschied er, daß er am Morgen weiterziehen würde.

Er mußte es tun.

Andernfalls würde sein unbezähmbarer maskuliner Hunger schließlich die Oberhand über seinen gesunden Menschenverstand gewinnen.

Wäre nicht das erste Mal, daß sich ein Mann von seinem dummen Schwengel dazu hätte verleiten lassen, die falsche Richtung einzuschlagen, dachte er schläfrig. *Hunter hat damals genau den gleichen Fehler gemacht. Sein Blut war derart in Wallung, daß er prompt das falsche Mädchen heiratete.*

Warmer, süßer Atem strömte über Case hinweg.

Er versuchte angestrengt, Sarahs rosenparfümierte Hitze zu ignorieren.

Aber er konnte es nicht, genausowenig, wie er seinen hartnäckigen, pulsierenden Hunger nach ihr ignorieren konnte. Einen Hunger, den sie nicht teilte.

Sie will mich als großen Bruder, rief er sich ins Gedächtnis zurück, amüsiert und verärgert und erleichtert zugleich.

Er hielt nicht viel davon, Sarah auf die sanfte, schonende Art beizubringen, daß er keine Verwandtschaft mit ihr wollte. Weder als Bruder noch als Cousin noch als Onkel.

Ganz besonders nicht als Onkel.

Denn was der Krieg nicht in Case zu zerstören vermocht hatte, hatte der Anblick der grausam zugerichteten Leichen seines Neffen und seiner Nichte zerstört.

Danach hatte er lange Zeit gebraucht, um zu lernen, wieder zu schlafen, zu essen und zu leben, ohne irgend etwas zu empfinden.

Noch nicht einmal mehr Zorn.

Sarah stellte eine größere Gefahr für seine hart erkämpfte Emotionslosigkeit dar als eine geladene, schußbereite Pistole, die direkt auf sein Gesicht zielte.

Er spürte einen schwachen Luftzug, erzeugt durch ihr lautloses

Zurückweichen von seiner Seite. Einen Augenblick später war ein gedämpftes Rascheln zu hören, als sie sich ein paar Meter entfernt auf ihrer Pritsche zusammenrollte. Bald sagten ihm ihre langsamen, tiefen Atemzüge, daß sie wieder eingeschlafen war.

Ich frage mich, wie viele Male sie wohl schon die ganze Nacht hindurch immer wieder aufgestanden ist, um nach einem verletzten Geschöpf zu sehen.

Der Gedanke, wie sie barfuß über den kalten Lehmfußboden tappte, um nach ihm zu sehen, behagte Case gar nicht.

Es besteht wirklich keine Notwendigkeit, daß sie sich um mich kümmert. Mir geht's gut. Hat sie noch nie davon gehört, daß man schlafende Hunde nicht wecken sollte?

Der Ruf einer Eule ertönte hinter dem Blockhaus.

Case kam mit einer einzigen geschmeidigen, lautlosen, blitzschnellen Bewegung unter der Decke hervor. Seine Hand schloß sich um seine Schrotflinte, die an der Wand neben seinem Bett lehnte. Das Gewicht der Waffe verriet ihm, daß sie voll geladen war.

Das knackende Geräusch, als er den Hahn spannte, ließ sowohl Conner als auch Sarah aus dem Schlaf hochschrecken.

»Was zum Teufel …«, fragte Conner.

»Still«, unterbrach Case ihn.

Obwohl er sehr leise gesprochen hatte, hielt Conner augenblicklich den Mund.

»Ich habe eine Eule draußen hinter dem Haus rufen hören«, erklärte Case in gedämpftem Ton.

»Na und?« flüsterte Conner. »Wir haben viele Eulen hier in der Gegend.«

»Hab noch nie eine so seltsam klingende Eule gehört. Hast du dein Gewehr in Reichweite?«

»Direkt in meiner Hand.«

»Gut. Paß auf Sarah auf.«

»Ich kann selbst auf mich aufpassen«, erwiderte eine leise Stimme.

Energisch spannte sie den Hahn der Schrotflinte, die sie hielt, als wollte sie ihrer Behauptung noch mehr Nachdruck verleihen.

»Bleibt trotzdem hier im Haus«, sagte Case.

»Aber …«, begann Conner.

»Je weniger Leute da draußen herumschleichen«, sagte Case über den Protest des Jungen hinweg, »desto geringer ist die Gefahr, daß wir uns gegenseitig versehentlich erschießen. Rühr dich nicht von der Stelle, hast du gehört?«

»Tu, was er sagt«, befahl Sarah ihrem Bruder.

»Wer hält zur Zeit Wache auf dem Felsrand?« wollte Case wissen.

»Ute.«

»Gut. Keiner der Culpeppers ist wie Lola gebaut. Selbst im Dunkeln könnte es mir nicht passieren, sie irrtümlich zu erschießen.«

Conner lachte leise.

Case schlich zur Rückwand des Hauses, kniete sich auf den Boden und spähte durch eine der vielen Ritzen zwischen den schlecht zusammengefügten Holzbalken. Das Licht draußen war so kümmerlich wie die schmale Sichel des Mondes. Ein Meer von Sternen ergoß sich über den nächtlichen Himmel und strahlte einen unheimlichen Glanz aus.

Nichts rührte sich. Keine Schatten bewegten sich, kein Gebüsch raschelte, keine Kieselsteine knirschten in der Dunkelheit, kein Vogel sang schläfrig, gestört durch die Anwesenheit von Menschen. Noch nicht einmal ein Kojote heulte die Dunkelheit an.

Case stieg in aller Eile in seine Kleider. Die schwarzen Wollhosen und das schwarze Hemd ließen ihn mit der Dunkelheit verschmelzen. Statt Stiefeln trug er kniehohe Mokassins. Zusätzlich zu dem Revolver schob er noch ein Messer mit einer gefährlichen langen Klinge in die Lederscheide an seinem Gürtel, bevor er sich den Tragriemen seiner Schrotflinte über Kopf und linke Schulter schlang, so daß die Waffe an seiner rechten Seite hing, jederzeit griffbereit, aber ohne ihn zu behindern.

»Schieß nicht, bevor du dir ganz sicher bist, wen du vor dir hast«, wies Case Conner an. »Ich werde wie ein Habicht rufen, bevor ich ins Haus zurückkomme.«

»Case«, flüsterte Sarah.

Mit untrüglichem Instinkt drehte er sich zu der Stelle um, wo sie stand, obwohl sie nur als ein verschwommener Schatten in der Dunkelheit zu erkennen war.

»Ja?« fragte er leise.

»Ich … sei vorsichtig.«

»Keine Sorge. Ich habe während des Krieges ständig Dinge dieser Art getan. Wenn ich ein unvorsichtiger Mann wäre, würde ich schon lange nicht mehr leben.«

»Laß mich dir Rückendeckung geben«, sagte Conner.

Case wandte sich zur Tür um, wo der Junge wartete, seine Schrotflinte in den Händen.

Sarah scheint ihren Bruder doch nicht zu sehr verwöhnt zu haben, dachte Case. *Er kann es in mehr als einer Hinsicht mit einem erwachsenen Mann aufnehmen, nicht nur in bezug auf seine Statur.*

»Du kannst mir am besten helfen, indem du dich absolut ruhig verhältst und nicht im Haus herumläufst«, erwiderte er. »Ich werde draußen horchen. Falls es zu einer Schießerei kommt, sorg dafür, daß deine Schwester im Haus bleibt, und wenn du dich notfalls auf sie setzen mußt. Hast du verstanden?«

»Es gefällt mir zwar nicht, aber ich habe verstanden.«

Sarah murmelte etwas vor sich hin, was zur Kenntnis zu nehmen sich keiner der beiden Männer genötigt fühlte.

Die Tür knarrte leise, als Case sie öffnete und hinaus in die Dunkelheit schlüpfte. Rasch schloß er die Tür wieder hinter sich und stand dann reglos da, mit dem Rücken zum Haus, während er mit seinen Ohren und anderen, weitaus empfindlicheren Sinnen auf die Nacht horchte.

Das Fehlen jeglicher Geräusche war überwältigend. Schweigende Ewigkeit dehnte sich hoch oben am Himmel aus, so endlos wie das Sternenmeer, aber eher in Dunkelheit gehüllt als in Licht. Die Luft hatte eine eisige Unbewegtheit an sich, die von Zeit und Ferne sprach und von der Unausweichlichkeit des nahenden Winters.

Die Stille war total.

Da draußen ist jemand, dachte Case. *Keine Nacht ist derart still, es sei denn, Menschen schleichen herum.*

Gebückt lief er zur Ecke des Hauses und ließ seinen Blick dann prüfend über den Hof schweifen. Auf dieser Seite streiften nirgendwo menschliche Schatten umher. Er eilte auf leisen Sohlen die Seitenwand des Hauses entlang, kauerte sich erneut auf den Boden und horchte angespannt.

Stille.

Case wartete, während er im Geist die Sekunden zählte.

Mehr als vier Minuten verstrichen.

Während er wartete, drangen allmählich wieder leise Geräusche durch die Dunkelheit. Die Nachttiere widmeten sich wieder ihrer normalen Beschäftigung, Nahrung zu suchen, angespornt von der Kälte und dem drohenden Winter.

Eine Beutelratte huschte durch eine Öffnung zwischen einem mannshohen Salbeibusch und den kleineren Büschen, die in ungefähr zehn Metern Entfernung wuchsen. Augenblicke später glitt eine Eule auf lautlosen Schwingen herbei. Ein winziger, panikerfüllter Schrei durchschnitt die nächtliche Stille, gefolgt von dem Geräusch heftig flatternder Flügel.

Gleich darauf erhob sich die Eule wieder in den Himmel. In ihren Klauen hing – als dunkle, scharf umrissene Silhouette gegen das Licht der Sterne erkennbar – der schlaffe Körper einer Beutelratte.

Stille kehrte wieder ein, so undurchdringlich wie die Nacht selbst.

Die Tiere lassen sich von diesen falschen Eulenschreien ebensowenig an der Nase herumführen wie ich, dachte Case trocken.

Seiner Schätzung nach ertönten die Rufe jetzt ungefähr zehn Meter näher am Haus als die erste Serie schlecht nachgeahmter Eulenschreie, die er gehört hatte.

Plötzlich bewegte sich die Silhouette eines Mannes gegen das Sternenlicht. Er war nur für den Bruchteil eines Augenblicks zu sehen, doch für Case reichte die Zeit vollauf, um die Position des Mannes auszumachen.

Hundert Meter weiter entfernt schlich noch ein Schatten über das Gelände.

Mindestens zwei Männer, entschied Case. *Und sie sind keine Culpeppers, es sei denn, die Jungs haben ihre Vorliebe für Hüte im mexikanischen Stil entdeckt.*

Wo haben sie wohl ihre Pferde gelassen?

Im Umkreis von tausend Metern um das Haus herum gab es nur wenige Stellen, die genug Deckung boten, um Pferde zu verstecken.

Ich wette, sie sind diese Schlucht heruntergeritten, die ein paar hundert Meter hinter dem Abort einmündet, dachte er. *Sie sind viel zu faul, auch nur einen Schritt weiter zu gehen als unbedingt nötig.*

Case duckte sich erneut und lief mit raschen, lautlosen Schritten über das gerodete Gelände rings um das Haus. Er schlängelte sich geschickt durch Buschwerk und hohes Gras, bis der Abort hinter ihm lag.

Dann richtete er sich auf, wobei er sorgfältig darauf achtete, das Außengebäude zwischen sich und der Stelle zu halten, wo er die Männer gesehen hatte, und eilte in Richtung der Schlucht, die sich auf die Ebene gleich hinter dem Haus öffnete.

Drei Pferde warteten in der Schlucht, angebunden an das Gerippe eines abgestorbenen Wacholders.

Pest und Hölle, dachte er. *Pferde.*

Er hatte gehofft, Maultiere vorzufinden. Es wäre wesentlich leichter, die Culpeppers einen nach dem anderen im Schutz der Dunkelheit zu erledigen als in einer direkten Konfrontation, so wie er es bei der Schießerei in Spanish Church getan hatte.

Und auch weitaus weniger riskant.

Ein schneller, vorsichtiger Rundgang durch die Mündung der Schlucht verriet Case, daß die Männer niemanden zur Bewachung der Tiere zurückgelassen hatten.

Ab muß in der Zwischenzeit Geduld gelernt haben. Was für ein Jammer. Es macht ihn nur noch gefährlicher.

Eine leere Whiskeyflasche glänzte im Sternenlicht unter den knorrigen, verdorrten Zweigen des Wacholders. Abgenagte Knochen von einem Kaninchen waren achtlos neben die Flasche geworfen worden.

Schätze, die Jungs haben hier eine Weile gewartet, überlegte Case. *Hoffentlich haben sie lange genug warten müssen, um ungeduldig zu werden.*

Denn ungeduldige Männer machten Fehler.

Mehrere Minuten lang sprach Case mit sanfter Stimme auf die Pferde ein und bewegte sich betont langsam, um den Tieren das Gefühl zu vermitteln, daß er trotz seines fremden Geruches keine Gefahr für sie darstellte.

Die Pferde standen ruhig da, während er ihre Zügel vom Zaumzeug abschnitt. Er benutzte die geflochtenen Lederstreifen, um ihnen die Vorderbeine zu fesseln. Dann löste er die Sattelgurte und zäumte die Tiere vollständig ab.

Falls es einer der Reiter zurück zu seinem Pferd schaffte, würde er es höllisch eilig haben, wegzukommen.

So, dachte Case, *jetzt wird's Zeit, festzustellen, wie betrunken diese Jungs wirklich sind.*

Er machte sich ebenso leise und unauffällig auf den Rückweg zum Haus, wie er auf seinem Weg zur Schlucht gewesen war. Tatsächlich bewegte er sich so lautlos, daß er beinahe über den ersten Banditen gestolpert wäre.

»Rusty?« flüsterte der Mann. »Was zum Teufel tust du hier? Du kommst schon noch an die Reihe bei dem Mädchen, nachdem ich es ihr besorgt ha …«

Die Worte erstarben auf seinen Lippen, nur Sekundenbruchteile später, nachdem Case sein Messer aus der Scheide gezogen hatte. Er fing den Toten geschickt auf und ließ ihn zu Boden sinken.

Dann kauerte er sich nieder und horchte angespannt.

Die Nacht war viel zu still.

Und sie beschwor zu viele Erinnerungen herauf, finsterer als jede Nacht.

Die Luft ist zu trocken, dachte er vage. *Nirgendwo Bäume, deren Laub sanft im Wind rauscht. Kein üppiges Grün. Keine Lagerfeuer, die in hundert Schritt Entfernung flackern.*

Aber eines hatte sich nicht verändert. Der Tod hatte noch immer den gleichen süßlichen, ekelerregenden Geruch wie während des Sezessionskrieges.

Der Schrei einer Eule ertönte links von ihm.

Auf seiner Rechten bewegte sich nichts.

Case verhielt sich absolut still. Das letzte Mal, als er zwei Männer hatte rufen hören, hatten sie sich nach einem bestimmten Muster verständigt – ein Eulenschrei, eine Antwort.

Er hoffte inständig, daß der Tote nicht einer der Banditen war, der hin- und hergerufen hatte.

Wieder ertönte links von ihm der Ruf.

Verflucht, dachte er. *Ich sollte besser antworten.*

Es war schwierig, aber er versuchte, den klagenden Schrei einer

Eule so erbärmlich schlecht nachzuahmen, wie es Moodys Männer taten.

Gleich darauf hörte er ein schwach raschelndes Geräusch auf seiner Linken.

Gebüsch, das über Wildleder streift, dachte er. *Der Bandit muß in dem dichten Salbeigestrüpp weiter links sein.*

Langsam und absolut lautlos näherte sich Case der Stelle, wo der falsche Eulenschrei ertönt war.

Eine verschwommene Silhouette, die nur ein erfahrener Nachtkämpfer als Menschen erkennen würde, schlüpfte durch das hohe Salbeigebüsch und hielt dann zögernd am Rand inne.

Case erkannte die menschliche Gestalt augenblicklich.

Kannst du ihn sehen, Conner? fragte er stumm. *Er wird auf der Rückseite des Hauses sein, falls ich ihn verfehle.*

Aber Case hatte nicht vor, den Banditen zu verfehlen. In Gedanken hörte er wieder und wieder, was der andere Mann gesagt hatte, unmittelbar bevor er gestorben war.

Du kommst schon noch an die Reihe bei dem Mädchen, nachdem ich es ihr besorgt habe.

Case war sich sicher, daß der Mann nicht von Big Lola gesprochen hatte.

Ich frage mich nur, wo dieser dritte Mann steckt, dachte er. *Und warum er so still ist.*

Leider konnte er im Moment nichts unternehmen, was den fehlenden dritten Banditen betraf.

Der Mann in dem großen Salbeibusch bewegte sich erneut.

Lautlos heftete sich Case an die Fersen des Banditen, der jetzt in Richtung Blockhaus strebte.

Ich hoffe bei Gott, daß Conner meinen Anweisungen gehorcht. Wenn er seine Schrotflinte auf den Banditen entleert, wird er mich gleich mit dazu erwischen.

Case hatte sich bereits bis auf knapp zwei Meter an den Mann angeschlichen, bevor der Bandit spürte, daß etwas nicht stimmte. Er fuhr mit einem Ruck herum, während er blitzschnell seine Waffe zog.

Ein Gewehrkolben traf den Banditen mit der Wucht eines umstürzenden Berges. Ein rauher, gedämpfter Laut kam über seine Lippen, als der Mann in sich zusammensank und zu Boden fiel.

So schnell, wie Case aus der Dunkelheit auf die freie Fläche gekommen war, so schnell wich er wieder zurück in das hohe Salbeigestrüpp.

Der Bandit blieb reglos liegen, wo er zusammengebrochen war.

Stille senkte sich herab.

Case lauschte angestrengt, um irgendeinen Laut aufzufangen, der ihm verraten würde, wo der dritte Mann steckte.

Doch er hörte nichts außer der unnatürlichen Stille der Nacht.

Schätze, der dritte Hurensohn ist nicht so ungeduldig, Sarah in die Finger zu bekommen, wie es die anderen waren, entschied er.

Nach fünf Minuten setzten nach und nach wieder die normalen nächtlichen Geräusche ein. Case richtete sich darauf ein, lange warten zu müssen. Er hatte dieses tödliche Spiel schon viele, viele Male zuvor gespielt. Der Mann, der als erster die Geduld verlor, war gewöhnlich derjenige, der sterben mußte.

Hinter ihm brachen die nächtlichen Geräusche abrupt ab, und wieder herrschte absolute Stille.

Case spürte, wie sich die Härchen in seinem Nacken prickelnd aufrichteten, und er konnte sich gerade noch rechtzeitig zur Seite werfen, bevor ein Revolver die Stille mit zwei rasch aufeinanderfolgenden Schüssen zerschmetterte, gefolgt von einem weiteren Schuß, nur zur Sicherheit.

Bleikugeln pfiffen durch das Dickicht, wo nur wenige Sekunden zuvor noch sein Kopf gewesen war. Noch während er sich mit einem Sprung in Deckung flüchtete, fuhr er herum, hob seine Schrotflinte und zielte auf das Mündungsfeuer des Revolvers seines Gegners.

Case gab seine erste Serie von Schüssen in so schneller Folge ab, daß der dumpfere Knall der Schrotflinte den vierten Schuß des Banditen übertönte. Schrotkugeln sausten jaulend durch das Salbeigebüsch und zerrissen dann die Nacht in einem tödlichen Bleihagel.

Der Bandit grunzte zweimal.

Falls er noch irgendwelche anderen Laute von sich gab, so gingen sie unter in den Geräuschen, die Case machte, als er sich blitzschnell in eine neue Position rollte. Er wußte, das Mündungsfeuer seines eigenen Gewehres hatte seinen Standort verraten.

Noch während er sich herumwarf, erkannte er, daß es keinen Ort gab, wo er sich hätte verstecken können. Der Bandit war zu nahe, als daß er ihn lange täuschen konnte.

Die fünfte Revolverkugel zerrte an Cases Ärmel. Eine weitere schlug so dicht neben ihm in den Boden ein, daß ihm Erdklumpen und Stücke von Rinde ins Gesicht spritzten, als er darum kämpfte, eine bessere Deckung zu finden.

Aus der Dunkelheit ertönte ein unmißverständliches Knacken, als der Hahn eines zweiten Revolvers gespannt wurde.

Case feuerte mit dem zweiten Lauf seiner Schrotflinte auf die Stelle, wo das Geräusch hergekommen war, und warf sich dann in die entgegengesetzte Richtung. Noch bevor er auf dem Boden landete, war sein Revolver in seiner Hand.

Er zwang sich, flach und so leise wie möglich zu atmen, während er angespannt wartete.

Keine weiteren Feuerzungen sprangen aus der Dunkelheit auf ihn zu.

Ein Stöhnen war zu hören, dann lautes Geraschel und das Knacken von zerbrechenden Zweigen, als ob ein großes Tier durch das Gebüsch stolperte, ein dumpfer Aufprall …

Und dann nichts mehr.

Case wartete.

Kalter Schweiß rann in Strömen über seine Stirn und an seinen Rippen herab. Seine Lungen sehnten sich schmerzlich danach, Luft in tiefen Zügen in sich aufzunehmen, statt der flachen, knauserigen Atemzüge, die alles waren, was er sich gestattete.

Es drangen keine weiteren Geräusche aus der Dunkelheit.

Dennoch verhielt Case sich vollkommen still.

Und wartete.

Noch lange, nachdem andere Männer sich schließlich wieder bewegt hätten, lag Case absolut reglos da, die Augen bis auf einen schmalen Schlitz geschlossen. Mit seinem sechsschüssigen Revolver in der Hand wartete er mit all der Geduld und Wachsamkeit, die er während des Krieges gelernt hatte.

Er wartete, so wie der Tod wartet. Geduldig. Unerbittlich.

Schließlich bewegte sich das Salbeigebüsch erneut. Laub raschelte, Zweige knackten. Unsichere Schritte näherten sich seinem Versteck.

Er rührte sich nicht.

Der Bandit gab sich keine sonderlich große Mühe, leise zu sein. Er wollte sich ganz einfach vergewissern, daß Case tot war.

In dem Moment, als der Bandit die dunkle, reglose Gestalt vor dem etwas helleren Gebüsch sah, hob er seinen Revolver und krümmte den Finger um den Abzug.

Drei Schüsse zerrissen die Nacht.

Jede einzelne der Kugeln grub sich in den Körper des Banditen.

Als der Mann diesmal zu Boden ging, geschah es ohne theatralisches Stöhnen und wildes Umsichschlagen. Der Bandit brach ganz einfach lautlos zusammen und blieb mit dem Gesicht nach unten im Schmutz liegen.

Mit schußbereit erhobenem Revolver kam Case auf die Füße, ging ein paar Schritte vorwärts und drehte den Mann mit der Fußspitze herum.

Er trug zwar einen Sombrero statt einer alten Uniformmütze der Konföderierten Armee, aber selbst in dem schwachen Licht waren der lange, magere Körper des Mannes, sein schmales Gesicht mit den eng zusammenstehenden Augen und das strohblonde Haar unverkennbar.

Ich will verdammt sein, dachte Case verblüfft. *Warum hat er nicht sein Maultier geritten?*

Dann: *Ich wüßte zu gerne, welches Mitglied der Culpepper-Brut ich erwischt habe.*

Die Antwort war schwierig.

Egal. Spielt wahrscheinlich keine große Rolle. Ein Schurke ist so ziemlich wie der andere.

Abgesehen von Ab, korrigierte er sich. *Der alte Knabe könnte selbst den Teufel noch Bösartigkeit lehren.*

Wieder verschmolz Case mit dem hohen Salbeibusch. Mit raschen, geschickten Handgriffen lud er seinen Revolver und die Schrotflinte nach. Die Patronen glitten glatt, fast geräuschlos in ihre Kammern.

Wieder wartete er reglos.

Diesmal rührte sich nichts, ganz gleich, wie lange er auf die gedämpften Geräusche der Nacht lauschte.

Langsam stieß er den angehaltenen Atem aus. Erst jetzt wurde ihm bewußt, daß er fror, daß sein verletztes Bein schmerzhaft pochte und seine Stirn an der Stelle brannte, wo Revolverkugeln Stücke von Rinde über seine Haut gepeitscht hatten.

Er mußte sich zweimal über die Lippen lecken, bevor sie feucht genug waren, um den melodischen Ruf eines Habichts durch die Dunkelheit zu schicken.

Ein Habicht antwortete aus dem Inneren des Blockhauses.

Hinkend strebte Case auf das verschwommene schwarze Viereck des Hauses zu. Obwohl er nicht erwartete, auf weitere Banditen zu treffen, die durch das Unterholz schlichen, war er alles andere als unvorsichtig. Er benutzte jede sich bietende Deckung, um seine Silhouette aufzulösen und kein allzu deutliches Ziel abzugeben.

Zur Vorsicht pfiff er noch einmal, bevor er seine Hand nach der Vordertür ausstreckte.

Ein Habicht rief süß von einer Stelle unmittelbar hinter den rauhen Holzbohlen. Gleich darauf schwang die Tür auf. Das blasse Mondlicht zeigte Conner, der neben dem Türrahmen stand.

Die Doppelläufe seiner Schrotflinte zielten auf Cases Gürtelschnalle.

»Siehst du?« sagte Conner, als er die Hähne der Flinte entspannte und beiseitetrat. »Ich habe dir doch gesagt, daß ihm nichts passieren würde.«

Sarah eilte um ihren Bruder herum.

»Case?« fragte sie gepreßt. »Bist du verletzt?«

Ihre Stimme zitterte. Desgleichen ihre Hände, die ihn behutsam abtasteten, während sie nach Verletzungen suchte.

»Nur müde, schmutzig und ein bißchen zerkratzt«, erklärte er, als er die Tür hinter sich schloß. »Nichts, worüber man sich Sorgen machen müßte.«

»Zünde die Lampe an«, sagte sie zu ihrem Bruder.

Conner blickte Case an, der schweigend nickte.

»Was ist passiert?« wollte Conner wissen.

»Wenn es hell wird, gibt es Arbeit mit der Schaufel für uns zu erledigen.«

Ein Zündholz strich kratzend über den eisernen Dreifuß. Eine orangerote Flamme flackerte auf, gefolgt von dem milderen gelben Lichtschein des Dochts einer Öllampe. Der Glaszylinder klirrte leise gegen den Metallhalter, als Conner ihn wieder auf die Lampe setzte.

»Arbeit mit der Schaufel, wie?« fragte er, während er Case neugierig ansah.

»Hat es irgendwelche Schwierigkeiten oben auf dem Felsrand gegeben?« wollte Case wissen.

»Wie viele hast du getötet?« fragte der Junge beharrlich. »Wie hast du es geschafft, sie zu finden, bevor sie dich fanden? Wo ...«

»Das reicht jetzt«, unterbrach Sarah ihn brüsk. »Es ist gerade erst drei Wochen her, daß Case zwischen Leben und Tod geschwebt hat, er hat draußen in Kälte und Dunkelheit gekämpft, um unser Leben zu verteidigen, und jetzt bedrängst du ihn auch noch mit tausend Fragen und läßt ihm keine Ruhe.«

»Aber ...«

Ein zornsprühender Blick aus silbernen Augen brachte Conner zum Schweigen.

»Verdammt noch mal«, murmelte er wütend. »Man sollte meinen, ich trüge noch immer Windeln.«

Sie ignorierte ihren Bruder.

»Setz dich«, sagte sie zu Case. »Du blutest.«

»Es ist wirklich kein Grund zur Besor ...«

Sarah explodierte.

»Wirst du wohl endlich den Mund halten und dich einfach hinsetzen?« fauchte sie. »Ich habe es gründlich satt, von Männern herumkommandiert zu werden, die viel zu groß für ihre verdammten Kniehosen sind!«

Case warf ihr einen mißtrauischen Blick zu. Dann setzte er sich auf einen der beiden Stühle, die es im Haus gab. Der Stuhlrahmen aus Weidengeflecht knirschte, als er ihn mit seinem Gewicht belastete.

Sarah bedachte ihren Bruder mit einem abschätzenden Blick, suchte offensichtlich nach einem anderen Ziel für ihren Zorn.

»Äh«, sagte Conner. »Ich glaube, es wird Zeit für mich, Ute auf dem Felsrand abzulösen.«

»Geh nur«, sagte Case. »Aber halte die Augen offen.«

»Warum? Sind noch mehr Banditen draußen?« fragte Conner mit unterdrücktem Eifer.

»Nein, es sei denn, sie sind zu zweit auf einem Pferd geritten. Aber ich bezweifle, daß diese kleinen Mustangs soviel Gewicht tragen können.«

»Ute wird sich fragen, was die Schüsse zu bedeuten hatten. Was soll ich ihm sagen?«

»Daß er eine Schaufel mitbringen soll«, sagte Sarah scharf.

Conner öffnete die Tür und verschwand ohne ein weiteres Wort.

»Danke, daß du deine Schwester im Haus festgehalten hast«, rief Case dem Jungen nach.

»War mir ein Vergnügen«, rief Conner zurück.

Dann hallte sein Gelächter in der Nacht wider.

»Du hättest sie hören sollen, als ich mich auf sie gesetzt habe«, rief Conner durch die geschlossene Tür. »Ich wußte gar nicht, daß sie so viele Schimpfwörter und Flüche kennt. Zum Teufel, ich wette, daß selbst Big Lola nicht ….«

»*Conner Lawson*«, sagte Sarah mit drohender Stimme.

Wieder ertönte sein übermütiges Lachen und versetzte seine Schwester noch mehr in Rage.

»Muß wirklich hörenswert gewesen sein«, bemerkte Case in neutralem Ton.

Zornesröte breitete sich auf Sarahs bleichen Wangen aus. Dann sah sie, wie sich einer seiner Mundwinkel kaum merklich aufwärts verzog.

Und plötzlich lachte auch sie, fast schwindelig vor Erleichterung, daß Case und Conner mit heiler Haut davongekommen waren und alles in Ordnung war.

Für diese Nacht zumindest waren sie sicher.

»Ich wußte auch nicht, daß ich so viele Schimpfwörter kenne«, gestand sie.

In Cases Augenwinkeln erschienen winzige Lachfältchen.

Sie lächelte trocken.

»Ich muß wirklich einen bemerkenswerten Anblick geboten haben«, sagte sie, »als ich das Blaue vom Himmel heruntergeflucht habe, während dieses Kalb von einem Jungen fest auf mir draufgesessen hat.«

»Wenn man die Arbeit eines Mannes tut, ist man kein Junge mehr.«

Ihr Lächeln verblaßte, als sie daran dachte, wie es für Case gewesen sein mußte, als Fünfzehnjähriger im Krieg zu kämpfen – und heute abend, als er eine andere Art von Schlacht in der Dunkelheit gekämpft hatte.

Wenn es hell wird, gibt es Arbeit mit der Schaufel für uns zu erledigen.

Aber seine Augen sagten mehr als das. Sie sagten, daß der Tod selbst von den Siegern einen Preis verlangte.

Sarah wandte sich ab, um mit einer Blechtasse Wasser aus dem Eimer zu schöpfen und es in eine zerbeulte Zinnschüssel zu gießen. Schweigend nahm sie einen sauberen Lappen aus einem Weidenkorb. Als der Lappen gründlich naß war, wrang sie ihn aus und ging damit zu Case zurück.

Er beobachtete sie aus Augen, die in dem weichen Lampenlicht die Farbe grüner, mit goldenen Sprenkeln überhauchter Edelsteine angenommen hatten.

Blut quoll langsam aus einer oberflächlichen Schnittwunde auf seiner Stirn. Kleine rote Tropfen sammelten sich in seiner linken Augenbraue, liefen um sein Auge herum und rannen wie scharlachrote Tränen über seine Wange.

»Es ist wirklich nicht nötig …« begann er.

»Es ist sogar dringend nötig!« gab sie brüsk zurück.

Es wäre ein leichtes für ihn gewesen, sich abzuwenden, den kleinen Dienst, den sie ihm anbot, schroff abzulehnen.

Aber er tat es nicht. Er saß nur ruhig da und ließ sich von ihr versorgen, als ob er ein Recht darauf hätte.

Und sie ebenfalls.

Schweigend badete sie sein Gesicht mit kühlem Wasser und wusch den Schmutz und die blutigen Tränen ab.

Doch die dunklen Schatten in seinen Augen blieben.

Ob es wohl irgend etwas gibt, was diesen Kummer aus seinen Augen vertreiben könnte? dachte sie unglücklich.

»Bist du sicher, daß du nicht verletzt bist?« flüsterte sie.

»Ja.«

»Ich hatte solche Angst um dich, als ich die zweite Salve von Schüssen hörte. Dann die dritte. Und dann die schreckliche Stille. Die Stille schien sich bis in alle Ewigkeit auszudehnen. Wie der Tod.«

»Sarah ...«

Aber Case fielen keine Worte ein, die die Erinnerung an die unaussprechliche Furcht in ihren Augen hätten auslöschen können.

Sie hatte Angst um ihn gehabt, als ob er ein Familienmitglied wäre statt eines verletzten Fremden, der nur auf der Durchreise war.

Sanft zog er sie auf seinen Schoß.

»Deine Wunde«, protestierte sie.

Er schob sie zurecht, so daß sie auf seinem rechten Schenkel saß. Dann hielt er sie tröstend in seinen Armen und streichelte ihr langes, offenes Haar.

Sarah stieß einen gebrochenen Seufzer aus und lehnte sich an ihn. Eine Zeitlang kämpfte sie gegen die Emotionen an, die in ihrem Inneren aufstiegen und ihr die Kehle zuschnürten und ihre Augen brennen ließen.

Dann, plötzlich, brachen die Tränen in einem lautlosen Strom aus ihr hervor, als sie endlich den Gefühlen freien Lauf ließ, die sich zu viele Jahre lang in ihrem Herzen aufgestaut hatten.

Case fing ihre Tränen mit den Fingerspitzen auf und wischte sie behutsam von ihren Wangen. Staub, der sich auf seinen Händen gesammelt hatte, als er in dem hohen Salbeigebüsch um sein Leben gekämpft hatte, vermischte sich mit den Tränen auf ihrem Gesicht und verfärbte sich dunkelrot.

Zärtlich griff er nach dem Lappen, den sie bei ihm benutzt hatte, schüttelte ihn aus und fand eine saubere Ecke, um ihr Gesicht von Staub und Tränen zu säubern.

Die Tränen quollen schneller hervor, als er sie wegwaschen konnte.

»Es tut mir leid«, schluchzte sie schließlich.

»Was denn?«

»Ich ... ich kann einfach nicht aufhören zu weinen.«

»Das verlangt doch auch niemand von dir.«

»Aber ... aber ich ... ich weine sonst nie.«

»Ich werde es keinem sagen, wenn du es nicht tust.«

Sie gab einen Laut von sich, der ein Lachen oder ein Schluchzen oder auch beides zusammen hätte sein können.

Und dann flossen neue Tränen.

»Es ist einfach nicht fair«, stieß Sarah nach einer Weile erstickt hervor. »Was meinst du?«

»Daß du hinausgehen mußtest und ... und ...«

»Besser ich als Conner«, erwiderte Case. »Er hat noch nicht die Geduld dafür.«

»G-Geduld?«

»Ja. Das war der Grund für die lange Stille. Einer der Culpeppers hat versucht, meine Geduld zu erschöpfen.«

»War es Ab?« Sie bemühte sich, die Hoffnung aus ihrer Stimme herauszuhalten, und konnte es doch nicht.

»Nein. Aber der Bursche war gerissen. Die Culpeppers mögen zwar nichts taugen, wenn es um Freundlichkeit und Anstand geht, aber kämpfen können sie wie die Teufel.«

Ein Zittern durchlief Sarah.

»Conner«, flüsterte sie. »Ab wird ihn umbringen. Mein Gott, was soll ich nur tun?«

»Nimm deinen Bruder und verlaß den Lost River Canyon«, erwiderte Case kurz und bündig.

»Ich habe kein ...« Ihre Stimme brach.

Es dauerte einen Moment, bis sie wieder sprechen konnte.

»Ich habe kein Geld, um Conner wegzuschicken«, sagte sie in schmerzerfülltem Ton.

»Er ist groß genug, um sich seinen Lebensunterhalt selbst zu verdienen.«

Wieder rannen Tränen über ihr Gesicht. Sie schüttelte den Kopf in einer Mischung aus Erschöpfung und Akzeptanz. Als sie erneut sprach, war ihre Stimme so ruhig wie der Fluß ihrer Tränen.

»Conner wird nicht fortgehen und mich hier allein zurücklassen«, erklärte sie. »Ich habe es schon mehrmals versucht.«

»Dann geh mit ihm.«

»Und was soll ich dann tun? Lolas Gewerbe ausüben?«

Cases Augenlider zuckten. »Es gibt genügend andere Arten von Arbeit.«

Sie lachte trostlos. »Nicht für ein Mädchen, das nichts weiter besitzt als die Kleider auf seinem Leib.«

»Du könntest heiraten und …«

»Nein«, unterbrach Sarah ihn rüde. »Ich werde nie wieder einen Ehemann ertragen. *Niemals.*«

Case wollte schon darauf hinweisen, daß nicht alle Männer so schwer zu ertragen seien, wie es ihr verstorbener Ehemann offensichtlich gewesen war, entschied dann jedoch, daß es keinen Zweck hatte.

Es wäre das gleiche, als würde ihm jemand raten, sich eine Ehefrau zu nehmen und eine Familie zu gründen, weil nicht alle Kinder brutal von Banditen gefoltert und getötet wurden.

Das stimmte soweit. Aber Case hatte auch den Rest der Wahrheit erfahren.

Einige Kinder starben.

»In Ordnung«, sagte er. »Dann wirf Conner einfach raus.«

»Das kann ich nicht.«

»Du meinst, du willst es nicht.«

Müde rieb sich Sarah über die Stirn. Sie fühlte sich nicht imstande, Case zu erklären, daß sie die Hälfte der Lost River Ranch an Conner überschrieben hatte, als er dreizehn gewesen war.

Case würde sich fragen, warum.

Und das war etwas, worüber sie niemals gesprochen hatte, mit keinem Menschen.

Großer Gott, dachte sie. *Was für ein Wirrwarr. Warum mußten sich diese verdammten Banditen ausgerechnet hier niederlassen?*

Es gab keine Antwort.

Sie erwartete auch keine, ebensowenig wie sie erwartete, jemals zu wissen, warum sie und Conner die Flutkatastrophe überlebt hatten, bei der der Rest ihrer Familie den Tod gefunden hatte.

Das Warum spielt keine Rolle, sagte sie sich wie schon so viele Male zuvor. *Alles, was zählt, ist das Hier und Jetzt. Nicht das, was war und was vielleicht hätte sein können.*

»Ich liebe die Lost River Ranch mehr als alles andere auf der Welt, abgesehen von meinem Bruder«, erklärte Sarah ruhig. »Sobald ich das spanische Silber gefunden habe und Conner auf eine Schule im Osten schicke, wird alles gut sein.«

Case zögerte. Es fiel ihm schwer, sich den hitzköpfigen, mageren Jungen im Klassenraum einer teuren Schule vorzustellen, während er lateinische Verben konjugierte und Multiplikationstabellen auswendig lernte.

»Und was hält Conner von deinem Plan?«

»Das ist nicht wichtig. Er wird zur Schule gehen, und damit basta.«

Case öffnete den Mund, um sie darauf hinzuweisen, daß ihr Bruder in einem Alter war, wo er eigene Entscheidungen treffen konnte, doch dann zuckte er die Achseln. Sarah würde schon von allein darauf kommen, sobald sie Conner dazu zu zwingen versuchte, etwas zu tun, was er nicht wirklich wollte.

»Was, wenn du das Silber nicht findest?« fragte er statt dessen.

»Ich werde es finden.«

Ihr störrisch vorgeschobenes Kinn sagte ihm, daß sie sich über dieses Thema von Sonnenaufgang bis Sonnenaufgang streiten könnten, ohne daß sich etwas ändern würde.

Er seufzte kopfschüttelnd und ließ seine Hand wieder über die zimtbraune, seidige Fülle ihres Haares gleiten.

»Wenn Conner und Ute die Banditen doch bloß nicht so schikaniert hätten«, sagte Sarah nach einem Moment. »Vielleicht hätten sie uns dann in Ruhe gelassen.«

»Vielleicht, aber das bezweifle ich.«

»Warum?«

»Moodys Jungs sind zu faul und träge, um ihre Überfälle weit von ihrem Lager entfernt zu verüben.«

»Was ist mit den Culpeppers?« fragte sie.

»Früher waren sie auch so faul, aber es sieht ganz danach aus, als hätten die meisten der Halunken inzwischen gelernt, ihre Jauchegrube nicht zu nahe an ihrem Trinkwasserbrunnen zu graben.«

»Zur Hölle mit diesen Banditen.«

»Amen.«

Sarah schloß die Augen und saß eine Weile ganz still da.

Dann öffnete sie die Augen wieder und begann, von einer Idee zu sprechen, die in ihrem Kopf Gestalt angenommen hatte. Sie sprach schnell, denn es widerstrebte ihr zutiefst, bitten zu müssen.

Dennoch blieb ihr keine andere Wahl, wenn sie nicht hilflos die Hände ringen wollte, während Conner von Banditen ermordet wurde, die älter und weitaus gerissener als ihr impulsiver jüngerer Bruder waren.

»Wenn du mir die Banditen vom Hals hältst, während ich nach dem Silber suche, gebe ich dir die Hälfte von dem, was ich finde«, sagte sie hastig.

Case brauchte einen Augenblick, um zu begreifen, wovon sie sprach. Als er schließlich verstanden hatte, schüttelte er den Kopf.

»Nein«, sagte er schlicht.

»Du glaubst nicht, daß ich das Silber finden werde?«

»Selbst wenn du es fändest, würde es keine Rolle spielen. Silber, Gold, Papiergeld – nichts davon ist es wert, dafür zu sterben.«

»Wofür lohnt es sich denn zu sterben?« fragte sie bitter.

»Für die Hälfte der Lost River Ranch.«

Sarah fühlte, wie alles Blut aus ihrem Gesicht wich.

Die Hälfte der Lost River Ranch.

Dann sah sie in Gedanken das grauenhafte Bild vor sich, wie ihr Bruder tot irgendwo lag, von Banditen in einen Hinterhalt gelockt und brutal ermordet.

Sie versuchte zu sprechen, aber sie brachte keinen Ton hervor. Sie schluckte hart.

»In Ordnung. Die Hälfte der Ranch«, stimmte sie schließlich mit rauher Stimme zu. »Aber du mußt mir versprechen, daß du Conner nichts davon sagst. *Versprich es mir.*«

»Schon versprochen.«

Sie saß ganz still da, horchte auf das Echo des Handels, den sie abgeschlossen hatte. Sie war froh, daß sie endlich all ihre Tränen vergossen hatte.

Nur sie würde wissen, wie unendlich schmerzlich der Verlust ihrer geliebten Ranch für sie war.

10. Kapitel

Der Atem der Pferde bildete kleine weiße Wölkchen in der frostklaren Luft. Obwohl der Himmel alle nur vorstellbaren Nuancen von Pfirsichrosa und blassem Blau aufwies, war es noch vor Tagesanbruch.

»Bist du noch immer nicht damit fertig, dein Pferd zu bemuttern?« fragte Sarah ungeduldig.

Case blickte von dem Sattelgurt auf, den er gerade um Crickets schlanken Rumpf festschnallte. Sarah saß rittlings auf einem der Mustangs, die er das erste Mal in Spanish Church gesehen hatte. Damals war das Pferd mit Paketen beladen gewesen.

Normalerweise ritt sie ohne Sattel. An diesem Morgen hatte Case jedoch darauf bestanden, daß die kleine Stute, die sie Shaker nannte, einen der Sättel trug, die die toten Banditen nicht länger brauchten. Case war der Ansicht, daß es zu gefährlich war, ohne Sattel über unwegsames, rauhes Gelände zu reiten.

Die Mustangs, die den Banditen gehört hatten, grasten jetzt entlang dem Ufer des Baches, zusammen mit Sarahs Vieh und ihren anderen Pferden. Die neuen Tiere waren schnell zu der Einsicht gekommen, daß das Gras auf der Lost River Ranch sehr viel besser war als das spärliche Futter im Spring Canyon.

»Also?« fragte sie beharrlich.

»Das Silber liegt nun schon seit Jahrhunderten irgendwo vergraben«, meinte Case vernünftig. Es wird wohl noch eine weitere Minute überstehen, während ich den Sattelgurt anziehe.«

Es kostete sie sichtlich Mühe, eine ungeduldige Erwiderung hinunterzuschlucken.

Mit zusammengepreßten Lippen blickte Sarah zu dem Felsrand hinüber. Sie konnte Lola zwar nicht sehen, wußte jedoch, daß die ältere Frau irgendwo dort oben saß, eine geladene Schrotflinte quer über ihrem breiten Schoß.

Ute und Conner lagen noch im Bett, erschöpft von den langen Nächten ohne richtigen Schlaf. Einer von ihnen war immer oben auf dem Felsrand, obwohl die Banditen nicht wieder zurückgekommen waren seit dem Überfall vor vier Tagen, als Case ihnen beigebracht hatte, daß man nur zu schnell sterben konnte, wenn man sich bei Nacht und Nebel an das einsame kleine Blockhaus anzuschleichen versuchte.

Mit einer geschmeidigen Bewegung trat er in den Steigbügel und schwang sich auf Crickets Rücken.

»Bist du sicher, daß du dich gut genug fühlst, um zu reiten und zu wandern?« fragte Sarah nun schon zum dritten Mal. »Es ist zum Teil eine ziemlich anstrengende Kletterpartie.«

»Ich bin sicher«, erwiderte er, ebenfalls zum dritten Mal. »Und ich bin mir verdammt sicher, daß wir besser Feuerholz sammeln sollten, statt Zeit mit der Jagd nach den Schätzen von Toten zu vergeuden.«

»Sammle du ruhig soviel Feuerholz, wie du willst«, gab sie energisch zurück. »Ich werde mich auf die Suche nach dem Silber machen.«

Damit zog sie ihre kleine, braune Mustangstute an den Zügeln herum und sprengte in flottem Trab auf die ferne Öffnung des Lost River Canyon zu.

»Immer mit der Ruhe, Cricket«, murmelte Case, als er den Hengst zügelte. »Es gibt keinen Grund, so hastig in eine kalte Morgendämmerung hinauszustürmen.«

Grimmig rückte er seinen Hut auf dem Kopf zurecht. Dann überprüfte er die Schrotflinte und das Gewehr in ihren getrennten Sattelscheiden. Es war zwar völlig unnötig, daß er noch einmal nach seinen Waffen sah, aber es lieferte ihm einen Vorwand, um seine Wut besser in den Griff zu bekommen.

Sarah ist schon zu lange ihren eigenen Weg gegangen, sagte er sich. *Sie ist ausgesprochen gut darin, Befehle zu erteilen, aber wenn es darum geht, welche entgegenzunehmen, hapert es jedoch bei ihr.*

Es ist wirklich ein Wunder, daß Conner nicht schon eher auf seiner Schwester gesessen hat, um sie mit Gewalt daran zu hindern, ihren Kopf durchzusetzen.

Mit einer schnellen Handbewegung schob Case seine Schrotflinte in ihre Sattelscheide zurück. In dem Moment, in dem er die Zügel hob, schoß Cricket vorwärts, eifrig darauf bedacht, die kleine Stute zu überholen.

»Ruhig Blut, du Knallkopf«, murmelte Case. »Sie geht nirgendwohin, wo du nicht schneller hinkommst.«

Der Hengst verlangsamte sein Tempo, allerdings nur geringfügig. Er haßte es, ein anderes Pferd vor sich zu haben.

Die kleine Mustangstute trabte mit weitausgreifenden Schritten am Lost River entlang, während sie einem schwach ausgetretenen Pfad folgte, den Wild und indianische Jäger hinterlassen hatten, lange bevor Hal Kennedy sein kleines Blockhaus zusammengezimmert und begonnen hatte, nach spanischen Silberschätzen zu suchen.

Manchmal zwang Sarah ein tiefhängender Pyramidenpappelast, sich flach über Shakers Hals zu beugen. Häufig lagen umgestürzte Baumstämme quer über dem Weg. Die kleine Stute sprang mit einer Selbstverständlichkeit über die Hindernisse, die deutlich erkennen ließ, daß ihr der fast unsichtbare Pfad vertraut war.

Und auch das Tempo.

In regelmäßigen Abständen überprüfte Sarah den Stand der Sonne. Sie spähte noch nicht über den Rand der Schlucht hinweg, aber es würde nicht mehr lange dauern.

Ich hätte schon vor mindestens einer Stunde unterwegs sein sollen, dachte sie gereizt.

Aber Case hatte sich geweigert, sie bei Dunkelheit reiten zu lassen, selbst wenn er sie begleitete. Sie hatte es mit Streiten, gutem Zureden und Vernunft versucht, um ihm die Zustimmung abzuringen, früher aufzubrechen. Nichts davon hatte gefruchtet.

Wenn Case sich weigerte, dann blieb er auch dabei.

Störrisches, unsympathisches Geschöpf, dachte sie erbost.

Eine Meile flog nur so unter Shakers harten kleinen Hufen dahin, dann zwei, dann drei. Die drahtige kleine Stute atmete noch nicht einmal schwer. Sie konnte den ganzen Tag in diesem Tempo galoppieren.

Gelegentlich warf Sarah einen Blick über ihre Schulter zurück, um zu sehen, wie Case vorankam. Jedesmal, wenn sie es tat, war Cricket an der gleichen Stelle, ungefähr dreißig Meter hinter ihr. Der Hengst zeigte keinerlei Anzeichen von Ermüdung, obwohl er fast das doppelte Gewicht dessen trug, was die Stute zu tragen hatte.

Männliche Wesen, dachte sie mißmutig. *Sie können einen wirklich aufregen. Dicke Muskeln und ein Hirn wie ein Spatz.*

Aber es fiel ihr schwer, ihre mürrische Stimmung beizubehalten angesichts des goldenen Lichts, das sich jetzt über das Land ergoß. Zwischen rosig erglühenden Wolken war der Himmel von einem so blassen Blau, daß er wie klares Glas in der Morgenröte schimmerte.

Wie kann ich dieses Land nur jemals verlassen? fragte sie sich verzweifelt.

Es war eine Frage, die sie sich häufig gestellt hatte in den Tagen, seit sie ihren Handel mit Case abgeschlossen hatte. Sie hatte nur eine einzige Antwort darauf, und es war die gleiche, die ihr damals über die Monate nach dem Tod ihrer Eltern hinweggeholfen hatte.

Ich werde tun, was ich tun muß. Für Conner, der weiß Gott etwas Besseres verdient hat als das Leben, das er jetzt führt.

Sie hatte die Entscheidungen, die ihr durch die Umstände aufgezwungen worden waren, niemals bereut. Sie war ganz einfach dankbar, daß sie und Conner überlebt hatten, als so viele andere hatten sterben müssen.

Nachdem die Sonne über den Rand des Canyons gestiegen war, glitt die Landschaft in unzähligen Schattierungen von Ocker und Rostbraun, Rot und Gold vorbei. Sarah zügelte ihre Stute immer nur dann, wenn sich einer der vielen Nebenarme des Lost River Canyon zum Ufer des Flusses hin öffnete. Dann ließ sie den Mustang im Schritt gehen, während er sich vorsichtig einen Weg über das glatte Grundgestein, die Geröllfelder und ausgetrockneten Bachbetten bahnte, die die Öffnung jedes schmaleren Canyons markierten.

Cases Blick schweifte unablässig über die Landschaft. Er achtete nicht nur auf mögliche Gefahren, sondern prägte sich landschaftliche Merkmale von allen Winkeln aus ein, um sich später daran zu orientieren, damit er ohne einen Führer in der Lage wäre, seinen Weg zurück über den Pfad zu finden.

Während er das Land kennenlernte, beobachtete er Adler und Habicht bei ihrem eleganten Flug, sah Kaninchen, die hakenschlagend davonsausten, um dann plötzlich zu erstarren, und bemerkte eine Fülle von Wildspuren. Einmal war er sich sicher, die Pfotenabdrücke

164

eines Pumas zu sehen, die in einem Flecken getrockneten Schlamms am Eingang eines Seitencanyons erstarrt waren.

Die Hälfte von all dem hier gehört mir.

Bei jedem neuen Anzeichen von Leben, jeder neuen, atemberaubenden Aussicht wurde er sich wieder dieser Tatsache bewußt. Und jedesmal, wenn die Erkenntnis kam, fühlte er, wie ein gewisses Maß an Ruhe Teile seiner Seele erfüllte, die seit dem Krieg nichts als Aufruhr und Schmerz gekannt hatten.

Die Gewißheit, daß er zu diesem Land gehörte, wurde mit jedem Moment, jedem Atemzug größer.

Er würde eines Tages sterben, aber das Land würde weiterleben.

Das Land würde die Ewigkeit überdauern, unberührt von der Grausamkeit und Schlechtigkeit, die manchen Menschen innewohnte.

Für Case bot die unveränderliche Realität des Landes die Möglichkeit, eine Ruhe zu finden, die nicht nur oberflächlich war. Durch die unsichtbaren Bande, die ihn mit diesem Land verbanden, war er Teil von etwas Größerem als der Summe allen Übels, verursacht von Menschen.

Der Gedanke war Balsam für eine Qual, von der er nun schon so lange keine Erlösung gefunden hatte, daß er sie kaum noch wahrnahm; er akzeptierte diese Qual ganz einfach, so wie Menschen, die Glieder verloren hatten, lernten, ohne sie zu leben.

Als Sarah ihren Mustang schließlich zügelte und im Schritt gehen ließ, trieb er Cricket neben Shaker.

»Es geht doch nichts über einen kleinen Galopp, um seine schlechte Laune abzureagieren«, sagte Case beiläufig.

Sie warf ihm einen Blick aus schmalen Augen zu und erwiderte nichts.

»Brauchst du noch ein paar Meilen?« fragte er. »Diesmal trägst du aber den Sattel.«

Wie immer gewann ihr Sinn für Humor am Ende die Oberhand über ihre Gereiztheit, und sie lachte und schüttelte den Kopf.

»Du und Conner«, sagte sie amüsiert.

»Was ist mit uns?«

»Ihr schafft es doch jedesmal, mich ganz fix herumzukriegen.«

»Das liegt daran, weil du für diese Welt einfach nicht hart genug bist«, sagte Case.

Sie stöhnte. »Du nicht auch noch!«

»Was meinst du?«

»Ute glaubt, ich wäre ein Engel.«

Case wirkte nicht im geringsten überrascht.

»Das ist mein Ernst«, sagte sie. »Er glaubt es wirklich.«

»Ein Mann wacht auf, krank und von Schmerzen gepeinigt, und sieht Lampenlicht, das wie ein Heiligenschein um deinen Kopf schimmert, und fühlt deine Hände, so wundervoll kühl und sanft auf seiner Haut … «

Seine Stimme erstarb. Dann zuckte er die Achseln.

»Man kann Ute wohl kaum einen Vorwurf daraus machen, daß er in dir einen süßen Engel der Barmherzigkeit sieht, der sich herabbeugt, um ihn zu berühren«, sagte Case.

Sarah errötete.

»Ich bin kein Engel«, erwiderte sie. »Frag meinen Bruder.«

»Oh, ich glaube dir schon. Ute ist derjenige, der davon überzeugt werden müßte.«

»Ich habe es versucht. Es ist das gleiche, als versuchte man, mit einem Felsbrocken über Shakespeare zu diskutieren.«

»Du darfst nicht vergessen, daß Ute dich mit den anderen Frauen vergleicht, die er kennt und gekannt hat«, sagte Case trocken.

Sie zuckte zusammen.

»Lola ist eine gute Frau«, erklärte sie. »Hart, aber anständig.«

»Hart ist richtig. Als anständige Frau würde ich Lola nicht unbedingt bezeichnen«, murmelte Case.

»Was?«

»Big Lola ist eine Legende in einigen Gegenden.«

»Das war damals«, erklärte Sarah fest. »Seit sie auf die Lost River Ranch gekommen ist, hat sie nichts getan, weswegen sie sich schämen müßte. Außer fluchen, und das zählt nicht. Nicht wirklich.«

In seinen Augenwinkeln erschienen winzige Fältchen.

»Fluchen zählt nicht?« fragte er in neutralem Ton. »Nun, das erklärt natürlich einiges.«

»Was?«

»Ein Engel der Barmherzigkeit mit einem Vokabular, das die Hölle versengen könnte. Natürlich habe ich das nur aus zweiter Hand erfahren. Könnte eine glatte Unwahrheit sein.«

Ihre Wangenknochen überzogen sich mit einer Röte, die nicht nur von der frostklaren Winterluft herrührte.

»Ich habe doch gesagt, daß ich kein Engel bin«, erklärte sie.

Die Andeutung eines Lächelns vertiefte die Fältchen um seine Augen.

Sarah blickte ihn prüfend an, doch ganz gleich, wie genau sie ihn musterte, sie konnte nicht erkennen, ob Case tatsächlich lächelte.

»Ich hätte dich rasieren sollen«, meinte sie.

»Warum?« fragte er, überrascht über den abrupten Themenwechsel.

»Ich könnte schwören, daß du unter all dem Kinnfell lächelst, aber ich kann es nicht mit Sicherheit erkennen.«

»Es ist zu kalt, um ohne Fell zu gehen«, war alles, was er erwiderte.

»Es wäre nicht zu kalt, wenn du im Haus schlafen würdest.«

Sie wußte nicht, warum es sie noch immer wurmte, daß er aus dem Blockhaus ausgezogen war, aber Tatsache war, daß es sie ärgerte.

»Ich habe schon viel zu lange in deinem Bett geschlafen«, erklärte er brüsk.

Was er nicht sagte, war, daß ihn der verführerische Rosenduft ihrer Bettlaken in seinen Träumen verfolgte, selbst wenn er draußen übernachtete. Er wachte auf, sein Schaft so hart wie die Felsen. Wenn der heftig pulsierende Schmerz in seinen Lenden endlich verebbte, war es jedoch niemals für lange. Er überfiel ihn in den unpassendsten Augenblicken.

So wie jetzt.

Mit einem stummen Fluch verlagerte Case sein Gewicht im Sattel, um den Druck zwischen seinen Schenkeln zu lindern.

Es nützte nichts. In seinem augenblicklichen Zustand gab es einfach keine bequeme Möglichkeit zu reiten.

»Warum schläfst du nicht neben Conner?« wollte Sarah wissen. »Neben dem Ofen ist reichlich Platz.«

»Dein Bruder schlägt im Schlaf um sich wie ein junger Bulle.«

»Aber was wirst du tun, wenn die ersten Schneefälle einsetzen?«

»Was ich immer getan habe.«

»Und das wäre?« fragte sie.

»Überleben.«

Das trostlose Wort traf Sarah wie eine Klinge aus Eis.

»Zum Leben gehört noch mehr, als nur zu überleben«, sagte sie.

»Ja. Da ist noch das Land.«

»Ich meinte eigentlich Dinge wie Hoffnung und Lachen und Liebe.«

»Sie sterben mit den Menschen. Das Land stirbt nicht. Es hat Bestand.«

Sein Ausdruck und sein Tonfall ließen erkennen, daß das Thema damit für ihn beendet war.

Eine Zeitlang schwieg Sarah. Doch am Ende war ihre Neugier auf seine Vergangenheit einfach zu stark.

»Was ist geschehen?« fragte sie kühn.

»Wann?«

»Warum hast du keine Hoffnung und keine Liebe und kein Lachen?«

Case gab keine Antwort.

»Hat es etwas mit Emily zu tun?« wollte sie wissen ... »Ist sie mit einem anderen Mann weggelaufen und hat dir das Herz gebrochen?«

Sein Kopf fuhr mit einem Ruck zu ihr herum. Der Blick in seinen Augen hätte selbst Flammen zu Eis erstarren lassen.

»Was hast du gerade gesagt?« fragte er leise.

Ihr Mund wurde plötzlich trocken, und sie wünschte, sie hätte niemals zugelassen, daß ihre Neugier die Oberhand über ihren gesunden Menschenverstand gewann. Sie schluckte hart, versuchte zu sprechen, und schluckte noch einmal.

»Du hast ihren Namen gerufen«, erklärte sie. »Als du hohes Fieber hattest und nicht bei Sinnen warst. Wieder und wieder. Emily, Emily, Em ...«

»*Sag diesen Namen nie wieder in meiner Gegenwart*«, unterbrach er sie heftig.

Schweigen dehnte sich aus wie der Wind, erfüllte das Land.

»Ist sie tot?« fragte Sarah schließlich.

Sie bekam keine Antwort. Case sah noch nicht einmal in ihre Richtung.

Der Schmerz, den sie in ihm spürte, überraschte sie.

Nun, dachte sie, *ich schätze, damit ist eine meiner Fragen beantwortet. Case hat Emily geliebt, und sie hat ihn betrogen.*

»Nicht alle Frauen sind so wie sie«, sagte Sarah.

Das Schweigen wurde noch intensiver.

Plötzlich war sie froh, daß sie Case nicht rasiert hatte und sein Gesicht teilweise von dem dichten Bart verdeckt war. Sonst hätte sie nämlich noch genauer in seiner Miene lesen können, und sie legte keinen Wert darauf, eine noch bessere Vorstellung von dem zu bekommen, was er dachte.

»Na schön«, sagte sie nach einer Weile. »Dann verschließ dich von mir aus wie eine Bärenfalle. Aber hat dir noch nie jemand gesagt, daß es den Schmerz lindern kann, wenn man über etwas spricht, was einen quält?«

Er warf ihr einen Blick von der Seite zu.

»Dann erzählen Sie mir doch mal von Ihrer Ehe, Mrs. Kennedy«, sagte er in sardonischem Ton. »Was war daran so schrecklich, daß Sie entschieden haben, nie wieder einen Mann zu ertragen?«

»Das geht dich …«. Sie klappte abrupt den Mund zu.

»… nichts an?« schloß er glatt. »Warum geht es *dich* dann etwas an, was mir passiert oder nicht passiert ist?«

Wieder wetteiferte Schweigen mit dem Wind.

Am Ende gewann das Schweigen.

Als Sarah schließlich von dem Pfad abbog und einen der zahlreichen Nebencanyons hinaufritt, hoffte sie, daß Cases Gedanken nicht ganz so finster waren wie ihre.

Aber sie zweifelte daran.

»Ich nehme an, es gibt einen Grund dafür, warum du von all den Canyons, an denen wir vorbeigekommen sind, ausgerechnet diesen ausgewählt hast«, sagte Case nach einer Weile, um das angespannte Schweigen zu brechen.

»Ja.«

»Macht es dir etwas aus, mir zu sagen, warum, oder ist das noch eine Sache, die mich nichts angeht?«

Sie blickte Case von der Seite an. Ihre Augen hatten die Farbe gehämmerten Silbers. Ihre Stimme war keine Spur wärmer.

»Auf der Südseite, ungefähr auf halber Strecke bergauf, gibt es Ruinen«, sagte sie deutlich.

»Was für Ruinen?«

»Wie Schlösser, nur anders.«

»Das sagt mir natürlich eine ganze Menge. Jetzt weiß ich genau, wonach ich suche.«

»Wonach du suchst, ist, kräftig eins auf den Deckel zu bekommen«, knurrte Sie.

Case drehte nur den Kopf und musterte sie aus Augen, die viel zu eisig und trostlos für einen Mann waren, der im übrigen nur ein paar Jahre älter aussah als Sarah.

Plötzlich fühlte sich Sarah müde und erschöpft bis in die tiefsten Tiefen ihrer Seele. Ihre gedankenlosen Fragen hatten Case in einen kalten Fremden verwandelt. Verschwunden war der faszinierende Mann, den sie mit ihren Händen und ihren Gebeten und endlosen Stunden aufopfernder Pflege dem Tod entrissen hatte. Ein Mann, dessen trockener Humor und Sanftheit Möglichkeiten erahnen ließen, die sie noch nicht einmal benennen konnte.

Aber sie wußte, daß sie existierten. Sie hatte sie so deutlich gespürt, wie sie seinen Hunger nach ihr spüren konnte.

Kümmere dich nicht darum, sagte sie sich energisch. *Kümmere dich nicht darum, wer Emily war oder was sie Case angetan hat. Es ist nicht wichtig.*

Nichts ist wichtig, außer das Silber für Conner zu finden. Er weiß, wie man lacht und liebt und hofft.

»Hal hatte eine alte Landkarte«, sagte Sarah.

»Wie alt?«

Sie zuckte die Achseln. »Das hat er nicht gesagt. Und ich habe ihn auch nicht danach gefragt.«

»War es nur eine Zeichnung, oder enthielt die Karte auch Erklärungen?«

»Ein paar Worte, hier und da. Und es war ein Brief beigefügt.«

»Was stand in dem Brief?« wollte Case wissen, wider Willen neugierig geworden.

»Daß eine Tragtierkolonne, beladen mit Silberkreuzen, Münzen, Barren, Bechern, Tellern, Kerzenleuchtern und Rosenkränzen, während einer Flutkatastrophe verlorenging.«

»Eine ganze Tragtierkolonne?«

Sie nickte.

»Der größte Teil des bearbeiteten Silbers wurde später von den Spaniern geborgen«, erklärte sie, »aber zehn Säcke mit Silbermünzen sind nie wieder aufgetaucht. Ungefähr dreihundert Pfund in Silberbarren wurden ebenfalls nie wieder gesehen.«

Case pfiff leise durch die Zähne. Dann ließ er einen spekulativen Blick über die gewaltige, zerklüftete Landschaft um sich herum schweifen und schimpfte sich einen Narren, daß er sich überhaupt für den Schatz interessierte.

Dreihundert Pfund in Silberbarren konnten in jedem von den Tausenden namenloser kleiner Canyons verschwinden, ohne jemals für Aufsehen zu sorgen. Das Land war nach dem Maßstab der Ewigkeit erschaffen, nicht nach menschlichen Vorstellungen.

»Waren die Worte in Spanisch oder Englisch oder Französisch oder Latein?« fragte er wie beiläufig.

»Hauptsächlich in Latein«, erwiderte Sarah. »Teilweise in Spanisch.«

»Bist du dir sicher?«

»Der Mann, der den Brief schrieb, war Jesuitenpriester«, erklärte sie brüsk. »Latein war die bevorzugte Sprache für kirchliche Dokumente, obwohl die Korrespondenz häufig auch in einer alten Form des Spanischen geführt wurde.«

Seine dunklen Augenbrauen schossen in die Höhe. »Dein Ehemann muß ja ein richtiger Gelehrter gewesen sein, um den Brief zu entziffern.«

»Hal konnte noch nicht einmal seine Muttersprache lesen oder schreiben, geschweige denn irgendeine andere Sprache.«

»Wer hat den Brief dann übersetzt?«

»Ich.«

Case gab einen Laut der Befriedigung von sich, als hätte er endlich eine Beute aufgestöbert.

»Du kannst Latein«, sagte er.

»Ja.«

»Und Griechisch?«

»Ja.« Sie blickte ihn an. »Überrascht dich das?«

»Mich überrascht nur, daß du noch immer auf der Lost River Ranch bist.«

»Was meinst du?«

»Mit deiner Bildung könntest du eine Anstellung als Schullehrerin in Denver oder Santa Fe oder San Francisco bekommen.«

Sarah fühlte, wie sich ihre Kehle zuschnürte und ihre Gesichtsmuskeln sich anspannten.

Sie wollte nicht in den Großstädten leben, wo man ihre Gelehrsamkeit zu schätzen wissen würde. Alles, was sie sich wünschte, war, auf ihrer Ranch zu leben mit den wilden Canyons und dem süßen Wasser und dem zeitlosen Wind, der ihrer Seele sanfte Lieder vorsang.

Aber es ist nur noch so lange mein Land, bis ich das Silber gefunden habe, erinnerte sie sich. *Dann gehört meine Hälfte der Ranch Case.*

»Richtig, das könnte ich«, gab sie zu.

Ihr Tonfall besagte, daß sie lieber in Ketten gefesselt sein würde.

»Wo ist die Landkarte jetzt?« wollte Case wissen.

»Das weiß ich nicht.«

»Ein Geheimnis, wie?«

»Nein. Ich weiß es schlicht und einfach nicht«, erwiderte sie ruhig. »Ich habe die Karte – und Hal – das letzte Mal im Herbst vor einigen Jahren gesehen, als er sich wieder einmal auf die Suche nach dem Silber machte.«

»Er ist nie zurückgekehrt?«

»Nein.«

»Wie ist er gestorben?« fragte Case.

»Das weiß ich nicht.«

»Aber du bist dir sicher, daß er tot ist?«

»Ja.«

»Wie kannst du dir so sicher sein?«

»Mein Bruder ist damals Hals Spur gefolgt. Er lag im Sterben, als Conner ihn fand. Conner hat ihn begraben, wo er lag.«

»Scheint ein bißchen seltsam, daß ein Mann in den besten Jahren ganz plötzlich sterben sollte«, sagte Case in neutralem Ton.

»Hal war mehr als dreimal so alt wie ich.«

Er warf Sarah einen raschen Seitenblick zu, während er sich vorzustellen versuchte, wie jemand mit ihrer Schlagfertigkeit, ihrem Humor und ihrem übermütigen Lachen mit einem Mann verheiratet war, der dem Alter nach ihr Großvater sein könnte.

Kein Wunder, daß sie nicht über ihre Ehe sprechen will, dachte er voller Unbehagen. *Ich bezweifle, daß ein derart alter Mann viel Geduld mit jungmädchenhaften Allüren aufgebracht hat.*

»Es überrascht mich nur, daß dein Bruder die Landkarte nicht mit zurückgebracht hat«, sagte er nach einer Weile.

»Er hat damals mitgebracht, was wir zum Überleben brauchten – das Pferd, den Mantel, die Vorräte, die Waffen.«

Case sah im Geist das Kennedysche Blockhaus vor sich. Vier mal fünf Meter. Recht und schlecht zusammengezimmert. Keine Fensterscheiben. Kein Fußboden, nur festgestampfter Lehm, in den Sarah phantasievolle Muster ritzte, wenn sie nicht zu erschöpft vom Spinnen und Kochen und Waschen und der Pflege diverser kranker Geschöpfe war.

Ohne die persönliche Note, die sie dem Blockhaus verliehen hatte – die Kräuterbündel, die zum Trocknen in einer Ecke hingen, die duftenden Wacholderzweige in den Matratzenfüllungen, den köstlichen Geruch nach Maisbrot und frisch gewaschener Wäsche –, ohne all diese Dinge wäre das Haus ungefähr so gemütlich wie ein Grab gewesen.

»Es muß ziemlich hart für dich gewesen sein mit einem kleinen Jungen, den du großziehen mußtest, und ohne die Hilfe eines Mannes«, sagte Case.

»Conner hat früh gelernt, ein guter Jäger zu werden. Ich selbst bin auch eine ganz ordentliche Schützin.«

»Was war mit deinem Ehemann?«

»Hal war meistens auf Schatzsuche. Er erwartete eine warme Mahlzeit auf dem Tisch, wenn er zurückkehrte.«

Das war noch nicht alles, was ihr Ehemann von ihr erwartet hatte. Doch an den Rest dachte sie nicht mehr, außer manchmal, mitten in der Nacht, wenn sie zitternd vor Furcht und in kalten Schweiß gebadet aus dem Schlaf hochschreckte.

»Wie lange hatte Hal nach dem Silber gesucht, bevor er starb?« wollte Case wissen.

Sie zuckte die Achseln. »Die ganze Zeit über, die ich ihn gekannt habe, und vorher wohl auch schon einige Jahre lang, schätze ich.«

»Diese Landkarte muß weniger als eine Handvoll Bohnen wert gewesen sein.«

»Wieso?«

»Weil er nichts gefunden hat.«

»Hal trank.«

Die schlichten Worte sagten Case mehr als all die anderen Dinge, die Sarah über ihren Ehemann erzählt hatte.

»Wenn er wieder nüchtern wurde«, fuhr sie fort, »erinnerte er sich an nichts mehr von dem, was geschehen war.«

»Willst du mir etwa sagen, daß du glaubst, er hätte den Schatz gefunden und es dann wieder vergessen?«

»Ja.«

»Ein Mann müßte schon verdammt betrunken sein, um zu vergessen, daß er einen Schatz gefunden hat.«

»Wenn Hal trank, war er so blind und taub wie ein Felsen«, sagte sie trocken.

Case beobachtete sie aus den Augenwinkeln. Nach dem, was er in den vergangenen Wochen über sie erfahren hatte, war sie nicht älter als zwanzig, vielleicht sogar noch etwas jünger.

Und dennoch, wenn sie über ihren Ehemann sprach, sah sie so verhärmt aus wie eine Witwe, die doppelt so alt war.

»Falls Hal das Silber gefunden hat«, sagte er nach einer Weile, »und es dann wieder verloren hat, dann wird dir die Karte nicht viel nützen, nicht?«

»Es gibt kein, ›falls‹. Ich weiß, daß Hal den Schatz gefunden hat.«

Die Gewißheit in Sarahs Stimme ließ Case abrupt innehalten. Er drehte sich im Sattel um und starrte sie an.

»Woher willst du das wissen?« fragte er brüsk.

Sie zog einen ihrer Wildlederhandschuhe aus und faßte tief in ihre

Hosentasche. Nach einem Moment streckte sie ihm wortlos ihre Hand hin.

Zwei grob geprägte silberne *reales* lagen auf ihrer Handfläche. Obwohl die Oberfläche aufgrund des Alters stark angelaufen war, schimmerte blankes Silber durch die schwarze Schicht, wo jemand einen Teil jeder Münze sorgfältig poliert hatte.

»Willst du es dir nicht doch noch einmal überlegen? Möchtest du nicht lieber die Hälfte des Schatzes statt der Hälfte der Ranch?« fragte sie.

Case wandte den Blick von den uralten Silbermünzen ab und betrachtete die wilde, unberührte Landschaft um sich herum.

»Nein«, erklärte er. »Dieses Land hat etwas, was man nicht mit Geld kaufen kann. Du kannst das Silber haben.«

Ich will es aber nicht, dachte Sarah trostlos. *Wie du will ich nur das Land.*

Dennoch gehörte die Hälfte der Ranch, die sie so liebte, ihrem jüngeren Bruder.

Und nur zu bald würde die andere Hälfte einem Mann gehören, der nicht an Lachen, Hoffnung oder Liebe glaubte.

11. Kapitel

Ein kalter, scharfer Wind blies den Canyon hinunter. Das Flußbett, das Sarah und Case als Pfad benutzten, war bis auf gelegentliche flache Teiche gänzlich ausgetrocknet. Trotz des Wassermangels gediehen Gras und Buschwerk an den Rändern und weiter den steilen Abhang hinauf bis zu dem Punkt, wo die nackten, schroffen Granitfelsen begannen.

»Hier wächst gutes Weidefutter für Vieh«, meinte Case. »Überraschend, ohne fließendes Wasser.«

Sarah lächelte leicht.

»Das Land ist voller Überraschungen wie dieser«, sagte sie. »Es gibt eine Handvoll Quellen und unzählige Sickerstellen, wo Wasser aus Rissen im Gestein rinnt.«

Aus zu Schlitzen verengten Augen betrachtete Case die hohen, zerklüfteten Seitenwände des Canyons. Es gab tatsächlich Stellen, wo das Unterholz auffällig üppig wuchs. Aus einigen der besonders geschützten und gut bewässerten Spalten im Gestein ragten sogar einzelne Fichten heraus.

Wie Geld auf der Bank, dachte er. *Kleine, geheime Depots mit Wasser und Futter.*

Kein Wunder, daß es hier so viele Anzeichen von Wild gibt.

»Wenn es bei uns zu Hause im Westen von Texas trocken war«, sagte er, »dann war es gewöhnlich knochentrocken bis in die tiefsten Erdschichten.«

»So ist es ein Stück weiter den Lost River Canyon hinunter«, erwiderte sie. »Die Öffnung des Canyons geht auf ein weites Tal hinaus. Der Fluß fließt eine Strecke, das Land fällt in die Tiefe ab, und schließlich löst sich alles in einen Irrgarten von Felsformationen und unfruchtbaren roten Canyons auf.«

»Wohin fließt der Lost River?«

»Laut Ute fließt er nirgendwohin. Er wird nur immer schmaler und schmaler, bis er schließlich völlig versiegt.«

Case machte ein nachdenkliches Gesicht, als ob er die Landschaft im Geist umgestaltete.

»Der Lost River fließt nicht in ein anderes Gewässer?« fragte er.

»Nein.«

»Endet er in einem See?«

Sarah schüttelte den Kopf. Ihre nächsten Worte bestätigten, was er bereits vermutet hatte.

»Während der trockenen Jahreszeit«, sagte sie, »ist der Lost River die einzige größere Wasserstelle im Umkreis von vielen, vielen Tagesritten.«

»Ist der Fluß jemals ausgetrocknet, bevor er die Ranch erreicht?«

»Nicht in den sechs Jahren, die ich jetzt hier bin.«

»Was sagt Ute?«

»Er hat noch nie davon gehört, daß der Fluß im Lost River Canyon kein Wasser mehr geführt hätte.«

»Trotzdem, eine riskante Sache.«

»Mir wäre auch wohler zumute, wenn ich die Zeit und die Geschicklichkeit hätte, ein paar simple Dämme zu bauen und vielleicht einen Teich auszuheben für Notzeiten«, gestand sie. »Ein Brunnen wäre auch schön.«

»Wir werden daran arbeiten, wenn du dir das Silber von der Seele geschafft hast.«

Ihre Augenlider zuckten.

Sie würde nicht mehr auf der Ranch sein, nachdem sie das Silber gefunden hatte.

Schweigend wandte sie sich von Case ab und beobachtete den Flug eines Adlers. Der Raubvogel hob sich zuerst als schwarze Silhouette gegen den Himmel ab, dann schimmerte sein Gefieder in einem prachtvollen Bronzeton, als er sich drehte und das Sonnenlicht aus einem anderen Winkel auffing.

Case wartete, aber Sarah sagte noch immer nichts über die Zeit, wenn er der Miteigentümer der Lost River Ranch sein würde.

»Oder hast du vor, das Land zu teilen und mir die eine Seite des Flusses zu geben, während du die andere behältst?« fragte er.

Es dauerte einen Moment, bevor sie antwortete.

Und selbst dann starrte sie weiter zu dem Adler hoch oben am Himmel hinauf, statt ihn anzusehen.

»Nein«, sagte sie mit rauher Stimme. »Ich denke, es wäre besser, die Ranch intakt zu lassen. Es sei denn, du möchtest, daß das Land aufgeteilt wird ...?«

Case schüttelte den Kopf, doch sie sah es nicht.

»Ich bin nicht sonderlich geschickt, wenn es ums Gärtnern und Spinnen und Weben geht«, sagte er.« Aber ich verstehe etwas von Viehzucht und Landwirtschaft. Ich glaube, uns allen wäre besser gedient, wenn wir unsere Talente weiterhin vereinen würden, so wie du und Lola und Ute es bisher getan habt.«

Sarah konnte unmöglich sprechen, ohne den Kummer zu enthüllen, der sie fast zu ersticken drohte. Und so nickte sie nur stumm und sehnte sich mit jeder Faser ihres Herzens nach der Freiheit eines Adlers, der auf dem Wind dahingleitet.

Schweigend blickte Case von einer Seite der sich rapide verengenden Schlucht zur anderen. Das Land stieg zunehmend steiler unter den Hufen seines Hengstes an. Äste und halb verfaulte Baumstämme, die vom Kopfende des Canyons aus heruntergespült worden waren, hatten sich in Felsspalten, knapp zwei Meter über seinem Kopf, verkeilt.

»Ich würde es hassen, hier zu sein, wenn eine Überschwemmung kommt«, sagte er nach einer Weile.

»Es ist … furchterregend.«

Überrascht über den rauhen Unterton von Angst in ihrer Stimme drehte Case sich im Sattel um und sah sie an. Erst dann fiel ihm wieder ein, wie ihre Familie ums Leben gekommen war.

»Entschuldige«, sagte er. »Ich hatte nicht die Absicht, schmerzliche Erinnerungen heraufzubeschwören.«

»Ich bin an sie gewöhnt.«

»Manchmal hilft einem auch die Gewöhnung nicht, sie leichter zu ertragen.«

»Nein, manchmal nicht«, sagte Sarah in sachlichem Ton und begegnete seinem Blick. »Das sind die schlimmen Zeiten.«

Ihm stockte der Atem in der Kehle. Als er jetzt in ihre Augen sah, war es, als schaute er in einen Spiegel – unter der Oberfläche lagen dunkle Schatten von Grauen und Kummer, Zorn und Schmerz.

Doch nach außen hin war nichts davon zu erkennen.

Gar nichts.

Es verriet Case, daß Sarah ebenso tief vom Leben verletzt worden war wie er. Dennoch hatte sie keine unsichtbare Schutzmauer um sich herum errichtet und sich gegenüber allen Empfindungen verschlossen, um zu überleben.

Wie hat sie gelernt, wieder zu lachen? fragte er sich verwundert.

Dann ging ihm eine Frage durch den Kopf, die er sich selbst nie gestellt hatte.

Warum?

Warum hat sie sich für neuen Kummer geöffnet?

Lachen und Hoffnung und Liebe … mit diesen Dingen ist … der Weg zur Hölle gepflastert.

Er hatte sich geschworen, niemals wieder in jene qualvolle Hölle zurückzukehren. Weil er sie schon beim ersten Mal beinahe nicht überlebt hätte.

Sarah ist nicht dumm. Sie kennt doch sicherlich den Schmerz, den Gefühle verursachen, genausogut wie ich.

Und dennoch lächelt sie. Und sie lacht. Und weint. Sie liebt sogar. Das ist der Grund, warum Ute glaubt, sie wäre ein Engel. Trotz allem, was sie durchgemacht hat, erlaubt sie sich, etwas für andere zu empfinden.

Ihr Mut und ihre Tapferkeit waren wirklich atemberaubend.

»Wann hast du diese Silbermünzen zum ersten Mal gesehen?« fragte Case abrupt, beunruhigt über seine eigenen Gedanken.

Sarah akzeptierte den Themenwechsel mit einer Erleichterung, die sich jedoch nicht in ihrem Ausdruck zeigte.

»Nachdem Hal tot war«, erwiderte sie.

»Wo hast du sie gefunden?«

»In einem Tabaksbeutel in seiner Jackentasche.«

»Glaubst du, er hat das Silber unmittelbar vor seinem Tod gefunden?« wollte Case wissen.

Sarah schwieg eine Weile. Das rhythmische Trappeln der Pferdehufe, der Ruf eines aufgeschreckten Vogels und das unablässige Rauschen des Windes waren die einzigen Geräusche in der Stille.

»Nein«, sagte sie schließlich.

»Wie kommst du darauf?«

»Er war auf dem Weg in die Berge, um nach Bodenschätzen zu suchen, nicht auf dem Rückweg zur Ranch.«

Case runzelte nachdenklich die Stirn.

»Wo ist dein Ehemann gestorben?«

»Das weiß ich nicht.«

»Aber du hast doch gesagt, Conner hätte ihn aufgespürt.«

»Mein Bruder war damals zwölf Jahre alt und zu Fuß unterwegs«, erklärte sie. »Er hatte noch nie zuvor die Ranch verlassen, ohne daß ich dabei war. Wenn Hals Pferd nicht den Weg nach Hause gekannt hätte ...«

Ihre Stimme brach. Sie schüttelte den Kopf, ohne den Satz zu beenden.

Case wollte schon fragen, was Conner allein und zu Fuß in der Wildnis zu suchen gehabt hätte, aber der Ausdruck auf Sarahs Gesicht bremste ihn so wirkungsvoll wie eine Wand.

»Ich habe den Weg des Pferdes so weit wie möglich zurückverfolgt«, fuhr sie fort. »Aber es regnete an dem Tag derart heftig, als hätte sich das Meer vom Himmel ergossen. Jede Schlucht war voller Wasser. Der Lost River war zu einem reißenden Strom angeschwollen, zu breit und zu tief und zu gefährlich, um am Ufer entlangzureiten, geschweige denn quer hindurch.«

»Und so wurden alle Spuren weggewaschen.«

»Ja.«

»Was hat es dann noch für einen Zweck, die Suche fortzusetzen?« fragte Case. »Wonach suchst du jetzt?«

»Das habe ich doch schon gesagt. Nach Ruinen und roten Felssäulen und einem schmalen Canyon. Das ist alles, woran Conner sich noch erinnert.«

»Auf wie viele Orte im Umkreis von einem Tagesritt paßt diese Beschreibung?«

»Ich weiß es nicht genau.«

»Was schätzt du?«

»Auf Hunderte.«

Er schnaubte. »Wie viele hast du bis jetzt abgesucht?«

»An wie vielen solcher Orte sind wir auf unserem Weg hierher vorbeigekommen?« fragte sie sardonisch.

Was sie nicht sagte, war, daß es einen speziellen Canyon gab, den abzusuchen ihr grauste, aber sie wußte nicht, welcher es war.

Und sie hoffte inständig, es auch niemals zu erfahren. Der Gedanke, über die Knochen ihres Ehemannes zu stolpern, jagte ihr einen eisigen Schauder über den Rücken.

Conner, dachte sie hilflos. *Wie kann ich das jemals wiedergutmachen? Wie kann ich dich jemals für das entschädigen, was du für mich getan hast?*

»Kein Wunder, daß du zu wenig Feuerholz hast und ein Haus, durch dessen Ritzen ständig der Wind pfeift«, sagte Case. »Du bist zu intensiv damit beschäftigt, törichten Hoffnungen auf Silber nachzujagen.«

»Das ist ganz allein meine Sache.«

»Nicht, wenn ich jeden Morgen mitansehen muß, wie du vor Kälte zitterst«, gab er brüsk zurück.

Als sie ihn ignorierte, fuhr er fort, die Seitenwände des Canyons abzusuchen. Silbergraue Gerippe von abgestorbenen Kiefern, große Salbeibüsche und Wacholder hoben sich von den rostbraunen Felsen ab. Fichtenstämme, von den Fluten vergangener Überschwemmungen mitgerissen, lagen überall verstreut. Ein großer Teil des Holzes war noch immer fest genug, um ein heißes Feuer zu ergeben.

»Das nächste Mal werden wir Packpferde mitnehmen«, erklärte er. »Wir können Feuerholz sammeln, während wir nach dem Silber der Toten suchen.«

»Das nächste Mal werde ich Conner mitnehmen. Er beklagt sich nicht bei jedem Schritt des Weges.«

»Den Teufel wirst du tun!«

Sarah fuhr abrupt im Sattel herum und starrte Case aus schmalen Augen an.

»Ich bin Witwe und volljährig und lasse mir von niemandem Vorschriften machen. Wenn ich allein durch diese Canyons reiten möchte, dann werde ich das tun.«

»Ich hoffe nicht, daß du so töricht sein wirst.«

Sie machte sich nicht die Mühe, etwas darauf zu erwidern.

»Du weißt genausogut wie ich, daß Ab jemanden abkommandiert hat, die Ranch zu beobachten«, sagte Case.

»Ich habe niemanden gesehen.«

»Du bist ja auch nicht oben auf dem Felsrand gewesen.«

»Aber …«

»Wenn du mir nicht glaubst«, unterbrach er sie ungeduldig, »dann frag deinen Bruder.«

»Warum sollte er es besser wissen als ich?«

»Interessante Frage.«

»Was soll das denn heißen?«

»Das soll heißen«, erklärte er bissig, »daß du ihn mit diesen sprichwörtlichen Schürzenzipfeln so fest an dich gebunden hast, daß es ein verdammtes Wunder ist, daß er atmen kann.«

Einen Moment lang war Sarah zu wütend, um zu antworten. Als sie endlich ihre Sprache wiedergefunden hatte, hatte sie auch ihren Zorn besser unter Kontrolle.

»Conner ist meine Angelegenheit«, sagte sie kalt. »Halte du dich da raus.«

Case warf ihr einen vielsagenden Blick von der Seite zu.

»Was wirst du tun, wenn dein Bruder heiraten und sich anderswo niederlassen will?« fragte er geradeheraus.

Der erschrockene Ausdruck auf ihrem Gesicht sagte ihm, daß sie über diese Möglichkeit noch nie nachgedacht hatte.

»Er ist doch noch ein Junge«, protestierte sie.

»Pferdescheiße«, sagte Case angewidert. »Wann wird Conner sechzehn?«

»In ein paar Monaten.«

»Ich kenne *Männer* dieses Alters, die bereits eine Ehefrau und ein Baby haben.«

»Nein. Ich will, daß Conner eine gute Ausbildung bekommt.«

»Tu irgend etwas, egal, was, in eine Hand und spuck in die andere, und dann sieh, welche Hand sich zuerst füllt«, schlug er sarkastisch vor.

»Ich würde lieber in deine Hand spucken.«

Seine Augenwinkel kräuselten sich.

»Daran zweifle ich nicht im geringsten.«

Sarah wandte sich demonstrativ ab und blickte den Canyon hinauf zu einer Stelle, wo er sich um eine hervorstehende Felsnase gabelte.

»Die Ruinen sind dort oben auf der Südseite, nicht allzuweit von hier«, sagte sie.

Ihr Ton besagte noch einiges mehr. Er verriet Case, daß die Diskussion um Conner damit für sie beendet war.

»Ich habe die Ruinen entdeckt, als ich das letzte Mal hier heraufgekommen bin«, fuhr sie fort, »aber es war schon zu spät am Tag. Ich mußte mich leider wieder auf den Rückweg machen.«

Sie trieb ihren Mustang erneut vorwärts. Die kleine Stute gehorchte und fiel in einen holprigen Trott, der beinahe die *reales* aus Sarahs Tasche geschüttelt hätte. Cricket folgte in einer schnellen, leichtfüßigen Gangart, die so glatt und geschmeidig wie Seide war.

Sarah versuchte, nicht den Unterschied zwischen den beiden Pferden zu bemerken, doch es war unmöglich. Die Schaufel, die hinter ihrem Sattel festgebunden war, hüpfte unentwegt auf und nieder und schlug ihr alle paar Schritte unsanft in den Rücken.

Shaker trug ihren Namen – »Schüttelbecher« – nicht zu Unrecht.

Der ausgetrocknete Bachlauf wand sich um einen Vorsprung aus massivem Fels. Ein paar hundert Meter weiter die Schlucht hinauf ragte wieder eine Felsnase aus der Wand, diesmal auf der anderen Seite. Der Grund des Canyons wurde zunehmend schmaler und stieg bei jedem Schritt des Weges steiler an, bis die Felswände, die die Seiten des Canyons bildeten, schließlich so dicht zusammenrückten, daß der Abstand am Fuß kaum mehr als zehn Meter betrug.

Riesige Blöcke von Sandstein erhoben sich aus der Erde und dem Buschwerk, stumme Zeugen der Tatsache, daß selbst die massiven Felsen des Canyons langsam aber sicher durch Regen, Eis und Wind abgetragen wurden.

Die Pferde bahnten sich vorsichtig einen Weg über den Hindernisparcours von Felsblöcken, Geröll und dichtem Gebüsch. Der Mustangstute fiel diese Aufgabe leichter als dem Hengst, doch beide Pferde schwitzten, als Sarah schließlich die Zügel anzog.

»Dort oben«, sagte sie und zeigte auf den südlichen Rand des Canyons. »Siehst du das Schloß?«

Case brauchte einen Moment, um die eingesunkenen Mauern zu erkennen, die aus einer tiefen Nische in der Nähe des Fußes der Canyonwand hervorschauten. Obwohl halb zerbröckelt und von dichtem Gebüsch verhüllt, waren die Wände eindeutig von Menschenhand erbaut.

Die Ruinen schienen nicht mehr als vier oder fünf kleine Räume zu umfassen, mit ein paar steinernen Trockengerüsten für Maiskolben auf einer Seite des Gebäudes.

»Schloß?« fragte er. »Sieht mir eher nach Ställen aus.«

»Wer immer hier einmal gewohnt haben mag, hat besser gelebt als wir auf der Lost River Ranch«, sagte Sarah trocken.

»Du solltest lieber versuchen, die Fugen zwischen den Holzbalken abzudichten, statt nach verschwundenen Schätzen zu suchen.«

»Es wird das Haus keinen Zentimeter größer machen, wenn die Fugen abgedichtet sind.«

»Aber eine ganze Ecke wärmer«, gab Case zurück. »Ein zusätzliches Schlafzimmer wäre auch nicht verkehrt.«

»Conner wird es nicht brauchen«, erwiderte sie. »Er wird bald fort sein, auf der Schule.«

»Ich dachte dabei eher an dich«, sagte er. »Nicht an deinen Bruder.«

»Was ist mit mir?«

»Ein Mädchen sollte sein Schlafzimmer nicht mit jedem verletzten Herumtreiber teilen müssen, der auf der Ranch aufkreuzt. Wäre diese Art von Ungestörtheit nicht ein Schatz, für den zu arbeiten sich lohnen würde?«

Sarah gab keine Antwort.

Er sah ihr störrisch vorgeschobenes Kinn, fluchte unterdrückt und schob seinen Hut aus der Stirn zurück.

»Und was tun wir jetzt, nachdem wir dieses sogenannte Schloß gefunden haben?« fragte er.

»Wir suchen nach Silber.«

»Hast du mir nicht erzählt, das Silber wäre am Fuß einer hohen Säule aus rotem Fels vergraben?«

»Dort soll es angeblich gewesen sein. Ich kann aber nicht sagen, wo es jetzt sein könnte.«

»Wenn der Schatz ein paar hundert Pfund gewogen hat und dein Ehemann zu betrunken war, um sich daran zu erinnern, daß er ihn gefunden hatte, wird er sich ihn wohl kaum auf den Rücken geladen haben.«

Sarah hatte über diese Frage nachgedacht. Schon sehr oft. Aller Wahrscheinlichkeit nach hatte Hal das Silber nicht wegtransportiert. Andererseits …

»Ich habe um sämtliche Steinsäulen in diesem Canyon gegraben«, sagte sie fest. »Jetzt ist es an der Zeit, sich die Ruinen vorzunehmen.«

»Und wenn dort auch nichts ist, was dann?«

»Dann versuche ich es im nächsten Canyon.«

»Und dann?«

»Dann nehme ich mir den nächsten Canyon vor und dann den übernächsten und so weiter, bis mir die Canyons ausgehen oder bis ich endlich das verdammte Silber finde.«

Case betrachtete die zerkratzte, vielbenutzte Schaufel, die hinter ihrem Sattel festgebunden war.

»Na schön. Immer noch besser, als Gräber auszuheben«, sagte er mit einem resignierten Seufzer.

Er schwang sich aus dem Sattel und schlang sich den Tragriemen seiner Schrotflinte über den Kopf. Dann band er die Zügel um Crickets Hals zusammen, zog das Gewehr aus der Sattelscheide und wandte sich zu Sarah um.

»Nach dir«, sagte er.

»Wozu die Waffen? Hast du vor, einen Krieg anzufangen?« fragte sie, als sie absaß.

»Falls Culpeppers vorbeikommen, um sich ihre Ration Blei abzuholen, würde ich sie nur ungern enttäuschen.«

Sein Tonfall war trocken, aber der Ausdruck in seinen Augen war nicht im geringsten humorvoll. Denselben kalten, trostlosen Blick hatte Case auch gehabt, als er nach dem Überfall der Banditen ins Haus zurückgekehrt war.

Schweigend legte Sarah Shaker Fußfesseln an, schnappte sich ihre eigene Schrotflinte und die Schaufel und strebte in raschem Tempo zu den Ruinen. Bei jedem Schritt des Weges versuchte sie, nicht wieder daran zu denken, wie unerträglich es gewesen war, mit Conner im Inneren des Hauses zu warten und nicht zu wissen, ob Case lebte oder tot war oder irgendwo draußen in der kalten Dunkelheit im Sterben lag.

Zweimal war sie zur Tür gestürzt. Das erste Mal hatte Conner sie zurückgehalten, indem er ihr wortlos eine Hand auf den Arm gelegt hatte. Beim zweiten Mal war er gezwungen gewesen, seine Schwester zu Boden zu ringen und sich mit seinem ganzen Gewicht auf sie zu setzen, um sie im Haus zu halten.

Ihr Bruder mochte die darauffolgenden Minuten vielleicht als unterhaltsam empfunden haben, aber Sarah war noch immer wütend und fühlte gleichzeitig einen eisigen Schauder den Rücken hinunterrieseln, wenn sie sich ausmalte, wie Case hilflos draußen im Dunkeln lag, vielleicht an der Schwelle des Todes, während Conner sie gewaltsam im Haus festhielt und daran hinderte, Case das Leben zu retten.

Schaufel und Schrotflinte über der Schulter kletterte Sarah den Abhang hinauf. Dank Ute trug sie neue Mokassins an den Füßen. Leider würden die scharfkantigen Felsen nur zu bald das dünne Hirschleder durchgescheuert haben.

Bevor sie den letzten steilen Hang des Geröllhügels hinaufstieg, der zu den Ruinen führte, blieb sie einen Moment stehen, um zu verschnaufen.

»Gib mir die Schaufel«, sagte Case.

»Du solltest keine schweren Sachen …« begann sie, als sie sich zu ihm umdrehte.

Ihr Protest erstarb. Er war nicht im geringsten außer Atem.

Sie reichte ihm die schwere Schaufel und behielt nur die Schrotflinte.

Ohne die Last der Schaufel war der Rest der Kletterpartie zu den Ruinen sehr viel weniger beschwerlich. Falls Case durch die sperrige Schaufel oder sein kürzlich verletztes Bein in irgendeiner Weise behindert wurde, so zeigte es sich jedenfalls nicht in seiner Geschwindigkeit. Er war dirckt hinter ihr, als sie über den Rand des geröllbedeckten Abhangs kletterte und auf die ebene Fläche trat, wo die Ruinen standen.

Erwartungsvoll ließ Sarah ihren Blick über die eingestürzten Mauern und Haufen von zerbröckelten Steinen schweifen.

»Wo soll ich zu graben anfangen?« fragte Case.

»Ich schlage vor, wir sehen uns erst mal nur um. Vielleicht haben wir ja Glück.«

»Du meinst, Berge von Silber, die in der Sonne glitzern?«

»Wohl eher halbverfaulte Lederbeutel mit Barren und Münzen, die nach ein paar Jahrhunderten der Vernachlässigung schwarz angelaufen sind«, gab sie zurück.

Sie machte auf dem Absatz kehrt und strebte zu dem ersten baufälligen Raum.

»Halte dich von den Mauern fern«, riet Case ihr.

»Ich mache das hier nicht zum ersten Mal.«

»Bleib einfach von den Wänden weg. Sie sehen aus, als genügte ein Niesen, um sie vollends einstürzen zu lassen.«

Ihre Lippen wurden schmal, aber die Erinnerung daran, wie leicht es für ihren jüngeren Bruder gewesen war, sie zurückzuhalten, war noch immer lebhaft.

Männer, dachte sie verdrießlich. *Nervtötende, tyrannische Geschöpfe, alle miteinander. Warum können sie eine Frau nicht einfach ihre Arbeit weitermachen lassen? Warum müssen sie sich ständig in alles einmischen?*

Sie hielt demonstrativ Abstand zu den Mauern, während sie in jeden der zerstörten Räume hineinsah und zwischen den Trümmern suchte.

Nachdem Case sicher sein konnte, daß sie bei ihrer Erkundung der Ruinen Vorsicht walten lassen würde, konzentrierte er seine Aufmerksamkeit abwechselnd darauf, Sarah zu beobachten und nach Banditen Ausschau zu halten.

Sarah zuzusehen war weitaus interessanter. Sie hatte eine feminine Art an sich, sich zu bewegen, die ihn unwillkürlich wieder daran erinnerte, wie wundervoll sich ihre Brüste an seinem Bein angefühlt hatten, wenn sie seine Verbände wechselte. Der Gedanke, dieses köstliche Gefühl erneut zu genießen, ohne dabei von seinen Verletzungen und ihren Kleidern behindert zu werden, löste eine inzwischen nur allzu vertraute Reaktion zwischen seinen Schenkeln aus.

Verflucht, dachte er. *Ich sollte besser dafür sorgen, daß sie weiterhin wütend auf mich ist. Es ist ja wirklich nicht schwer, sie in Rage zu bringen. Sie ist so verdammt unabhängig.*

Aber was er wirklich wollte, war, ihren verführerischen, kurvenreichen Körper mit Küssen zu bedecken, bis sie vor Wonne dahinschmolz und wie Honig auf seiner Zunge zerging.

Denk an etwas anderes, befahl er sich energisch.

Es war schwierig, selbst wenn sie aus seinem Blickfeld verschwunden war.

Als Sarah schließlich hinter der letzten Mauer der Ruinen wieder auftauchte, war ihre Jacke aufgeknöpft, ihr Hut aus der Stirn zurückgeschoben und ihr Hemd aus Rehleder aufgeschnürt, um Luft an ihre erhitzte Haut zu lassen.

Case war sich sicher, unter den losen Lederschnüren ihres Halsausschnitts den samtigen Schatten zwischen ihren Brüsten zu sehen.

In diesem Moment wünschte er sich nichts sehnlicher auf der Welt, als sein Gesicht in dem süßen, warmen Fleisch zu vergraben.

»Nun?« fragte er schroff.

»Kein Silber.«

»Das hatte ich mir schon gedacht. Irgendein Hinweis darauf, daß jemand hier war, seit die Indianer fort sind?«

»Es gibt einige Stellen mit Asche und verkohltem Holz, die zeigen, daß dort jemand kürzlich ein Lagerfeuer entzündet hat«, erwiderte sie. »Aber Ute und Conner jagen Wild in diesem Canyon, und Hal hat sicherlich hier gesucht …«

Sie zuckte die Achseln.

»Zeig mir, wo ich graben soll«, sagte Case.

»Du solltest nicht diese schwere Arbeit verrichten. Dein Bein ist kaum verheilt.«

»Es hat meinem Bein auch nicht im geringsten geschadet, als ich das letzte Mal die Schaufel geschwungen habe«, gab er ruhig zurück.

Sarah schnitt eine Grimasse. Sie hatte jenen Streit ebenfalls verloren. Case hatte es sich nicht nehmen lassen, gemeinsam mit Ute und Conner die toten Banditen zu begraben.

»Na schön«, sagte sie gepreßt. »Dann grab dich von mir aus bis nach China durch.«

»Ich bezweifle, daß die Priester das Silber derart tief versteckt hatten. Sie glaubten, sie würden zuerst die Hölle finden, bevor sie neue Heiden zum Bekehren fänden.«

Ein Lächeln spielte um ihre Mundwinkel. Sie wandte sich brüsk ab, entschlossen, es ihn nicht sehen zu lassen.

»Ich zeige dir, wo du graben sollst«, murmelte sie.

Das Graben ging noch langsamer und mühseliger voran als die ursprüngliche Suche. Der Boden war entweder knochenhart oder mit Schutt von den Mauern bedeckt oder beides.

Bald legte Case seinen Hut und seine Jacke ab. Dann knöpfte er sein schwarzes Wollhemd auf, begann, die Zipfel aus dem Hosenbund zu ziehen, und hielt abrupt inne. Er blickte Sarah an.

»Mach ruhig weiter«, sagte sie spitz. »Ich werde schon nicht in Ohnmacht fallen.«

Was sie nicht sagte, war, daß sie ihn bereits vollkommen hüllenlos gesehen hatte, sogar ohne Verband. Sie brauchte es auch nicht zu sagen.

Das Wissen vibrierte in der Luft zwischen ihnen und ließ sie förmlich vor Spannung knistern.

Schweigend zog er sein Hemd aus, hängte es über einen abgestorbenen Kiefernast und griff wieder nach der Schaufel. Sein Oberkörper war jetzt vollkommen nackt bis auf einen Keil schwarzen, lockigen Haares, der oberhalb seiner Gürtelschnalle zu einer schmalen Linie auslief, bevor er in seinem Hosenbund verschwand.

Sarah wußte auch, was unterhalb seines Gürtels war.

Ihr Atem ging plötzlich keuchend, und sie blickte hastig in eine andere Richtung. Ihr Magen schlug einen seltsamen kleinen Salto, als ein sinnliches Prickeln durch ihren Körper lief.

Was ist bloß mit mir los? dachte sie verärgert. *Es ist ja nun wirklich nicht so, als wäre ich ein unerfahrenes junges Ding, das die Fassung verliert, wenn es eine nackte Männerbrust sieht.*

Und dennoch, ob Witwe oder nicht, der Anblick seines halbnackten Körpers versetzte sie in Unruhe. Außerdem war sie viel zu fasziniert, um längere Zeit wegzuschauen.

Sie beobachtete ihn wie gebannt.

Seine täuschend mühelosen Bewegungen waren eine Mischung aus Kraft und Anmut, die sie an einen Adler erinnerte, der am Himmel seine Kreise zog, absolut sicher in seiner Kraft und Körperbeherrschung auf eine Art und Weise, um die sie ihn nur beneiden konnte.

Conner wird eines Tages auch so sein, dachte sie. *Stark, schnell, geschmeidig.*

Voll ausgewachsen.

Durch und durch maskulin.

Der Gedanke löste sowohl Schmerz als auch Freude in ihr aus. Schmerz, weil Conner zu schnell erwachsen wurde. Freude, weil er zu einem so ansehnlichen jungen Mann heranwuchs.

Aber kein Mann kann so attraktiv wie Case sein, dachte sie. *Nicht für mich. Case ist … etwas ganz Besonderes.*

Dieser Gedanke war sogar noch beunruhigender als die Vorstellung, daß ihr kleiner Bruder an der Schwelle zum Mannesalter stand.

»Hier ist nichts weiter als noch mehr Geröll«, sagte Case. »Versuch es mal dort drüben.«

Der rauchige Unterton in ihrer Stimme ließ ihn abrupt den Kopf heben. Sie blickte in die entgegengesetzte Richtung, den Canyon hinunter, während sie nach den Pferden Ausschau hielt.

»Keine Sorge«, sagte er. »Cricket wird nicht davonwandern, auch wenn seine Vorderbeine nicht gefesselt sind.«

Sarah nickte, ohne ihn anzusehen. Dann legte sie den Kopf in den Nacken, um ihre erhitzten Wangen dem Wind darzubieten. Sie war sich nicht bewußt, daß die Bewegung ihre Brüste unter dem Lederhemd anhob.

Case starrte atemlos auf die weichen, unverkennbar weiblichen Kurven, die sich gegen das schmiegsame Rehleder drängten. Sein Blut pulsierte schneller durch seine Adern, und sein Schaft versteifte sich mit einer Abruptheit, an die er sich allmählich gewöhnte.

Was aber nicht bedeutete, daß ihm die heftige Reaktion seines Körpers gefiel. Er haßte sie.

Wenn er auf Frauen im allgemeinen so reagiert hätte, wäre es eine Sache gewesen. Aber nur Sarah löste diese heftige Reaktion bei ihm aus. Mit einem lautlosen Fluch marschierte er ein Stück an der Mauer entlang und begann erneut zu graben.

Noch mehr Schutt und Geröll.

Case grub beharrlich weiter, dankbar für die körperliche Arbeit. Sie half ihm, seinen schleichenden, unerbittlichen sexuellen Hunger auf die junge Witwe abzureagieren, die ihn aus umschatteten, nebelgrauen Augen beobachtete.

Wenig später traf das Blatt der Schaufel auf etwas, das weder Stein noch Erde war. Er ignorierte den Schmerz in seinem verletzten Schenkel, als er in die Knie ging und begann, rechteckige Blöcke von Trümmern wegzuzerren. Scherben von Tongeschirr kamen in dem Loch zum Vorschein. Er sah sich jede einzelne sorgfältig an, bevor er sie beiseitelegte.

»Was ist das?« fragte Sarah eifrig.

»Das weiß ich noch nicht.«

Neugierig eilte sie herbei und stellte sich neben ihn, während er weitergrub.

»Geh ein paar Schritte zurück«, befahl er. »Ich möchte dich nicht in der Nähe der Mauern haben.«

»Du bist ja auch dicht an der Mauer.«

»Das ist etwas anderes.«

Sie machte sich nicht erst die Mühe, mit einem so unlogischen Geschöpf zu diskutieren, sondern blieb einfach, wo sie war, und schaute ihm zu.

Doch statt ihren Blick auf die Stelle zu heften, wo er grub, wurde sie abgelenkt von dem kraftvollen Spiel seiner Muskeln unter seiner straffen Haut, als er sich vorbeugte und streckte, um den hinderlichen Schutt zu entfernen. Wie Wasser, das rasch über Felsen dahinströmt, besaß er sowohl Kraft als auch Eleganz. Die seidenglatte Beschaffenheit seiner Haut hatte etwas derart Verlockendes an sich, daß es sie förmlich in den Fingern juckte, ihre Handfläche über seinen Rücken gleiten zu lassen.

Sie hatte die Hand schon halb nach seiner Schulter ausgestreckt, bevor ihr bewußt wurde, was sie tat. Abrupt riß sie die Finger zurück, als ob sie sich verbrannt hätte.

Was ist eigentlich in mich gefahren? fragte sie sich. *Ich habe in meinem ganzen Leben noch keinen Mann streicheln wollen.*

Außer Case.

Sie wußte nicht, warum er eine so starke Anziehungskraft auf sie ausübte. Sie wußte nur, daß es so war. Etwas tief in seinem Inneren rief nach ihr, lockte sie auf unwiderstehliche Weise, so sicher wie der Flug eines wilden Habichts.

Genauso wie sie ihn verlockte, ganz gleich, wie hartnäckig er es zu ignorieren versuchte.

Ich hasse es, dich zu begehren. Es bedeutet, daß doch nicht soviel von mir gestorben ist, wie ich gehofft hatte.

Sie konnte nicht umhin, sich zu fragen, ob die Fähigkeit zu lieben nicht eines der Dinge war, die selbst die Schrecken des Krieges nicht völlig in ihm abzutöten vermocht hatten.

Der Gedanke war wie der Mann selbst – beunruhigend und verführerisch zugleich.

Case räumte weitere Trümmer beiseite, dann griff er vorsichtig in das schultertiefe Loch hinein.

»Ich hab's«, sagte er triumphierend.

»Das Silber?«

Er gab keine Antwort.

»Was ist es denn?« fragte sie gespannt.

»Nur die Ruhe. Du brauchst nicht gleich vor Aufregung ins Schwitzen zu kommen.«

»Wieso? Du schwitzt doch auch so, daß du dein Hemd ausgezogen hast.«

Case hob mit einem Ruck den Kopf und erkannte augenblicklich, daß sie nicht in das Loch hineinschaute. Statt dessen sah sie ihn an, so wie ein Kind ein halb ausgepacktes Weihnachtsgeschenk betrachtet. Begehrlich.

In dem Moment hätte er nichts lieber getan, als ebenfalls ein paar Hüllen zu entfernen.

Sei nicht dümmer, als Gott dich gemacht hat, sagte er sich grimmig. *Du verführst sie, und bevor du begreifst, wie dir geschieht, wird sie Träume von Heim und Herd und Kindern um dich herum spinnen.*

Kinder.

Ein eisiger Schauder überlief Case und ließ ihn erstarren.

Sarah hatte schon genug Schlimmes im Leben durchmachen müssen. Er wollte ihr nicht noch mehr Schmerz zufügen. Aber wenn er dem wilden Hunger nachgab, der in ihm wütete, würde er sie früher oder später verletzen, so sicher, wie die Sonne im Osten aufging.

Er konnte ihr nun einmal nicht geben, was sie brauchte. Alles, was er hatte, war ein Hunger, der gefährlich für sie beide war.

Vielleicht hat sie recht, dachte Case. *Vielleicht sollte ich die Hälfte des Silbers nehmen und machen, daß ich wegkomme.*

Vielleicht sollte ich einfach machen, daß ich wegkomme. Punktum.

Und dennoch – noch bevor die Idee vollständig Gestalt in seinem Kopf angenommen hatte, verwarf er sie wieder mit einer Endgültigkeit, die ihn bis ins Innerste erfüllte.

Es war schon schlimm genug, die Hände in den Taschen behalten zu müssen, wenn er mit der begehrenswertesten Frau zusammen war, die er jemals getroffen hatte.

Die Vorstellung, auch noch das Land aufzugeben, war einfach undenkbar.

»Paß auf!« rief Sarah.

Sie ließ sich hastig auf die Knie fallen und streckte die Hände vor, in der Absicht, eine Wand des Loches am Einstürzen zu hindern. Dabei prallte sie hart gegen Case. Er fing ihr plötzliches Gewicht ab, ohne sich einen Zentimeter von der Stelle zu rühren.

Ein Teil der Grube stürzte trotz ihrer Anstrengungen ein.

»Entschuldige«, murmelte sie. »Ich hatte Angst, du würdest bis zu den Achselhöhlen unter Trümmern begraben werden.«

»Statt dessen stecken wir beide bis zu den Ellenbogen drin«, erwiderte er trocken.

Sie blickte auf ihre Unterarme und Hände, die in dem losen Schutt verschwunden waren. Seine desgleichen. Aus einem unerfindlichen Grund kam ihr der Anblick so lächerlich vor, daß sie laut auflachte.

Der silberhelle Klang ihres Lachens schärfte seine Sinne fast schmerzhaft, als hätte er gerade einen besonders stimmungsvollen Sonnenaufgang beobachtet.

Er wandte sich zu Sarah um, die noch immer gegen ihn lehnte, um nicht kopfüber in das Loch zu fallen, das er ausgehoben hatte. Silbergraue Augen sahen ihn an, nur wenige Zentimeter von seinem Gesicht entfernt, blitzend vor Belustigung über das Leben im allgemeinen und die augenblickliche Situation im besonderen.

Wie kann sie immer noch lachen? fragte Case sich in Gedanken. *Sie hat ihre Familie sterben sehen. Ihr Ehemann ist gestorben. Sie ist arm wie eine Kirchenmaus. Überall um sie herum sind Banditen, die nur darauf warten, sie in die Finger zu kriegen.*

Und sie lacht!

»Hast du dir weh getan?« fragte sie, atemlos vor Lachen.

»Nein. Wieso?«

»Weil du einen Moment lang so ausgesehen hast, als ob du Schmerzen hättest.«

»Und du hast dich einen Moment lang benommen, als ob du verrückt wärst«, gab er zurück. »Du hast wie eine Hyäne gelacht.«

»Es ist so ein komischer Anblick, wie wir beide bis zu den Ellenbogen im Dreck wühlen – wie Kinder in einer Sandkiste.«

Case konnte den funkelnden Humor in ihren Augen nicht länger ertragen. Er ließ seinen Blick zu ihrem Mund schweifen.

Ihre rosigen Lippen waren halb geöffnet von dem Lachen, das noch immer durch ihren Körper vibrierte.

Bevor Case wußte, was geschah, hatte er sich so dicht zu Sarah vorgebeugt, daß er die Wärme ihres Atems auf seinen Lippen spüren konnte.

Ich sollte das hier nicht tun, dachte er.

Aber er tat es trotzdem.

Ihr Lachen erstarb, als sie die plötzliche Hitze seines Atems an ihren Lippen fühlte. Und dann war sein Mund auf ihrem, hüllte sie in seinen leidenschaftlichen Kuß ein. Instinktiv versteifte sie sich, voller Furcht, von seiner sehr viel größeren Kraft überwältigt zu werden.

Statt dessen kostete er sie mit einer Zurückhaltung, die erstaunlich war in ihrer gezügelten Intensität.

Ein seltsamer kleiner Laut entrang sich ihrer Kehle, als sie mit der Zungenspitze seine behutsame, unendlich zärtliche Berührung erwiderte.

Beide fühlten das heftige Zittern, das ihn durchlief, bevor er sich mit einer ruckartigen Bewegung von ihr löste.

»Entschuldige«, sagte Case schroff. »Ich hätte das nicht tun sollen.«

Sarah war noch derart verwirrt von seinem Kuß, daß sie ihn nur mit leuchtenden grauen Augen anblicken konnte.

»Mach dir bloß keine falschen Hoffnungen«, murmelte er rauh. »Ich wollte nur ... *verflucht.* Ich wollte nur wissen, wie Lachen schmeckt.«

Sie holte zitternd Luft. Etwas prickelte in ihrer Magengrube, eine Reaktion sowohl auf seine Worte als auch auf seinen Kuß.

»Und? Wie schmeckt es?« fragte sie mit kehliger Stimme.

»Wie du. Wie sollte es wohl sonst schmecken?« sagte er brüsk.

»Ich dachte, es hätte nach dir geschmeckt.«

Er murmelte etwas Unverständliches vor sich hin. Als er sie erneut anblickte, war der Ausdruck seiner Augen so kühl und distanziert wie der Klang seiner Stimme.

»Steckst du in dem Schutt fest, oder kannst du deine Hände herausziehen?« fragte er.

Sarah sah ihn an und zuckte unwillkürlich zusammen.

Ich hasse es, dich zu begehren. Es bedeutet, daß doch nicht soviel von mir gestorben ist, wie ich gehofft hatte.

Aber diesmal brauchte Case die Worte nicht laut auszusprechen. Sie waren deutlich in jeder kalten Linie seines Gesichts zu erkennen.

Ihr Mund verzog sich zu einer Kurve, die eher resigniert als belustigt wirkte. Schweigend richtete sie sich auf und zog ihre Hände aus dem Schutt heraus. Sie zuckte leicht zusammen, als ein scharfkantiger Felsbrocken rauh über ihr Handgelenk schabte.

»Alles in Ordnung mit dir?« fragte Case mürrisch.

Mit brüsken Bewegungen staubte sie ihre Hände ab.

»Sicher. Und was ist mit dir?«

Ohne ein Wort riß er seine Hände aus dem Geröll. Aber er hielt sie flach zusammengepreßt auf eine merkwürdig schützende Art, als ob sie schmerzten.

»Du bist verletzt!« rief sie bestürzt.

Er schüttelte nur schweigend den Kopf, während er mit den Händen eine Art Schüssel formte und dann langsam die Finger öffnete.

Auf dem rauhen, abgeschabten Leder seines Handschuhs lag ein sonderbar geformtes Teil eines Miniatur-Tongeschirrs, bestehend aus zwei Bechern, die an den Henkeln verbunden waren. Doch die Tassen waren viel zu klein, als daß man sie zum Trinken hätte benutzen können.

»Sieht aus wie ein Teil von einem Puppenteeservice, das einmal einem kleinen Mädchen gehört hat«, meinte Sarah.

Case erbleichte.

»Nimm es weg«, sagte er scharf.

Ein Blick in sein Gesicht genügte, um jeden Protest, den sie möglicherweise geäußert hätte, zu ersticken. Vorsichtig nahm sie das uralte Tongeschirr aus seiner Hand.

Er erhob sich abrupt und marschierte mit großen Schritten davon.

»Wo gehst du hin?« rief sie.

»Ich will nach Cricket sehen.«

»Er grast weiter auf der Nordseite, in der Nähe der Stelle, wo das dichte Gebüsch wächst.«

Wenn Case sie gehört hatte, so lenkte er seine Schritte jedenfalls nicht in eine andere Richtung. Bald war er aus ihrem Blickfeld verschwunden.

Sarah betrachtete den winzigen Doppelbecher und fragte sich verwundert, warum sein Anblick einen erwachsenen Mann in die Flucht geschlagen hatte.

12. Kapitel

»Es ist ein Spielzeug«, sagte Conner, so entzückt wie ein Kind. »Sieh nur. Meine Fingerspitze paßt gerade in einen der Becher hinein.«

Sarah lächelte.

»Sei vorsichtig«, meinte sie. »Es ist sehr alt.«

Lola schmunzelte und betrachtete bewundernd die winzigen schwarzweißen, an den Henkeln verbundenen Becher, die Sarah auf ihrer Handfläche hielt.

»Ich hab' nichts so Drolliges mehr gesehen, seit mir meine Cousine damals eine Puppe gebastelt hatte, klein genug, um in eine Wiege aus der Schale eines Enteneis hineinzupassen«, sagte Lola. »Herr im Himmel, wie lange das schon her ist!«

Ute musterte die seltsamen Krüge von allen Seiten, grunzte und stieß ein Wort hervor.

»Hochzeit.«

»Was?« fragte Sarah.

»Sieht aus ist wie ein …« Ute suchte nach dem richtigen Wort.

»Wie ein zeremonieller Kelch?« schlug sie vor. »Der nur bei besonderen Festlichkeiten benutzt wird?«

Er nickte nachdrücklich.

»Das Volk des Bruders meiner Mutter benutzte sie, wenn ein Paar verheiratet wurde«, erklärte Ute. »Hab' gehört, daß einige Apachenstämme es genauso halten. Die Becher sind aber anders geformt.«

»So klein wie diese hier?« wollte Sarah wissen.

»Großer Gott, nein«, erwiderte Ute angewidert. »Mit den Fingerhüten da könnte sich ein Mann ja noch nicht mal die Lippen befeuchten.«

»Hast du schon jemals so etwas Merkwürdiges gesehen?« fragte Conner, als er sich zu Case umwandte.

Case zuckte nur die Achseln, ohne sich die Mühe zu machen, einen Blick auf die Spielzeugbecher zu werfen.

Enttäuscht über das mangelnde Interesse des anderen Mannes konzentrierte Conner seine Aufmerksamkeit wieder auf Sarah.

»War noch mehr davon da?« fragte er seine Schwester eifrig.

»Du müßtest dich hören«, sagte sie lachend. »So wie du dich benimmst, könnte man fast meinen, es wäre spanisches Silber.«

»Es ist so gut wie Silber.«

Ute schnaubte verächtlich. »Versuch du ruhig, das Zeug da auszugeben, Junge, und du wirst sehr schnell den Unterschied zwischen Ton und Metall erkennen.«

Conner warf Ute einen unfreundlichen Blick zu.

»Was ich meinte«, sagte Conner, »ist, daß die Krüge und das spanische Silber beide wertvoll sind, weil sie … na ja, Geschichte sind, schätze ich. Es ist, als spürte man einen Hauch der Vergangenheit.«

»Ja«, stimmte Sarah zu. »Es ist irgendwie gespenstisch, aber auf eine gute Art.«

Ihr Bruder starrte auf das Miniaturtongefäß, offensichtlich fasziniert.

»Wenn man genug Gegenstände wie diesen hier finden würde«, sagte er schließlich, »vielleicht könnte man dann daraus erkennen, wie die Menschen, die sie getöpfert hatten, waren; was sie dachten und fühlten und sich erträumten.«

»Du klingst wie Vater«, flüsterte sie. »Er hatte eine besondere Vorliebe für altertümliche Dinge.«

»Wozu braucht man einen Haufen Müll aus alten Zeiten?« fragte Lola. »Man weiß doch längst, wie die Leute damals waren.«

»Warum sagst du das?« wollte Conner wissen. »Weil Ute von einem Volk abstammt, das solche Krüge wie diese hier benutzt hat?«

»Ach Gott, Junge. Ute ist mehr Mischling als der Hund, der auf der Ranch herumschleicht und Küken zusammenzutreiben versucht.«

Ute schmunzelte.

»Sie waren Menschen«, fügte Lola hinzu, während sie auf den Doppelkrug zeigte. »Gut, schlecht, gierig, großzügig, klug, dumm und alles, was es sonst noch gibt. Ganz einfach Menschen wie wir.«

»Wir töpfern keine solchen Becher«, sagte Conner.

»Aber wir bekommen Durst und trinken aus mehr als nur aus unseren Händen«, gab sie zurück.

»Wir machen Spielzeug für unsere Kinder, Miniaturausgaben von den Gegenständen, die wir tagtäglich benutzen«, fügte Sarah hinzu.

»Du meinst, kleine Wagen statt großer?« fragte Conner.

»Richtig. Und Puppen statt Babys«, meinte sie lächelnd. »Und Puppengeschirr statt …«

Die Haustür fiel mit einem dumpfen Knall hinter Case ins Schloß.

»Pest und Hölle«, sagte Lola grimmig. »Ich bin froh, den Kerl nach draußen verschwinden zu sehen. Ist ja fast, als hätte man einen Grizzly mit einem wehen Zahn zum Abendessen eingeladen.«

»Es gibt eben Leute, die mögen keine Geisterdinge.«

»Haha«, meinte Conner spöttisch. »Du meinst, er fürchtet sich vor dem Spielzeug eines kleinen Mädchens?«

»Etwas nicht mögen ist nicht das gleiche, wie sich vor etwas fürchten«, erwiderte Ute. »Ich mag zum Beispiel ums Verrecken keinen Fisch, aber ich habe ganz bestimmt keine Angst vor Fischen.«

»Du ißt Schlangen«, erwiderte Conner.

»Die sind ja auch nicht schleimig. Aber Fisch ist so schleimig wie Rotz.«

Sarah räusperte sich vernehmlich.

»'tschuldigung«, murmelte Ute. »Ich gehe jetzt wohl besser Feuerholz sammeln.«

»Gute Idee«, sagte sie, wobei sie vielsagend ihren Bruder ansah. »Nimm die gescheckte Mustangstute mit. Sie ist an schwere Lasten gewöhnt.«

»Verdammt, als ob ich das nicht wüßte«, gab Conner empört zurück. »Was glaubst du wohl, wer ihr beigebracht hat, Lasten wie ein Packesel zu schleppen?«

Sarah verkniff sich eine ungeduldige Erwiderung. Es stimmte. Conner war derjenige gewesen, der die Mustangstute dazu überredet hatte, eine Doppelrolle als Reitpferd und Lasttier zu akzeptieren.

Aber die Angewohnheit, ihren kleinen Bruder herumzukommandieren, ließ sich nun einmal nur schwer ablegen.

Du hast Conner mit diesen sprichwörtlichen Schürzenzipfeln so fest an dich gebunden, daß es ein Wunder ist, daß er atmen kann.

»Es tut mir leid«, sagte Sarah leise.

Überrascht wandte sich Conner um und starrte seine Schwester an.

»Ich sollte dir nicht ständig Dinge sagen, die du bereits weißt«, erklärte sie. »Ich werde mich in Zukunft bemühen, es besser zu machen.«

Er lächelte mit einer Sanftheit, die ihre Augen feucht werden ließ.

»Ist schon in Ordnung«, sagte er. »Manchmal muß man mich an meine Pflichten erinnern, obwohl es eigentlich überflüssig sein sollte.«

Sie lächelte, trat zu ihrem Bruder und drückte ihn flüchtig an sich. Obwohl ihm noch die Muskeln fehlten, die er als Erwachsener haben würde, und sein Körper mager und schlaksig war, paßte ihr Kopf mühelos unter sein Kinn.

»Ich vergesse immer wieder, wie groß du bist«, sagte Sarah.

»Er anscheinend auch«, warf Lola ein. »Stolpert ständig über alle möglichen Dinge mit seinen übergroßen Hufen.«

»Mach nur so weiter, und ich werde nie wieder Garn zum Aufwickeln für dich halten«, drohte Conner scherzhaft.

»Ich werde dich einfach finden, wo du auf die Nase gefallen bist, und deine riesigen Füße benutzen«, gab sie zurück.

Lachend verließ Conner das Haus, um Ute beim Sammeln von Feuerholz zu helfen.

»Was gibt es zum Abendessen?« rief er im Gehen über seine Schulter zurück.

»Bohnen«, riefen Sarah und Lola wie aus einem Munde.

»Gott, was für ein unerwartetes Festmahl!« brüllte er zurück, als er die Tür hinter sich schloß. »Ich hab' keine Bohnen mehr gehabt seit ... ach, seit mindestens zwei, drei Stunden!«

»Es gibt auch noch Huhn, mit Salbei gewürzt«, fügte Sarah hinzu. Die Tür öffnete sich wieder.

»Huhn mit Salbei?« fragte Conner.

»Case hat die Hühner geschossen«, erwiderte sie.

»Na ja, dann werden wir wenigstens nicht nach Blei suchen müssen«, meinte ihr Bruder in resigniertem Tonfall. »Wir werden es uns einfach aus den Zähnen rausstochern.«

»Er hat keine Schrotflinte benutzt.«

Conners Augen weiteten sich. »Wie hat er sie dann zu fassen gekriegt?«

»Mit einem Revolver«, erklärte Sarah.

»Verschwendung von Munition«, murmelte Lola.

»Er hat jedes Tier mit einem Schuß erlegt«, sagte Sarah. »Drei Vögel. Drei Kugeln. Das Schnellste, was ich je gesehen habe.«

Lolas Augenbrauen schossen in die Höhe.

Conner pfiff anerkennend durch die Zähne.

»Ein erstklassiger Schütze, das muß ich schon sagen. Alle Achtung«, meinte Lola. »Kein Wunder, daß er die Machtprobe mit den Culpeppers überlebt hat.«

»Er hätte die Schießerei beinahe nicht überlebt«, sagte Sarah gepreßt.

»Mädchen, ich hab' noch nie zuvor gehört, daß jemand nach einer Schießerei mit den Culpeppers überhaupt in der Lage gewesen wäre, sich wegzubewegen, darauf kann ich dir Brief und Siegel geben.«

»Hmmm«, meinte Conner. »Und ich habe schon geglaubt, daß er nicht sonderlich gut mit einem sechsschüssigen Revolver sein könnte.«

»Warum?« fragte Sarah verdutzt. »Weil er angeschossen wurde?«

»Nein. Weil er bei seiner Waffe weder das Visier abgefeilt hat, noch den Lauf verkürzt, den Schlagbolzen zurechtgefeilt oder den Abzug verändert hat, damit sie schneller schießt.«

»Salontricks«, meinte Lola.

»Vielleicht, aber diese Tricks machen die Culpeppers so schnell wie der Blitz beim Feuern«, gab er zurück.

»Sind das die Dinge, die Ute dir beibringt, wenn du eigentlich deine Arbeit erledigen solltest?« verlangte Sarah zu wissen.

»*Adios*«, sagte ihr Bruder und schloß energisch die Tür hinter sich. »Wir sind vor Einbruch der Dunkelheit wieder zurück.«

»Conner Lawson!« rief sie. »Antworte mir!«

Sie bekam nur Schweigen zur Antwort, was jedoch ebenso aufschlußreich wie Worte war. Sie fuhr zu Lola herum.

»Ich möchte nicht, daß Ute Conner Revolverheldentricks beibringt«, sagte sie ärgerlich.

»Das brauchst du mir nicht zu sagen. Sag es lieber deinem Bruder. Er ist derjenige, der Ute ständig mit Fragen über Revolver und solche Sachen löchert.«

Sarah biß sich auf die Lippen und wandte sich schweigend ab. Mit großer Behutsamkeit stellte sie die winzigen Tonbecher in eine natürliche Nische in der Holzwand.

Ich muß diesen Schatz finden, dachte sie zum wiederholten Male. *Ich muß ihn einfach finden.*

Aber an diesem Tag hatte sie leider keine nennenswerten Fortschritte erzielt.

Case hatte mehrere neue Löcher gegraben, hatte als Lohn für seine Mühe jedoch nur zerbrochenes Tongeschirr und die Überreste alter Lagerfeuer gefunden. Abgesehen von Tonscherben, einem verkohlten Blechtopf, der dazu benutzt worden war, Bohnen über einem Feuer zu erhitzen, und einem eingerissenen, spröde gewordenen Stück Leder von einem Zügel hatte die Fläche rund um die Ruinen keinerlei Spuren von menschlichem Leben erkennen lassen.

»Hörst du mir überhaupt zu?« fragte Lola ungeduldig.

Sarah wandte sich um, abrupt aus ihren unglücklichen Gedanken gerissen.

»Hast du etwas gesagt?« fragte sie erstaunt.

»Und ob ich was gesagt habe.«

»Entschuldige. Ich habe … nachgedacht.«

»Dann denk mal über das hier nach«, erwiderte Lola. »Du solltest besser froh sein, daß dein kleiner Bruder ein scharfes Auge hat, schnelle Hände und auch den Mumm, sie in einem Kampf zu benutzen. Diese Culpeppers sind nicht von der Sorte, die brav zur Kirche geht und fromme Lieder schmettert. Sie sind abscheulich, brutal und bösartig bis ins Mark, und zwar jeder verfluchte einzelne von ihnen.«

Sarah blickte überrascht auf. Die Gewißheit in der Stimme der älteren Frau wurde noch durch die harten Linien ihres Gesichts unterstrichen.

»Du hast die Culpeppers früher einmal gekannt, nicht?« fragte Sarah. »Nicht nur Ab, sondern den ganzen Clan.«

»Ich bin in ihrer Nähe aufgewachsen. Meine Ma hatte mal auf einen von Abs Onkeln aus dem Hinterhalt geschossen, weil er sich mir aufzwingen wollte, als ich zwölf war. Leider muß ich dazu sagen, daß der Schuß den Saukerl nicht umbrachte.«

Sarah sah so schockiert aus, wie ihr zumute war.

»Er war nicht der erste«, fügte Lola hinzu, »und auch nicht der letzte. Ma hat mich ziemlich früh ins Geschäft eingeführt.«

Sie zuckte die Achseln und schenkte Sarah ein zahnlückiges Lächeln.

»Ich erwähne es auch nur deshalb«, fuhr sie fort, »damit du nicht an Conner herumnörgelst, wenn er tut, was getan werden muß, um sich und die Seinen zu schützen.«

»Ich will nicht, daß mein Bruder ein solches Leben führt«, sagte Sarah mit stiller Verzweiflung.

»Ein Mann tut, was er tun will, und die Frauen haben das Nachsehen.«

Sarahs Lippen wurden schmal. Sie wollte widersprechen, wußte jedoch, daß sie im Grunde mit sich selbst stritt, nicht mit Lola.

Zum Teufel mit Feuerholz, dachte sie gereizt. *Ich werde morgen nach dem spanischen Silber suchen und übermorgen und überübermorgen, bis ich es gefunden habe.*

Und ich werde es finden.

Ich muß einfach.

»Wo wir gerade von Männern und Frauen sprechen«, sagte Lola. »Hast du vor, von mehr als nur von dem, was du gegessen hast, einen dicken Bauch zu bekommen?«

»Wie bitte?« fragte Sarah, völlig verwirrt.

»Du weißt doch, wo die Babys herkommen, oder?«

»Natürlich weiß ich das.«

»Also, willst du dann was Kleines, oder benutzt du irgendwas, was verhindert, daß du empfängst?«

»Das ist nicht das Problem. Mir fehlt ganz einfach die Hälfte von dem, was ich brauche, um schwanger zu werden.«

»Dummes Zeug«, gab Lola schroff zurück. »Case hat genau das, was du brauchst, und es ist weiß Gott mit scharfer Munition geladen, jedesmal wenn er dich ansieht!«

Sarah fühlte, wie ihre Wangen zu glühen begannen, als sie sich daran erinnerte, wie sie Case gewaschen hatte, als er schlief.

Es gab wirklich nicht die geringsten Zweifel an seiner Fähigkeit, sie zu schwängern.

»Er würde mich nicht zwingen«, sagte sie gepreßt.

»Das würde er auch gar nicht müssen. Oder hast du das noch nicht gemerkt?«

»Was?«

Die ältere Frau warf frustriert die Hände hoch.

»Du kannst Latein und Griechisch und hast 'ne Menge Bücher gelesen, aber von den Dingen zwischen Mann und Frau hast du offenbar nicht viel Ahnung«, sagte Lola empört.

Sarah sagte gar nichts.

»Du willst Case«, erklärte Lola geradeheraus. »Das ist so klar erkennbar wie die Nase in deinem Gesicht.«

»Ob ich ihn will oder nicht, ist völlig egal«, erwiderte Sarah mit ruhiger Stimme. »Case will mich nicht.«

»Pferdescheiße.«

»Bitte, benutz nicht diese …«

»Du brauchst mir nicht gleich den Kopf abzureißen, weil ich deutlich werde«, unterbrach Lola sie kurzangebunden. »Es ist dringend nötig, offen über diese Dinge zu reden, es sei denn, du willst ein Kind von Case. Willst du das?«

»Es spielt keine Rolle. Er wird mich nicht auf diese Art anrühren.«

»Zum Teufel, Mädchen, das sagen sie alle, während sie ihren Schwanz unter deinen Rock schieben!«

»Case haßt es, mich zu begehren«, sagte Sarah ohne Umschweife. »Er hat es mir gesagt.«

Lola blinzelte verdutzt. »Wieso das?«

»Er weigert sich, irgend etwas zu fühlen.«

»Das einzige Geschöpf, das nichts fühlt, ist ein totes Geschöpf.«

Sarah lächelte müde.

»Es macht Case nichts aus, etwas für das Land zu empfinden«, erklärte sie. »Es sind die Menschen, denen gegenüber er sich verschließt.

»Pah!«

Lola schob verächtlich ihre wettergegerbten, faltigen Lippen vor, suchte in ihrer Tasche nach einem Priem Kautabak und erinnerte sich wieder daran, wo sie war. Sie seufzte.

»Tja, im Grunde ist es ziemlich egal, was der zweiäugige Kopf eines Mannes will«, sagte die alte Frau. »Sein einäugiger Kopf behält am Ende doch das letzte Wort.«

Als Sarah dahintergekommen war, was Lola meinte, mußte sie lachen.

»Hast du diesen Ausdruck noch nie gehört?« fragte Lola grinsend.

Sarah schüttelte nur den Kopf.

»Für eine Witwe bist du erstaunlich unerfahren«, meinte die ältere Frau. »Wie hast du es angestellt, keinen dicken Bauch zu kriegen, als dein Ehemann noch gelebt hat? Oder war er einfach zu alt?«

»Teils. Gewöhnlich war er viel zu betrunken, um mich ausfindig zu machen.«

Lolas breite Schultern bebten vor stummem Lachen. Dann griff sie in ihre Hosentasche, zog einen kleinen Lederbeutel heraus und warf ihn Sarah zu.

Mechanisch fing Sarah ihn auf. Er wog so gut wie gar nichts.

»Was ist das?« fragte sie.

»Stücke von Schwamm. Case ist kein Trinker, und er ist auch nicht zu alt, um Kinder in deinen Bauch zu pflanzen.«

Sarah betrachtete den Beutel skeptisch. »Und was soll ich damit?«

»Ganz einfach. Wenn du Appetit auf Case bekommst, weich eines von den Schwammstücken in Essig ein und schieb es dort hinein, wo deine Monatsblutung herkommt. Schieb es so weit hinauf, wie du kannst. Und dann kannst du tun, worauf du Lust hast.«

»Es wird verhindern, daß ich schwanger werde, willst du das damit sagen?«

»Oh, es kann schon passieren, daß du dir hin und wieder was einfängst. Kommt ganz darauf an, wie oft du die Beine spreizt.«

Sarah betrachtete den kleinen Beutel und hoffte inständig, daß ihre Wangen nicht so glühendrot waren, wie sie sich anfühlten.

»Es ist nichts, weswegen man sich schämen müßte«, meinte Lola. »Ich hab' gehört, manche Frauen mögen es, für einen Mann die Beine zu spreizen.«

Ein Schauder des Abscheus überlief Sarah.

»Ich habe es nicht gemocht«, sagte sie gepreßt.

»Ich selbst hab' mir auch nie sonderlich viel daraus gemacht, bis ich Ute begegnet bin. Es macht die Sache erträglicher, wenn man einen Mann mag. Je mehr man ihn mag, desto erträglicher wird es.«

Blindlings streckte Sarah der anderen Frau den Beutel hin.

»Hier, nimm ihn zurück«, sagte sie. »Ich werde ihn nicht brauchen.«

»Das hat Conner auch gesagt, als du ihm neulich geraten hast, eine Jacke überzuziehen. Und was passierte?«

»Er hat sie nicht angezogen«, gab Sarah zurück.

»Und dann kam er mit eingekniffenem Schwanz und halb erfroren nach Hause zurückgeschlichen.«

»Ich bin nicht Conner.«

»Zum Teufel, Mädchen, natürlich bist du das nicht. Conner kann kein Kind in seinem Bauch tragen.«

Sarah griff nach Lolas Hand, drückte energisch den kleinen Lederbeutel hinein und ließ ihn los.

Die ältere Frau zuckte nur die Achseln und schob den Beutel wieder in ihre Hosentasche.

»Wenn du es dir anders überlegst, brauchst du nur zu rufen«, sagte sie.

Sarah nickte, doch als sie es tat, schoß ihr unwillkürlich der Gedanke durch den Kopf, daß es schlimmere Dinge gab, als Cases Baby zu bekommen.

Weitaus schlimmere.

»Sarah, bist du wach?«

Utes leiser Ruf ließ sie mit einem Ruck aus dem Schlaf hochfahren, während ihr Herz wie verrückt hämmerte.

»Was ist los?« flüsterte sie. »Banditen?«

»Nein. Es geht um Case.«

»Was ist denn mit ihm?«

»Er wirft sich auf seinem Lager hin und her und stöhnt so laut im Schlaf, daß es Tote aufwecken könnte.«

Sie überlegte hastig. Sie hatte Case seit dem Nachmittag des vergangenen Tages nicht mehr zu Gesicht bekommen, als er das Haus verlassen hatte, während sie und die anderen das uralte Miniaturtongeschirr bewunderten.

»Ist er krank?« fragte sie besorgt.

»Nein, Ma'am. Nur schrecklich unruhig. Ruft ständig irgendwelche Namen und stöhnt und wälzt sich herum.«

Genau wie in seinen Fieberträumen, dachte sie. *Ob er wieder nach seiner kostbaren Emily ruft?*

»Dann weck ihn auf«, sagte sie.

»Ich werde mich hüten«, erwiderte Ute nachdrücklich.

»Warum?«

»Das letzte Mal, als ich einen Mann aufgeweckt habe, der sich wild im Schlaf herumwarf und stöhnte, hätte er mich beinahe umgebracht, bevor er wieder zu sich kam. Aber dir würde Case kein Haar auf dem Kopf krümmen, ganz gleich, was geschieht.«

»Na schön«, sagte sie und schlug die Bettdecke zurück. »Ist Conner oben auf dem Felsrand?«

»Ja, er hat mich gerade abgelöst. Daher habe ich auch Case im Schlaf rufen hören. Ich bin auf dem Rückweg zum Haus an seinem Lager vorbeigekommen.«

»Leg dich hin und sieh zu, daß du etwas Schlaf bekommst. Ich werde nach Case sehen.«

»Äh, Sarah?«

»Was?«

»Es wäre sicher ratsam, wenn du zuerst auf ihn einsprichst, ganz ruhig und vorsichtig, bevor du ihn an der Schulter rüttelst, verstehst du?«

»Ich habe schon öfter mit wilden Tieren gearbeitet«, erwiderte sie trocken.

Utes Lachen klang, als riebe man zwei Hände voll Geröll aneinander.

Sarah zog sich rasch an, griff nach einer Jacke und eilte in die Nacht hinaus.

Der Nachthimmel über ihr glich einer Explosion von Silber und Schwarz. Die atemberaubende Schönheit des Anblicks ließ Sarah mehrere Herzschläge lang wie verzaubert innehalten. Ihr Atem kam in einem staunenden Seufzer über ihre Lippen, der sich in kleine silberne Wölkchen verwandelte, als er zu dem glitzernden Gewölbe der Nacht aufstieg.

Dann biß die Kälte durch ihre Jacke und das Hemd und die Hosen aus Rehleder, und der Bann war gebrochen. Fröstelnd setzte sie sich in Bewegung und strebte zu dem hohen Salbeigebüsch, wo Case sein »Lager« aufgeschlagen hatte.

Ute hatte recht.

Case schlug im Schlaf um sich und wälzte sich ruhelos hin und her, während er ununterbrochen Wortfetzen und Namen vor sich hinmurmelte. Die unzusammenhängenden Laute übertönten nur knapp das Knirschen und Quietschen der Ölhaut, auf der er schlief.

Dennoch war sich Sarah sicher, daß sie Emilys Namen am häufigsten aus dem Gemurmel heraushörte.

Vorsichtig näherte sie sich dem Lager. Sie sehnte sich danach, Case in die Arme zu nehmen und beruhigend zu streicheln, bis sie verjagt hatte, was immer es sein mochte, was seine Alpträume verursachte. Sie hatte das gleiche viele Male für Conner getan in den Jahren, nachdem die Flutkatastrophe ihre Familie getötet hatte.

Doch statt Case zu berühren, hockte sie sich ein paar Schritte von ihm entfernt auf den Boden. Er war ein Kämpfer, der sich allein schlafen gelegt hatte, im Freien außerhalb des Blockhauses. Wenn er plötzlich fühlte, wie jemand nach ihm griff, würde er automatisch davon ausgehen, daß es ein Feind war, und entsprechend reagieren.

»Case«, sagte sie beschwichtigend. »Ich bin's, Sarah. Beruhige dich. Ich bin ja bei dir. Du bist in Sicherheit, Case. Alles ist gut.«

Sie wiederholte die Worte viele Male, wobei sie ihre sanfteste Stimme benutzte, den Tonfall, den Case als Sonnenschein und Honig bezeichnet hatte.

Nach einer Weile hörte er auf, sich in seinem Schlafsack von einer Seite auf die andere zu werfen und qualvoll zu stöhnen. Er war noch immer unruhig, aber er schlug nicht länger wild um sich wie ein Tier, das in der Falle gefangen ist.

»So ist es gut«, murmelte sie beruhigend. »Hab keine Angst. Niemand wird dir etwas tun. Ich sorge dafür, daß dir nichts passiert.«

Sie rutschte vorsichtig ein Stück näher an ihn heran, während sie die ganze Zeit leise auf ihn einsprach. Was sie sagte, war eine Mischung aus Sinn und Unsinn, ein sanft dahinplätschernder Fluß von Lauten, der ihn auf einer tieferen Bewußtseinsebene beruhigte, als es bloße Worte vermocht hätten.

Als sie seine Hand streichelte, stieß er einen zittrigen Seufzer aus. Sein Arm schloß sich um sie und zog sie zu sich herab.

»Emily«, murmelte er mit undeutlicher Stimme. »Ich dachte schon, du wärst für immer fort. Komm, kriech unter die Decke und schlaf. Onkel Case wird die bösen Geister wegjagen.«

Sarah war zu überrascht, um zurückzuweichen, als er zärtlich mit der Hand über ihr Haar strich, ihren Kopf an seine Brust schmiegte und die Schlafsackdecke über ihrer beider Schultern heraufzog.

Sein Verhalten hatte überhaupt nichts Sexuelles an sich. Er hielt sie im Arm, als ob sie ein Kind wäre statt einer Frau.

Onkel? dachte sie verblüfft. *Ist seine geliebte, schmerzlich vermißte Emily etwa seine Nichte?*

Sarah war schon drauf und dran, Case zu wecken und ihm zu sagen, daß sie nicht Emily war. Doch als sie spürte, wie er sich neben ihr entspannte, gab sie den Gedanken wieder auf. Er war nicht länger unruhig und murmelte unzusammenhängende Worte vor sich hin, während er gegen etwas kämpfte, was nur er sehen konnte. Sein Körper war jetzt vollkommen entspannt, geschmeidig.

Ein langer, tiefer Seufzer kam über seine Lippen, als er sie an seine Seite schmiegte. Dann verlangsamte sich der Rhythmus seines Atems und sagte ihr, daß er fest eingeschlafen war.

Eine Zeitlang horchte Sarah auf das gleichmäßige Pochen seines Herzens unter ihrer Wange und beobachtete die Pracht der Sterne am nächtlichen Himmel. Die beißende Kälte der Nacht wurde durch Cases pure Körperwärme in Schach gehalten. Es war, als ob man sich neben einem Feuer zusammenrollte, das niemals geschürt werden mußte.

Ein tiefer Atemzug ließ den Duft nach Salbei und Wolle und Mann in ihre Nase steigen. Seufzend kuschelte sie sich noch fester an Case, schwelgte in dem Gefühl seines Armes um sie, während seine Hand ihren Nacken umschlungen hielt und sein Atem als ein warmer Hauch über ihr Haar streifte.

Seine Hitze drang durch ihre Haut, wärmte sie bis ins Innerste und entspannte sie so vollkommen, daß ihr fast schwindelig vor Wohlbehagen war. Nicht einmal, seit der Hurrikan ihre Familie ausgelöscht hatte, hatte sie sich derart mit sich und der Welt in Frieden gefühlt.

Ich sollte ins Haus zurückgehen, dachte sie schläfrig. *Case schläft jetzt ruhig und tief.*

Widerstrebend begann sie, sich aus der Friedlichkeit und Wärme ihres gemeinsamen Nests zurückzuziehen. Sofort schloß sich sein Arm um sie und hielt sie fest.

»Case?« flüsterte sie. »Bist du wach?«

Er gab keine Antwort. Auch der Rhythmus seines Herzschlags oder seines Atems veränderte sich nicht.

Sie wartete, bis sich der Griff seines Armes lockerte. Dann versuchte sie erneut, sich von ihm zu lösen.

Wieder spannte sich sein Arm an. Er murmelte etwas und bewegte sich unruhig im Schlaf.

»Ruhig, ganz ruhig«, sagte sie beschwichtigend. »Ist ja gut. Ich werde bei dir bleiben.«

Für eine Weile, fügte sie schweigend hinzu.

Seufzend richtete Sarah sich darauf ein, weiter die atemberaubende Schönheit des Sternenhimmels zu beobachten.

Sie unternahm keinen dritten Versuch, sich aus Cases Arm zu lösen und sich davonzustehlen. Es dauerte nicht lange, bis sie ebenso tief und fest schlief wie Case.

13. Kapitel

Case erwachte noch vor Einbruch der Morgendämmerung. Es war eine ungewohnte Art des Erwachens für ihn, langsam und träge statt abrupt und augenblicklich auf der Hut. Eine innere Ruhe erfüllte ihn, ein Gefühl der Richtigkeit, so tief wie sein Herzschlag.

Gott, dachte er schläfrig. *Es ist schon lange her, seit ich das letzte Mal aufgewacht bin und mein Arm ganz taub von Emilys kleinem Körper war.*

Ich frage mich nur, was sie gegen ihre Alpträume tut, wenn Onkel Case nicht in der Nähe ist.

Plötzlich erkannte er, daß die Taubheit in seinem Arm nicht vom Gewicht eines Kindes herrührte.

Es war der weiche, schmiegsame Körper einer Frau, der sich an seine Seite preßte. Das lange, dichte Haar einer Frau, das wie ein seidiger Schal an seinem Hals ruhte. Jeder Atemzug, den er tat, war von der Wärme einer Frau erfüllt.

Und dem zarten Duft von Rosen.

Sarah.

Er riß mit einem Ruck die Augen auf. Die Äste eines Salbeibusches, nur als tintenblaue Silhouette zu erkennen, wiegten sich in der sanften Morgenbrise über seinem Kopf. In den Löchern zwischen den Zweigen glitzerten Sterne am Himmel. Der Mond war untergegangen, die Morgenröte ein schwaches Flüstern von Rosa am östlichen Horizont.

Was zum Teufel tut sie hier draußen bei mir im Gebüsch? dachte er verwirrt.

Der schnellste Weg, um das herauszufinden, war, Sarah zu wecken und sie danach zu fragen. Case machte Anstalten, genau das zu tun. Er kam jedoch nur so weit, ihr die Decke bis zu den Schultern herunterzuziehen, dann vergaß er prompt, warum er es so verdammt eilig hatte, sie zu stören.

Sternenlicht ergoß sich wie flüssiges Silber über Sarahs Gesicht. Die Dunkelheit erstickte die Gold- und Rottöne in ihrem Haar, aber die seidige Haarflut glänzte wie schwarzes Wasser. Ihre Augenwimpern waren so lang, daß sie wie ausgefranste Halbmonde auf ihren Wangen ruhten. Ihr Mund war voll, entspannt, leicht geöffnet, fast zu einem Lächeln verzogen.

Und höllisch verführerisch.

Ich sollte das nicht tun, dachte Case, als er den Kopf beugte.

Er hielt inne.

Oder zumindest glaubte er, er hätte innegehalten. Dann stellte er fest, daß er Sarahs üppigen, rosigen Lippen ebensowenig widerstehen konnte, wie sich eine Motte von der strahlenden Verlockung von Flammen abwenden kann.

Sie ist heißes Feuer mitten im eisigen Winter, dachte er voller Sehnsucht. *Gott, mir ist schon so lange so kalt, so furchtbar kalt …*

Seine Lippen streiften behutsam über ihre, knabberten zart an der sanften Kurve ihres Lächelns. Seine Finger vergruben sich in ihrem Haar, suchten die Körperwärme unter den kalten Strähnen. Als er ihrer tröstlichen Hitze nicht noch näher kommen konnte, hielt er ihren Kopf mit beiden Händen umfangen, um sich zu wärmen.

Sarah seufzte im Schlaf und bewegte sich leicht, als genösse sie das Gefühl seiner liebkosenden Hände.

Ein Schauer, der nichts mit der Kälte zu tun hatte, ging durch seinen Körper. Es war sinnliches Verlangen und noch etwas anderes, etwas Furchteinflößendes, das sich plötzlich nach all den Jahren trostlosen Entsagens in seinem Inneren regte.

Aber Verlangen war das einzige, was Case sich zu fühlen gestattete.

Denn Verlangen war etwas, was er nur zu gut verstand, seit er auf die Lost River Ranch gekommen war.

Langsam und vorsichtig verlagerte er sein Gewicht, bis Sarah halb unter ihm lag. Als die Decke wegzurutschen drohte, nahm er einen Zipfel zwischen die Zähne und zog sie wieder über sie beide, um zu verhindern, daß Sarah zu frieren begann und aufwachte.

Es bestand keine Gefahr, daß er selbst die beißende Kälte der Wintermorgendämmerung spüren würde. Denn Sarahs Duft und das Gefühl ihres weichen Körpers und ihr köstlicher Geschmack verbrannten ihn förmlich bei lebendigem Leib.

Seine Finger wanderten zu dem Schnürverschluß ihres Rehlederhemds. Langsam und verstohlen zog er erst ein Lederband aus seiner Öse heraus, dann das nächste.

Ich sollte das hier wirklich nicht tun, dachte er, obwohl sein Blut heiß und wild durch seine Adern pulsierte.

Doch noch während er sich ermahnte, sich zu beherrschen und die Finger von Sarah zu lassen, löste er bereits das nächste Lederband an ihrem Halsausschnitt.

Ihre Haut schimmerte wie eine Perle in der Mischung aus verblassendem Sternenschein und dem weichen Licht der herannahenden Morgenröte.

Zur Hölle mit dem, was ich tun oder lassen sollte, dachte er. *Wenn sie das hier nicht genauso wollte wie ich, wäre sie gar nicht erst zu mir gekommen.*

Eine Witwe weiß doch sicherlich, wie ein Mann am Morgen aufwacht.

Deshalb ist sie unter meine Decke gekrochen, während ich schlief. Sie wußte, daß ich nicht den ersten Schritt tun würde, also hat sie sich heimlich zu mir geschlichen und meine Schwäche ausgenutzt.

Alles, was ich tue, ist, den Gefallen zu erwidern.

Case stellte zu seiner Überraschung fest, daß der Schnürverschluß des Lederhemds bis zu ihrem Bauchnabel hinunterreichte, aber er beklagte sich nicht darüber. Vorsichtig klappte er die Seiten des Ausschnitts auseinander und wich dann ein Stück zurück, um Sarah besser betrachten zu können.

Ich werde sie nur ansehen. Mehr nicht. Sie anzusehen kann nun wirklich nicht schaden.

Sie war Silber und Morgengrauen und perlmuttglänzende, verführerische Kurven. Ein seidiger Schatten lag zwischen ihren vollen Brüsten. Samtige Dunkelheit schimmerte auf ihren Knospen, die sofort auf die kalte Luft reagierten und sich zu festen Spitzen aufrichteten.

Case unterdrückte ein Aufstöhnen wilder Begierde.

Mein Gott. Ihr bloßer Anblick ist schon derart erregend, daß ich zum Erguß kommen könnte.

Aber er konnte nicht aufhören, sie anzusehen, genausowenig wie er sich davon abhalten konnte, die weichen weiblichen Formen, die er gerade enthüllt hatte, zu berühren und zu kosten und fiebernd vor Verlangen zu erforschen.

Er beugte sein Gesicht zu ihren nackten Brüsten hinunter und holte tief, tief Luft.

Es war, als atmete er eine seidige Art von Feuer ein.

Zärtlich rieb er seine Stirn erst über die eine feste Kuppel einer Brust, dann über die andere. Als er eine samtige Knospe entdeckte, hob er den Kopf. Seine Lippen öffneten sich, und sein Atem strich in einem sehnsüchtigen Seufzer über ihre Haut.

Mit einem Hunger, der um so unerbittlicher war, als er sich Beherrschung auferlegen mußte, zog er ihre Brustspitze in seinen Mund. Leckend und saugend und in ihrem Geschmack schwelgend, formte er sie zu einer samtigen Härte, die über seine Zunge rieb und förmlich um mehr zu betteln schien.

Ich muß damit aufhören, sagte er sich. *Ich kann ihr nicht das geben, was sie sich zusammen mit dem Sex erhofft.*

Heim und Herd und Kinder.

Case hob den Kopf und sah ihre Brüste, voll und straff und pulsierend im Sternenlicht.

Aber Gott weiß, daß ich wenigstens ihrem Körper geben kann, wonach er hungert.

Und Gott weiß, daß ich ein Narr bin, auch nur daran zu denken.

Er war sich nicht bewußt, wie unglaublich töricht er war, bis er erneut die samtige Beschaffenheit ihrer Brustspitze kostete, das warme weibliche Fleisch mit seiner Zunge streichelte, bis es sich noch härter unter seinen Lippen aufrichtete.

Unbezähmbarer Hunger durchzuckte ihn wie ein Blitzschlag und erschütterte ihn bis ins Innerste. Noch während er den Kopf zu ihrer anderen Brust hinunterbeugte, fragte er sich, ob er überhaupt noch aufhören konnte. Denn zwischen ihren Schenkeln gab es noch süßeres, heißeres Fleisch, das nur darauf wartete, von ihm berührt und gestreichelt und erforscht zu werden.

Er brauchte es. Er brauchte es dringender als Luft zum Atmen.

Sarahs Kehle entrang sich ein schläfriger, wollüstiger Laut. Sie bäumte sich Case leicht entgegen, während sie sich ihm hingab und zugleich mehr von seinen erregenden Liebkosungen forderte.

Die Bewegung war elementar, betörend sinnlich, provozierend, aber sie wußte nichts von alledem. Sie wußte nur, daß sie nackt unter einer wohltuend heißen Sonne lag, während flüssige Strahlen von Wärme sie auf eine köstlich träge, verführerische Weise liebkosten.

Es ergab keinen Sinn, aber andererseits hatten Träume ja auch nicht logisch zu sein.

Das einzige, was für sie zählte, war, daß sie sicher in der sinnlichen Umarmung des Traums war. Sie wußte es mit einer Gewißheit, die größer war als alles andere, größer noch als die Lust, die sich in einer langsamen, glühenden Spirale durch ihren Körper wand.

Ohne Vorwarnung breitete sich ein heißes, atemberaubendes Gefühl der Verzückung zwischen ihren Schenkeln aus. Sie bäumte sich leicht auf in einem primitiven Reflex, um sich vollkommen der liebkosenden Hitze der Sonnenstrahlen hinzugeben, jener sinnlichen Wärme, die tief in ihren Schoß einzudringen schien.

Vage wurde ihr bewußt, daß ihre Schultern kalt waren und ihre Brüste nackt und feucht und daß jemand leise, zittrige Wimmerlaute ausstieß. Sie versuchte, wieder in dem Traum zu versinken …

Und dann fuhr sie mit einem Ruck hoch.

Sie hatte gerade begriffen, daß es nicht die Sonne war, die sie zwischen den Schenkeln streichelte. Sondern eine Hand.

Eine Männerhand.

Case erstickte Sarahs Versuch zu schreien auf die schnellste Art, wie er konnte. Sein Mund bedeckte ihren so vollständig, daß nur ein leises Stöhnen entwich.

Er nahm an, daß sie aufhören würde, sich gegen ihn zu wehren, wenn sie erkannte, wo sie war und wer sie küßte und warum. Schließlich war sie diejenige gewesen, die zu ihm gekommen war.

Aber sie ging wie eine wutentbrannte Wildkatze mit Zähnen und Klauen auf ihn los, während sie heftig um sich trat und ihn mit aller Kraft abzuschütteln versuchte.

Er drehte sich geschickt, bis er schwer auf ihr lag und ihre Beine auf den Boden preßte. Dann packte er ihre Hände und zog sie zusammen, um ihre beiden Handgelenke mit einer Hand festzuhalten, während er gerade lange genug den Kopf hob, um seine andere Hand auf ihren Mund zu legen.

»Sarah, ich bin es, Case«, murmelte er beruhigend.

Ihre zu Schlitzen verengten, zornsprühenden Augen sagten ihm, daß es sie nicht kümmerte, wer zum Teufel er war.

»Sarah?« rief Conner plötzlich von einer Stelle hinter den Büschen, kaum zehn Meter entfernt. »Was geht da vor?«

Sie zuckte zusammen und versuchte, sich unter Case hervorzuwinden, aber er gab keinen Zentimeter nach. Er bedeckte sie vom Kopf bis zu den Zehenspitzen, so wie er es bei ihrer ersten Begegnung getan hatte, als sie auf dem Felsvorsprung gelegen hatten, die Culpepper-Bande nur wenige Meter unter ihnen.

»Ist alles mit dir in Ordnung?« rief ihr Bruder wieder.

»Sarah!«

»Nur ein schlimmer Traum«, rief Case leise. »Alles in Ordnung. Es geht ihr gut. Kein Grund, gleich die Toten mit deinem Gebrüll aufzuwecken.«

»Was tut sie denn da draußen?« fragte Conner in etwas gedämpfterem Ton.

Sarah und Case sahen einander an.

»Wenn du zu schreien anfängst«, sagte er leise, »dann solltest du besser ein paar gute Erklärungen parat haben – angefangen damit, warum du überhaupt in mein Bett gekrochen bist, wenn du nicht gewollt hast, was ich dir gerade gegeben habe!«

Sarah wurde ganz still. Zu spät erinnerte sie sich, wo sie war und warum.

»Schwester?« rief Conner besorgt. »Bist du sicher, daß dir nichts passiert ist?«

Case zog seine Hand von ihrem Mund.

»Alles in Ordnung«, flüsterte sie.

»Was?« fragte ihr Bruder.

»Mir geht's gut«, erklärte Sarah etwas lauter.

»Was tust du denn dort? Ist Case krank?«

Cases schwarze Augenbrauen hoben sich zu einem sardonischen Fragezeichen.

»Bin ich krank?« flüsterte er.

»Als Ute von seiner Wache auf dem Felsrand ins Haus zurückgekehrt ist, hat er berichtet, daß Case im Schlaf um sich schlüge und stöhnte«, erklärte sie. »Und da bin ich hinausgegangen, um nach ihm zu sehen.«

Überraschung zeigte sich für einen flüchtigen Augenblick auf Cases Gesicht. Dann wurde sein Ausdruck so hart wie die Felsen, die aus dem Morgennebel aufragten.

»Das ist doch schon Stunden her«, sagte Conner.« Ich komme selbst gerade von meiner Wache zurück.«

»Ich bin eingeschlafen«, sagte sie.

»Oh.« Conner zögerte. »Kommst du jetzt wieder mit ins Haus?«

Sie hatte eine höchst beunruhigende Vision von dem Anblick, den sie im Moment bieten mußte, mit ihrem Hemd, das bis zur Taille aufklaffte, und ihren um die Knie schlotternden Hosen.

»Geh du ruhig schon vor«, sagte sie gepreßt.

»Bist du sicher?«

»Conner, Herrgott noch mal! Willst du mich persönlich zum Abort begleiten, oder gestattest du mir vielleicht ein winziges bißchen Privatsphäre?«

»Ach so … ja, sicher. Entschuldige. Ich dachte nur …«

»Ich weiß«, erwiderte Sarah sanft. »Ich hätte dich nicht anfauchen dürfen. Aber du weißt ja, wie unwirsch ich reagiere, wenn ich gerade erst aufgewacht bin.«

»Besonders nach einem Alptraum«, sagte Conner.

Sie machte sich nicht die Mühe, den Irrtum ihres Bruders zu korrigieren und ihn darüber aufzuklären, wer derjenige mit den Alpträumen gewesen war.

»Geh ins Haus«, sagte sie. »Ich komme in einer Minute nach.«

»Soll ich das Feuer anzünden?«

»Nein, das brauchst du nicht. Leg dich einfach schlafen. Ich werde mich um die Morgenarbeit kümmern.«

Einen Moment lang herrschte Schweigen. Dann zog sich Conner in Richtung Haus zurück.

Als sie sicher sein konnte, daß ihr jüngerer Bruder außer Hörweite war, starrte sie grimmig in Cases Augen.

»Geh runter von mir«, stieß sie zwischen zusammengebissenen Zähnen hervor.

Schweigend rollte er sich zur Seite. Er beobachtete sie mißtrauisch, als könnte er nicht so recht abschätzen, was sie als nächstes tun würde.

Blut quoll aus einer Kratzwunde direkt unter seinem rechten Auge.

»Hab wenigstens den Anstand, mir den Rücken zuzukehren, während ich mich anziehe«, sagte sie bitter.

»Komm von deinem hohen Roß herunter«, erwiderte Case mit sorgfältig beherrschter Stimme. »Ich bin nicht derjenige, der in dein Bett gekrochen ist.«

Aber noch während er sprach, drehte er sich herum und wandte ihr den Rücken zu.

»Ich bin nicht ›in dein Bett gekrochen‹«, gab sie wütend zurück. »Du hattest einen Alptraum.«

»Ich erinnere mich an keinen Traum.«

»Du hast dich von einer Seite auf die andere geworfen und wild um dich geschlagen wie ein Wolf in einer Falle.«

»Hört sich für mich nicht sonderlich einladend an«, erwiderte er gedehnt.

»Der Meinung war Ute auch.«

»Aber du bist trotzdem geradewegs in mein Bett gekrochen.«

»Irrtum«, sagte Sarah grimmig, während sie die letzte Lederschnur durch ihre Öse zog. »Du hast mich hineingezerrt.«

»Und ich nehme an, das hat Ute ebenfalls gesehen.«

Sie begann, ihre Unterwäsche und die Lederhosen hochzuziehen. Zuerst glaubte sie, die feuchte Hitze zwischen ihren Beinen bedeutete, daß ihre Regel frühzeitig eingesetzt hätte. Aber es waren keine dunklen Flecken von Blut zu sehen. Sie fühlte nur eine warme, duftende Feuchtigkeit.

»Was hast du mit mir gemacht?« fragte sie erschrocken.

Case warf einen Blick über seine Schulter und erhaschte einen flüchtigen Eindruck von dichten, rostroten Locken und perlmutterschimmernder Haut, die rasch unter abgetragenen Rehlederhosen verschwanden.

Hunger überwältigte ihn erneut, traf ihn wie ein Fausthieb in den Magen und raubte ihm sekundenlang den Atem.

»Du bist verheiratet gewesen«, erwiderte er barsch. »Was glaubst du wohl, was ich mit dir gemacht habe?«

»Wenn ich das wüßte, würde ich wohl kaum danach fragen, nicht?« fauchte sie.

Einen Moment lang glaubte er, sie wollte ihn verspotten.

Dann sah er den Argwohn in ihren Augen. Sie knöpfte ihre Hosen mit steifen, seltsam linkischen Bewegungen zu, als gehörte ihr Körper einer Fremden.

Case wußte beim besten Willen nicht, was er sagen sollte.

»Ach, vergiß es«, murmelte sie. »Ich hätte mich nicht wie ein Kind von dir in den Arm nehmen und zudecken lassen dürfen. Aber ich habe es nun einmal zugelassen, und dann bin ich prompt eingeschlafen. Ich nehme an, ich hätte damit rechnen müssen, was immer es war, was du mit mir getan hast.«

Er öffnete den Mund. Aber es kam kein Ton heraus.

Verärgert sprang sie auf die Füße, griff nach ihrer Jacke und zog sie an. Als der Stoff über ihre Brust streifte, zuckte sie kaum merklich zusammen. Ihre Knospen waren noch immer hart, noch immer sehr empfindlich.

Sie schien auch darüber verwirrt.

Case desgleichen.

Nachdenklich strich er über die brennende Kratzwunde unter seinem Auge. Die Blutstropfen, die an seinen Fingerspitzen haftenblieben, zeugten von Sarahs Schnelligkeit und Zielsicherheit mit ihren Fingernägeln.

In seinen Augenwinkeln erschienen winzige Fältchen.

»Du bist höllisch schnell mit deinen Fingernägeln«, bemerkte er.

»Übung macht den Meister«, erwiderte sie mit eisiger Stimme.

Seine Augen verengten sich zu Schlitzen.

»Wenn du das nächste Mal Alpträume wegen deiner Nichte hast«, sagte sie in barschem Ton, »dann kannst du verdammt noch mal zusehen, wie du allein damit fertig wirst.«

»Meine Nichte?« fragte Case erschrocken. »Wovon redest du eigentlich?«

»Es dürfte etwas schwierig sein, dir das zu erklären«, gab sie sarkastisch zurück, »da du mir ja verboten hast, jemals wieder ihren Namen auszusprechen.«

»Emily?«

»Genau die meine ich.«

Sie wandte sich ab und strebte in Richtung Abort.

»Woher weißt du, daß ich von ihr geträumt habe?« fragte er.

Sarah blieb stehen und warf ihm einen Blick über die Schulter zu.

»Darf ich das als Erlaubnis auffassen, den geheiligten Namen auszusprechen?« fragte sie betont liebenswürdig.

»Zum Teufel, sag, was immer du willst.«

»Junge, Junge, ich muß schon sagen, du verstehst dich wirklich darauf, eine Frau in Versuchung zu führen!« gab sie bissig zurück.

»Spuck's einfach aus.«

Fast hätte sie der Versuchung nachgegeben. Aber der eisige Ausdruck seiner Augen ließ sie innehalten.

»Du hast im Schlaf um dich ...«, begann sie.

»... geschlagen und Worte vor mich hin gemurmelt«, unterbrach er sie. »Den Teil kenne ich schon.«

»Wer erzählt nun die Geschichte, du oder ich?«

»Keiner von uns, soweit ich das erkennen kann.«

Sie verkniff sich eine bissige Erwiderung.

Normalerweise fiel es ihr nicht schwer, ihre Wut zu beherrschen. Doch dieser spezielle Mann ging ihr unsäglich auf die Nerven.

»Ich habe eine Zeitlang auf dich eingeredet«, sagte sie gepreßt. »Um dich zu beruhigen.«

»Mit jener Stimme wie Honig und Sonnenschein«, schlug er mit ausdrucksloser Miene vor.

Sie zuckte nur die Achseln.

»Als du dich etwas beruhigt hattest«, fuhr sie fort, »bin ich nahe genug an dich herangerückt, um dich zu berühren. Ich wollte dich sanft aufwecken.«

»Bist du sicher, daß du das nicht nur geträumt hast? Ich erinnere mich an nichts von alledem.«

»Du hast ja auch geschlafen«, gab Sarah zurück.

»Jaja.«

»Als ich dich berührt habe, bist du nicht wach geworden, jedenfalls nicht richtig«, sagte sie, wobei sie jedes Wort überdeutlich aussprach. »Du hast nur Emilys Namen gemurmelt und dann etwas in der Art, daß du geglaubt hättest, sie wäre für immer fort.«

Case rührte sich nicht, dennoch verschloß er sich innerlich vollkommen.

»Sprich weiter«, sagte er tonlos.

»Du hast einen Arm um mich gelegt, mich unter die Decke gezogen und mir gesagt, ich brauchte keine Angst zu haben, Onkel Case würde die bösen Geister schon verjagen.«

Seine Augenlider zuckten. Es war die einzige Regung, mit der er erkennen ließ, daß er Sarahs Worte gehört hatte.

»Dann hast du die Decke über mich gebreitet und mein Gesicht an deine Brust geschmiegt und bist wieder eingeschlafen. Es war ein guter Schlaf, friedlich und ungestört.«

Sie wartete, doch er sagte nichts weiter als: »Sonst noch irgendwas?«

»Als ich versuchte, mich aus deinem Bett zu stehlen, hast du mich festgehalten und bist halb aufgewacht. Ich habe eine Zeitlang gewartet und es dann noch einmal versucht. Mit dem gleichen Ergebnis.«

Case wandte den Blick von ihr ab, aber sie spürte, daß sie noch immer seine volle Aufmerksamkeit hatte.

»Schließlich bin ich eingeschlafen«, sagte sie schlicht. »Es war so herrlich warm und friedlich, so von dir im Arm gehalten zu werden. Kein Wunder, daß Emily nachts zu dir ins Bett gekommen ist, wenn sie Alpträume hatte.«

Heftiger, unverhüllter Schmerz flackerte sekundenlang in seiner Miene auf.

Sarah stockte der Atem in der Kehle. Trotz allem, was geschehen war, sehnte sie sich danach, zu ihm zu gehen, ihn tröstend in den Armen zu halten und von ihm gehalten zu werden.

Es gab Zeiten, wenn das Leben einfach zu qualvoll war, um es allein zu ertragen.

»Emily ist tot, nicht?« flüsterte Sarah erschüttert.

Nur Schweigen beantwortete ihre Frage.

»Ist das der Grund, weshalb du die Culpeppers jagst?« fragte sie.

»Ich werde nicht eher ruhen, bis jeder einzelne von ihnen in der Hölle schmort.«

Seine Stimme war kälter als der Winter – und genauso hart und unerbittlich.

Sarah überlief ein Frösteln, und sie rieb sich frierend über die Arme.

»Ich zweifle nicht daran«, erwiderte sie. »Es sei denn, du wirst als erster getötet.«

»Niemand wird Trauer tragen, wenn ich sterbe«, gab Case schroff zurück.

»Doch. Ich würde es tun.«

Langsam drehte er den Kopf und sah sie an.

»Tu es nicht«, sagte er brüsk.

»Was soll ich nicht tun?«

»Dich um mich sorgen. Es wird dir nur Schmerz einbringen.«

Sarahs Lächeln war bittersüß.

»Daran erkennt man, daß man lebt, Case. Wenn man Schmerz fühlt.«

Danach störte nichts mehr die morgendliche Stille bis auf das Geräusch ihrer sich entfernenden Schritte.

Case ließ einen Armvoll Feuerholz auf den Boden fallen. Dann ging er in die Hocke und sortierte und stapelte das Holz ordentlich neben der Feuerstelle.

Sarah blickte von ihrer Spindel auf. Obwohl sie müde genug war, um wie ein Stein ins Bett zu fallen, nachdem sie den ganzen Tag lang mit Lola Korn gemahlen, Wäsche gewaschen und Seife gemacht hatte, mußte die Wolle trotzdem noch versponnen werden. Das Tuch, das Lola daraus webte, lieferte nicht nur Bekleidung für sie alle; es stellte auch einige der wenigen Geldquellen dar, die sie hatte.

Leider war sie nicht zu erschöpft, um jedesmal vor Scham zu erröten, wenn sie daran dachte, was an diesem Morgen passiert war – als die Sonne noch kaum aufgegangen war und sie halbnackt und mit heruntergerutschten Hosen im Gebüsch gelegen hatte, von einem wilden Glücksgefühl erfüllt.

Hastig wandte sie den Blick von Case ab. Das Feuerholz, das er mitgebracht hatte, stammte offensichtlich aus dem höher gelegenen Gebiet jenseits des Lost River Canyon. Es war sogar etwas Fichtenholz unter den Kiefern- und Wacholderästen.

»Danke«, sagte sie. »Du bist sehr geschickt mit der Axt, die Ute, äh, gefunden hat.«

Sie hatte den starken Verdacht, daß Ute die Axt – und noch einige andere nützliche Gegenstände – im Lager der Banditen im Spring Canyon »gefunden« hatte.

»Du brauchst mir nicht zu danken«, erwiderte Case. »Ich komme ja auch in den Genuß des Essens, das über diesem Feuer gekocht wurde.«

Die Haustür öffnete sich. Conner steckte den Kopf herein.

»Wenn du mit dem Holz da fertig bist«, sagte er zu Case, »könnte ich deine Hilfe gebrauchen.«

Sarah sah hastig von ihrer Arbeit auf.

»Was gibt es denn?«

»Nichts, worüber du dir Gedanken machen müßtest«, erwiderte ihr Bruder.

»Dann braucht auch Case sich keine Gedanken darüber zu machen«, sagte sie. »Er hat heute den ganzen Tag wie ein Pferd geschuftet, um Feuerholz herbeizuschaffen.«

»Es wird nicht lange dauern«, meinte Conner.

Case musterte den grobknochigen Jungen und erhob sich mit einer geschmeidigen Bewegung. Er hatte schon etwas in dieser Art erwartet, seit Conner am Morgen nur widerwillig fortgegangen war und seine Schwester in Cases Bett zurückgelassen hatte.

»Ich komme gleich«, sagte er.

Conner verschwand, ließ jedoch ziemlich ostentativ die Tür offen, als er hinausging.

»Dieser Junge«, murmelte Sarah kopfschüttelnd, während sie ihre Spindel beiseite legte. »Man sollte meinen, ich hätte ihm überhaupt keine Manieren beigebracht.«

»Ich mache die Tür zu, wenn ich hinausgehe.«

Als Case die Tür hinter sich schloß, wartete Conner ein Stück abseits des Hauses neben einem der hohen Salbeibüsche. In dem nachlassenden Licht der untergehenden Sonne warf der Junge einen langen, dünnen Schatten. Der schwere, umgearbeitete Revolver, den er trug, war eine plumpe, schwarze Wölbung an seiner Hüfte.

Er hat sich bewußt so gestellt, daß er die Sonne im Rücken hat und mir das Licht direkt in die Augen scheint, dachte Case. *Vielversprechend, der Junge.*

Ich hoffe nur, er lebt lange genug, um zum Mann heranzuwachsen.

»Was ist heute morgen vorgefallen?« verlangte Conner zu wissen, sobald der andere Mann in Hörweite war.

»Du hast doch gehört, was deine Schwester gesagt hat.«

»Woher hast du den Kratzer unter dem Auge?«

»Was ist los mit dir? Ist dir irgendwas Spezielles über die Leber gelaufen?«

»Sarah. Laß sie in Ruhe.«

Case nahm eine betont entspannte Haltung ein und hakte die Daumen in seinen Gürtel.

»Du erinnerst dich doch sicher noch, wessen Bett dort draußen im Gebüsch ist und wessen Bett im Haus steht, nicht?« fragte er ruhig. »Bist du schon mal auf die Idee gekommen, daß du vielleicht der falschen Person Vorhaltungen machst?«

Conners Lippen wurden schmal. Der Ausdruck in seinen dunkelgrünen Augen war viel zu erwachsen für einen Jungen von fünfzehn Jahren.

»Sarah würde sich niemals von einem Geschöpf abwenden, das ihre Hilfe braucht«, sagte er. »Ute hat ihr gesagt, du brauchtest sie. Sie ist zu dir gegangen, und du hast sie gepackt.«

»Deine Schwester ist zu mir gekommen, ja. Aber ich habe sie nicht gepackt. Das ist alles, was du wissen mußt. Wenn du mir nicht glaubst, frag sie. Sie wird dir nichts anderes erzählen.«

Conner musterte Case mit einem kühlen, abschätzenden Blick.

»Meine Schwester würde mir selbst dann nichts anderes erzählen, wenn du sie vergewaltigt hättest«, erwiderte er rundheraus. »Weil sie Angst hätte, daß ich mich deswegen mit dir anlegen würde und dabei getötet werden könnte.«

»Aber du legst dich nicht mit mir an.«

»So dumm bin ich nicht. Ich kann dich ebensowenig in einem fairen Kampf schlagen, wie Sarah dich heute morgen im Dunkeln abschütteln konnte.«

Case nickte, aber er war nicht so entspannt, wie er nach außen hin wirkte. Er rechnete halb damit, sich mit einem Satz auf Conner stürzen zu müssen, wenn der Junge seinen viel zu großen Revolver zog.

»Und deshalb würde ich nicht fair gegen dich kämpfen«, fuhr Conner kühl fort. »Sondern ich würde dir mit einer Schrotflinte auflauern und dich aus dem Hinterhalt erschießen. Ich warne dich nur dieses eine Mal. *Laß Sarah in Ruhe.*«

Case runzelte einen Moment lang nachdenklich die Stirn.

»Was, wenn sie wieder zu mir kommt?« fragte er.

»Wenn sie zu dir kommt, dann bestimmt nicht, weil sie Sex will.«

Cases linke Augenbraue hob sich in einem dunklen Bogen.

»Nur weil Sarah deine Schwester ist, bedeutet das noch lange nicht, daß sie keine weiblichen Bedürfnisse hat«, erwiderte er ruhig.

»Sex?« fragte Conner verächtlich.

»Richtig, Sex«, antwortete Case.

»Eine Frau würde nicht nach etwas streben, was ihr nichts anderes einbringt, als daß sie blutet und vor Schmerz wimmert. Sarah hat es ganz sicher nicht gewollt. Sie ist jedesmal wie der Blitz davongerannt, wenn sie entwischen konnte.«

Case erstarrte. »Was?«

»Du hast doch gehört, was ich gesagt habe.«

»Und du glaubst, *das* ist Sex?«

»Ist es das nicht?«

»Nein.«

»Warum müssen Männer Frauen dann bezahlen, damit sie sie ranlassen?« fragte Conner sardonisch.

»Nicht alle Männer tun das.«

Der Junge zuckte die Achseln. »Na schön, dann heiraten sie, um Sex zu bekommen. Läuft am Ende auf dasselbe hinaus. Der Ehemann zahlt Unterkunft und Verpflegung, und die Frau erduldet dafür seine sogenannten Aufmerksamkeiten.«

Case holte tief Luft und stieß den Atem dann geräuschlos wieder aus. Er hatte keine Ahnung, wo er anfangen sollte, um Conners bittere Sichtweise dessen zu korrigieren, worum es beim Liebesspiel zwischen einem Mann und einer Frau eigentlich ging.

»Big Lola ist vielleicht nicht gerade das beste Beispiel, um zu beurteilen, was eine Frau von Sex hält«, sagte er nach einem Moment.

224

»Sie hat aber verdammt viel Erfahrung.«

»Mit einer gewissen Art von Sex, ja. Aber es gibt noch eine andere Art.«

»Du meinst, in der Ehe?«

Case dachte an Hunter und Elyssa. Ihre innige Liebe füreinander ließ ihn nicht los, obwohl er selbst angstvoll davor zurückscheute, ähnlich intensiv für einen anderen Menschen zu empfinden.

»Liebe macht Sex anders«, sagte er schließlich.

»Wer's glaubt, wird selig«, meinte Conner spöttisch.

»Es ist wahr. Wenn eine Frau einen Mann liebt, dann will sie ihn. Körperlich. Dann gibt es keine Bestechung, keine Drohungen, keine Gewalt. Nur die Art von Liebe, die die Sonne heller scheinen läßt.«

»Ich habe noch nie etwas dergleichen gesehen.«

»Ich habe auch Paris noch nie gesehen, aber das heißt nicht, daß es nicht existiert.«

»Willst du etwa behaupten, daß meine Schwester dich *liebt?*«

Die unverblümte Frage ließ Case wünschen, er hätte diese Unterhaltung niemals angefangen.

»Ich behaupte nichts dergleichen«, murmelte er.

»Es klang aber so.«

Wieder atmete Case tief aus und setzte zu einem neuen Versuch an.

»Viele Menschen erleben niemals diese ganz besondere Art von Liebe, die die Sonne heller scheinen läßt«, sagte er. »Trotzdem können sie es genießen, Sex mit jemandem zu haben, den sie mögen.«

Lange Zeit starrte Conner den älteren Mann nur schweigend an. Dann entspannte sich der Junge langsam und kaum merklich.

»Du hast Sarah nicht gezwungen?« fragte er.

»Nein. Und das nächste Mal, wenn du so etwas auch nur andeutest, werde ich dir persönlich bei lebendigem Leib das Fell über die Ohren ziehen.«

Conner lachte.

»Ich gehe jede Wette darauf ein, daß du das tun würdest«, meinte der Junge grinsend. »Es tut mir leid, wenn ich dich beleidigt habe. Aber ich mußte mich ganz einfach vergewissern, daß Sarah nicht wieder von einem Mann Gewalt angetan wurde.«

»Du warst noch ziemlich jung, als sie heiratete. Du hast damals vielleicht mißverstanden, was es mit all dem ... äh ... Grunzen und Stöhnen eigentlich auf sich hatte.«

»Selbst ein Baby kennt den Unterschied zwischen einem liebevollen Tätscheln und einem Fausthieb.«

Case suchte nach den passenden Worten, um seine nächste Frage möglichst taktvoll zu stellen.

Ihm fiel beim besten Willen nichts ein.

»Gab es denn keine Zärtlichkeiten zwischen Sarah und ihrem Ehemann?« fragte er unverblümt.

»Zärtlichkeiten?«

»Nun ja, Küsse und dergleichen.«

»Soweit ich weiß, hat meine Schwester ihren ersten Kuß in jener Nacht bekommen, als du sie zu unserer Ranch zurückbegleitet hast«, erklärte Conner.

»Großer Gott«, flüsterte Case. »Warum hat sie den alten Bastard überhaupt gehei ... egal, lassen wir das. Es geht mich nichts an.«

Conners Miene schien sich zu verflachen und zu verzerren. Es war, als erhaschte man einen flüchtigen Blick auf den Mann, zu dem er mit der Zeit heranwachsen würde, eine Mischung aus Aufrichtigkeit und Kraft und Stärke zu gleichen Teilen.

»Was glaubst du wohl, warum meine Schwester ihn geheiratet hatte?« fragte er kalt.

»Aus Not.«

»Verdammt richtig. Sie war damals knapp vierzehn, und ich war neun. Unsere sämtlichen Verwandten waren bei der Flutkatastrophe umgekommen. Wir hungerten. Dann kam Sarah auf die Idee, auf eine Anzeige in der Zeitung zu antworten.«

»Und daraufhin hat sie Hal geheiratet?«

Conner nickte. »Der alte Hurensohn konnte noch nicht mal eine Indianerin finden, die es mit ihm ausgehalten hätte.«

»Wie hast du Hal getötet?« fragte Case unvermittelt.

Die einfache Frage überrumpelte Conner. Er sah sich hastig nach allen Seiten um.

Aber es war niemand zu sehen.

»Woher hast du das gewußt?« fragte er.

»Ich habe es nicht gewußt, bis jetzt.«

»Sag es um Gottes willen nicht meiner Schwester«, sagte Conner eindringlich. »Ich will dein Wort darauf.«

Ich soll vor Conner geheimhalten, daß mir bald die eine Hälfte der Ranch gehört, dachte Case trocken, *und jetzt gibt es ein zweites Geheimnis, von dem wiederum Sarah nichts wissen darf.*

»Bist du sicher, daß sie das nicht schon längst weiß?« fragte er.

»Ja!«

»Was ist damals passiert?«

Conner machte eine brüske, abweisende Handbewegung.

»Was spielt das schon für eine Rolle? Er ist tot.«

»Ein Schuß mit der Schrotflinte aus dem Hinterhalt?« fragte Case in beiläufigem Tonfall.

»Nein. Verdammt noch mal, ich hatte noch nicht einmal vor, den alten Bastard umzubringen.«

Case zog nur fragend eine Braue hoch und wartete.

Seufzend strich sich Conner mit der Hand durchs Haar, setzte sich mit einer knappen Bewegung den Hut auf den Kopf und begann zu sprechen.

»Er war in der Nacht zuvor wieder hinter ihr hergewesen. Es war eines der wenigen Male, daß er sie erwischte.«

Cases Lider zuckten. Er haßte den Gedanken an Sarah und einen alten Mann, der so grausam gewesen war, daß er noch nicht einmal eine ausgestoßene Indianerin dazu hatte überreden können, mit ihm zu leben.

Soweit ich weiß, hat meine Schwester ihren ersten Kuß in jener Nacht bekommen, als du sie zu unserer Ranch zurückbegleitet hast.

»Er war auf einer gewaltigen Sauftour«, fuhr Conner fort. »Er trank noch immer, als er am nächsten Morgen losritt, um nach Bodenschätzen zu suchen. Ich bin ihm heimlich gefolgt.«

»Zu Fuß?«

»Hals Pferd war ein altes Tier, auch nicht viel jünger als er selbst. Und er war ein richtiger Wandernarr. Es war Nachmittag, als ich ihn eingeholt hatte.«

Case beobachtete den Jungen aus schmalen Augen.

»Ich stellte Hal zur Rede und sagte ihm, er solle aufhören, meine Schwester zu mißhandeln«, fuhr Conner fort.

»Er fing an, mit seiner Pistole auf mich einzuschlagen. Es war nicht das erste Mal, aber es war todsicher das letzte Mal.«

»Du hast ihn erschossen?«

»Wir kämpften um die Pistole, ein Schuß löste sich, und Hal klappte einfach in sich zusammen.«

Trotz Conners nüchterner Ausdrucksweise konnte Case die Schatten von altem Zorn und Grauen in den grünen Augen des Jungen erkennen.

»Danach habe ich versucht, ein schlechtes Gewissen zu haben«, fügte Conner leise hinzu. »Aber ich habe mich weitaus elender gefühlt, als ich einmal einen Mustang erschießen mußte, der sich ein Bein gebrochen hatte.«

»Wie alt warst du, als Hal starb?«

»Zwölf.«

»Eine harte Art, erwachsen zu werden.«

»Ich bin erwachsen geworden, als ich neun war«, erwiderte Conner. »Danach war Sarah das einzige, was für mich wichtig war.«

»Und du bist das einzige, was ihr wichtig ist.«

»Ich und das Land. Und jetzt du.«

Case wich der versteckten Frage aus.

»Was ist mit Ute und Lola?« wollte er wissen.

»Das ist nicht das gleiche. Oh, sicher, wir kommen alle prima miteinander aus, und Ute würde bis zum letzten Atemzug für Sarah kämpfen, aber …« Conner zuckte die Achseln. »Meine Schwester macht sich nicht solche Sorgen um die beiden, wie sie sich um mich oder dich sorgt.«

»Vielleicht sorgt sie sich um mich, aber ich glaube, sie schätzt dein Fell tausendmal mehr als meines.«

Conner zögerte einen Moment, dann zuckte er die Achseln. »Mag sein.«

Dennoch verrieten die ruhigen grünen Augen des Jungen, daß er der Ansicht war, der ältere Mann müsse sich irren.

Ich hätte gehen sollen, als ich noch die Möglichkeit dazu hatte, sagte Case sich.

Dann dachte er an das Land, das nach ihm rief, und er wußte, daß er nicht mehr davonlaufen konnte. In dem Moment begriff er, wie einem Wolf in einer Falle zumute sein mußte.

Keinerlei Fluchtmöglichkeit.

Nichts und niemand, gegen den er kämpfen konnte, außer gegen sich selbst.

Eine Menge Wölfe starben auf diese Weise, verbluteten elendiglich, wenn sie sich die eigenen Beine abnagten in dem verzweifelten Versuch, in die Freiheit zu entkommen.

14. Kapitel

Frustriert stützte Case sich auf seine Schaufel und starrte hinunter in das Loch, das er am Fuße einer Säule aus rotem Fels gegraben hatte. Es sah täuschend ähnlich wie die anderen Löcher aus, die er in den vergangenen beiden Wochen ausgehoben hatte.

Leer.

Bevor er zu graben angefangen hatte, hatte alles darauf hingedeutet, daß an der jeweiligen Stelle einmal ein Lagerplatz gewesen war. Aber es ließ sich unmöglich erkennen, wann der Fels von einem Lagerfeuer geschwärzt worden war – ob vor drei Jahren oder vor dreißig oder dreihundert.

Oder auch vor dreitausend Jahren. Die trockene Luft der Granitwüste konservierte alles, von Holz über Knochen bis hin zu zerbrochenem Tongeschirr.

Ich bin ein verdammter Narr, daß ich hier unentwegt Löcher grabe, wenn ich mir statt dessen ein eigenes Blockhaus bauen könnte, um darin zu leben, dachte er.

Der kalte Wind, der den namenlosen Canyon heraufheulte, schien ihm zuzustimmen.

Er war wirklich ein Narr.

Verschwitzt und nackt bis zur Taille trotz des eisigen Windes, griff Case nach der Schaufel und machte sich wieder an die Arbeit. Das stählerne Schaufelblatt grub sich knirschend in eine Mischung aus

Erde, Sand und Geröll, das sämtliche Formen und Größen aufwies, von pennygroßen Kieseln bis zu Felsbrocken vom Umfang eines Ponys.

Ich könnte mir ein paar eigene Mustangs fangen, überlegte er. *Die Pferde, die ich dort draußen habe frei herumlaufen sehen, machten einen vielversprechenden Eindruck.*

Mit Cricket als Zuchthengst und ein paar guten Stuten aus Kalifornien oder Virginia könnte man prachtvolle Tiere züchten.

Das Geräusch von etwas Schwerem, das über den Boden geschleift wurde, riß Case abrupt aus seinen Gedanken. Er richtete sich auf und blickte den Canyon hinauf.

»Verdammt, Sarah!« brüllte er. »Ich habe dir doch gesagt, du sollst dich nicht mit dem schweren Zeug abschleppen. Überlaß mir das.«

»Du solltest mal sehen ... was ich ... dort oben ... gelassen habe«, keuchte sie.

Trotz des bitterkalten Windes und des Rauhreifs, der noch immer im Schatten der Felsen auf der Nordseite glitzerte, trug sie nur Rehlederhosen und ein Lederhemd, mit einem dünnen Mieder darunter. Ihre Hosen waren von Dornenranken zerkratzt und schmutzig von knochenharter Arbeit.

Ihre Jacke lag über einem niedrigen Busch, ungefähr hundert Meter weiter den Canyon hinunter in der Nähe des ersten Loches, das Case gegraben hatte. Ihr Hut lag auf der Jacke. Von einem bestimmten Blickwinkel aus hatte der Busch eine so große Ähnlichkeit mit einem vorgebeugten Mann in Jacke und Hut, daß Case schon zweimal nach seinem Revolver gegriffen hatte, bevor ihm sein Irrtum klargeworden war.

Doch obwohl er wußte, was wirklich dort unten war, hinderte es ihn nicht daran, jedesmal zusammenzuzucken, wenn er aus den Augenwinkeln einen Blick auf die menschenähnliche Form erhaschte.

Sarah zerrte ihren Schatz noch ein paar Meter weiter und ließ ihn dann neben das Holz fallen, das sie gesammelt hatte, während Case grub. Einen Moment lang stand sie nur schweratmend da und betrachtete den Berg von Feuerholz.

»Das dürfte genug sein, um für beide Packpferde zu reichen und für meinen kleinen Mustang«, sagte sie, nachdem sie wieder zu Atem gekommen war.

»Shaker ist besser als Packpferd geeignet als zum Reiten«, meinte Case. »Ihr Trott könnte einem glatt die Zähne aus dem Kiefer schütteln.«

»Was glaubst du wohl, wie sie zu ihrem Namen gekommen ist?«

Er warf einen Blick auf den Haufen von Feuerholz. Das letzte Stück, das Sarah herbeigeschleppt hatte, war kein Ast – es war der ganze Baumstamm.

»Du hättest den Stamm da zusammen mit den anderen schweren Teilen für mich oben im Canyon liegenlassen sollen«, sagte er.

Sie ignorierte ihn.

Es überraschte ihn nicht sonderlich. In den letzten beiden Wochen hatte er herausgefunden, daß Sarah sich sehr gut darauf verstand, einfach zu übergehen, was sie nicht diskutieren wollte.

Sex stand ganz zuoberst auf ihrer Liste der Dinge, die sie ignorierte.

Vielleicht sollte ich ihr einfach ein Bein stellen, mich auf sie setzen und sie zwingen, mir zuzuhören, dachte er. *Wenn ich es jetzt tue, würde ich mir bestimmt keine Sorgen darüber machen müssen, daß ihre Kleider schmutzig werden.*

Sie war kaum weniger staubig als er. Wenn sie nicht gerade mit beiden Händen in einem der Geröllhaufen wühlte, die er aus den Löchern heraufbefördert hatte, zerrte sie abgefallene Äste und Holzstücke zu der Stelle, wo die Pferde grasten.

Sarah streckte den Rücken, seufzte und griff dann nach der Säge, die Ute zusammen mit der Axt »gefunden« hatte.

»Ich werde den letzten Stamm da zersägen«, sagte Case.

»Grab du lieber weiter. Ich werde zersägen, was ich kann.«

Seine Lippen wurden schmal. Sie arbeitete so schwer wie zwei Männer, was ihn anbelangte.

»Was ist mit Ausruhen?« fragte er milde.

»Was soll denn damit sein?«

»Ich bin müde.«

Sie reagierte augenblicklich zerknirscht. Hastig legte sie die Säge nieder und eilte zu ihm.

»Entschuldige«, sagte sie. »Ich vergesse immer wieder, daß deine Wunden noch nicht ganz verheilt sind.«

Er selbst dachte auch nicht mehr daran, aber er sah keinen Grund, das zu erwähnen. Ihm gefiel die Besorgnis in ihren ausdrucksvollen Augen, als sie auf ihn zukam. Ihm gefiel die gertenschlanke Kraft ihres Körpers und die Art, wie sie sich unbewußt in den Hüften wiegte, wenn sie ging.

Ihm gefiel einfach alles an ihr viel zu gut.

Immer wieder mußte er daran denken, wie verlockend sie geschmeckt und sich angefühlt hatte an jenem Tag im Morgengrauen – heiße Seide unter seinen Händen und süßer Honig auf seiner Zunge.

Soviel verführerische Weiblichkeit, und sie nutzt sie nicht. Was für eine Vergeudung.

Kaum war ihm der Gedanke durch den Kopf geschossen, als er ihn auch schon wieder beiseite schob. Was die hübsche kleine Witwe in puncto Männer und Sex tat oder nicht tat, ging ihn nichts an.

Tja, wenn ich nur meinen dummen Schwengel davon überzeugen könnte, dachte er trocken.

Aber er bezweifelte, daß ihm das gelingen würde. Sein Schaft versteifte sich abrupt, wann immer Sarah vorbeiging. Das einzige, was die Situation erträglich machte, war, daß sie nicht bemerkte, welche Wirkung sie auf ihn hatte.

Oder wenn sie es merkte, so ließ sie jedenfalls nichts davon erkennen.

»Case? Fühlst du dich nicht wohl?«

Er blickte in ihre wunderschönen nebelgrauen Augen und erkannte, daß sie mit ihm gesprochen hatte, während er mit seinen Gedanken ganz woanders gewesen war.

Unterhalb seines Gürtels.

»Leg die Schaufel hin«, sagte sie energisch. »Es ist Zeit, daß du eine Pause einlegst. Wir werden früh zu Mittag essen. Du setzt dich dort unter den …«

Das plötzliche Heulen von Kugeln, die von den Canyonwänden abprallten, schnitt den Rest ihrer Worte ab.

Case packte Sarah und rollte sich blitzschnell mit ihr zwischen zwei Felspfeiler, noch bevor das Echo der Schüsse verhallt war.

»Meine Schrotflinte ist …«, begann sie.

Seine Hand schloß sich über ihrem Mund.

Jetzt liege ich schon wieder mit dem Gesicht nach unten im Staub und kaue auf seinem schmuddeligen Lederhandschuh, dachte sie. *Wie kommt es bloß, daß ich immer zuunterst lande?*

Aber diesmal gab es einen Unterschied, und sie kannte ihn nur zu gut. Diesmal benutzte er seinen Körper, um sie zu schützen, statt sie zu überwältigen.

Sie horchten mit angehaltenem Atem.

Der Wind trug das ferne Trommeln von beschlagenen Hufen, irgendwo am oberen Rand des Canyons, zu ihnen herüber.

»Vielleicht fünfhundert Meter entfernt«, flüsterte Case dicht an ihrem Ohr. »Ein Maultier. Und vielleicht noch ein Pferd. Schwer zu sagen.«

»Wie kannst du … ach ja, richtig«, murmelte sie. »Moody beschlägt seine Mustangs ja nicht.«

Im Geist entwarf Case ein Bild des unteren Teils des Canyons. Sie waren am Kopfende eines sich nach allen Richtungen verzweigenden Netzes von ausgetrockneten Canyons, das im Querschnitt einem Baum glich, wobei der Lost River Canyon den Stamm bildete. Ungefähr dort, wo der kleine Nebencanyon, in dem sie sich befanden, nach Süden abzweigte, um in einen anderen, größeren Canyon einzumünden, gab es mehrere Stellen oben auf dem Felsrand, wo ein Mann im Hinterhalt liegen konnte.

Case und Sarah lauschten angestrengt, doch es kamen keine weiteren Geräusche mit dem Wind. Als sie wieder sprechen wollte, erstickte er ihre Worte mit seiner Hand.

Sie biß ihn in den Daumenansatz.

Sanft.

Sinnliche Hitze raste wie ein Feuersturm durch seinen Körper.

Gott im Himmel, dachte Case. *Daß sie sich aber auch ausgerechnet diesen Augenblick aussuchen muß, um neckisch zu werden!*

Mit zusammengebissenen Zähnen konzentrierte er sich darauf, auf verdächtige Geräusche in der Ferne zu horchen statt auf die sanften Atemzüge der Frau, die unter ihm lag.

Er hörte genau das, war er nicht hören wollte. Hufschlag und das dumpfe Prasseln von losem Gestein, als die Mustangs oder Maultiere einen steilen Abhang hinunterkletterten.

Er rollte sich von Sarah herunter.

»Bleib hier und rühr dich nicht von der Stelle, ganz gleich, was passiert«, sagte er leise.

»Wo gehst du hin?« fragte sie in ebenso gedämpftem Ton.

»Ich will mein Gewehr holen.«

»Wo ist es?«

»Am Fuß des Felspfeilers, dort drüben«, erwiderte er, während er zu der Stelle hinüberzeigte.

»Ich werde auf dem Bauch hinkriechen und es holen.«

Eine harte, starke Hand grub sich in ihren rechten Schenkel und hielt sie unbarmherzig fest.

»Was glaubst du eigentlich, was du da tust?« fragte er mit gedämpfter, zornbebender Stimme.

»Das habe ich doch gesagt – ich will dein Gewehr holen.«

»Bleib hier.«

»Mein Bein ist nicht verletzt«, protestierte sie. »Aber deines.«

Case bedachte Sarah mit einem Blick, der Stahl hätte verätzen können.

»*Bleib hier*«, warnte er sie leise.

Ihre Lippen wurden schmal, aber sie blieb, wo sie war.

»Was immer passiert, bleib ganz flach auf dem Boden liegen und laß dich nicht sehen«, sagte er. »Der erste, der den Kopf hebt, bekommt eine Kugel zwischen die Augen. Geduld ist das Motto.«

»Ich verstehe«, erwiderte sie ruhig. »Ich werde mich nicht von hier wegrühren.«

»Versprich es mir.«

»Schon versprochen.«

Ein kaltes Stahlgewicht drückte gegen ihre rechte Hand. Ein schneller Blick verriet ihr, daß es sein sechsschüssiger Revolver war.

»Wenn du etwas siehst, was dir nicht gefällt, erschieß es«, murmelte Case. »Bei einer Schußweite von mehr als dreißig Metern zieht die Waffe etwas nach links. Bei über sechzig Metern Entfernung mußt du den Lauf einen Zentimeter nach rechts verlagern. Alles, was noch weiter entfernt ist, ignorierst du. Verstanden?«

Sarah nickte.

»Sämtliche Kammern sind geladen«, fügte Case im Flüsterton hinzu. »Paß auf, daß du mich nicht versehentlich erschießt.«

»Ich schieße nicht auf Dinge, die ich nicht sehen kann.«

»Das wäre ein großer Trost, wenn du nicht wütend genug auf mich wärst, um mir das Fell abzuziehen und einen Flickenteppich daraus zu nähen.«

Ihre Zähne blitzten weiß gegen ihre staubbedeckte Haut, als sich ihre Lippen zu einem Lächeln verzogen.

»Und was für einen hübschen Teppich du obendrein abgeben würdest«, murmelte sie. »Ich habe diesen Lehmfußboden wirklich gründlich satt.«

»Wenn du mich nicht erschießt, werde ich dir oben in den Bergen ein paar Bretter für einen Holzfußboden sägen.«

»Abgemacht.«

Sie konnte sein Gesicht nicht sehen, spürte jedoch die Belustigung tief in seinem Inneren.

Eines Tages werde ich mich an den verdammten Kerl anschleichen und ihn dabei erwischen, wie er lächelt, schwor sie sich.

Er verließ die Deckung der roten Felssäule wie eine Raubkatze auf der Jagd – auf dem Bauch. Geschickt und völlig lautlos wand er sich über den Boden, indem er die Innenseite seiner Füße, seine Ellenbogen und die pure Kraft seines Körpers benutzte.

Nicht einmal hob er den Kopf, um über das Unterholz und die Felsbrocken hinwegzuspähen, die ihn umgaben. Seine staubige Kleidung und sein schmutzbedecktes Gesicht ließen ihn perfekt mit den Farben der Landschaft verschmelzen.

Sarah mußte blinzeln, um sicherzugehen, daß es Case war, den sie beobachtete, und nicht etwa der Schatten eines im Wind schwankenden Busches.

Kein Wunder, daß er so ein guter Jäger ist, dachte sie. *Er kann sich nahe genug an das Wild anpirschen, um die Hand auszustrecken und es an der Kehle zu packen.*

Case verschwand.

Ein unbehagliches Frösteln überlief sie. Sie blinzelte wieder und wieder. Aber sie sah nichts.

Er war wie vom Erdboden verschluckt.

In dem Moment begriff sie mit beunruhigender Gewißheit, wie es ihm gelungen war, jene Nacht zu überleben, als drei Angreifer nicht überlebt hatten.

Und dennoch – trotz seiner entnervenden Geschicklichkeit im Anschleichen war er gefährlich nahe daran gewesen, draußen in der Dunkelheit zu sterben. Denn einige der Männer, die er verfolgte, waren ebensolche Experten wie er.

Schweiß sammelte sich kalt zwischen Sarahs Schulterblättern. Lähmende Furcht kroch in ihr hoch. Zum Teil war es Angst um Case, zum Teil fürchtete sie um ihr eigenes Leben. Die Vorstellung, wie sich ein Schatten an sie anschlich und sie tötete, noch bevor sie auch nur schreien konnte, behagte ihr ganz und gar nicht.

Langsam, ganz langsam bewegte sie ihre Hand mit dem Revolver nach vorn, bis sie durch das Visier sehen konnte. Die Waffe war zu schwer für sie, um sie längere Zeit ruhig zu halten. Blindlings tastete sie nach Steinen und kleinen Felsbrocken in ihrer Nähe. Als sie genug zusammenhatte, türmte sie sie zu einem kleinen Hügel auf, um den Revolverlauf darauf zu stützen. Sie spähte am Lauf der Waffe entlang, während sie die Landschaft vor sich beobachtete.

Und wartete.

Nach einer Weile zerriß ein Gewehrschuß die Stille. Das Feuer wurde augenblicklich aus der Richtung erwidert, in die Case verschwunden war. Kugeln prallten kreischend vom Fels ab und sausten kreuz und quer durch den schmalen Canyon.

Noch während Sarah zusammenzuckte, richtete sie den Lauf des Revolvers auf den unteren Teil des Canyons und schickte ein stummes Gebet zum Himmel, daß Case nicht verletzt war.

Gleich darauf drang das Hufgetrappel eines galoppierenden Pferdes aus der Schlucht unter ihr herauf. Jeder einzelne Hufschlag wurde von den Felswänden des Canyons als doppeltes Echo zurückgeworfen, bis sich die Geräusche derart überlappten, daß sie unmöglich ausmachen konnte, wo das Pferd war.

Plötzlich erschienen Cases Kopf und der Lauf seines Gewehres für Sekundenbruchteile über dem Unterholz. Er feuerte, lud blitzschnell nach, feuerte und lud erneut nach. Die Schüsse folgten so dicht aufeinander, daß sie sich wie eine einzige Salve von Donner-grollen anhörten.

Das Trommeln der Pferdehufe wurde schwächer und verstummte dann völlig.

Kugeln kamen heulend aus einer anderen Richtung geschwirrt.

Sarah wartete, aber Case erwiderte das Feuer nicht.

Es war wieder genauso wie in jener Nacht, als die Banditen ange-griffen hatten – reglos warten und horchen, während ihr Herz wie wild gegen ihre Rippen hämmerte und panische Angst ihren Magen zu einem Knoten zusammenzog.

Ob er verletzt ist? dachte sie voller Furcht.

Es war einfach wider ihre Natur, tatenlos stillzuliegen und zu war-ten und sich vor Sorge zu verzehren. Alles in ihr drängte danach, auf-zuspringen und nach Case zu sehen. Diesmal war kein Conner da, der sie mit Gewalt zurückhielt und zwang, die quälende Unge-wißheit zu ertragen.

Dennoch rührte sie sich nicht vom Fleck.

Sie hatte Case ihr Wort gegeben, daß sie bleiben würde, wo sie war.

Er würde nicht damit rechnen, sie dort draußen durchs Gebüsch kriechen zu sehen. Wenn er lebte, wollte sie ihn nicht ablenken. Wenn er tot war, wollte sie ihre Position nicht an die Banditen verraten. Und wenn er verletzt war …

Der Gedanke war einfach unerträglich.

Sie biß sich auf die Lippen, während sie den Revolver ruhig hielt und innerlich flehte, daß Case zu ihr zurückkehren würde.

Nach einer Weile drang der melodische Ruf eines Habichts an ihr Ohr.

Mit zitternden Lippen pfiff sie eine Antwort.

Augenblicke später schlängelte sich Case durch das Unterholz und in den Schutz der Felssäulen. Er war verschwitzt, schmutzig und zer-kratzt, aber ansonsten unversehrt.

Das Gewehr, das er in der Hand hielt, war sauber und schußbe-reit.

»Wie viele?« fragte Sarah kaum hörbar.

»Drei.«

»Wo?«

»Zwei von ihnen kommen den Canyon herauf«, erklärte Case flüsternd.

»Wo ist der dritte?«

»Auf dem Weg in die Hölle.«

Sarah gab einen gedämpften Laut von sich.

»Er braucht dir nicht leid zu tun«, sagte Case leise. »Als ich ihn erwischte, war er gerade dabei, deine Jacke an dem Busch dort drüben mit einer ganzen Salve von Schüssen zu durchlöchern.«

Plötzlich war ihr Mund staubtrocken. »Hat er geglaubt, daß ich es wäre?«

»Es hat ihn offensichtlich nicht interessiert, wer es war – du, ich oder Conner.«

Die Vorstellung, wie ihr Bruder zwischen einem Herzschlag und dem nächsten erschossen wurde, veränderte Sarahs Ausdruck abrupt.

»Ich hoffe nur, der Kerl genießt die Hölle«, sagte sie mit leiser, haßerfüllter Stimme.

»Ich hoffe nicht.«

Die kühle Endgültigkeit, die in Cases Tonfall mitschwang, ließ ihr erneut einen Schauder über den Rücken rieseln.

»Und was tun wir jetzt?« flüsterte sie.

»Wir warten.«

»Worauf?«

»Auf das, was kommt. Was immer das sein wird.«

»Was, wenn Ute oder Conner die Schüsse gehört haben? Manchmal trägt der Schall in diesen Canyons über weite Entfernungen.«

»Ute wird sich hüten, blindlings in eine Schießerei hineinzureiten.«

»Conner«, war alles, was Sarah sagte.

Case gab keine Antwort. Statt dessen starrte er durch das Visier seines Gewehrs, hielt den Atem an und drückte ganz behutsam den Abzug.

Der Knall des Schusses schnitt wie ein Messer durch Sarahs Kopf.

Gegenüber auf der anderen Seite des Canyons, auf halber Höhe der Felswand, stürzte ein Mann kopfüber in die Tiefe. Er rutschte den geröllbedeckten Abhang hinunter, bis er gegen einen Felsblock prallte und reglos liegenblieb.

Der Anblick des schlaffen, scheinbar knochenlosen Körpers des Banditen ließ darauf schließen, daß er entweder bewußtlos war oder tot.

»Ein Culpepper?« flüsterte Sarah hoffnungsvoll.

»Nein. Dafür ist er zu klein. Zu dunkelhaarig.«

Im Canyon herrschte wieder Stille. Nur das Heulen des Windes, der durch jede Felsspalte und jede Bodenfurche pfiff, war zu hören.

Nach einer Viertelstunde begann Sarah erbärmlich zu frieren. Ihr Rehlederhemd und die Hosen hatten genügt, um sie warm zu halten, solange sie abgestorbenes Holz den Canyon hinauf- und hinuntergeschleppt hatte. Aber flach auf dem kalten Felsboden auf der Nordseite eines winterlichen Canyons zu liegen entzog ihrem Körper mit jedem Herzschlag mehr Wärme.

Sie schielte aus den Augenwinkeln zu Case hinauf, der nackt bis zur Taille war. Er beobachtete aufmerksam das Land innerhalb der Schußweite seines Gewehres. Seine Augen waren zu Schlitzen zusammengezogen und von intensiver Wachsamkeit erfüllt. Wenn er die Kälte spürte, dann war ihm jedenfalls nichts davon anzumerken.

Sie versuchte, die Kälteschauder zu unterdrücken, die durch ihren Körper liefen, aber sie konnte es nicht. Energisch biß sie die Zähne zusammen, damit sie nicht aufeinanderschlugen und ihn ablenkten.

Nach weiteren zehn Minuten zitterten ihre Hände so stark, daß es ihr unmöglich war, den Revolver ruhig zu halten. Case nahm ihr die Waffe aus der Hand und schob sie in sein Holster.

»Leg dich dicht neben mich«, sagte er leise. »Ich bin wärmer als Stein.«

Sie rutschte näher an ihn heran, bis sie an seiner Seite lag. Er drehte sich etwas herum und zog sie fest an seinen Körper, dann rollte er sich wieder teilweise über sie, um sie zu wärmen.

»Und jetzt kuschel dich zusammen wie ein frierendes Kätzchen«, murmelte er.

»I-ich w-werde dir im Weg sein.«

»Wenn ich mich plötzlich bewege, halt dir die Ohren zu.«

Sie warteten reglos.

Nach einer Zeitspanne trieb das Geräusch sich entfernenden Hufschlags den Canyon herauf. Es war ein einzelnes Tier, das sich in raschem Galopp bewegte. Jeder Schlag von Huf auf Stein war deutlich zu hören. Tatsächlich klang es manchmal, als ob ein Hammer auf Fels schlüge.

»Beschlagen«, murmelte Case.

»Von mir aus kann es auch Flügel haben«, sagte Sarah dicht an seinem Schlüsselbein. »Solange der Bandit nur verschwindet.«

»Hör auf zu zappeln.«

Sie seufzte so schwer, daß ihr Atem das Haar auf seiner Brust bewegte, und lag dann ganz still da.

Case ignorierte ihren Kopf, der unter seinem Kinn klemmte, während er wartete und beobachtete, jeden seiner Sinne in Alarmbereitschaft.

Lange Zeit war der Wind das einzige, was sich bewegte und sprach, das einzige, was irgendein Anzeichen von Leben zeigte.

Sie sind fort, entschied er.

Case war sich dessen sicher. Sein Nacken fühlte sich nicht länger verspannt an.

Er atmete langsam und tief durch. Zusammen mit ihrem Haar inhalierte er Sarahs Gegenwart. Im Moment roch sie zwar eher nach Felsstaub als nach Rosen, aber es spielte keine Rolle für ihn. Sein Schaft versteifte sich mit einer Abruptheit, die ihm das Gefühl gab, so hart wie der Fels in seinem Rücken zu sein.

»Case?« flüsterte sie.

»Was?«

»Sind sie fort?«

»Ich glaube schon.«

Sie machte Anstalten aufzustehen.

Bevor er wußte, wie ihm geschah, ertappte er sich dabei, wie er beide Arme um sie schlang und sie eng an sich preßte.

Die Erinnerung daran, wie ihre Jacke wie ein lebendiges Wesen gezuckt und sich aufgebäumt hatte, während sie von Kugeln zerrissen wurde, ließ ihm das Blut in den Adern gefrieren. Wie leicht hätte es Sarahs Körper sein können statt des Stoffes!

Er wußte nicht, was er dann getan hätte. Er wagte noch nicht einmal, daran zu denken. Alles, was er wußte, war, daß er noch nicht bereit war, Sarah loszulassen.

»Wir werden hier noch eine Weile länger warten«, sagte er. »Nur um sicherzugehen, daß keine Gefahr mehr droht.«

»Es war einen Versuch wert«, murmelte sie.

Ihre Worte klangen so erstickt an seiner Brust, daß er nicht verstand, was sie sagte.

»Was?« fragte er.

Sie seufzte. »Nichts. Ich liebe es ganz einfach, eine Scheibe kalten Fleisches in einem Steinsandwich zu sein.«

»Ich bin nicht aus Stein.«

»Nicht? Wie man sich doch täuschen kann. Du bist so hart wie ein Fels.«

Sein linker Mundwinkel verzog sich gerade lange genug aufwärts, um unter dem Bart sichtbar zu werden, den abzurasieren er ihr noch immer nicht erlaubt hatte.

»Eine Dame sollte so etwas nicht bemerken«, flüsterte er an ihrem Ohr.

»Du meinst, wie hart deine Muskeln sind? Ich müßte schon so schrecklich frieren, daß ich zu Eis erstarrt wäre, um nicht … oh!«

Sie errötete, als sie seinen granitharten Schaft an ihrem Schenkel spürte.

»Ich wette darauf, diese Röte in deinen Wangen hat dich wieder aufgewärmt«, sagte er trocken.

»Paß nur ja auf. Sonst beiße ich dich wieder.«

Ein Schauer unbezähmbaren Hungers überlief Case.

»Wenn du weiter solche Dinge sagst«, murmelte er an ihrem Ohr, »besteht die Gefahr, daß ich unaufmerksam werde und völlig die übliche Angewohnheit der Culpeppers vergesse, immer einen Mann zurückzulassen, um die Verwundeten zu erledigen.«

»Was für Dinge?«

»Daß du mich beißen willst.«

Während er sprach, schlossen sich seine Zähne behutsam um den Rand ihres Ohres.

Sarah erschauerte und gab einen leisen, kehligen Laut von sich.

»Ist dir kalt?« flüsterte er.

»N-Nein.«

»Du zitterst.«

»Noch keiner hat mich jemals so gebissen«, sagte sie.

»Wie?«

Ihre Zähne gruben sich sanft in ein Muskelpolster auf seiner Brust. Sein Herzschlag beschleunigte sich.

»So«, flüsterte sie. »Zärtlich und neckend.«

»*Ich* habe dich schon einmal so gebissen. Du erinnerst dich nur nicht mehr daran.«

»Wann?«

»Vor ein paar Wochen, als du in mein Bett gekrochen bist.«

Sie versteifte sich.

»Das habe ich nicht gemeint«, erwiderte sie.

»Sex?«

»Ja.«

»Sarah …« Case suchte nach den richtigen Worten.

»Liebes, Sex kann zärtlich und neckend und heiß und wild und alles dazwischen sein.«

»Für einen Mann vielleicht. Aber nicht für eine Frau.«

»Hast du meinen sanften Biß nicht gemocht?«

Sie rieb ihre Nase an dem weichen Haarpelz auf seiner Brust.

»Doch, sogar sehr«, gestand sie.

»Hast du es nicht gemocht, als ich an dem Morgen vor zwei Wochen deine Brüste gestreichelt und geküßt habe?«

»Case!«

»Hast du es gemocht oder nicht?« fragte er beharrlich.

»Woher soll ich das wissen? Ich habe geschlafen!«

»Was hast du damals geträumt?«

Ein sinnlicher Schauer ging durch ihren Körper, als sie sich an jenen atemberaubenden Traum erinnerte.

»Ich habe geträumt, ich läge nackt in der Sonne«, flüsterte sie. »Ich war am ganzen Körper wundervoll warm, als ob … als ob … ach, ich weiß es nicht. Ich hatte ein solches Gefühl noch nie zuvor erlebt.«

»Also hast du es gemocht.«

»Woher willst du das wissen?« gab sie zurück. »Du warst nicht in meinem Traum.«

»Nein, aber ich war in deinem Körper. Ich konnte deutlich spüren, wie sehr du es genossen hast, meinen Mund und meine Hände zwischen deinen Schenkeln zu fühlen.«

Heiße, wilde Erregung durchzuckte sie.

Ich war in deinem Körper.

Kein anderer Mann war ihr jemals so nahe gewesen, abgesehen von ihrem Ehemann. Ihre einzigen Erinnerungen an Hal waren Furcht und Schmerz und eine erstickte Art von Zorn, daß sie es widerstandslos ertragen mußte, mißbraucht und gedemütigt zu werden, im Austausch für ein Dach über dem Kopf und Essen auf Conners Teller.

»Du warst in meinem Körper?« fragte sie gepreßt.

»Nicht auf die Art, wie du glaubst. Nur ...«

Seine Stimme erstarb.

Wie soll ich einer erfahrenen Unschuld erklären, daß Männer Frauen mit Händen und Zunge reizen? fragte er sich.

»Ich habe dich gestreichelt«, sagte er. »Mehr nicht.«

»Innen?« fragte sie schockiert.

Seine Augenwinkel kräuselten sich.

»Innen, ja«, bestätigte er. »Es hat dir nicht weh getan, nicht?«

»Das weiß ich nicht«, stieß sie zwischen zusammengebissenen Zähnen hervor.

»Sicher weißt du das. Du bist zum Schluß wach gewesen.«

»Ich will nicht darüber sprechen.«

»Warum nicht?«

»Weil ich nicht will, deshalb!«

»Du stehst eine Schießerei mit Banditen durch, ohne mit der Wimper zu zucken, und du willst nicht darüber sprechen, ob dir etwas weh getan hat oder nicht?« fragte er verwundert. »Es sind doch nur Worte, keine Kugeln.«

Sarah schwieg.

»Dein Ehemann war ein erbärmlicher Versager«, stellte Case nüchtern fest. »Die meisten Männer behandeln ihre Frauen anständiger.«

»Aber sicher doch«, erwiderte sie sarkastisch. »Deshalb müssen Männer Frauen auch bezahlen, damit sie sie erdulden. Nun, ich kann

243

nur sagen, daß es auf der ganzen Welt nicht genug Silber gibt, um mich dazu zu bringen, mir *das* noch einmal gefallen zu lassen.«

»Was ist mit deinem Traum, nackt in der Sonne zu liegen und liebkosende Hitze überall auf deinem Körper zu spüren?«

»Was soll denn damit sein?«

»Das war ich.«

»Was?«

»*Ich* war die Sonne. Ich habe dich überall liebkost. Und du hast es genossen, Sarah. Ich weiß, daß du es genossen hast. Ich habe deine flüssige Hitze wie Honig an meinen Fingerspitzen gefühlt.«

Sie wurde ganz still, atmete kaum.

»Als du mich an jenem Morgen gefragt hast, was ich mit dir gemacht hätte«, fuhr Case fort, »dachte ich zuerst, du wolltest mich verspotten.«

Sie schüttelte langsam den Kopf. »Ich habe mich nicht über dich lustig gemacht. Ich wußte nicht … daß es so etwas überhaupt …«

Sie gab den Versuch auf, ihm ihre Gefühle zu erklären, und vergrub ihr schamrotes Gesicht an seiner Brust.

»Ich komme mir so dumm vor«, flüsterte sie.

»Dein Ehemann war der Dummkopf.«

»Warum?«

»Du hast wahre Leidenschaft in dir«, erwiderte Case. »Er hat sich nur nie die Mühe gemacht, sie zu entdecken.«

Sarahs Kopf schoß so schnell hoch, daß sie ihn beinahe hart am Kinn getroffen hätte.

»Leidenschaft?« fragte sie ungläubig. »Du meinst, ich *mag* Sex?«

»Du hast gemocht, was ich dir gegeben habe.«

»Aber ich habe nicht … äh … alles von dir gehabt. Ich bin weggelaufen, bevor du mir weh tun konntest.«

Seine linke Braue wölbte sich in einem schwarzen Bogen.

»Wie kommst du auf die Idee, daß ich dir weh getan hätte?« fragte er milde. »Ich hatte dir bis zu dem Punkt doch auch nicht weh getan, oder?«

Trotz der verlegenen Röte, die erneut in ihre Wangen kroch, sprach sie so unverblümt, wie Case es getan hatte. Sie war fest entschlossen, ihm begreiflich zu machen, wie sehr er sich irrte.

Sie mochte keinen Sex.

Basta.

»Ich habe dich nackt gesehen«, erklärte sie brüsk. »Du bist groß und dick. Hal war nicht annähernd so groß und dick, und er hat mir sehr weh getan.«

Cases schwarze Wimpern senkten sich einen Moment lang. Er hoffte inständig, er war nicht so stark errötet wie Sarah, aber er hätte ganz sicher kein Geld darauf verwettet.

Über derart intime Dinge zu sprechen war sehr viel schwieriger, als sie einfach zu tun.

»Du hast Schmerzen gehabt, weil du nicht für ihn bereit gewesen bist«, sagte Case schließlich.

Sie runzelte verwirrt die Stirn.

»Bereit?« fragte sie. »Was meinst du damit?«

»Der Körper einer Frau … verändert sich, wenn sie für ihren Geliebten bereit ist.«

»Lola hat nie etwas darüber gesagt, daß eine Frau bereit sein könnte. Wenn der Mann bereit ist, hat er Sex, das ist alles.«

»Lola war eine Prostituierte«, erwiderte er brüsk. »Die Männer, die zu ihr kamen, wollten Sex, und sie wollten ihn schnell. Sie zahlten dafür, um schnellen, harten Sex zu bekommen.«

»Und?«

Case öffnete den Mund, dann klappte er ihn wieder zu.

»Habt ihr beide, du und Lola, jemals über Verführung gesprochen?« fragte er nach einer Weile.

»Sicher. Das gehört zu den Tricks, um die Frauen glauben zu machen, es würde nicht schmerzhaft sein.«

»Es ist ja auch nicht schmerzhaft!«

»Nicht für den Mann«, gab sie zurück.

Vorsichtig legte Case sein Gewehr ab. Dann nahm er ihr Gesicht sanft in beide Hände.

»Wirst du dich von mir küssen lassen?« fragte er.

»Nur küssen?«

»Nur küssen.«

»Das ist alles?«

»Das ist alles«, flüsterte er an ihren Lippen.

Dann hob er den Kopf und betrachtete ihre besorgten grauen Augen, während sie darüber nachdachte.

Plötzlich lächelte sie ihn fast schüchtern an.

»In Ordnung«, flüsterte sie. »Ich mag es, von dir geküßt zu werden.«

Case war nahe daran, ihr Lächeln zu erwidern, als er an das Ausmaß ihrer sinnlichen Unwissenheit dachte.

Mit »nur küssen« ließ sich eine Menge süßen Territoriums erforschen.

15. Kapitel

Sarah beobachtete, wie Case den Kopf zu ihr herunterbeugte und sich seine schwarzen Wimpern senkten. Als er zart mit seinen Lippen über ihre streifte, fühlte sie die Wärme seiner Berührung bis hinunter in ihre Zehenspitzen. Sie seufzte und erschauerte gleichzeitig.

»Du frierst immer noch«, sagte er heiser. »Ich sollte deine Jacke holen.«

»Mir ist nicht kalt.«

»Du zitterst.«

»Aber nicht vor Kälte. Ich habe mich nur am ganzen Körper so merkwürdig zittrig und wundervoll gefühlt, als du mich geküßt hast.«

Sie fühlte und hörte zugleich, wie er scharf den Atem einsog.

»Dann werde ich dich noch ein bißchen mehr küssen«, sagte er.

Wieder streiften seine Lippen warm über ihre, und wieder überlief sie ein Schauer prickelnder Erregung. Er knabberte behutsam an ihren Mundwinkeln, ihrem Kinn, dem zarten Läppchen eines Ohres. Dann preßte er seinen Mund auf den Puls, der heftig an ihrem Hals pochte.

Bei jeder Kopfbewegung streichelte sein Bart ihre Haut wie eine weiche Bürste und erweckte ihre Nervenenden zu wildem, vibrierendem Leben.

»Bist du sicher, daß du nicht frierst?« fragte er rauh.

Sie nickte und gab einen schnurrenden Laut des Wohlbehagens von sich.

»Magst du meine Küsse?« fragte Case.

»Ja«, flüsterte sie.

»Gut. Schling deine Arme um mich und schmieg dich ganz eng an mich.«

»Mir ist nicht kalt. Wirklich nicht.«

»Mir aber«, log er.

»Oh«, sagte sie zerknirscht. »Entschuldige, daran habe ich nicht gedacht. Du fühlst dich für mich immer so warm an.«

Sarah schlang ihre Arme um Case und kuschelte sich an ihn. Ihre Brüste preßten sich gegen seine Brust. Zu ihrer Verwunderung spürte sie, daß ihre Knospen wieder so empfindlich waren wie an jenem bewußten Morgen. Nicht schmerzhaft empfindlich, nur ... pulsierend lebendig.

Und als sie sich vorsichtig an seiner Brust rieb, breitete sich das angenehm prickelnde Gefühl von ihren Brüsten bis hinunter zu ihren Knien aus. Es fühlte sich so köstlich an, daß sie leicht den Rücken durchbog und sich erneut an ihm rieb, langsamer diesmal.

»Spürst du einen Stein unter der Hüfte?« neckte er sie.

»Nein. Ich mag es nur, wenn ...«

Ihre Stimme brach.

»Was magst du?« wollte er wissen.

Sie befeuchtete ihre plötzlich trockenen Lippen mit der Zungenspitze.

»Nach der Röte deiner Wangen zu urteilen«, sagte er, »kann ich mir ziemlich genau vorstellen, was du zu sagen versuchst. Laß dir von mir helfen.«

Sie blickte ihn verdutzt an.

»Zuerst ziehe ich nur schnell meine Handschuhe aus und lege meine Hand hierhin«, murmelte er.

Seine langen Finger spreizten sich zwischen Sarahs Schulterblättern. Als er ihren Rücken bog, drückte er seinen Oberkörper an ihre Brüste und bewegte sich dabei langsam hin und her.

Sinnliche Hitze schoß durch sie hindurch.

»Oh!« sagte sie erschrocken.

»Zu fest?«

Erst da begriff sie, daß seine Bewegungen alles andere als zufällig gewesen waren. Neugierig starrte sie ihn an.

»Liebste?« fragte er leise. »War ich zu grob?«

Sie schüttelte den Kopf und betrachtete ihn aus verschleierten Augen.

»Gott«, flüsterte er. »Du hast wirklich wunderschöne Augen.«

»Wirklich?« fragte sie verwundert.

Er wußte, daß sie nicht kokett war. Koketterie war ihr ganz einfach fremd.

»Ja«, erwiderte er. »Manchmal sind deine Augen wie Nebel, und manchmal sind sie so dunkel wie Sturmwolken und manchmal von einem Silber, so tief wie das Meer.«

Der Ausdruck in seinen Augen ließ Sarahs Mund trocken werden. Sie schluckte hart und leckte sich über die Lippen.

Er beobachtete verlangend ihre rosige Zungenspitze.

»Du hast recht«, meinte er. »Es ist Zeit für mehr.«

»Was?«

»Kein Grund zur Beunruhigung. Ich möchte dich nur noch einmal küssen.«

»Oh. Schön.«

»Für mich auch«, flüsterte er.

»Was ...«

Das heiße Gleiten seiner Zunge über ihren Mund zerstreute ihre Gedanken, und sie vergaß die Frage, die sie ihm hatte stellen wollen. Ihre gesamte Aufmerksamkeit war auf ihre Lippen konzentriert. Sie fühlten sich seltsam lebendig an, heiß an den Stellen, wo seine Zunge sie liebkoste, und kühl, wo sie sanft hinübergeglitten war.

Der Griff ihrer Arme um Case verstärkte sich unwillkürlich, bis sie hart an ihn gepreßt wurde. Er unterstützte sie noch, indem er ihren Rücken durchbog und sich langsam und sinnlich mit seiner muskulösen Brust an ihren Brüsten rieb.

Sie schnappte keuchend nach Luft und öffnete die Lippen. Mit einer erregend geschmeidigen Bewegung glitt seine Zunge unter ihre Oberlippe, sanft streichelnd und forschend und kreisend, während sich seine Zähne behutsam in ihre Unterlippe gruben.

Sarah war sich nicht bewußt, daß sie einen gebrochenen, kehligen Seufzer ausstieß und ihre Lippen noch weiter öffnete. Sie wußte nur, daß seine Zunge heiß in ihrem Mund war und der Geschmack seines Kusses so unendlich süß, daß sie vor Wonne dahinschmolz.

Sie wollte ihm sagen, was für ein herrliches Gefühl es war, aber sie wollte nicht, daß die Süße endete. Und so erwiderte sie seinen Kuß einfach, ließ ihre Zunge hungrig über seine gleiten, erforschte die warmen Winkel seines Mundes, um dann seine Zungenspitze behutsam zwischen ihren Zähnen einzufangen.

Sein Atem entwich in einem rauhen Stöhnen.

Sofort gab sie ihn frei.

»Es tut mir leid«, sagte sie hastig. »Ich weiß nichts über all diese Dinge. Du bist der einzige, den ich jemals geküßt habe, abgesehen von Blutsverwandten, und das ist etwas völlig anderes.«

Conner hatte recht, dachte Case grimmig. *Sie ist jahrelang verheiratet gewesen, und ihr verdammter Bastard von einem Ehemann hat sie nicht ein einziges Mal geküßt.*

Ein seltsame Art von Schmerz zog sein Inneres zusammen, eine Mischung aus Traurigkeit und Verlangen und ein Bedürfnis, Sarah zu beschützen und liebevoll zu umsorgen, das intensiver war als jede andere Empfindung.

»Ist alles mit dir in Ordnung?« fragte sie unglücklich. »Ich wollte dir nicht weh tun.«

»Du hast mir nicht weh getan.«

Seine Stimme war rauh und kehlig, seine Augen ein brennendes Silbergrün zwischen fast geschlossenen Wimpern.

»Du hast gestöhnt«, sagte sie.

»Du auch, damals, vor zwei Wochen.«

»Ich erinnere mich nicht mehr.«

»Diesmal wirst du dich daran erinnern.«

Sarah versteifte sich kaum merklich. Alles, woran sie sich erinnerte, war, wie sie an jenem Morgen aufgewacht war – halbnackt, die Hose bis zu den Knien heruntergerutscht, und mit einer Männerhand zwischen ihren Beinen.

»Wir haben uns an dem Morgen nicht nur geküßt«, sagte sie.

»Du hast mich überhaupt nicht geküßt. *Ich* habe *dich* geküßt.«

»Aber …«, protestierte sie.

»Still«, murmelte Case, als er seinen Mund erneut auf ihren senkte. »Es sind ja nur Küsse.«

»Mmmmpf.«

Nach einem Augenblick vergaß sie alles darüber, was Küsse waren oder nicht waren. Die Gefühle, die sie durchströmten, waren einfach zu köstlich. So unbeschreiblich köstlich wie Cases Geschmack, seine Hitze, die Beschaffenheit seines Bartes und seiner Lippen, seiner Zunge und seiner Zähne.

Er fühlte, wie sich ihre verkrampften Muskeln entspannten und ihr Körper weich und anschmiegsam in seinen Armen wurde, und wußte, daß sie sich nicht länger vor dem fürchtete, was vielleicht passieren könnte. Statt dessen erwiderte sie seinen intimen Kuß mit einer schüchternen, zögernden und dennoch leidenschaftlichen Gründlichkeit, die ihn regelrecht schwindelig vor Verlangen machte.

Case vergaß den spitzen Stein, der sich in seine Seite bohrte, vergaß den kalten Wind, der über seinen nackten Rücken blies. Er vergaß alles um sich herum bis auf die heißen, verlockenden Geheimnisse ihres Mundes.

Irgendwo in einem Winkel seines Bewußtseins wußte er, daß er aufhören sollte, bevor er sich zu tief verstrickte und es kein Zurück mehr gab. Er hatte lange, lange Zeit keine Frau mehr gehabt. Und diese spezielle Frau in seinen Armen reizte ihn derart, daß er um seinen harterkämpften Seelenfrieden fürchtete.

Aber sie hat meine Wunden geheilt, dachte er. *Da ist es nur gerecht, wenn ich im Austausch dafür ihre heile.*

Wenn ich das kann.

Wenn sie es mich überhaupt versuchen läßt.

Er verschmolz seinen Mund mit ihrem auf die gleiche innige Weise, wie er sich danach sehnte, ihrer beider Körper zu verschmelzen. Langsam. Zärtlich.

Vollständig.

Sarah erwies sich als gleichwertige Partnerin in dem betörend sinnlichen Spiel, Atemzug für Atemzug, Berührung für Berührung, Kuß für Kuß, bis Case fühlte, wie er jeden Bezug zur Realität verlor und nichts mehr wahrnahm außer der heißblütigen, verführerischen

Frau in seinen Armen. Er war sich nicht bewußt, daß er die Schnüre an ihrem Rehlederhemd geöffnet hatte, bis sie plötzlich ihren Mund von seinem losriß.

»Du hattest gesagt, nur küssen«, sagte sie vorwurfsvoll.

»Es ist schwierig, durch Leder zu küssen.«

Als sie begriff, was er meinte, weiteten sich ihre Augen überrascht. Ihre geröteten Lippen und Wangen ließen die Farbe ihrer Augen wie klares, flüssiges Silber wirken.

»Ich trage kein Leder über dem Mund«, murmelte sie atemlos.

»Ich spreche auch nicht davon, deinen Mund zu küssen.«

Sie starrte ihn an. Seine Augen waren ein blasses grünes Feuer gegen die Bräune seiner Haut. Jedesmal, wenn er den Kopf bewegte, schimmerte Licht auf seinem kurzen schwarzen Bart, wie Sterne vor einem mitternachtsschwarzen Himmel. Seine Lippen waren voll und weich und gerötet von dem Druck ihrer leidenschaftlichen Küsse.

»Du willst mit Küssen aufhören, ist es das?« fragte sie.

»Nein«, murmelte er. »Ich möchte dich wieder und wieder küssen, bis ich deine flüssige Glut an meinen Fingerspitzen fühle und du so weich und bereit bist, wie ich hart bin, und wir …«

Case holte scharf Luft, um seine ungebärdige Zunge im Zaum zu halten.

Sarah wartete angespannt, beobachtete ihn aus großen, verschleierten Augen. Ihre Züge spiegelten eine Mischung aus Leidenschaft und Argwohn wider. Die Leidenschaft war stärker.

Ihr Blick schweifte zu seinen Lippen.

»So ist es richtig«, murmelte er rauh. »Beobachte mich. Beobachte uns … wie wir uns küssen.«

Seine Lippen und sein Bart streiften seidig über ihr Ohr, ihren Hals, ihren Puls, der direkt unter ihrer Haut raste. Als seine Zunge ihre Halsgrube liebkoste, entrang sich ihrer Kehle ein zittriger Seufzer. Verlangend saugte er an ihrer Haut, biß sie zärtlich in den Hals und teilte den Schauer der Erregung, der sie überlief.

Irgendwann wurde ihr bewußt, daß ihr Lederhemd bis zur Taille aufklaffte, obwohl sie keine Ahnung hatte, wie es geschehen war. Sie wußte nur, daß ihr Hemd geöffnet war und ihre Knospen feste, rosige Spitzen, die sich gegen den dünnen Musselin ihres Mieders drängten.

Mit einem rauhen Stöhnen senkte Case den Kopf. Seine Lippen öffneten sich und umschlossen eine verhüllte Brustspitze.

»Case?« fragte sie unsicher.

»Nur küssen«, murmelte er heiser.

»Aber ich küsse dich nicht.«

»Es gibt mehr als eine Art, einander zu küssen. Beobachte mich.«

Der Anblick von ihm, wie er zärtlich an ihrer Brust knabberte, bewirkte, daß sich ein sonderbares, berauschendes Gefühl wie eine Spirale durch ihren Unterleib wand. Der starke Kontrast von maskulinem Bart und duftigem Musselin verstärkte irgendwie noch die Intensität der Liebkosung.

Langsam und mit atemberaubend sinnlichen Zungenbewegungen leckte er den dünnen Stoff, der seine Zunge von ihrer festen, samtigen Knospe trennte.

Gefühle schossen durch ihren Körper wie verborgene Blitze. Erregt, fasziniert und in einem köstlichen Netz von Lust gefangen, beobachtete sie, wie sich der Musselin unter seiner Zunge dunkel verfärbte.

Noch bevor sie recht wußte, was geschah, verschwand ihre Brustspitze zwischen Cases Lippen. So behutsam, wie er zuvor ihren Mund verführt hatte, verführte er jetzt ihre Brust, während er sie mit Zunge und Lippen liebkoste.

Instinktiv bäumte sie sich ihm entgegen, rieb ihre Knospe noch fester an seiner Zunge. Er reagierte auf ihr leidenschaftliches Verlangen, indem er den saugenden Druck verstärkte, bis sie lustvoll wimmerte und ihre Finger in seine muskulösen Schultern grub.

Als Case schließlich den Kopf hob, sah ihr Mieder aus, als hätte sich der Musselin aufgelöst, um ihre Brüste nackt für seine liebkosende Zunge zurückzulassen. Sie wußte, es sollte ihr peinlich sein, ihren Körper so enthüllt unter dem nassen, durchsichtigen Stoff zu sehen und zu wissen, daß Case sie auf die gleiche Weise sehen konnte, aber die Hitze in ihren Wangen rührte eher von wachsender Leidenschaft her als von Scham.

Sie liebte es einfach, ihn dabei zu beobachten, wie er sie liebkoste.

Wieder und wieder saugte er zart an der festen, rosigen Brustspitze. Als sich seine Zähne vorsichtig um die Knospe schlossen, erschauerte Sarah heftig und schrie auf.

Er hob abrupt den Kopf.

»Habe ich dich verletzt?« fragte er besorgt.

Sie schüttelte stumm den Kopf.

»Deine Augen sind so groß wie Silberdollars«, flüsterte er.

Sarah blickte hinunter auf ihre Brüste.

»Was hast du getan?« fragte sie bestürzt. »Ich habe noch niemals so ausgesehen, selbst am kältesten Morgen nicht.«

»Du meinst das hier?« fragte er und berührte ihre hart aufgerichtete Knospe mit der Zungenspitze.

»Ja«, flüsterte sie.

»Es ist die Art deines Körpers, mir zu sagen, daß er es liebt, geküßt zu werden. Er erwidert meine Küsse.«

»Nur … küssen?«

Case murmelte zustimmend.

»Natürlich«, sagte er mit kehliger Raspelstimme, »würde ich zu gerne diese hübschen Brüste streicheln, während ich sie küsse, wenn du nichts dagegen hast.«

Sie erschauerte, als sie den Ausdruck seiner Augen sah. Sein Blick unter halb geschlossenen Lidern hatte etwas Heißhungriges, Begehrliches an sich, während er auf ihre Brüste starrte – so wie ein Verhungernder ein üppiges Festmahl betrachten würde.

»Nur streicheln?« fragte sie gepreßt.

»Nur streicheln.«

»Wird es Spuren hinterlassen?«

Er hob ruckartig den Kopf. »Hat er dir blaue Flecken beigebracht?«

»Nur wenn ich nicht stillhalten wollte. Dann hat er …«

Sarahs Stimme brach.

»Was hat er getan?« fragte Case sanft, während er sich fragte, ob sie vielleicht stürmische Leidenschaft irrtümlich für Mißhandlung gehalten hatte. »Ich möchte dich nicht erschrecken.«

»Er … er hat einfach meine Brüste gepackt und seine Fingernägel hineingegraben, bis ich aufhörte, mich zu wehren.«

Case war so entsetzt, daß er einen Moment lang keinen Ton herausbrachte.

Nur gut, daß Conner Hal versehentlich getötet hat, dachte er erbittert. *Ich hätte den elenden Bastard todsicher absichtlich umgebracht und wäre dafür am Galgen gelandet.*

»Ich würde dir niemals in irgendeiner Weise weh tun«, sagte er ruhig.

Sie zögerte, dann stieß sie einen zittrigen kleinen Seufzer aus.

»In Ordnung«, sagte sie hastig. »Du kannst tun, was … was du gern tun möchtest.«

»Es wird ein schöneres Gefühl sein ohne dein Mieder. Für uns beide.«

»Ohne irgend etwas, um mich zu bedecken?« fragte sie mit hoher, erschrockener Stimme.

»Mein Mund und meine Hände werden dich bedecken.«

Sie erschauerte bei dem Gedanken, ihn so intim am Körper zu spüren wie ihre Unterwäsche.

»Na gut«, flüsterte sie mit trockenen Lippen.

Er zog ihr das Hemd aus und legte sie zurecht, bis sie auf dem Rücken lag, das schützende Rehleder unter ihr. Seine Hände glitten über ihre Rippen unter dem Mieder. Er hob seine Daumen, um den Musselin über ihre straffen Brüste hinaufzuschieben.

Und dann betrachtete er sie nur bewundernd.

»Gott im Himmel, Mädchen«, hauchte er. »Deine Schönheit stellt selbst Sonne und Mond in den Schatten.«

Sarah errötete von den Brüsten bis zum Haaransatz.

Er beugte sich hinunter und rieb sanft sein Gesicht an ihr, von den Schlüsselbeinen hinunter über jede Brust und wieder zurück, während er ihre Haut auf jedem Zentimeter des Weges mit zärtlichen Küssen bedeckte. Der Gedanke, wie solch zerbrechliche Schönheit von einem Mann – ganz gleich, von wem, selbst wenn es ihr rechtmäßiger Ehemann war – brutal geschändet wurde, erweckte in Case das Bedürfnis, mit liebevollen Küssen und zärtlichem Streicheln auch noch die letzte Erinnerung an Schmerz auszulöschen.

Er stützte sich auf die Ellenbogen und vergrub sein Gesicht zwischen ihren Brüsten, um sie sanft zu liebkosen, während er sich nach der Mißhandlung sehnte, die sie erfahren hatte. Hätte er es gekonnt, dann hätte er ihren Schmerz auf sich genommen und ihr nur die Lust gelassen.

Die Vorstellung, daß eine solche Heilung möglich sein könnte, war fast qualvoll für ihn. Ein Schauder überlief ihn, und er verstärkte seine Liebkosungen, verzehrte ihre Brüste mit atemberaubender Zärtlichkeit.

Für Sarah war es, als durchlebte sie noch einmal ihren Traum, als spürte sie wieder das sanfte Streicheln warmer Sonnenstrahlen auf ihrer nackten Haut. Ihre Brustwarzen richteten sich unter der rauhen Seide seines Bartes zu harten, schmerzenden Spitzen auf, die durch seine feuchte Zunge und seine streichelnden Fingerspitzen köstliche Linderung erfuhren; ihre Brüste waren gerötet und angespannt, zum ersten Mal in ihrem Leben pulsierend lebendig.

Sie gab einen rauhen Laut von sich und zuckte zusammen, als sich sein Mund um eine Knospe schloß.

»Ich habe das hier noch mit keiner Frau zuvor getan«, flüsterte Case und hob den Kopf. »Du mußt es mir sagen, wenn ich etwas tue, was du nicht magst.«

Zuerst hörte sie seine Worte kaum, denn sie war viel zu intensiv in der Lust gefangen, die sich in schimmernden Wogen in ihrem Körper ausbreitete, um irgend etwas anderes wahrzunehmen.

»Noch nie getan?« brachte sie schließlich mühsam hervor.

»Nicht auf diese Weise.«

»Inwiefern ist es anders?«

»Ich möchte dir all den Schmerz nehmen und nur Süße an seiner Stelle zurücklassen. Früher wollte ich immer nur ...«

Seine Stimme erstarb, als er die innere Rundung ihrer Brüste küßte und dann mit köstlicher Behutsamkeit in jede Knospe biß. Das lustvolle Stöhnen, das sich ihrer Kehle entrang, und die Art, wie sich ihre Finger plötzlich hart in seine Schultern gruben, sagten ihm, wie sehr sie die Liebkosung genoß.

»Zum Teufel«, murmelte Case rauh. »Ich kann mich noch nicht einmal mehr erinnern, wie es früher war. Ich weiß nur, daß es nicht so wie jetzt war.«

Er senkte den Kopf und ließ erneut seine feuchte Zungenspitze um ihre samtigen, hart aufgerichteten Knospen kreisen.

»Du hast noch mehr, was ich gerne streicheln würde, um dir Lust zu schenken«, sagte er. »Erlaubst du mir, dich auch an einer anderen Stelle zu liebkosen?«

Ihre einzige Antwort war ein kehliger Laut, als sie mit beiden Händen in sein Haar faßte und seinen Kopf wieder auf ihre hungrigen Brüste hinunterzog.

»Du wirst es sogar noch mehr mögen als das, was ich bisher getan habe«, sagte er. »Laß mich dich am ganzen Körper berühren, Liebste. *Bitte.*«

»Es wird nicht … weh tun?« fragte sie mit bebender Stimme.

»Hast du schon jemals etwas als so schön empfunden, daß es fast schmerzte?« flüsterte er.

»Du meinst, wie den Gesang der ersten Wiesenlerche im Frühling?«

Ihre Worte bewirkten, daß sich sein Inneres in einer Mischung aus Schmerz und Freude zusammenkrampfte. Er hätte niemals vermutet, daß jemand anders ähnlich empfinden könnte, wenn er zum ersten Mal nach der langen, eisigen Stille des Winters den süßen Gesang einer Wiesenlerche hörte.

Bis zu diesem Augenblick hatte Case völlig vergessen, wie es war, so zu fühlen.

»Ja«, erwiderte er mit rauher Stimme. »Wie eine Silbernadel, die durch deine Seele sticht. Es ist kein richtiger Schmerz, nicht?«

»Nein. Es ist wunderschön. Wie du, so stark und dennoch so vorsichtig mit mir.«

Case küßte Sarah unendlich sanft.

»Ich würde meine Seele dafür geben, wenn ich ungeschehen machen könnte, was dir dieser brutale alte Mann damals angetan hat«, flüsterte er.

Tränen brannten plötzlich in ihren Augen. Sie berührte seinen Mund zärtlich mit den Fingerspitzen.

»Man kann nicht in die Vergangenheit zurückkehren«, flüsterte sie. »Man kann nur vorwärtsgehen.«

Mit einem heiseren Stöhnen schmiegte er seine Stirn an ihr Herz und ließ den ruhigen Pulsschlag ihres Lebens in sich einsinken. Dann wanderte sein Mund langsam, ganz langsam zu ihrem Nabel hinunter, und seine Zungenspitze glitt in die empfindliche Vertiefung.

Sarah keuchte auf, überrascht über die wilden Gefühle, die sich bei jeder erregenden Bewegung seiner Zunge in ihrem Unterleib ausbreiteten. Seine Hände streichelten ihre Brüste und zupften behutsam an den schmerzhaft pulsierenden Knospen, während er gleichzeitig seine heiße Zungenspitze wieder und wieder in ihren Nabel schnellen ließ. Sie bäumte sich ihm entgegen und stieß einen erstickten Schrei aus.

Eine ähnliche Woge von Leidenschaft schlug über ihm zusammen und erschütterte ihn bis ins Innerste. Das Wissen, daß er ihr zum ersten Mal im Leben Lust schenkte, wirkte wie eine Droge auf ihn.

Er wollte nicht aufhören. Er wollte es noch nicht einmal versuchen.

Mit zitternden Händen knöpfte er ihre Hose auf und schob sie über ihre Hüften hinunter. Unter Rehleder und Musselin vereinte sich der Duft von Rosen und weiblicher Erregung zu einem berauschenden Parfüm. Case schloß die Augen und sog den sinnlichen Duft tief in seine Lungen, schwindelig vor Hunger und Verlangen.

»Case?« fragte Sarah mit unsicherer Stimme.

»Sonne, Mond und Sterne«, erwiderte er kehlig, während er sie verzückt betrachtete. »Nichts ist schöner und atemberaubender als du.«

Das blasse Feuer seiner Augen schien sie gierig zu verschlingen, dennoch waren seine Hände und sein Mund auf ihrem Körper so sanft wie der goldene Schatten von Kerzenflammen.

Hin und hergerissen zwischen Verlegenheit und einer Hitze, die sie nur ein einziges Mal zuvor gefühlt hatte, in einem Traum von Sonnenlicht, beobachtete sie ihn, wie er sie liebkoste. Sie protestierte nicht, als er ihr die Hose vollends an den Beinen herunterzog und das Kleidungsstück dann unter sie schob. Sie protestierte nicht, als er seine Wange an ihren Körper schmiegte und ihren Bauch streichelte, so wie er zuvor ihre Brüste gestreichelt hatte, mit Zähnen und Zunge und Händen.

Dann begann er, mit Stirn und Wangen über ihre Schenkel zu streichen. Seine heißen, seidigen Lippen und seine sinnlich harten Hände folgten und massierten sanft ihr festes Fleisch.

Mit unendlicher Zärtlichkeit liebkoste er ihre Schenkel, und Sarah vergaß völlig, daß sie so verletzlich gegenüber seiner sehr viel größeren Kraft war, vergaß den kalten Wind und den harten Fels, auf dem sie lag. Sie vergaß alles um sich herum bis auf die Lust, die sich tief in ihrem Schoß sammelte und unaufhaltsam anschwoll mit jedem Kuß, den er auf ihre Haut drückte, jeder Zärtlichkeit, jedem heiser gemurmelten Wort, das ihr sagte, wie sehr er es genoß, ihren Körper zu erforschen.

Die Verkrampfung in ihren Muskeln schmolz dahin unter seinem zärtlichen Angriff. Vage wurde ihr bewußt, wie seine Hände und Lippen höher hinaufwanderten und die Innenseite ihrer Knie streichelten, die Innenseite ihrer Schenkel, das lockige Haardickicht …

»Case«

Er gab einen hungrigen, fragenden, seltsam beschwichtigenden Laut von sich.

»Du bist in mir«, sagte sie mit hoher, erschrockener Stimme.

»Gott, ja! Du bist so süß wie purer Honig.«

Wieder bewegte er seine Hand, langsam, sinnlich.

Wieder ergoß sich seidige Hitze auf seine Fingerspitzen.

»Honig und Feuer, heiß genug, um den Winter dahinschmelzen zu lassen«, flüsterte er.

Sie versuchte zu sprechen. Vergeblich. Eine Woge brennender Lust überrollte sie, und sie bäumte sich ihm verlangend entgegen.

Unter schweren Lidern hervor beobachtete Case, wie Sarah von Schock und Erstaunen und verzehrender Sinnlichkeit überwältigt wurde. Sie protestierte nicht länger gegen seine Hand, die sich so intim zwischen ihren Schenkeln bewegte. Statt dessen gab sie sich seinen gewagten Liebkosungen mit einem Vertrauen hin, das ihn beschämte und zugleich heftig erregte.

Langsam und vorsichtig schob er zuerst einen, dann den zweiten Finger in ihren feuchten Schoß, um sie mit denselben sinnlichen Bewegungen zu erforschen und gleichzeitig zu dehnen.

Ein zittriger, gebrochener Seufzer entrang sich ihrer Kehle.

»Tut das weh?« fragte er leise.

Sie konnte nicht antworten, aber ihr Körper konnte es.

Ihre heiße, flüssige Reaktion wirkte sogar noch unwiderstehlicher auf Case als der erste Ruf der Wiesenlerche nach der bedrückenden Stille des Winters. Er verlagerte sein Gewicht, bis er zwischen ihren gespreizten Schenkeln kniete. Dann wiederholte er die Liebkosung, langsam, behutsam, während er seine Finger noch tiefer in ihren Schoß schob.

In dem Augenblick erkannte Sarah, daß sie ihm vollkommen ausgeliefert war. Ihre Hilflosigkeit erschreckte sie, und sie wollte protestieren, aber ihre Worte gingen in einem heiseren Schrei der Lust unter, als sich seine Finger erneut bewegten. Als er tief in ihr war, rieb sein Daumen behutsam über die glatte Knospe, die die wachsende Leidenschaft in ihrem Schoß hatte anschwellen lassen.

Intensive, schockierende Lust explodierte in ihrem Inneren und benetzte seine Fingerspitzen mit flüssiger Glut.

Case verlagerte wieder sein Gewicht, hob sich in einer sanften, überwältigenden Woge auf sie. Plötzlich war er überall, umschloß sie heiß und kraftvoll, zärtlich und liebkosend.

»Sag es mir, wenn ich dir weh tue«, flüsterte er.

Sie hörte die Worte kaum. Sie spürte nur ein Gefühl von Hitze zwischen ihren Schenkeln und ein Dehnen, das nicht aufhören wollte, köstlich, furchteinflößend, endlos und unglaublich sinnlich zugleich.

Case gab einen erstickten Laut von sich, als er den Widerstand ihres weichen Fleisches fühlte, das gegen seinen prallen Schaft stieß und ihn gleichzeitig aufforderte, tiefer in sie einzudringen.

»Sarah?« fragte er heiser. »Tue ich dir weh?«

»Ich fühle mich so ... seltsam.«

Sie erschauerte rhythmisch. Die kaum merklichen Bewegungen waren wie ein Mund, der sich um seinen erregten Schaft schloß und ihn auf höchst intime Weise küßte.

»Es tut nicht weh«, flüsterte sie. »Nicht direkt.«

Er rollte sich auf den Rücken und zog sie mit sich.

Sie keuchte vor Überraschung, als sie sich plötzlich auf seinen Hüften sitzend wiederfand.

»Was tust du?« fragte sie verwundert.

»Du bist so süß und eng«, sagte er. »Auf diese Art kannst du selbst entscheiden, wieviel von mir du fühlen möchtest.«

»Ich verstehe nicht.«

Um seine Mundwinkel spielte ein kaum wahrnehmbares Lächeln.

»Schau hinunter«, sagte er nur.

Sarah tat es. Ihre Augen weiteten sich vor Überraschung, als sie sah, daß ihrer beider Körper auf die elementarste Art, die es gab, vereint waren.

»Wir sind ...« Ihre Stimme brach.

»Ganz sicherlich. Das heißt«, gab er zu, »wir sind halbwegs da. Der Rest bleibt dir überlassen.«

»Wie?«

»Wenn du mehr willst, laß dich etwas tiefer auf mich sinken, dann heb deinen Po wieder an, dann laß dich wieder herunter.«

Zögernd bewegte sie ihre Hüften vor und zurück.

Glatte, heiße, feuchte Seide umschloß ihn.

Er biß die Zähne zusammen und kämpfte gegen die Versuchung an, sich auf der Stelle, hier und jetzt, in sie zu ergießen.

»Wie fühlt sich das an?« stieß er mühsam hervor.

»Ich glaube, es ... gefällt mir.«

Sie bewegte sich erneut, dann noch einmal.

Case stieß einen rauhen, erstickten Laut aus.

Sarah erstarrte.

»Tut es weh?« fragte sie erschrocken.

»Wie der süße Gesang einer Wiesenlerche.«

Sie zögerte, dann lächelte sie, als sie verstand.

»Du magst es auch«, murmelte sie.

»Ich bin mir nicht sicher«, log er schamlos. »Versuch es noch ein paarmal.«

Langsam glitt sie auf und nieder, auf und nieder.

Seine Hand bewegte sich. Hungrige Fingerspitzen durchsuchten das feuchte Dickicht rostbrauner Locken, bis er die geschwollene Knospe der Leidenschaft fand. Er umkreiste sie behutsam, zog sich zurück, streichelte sie erneut und verteilte die flüssige Hitze ihrer Reaktion zwischen ihnen beiden.

Die Augen geschlossen, wild erschauernd und mit jedem Atemzug leise wimmernd, versuchte Sarah, noch näher an seine zum Verrücktwerden erregenden Fingerspitzen heranzukommen, um jene brennende, jähe Lust noch intensiver zu spüren. Ihre Hüften bewegten sich jetzt weniger zögernd über dem prallen männlichen Fleisch zwischen ihren Beinen. Er war hart und heiß in ihrem Schoß, ein Pfahl in ihrem Fleisch, der ihr keinerlei Schmerz verursachte. Nicht länger.

Er fühlte sich unglaublich gut an.

Mit leuchtenden Augen beobachtete Case Sarah, während er sie streichelte und erregte, bis sich ihre Lust wie flüssige Glut über sie beide ergoß. Dann zog er sich zurück.

Ihre Hüften bewegten sich heftig, zogen ihn so tief in ihren Schoß hinein, daß seine Hand zwischen ihrer beider Körper eingeklemmt war. Erst dann gab er ihr, was sie brauchte, liebkoste und verführte und erfüllte sie mit jeder kraftvollen Aufwärtsbewegung seiner Hüften.

Etwas Wildes und atemberaubend Schönes zugleich breitete sich zwischen ihren heißen, vereinten Körpern aus. Sarahs Augen weiteten sich vor Verzückung. Ein heftiger Schauer der Erregung überlief sie, und sie bewegte sich hungrig vor und zurück, von dem einzigen Drang getrieben, noch mehr von Case zu fühlen, jeden Zentimeter von ihm so tief in sich zu spüren, wie er in sie eindringen konnte.

Plötzlich spannte sich sein gesamter Körper an. Rauhe, kehlige Schreie entrangen sich seiner Kehle, während er sich in ihre Hitze ergoß.

Als die erstickten Laute und das heftige Pulsieren, das seinen Unterleib erschütterte, nicht enden wollten, hielt Sarah reglos inne, voller Furcht, daß sie ihn irgendwie verletzt hatte. Ängstlich forschte sie in seinem Gesicht.

Seine Miene war verzerrt, als hätte er Schmerzen. Schweißtropfen glitzerten auf seiner Stirn.

»Ist es deine Wunde?« fragte sie besorgt.

Case verstand ihre Worte nicht. Alles, was er wußte, war, daß sie Anstalten machte, sich von ihm zu heben. Und das wollte er nicht. Er sehnte sich danach, noch eine Weile länger in der festen, köstlichen Hitze ihres Körpers zu bleiben.

»Beweg dich nicht«, sagte er gepreßt.

»Es *ist* also deine Wunde«, erwiderte sie und hob sich von ihm herunter.

Mit einem rauhen Fluch packte er ihre Schenkel und vergrub sich erneut in ihrem Schoß. Dann bäumte er sich auf und stieß zu.

Hart.

Lust explodierte in ihrem Inneren. Sie konnte ihre Hüften nicht bewegen, aber sie entdeckte, daß sie sich innerlich bewegen, seinen Schaft mit den Muskeln in ihrem Schoß umfangen und liebkosen konnte, während er tief in ihr pulsierte.

Die verzehrende Süße verstärkte sich. Wieder und wieder zog sie ihren Körper um ihn herum zusammen und keuchte lustvoll auf, als sich Verzückung wie eine glühende Spirale durch sie hindurchwand. Es war, als grüben sich Klauen von Feuer in ihr Fleisch, um zu pulsieren und sie loszulassen und erneut zu pulsieren.

Sie stöhnte und drängte sich an ihn, während sie versuchte, ihn noch tiefer in sich zu fühlen, fiebernd vor Verlangen nach etwas, was sie nicht benennen konnte. Aber wie ein Habicht, dessen Augen mit einer Kappe verhüllt waren, wußte sie, daß es da war, daß es auf sie wartete – die unendliche Freiheit des Himmels, knapp außerhalb ihrer Reichweite.

Sie weinte vor Sehnsucht danach.

Case legte seine Hände auf ihre Hüften und vergrub sich mit einem kraftvollen Stoß zwischen ihren Schenkeln.

Eine wilde, alles verzehrende Hitze pulsierte durch Sarah, trug sie mit sich fort wie die Schwingen eines neu in die Freiheit entlassenen Habichts.

Und dann war auch sie frei.

Jeder gebrochene Atemzug, den sie tat, war ein Schrei der Ekstase, der zugleich sein Name war.

Case hörte ihre Lust, stieß tief in ihren pulsierenden Körper hinein und fühlte den heißen Ansturm ihrer Befriedigung. Er konnte ihrem sinnlichen Flug ebensowenig widerstehen, wie er zu atmen aufhören konnte. Eine überwältigende Verzückung bemächtigte sich seiner, spannte seinen Körper erneut an, und er vergrub sich tief und hart in ihr, während er alles um sich herum vergaß bis auf Sarah und die erschütternden, endlosen Schauer der Ekstase, die sie ihm zum zweiten Mal geschenkt hatte.

Erst als die letzten Tropfen der Leidenschaft vergossen waren, erkannte Case, was er getan hatte.

Was, wenn ich sie geschwängert habe?

Der Gedanke wirkte ebenso ernüchternd auf ihn, als hätte ihn jemand nackt in eine Schneewehe gestoßen.

Abrupt hob er Sarah von seinem Körper.

Wie heißt es doch so treffend? Nur ein Dummkopf verschließt die Stalltür, nachdem das Pferd gestohlen ist, dachte er grimmig, aber er schob sie trotzdem energisch von sich.

»Case?« fragte sie erschrocken.

»Zieh dich an, bevor du dich erkältest.«

Sie fröstelte, aber es hatte nichts mit dem Wind zu tun. Seine Augen waren plötzlich so kalt wie der Wintermond.

16. Kapitel

»Was hat sie wohl veranlaßt, ihre Meinung zu ändern?« fragte Conner. Seine Stimme klang ungewöhnlich laut in dem Blockhaus.

Wahrscheinlich, weil das Abendessen ungewöhnlich schweigsam verlaufen war.

Tatsächlich war es auffällig still im Haus gewesen, seit Case und Sarah vor einigen Stunden aus dem Canyon zurückgekehrt waren. Beide waren angespannt und alles andere als gesprächig. Conner nahm an, daß es mit dem Überraschungsangriff der Banditen zu tun hatte.

»Sarah?« fragte Conner erneut.

»Entschuldige. Hast du mit mir gesprochen?«

»Pest und ... äh, Himmel, nein, ich habe mit dem Kaninchenragout gesprochen. Was glaubst du wohl, was sie dazu gebracht hat, ihre Meinung zu ändern?«

Sie blinzelte, offensichtlich verwirrt.

»Warum sind die Banditen hinter dir her gewesen?« fragte ihr Bruder langsam. »Sie haben uns doch schon wochenlang nicht mehr belästigt.«

»Ich schätze, daß es allmählich verdammt kalt im Spring Canyon wird«, meinte Case.

»Ist das vielleicht ein Grund, eine Frau aus dem Hinterhalt zu erschießen?« fragte Conner ungläubig.

»Es ist ein besserer Grund als einige andere, von denen ich gehört habe.«

Cases Stimme klang schroff und abweisend. Sein Ton riet dringend zu einem Themenwechsel. Desgleichen der Ausdruck seiner Augen.

Doch Conner ignorierte die Warnsignale.

»Scheint, als hätte Ab nicht nur mit Moody, sondern auch mit seiner eigenen Sippe Schwierigkeiten«, sagte der Junge.

Case kaute eine Gabel voll Fleisch und sagte gar nichts.

»Was meinst du?« wollte Sarah wissen.

»Du hast mir doch erzählt, du hättest gehört, wie Ab Moody befahl, seine Überfälle drei Tagesritte vom Spring Canyon entfernt zu verüben und nicht näher.«

Sie nickte.

»Der Canyon, in dem ihr Holz gesammelt habt, ist nicht so weit entfernt«, erklärte ihr Bruder, »und dieses Haus auch nicht. Trotzdem war mindestens ein Culpepper an jedem der Überfälle beteiligt.«

»Und?« fragte sie.

Conner warf seiner Schwester einen frustrierten Blick zu.

»Und deshalb ist es so offensichtlich wie Warzen auf einer Essiggurke, daß Ab keine Kontrolle über seine eigenen Leute hat, geschweige denn über Moodys Haufen«, erwiderte er.

Während Conner sprach, streckte er den Arm aus und griff an Case vorbei nach der Bratpfanne voller Maisbrot. Der Stuhl des Jungen, erst kürzlich aus Pyramidenpappelholz und Wildleder getischlert, knarrte alarmierend.

»Bitte jemanden darum, daß er dir das Brot reicht«, ermahnte Sarah ihren Bruder scharf.

»Warum? Ich mußte mich noch nicht mal besonders weit vorbeugen.«

»Weil es sich so gehört.«

»Mir scheint, es würde sich eher gehören, nicht jemanden damit zu behelligen, der mit seinem Essen beschäftigt ist«, gab Conner zurück.

»Reich mir das Maisbrot, wenn du dir davon genommen hast«, stieß sie zwischen zusammengebissenen Zähnen hervor.

»Bitte?«

»*Bitte.*«

Case wandte sich zu dem Jungen um. »Hör auf, deine Schwester zu ärgern. Sie hat heute schon einen anstrengenden Tag hinter sich.«

Sarah hoffte inständig, in dem flackernden Licht der Lampe würde niemand die verlegene Röte bemerken, die in ihre Wangen kroch.

Conner sah zerknirscht aus.

»Entschuldige, Schwester«, sagte er. »Ich weiß, es ist kein Vergnügen, den Nachmittag damit zu verbringen, platt ausgestreckt auf kaltem Felsboden zu liegen, während …«

»Reich mir das Brot«, unterbrach Sarah ihn schroff. »Bitte.«

Sie sah Case nicht an. Sie hatte ihm keinen Blick mehr gegönnt, nachdem ihr klargeworden war, daß sie ihn an diesem Nachmittag irgendwie angewidert hatte. Sie wußte beim besten Willen nicht, was sie getan hatte.

Aber sie würde sich hüten, ihn danach zu fragen.

Es reichte schon zu wissen, daß er sie ebenfalls nicht ansehen wollte.

»Danke«, sagte sie überdeutlich, als sie das Brot von Conner entgegennahm.

»Bitte«, erwiderte er. »Glaubst du, Ab und Moody werden sich ein Feuergefecht liefern?«

Sie zuckte die Achseln.

»Was glaubst du, Case?« fragte Conner.

»Ich glaube, Ab wird seine Sippe zurückpfeifen, indem er ein paar Frauen ins Lager bringt. Dann werden die Jungs nicht mehr so unruhig sein.«

Sarah fühlte, wie alle Farbe aus ihrem Gesicht wich.

Unruhig, dachte sie. *Ist es das, worum es heute nachmittag gegangen ist?*

Was war es noch, was Case gesagt hat? Etwas darüber, wie lange es schon her sei, seit er das letzte Mal mit einer Frau zusammen war.

Ich nehme an, ich sollte noch dankbar sein, daß er zärtlich mit mir war.

Sie seufzte schwer und schob lustlos das Essen auf ihrem Teller hin und her.

Ich wünschte nur, dachte sie wehmütig, *ich hätte richtig machen können, was immer es war, was ich falsch gemacht habe.*

Statt von ihrem Maisbrot abzubeißen, kaute sie nachdenklich auf ihrer Unterlippe.

»Frauen?« fragte Conner in das lastende Schweigen hinein. »Werden sie nicht nur für Ärger sorgen?«

»Das ist gewöhnlich das, was sie am besten können«, erwiderte Case sardonisch. »Aber es gibt Zeiten, wenn außer einer Frau nichts mehr hilft.«

»Hmmm«, meinte der Junge und wandte sich an seine Schwester. »Was denkst du?«

»Ich denke«, sagte sie brüsk und schob ihren Stuhl zurück, »mir reicht's jetzt.«

Conner betrachtete den Teller seiner Schwester.

»Was?« fragte er verwundert. »Ein Bissen Maisbrot und eine Gabel voll Ragout reichen dir?«

»Ja.«

Aus reiner Gewohnheit faltete Sarah das ausgefranste Stück Stoff, das als Serviette diente, und legte es auf den Tisch. Dann griff sie nach ihrer Jacke und strebte zur Tür.

»Wo gehst du hin?« wollte ihr Bruder wissen.

»Aus.«

»Wann wirst du wieder zurück sein?« hakte er beharrlich nach.

Statt einer Antwort ließ sie nur die Haustür mit einem Knall hinter sich ins Schloß fallen.

Stirnrunzelnd wandte sich Conner zu Case um. Der ältere Mann betrachtete die Tür mit ausdrucksloser Miene und Augen, die ihre Farbe mit jedem Flackern der Lampe von Gold zu Blaßgrün veränderten.

»Was ist bloß mit ihr los?« wollte Conner wissen.

»Ihr geht eine Menge im Kopf herum.«

»Das tut es immer, aber sie hat sich noch nie so benommen wie jetzt.«

»Nach Silber zu suchen, das man nicht findet, kann ziemlich an den Nerven zehren«, erwiderte Case.

»Unsinn, es macht ihr Spaß, danach zu suchen. Ich glaube, es ist nur ein Vorwand für sie, um hinauszureiten und durch die Landschaft zu wandern.«

Case stocherte noch einen Moment länger in seinem Ragout. Dann legte er seine Gabel beiseite und schob seinen Stuhl zurück.

»Du auch?« fragte Conner verdutzt.

»Was?«

»Kein Appetit. Es ist Kaninchen, ehrlich, keine Schlange. Ich habe das Ragout selbst gekocht.«

»Ich habe schon mehr als einmal Schlange gegessen. Sie schmeckt gar nicht mal schlecht, wenn man erst einmal die Vorstellung überwunden hat, was für ein Getier es ist, das man da auf seinem Teller hat.«

Conner schnitt eine Grimasse.

Mit schnellen Handgriffen schlang Case sein Holster um seine Hüften. Er hakte den Revolvergürtel zu und eilte zum Haus hinaus. Als er die Tür hinter sich zuzog, überlegte er, was er sagen könnte, um Sarah begreiflich zu machen, warum sie keine Liebenden sein sollten.

Es hätte nicht passieren dürfen. Selbst dieses eine Mal war schon zuviel, dachte er verbissen. *Und es ist alles meine Schuld.*

Ich hätte sie niemals berühren dürfen.

Er verstand noch immer nicht, wie es geschehen konnte, daß er derart den Kopf verloren hatte. Er hatte sich niemals von seinen sexuellen Bedürfnissen beherrschen lassen, selbst in seinen wildesten Zeiten nicht.

Gott, sie könnte mit meinem Baby schwanger sein.

Bei diesem Gedanken kroch kalte, beklemmende Furcht in ihm hoch. Er wollte sich nicht noch für ein weiteres winziges Leben verantwortlich fühlen müssen.

Nie wieder.

»Case?«

Blitzschnell fuhr er herum und zog seinen Revolver. Noch bevor die Bewegung vollendet war, schob er seine Waffe wieder in das Holster zurück, denn es war Conner, der in der Tür stand.

Der Junge pfiff bewundernd durch die Zähne. »Mann, bist du schnell!«

»Entschuldige«, sagte Case rauh. »Ich habe nicht gehört, wie du die Tür hinter mir geöffnet hast. Ich bin ein bißchen nervös nach dem, was heute geschehen ist.«

»Könntest du mir das auch beibringen?«

»Nicht mit dem Riesending, das du da im Gürtel trägst. Dein Colt ist ja fast schon so groß und schwer, daß er für zwei reicht.«

»Was ist mit den Schießeisen, die die Banditen hatten?«

Case blickte sich mißtrauisch nach allen Richtungen um. Von Sarah war keine Spur zu sehen.

»Sie ist wahrscheinlich in den Deer Canyon gegangen«, meinte ihr Bruder. »Das ist ihr zweitliebster Ort.«

»Und was ist ihr Lieblingsort?«

»Der Felsvorsprung mit der kleinen Sickerstelle, wo du ihr zum ersten Mal begegnet bist.«

»Warum geht sie dorthin?«

»Sie sagt, der Ort wirkt beruhigend auf ihre Seele.«

Cases Augenlider zuckten.

»Aber seit die Banditen in der Gegend sind, verschafft sie sich ihre Beruhigung im Deer Canyon. Wenn sie jetzt dort hinreitet, dann muß sie der Überfall stärker erschüttert haben, als sie zugeben will.«

Der Überfall – oder das, was danach geschehen ist, dachte Case bitter.

Gott im Himmel, warum habe ich das nur getan? Ich hätte ihr vom Kopf bis zu den Zehenspitzen Lust bereiten können, ohne gleich ein Kind zu riskieren.

Er wußte keine Antwort, spürte nur den Schmerz in seinen Lenden, der ihn überwältigte, wann immer er an Sarahs seidige, leidenschaftliche, großzügige Reaktion dachte.

Er hatte sie gerade erst geliebt, und dennoch begehrte er sie schon wieder, so heftig, daß er beinahe vor Verlangen zitterte.

»Hol dir einen von den Revolvern der Banditen«, sagte er kurz angebunden.

Sein Ton ließ Conner zögern, aber nur für einen Moment. Er hatte schon fast nicht mehr zu hoffen gewagt, daß Case jemals Zeit haben würde, ihm beizubringen, wie man mit einem sechsschüssigen Revolver umging. Mit der Jagd nach dem spanischen Schatz, dem Herbeischaffen von Feuerholz und Wasser, dem Wachehalten oben auf dem Felsrand, den Reparaturen an dem Blockhaus und der Suche nach geeignetem Holz für Fußbodenbretter war Case intensiver beschäftigt als drei Männer zusammen.

»Ich bin wieder zurück, bevor du merkst, daß ich weg war«, sagte Conner eifrig.

Case antwortete nicht. Er starrte gedankenverloren in Richtung Deer Canyon. Im Licht des späten Nachmittags hob sich jeder Busch und Zweig und jeder Grashalm scharf umrissen gegen den Hintergrund ab.

Und auch Sarahs geschmeidige, flinke Gestalt, die gerade einen geröllbedeckten Abhang zu der Öffnung eines nahe gelegenen Canyons hinaufkletterte.

Er beobachtete sie noch immer, als Conner zurückkehrte.

»Keine Sorge«, sagte der Junge, während er die Haustür hinter sich schloß. »Man kommt nur von dieser Seite aus in den Canyon hinein. Einen anderen Weg gibt es nicht. Sie ist sicher vor Banditen.«

Obwohl Case nickte, wandte er den Blick nicht eher ab, bis sie in den Schatten auf einer Seite des Canyons verschwunden war. Dann drehte er sich widerstrebend zu dem Jungen um, dessen schnelles Lächeln ihn nur zu schmerzlich an Sarah erinnerte.

»Welchen Revolver hast du dir ausgesucht?« wollte Case wissen.

»Diesen hier. Er liegt ausgesprochen gut in der Hand.«

Es überraschte Case nicht zu erfahren, daß Conner die Waffen der Banditen ausprobiert hatte. Genausowenig, wie es ihn überraschte, daß der Junge den handlichsten Revolver aus dem Haufen gewählt hatte.

»Er liegt zwar gut in der Hand«, erwiderte Case ausdruckslos, »aber in einem Sturm zielt er so schlecht, daß er keinen Furz wert ist.«

Conner betrachtete stirnrunzelnd die Waffe in seiner Hand.

»Was meinst du?« fragte er.

»Hast du damit geschossen?«

»Ute würde mich skalpieren, wenn ich auf die Idee käme, wertvolle Kugeln zu verschwenden.«

»Lernen ist keine Verschwendung«, erwiderte Case. »Komm mit. Es hat keinen Zweck, die Hühner zu erschrecken.«

»Ich hätte nichts dagegen, den großen, roten Hahn als Zielscheibe zu benutzen«, murmelte Conner.

»Stimmt, er ist ein angriffslustiger alter Bursche«, nickte Case. »Aber er zeugt die Art von Küken, die das Land braucht – schnell und zäh.«

»Ich weiß. Ich habe schon auf mehr als einem von ihnen herumgekaut. Und umgekehrt.«

Cases Mundwinkel verzogen sich kaum merklich aufwärts. Conners wacher Verstand und Schlagfertigkeit machten ihm Spaß. Es war, als hörte man eine männliche Version von Sarahs scharfzüngigen Bemerkungen.

»Lauf schnell zu Ute und warne ihn, daß es ein paar Schüsse geben wird«, sagte er. »Ich werde in der Zwischenzeit die Ziele aufstellen.«

Conner stürmte davon zu der Reisighütte und kehrte im gleichen überstürzten Tempo zurück.

Gott, noch einmal so jung zu sein, dachte Case, als er von den Zielen zurücktrat. *So energiegeladen und voller Begeisterung bei dem Gedanken an eine kleine Schießübung.*

Ich hoffe nur, Conner lebt lange genug, um zu lernen, eine Schießerei kaltblütig anzugehen, so kaltblütig und nüchtern, wie man eine Abortgrube ausheben würde.

»Ich bin bereit«, sagte Conner, während er sich seinen Hut fest auf sein dickes blondes Haar setzte. »Worauf soll ich zuerst schießen?«

»Auf den kleinen Fels, der auf dem großen Fels dort drüben liegt, ungefähr dreißig Meter entfernt.«

Conner zog und feuerte mit einer erstaunlich geschmeidigen Bewegung.

Er verfehlte beide Felsen.

Tatsächlich war er näher daran, sich den Zeh abzuschießen, als irgend etwas zu treffen, was aus Stein bestand.

»Verdammte Pest!« fluchte er, während er auf die Waffe starrte. »Dieser Abzugshahn ist so kitzlig wie eine Schlangenzunge.«

»Und hat auch ungefähr die gleiche Reichweite«, bemerkte Case trocken. »Das Stück Eisen da ist fast völlig abgesägt und zurechtgefeilt und eingefettet, um so schnell wie möglich zu ziehen und zu schießen.«

Im Sprechen zog er seinen eigenen Revolver. Er drehte ihn um und reichte Conner die Waffe mit dem Kolben voran.

»Sieh dir den Unterschied zwischen den beiden Waffen an«, sagte Case.

Conner nahm den Revolver und verglich ihn mit dem der Banditen.

»Deiner hat einen längeren Lauf. Mindestens zweieinhalb Zentimeter länger«, stellte der Junge fest.

Case nickte. »So ist er zwar eine Idee langsamer beim Ziehen, aber dafür treffe ich auch, worauf ich schieße.«

»Bei dem Schießeisen der Banditen ist die Visiereinrichtung abgefeilt.«

»Aus dem gleichen Grund«, erwiderte Case. »Schnelligkeit vor Genauigkeit.«

»Darf ich mit deinem schießen?«

»Steck ihn erst in das Holster zurück. Dann versuch es mit dem kleinen Fels dort drüben.«

Als Conner zum zweiten Mal die Waffe zog, schien er so schnell wie bei seinem ersten Versuch zu sein, aber Case wußte, daß es nicht so war. Nicht ganz.

Ein Steinbrocken sprang von dem großen Fels ab.

»Wieder daneben«, sagte Conner frustriert.

»Du hast das Ziel um nicht mehr als fünf Zentimeter verfehlt. Das ist immer noch nahe genug, um einen Mann aufzuhalten.«

Der Junge schüttelte nur den Kopf und schob den Revolver in das Holster zurück.

»Einen Mann aufzuhalten ist fast so gut, wie ihn zu töten«, fuhr Case nüchtern fort. »Auf diese Weise kannst du dir mit der zweiten

Kugel ein bißchen mehr Zeit lassen, es sei denn, du hast es mit mehr als einem Gegner zu tun.«

»Ist es dir bei der Schießerei in Spanish Church so ergangen?«

»Zum Teil. Meistens waren die Culpeppers einfach zu verdammt schnell. Aber sie schossen zu früh, genau wie du es getan hast, und aus dem gleichen Grund. Heikle Waffen.«

»Sie hatten keine zweite Chance?«

Case warf Conner einen Seitenblick aus kühlen, grünen Augen zu.

»Wenn ich ihnen eine zweite Chance gegeben hätte, würden jetzt nicht sie draußen hinter dem Saloon begraben liegen, sondern ich.«

»Wie nahe sind sie an dich herangekommen?«

»Bis auf sechs Meter«, erwiderte Case. »Wenn es drei Meter gewesen wären, hätten sie mich tödlich getroffen.«

»Du klingst nicht so, als ob dich die Vorstellung beunruhigen würde«, murmelte Conner.

»Unter Glücksspielern gibt es ein Sprichwort – ängstliches Geld gewinnt nie. Das gleiche gilt fürs Schießen. Der Tag, an dem du Angst hast, ist der Tag, an dem du deinen Revolvergürtel ablegst und ihn nie wieder umschnallst.«

»Du meinst, du hast nie Angst?«

»Nicht mitten in einer Schießerei. Davor oder danach, zum Teufel, ja.«

Conner betrachtete erneut beide Waffen.

»Laß mich mal den Revolver der Banditen ausprobieren«, sagte Case und streckte die Hand aus.

Der Junge reichte ihm die Waffe mit dem Kolben voran.

»Ich sehe, Ute hat dir Manieren beigebracht«, meinte Case trocken.

»Bei einem Schießeisen haben Manieren ja auch durchaus ihren Sinn«, gab der Junge zurück. »Beim Essen sind sie nur hinderlich.«

Case schob die Waffe in sein Holster, ließ die Hände sinken und zog den Revolver dann mit einer Schnelligkeit, die seine Bewegungen vor den Augen des Betrachters zu einer einzigen verschwimmen ließen. Er gab drei kurz aufeinanderfolgende Schüsse ab.

Fels explodierte überall.

Wieder pfiff Conner bewundernd durch die Zähne. »Mann, das

war wirklich beeindruckend. Warum feilst du bei deinem eigenen Revolver nicht die Visiereinrichtung ab und verkürzt den Lauf?«

»Einer von dreien ist nicht gut genug.«

»Ich verstehe nicht.«

»Nur eine Kugel hat den kleinen Fels getroffen. Wenn ich es mit drei Gegnern zu tun gehabt hätte, würde ich jetzt wie ein Sieb aussehen.«

»Oh«, sagte Conner.

»Siehst du den Holzklotz auf dem nächsten Fels weiter rechts?« Der Junge nickte.

»Schieb meinen Revolver in dein Holster und schieß, wenn ich es dir sage.«

Conner befolgte die Anweisungen und blickte Case dann erwartungsvoll an.

»Wann hat Ute zum ersten Mal angefangen, dir Schießunterricht zu erteilen?« wollte Case wissen.

Conner blinzelte. »Sobald seine Schußwunden verheilt waren. Sechs Stück insgesamt. Er ist wirklich ein zäher Bursche.«

»Hast du Ute bedrängt, dir Schießen beizubringen?«

»Nein. Er sagte, ein Mann, der nicht mit einer Waffe umgehen könnte, und zwar gut umgehen, würde sehr schnell ein toter Mann sein. Und als er sah, wie sehr Sarah an mir hing, dachte Ute ...«

»*Feuer.*«

Der Befehl kam völlig unerwartet, aber Conner zögerte nicht. Er zog und feuerte.

Der Holzklotz wurde in tausend Splitter zerrissen.

»Guter Schuß«, sagte Case anerkennend.

»Langsam«, erwiderte Conner unzufrieden.

Case zuckte die Achseln. »Du bist groß und kräftig genug, um etwas Blei zu verdauen, wenn es dazu kommt. Besser, der letzte zu sein, der schießt, als der erste.«

»Ich wäre aber lieber der erste *und* der letzte.«

In Cases Augenwinkeln erschienen winzige Fältchen.

»Das wünscht sich jeder Mann«, erklärte er. »Aber ganz gleich, wie gut du bist, da draußen ist immer jemand, der noch besser ist. Der beste Kampf ist der, den du vermeidest.«

»Du klingst genau wie Sarah.«

»Sie ist eine sehr vernünftige Frau.«

»Sie behandelt mich immer noch wie ein kleines Kind.«

»Sie hat dich großgezogen. Es dauert seine Zeit, alte Angewohnheiten abzulegen, auf beiden Seiten.«

Conner machte ein störrisches Gesicht. Die Linie seines Mundes glich so sehr Sarahs, daß Case es kaum ertragen konnte, den Jungen anzusehen.

Ich hätte sie niemals berühren dürfen, dachte er erneut. *Nun, da ich sie gekostet habe, wird es die reine Hölle sein, sie wieder zu vergessen.*

Ich habe ja nicht gewußt, daß es etwas gibt, was so süß sein kann. Oder so heißblütig.

Gott, selbst auf meinem Sterbebett werde ich mich noch daran erinnern, wie es war, ihre Überraschung und Leidenschaft zu fühlen. Ihren Körper zu erforschen. In sie hineinzugleiten und zu vergessen ...

Das Geräusch, als Conner seinen Revolver nachlud, riß Case abrupt aus seinen Gedanken und erinnerte ihn daran, daß der es sich zur Aufgabe gemacht hatte, Sarahs geliebten jüngeren Bruder zu lehren, wie man in diesem wilden Land überlebte.

»Ute hat recht«, sagte Case. »Du bist Sarahs ein und alles.«

Conner hob abrupt den Kopf. Seine Augen fingen das Licht der Sonne ein und verwandelten sich in ein intensives, reines Grün.

»Ich würde für sie sterben«, erwiderte er in nüchternem Ton.

Case zweifelte nicht daran.

»Sie würde dich aber lieber lebendig haben«, bemerkte er.

»Ich habe auch vor, es zu bleiben.«

»Gut. Das bedeutet, daß du nicht widersprechen wirst, wenn ich dir sage, daß du ins Haus gehen und den dritten Revolver holen sollst, den, der nicht abgefeilt und eingefettet war.«

Einen Moment lang sah der Junge so aus, als wollte er widersprechen. Dann grinste er.

»Ute hat gesagt, wenn ich dich dazu bringen könnte, mir Unterricht zu geben, dann sollte ich dir gut zuhören.«

Eine von Cases Brauen zog sich in einer stummen Frage hoch.

»Er sagte, du wärst der einzige Mann, der es jemals geschafft hätte, sich nach einer Schießerei mit den Culpeppers aus eigener Kraft fortzubewegen«, erklärte Conner.

»Ich hätte es beinahe *nicht* geschafft. Deshalb werde ich dir mehr als nur Schießen beibringen. Ich werde dir alles über die Culpeppers beibringen. All ihre üblen Tricks, von Überfällen aus dem Hinterhalt bis hin zu ihrer Angewohnheit, Geiseln zu nehmen und sie als Sklaven an die Comancheros zu verkaufen.«

»Hast du viel Erfahrung mit den Culpeppers?« wollte Conner wissen.

»Mein Bruder und ich jagen sie seit dem Ende des Krieges.«

Conner wollte fragen, warum, sah den Ausdruck in den Augen des anderen Mannes und überlegte es sich anders.

»Wie viele von ihnen hast du erwischt?« fragte er statt dessen.

»Nicht genug.«

Conner stellte keine weiteren Fragen.

17. Kapitel

»Könntest du ihm sein Essen raufbringen?« fragte Lola.

Sarah warf einen Blick auf den Teller mit Maisbrot und Hirschgulasch, den die ältere Frau ihr hinhielt. Sie versuchte angestrengt, sich eine Entschuldigung einfallen zu lassen, um Case nicht sein Abendessen bringen zu müssen.

Er hielt Wache auf dem Felsrand.

Allein.

In den vergangenen drei Tagen war Sarah sehr gut darin geworden, ihm aus dem Weg zu gehen, um zu verhindern, daß sie allein mit ihm war. Vor zwei Tagen hatte sie sich sogar heimlich davongeschlichen, um auf eigene Faust Silber zu suchen.

Ihre Ohren glühten noch immer, wenn sie an Cases Reaktion auf jenen einsamen Ausritt dachte.

Störrisch zu sein ist eine Sache. Eine verdammte Närrin zu sein ist eine andere. Wenn du es noch einmal wagst, allein auf Schatzsuche zu gehen, werde ich dich aufspüren und dich an Händen und Füßen gefesselt zurückschleppen.

Sarah war nicht wieder hinausgeritten, um mutterseelenallein nach spanischem Silber zu suchen.

Sie konnte sich aber auch nicht dazu überwinden, gemeinsam mit Case auf Schatzsuche zu gehen. Allein der Gedanke an das, was beim letzten Mal geschehen war, als sie allein gewesen waren, reichte schon, um heiße und kalte Schauer über ihren Rücken rieseln zu lassen.

Sie redete sich ein, daß es Verlegenheit war.

Aber sie war sich nicht sicher, ob sie es glaubte.

»Ich vermisse eine meiner Ziegen«, erklärte Lola. »Die kleine schwarz-weiße mit dem besonders weichen Fell.«

Sarah vergaß augenblicklich ihre eigenen Sorgen. »Wie lange ist sie schon verschwunden?«

»Sie war nicht bei dem Rest der Herde, als Ghost sie vor ein paar Minuten in den Hof getrieben hat.«

Sarah griff nach dem Teller.

»Ich werde Case sein Essen hinaufbringen«, sagte sie. »Geh du ruhig und such nach der Ziege. Sie war die Beste von allen.«

Lola schenkte Sarah ein zahnlückiges Lächeln und eilte davon.

»Aber wenn Case mich anbrüllt, weil ich allein auf den Felsrand gegangen bin, dann hetze ich ihn auf dich«, rief sie der anderen Frau nach.

Ein Lachen war Lolas einzige Antwort.

Sarah machte sich nicht erst die Mühe, einen grasenden Mustang für den Ausflug zum Felsrand einzufangen. Es ging schneller, einfach zu Fuß zu gehen. Und genau das war es, was sie wollte – die unangenehme Aufgabe so schnell wie möglich hinter sich bringen.

Als sie den Felsrand erreichte, stand die Sonne bereits tief am Horizont. Wie immer rührte die immense Ruhe und Gelassenheit des in goldenes Licht getauchten Landes etwas in ihrem Inneren an. Reglos stand Sarah einen Moment lang da und blickte hinaus auf das endlose Netzwerk von schattigen Canyons, gesäumt von sonnenüberfluteten Granitpfeilern, schroffen Felsformationen und Hochplateaus.

Für sie waren die harten Linien und krassen Kontraste der Landschaft schöner und atemberaubender, als es jemals irgendwelche wiegenden grünen Hügel sein konnten. Die unglaubliche Vielfalt und Leuchtkraft der Farben der Steinwüste, der Wind, der einen Hauch von Kälte und Geheimnis mit sich brachte, die unendliche Weite des Landes – all das weckte ihre Lebensgeister.

In der Nähe schwebte ein Habicht auf dem Aufwind, erzeugt von den Felsen, die das Lost River Valley umschlossen. Der Flug des Raubvogels war kraftvoll und mühelos zugleich, ein wildes, betörendes Lied, das in der Stille von Sarahs Seele ertönte.

Lächelnd schloß sie halb die Lider und gab sich ganz dem Frieden des Augenblicks hin.

Mit zu Schlitzen verengten Augen, als ob er Schmerzen litte, beobachtete Case sie von seinem Versteck in einem nahe gelegenen Gebüsch aus. Es kostete ihn all die Disziplin, die er im Krieg und in den darauffolgenden Jahren gelernt hatte, nicht zu ihr zu gehen, sie in seine Arme zu ziehen und sie leidenschaftlich zu lieben, um das lächelnde Geheimnis ihres Lebens zu trinken.

Warum ist sie hier heraufgekommen? überlegte er. *In den letzten drei Tagen hat sie so ziemlich alles getan, außer in den Himmel zu klettern, um mir aus dem Weg zu gehen.*

Vielleicht weiß sie, ob sie schwanger ist.

Der Gedanke ließ einen Eisklumpen in seiner Magengrube erstarren.

»Was tust du hier oben?« fragte er. Seine Stimme klang selbst in seinen eigenen Ohren streng und schroff.

Sarah fuhr herum und starrte ihn an, als wäre er ein wildes Tier.

Oder ein Culpepper.

»Lola ist auf der Suche nach einer ihrer Ziegen«, erwiderte sie spitz. »Sie hat mich gebeten, dir dein Abendessen zu bringen. Conner und Ute schlafen beide.«

Na schön, dachte Case. *Damit ist meine Frage beantwortet. Sie ist hier oben, weil sonst keiner kommen konnte.*

»Danke«, sagte er.

»Bitte.«

Er schnitt eine Grimasse.

»Es besteht keine Notwendigkeit, mich wie einen Fremden zu behandeln«, sagte er brüsk. »Wir sind alles andere als das.«

Sarah errötete und wurde dann bleich.

»Wo möchtest du dein Essen hinhaben?« fragte sie gepreßt.

»Nicht mitten ins Gesicht, wenn ich bitten darf.«

Verspätet erkannte Sarah, daß sie tatsächlich den Teller so hielt, als hätte sie vor, ihm das Hirschgulasch ins Gesicht zu schleudern, sobald er in ihre Reichweite kam.

»Tut mir leid«, murmelte sie verlegen. »Du hast mich erschreckt. Ich dachte, ich wäre allein.«

»Bist du schwanger?«

Die Frage kam so völlig unerwartet, daß sie ihn nur mit offenem Mund anstarren konnte.

»Wie bitte?« fragte sie verdutzt.

»Du hast doch gehört, was ich gesagt habe.«

»Also, das ist doch wohl die Höhe! Wie kann man nur so unhöflich …«

»Beantworte einfach meine Frage«, unterbrach er sie. »Spar dir deine Strafpredigten für Conner auf.«

»Ich weiß es nicht.«

»Was?«

»Ich. Weiß. Es. Nicht.« Sarah spuckte jedes Wort aus, als ob sie Stücke aus seinem Fell herausrisse. »Zufrieden?«

»Für ungefähr zehn Minuten«, erwiderte Case kaum hörbar, »und das liegt schon einige Tage zurück.«

»Wenn du von mir erwartest, eine Unterhaltung mit dir zu führen«, sagte sie betont liebenswürdig, »dann hör auf, in deinen Bart zu murmeln.«

»Ich dachte, mein Bart hätte dir gefallen, besonders auf der Innenseite deiner Schenkel.«

Sie zuckte zusammen, als hätte er sie geschlagen.

»Verdammt«, sagte er grimmig. »Es tut mir leid. Ich habe kein Recht, so mit dir zu reden. Es ist nur … wenn ich daran denke, wie …«

Was immer er hatte sagen wollen, ging in dem Geräusch näher kommenden Hufschlags unter.

Mit Case ging eine abrupte Veränderung vor sich. Plötzlich war er wieder kalt und reserviert und absolut beherrscht.

»Sieh zu, daß du hier hereinkommst«, befahl er. »Und zwar schnell und leise.«

Bevor er zu Ende gesprochen hatte, war Sarah in das Gebüsch geschlüpft, das ihn abschirmte.

»Hast du eine Waffe mitgebracht?« flüsterte er.

Sie schüttelte stumm den Kopf.

»Tut mir leid. Ich habe nicht gedacht, daß ich eine brauchen …«

»Du hast überhaupt nicht gedacht, Punkt«, unterbrach er sie.

Sie machte sich nicht die Mühe, ihm zu widersprechen. Er hatte recht, und sie wußten es beide. Auf der Ranch galt die eiserne Regel, daß sich niemand – *niemand* – weiter als fünf Meter vom Haus entfernen sollte, ohne einen Revolver oder ein Gewehr dabeizuhaben.

Aber die Aussicht, allein mit ihm zu sein, hatte sie derart aus der Fassung gebracht, daß sie nicht innegehalten hatte, um an irgend etwas zu denken. Sie war ganz einfach hinausgelaufen, um die lästige Pflicht so schnell wie möglich zu erledigen.

»Geh hinter mich«, wies er sie leise an. »Ungefähr vier Meter weiter zurück ist ein Spalt im Felsen, wo du dich verstecken kannst. Bleib dort, bis ich dich rufe.«

Sarah schlüpfte an Case vorbei. Auf ihrem Weg zu dem Felsspalt griff sie nach dem Revolver, den er ihr hinhielt.

Er wandte sich nicht um, um ihren Rückzug zu beobachten. Das leise Rascheln von Laub, das über Rehleder glitt, sagte ihm, daß sie widerspruchslos tat, was er ihr gesagt hatte.

Ausnahmsweise mal, dachte er stirnrunzelnd.

Das Hufgetrappel verstummte.

Es gab im Umkreis von vielen Meilen nur einen einzigen Pfad, der den Felsrand hinunterführte. Cases Gewehr sicherte die Stelle.

Lautlos wich er rückwärts in das Gebüsch zurück, genau wie Sarah es getan hatte. Während er sich bewegte, wandte er keine einzige Sekunde den Blick von der Stelle ab, wo die Reiter erscheinen mußten.

Der Ruf einer Lerche ertönte eine Strecke weiter links von ihm. Gleich darauf hörte er auf seiner Rechten ein antwortendes Trillern.

Case stieß einen tiefen Seufzer der Erleichterung aus und ahmte dann ebenfalls das süße Zwitschern einer Lerche nach.

Die Stille, die daraufhin einsetzte, schien so laut wie Donner.

»Wer immer dort in dem Gebüsch ist«, sagte schließlich eine rauhe Stimme, »sollte wissen, daß wir keinen Ärger wollen.«

»Dann bist du an den falschen Ort gekommen, Hunter«, rief Case zurück. »Hier gibt es nichts *als* Ärger.«

Einen Moment später stürzte ein großer, kräftig gebauter Mann aus der Deckung hervor, sein Gewehr in der Hand.

»Case?« fragte Hunter ungläubig.

»Wie eh und je«, erwiderte Case, als er aus dem Gebüsch kroch. »Ist das Morgan, der da mit dir hinter dem Felsen hockt?«

»Mein Gott«, murmelte Hunter erschüttert.

Er packte Case, schlang seine Arme um ihn und drückte ihn derart fest an sich, daß es einem kleineren, schmächtigeren Mann glatt die Rippen gebrochen hätte.

Case sah verdutzt aus. Dann erwiderte er die Umarmung seines Bruders ebenso stürmisch und fest.

»Gott sei Dank«, murmelte Hunter wieder und wieder. Dann: »Morgan, komm heraus. Case lebt!«

»Natürlich lebe ich«, meinte Case. »Hast du etwa wieder Morgans selbstgebrannten Whiskey getrunken?«

Statt ihm zu antworten, versetzte Hunter seinem Bruder einen herzhaften Schlag auf den Rücken, schob ihn ein Stück von sich fort, um ihn zu betrachten, umarmte ihn erneut hart und ließ ihn dann los.

Morgan kam hinter dem Felsen hervor. Der drahtige schwarze Cowboy trug sein Gewehr lässig über der Schulter.

»Hallo, Case«, sagte Morgan grinsend. »Bin mächtig froh, dich auf dieser Seite der Hölle zu sehen, Junge. Mächtig, mächtig froh.«

Case schüttelte dem anderen Mann die Hand und klopfte ihm mit männlicher Zuneigung auf den Rücken.

»Ihr beide seht auch ziemlich gut aus«, erwiderte er, »für zwei so häßliche Geschöpfe.«

Morgan lachte und rieb sich mit einer Hand über seinen krausen schwarzen Bart.

»Wen nennst du hier häßlich, Bursche?« fragte er in schleppendem texanischem Dialekt. »Du bist genauso pelzig wie ich. Was soll dein Bart darstellen? Eine Verkleidung als Grizzly?«

Lachend wandte sich Case wieder zu seinem Bruder um.

»Was tut ihr zwei hier?« wollte er wissen.

»In den Ruby Mountains ging das Gerücht um, daß du von den Culpeppers erschossen worden wärst«, erklärte Hunter ohne Umschweife.

Die harten, müden Linien seines Gesichts sagten noch sehr viel mehr als seine knappen Worte.

»Ich war nahe daran«, gestand Case.

»Wie nahe?«

»Reginald und Quincy waren die schnellsten Culpeppers, auf die ich jemals gezielt habe.«

Hunter stieß einen lautlosen Pfiff aus. »Was ist passiert?«

»Sie haben jeder zweimal geschossen, bevor ich sie erledigen konnte. Hab' dabei eine ordentliche Portion Blei abbekommen.«

»Jetzt machst du aber einen ziemlich gesunden und munteren Eindruck.«

»Ich hatte eine ausgezeichnete Krankenschwester.« Case erhob seine Stimme. »Sarah, komm heraus und lerne ein paar Freunde kennen.«

Nach einigen Augenblicken teilte sich das Gebüsch, und Sarah erschien. Von dem Abendessen, das sie Case gebracht hatte, fehlte jede Spur. Ihr Revolver war jedoch sehr deutlich zu sehen.

Der Ausdruck ihrer Augen blieb mißtrauisch, bis ihr Blick auf Hunter fiel.

»Nach Ihrer Größe und der übrigen Ähnlichkeit zu urteilen«, sagte sie lächelnd, »müssen Sie ein Blutsverwandter von Case sein.«

»Mrs. Kennedy«, sagte Case förmlich, »ich möchte Ihnen meinen Bruder, Hunter Maxwell, und unseren Freund, Nueces Morgan, vorstellen.«

»Ma'am«, sagte Morgan und lüpfte seinen Hut. »Freut mich, Sie kennenzulernen.«

Hunter nahm seinen Hut ab und verbeugte sich vor Sarah.

»Danke, daß Sie meinem Bruder das Leben gerettet haben«, sagte er warm. »Wenn Sie jemals Hilfe brauchen, schicken Sie eine Nachricht in die Ruby Mountains. Ich werde so schnell wie der Blitz kommen.«

»Sie sind mir in keiner Weise zu Dank verpflichtet«, erwiderte sie. »Ich habe schon mehr nichtsnutzige Geschöpfe gerettet als Ihren Bruder.«

»Aber nicht zu viele, wie ich hoffe«, meinte Morgan trocken.

Sarah lachte; der drahtige Reiter war ihr auf Anhieb sympathisch.

»Sie sind herzlich zum Abendessen eingeladen«, erklärte sie, wobei sie Hunter und Morgan abwechselnd anlächelte. »Hirschgulasch und Maisbrot, sobald ich noch einen Schub Teig geknetet habe.«

»Das ist sehr freundlich von Ihnen, Mrs. Kennedy«, erwiderte Hunter.

»Danke, Ma'am«, sagte Morgan inbrünstig. »Wir ernähren uns schon so lange von Schiffszwieback und Wasser, daß mein Magen glaubt, meine Kehle wäre durchgeschnitten.«

»Schiffszwieback und Wasser?« fragte sie erstaunt.

»Wir waren in Eile«, erklärte Hunter knapp. »Ein herumreisender Cowboy hatte mir erzählt, daß Case tot sei.«

Ihre Augen weiteten sich, und ihr Herz zog sich schmerzlich zusammen bei dem Gedanken an die Hölle, die Hunter durchgemacht haben mußte.

»Sie armer Mann«, sagte sie. »Kein Wunder, daß Sie so erschöpft aussehen. Glauben Sie mir, ich weiß, wie es ist, seine engsten Verwandten zu verlieren.«

Hunter war gerührt über das aufrichtige Mitgefühl in Sarahs nebelgrauen Augen.

»Sie sind eine sehr freundliche und gütige Frau, Mrs. Kennedy«, erwiderte er.

»Da würde Ihr Bruder Ihnen sicher widersprechen«, erklärte sie gepreßt. »Und, bitte, nennen Sie mich doch Sarah. Ich bin schon länger verwitwet, als ich verheiratet war. Ich habe den Namen Kennedy nie sonderlich gerne getragen.«

»Sarah«, sagte Hunter lächelnd. »Nennen Sie mich Hunter.«

Sie erwiderte sein Lächeln. Ihr Lächeln war wie ihre Stimme –

weiblich, großzügig und einladend auf eine Art und Weise, die nicht im geringsten kokett war.

»Du kannst dir deinen mädchenhaften Charme für jemand anderen aufsparen«, warf Case säuerlich ein. »Hunter ist mit einer großartigen Frau verheiratet.«

Sarah warf Case einen Seitenblick aus schmalen, zornsprühenden Augen zu.

»Ich habe sogar noch weniger mädchenhaften Charme, als du Manieren hast«, gab sie spitz zurück, »und das bedeutet, daß es noch nicht einmal für das Frühstück einer Ameise ausreicht.«

Morgan und Hunter lachten laut.

Case murmelte etwas Unfreundliches vor sich hin.

Sarah schenkte Hunter ein Lächeln. »Sie sind sein älterer Bruder, richtig?«

Er nickte.

»Es sieht aus, als hätten Sie ebensoviel Glück damit gehabt, ihm Manieren beizubringen, wie ich mit meinem kleinen Bruder«, erklärte sie.

Hunter verbarg sein Lächeln, indem er mit einer Hand über seinen glatten, schwarzen Schnurrbart strich.

»Wir hatten hin und wieder unsere handgreiflichen Auseinandersetzungen«, gestand er.

»Das kann ich mir lebhaft vorstellen«, meinte sie. »Aber Sie waren zumindest groß und stark genug, um Ihren kleinen Bruder ordentlich übers Knie zu legen. Conner ist erst fünfzehn und schon so kräftig, daß ich zweimal in ihn hineinpasse.«

»Fast dreimal«, bemerkte Case. »Der Junge frißt wie eine Heuschreckenplage.«

»Während du natürlich«, gab sie zurück, »den Appetit eines zierlichen kleinen Vögelchens hast.«

Morgan hüstelte, um sein Lachen zu kaschieren.

Hunter machte sich noch nicht einmal die Mühe, seine Belustigung über die scharfzüngige Witwe zu verbergen. Er warf einfach den Kopf in den Nacken und lachte laut heraus.

»Ich schätze, ich kann mir wohl die Mühe sparen, hier oben noch weiter Wache zu stehen«, sagte Case vergrämt. »Euer albernes Gewieher genügt vollauf, um die Culpepper-Maultiere abzuschrecken.«

Kopfschüttelnd schlang Hunter einen Arm um Cases Schultern und drückte ihn fest an sich, während er noch immer laut lachte.

Case lächelte nicht, aber seine Züge wurden deutlich weicher, als er die Umarmung seines Bruders erwiderte.

Die offenkundige Zuneigung zwischen den beiden Brüdern entlockte Sarah ein Lächeln, obwohl sich ihr gleichzeitig die Kehle zuschnürte, als eine Traurigkeit in ihr aufstieg, die sie bis zu diesem Augenblick immer wieder verdrängt hatte.

Eines Tages wird Conner mich verlassen und sein eigenes Leben führen, dachte sie.

Doch mit der Traurigkeit kam auch ein gewisses Maß an Frieden.

Und so sollte es auch sein. Ich habe ihn nicht großgezogen, damit er mir Gesellschaft leistet. Aber, ach Gott, ich werde schrecklich einsam ohne ihn sein.

»Soll ich die Pferde holen, Herr Oberst?« fragte Morgan.

»Laß nur, ich komme mit«, erwiderte Hunter. »Sechs sind eine ganz schöne Handvoll.«

»Sechs?« fragte Sarah, bestürzt über den Gedanken, so viele Männer beköstigen zu müssen. »Sind Sie zu mehreren?«

»Nein, Ma'am«, erklärte Morgan. »Wir wollten unsere Pferde auf dem Weg hierher nicht zuschanden reiten, deshalb hatten wir jeder drei Tiere zum Wechseln mitgenommen.«

Sie musterte beide Männer genauer.

»Haben Sie unterwegs überhaupt geschlafen?« wollte sie wissen.

»Im Sattel«, sagte Hunter. »Das ist ein alter Soldatentrick.«

»Wie lange sind Sie geritten?«

»Ich weiß es nicht«, gestand er, während er sich müde das Gesicht rieb. »Ich bin nur verdammt froh, daß wir nicht zu einer Beerdigung gekommen sind.«

»Wir hatten hier in letzter Zeit ein paar Tote zu begraben«, sagte Sarah, »aber bisher waren es nur Moodys Männer und ein Culpepper.«

Hunter blickte seinen Bruder an. Die plötzliche Schärfe seiner Züge erinnerte Sarah stark an Case.

»Die Culpeppers sind hier in der Nähe?« knirschte Hunter.

Case nickte grimmig.

»Drüben in den Rubys war nur von den beiden die Rede, die an der Schießerei in Spanish Church beteiligt waren«, erklärte Hunter. »Ist Ab auch hier?«

»Ja, aber nur so lange, bis ich ihn im Visier meiner Flinte habe«, erwiderte Case. »Dann ist er auf dem Weg in die Hölle.«

»Sonst noch irgendwelche Culpeppers?«

»Die ganze Sippe, bis auf den einen, den ich vor ein paar Wochen erschossen habe.«

»Was ist damals passiert?« fragte Hunter.

»Er und zwei von Moodys Jungs glaubten, sie könnten uns in die Enge treiben, indem sie sich von hinten an das Blockhaus anschlichen, nachdem der Mond untergegangen war«, erklärte Case.

Morgan schüttelte den Kopf.

»Ich hörte zwei höchst seltsam klingende Eulen und bin hinausgegangen, um sie zu jagen«, fuhr Case fort.

Sarahs Lippen wurden schmal. Die lähmende Angst, die sie in jener Nacht um ihn ausgestanden hatte, war etwas, was sie niemals vergessen würde.

»Case hatte sich noch nicht von seinen Schußverletzungen erholt«, sagte sie rauh. »Der Culpepper hätte ihn beinahe erwischt.«

»Welcher war es?« wollte Hunter wissen.

»Nicht Ab«, erklärte Case brüsk. »Dem Mann fehlte ein Finger. Das letzte Mal, als ich nahe genug an Ab herangekommen bin, um zu zählen, hatte er noch alle zehn Griffel. Es war wahrscheinlich Parnell.«

Hunter setzte mit einer raschen Handbewegung seinen Hut auf.

»In Ordnung«, sagte er. »Wir werden uns um sie kümmern, nachdem wir uns ausgeruht haben.«

»Um sie kümmern?« fragte Sarah.

»Kein Grund zur Besorgnis, Ma'am«, erklärte Morgan. »Nur eine alte, unerledigte Sache aus Texas.«

»Sie sind nur zu viert, Ute mit eingerechnet«, sagte sie. »Aber von diesen Banditen gibt es mindestens ein Dutzend.«

»Mehr oder weniger«, warf Case ein. »Ein oder zwei von Moodys

Männern haben sich in der Nacht klammheimlich davongemacht. Sie mögen Ab nicht.«

»Wann hast du die Banditen zum letzten Mal gezählt?« erkundigte sich Hunter, während er seinen Bruder forschend ansah.

»Vor zwei Tagen. Frische Spuren, die hinausführten. Keine, die ins Lager zurückführten.«

»Wir werden alle Hände voll zu tun haben«, erklärte Hunter.

Seine Stimme und sein Ausdruck ließen erkennen, daß es nicht das erste Mal sein würde.

Sarah musterte die Männer der Reihe nach, öffnete den Mund, um eine Frage zu stellen, und klappte ihn dann wieder zu. Was immer sie auch sagte, es würde nichts an der wilden Entschlossenheit ändern, die sie in jedem der drei Gesichter las.

Sie konnte auch keine vernünftigen Gründe anführen, die gegen die Entscheidung der Männer gesprochen hätten. Banditen als Nachbarn zu haben war das gleiche, als hätte man ein Nest von Klapperschlangen unter der Vorderveranda. Früher oder später würde unweigerlich jemand gebissen werden. Tödlich.

»Iß dein Abendessen«, sagte sie zu Case.

»Würdest du für Hunter und Morgan auch eine Portion heraufbringen?« bat er. »Wir haben eine Menge zu planen.«

»Das kann noch warten«, erwiderte Sarah. »Sie brauchen jetzt erst einmal Ruhe und keine langen Diskussionen. Beide sehen aus wie Pferde, die ›hart geritten und schweißnaß in den Stall gestellt wurden‹, wie Ute sagen würde.«

Hunters Mund verzog sich zu einem leisen Lächeln.

Morgan lachte und warf Case einen Blick von der Seite zu.

Case verzog keine Miene, sondern betrachtete Sarah nur mit einer Mischung aus Argwohn und einem anderen, undefinierbaren Gefühl in den Augen.

Sie schenkte Case ein Lächeln, das eher Zähne als Liebenswürdigkeit zeigte. Ihr Lächeln veränderte sich jedoch merklich, als sie sich zu den beiden erschöpften Reitern umwandte.

»Folgen Sie einfach dem Pfad hinunter«, sagte sie. »Ich werde vorausgehen, um Ute und Lola zu warnen, damit Sie nicht versehentlich erschossen werden.«

»Lola?« fragte Morgan. »Könnte es sich dabei vielleicht um Big Lola handeln?«

»Das ist Vergangenheit. Jetzt ist sie schlicht und einfach Lola.«

Er grinste. »Ich verstehe schon, was Sie meinen, Ma'am. Und dieser Ute – ist er ein kurzbeiniger kleiner *hombre,* ziemlich wortkarg und mit allen Wassern gewaschen?«

»Richtig, das ist Ute«, erwiderte sie.

»Ich will verdammt sein«, murmelte er. Dann, hastig: »Entschuldigen Sie die Ausdrucksweise, Ma'am.«

»Machen Sie sich keine Sorgen«, sagte Sarah trocken. »Ich erwarte Salonmanieren nur im Salon.«

»Ich hätte nie gedacht, daß ich die beiden jemals lebend wiedersehen würde«, erklärte Morgan. »Hab' gehört, Ute wäre von einem Sheriffaufgebot erschossen worden. Es hieß, danach sei Big ... äh, Lola verschwunden.«

»Sarah hat Ute damals aus der gleichen Art von Loch herausgezogen, in der ich gesteckt habe«, warf Case ein. »Er betet förmlich den Boden unter ihren Füßen an.«

»Verständlich«, meinte Hunter. »Ein Mann hält große Stücke auf eine Frau, die ihm das Leben gerettet hat.«

»Ihr Bruder nicht«, erwiderte Sarah spitz, »deshalb brauchen Sie sich keine Sorgen um ihn zu machen. Seine Lebensansichten sind noch genauso hart und unversöhnlich wie eh und je.«

Case ließ sich nichts von dem Ärger anmerken, der bei ihren Worten in ihm aufwallte. Genauso sorgfältig verbarg er das Verlangen, das sich jedesmal wie stählerne Klauen in seine Eingeweide grub, wenn der Wind drehte und er den bohrenden Duft nach Rosen und warmer Weiblichkeit schnupperte.

Sarahs Duft quälte und verfolgte ihn.

Denk nicht daran, befahl er sich wütend.

Es wäre leichter gewesen, nicht mehr zu atmen.

Morgan blickte von Sarah zu Case und räusperte sich.

»Wieviel länger bist du noch auf Wache?« wollte er wissen.

Case riß seinen Blick mit einem Widerstreben von Sarah los, das er nicht ganz verbergen konnte.

»Noch ein paar Stunden.«

»Ich übernehme den Rest deiner Wache«, erklärte Morgan und streckte sich.

»Du bist noch müder als ich«, erwiderte Case.

Morgan grinste. »Und auch hungriger. Ich schätze, das Abendbrot, das ich hier oben esse, wird umfangreicher sein als die Portion, die Hunter dort unten für mich übrigläßt.«

»Ich werde mit einer Schrotflinte neben ihm stehen und darüber wachen, daß genug für Sie übrigbleibt«, sagte Sarah. »In meinem Haus wird gerecht geteilt.«

»Ich habe doch nur Spaß gemacht«, meinte Morgan schmunzelnd. »Der Oberst würde eher auf seine eigene Ration verzichten, als zulassen, daß einer seiner Männer Hunger leiden muß.«

Er wandte sich an Case.

»Reite du ruhig mit deinem Bruder hinunter. Es fällt ihm immer noch schwer zu glauben, daß du noch lebst.«

Case zögerte einen Moment, dann nickte er. »Danke.«

»Was ist euer Gefahrensignal?« wollte Morgan wissen.

»Das gleiche wie in Texas, außer daß das Entwarnungssignal der Ruf eines Habichts ist. Sarah hat eine besondere Vorliebe für sie.«

»Hühnermordende Teufel, alle miteinander«, murmelte der schwarze Reiter.

»Wenn du erst einmal Bekanntschaft mit Sarahs rotem Hahn geschlossen hast, wirst du den Habichten zujubeln«, sagte Case. »Komm mit, Hunter. Laß uns die Pferde holen.«

»Und ich werde Ihr Abendessen aus dem Felsspalt holen«, sagte Sarah zu Morgan. »Ich fürchte nur, es ist inzwischen kalt geworden.«

»Ma'am, solange ich es nicht erst töten muß, bevor ich es essen kann, werde ich mich bestimmt nicht beklagen.«

Bis sie mit Morgans Abendessen aus dem Gebüsch kam, waren auch Case und Hunter zurückgekehrt. Sie führten sechs Pferde mit sich. Allen Tieren war deutlich anzumerken, daß sie lange und scharf geritten worden waren. Getrockneter Schweiß verklebte ihr Fell, Rinnsale von weißem Schaum zeigten, wo die Pferde geschwitzt hatten und getrocknet waren, geschwitzt hatten und wieder getrocknet waren.

Eines der Pferde war ein großer Hengst, der die gleiche breite, muskulöse Brust und klaren Linien wie Cricket aufwies. Die anderen waren Mustangs mit einer Spur eingekreuztem Vollblut.

Hunter schwang sich mit einer katzenartigen Geschmeidigkeit in den Sattel, die Sarah stark an Case erinnerte.

»Ich werde als erste hinuntergehen und Ute warnen«, sagte sie, während sie sich abrupt zu dem Pfad umwandte.

»Es ist wirklich nicht nötig, daß Sie zu Fuß gehen«, erwiderte Hunter. »Bugle Boy ist ein Gentleman. Es wird ihm nichts ausmachen, zwei Reiter zu tragen.«

»Wenn sie mit jemandem reitet, dann mit mir«, erklärte Case kurz angebunden. Dann, als ihm sein schroffer Ton bewußt wurde, fügte er hinzu: »Bugle Boy sieht erschöpft aus.«

Hunters schwarze Augenbrauen hoben sich. Selbst ein Blinder konnte erkennen, daß sein Bruder sehr fürsorglich der hübschen Witwe gegenüber war.

Manch anderer hätte es vielleicht sogar besitzergreifend genannt.

Cases Pfiff schnitt durch die Luft. Gleich darauf kam Cricket aus seinem Versteck weiter den Pfad hinunter herbeigetrottet. Schweigend band Case die Zügel um den Hals des Hengstes los. Dann drehte er sich um, um Sarah beim Aufsitzen behilflich zu sein.

Sie war verschwunden.

»Sie ist wie eine verbrühte Katze davongelaufen«, sagte Hunter. »Schätze, ihr behagt der Gedanke nicht, vor dir im Sattel zu sitzen.«

Case zuckte die Achseln und redete sich ein, daß er nicht enttäuscht war.

Doch er war es. Er hatte sich danach gesehnt, Sarah wieder in den Armen zu halten und ihren Duft und ihren weichen Körper und ihre Süße zu fühlen.

Sein Hunger nach ihr war ihm inzwischen nur allzu vertraut.

Aber der Schmerz, den er fühlte, weil sie vor ihm davongelaufen war, war etwas völlig Neues für ihn.

So geht es nicht weiter. Wir müssen uns dringend aussprechen, entschied er. *Heute abend.*

Der Gedanke schickte einen Strahl sinnlicher Erwartung durch seinen Körper.

Nur reden. Mehr nicht.

Er sagte sich dies auf jedem Schritt den Felspfad hinunter.
Er war sich jedoch nicht sicher, ob er es auch glaubte.

18. Kapitel

»Es tut mir leid«, sagte Sarah. »Einer wird stehen müssen. Ich habe nicht genug Stühle für alle.«

»Ich habe in letzter Zeit reichlich genug gesessen«, erklärte Hunter lächelnd. »Es macht mir wirklich nichts aus, zur Abwechslung mal im Stehen zu essen.«

Während Sarah das Abendessen servierte, blickte Conner verblüfft von Hunter zu Case und wieder zurück.

»Ihr gleicht euch fast wie ein Ei dem anderen«, meinte er. »Hunters Augen sind zwar grau statt grau-grün, aber wenn man Case rasieren würde und ihn ausnahmsweise mal dazu bringen könnte, daß er lächelt …«

Hunters Lächeln hatte fast etwas Trauriges an sich.

Case lächelte überhaupt nicht.

»Wo bleiben deine Manieren«, murmelte Sarah.

Conner schnitt eine Grimasse.

»Ute hat deinem Bruder gute Manieren im Umgang mit Revolvern beigebracht«, sagte Case neutral.

»Gott sei Dank«, erwiderte sie. »Bei den vielen Schießereien, die hier in letzter Zeit stattfinden, ist es ein Wunder, daß ich ihn nicht an die Leine lege wie einen jungen Hund, der es nicht lassen kann, im Bienenstock herumzuschnüffeln.«

Die Wangenknochen ihres Bruders überzogen sich mit einer brennenden Röte.

»Sachte, sachte, nun übertreib mal nicht gleich«, sagte Case. »Conner ist kein kleines Kind mehr. Er leistet die Arbeit eines Mannes, und er leistet gute Arbeit.«

Sarah wirbelte herum und sah Case zum ersten Mal direkt in die Augen, seit er sie so brüsk weggeschoben und ihr befohlen hatte, sich wieder anzuziehen.

»Conner ist mein Bruder, nicht deiner«, sagte sie bissig. »Halte du dich da raus.«

»Nein.«

Hunters Brauen schossen in die Höhe. Er hatte diesen störrischen Ausdruck schon seit vor dem Krieg nicht mehr auf dem Gesicht seines Bruders gesehen.

»Wie bitte?« fragte sie mit eisiger Höflichkeit.

»Du hast mich gehört«, gab Case zurück. »Conner ist so groß wie ein erwachsener Mann, und er arbeitet so hart wie ein erwachsener Mann. Er braucht nicht jedesmal über deine Schürzenbänder zu stolpern, wenn er versucht, einen selbständigen Schritt zu tun. Gerade jetzt brauchen wir einen Mann, keinen Jungen.«

Sarah erbleichte. Sie öffnete den Mund, bereit, ihm den Kopf abzureißen.

»Ist schon in Ordnung«, sagte Conner hastig zu Case. »Meine Schwester und ich haben eine Menge zusammen durchgemacht. Sie ist es gewöhnt, mich zu bemuttern, und ich bin es gewöhnt, mir Sorgen um sie zu machen.«

Wütend fuhr Sarah zu ihm herum. Als sie die ruhige Selbstbeherrschung in den Augen ihres Bruders sah, verblaßte ihr Zorn. Sie schenkte ihm ein Lächeln, das sich in ein Schluchzen zu verwandeln drohte, und wandte sich dann mit einer abrupten Bewegung dem Topf zu, um das Gulasch umzurühren.

Hunter stieß einen stummen Seufzer der Erleichterung aus.

Case wechselte geflissentlich das Thema.

»Wie geht es Elyssa?« erkundigte er sich.

Ein Lächeln verwandelte Hunters Gesicht.

»Sie ist schöner als je zuvor«, antwortete er. »Du wirst übrigens im Spätsommer wieder Onkel.«

Der Ausdruck auf Cases Gesicht war unbeschreiblich, eine Mischung aus Schmerz und Freude und der Art von quälender, unablässiger Reue, die die Seele eines Mannes zu einem Schatten verkümmern läßt.

»Noch ein Kind?« fragte er in neutralem Ton. »Du bist ein sehr viel mutigerer Mann als ich.«

»Oder ein größerer Narr«, gab Hunter zurück. »Aber wie auch

immer, ich bin ein verdammt glücklicher Mann. Mit Elyssa zu leben gibt einem das Gefühl, daß die Sonne doppelt so hell scheint.«

Sarah fiel wieder ein, was Case ihr gesagt hatte – daß eine gewisse Art von Liebe zwischen einem Mann und einer Frau die Sonne strahlender machte.

Er hat von Hunter und Elyssa gesprochen, dachte sie.

Conner ließ seinen Blick zwischen den beiden Männern hin und herschweifen.

»Aber warum muß ein Mann mutig sein, um Kinder zu haben?« fragte er. »Es sind doch die Frauen, die die Entbindung durchmachen.«

»Kinder können sterben«, sagte Case.

Mehr sagte er nicht.

Hunter schwieg.

Sarah räusperte sich.

»Iß dein Abendbrot, bevor es kalt wird«, sagte sie, während sie Conner einen Teller unter die Nase schob.

Er brauchte keine zweite Aufforderung. Er stand gegen die Wand gelehnt und schaufelte sein Essen mit beeindruckender Schnelligkeit in sich hinein.

Wieder stieß Hunter geräuschlos den Atem aus. Es war eines der wenigen Male, die er seinen Bruder offen über den Tod seiner Nichte und seines Neffen hatte sprechen hören.

Sarah vermied es, Case anzusehen, als sie einen Teller mit Fleisch und Brot vor ihn auf den Tisch stellte. Er und Hunter begannen zu essen. Sie waren zwar nicht so hastig wie Conner, leerten ihre Teller jedoch ziemlich schnell.

Als Sarah ihnen erneut auftat, ohne sich zu setzen und selbst etwas zu essen, blickte Case auf.

»Wo ist dein Abendbrot?« fragte er.

»Ich habe schon gegessen.«

Er glaubte ihr nicht. Mit überraschender Schnelligkeit packte er ihr Handgelenk und schob ihr seinen Teller in die Hand.

»Iß«, befahl er brüsk. »Wenn du noch dünner wirst, brauchst du die Tür nicht mehr aufzumachen, um hinauszugehen. Dann kannst du einfach durch die Ritzen in den Balken schlüpfen.«

Sie versuchte, ihm den Teller zurückzugeben.

»Ich muß noch Mais mahlen«, sagte sie.

»Ich werde ihn mahlen.«

»Du hast schon mehr als genug damit zu tun, auf dem Felsrand Wache zu halten und Conner Schießunterricht zu erteilen und Kugeln zu gießen und Feuerholz herbeizusch ...«

»Iß!«

Sarah öffnete den Mund, um zu protestieren.

Case schob ihr energisch eine Gabel voll Fleisch zwischen die Lippen.

Sie gab seltsame Laute von sich und versuchte, trotzdem zu sprechen.

»Es gehört sich nicht, mit vollem Mund zu sprechen«, sagte er ruhig. »Wie oft muß man dir das noch sagen?«

Conner hustete geräuschvoll, als ob er sich an etwas verschluckt hätte. Beim Frühstück hatte Sarah ihm eine Strafpredigt über das gleiche Thema gehalten, mit exakt denselben Worten.

Case klopfte dem Jungen kräftig auf den Rücken.

»Du solltest jetzt besser ins Bett gehen«, sagte er zu Conner. »Du mußt Ute um Mitternacht auf dem Felsrand ablösen.«

»Laß ihn schlafen«, sagte Hunter schnell. »Morgan und ich können abwechselnd eine Wache übernehmen.«

»Danke, das ist nett von Ihnen, aber das kommt nicht in Frage«, erwiderte Conner schnell. »Sie haben einen anstrengenden Ritt hinter sich. Wir können morgen nacht anfangen, die Wachen unter uns aufzuteilen.«

Während des Sezessionskrieges hatte Hunter gelernt, junge Soldaten zu beurteilen, die in Conners Alter gewesen waren oder sogar noch jünger. Obwohl der Junge dunkle Ringe unter den Augen hatte, war sein Blick klar und aufmerksam. Er machte eindeutig nicht den Eindruck, als ob er am Ende seiner Kräfte wäre.

»In Ordnung«, sagte Hunter. »Danke.«

»Keine Ursache, Sir.« Conner grinste und warf seiner Schwester einen verschmitzten Blick zu. »Na, wie mache ich mich?«

Lächelnd, obwohl ihr eher nach Weinen zumute war, sah Sarah ihren Bruder mit großen, feuchten Augen an.

»Sehr gut«, sagte sie mit leicht rauher Stimme. »Du machst deine Sache immer gut. Ich brauche nur eine Weile, um es zu bemerken.«

»Du hast wichtigere Dinge zu tun, als mir lobend den Rücken zu tätscheln, weil ich mich meinem Alter entsprechend benehme«, erwiderte er sachlich.

»Du irrst dich«, flüsterte sie. »Es gibt nichts Wichtigeres für mich.«

Conner machte eine verblüffend schnelle Bewegung, die damit endete, daß sie sich von ihm gepackt und hochgehoben fühlte, bis ihre Augen auf einer Höhe mit seinen waren.

Sie stieß einen überraschten Laut aus und versuchte, den Teller mit Essen, den sie in der Hand hielt, gerade zu halten.

»Conner Lawson!«

»Richtig, der bin ich. Dein einer und einziger kleiner Bruder.«

»Dem Himmel sei Dank. Was würde ich wohl tun, wenn es zwei von dir gäbe?«

»Du würdest doppelt soviel Spaß haben!«

Grinsend drückte er Sarah an sich und wirbelte sie im Kreis herum.

Case rettete den Teller mit einem geschickten Griff, dann hielt er Sarah fest, als Conner sie wieder auf die Füße stellte.

»Gute Nacht, Leute«, sagte der Junge auf seinem Weg zur Tür. »Sagt Lola, daß sie mich rechtzeitig für meine Wache wecken soll.«

Wie Case, so schlief auch Conner in dem Gebüsch auf der Rückseite des Hauses. Obwohl keiner der beiden ein Wort darüber verlor, hatte jeder Angst, daß sich die Culpeppers noch einmal aus dieser Richtung anschleichen würden.

»Wirklich ein netter junger Mann, den Sie da aufgezogen haben«, sagte Hunter.

Sarah lächelte fast traurig.

»Das er sich so gut entwickelt hat, ist wohl eher sein Verdienst als meiner«, erwiderte sie.

»Das bezweifle ich.«

»Fragen Sie Case. Er ist der Ansicht, daß ich eine schreckliche Mutter bin.«

Hunters Augenbrauen schossen in die Höhe.

»Ich habe nichts dergleichen gesagt«, erklärte Case ruhig.

»Natürlich nicht«, gab sie spöttisch zurück. »Du reibst mir nur ständig unter die Nase, daß ich Conner mit meinen Schürzenbändern erwürge.«

Case wollte protestieren, murmelte statt dessen etwas Unverständliches vor sich hin und sah hilfesuchend seinen Bruder an.

Hunter lächelte mit unverkennbarer Belustigung und hüllte sich in Schweigen.

»Hier«, sagte Case, während er Sarah den Teller mit Hirschgulasch zurückreichte. »Du kannst deine scharfen kleinen Zähne an dem hier wetzen.«

»Willst du damit vielleicht sagen, daß mein Gulasch zäh ist?« fragte sie zuckersüß.

»Herr im Himmel!« rief er frustriert.

Sie wandte sich an Hunter.

»Zu wenig Schlaf macht Ihren Bruder gereizt«, erklärte sie. »Ist Ihnen das schon aufgefallen? Wenn er mir einfach zutrauen würde, eine Wache zu übernehmen, würde er mehr Schlaf bekommen, und das Problem wäre gelöst.«

Hunter strich sich über seinen Schnurrbart und gab sich alle Mühe, nicht zu grinsen. Es wäre ihm fast gelungen.

»Auf wessen Seite stehst du eigentlich?« verlangte Case zu wissen.

»Auf der Seite desjenigen, der den Teller mit Essen hält.«

»Hier«, sagte Sarah und schob Hunter den Teller hin. »Lassen Sie es sich schmecken. Ich muß dringend Mais mahlen und Wolle spinnen.«

»Ich habe gesagt, *ich* werde den Mais mahlen«, sagte Case.

Hunter lächelte und begann zu essen. Schnell. Er hatte nicht das Bedürfnis, im Raum zu sein, wenn sich das drohende Unwetter entlud.

»Du brauchst dringend Schlaf«, sagte Sarah brüsk zu Case.

»Und du nicht?«

»Ich bin nicht annähernd so gereizt wie du.«

»Ach ja? Wer sagt das?«

Case drehte sich zu seinem Bruder um, der mit großen Schritten zur Tür strebte, nachdem er das letzte Stückchen Fleisch verputzt hatte.

»Hunter?«

»Gute Nacht, Kinder.«

Die Tür schloß sich fest hinter ihm.

»Wo wird er heute nacht schlafen?« fragte sie.

»Draußen hinter dem Haus mit dem Rest von uns.«

»Rieche ich so abstoßend?« fragte sie.

Case blinzelte verdutzt. »Was?«

Tränen brannten in Sarahs Augen. Cases Hast, sie wieder loszuwerden, nachdem sie sich so leidenschaftlich geliebt hatten, schmerzte sie noch immer.

Zieh dich an, bevor du dir eine Erkältung holst.

Mit tränenblinden Augen wandte sie sich ab und griff nach dem Gulaschtopf, der über dem Feuer hing.

Was ist bloß mit mir los? wütete sie innerlich. *Ich weine sonst nie, aber jetzt heule ich jedesmal, wenn ich mich umdrehe.*

»In letzter Zeit laufen alle vor mir davon, als hätte ich mit einem Stinktier gekämpft und verloren«, murmelte sie.

Ihre Finger schlossen sich um den, wie sie glaubte, hölzernen Stiel des Topfes. Statt dessen war es der eiserne Dreifuß, der glühend heiß vom Feuer war.

»Verdammt!« fluchte sie und riß ihre Hand zurück.

Sie schüttelte ihre Hand und drückte sie dann fest mit der anderen an sich, um den brennenden Schmerz zu lindern.

»Warum hast du das denn gemacht?« fragte Case.

»Weil ich ein Idiot bin, warum wohl sonst?« fauchte sie.

»Unsinn, du bist genausowenig ein Idiot, wie ich einer bin. Laß mich mal sehen.«

Mißtrauisch beugte und streckte sie ihre Finger, aber sie hielt sie ihm nicht hin, damit er die Brandwunde inspizieren konnte.

»Mir geht's gut«, erklärte sie. »Die Haut ist nur ein bißchen angesengt, das ist alles.«

Case sah die tiefen Linien der Anspannung um ihren Mund und fühlte sich hilflos, was ihn nur noch wütender machte. Seine linke Hand schoß vor und schloß sich um ihr Handgelenk.

»Du bist so verdammt dickköpfig, daß du es mir nicht sagen würdest, selbst wenn du dich bis auf die Knochen verbrannt hättest«, knurrte er, während er ihre Hand an seine Brust zog. »Ich möchte lieber selbst einen Blick darauf werfen.«

»Wer hat dir das Recht gegeben, mich ...«

»Du«, unterbrach er sie schroff.

»Wann?«

»Als du mich in deinen Körper eingeladen hast.«

Ihre Wangen färbten sich brennend rot, dann erbleichte sie. Sie versuchte zu sprechen.

Kein Ton kam über ihre Lippen.

Mit einer Zärtlichkeit, die neue Tränen in ihren Augen aufsteigen ließ, öffnete Case ihre Hand. An der Wurzel jedes ihrer Finger war ein hellrotes Brandmal zu erkennen.

Er gab einen schmerzlichen Laut von sich, als ob er derjenige wäre, der sich verbrannt hätte. Dann hob er ihre Hand an seine Lippen und drückte einen behutsamen Kuß auf jede kleine Wunde.

Sarah erschauerte und stöhnte unterdrückt. Das Gefühl seines warmen Atems und das sanfte Streicheln seines Bartes über ihre Handfläche beschwor wieder all die intimen Erinnerungen herauf, die sie so angestrengt zu vergessen versucht hatte.

Besonders jene eine Erinnerung an das Ende, als er es noch nicht einmal mehr ertragen konnte, sie anzusehen.

Zieh dich an, bevor du dir eine Erkältung holst.

»Nicht«, murmelte sie heiser. »Tu mir das nicht an.«

Case blickte überrascht auf. Seine Augen waren wie grüne Flußteiche, klar und glitzernd und dennoch von Schatten dicht unter der Oberfläche erfüllt.

»Tue ich dir weh?« fragte er.

»Jetzt nicht.«

»Habe ich dir früher schon einmal weh getan?«

»Ja«, erwiderte sie schroff.

»Als ich in dir war?«

Sie schloß die Augen und wandte das Gesicht ab.

»Liebste?« fragte er besorgt. »Habe ich dich verletzt, als ich in dir war?«

»Nicht ... in dem Moment.«

Er beugte sich über ihre Hand und hauchte Küsse auf ihre Haut.

»Wann habe ich dich verletzt?«

»Danach. Als du es gar nicht erwarten konntest, mich wieder loszuwerden.«

Er hob mit einem Ruck den Kopf. Sarah sah ihn nicht an. Sie starrte auf den Fußboden, zutiefst beschämt und gedemütigt.

»Ich weiß wirklich nicht, was ich getan habe, um dich so anzuwidern«, flüsterte sie.

»Du hast …«

Nein«, unterbrach sie ihn verzweifelt. »Sag es mir nicht! Es ist nicht wichtig. Es wird nie wieder passieren.«

»Das sollte es nicht«, stimmte er zu.

Und dennoch – noch während Case die Worte aussprach, rebellierte etwas tief in seinem Inneren erbittert gegen den Gedanken, niemals wieder in Sarahs süßem, verzehrendem Feuer zu versinken.

Eine Träne kullerte ihre Wange hinunter und blieb in ihrem Mundwinkel hängen.

Case beugte sich vor und stahl die Träne mit einem Kuß.

»Tu das nicht«, sagte sie, am ganzen Körper zitternd. »Ich kann es nicht noch einmal ertragen.«

»Sarah«, flüsterte er dicht an ihren Lippen. »Meine süße, leidenschaftliche, unschuldige Sarah. Du hast mich nicht angewidert. Ich würde meine Seele dafür verkaufen, wieder in dir zu sein.«

Sie schnappte keuchend nach Luft.

»Warum hast du dann …?« flüsterte sie.

»Weil das der Preis wäre, den es mich kosten würde, dein Geliebter zu sein – meine Seele. Das wenige, was noch davon übrig ist.«

»Ich verstehe nicht.«

Er legte eine Hand unter ihr Kinn und hob ihr Gesicht zu sich hoch. Dann küßte er sie mit einer Zärtlichkeit und einem Hunger, der sie beide atemlos machte.

»Ich weiß nicht, ob ich es dir erklären kann«, sagte er.

Sie betrachtete ihn nur schweigend mit Augen, die all die Gefühle widerspiegelten, die auch ihn bewegten. Schmerz und Verlangen, Leidenschaft und bittere Reue.

»Ich war fünfzehn, als ich in den Krieg zog«, begann Case. »Zusammen mit Hunter. Ich habe ihn damals förmlich mitgeschleppt.«

Sie biß sich auf die Lippen. Die Selbstverachtung in seiner Stimme war so stark, daß sie fast greifbar war.

»Mein Bruder war mit einem nichtsnutzigen kleinen Flittchen verheiratet«, fuhr er fort. »Sie hatten zwei kleine Kinder. Ted und Emily.«

Trotz seines neutralen Tonfalls spürte sie, wie ungeheuer schwer es Case fiel, über seine Nichte und seinen Neffen zu sprechen. Sie wollte ihn bitten, nicht weiterzusprechen.

Aber noch größer war ihr Bedürfnis, endlich die Finsternis in seiner Seele zu verstehen.

»Hunter wollte nicht in den Krieg wegen der Kinder, aber Belinda und ich bearbeiteten ihn so lange, bis er einwilligte.«

»Dein Bruder scheint mir nicht zu den Männern zu gehören, die sich leicht beeinflussen lassen.«

»Zum Teufel, vielleicht war er einfach genauso froh, von Belinda wegzukommen, wie sie darauf brannte, mit den Männern in der Nachbarschaft ins Bett zu gehen.«

Die Verachtung in seiner Stimme ließ Sarah zusammenzucken.

»Ich bin voller Begeisterung in den Krieg gezogen, bereit, für Ehre und Zivilisation zu kämpfen«, sagte Case. »Aber selbst junge Narren werden irgendwann mal erwachsen. Wenn sie überleben. Ich kam ziemlich schnell dahinter, daß Krieg die reine Hölle für Kinder und gute, anständige Frauen ist, und sie waren das einzige, wofür es sich zu kämpfen lohnte.«

Sie rieb ihre Wange sanft an seiner Brust, sehnte sich danach, die Anspannung zu lindern, die ihn verkrampfte.

»Es half mir, nicht den Verstand zu verlieren, indem ich an meine Nichte und meinen Neffen dachte«, berichtete Case. »Besonders an Emily. Sie war so aufgeweckt, so voller Lachen und Wißbegier und Fröhlichkeit. Sie liebte alles und jeden.«

Er zögerte einen Moment und fuhr dann mit monotoner Stimme zu sprechen fort.

»Wenn es ganz schlimm kam während des Krieges, pflegte ich die kleine Porzellantasse und Untertasse hervorzuholen, die ich als Heimkehrgeschenk für Emily gekauft hatte. Dann saß ich einfach nur da und betrachtete das winzige Puppengeschirr und dachte an ihr fröhliches Lachen und betete, daß der verdammte Krieg endlich ein Ende haben würde.«

Verstohlen legte Sarah die Arme um Case. Sie hielt ihn umschlungen, während sie ihm schweigend zu verstehen gab, daß er nicht allein mit seinen quälenden Erinnerungen war.

»Ich kehrte ein paar Wochen eher als mein Bruder aus dem Krieg zurück«, fuhr er fort. »Und ich fand ... ich fand ...«

Ein heftiger Schauder überlief Case und ließ seine Stimme brechen.

»Ist ja gut«, sagte sie beschwichtigend. »Du brauchst es mir nicht zu erzählen.«

Seine Arme schlossen sich um sie, und er preßte sie an sich, als wäre sie das Leben selbst. Sie protestierte nicht gegen die fast schmerzhafte Kraft seiner Umarmung, denn sie wußte, daß Kummer und Trauer sein Herz noch viel fester umklammert hielten.

»Culpeppers«, murmelte er schließlich.

Der Klang seiner Stimme ließ Sarah erzittern.

»Südstaatler«, sagte er. »Wie ich.«

»Nicht wie du. Niemals.«

Case schien sie nicht zu hören. Seine Augen waren offen, blicklos, starr auf einen Horizont gerichtet, den nur er sehen konnte.

Und was er sah, war unaussprechlich grauenhaft.

»Sie kamen drei Tage vor mir auf unsere Ranch«, sagte er heiser. »Sie ermordeten jeden Mann im Tal, stahlen oder schlachteten die Tiere, brannten die Häuser und Scheunen nieder. Nachdem sie den Frauen endlich den Gnadenschuß gegeben hatten, nahmen sie sich die Kinder vor und ...«

Das Schweigen, das folgte, war sogar noch unerträglicher als der Ausdruck seiner Augen.

Sarah fiel wieder ein, was Lola einmal über die Culpeppers gesagt hatte.

Sie verkauften Kinder an die Comancheros, nachdem sie den Kleinen Dinge angetan hatten, die selbst Satan noch an Brutalität und Grausamkeit übertreffen würden.

»Als ich Em und Ted schließlich fand, hatte ich keine Schaufel dabei«, flüsterte Case. »Ich habe ihre Gräber mit meinen bloßen Händen ausgehoben. Dann habe ich begonnen, die Culpeppers zu verfolgen.«

Sarah blickte in seine Augen und weinte lautlos, hilflos, denn sie wußte jetzt, was es war, was Case jeden Glauben an Lachen und Hoffnung und Liebe genommen hatte.

Seine Erinnerungen mußten sogar noch schlimmer sein als ihre eigenen.

»Verstehst du jetzt, warum ich dich weggestoßen habe?« fragte er.

Schweigend blickte sie ihn an, während sie mit ihm litt.

»Teds und Ems Tod …« Seine Stimme erstarb. Er zuckte die Achseln. »Es hat etwas in mir abgetötet. Ich kann dir nicht geben, was du verdient hast.«

»Was ich verdient habe?« fragte sie verständnislos.

»Einen Ehemann. Kinder. Liebe. Ich habe keine Liebe mehr in mir. Sie ist so tot wie Klein Em.«

»Nein. Nein, das glaube ich nicht. Jemand, der so sanft ist wie du, kann nicht die Fähigkeit zu lieben verloren haben.«

Case blickte direkt in Sarahs Augen.

»Alles, was ich für dich habe, ist Begierde«, sagte er schroff. »Wenn ein Mann Verführung im Sinn hat, wird er tun, was immer nötig ist, um so schnell wie möglich sein Ziel zu erreichen. Du wolltest Zärtlichkeit. Also habe ich sie dir gegeben.«

Sarahs Lächeln war zittrig, dennoch war es sehr wirklich.

»Habe ich dich um irgend etwas anderes gebeten?« flüsterte sie.

»Das brauchst du gar nicht. Es ist deutlich an der Art zu erkennen, wie du mich ansiehst, wenn du glaubst, ich merkte nichts davon.«

»Du meinst, als wollte ich dir ein Messer in den Rücken stoßen?« schlug sie vor und lächelte trotz ihrer Tränen.

Seine Mundwinkel verzogen sich kaum merklich aufwärts; es ließ ihn noch trauriger aussehen als zuvor.

»Du kannst mich nicht täuschen«, sagte er. »Du bist wie ein Bienenkorb. Wenn man einmal den Stich überwunden hat, ist nichts als reine, köstliche Süße darunter.«

»Wir sind beide erwachsene Menschen. Du möchtest etwas, was ich dir geben kann, und ich möchte es ebenfalls.«

Er schüttelte den Kopf.

»Du hast gerade gesagt, du begehrst mich«, erklärte sie. »Schön, und ich begehre dich auch.«

Er betrachtete ihre geröteten Wangen, die tränenfeuchten, glänzenden Augen und bebenden Lippen.

»Purer wilder Honig«, murmelte Case rauh. »Führe mich nicht in Versuchung.«

»Warum nicht?«

»Ich könnte ein Baby mit dir zeugen, darum nicht.«

»Ein Baby«, wiederholte sie weich.

Dann breitete sich ein Lächeln auf ihrem Gesicht aus.

Case schob sie brüsk von sich fort.

»Ich will kein Kind«, sagte er. »Niemals.«

Ihre Arme schlangen sich noch fester um ihn. Sie stellte sich auf die Zehenspitzen und drückte einen zärtlichen Kuß auf seinen Mundwinkel. Dann berührte sie seine Unterlippe zart mit ihrer Zungenspitze.

Er zuckte zurück, als wäre er gestochen worden.

»Reiz mich nicht so lange, bis ich mich vergesse und dich schwängere«, sagte er grob. »Ich würde uns beide dafür hassen. Willst du das?«

Sie schloß die Augen und ließ ihre Arme sinken. Wortlos wandte sie sich ab und griff nach der Spindel und begann mit der endlosen Arbeit des Wollespinnens.

Einen Augenblick später ertönte das laute Knirschen von Maiskörnern, die zwischen zwei Steinen zermahlen wurden, vom anderen Ende des Raumes her.

Weder Sarah noch Case sprachen ein Wort.

19. Kapitel

»Der Kerl ist ein arbeitswütiger Narr«, lautete Lolas Kommentar, als sie den Berg von Maismehl beäugte, den Case in der Nacht zuvor gemahlen hatte.

Sarah schwieg.

»Und du hast die Nacht ebenfalls dazu genutzt, eine Menge Garn zu spinnen, wie ich sehe«, bemerkte Lola.

»Conner wächst schneller als Unkraut.«

»Und Case ist so kribbelig wie eine langschwänzige Katze in einem Raum voller Schaukelstühle.«

»Das ist mir noch gar nicht aufgefallen.«

Lolas meckerndes Lachen ließ Sarah zusammenzucken.

»Weißt du noch immer nicht, wie man einem Mann, der unter starkem Druck steht, Erleichterung verschafft?« fragte Lola.

»Dazu sind zwei nötig.«

»Soll das etwa heißen, du willst ihn nicht?«

»Nein. Das soll heißen, daß er mich *nicht* will.«

»Pferdescheiße.«

»Amen«, murmelte Sarah.

Sie betätigte die Spindel so schnell, daß sie nur noch als ein verschwommener Fleck erschien. Der Haufen Wolle zu ihren Füßen verwandelte sich mit erstaunlicher Schnelligkeit in Garn.

Lola verstand den Wink offenbar nicht und verfolgte das Thema beharrlich weiter.

»Er ist mächtig scharf auf dich«, meinte sie unverblümt. »Wird jedesmal hart wie ein Zaunpfahl, wenn er dich nur ansieht.«

Die Spindel machte einen Ruck. Das Garn spannte sich bis fast zu dem Punkt, wo es zerriß.

»In Ordnung«, stieß Sarah zwischen zusammengebissenen Zähnen hervor. »Case begehrt mich, aber er wird mich nicht anrühren, weil er mich nicht schwängern will. Bist du nun zufrieden?«

Lola schnaubte nur verächtlich.

»Mädchen, wo warst du mit deinen Ohren, als ich dir einen Vortrag über Schwämme und Essig und all diese Sachen gehalten habe?«

Sarah blickte von ihrer Arbeit auf. Was immer Lola in ihren Augen sah, ließ die ältere Frau grinsen. Sie zog einen kleinen Lederbeutel aus ihrer Hosentasche hervor und ließ ihn vor Sarahs Gesicht baumeln.

»Na, erinnerst du dich an den hier?« fragte sie spöttisch.

Die Spindel sank müßig in ihren Schoß. Sarah betrachtete den Lederbeutel mit gequältem Blick.

Reiz mich nicht so lange, bis ich mich vergesse und dich schwängere. Ich würde uns beide dafür hassen. Willst du das?

»Was, wenn es nicht funktioniert?« flüsterte sie.

»Was, wenn morgen früh die Sonne nicht aufgeht?«

»Ist es sicher?« fragte Sarah störrisch.

»Nichts ist sicher auf dieser Welt außer dem Tod. Bei einigen wirkt es besser als bei anderen.«

»Hat es bei dir zuverlässig gewirkt?«

»Ich hab' nie Junge in die Welt gesetzt. Bin ein paarmal schwanger geworden, hatte aber jedesmal eine Fehlgeburt. Danach habe ich nie wieder empfangen. Vielen Huren ergeht es ähnlich.«

Mit zitternden Fingern nahm Sarah den Lederbeutel in Empfang und schob ihn in ihre Hosentasche.

»Gut«, sagte Lola mit einem knappen Kopfnicken. »Jetzt können wir aufhören, wie auf rohen Eiern um Case herumzugehen. Du weißt noch, wie du die Schwämme benutzen mußt?«

»Ja.«

»Wenn du zu etepetete bist, das Ding richtig fest hineinzuschieben, bitte ihn darum. Er hat hübsche lange Finger.«

»Lola!« protestierte Sarah, während sie blutrot wurde.

Die ältere Frau grinste breit.

»Na ja, die hat er aber doch«, erwiderte sie. »Und erzähl mir nicht, daß dir das noch nie aufgefallen wäre.«

Ärgerlich hob Sarah ihre Spindel auf und machte sich wieder an die Arbeit.

Lola leerte einen weiteren Sack mit schimmerndem Ziegenhaar neben Sarahs Stuhl und lachte den ganzen Weg zur Haustür über.

»Das Maisbrot brennt an«, rief sie gleich darauf von draußen.

Erschrocken sprang Sarah auf, um das Brot zu retten. Sie kippte es aus der Pfanne auf ein Gitter zum Abkühlen, dann füllte sie neuen Maisbrotteig in die Pfanne, schürte das Feuer und kehrte zu ihrem Platz zurück, um mehr Wolle zu spinnen und sich zu fragen, wie sie auf Schatzsuche gehen sollte, wenn Case ihr verbot, allein hinauszureiten, und er sie auch nicht begleiten wollte.

»Ma'am?« rief eine Stimme von draußen vor dem Haus. »Wir sind's, Morgan und Hunter. Wenn Sie uns einfach etwas Brot und einen Teller mit Bohnen herausreichen, brauchen Sie sich unseretwegen keine großen Umstände zu machen.«

Hastig legte sie ihre Spindel beiseite und öffnete die Tür.

Hunter und Morgan nahmen ihre Hüte ab. Beide Männer waren frisch gewaschen und rasiert.

Sie lächelte.

»Aber ich bitte Sie, es macht mir überhaupt keine Umstände«, erklärte sie. »Kommen Sie doch herein und setzen Sie sich. Ich bringe Ihnen Ihr Frühstück.«

»Das ist nicht nötig«, erwiderte Morgan. »Wir sind es gewöhnt, zu improvisieren und uns schnell eine Mahlzeit zusammenzubrutzeln.«

»Du vielleicht«, sagte Hunter. »Ich für mein Teil habe mich in den letzten Monaten an Kochkunst in höchster Vollendung gewöhnt.«

Morgans Zähne blitzten weiß in seinem kaffeebraunen Gesicht.

»Elyssa verwöhnt dich wie ein Schoßhündchen«, sagte er zu seinem Gefährten.

Hunter grinste nur, ohne zu widersprechen.

Sarah beobachtete Hunters Lächeln mit wehmütigen Augen.

Hat Case auch so gelächelt, bevor Klein Emily gestorben ist? fragte sie sich. *So voller Wärme und Herzlichkeit …*

»Ich fürchte, Sie werden sich hier mit unseren bescheidenen Mahlzeiten begnügen müssen«, sagte sie. »Maisbrot, Maismehlbrei, Paprika und Bohnen und was immer irgendein Tier von dem Gemüse übriggelassen hat, das ich im Keller eingelagert habe.«

»Klingt himmlisch für mich«, meinte Morgan inbrünstig.

Hunter zwinkerte ihr belustigt zu.

»Achten Sie nicht auf Morgan«, sagte er. »Er übt nur für das Mädchen, das in Texas auf ihn wartet.«

»Gewisse Leute mögen vielleicht Übung nötig haben«, erwiderte Morgan. »Ich ganz bestimmt nicht.«

Lächelnd stellte Sarah zwei zerbeulte Teller aus Zinnblech auf den Tisch, füllte zwei Zinnbecher mit Wasser aus einem Krug und begann, Bohnen auf die Teller zu schöpfen.

»Hast du nicht noch Kaffee in deiner Satteltasche?« fragte Hunter Morgan.

»Jesus, natürlich! Entschuldigen Sie mich, Ma'am. Setzen Sie schon mal einen Topf Wasser auf, und ich werde wieder zurück sein, bevor Sie mich vermissen.«

»Kaffee?« fragte Sarah, nicht sicher, ob sie richtig gehört hatte. »Sie haben Kaffee mitgebracht?«

»Ja, Ma'am«, erwiderte Morgan. »Wir haben auf dem Weg hierher nur nie lange genug Rast gemacht, um welchen zu kochen.«

»Sie sollten ihn besser mit einer Schrotflinte in der Hand bewachen«, rief sie Morgan nach, als er zur Tür hinauseilte. »Wir haben keinen Kaffee mehr gehabt, seit Ute einmal selbstfabrizierte Mokassins und Wolltuch drüben in Spanish Church für ein paar Kaffeebohnen eingetauscht hat.«

Hunters Lippen wurden schmal bei der Erwähnung des Saloons, wo sein Bruder beinahe ums Leben gekommen wäre.

»Jemand sollte dieses Schlangennest gründlich ausräuchern«, sagte er grimmig.

»Reine Zeitverschwendung«, erwiderte sie. »Es gibt mehr als genug Schlangen, um diejenigen zu ersetzen, die man verjagt hat.«

»Einige Schlangen sind übler als andere.«

»Culpepper-Schlangen?«

»Man kann sie nicht verjagen. Man hackt ihnen die Köpfe ab und begräbt sie unter einem Felsen.«

Ein Frösteln überlief Sarah. In diesem Moment hatte Hunter in Tonfall und Miene große Ähnlichkeit mit Case.

Es war eine Erleichterung, als Morgan mit einem kleinen Leinensäckchen voller Kaffeebohnen und einer handgroßen Kaffeemühle zurückkehrte. Bald erfüllte der köstliche Duft von frisch aufgebrühtem Kaffee das Haus und zog hinaus durch die Risse in den Holzbalken.

Es dauerte nicht lange, bis Case und Ute in der Küche erschienen. Case zumindest war frisch gewaschen.

»Ich hoffe, ihr habt eure eigenen Tassen mitgebracht«, bemerkte Sarah trocken. »Mir ist das Geschirr ausgegangen.«

Beide Männer hielten ihr wortlos einen zerbeulten Blechbecher hin. Sie schenkte ihnen Kaffee ein und stach mit einem Hölzchen in das Maisbrot.

»Es ist gar«, sagte sie, »aber paßt auf, daß ihr euch nicht die Finger daran verbrennt.«

Ute füllte seinen Teller mit Bohnen und Maisbrot, verzog sich an einen Platz in der Nähe des Feuers und ließ sich in die Hocke nieder. Mit der Leichtigkeit eines Mannes, der nur selten einen Stuhl oder Tisch benutzte, begann er zu essen, wobei er Teller und Becher geschickt auf seinen Knien balancierte.

Erst verspätet fiel Case auf, daß Sarah nichts von dem Kaffee trank.

»Magst du keinen Kaffee?« fragte er.

»Doch, aber Conner hat seine Tasse auf den Felsrand mit hinaufgenommen.«

Als Hunter und Morgan begriffen, daß sie aus den einzigen anderen Tassen tranken, die Sarah besaß, standen sie wie ein Mann auf und boten ihr jeder ihren Becher an.

»Setzt euch wieder«, sagte Case. »Sie kann meine Tasse benutzen.«

Nach einem Moment des Zögerns nahmen Hunter und Morgan wieder am Tisch Platz.

Sarah begann, Bohnen auf einen Teller zu häufen. Als er voll war, reichte sie ihn Case.

»Ich nehme an, Conner hat auch seinen Teller mit hinaufgenommen«, bemerkte Case beiläufig.

»Bis zum Rand mit Bohnen und Brot gefüllt«, erwiderte sie.

»Dann werden wir uns einen Teller teilen.«

Ohne weitere Vorwarnung schob er ihr einen Löffel Bohnen in den Mund. Zuerst war sie zu verdutzt, um dagegen zu protestieren. Dann ging ihr auf, daß sie sein Frühstück verzehrte, und begann, Einwände zu erheben.

»Wo bleiben deine Manieren?« sagte Case spöttisch. »Man spricht nicht mit vollem Mund, erinnerst du dich?«

Morgan hustete vernehmlich.

Hunter warf seinem Bruder einen abschätzenden Blick von der Seite zu.

Case bemerkte nichts davon. Er war zu intensiv damit beschäftigt, Sarah zu füttern. Jedesmal wenn sie den Mund öffnete, um etwas zu sagen, bekam sie einen neuen Löffel voll Bohnen. Erst als sie die Lippen fest geschlossen hielt, begann er, selbst zu essen.

»Trink einen Schluck Kaffee«, sagte er. »Oder möchtest du, daß ich ihn dir wie einem frisch geschlüpften Vogel einflöße, Löffel für Löffel?«

Nervös leckte sie sich über die Lippen. Die Art, wie sich seine Augen plötzlich zu Schlitzen verengten, als er auf ihre Zungenspitze starrte, machte sie atemlos.

»Ich glaube nicht, daß das eine gute Idee wäre«, erwiderte sie mit kehliger Stimme. »Ich würde mir den Mund verbrennen.«

»Oder so was«, murmelte er, aber so leise, daß ihn außer Sarah niemand hören konnte.

Danach herrschte Stille im Raum bis auf das Kratzen von Löffeln auf Zinnblechtellern und das Klappern des Schürhakens, als Sarah in der Glut stocherte und mehr Holz ins Feuer legte.

Als das letzte Krümelchen Brot vertilgt war, schob Hunter seinen Stuhl zurück und seufzte zufrieden.

»Ich habe seit Texas nicht mehr so köstliche Bohnen gegessen«, verkündete er.

»Es sind diese höllisch scharfen kleinen Pfefferbohnen«, erklärte Sarah. »Ute hat mir beigebracht, Geschmack daran zu finden.«

»Japaleños?« fragte Hunter.

»Sì«, erwiderte Ute.

»Ich muß Elyssa unbedingt Samen davon besorgen.«

»Ich werde Ihnen genügend Samen mitgeben«, erklärte Ute.

»Darüber würde sich meine Frau bestimmt sehr freuen. Der größte Teil ihres Gartens ist vernichtet worden, als die Banditen bei Nacht heimlich Salz auf die Beete gekippt haben. Seitdem sind wir ständig auf der Suche nach Samen und Stecklingen und solchen Dingen.«

»Wir haben Kürbis, Kartoffeln, Bohnen, Mais und Samen für Gartenkräuter«, sagte Sarah. »Sie können gerne mitnehmen, was Sie davon brauchen. Wenn Sie Flachssamen für Öl oder Stoff möchten oder befruchtete Eier – kein Problem. Wir haben genügend davon übrig.«

»Besonders bei der Art, wie Conner Eier sammelt«, fügte Case trocken hinzu.

»Mein Bruder haßt diese Aufgabe«, erklärte sie Hunter.

»Ich werde in Zukunft das Eiersammeln übernehmen«, sagte Case. »Und ich werde auch einen Auslauf für die Hühner bauen, sobald mein eigenes Blockhaus fertig ist.«

Hunter warf seinem Bruder einen überraschten Blick zu. »Du hast vor, dich hier niederzulassen?«

»Ja. Das Land …« Case zögerte einen Moment und zuckte dann die Achseln. »Das Land hat eine beruhigende Wirkung auf mich. Ich gehöre hierher.«

Hunter blickte Sarah an. Sie schien voll und ganz darauf konzentriert, den Bohnentopf sauberzuschrubben.

»Tja, dann sollten wir besser zusehen, daß wir ein für allemal mit diesen Culpeppers aufräumen«, sagte Hunter ruhig.

»Amen«, murmelte Morgan. »Es ist verdammt anstrengend, jedesmal den langen Ritt zu machen, wenn uns wieder zu Ohren kommt, daß du dich mit mehr Culpeppers angelegt hast, als du bewältigen kannst.«

»Wie gut haben sie sich verschanzt?« wollte Hunter von seinem Bruder wissen.

»Sie sind ein fauler Haufen«, erklärte Case. »Die meisten von ihnen haben nur Reisighütten, die keine Kugel aufhalten würden.«

»Was ist mit Ab?« fragte Hunter.

»Er und zwei von seiner Sippe haben sich in einer Höhle in einer Seitenwand des Canyons eingenistet.«

»Irgendwelche guten Schußwinkel?«

»Nur einer, und der ist bewacht.«

»Besteht irgendeine Chance, sie mit Feuer auszuräuchern?«

Case zuckte die Achseln. »Das ließe sich wahrscheinlich machen, aber ich würde es hassen, derjenige zu sein, der es tut.«

»Wasser?« erkundigte sich Hunter.

»Der Canyon heißt Spring Canyon, weil er das ganze Jahr über Wasser führt.«

»Vorräte und Munition?« fuhr Hunter ruhig fort.

»Genug von beidem für einen langen Winter oder einen kurzen Krieg.«

»Schwachpunkte?«

Ute warf Hunter einen anerkennenden Blick zu.

»Mangel an Disziplin«, erwiderte Case prompt. »Es hat eine Reihe von Überfällen auf einige der Ranches im Hochland gegeben, obwohl Ab seinen Leuten strikt verboten hat, im Umkreis von drei Tagesritten Überfälle zu verüben.«

»Wurden Banditen dabei getötet?«

Case sah Ute fragend an.

Ute schüttelte den Kopf.

»Diese Hurensöhne von Kuhjägern da oben können noch nicht mal einen Fisch in einer Wassertonne treffen«, erklärte Ute voller Verachtung.

»Irgendwelche Überfälle in der Nähe der Ranch?« fragte Hunter.

»Case *kann* schießen«, sagte Ute grimmig. »Wir haben hier ein paar Begräbnisse gehabt.«

»Nicht genug«, fügte Case hinzu.

»Beobachten sie die Ranch?« wollte Hunter wissen.

Ute und Case nickten.

Hunter warf einen schnellen Blick auf Sarah, die noch immer den Topf schrubbte.

»Das ist zum Teil der Grund, warum sie uns beobachten«, sagte Case schroff. »Der Rest ist spanisches Silber.«

»Stimmt. Ich habe hier und da Gerüchte über einen Schatz gehört«, warf Morgan ein.

»Die Culpeppers und Moodys Bande haben ebenfalls Wind davon bekommen«, erwiderte Case. »Sie sind schon den ganzen Winter über auf der Suche nach dem Silber.«

Sarah blickte von ihrem Topf auf.

»Aber sie werden es nicht finden«, sagte sie.

»Was macht Sie so sicher?« fragte Hunter.

»Ich habe darüber nachgedacht.«

Case drehte sich um und sah Sarah aus schmalen Augen an.

»Und?« hakte er nach.

»Sie suchen an der falschen Stelle.«

»Wie kommst du darauf?« fragte er.

»Wie ich schon sagte, ich habe nachgedacht.«

»Worüber?«

»Ich sage kein einziges Wort mehr, bis ich Gelegenheit habe, selbst nach dem Silber zu suchen«, erwiderte sie kurz angebunden.

»Du glaubst, ich würde es stehlen?« fragte Case mit harter Stimme.

Sarahs Miene verriet, wie schockiert sie über die Unterstellung war. »Was für eine schwachsinnige Idee«, gab sie brüsk zurück. »Natürlich glaube ich das nicht. Genausowenig wie ich glaube, daß dein Bruder oder Morgan oder Ute oder Lola oder die verflixten Hühner es stehlen würden.«

Case zog schweigend eine Braue hoch und wartete.

»Ich bekomme allmählich Platzangst hier im Haus«, sagte sie. »Wenn ich nicht nach dem Silber suchen kann, kann es auch sonst keiner.«

»Es ist zu gefährlich für ...«

»... für jeden«, unterbrach sie ihn. »Aber du gehst trotzdem ständig ein und aus. Ich habe es satt, eine Gefangene in meinem eigenen Haus zu sein.«

Angespanntes Schweigen breitete sich aus. Dann fluchte Case unterdrückt vor sich hin und blickte Hunter an.

Sein Bruder lächelte nur.

Case wandte sich wieder zu Sarah um. Der Ausdruck seiner Augen war kälter als der Winter.

»Wo willst du mit der Suche anfangen?« fragte er.

»Das sage ich dir, wenn wir uns auf den Weg dorthin machen.«

»Wie kann man nur so unglaublich störrisch ...«

»Sieht aus, als würdest du reichlich genug Arbeit bekommen«, fiel Hunter ihm ins Wort. »Morgan und ich werden deine Wachen unter uns aufteilen.«

Case wollte Einwände erheben.

»Solange Sarah mit jemandem zusammen ist, wird sie außerhalb des Hauses sicherer sein«, erklärte Hunter.

»Aber ...«, begann Case.

»Tatsächlich«, fuhr Hunter ohne Pause fort, »sollte sie vielleicht in Betracht ziehen, sich nach Einbruch der Dunkelheit hinauszuschleichen und im Gebüsch zu schlafen. Mit einem von uns als Wache. Dieses Blockhaus hier würde wie eine Fackel brennen.«

Case schwieg beunruhigt.

»Wir haben vier Männer, um Sarah rund um die Uhr zu schützen«, sagte Hunter zu seinem Bruder. »Wenn du gerade keine Zeit hast, wird einer von uns diese Aufgabe übernehmen.«

»Conner würde …«, begann Sarah.

»Nein«, sagten Ute und Case wie aus einem Munde.

»Wer immer dich gerade bewacht, wird eine Zielscheibe für die Banditen sein«, erklärte Case. »Conner hat noch nicht genügend Übung in solchen Dingen.«

Ute nickte. »Ein guter Junge, aber ihm fehlt die Erfahrung.«

»Ich will nicht, daß Conner meinetwegen in Gefahr gerät«, erwiderte sie gepreßt. »Keiner von euch sollte meinetwegen in …«

»Ich werde mich um Sarah kümmern«, unterbrach Case sie, während er seinen Bruder anblickte, »außer wenn du mich brauchst, um den Spring Canyon auszukundschaften.«

»Ich bin nicht schlecht im Anschleichen«, sagte Morgan zu niemand Speziellem. »Besonders bei Nacht.«

Ute grinste. »Du hättest mich unten in Mexiko beinahe erwischt.«

»Stimmt, ich war ganz knapp davor«, gestand Morgan.

»Bist du immer noch hinter mir her?«

Sarah versteifte sich und starrte Morgan an.

»Ich hab' das Pony, das du mir damals geklaut hast, weiß Gott geliebt«, sagte Morgan wehmütig. »Aber, nein, ich jage dich nicht mehr. Es sei denn natürlich, ich erwische dich in der Nähe meiner Ponys …«

Ute schmunzelte.

»Hab' jetzt reichlich genug Pferde«, erklärte er. »Conner und Sarah haben ein besonderes Talent dafür, die wilden mit süßen Worten zu zähmen. Diese Mustangs reagieren auf sie wie Fliegen auf Marmelade.«

Hunter ließ seinen Blick zwischen den beiden Männern hin und herschweifen und nickte, zufrieden, daß es keinen Ärger geben würde.

»Ich nehme an, du kennst das Land am besten«, sagte er zu Ute.

Der alte Bandit grunzte, trank den letzten Tropfen Kaffee aus und erhob sich. »Ich kenne mich aus.«

»Zeig mir die besten Beobachtungsposten um die Ranch herum«, bat Hunter, »die besten Stellen in der Nähe des Spring Canyon, die sich für einen Hinterhalt eignen, welche Canyons keinen Ausgang haben und welche man zu Fuß erklettern kann.«

Ute sah Case an.

»Wenn Hunter General gewesen wäre«, sagte Case, »hätte der Süden den Krieg gewonnen.«

»Das bezweifle ich«, meinte Morgan.

»Ich auch«, murmelte Hunter. »Taktik ist eine Sache. Repetiergewehre sind eine andere. Diese Yankee-Flinten waren ein gottverdammtes Wunder.«

Er stand auf und sah Ute an.

»Zu Fuß oder zu Pferd?« fragte er.

»Zuerst zu Pferd. Später zu Fuß.«

»Wann mußt du Conner auf dem Felsrand ablösen?« fragte Morgan Ute.

»Am Mittag.«

»Dann werde ich die Wache von Mittag bis Sonnenuntergang übernehmen«, erklärte Morgan und erhob sich vom Tisch.

»Danke für das Frühstück, Ma'am«, sagte er zu Sarah gewandt. »Ein Mann vermißt die Kochkünste einer Frau.«

»Bitte«, erwiderte sie. »Sie zu bewirten ist das mindeste, was ich tun kann. Schließlich ist dies nicht Ihr Kampf.«

»Wann immer ein Culpepper darin verwickelt ist, ist es mein Kampf«, sagte er grimmig.

Sie betrachtete den plötzlich harten, angespannten Zug um Morgans Mund und überlegte, was ihm die Culpeppers wohl angetan hatten. Trotz ihrer Neugier hütete sie sich jedoch, danach zu fragen. Nachdem sie erfahren hatte, auf welch bestialische Weise Hunters Familie ermordet worden war, hatte sie wirklich nicht das Bedürfnis, noch mehr über die Culpeppers zu wissen, außer über den Ort, wo sie begraben werden sollten.

Sie wandte sich an Hunter.

»Warum erschießen Sie sie nicht einfach aus dem Hinterhalt?« fragte sie unverblümt. »Jeder einzelne von ihnen wird steckbrieflich gesucht.«

»Wenn es so einfach wäre, wären die Culpeppers bereits in Texas gestorben«, erklärte er. »Aber leider sind sie enorm schlau und vorsichtig, wenn es ums Überleben geht.«

»Ich habe in ihrem Lager herumgeschnüffelt«, warf Ute ein. »Das nächste Mal werd' ich ein paar von ihnen abknallen.«

»Nein, das wirst du nicht tun«, sagte Sarah. »Nicht, wenn Conner bei dir ist.«

»Du kannst ihn nicht bis in alle Ewigkeit beschützen«, warf Case ein.

»Ich werde tun, was immer ich tun muß«, erwiderte sie kalt. »Conner steht die ganze Welt offen. Und ich will, daß er jedes einzelne Fleckchen davon zu sehen bekommt.«

»Wenn es dir nichts ausmacht«, sagte Hunter, wobei er Ute anblickte, »wäre es mir lieber, du würdest sie vorläufig in Ruhe lassen, bis wir eine Chance hatten, ihnen ein paar Fallen zu stellen.«

Ute zuckte gleichmütig die Achseln. »Heute. Morgen. Nächste Woche. Mir soll's recht sein. Diese verfluchten Culpeppers sind jetzt schon wandelnde Leichen.«

»Hegst du einen speziellen Groll gegen sie?« wollte Hunter wissen.

»Sie haben Sarahs Jacke in Fetzen geschossen. Glaubten, sie hätte dringesteckt. Wandelnde Leichen, jeder einzelne von ihnen.«

Überrascht blickte Case in Utes klare, schwarze Augen. Vor dem Überfall im Canyon hatte Ute den Banditen lediglich Streiche gespielt, um seinen Spaß zu haben.

Inzwischen war für Ute aus dem Spiel tödlicher Ernst geworden.

»Wollen wir jetzt?« fragte Ute Hunter.

»Wir wollen«, erwiderte Hunter trocken.

»Ich werde mich mal auf der Rückseite des Hauses umsehen«, erklärte Morgan.

»Stolpern Sie nicht über Conner«, sagte Sarah. »Er schläft in der Nähe von einem der hohen Salbeibüsche.«

Morgan grinste und strebte zur Tür. »Keine Sorge, Ma'am, ich werde so leichtfüßig wie eine Elfe umherhuschen.«

Hunter und Ute folgten Morgan hinaus. Die Tür schloß sich hinter ihnen.

Sarah war sich nur zu deutlich bewußt, daß sie nun allein mit Case war. Ohne Vorwarnung fuhr sie zu ihm herum.

Er beobachtete sie aus verschleierten grünen Augen.

»Setz ein paar Bohnen zum Einweichen auf«, sagte er. »Ich werde in der Zwischenzeit Cricket und Shaker satteln.«

»Wozu?«

»Wir gehen auf Schatzsuche.«

Sie sagte sich, daß der seltsame kleine Hüpfer, den ihr Herz tat, etwas mit der Aussicht zu tun hatte, endlich wieder nach dem Silber suchen zu können, und nicht mit dem unverhüllten Hunger in seinen Augen.

»In Ordnung, ich setze die Bohnen auf«, stimmte sie zu.

»Werden drei Packpferde genügen?«

»Für all das Silber?«

Case schnaubte verächtlich.

»Für all das Feuerholz«, erwiderte er. »Es spendet eine ganze verdammte Ecke mehr Wärme als törichte Träume von Silber.«

20. Kapitel

Ein scharfer Wind fuhr wie mit eisigen Klauen über die Canyonlandschaft. Tiefhängende, bleigraue Wolken ballten sich am Himmel zusammen. Wo sich die Wolken über Berggipfeln und Hochplateaus auftürmten, verwandelte sich das Grau in eine blauschwarze Masse, die das Land verhüllte.

»Es riecht nach Schnee«, sagte Sarah.

»Wenn es Schnee gibt, werden wir morgen kein Silber suchen, sondern Wild jagen.«

Case klappte seinen Kragen gegen den kalten Wind hoch.

Sarah wollte schon protestieren, überlegte es sich jedoch wieder anders. *Case hat ja recht,* dachte sie. *Wir haben noch zwei zusätzliche Mäuler zu stopfen und brauchen dringend Fleisch.* Wildspuren würden auf Neuschnee deutlich zu erkennen sein. Es war eine Gelegenheit, die sie einfach nicht ungenutzt verstreichen lassen durften.

»Kein Widerspruch?« scherzte er.

»Ich esse ebenso gerne wie jeder andere.«

»Komisch, darauf wäre ich nie gekommen. Ich mußte dir in letzter Zeit jeden Bissen förmlich die Kehle hinunterschieben.«

Sie ignorierte ihn.

Er war stark in Versuchung, sie in Rage zu bringen. Mit ihrem Zorn konnte er immer noch besser umgehen als mit der Art, wie sie es vermied, ihm in die Augen zu sehen.

Oder wie sie beiseite trat oder hastig einen Bogen um ihn machte, um jeder Möglichkeit vorzubeugen, ihn in dem kleinen Haus versehentlich zu streifen.

Warum bin ich eigentlich so empfindlich? fragte er sich verdrossen. *Ich hatte sie ja davor gewarnt, mich nicht in Versuchung zu führen. Und sie tut alles, was sie kann, um das zu vermeiden.*

Und mich.

Und dennoch – trotz ihrer abweisenden Art und ihrer Versuche, ihm aus dem Weg zu gehen, verlockte sie ihn gnadenlos.

In jedem wachen Augenblick erinnerte ihn etwas an die leidenschaftliche Sinnlichkeit, die er unter ihrer Furcht entdeckt hatte. Der Glanz des Lampenlichts auf ihrem seidigen Haar, der zarte Duft von Rosen auf ihrer Haut, das Flüstern der Spindel, wenn sie Garn spann, die Kurve ihres Kinns, wenn sie den eleganten Flug eines Habichts am Himmel verfolgte ... einfach alles an ihr faszinierte und bezauberte ihn.

Und das verführerische Sichwiegen ihres Körpers, wenn sie vor ihm herritt, erregte ihn derart, daß es fast schmerzhaft war.

»Nun kommt schon, ihr störrischen Viecher«, murmelte Case verdrießlich und zog an der Führungsleine.

Nur sehr widerstrebend beschleunigte der erste Mustang seinen Schritt. Die drei Packpferde waren aneinandergebunden, und alle hatten das gleiche im Sinn. Sie wollten, daß ihr Hinterteil in den scharfen Winterwind zeigte statt ihr Kopf.

Case sah sich in dem rapide schmaler werdenden Canyon um. Nach dem, was er bisher von ähnlichen Canyons gesehen hatte, vermutete er, daß auch dieser hier vor einer Felswand enden würde, die nur Habichte überwinden konnten.

Es war kein sonderlich tröstlicher Gedanke. Dies war derselbe Canyon, wo die Banditen Löcher in Sarahs Jacke geschossen hatten.

Noch ein Canyon ohne Ausgang, dachte er. *Ich hoffe nur, die verfluchten Kerle haben es aufgegeben, uns im Hinterhalt aufzulauern.*

Früher oder später müßten selbst blöde, stinkfaule Banditen dahinterkommen, daß es ausgesprochen unklug ist, mich hinterrücks zu überfallen.

Die Härchen in seinem Nacken richteten sich prickelnd auf. Er hatte das deutliche Gefühl, daß sie von jemandem beobachtet wurden. Sorgfältig suchte er jeden erhöhten Punkt zu beiden Seiten des Canyons nach dem Aufblitzen von Metall oder Glas ab, das die Anwesenheit von Banditen verraten würde. Er beobachtete auch die Pferde auf irgendein Anzeichen dafür, daß sie noch etwas anderes als Fels und Krüppelkiefern weiter voraus witterten.

Ich frage mich, was Sarah wohl gesehen hat, als sie neulich Feuerholz in diesem Canyon gesammelt hat, überlegte er. *Nichts von alledem hier sieht mir vielversprechend aus.*

Nur einer von Hunderten ähnlicher Canyons. Sie würde eine bessere Chance haben, wenn sie in einem Heuhaufen von der Größe von Texas nach einem Hufnagel suchte.

Nicht, daß das Silber wichtig für Case gewesen wäre. Es gab reichlich Holz zu sammeln, und das war alles, was ihn interessierte.

Als sie eine ganze Strecke über die Stelle hinaus waren, wo die Banditen ihnen damals aufgelauert hatten, zügelte Sarah schließlich ihr Pferd. Eine Barriere aus entwurzelten Baumstämmen, Felsblöcken und Geröll lag wie Mikadostäbchen quer über dem Canyon.

»Ich bin gleich wieder da«, sagte sie und schwang sich aus dem Sattel.

Case zog blitzschnell die Füße aus den Steigbügeln, landete mit einem geschmeidigen Sprung auf dem Boden und hielt sie am Arm zurück, noch bevor sie sich zwei Schritte von ihrer Stute entfernt hatte.

»Was fällt dir ein? Wo willst du hin?« fragte er.

Seine Stimme war heiser von dem sinnlichen Hunger, der ihn quälte. Ihr rauher Klang ließ einen erregten Schauer über Sarahs Rücken rieseln.

Wie kann ich ihn nicht in Versuchung führen, wenn sein Verlangen derart stark an meinen Nerven zerrt? fragte sie sich verzweifelt.

Und mein eigenes desgleichen.

Gott, ich hätte niemals geglaubt, daß ich mich noch einmal danach verzehren würde, einen Mann in mir zu spüren, und jetzt kann ich an nichts anderes denken als daran, Case an mich zu pressen und ihn tief, ganz tief in meinem Schoß zu fühlen.

Nichts hat sich jemals so unglaublich gut angefühlt. Ich wußte noch nicht einmal, daß es überhaupt möglich ist, solche Lust zu fühlen.

Ein Strahl von sinnlicher Hitze schoß durch sie hindurch und ließ ihr den Atem in der Kehle stocken. Und sie fragte sich sehnsüchtig, ob sie wohl jemals wieder jene überwältigende, fast furchteinflößende Ekstase erleben würde.

»Wenn du mir sagst, was du willst«, sagte Case, »kann ich dir helfen, es zu finden.«

Sie lachte zittrig und hoffte inständig, daß sie nicht errötete.

»Ich möchte dort hinaufklettern, um einen besseren Blick auf die Canyonwände weiter oben zu bekommen«, sagte sie mit kehliger Stimme und wies auf den Berg von Geröll.

»Wenn du den Canyon deutlich sehen kannst, dann kann ein Mann mit einem Gewehr *dich* deutlich sehen.«

»Denkst du wirklich …«

»Zum Teufel, ja, ich denke wirklich«, unterbrach er sie ungeduldig. »Und du solltest es auch mal mit Denken versuchen, sonst wirst du am Ende so voller Löcher sein wie deine verdammte Jacke.«

Sie schluckte hart.

»Da wir in den Wind reiten«, erklärte er, »können die Pferde niemanden wittern, der uns verfolgt. Und ich wette darauf, daß jemand genau das tut.«

Sarah befeuchtete ihre plötzlich trockenen Lippen mit der Zungenspitze.

Seine Hand schloß sich fester um ihren Arm, als Begierde ihre scharfen Klauen tief in seinen Körper grub. Dann riß er sich energisch zusammen und lockerte seinen Griff.

Selbst durch Handschuhe und schwere Kleidung hindurch fühlte

Sarah sich überwältigend gut an. Warm und geschmeidig und weiblich.

»Wonach suchst du?« fragte er fast liebkosend.

Ihr Mund wurde staubtrocken. Sie hatte diesen Ausdruck in seinen Augen schon einmal gesehen. Grünes Feuer, lodernd und heiß.

Und dann war er mit einem kraftvollen Stoß in sie eingedrungen, um sie vollständig auszufüllen.

»Ich suche nach anderen Ruinen«, erwiderte sie heiser. »Es sind keine richtigen Räume, sondern kleine Verstecke oder Lager aus Stein, in Felsspalten hineingebaut, die zu niedrig sind, um aufrecht darin stehen zu können.«

»Wo?«

»Weiter oben im Canyon. Auf der Südseite. Ich dachte, ich hätte dort etwas gesehen, als ich Feuerholz aus dem Durcheinander von Geröll und Baumstämmen herausgezerrt habe.«

Langsam gab Case ihren Arm wieder frei.

»Ich werde nachsehen«, sagte er. »Du wartest hier. Wenn die Pferde etwas hinter uns hören, geh in Deckung und bleib dort.«

Case begann, den Geröllhügel hinaufzuklettern, ein Durcheinander von zerborstenen Baumstämmen, Erde und Felsblöcken jeglicher Größe. Je höher er kletterte, desto offensichtlicher wurde, daß eine Flut irgendwann in den letzten Jahren die oberen Bereiche des Canyons überschwemmt und Bäume, Erde und Steine mit sich in die Tiefe gerissen hatte.

Vielleicht war es das Jahr, als Hal einmal zu oft versuchte, Conner mit seiner Pistole zu verprügeln, dachte Case.

Dann fragte er sich, ob dies nicht vielleicht genau der Canyon sein könnte, in dem Hal gestorben war.

Was war es noch, was Sarah erzählt hat? überlegte er. *Etwas darüber, daß die Nebencanyons voller Wasser gewesen seien und sich der Lost River in eine schlammige Flut verwandelt hätte.*

Er benutzte jede Deckung, die er finden konnte, als er sich zur Kuppe des Hügels hinaufarbeitete und sich dann flach in eine Felsspalte hineinpreßte. Sorgfältig und gründlich suchte er den oberen Teil des Canyons mit seinem Fernglas ab.

Nichts bewegte sich außer dem Wind.

Er überprüfte das Gelände noch einmal, konzentrierte sich diesmal auf die Wände des Canyons, wo der massive Granit im Laufe der Jahrhunderte verwittert war und sich Einbuchtungen, Felsspalten und kleine Vorsprünge im Gestein gebildet hatten.

Schließlich entdeckte Case etwas, von dem er glaubte, daß es Ruinen sein könnten.

Kaum der Rede wert, dachte er. *Eher wie das geheime Munitions- oder Proviantlager eines Jägers als eine richtige Schatzhütte.*

Doch ganz gleich, wie sorgfältig er das obere Ende des Canyons absuchte, er fand nichts Beeindruckenderes. Schließlich wandte er seine Aufmerksamkeit wieder den kümmerlichen Ruinen zu. Nachdem er sich davon überzeugt hatte, daß es einen Weg gab, der zu den Felsspalten hinaufführte, konzentrierte er sich wieder auf den tiefer gelegenen Teil des Canyons.

Methodisch suchte er den mittleren und unteren Abschnitt der Schlucht mit seinem Fernglas ab.

Weiter unten, in der Mündung des Canyons, blitzte flüchtig etwas auf.

Höchstwahrscheinlich Licht, das von einem Fernglas reflektiert, entschied er. *Wohin wir auch gehen, überall ist jemand, der uns beobachtet.*

Oder uns zu töten versucht.

Case kletterte sehr viel schneller den Schutthaufen hinunter, als er hinaufgestiegen war.

»Nun?« fragte Sarah. »Hast du irgend etwas gesehen?«

»Dort unten ist mindestens ein Mann, der den Eingang des Canyons beobachtet.«

»Wie nahe ist er?«

»Außer Schußweite«, erklärte Case.

Sie hob den Kopf und reckte schnüffelnd die Nase in die Luft, um wie ein wildes Tier den Wind zu prüfen. Dann lächelte sie, doch es war eher ein Zähnefletschen als ein Zeichen der Belustigung.

»Sie werden da unten höllisch frieren«, sagte sie. »Die Stürme fegen mit eisiger Kraft um den Eingang des Canyons.«

»Weiter oben, entlang der Südseite des Canyons, sind ein paar Ruinen«, erklärte Case. »Allerdings nicht der Rede wert.«

»Können wir von hier aus zu den Ruinen hinaufgelangen?«

»Es wird nicht leicht sein.«

»Aber wir können es schaffen?«

Er seufzte. »Ja.«

Eifrig ging Sarah zu einem der Packpferde und band die Schaufel los.

»Worauf wartest du denn noch?« fragte sie ungeduldig.

»Bist du sicher, daß du nicht lieber …«

»Ja«, unterbrach sie ihn schroff. »Ich bin mir sicher.«

»Pest und Hölle.«

Er trat an seinen Sattel und löste zwei zusammengerollte Decken aus ihrer Verschnürung. Mit ein paar schnellen, geschickten Schnitten seines Messers verwandelte er sie in dicke Wollponchos.

»Zieh dies hier über deine Jacke«, sagte er und hielt Sarah einen der Ponchos hin.

»Aber …«

»Tu es, ohne zu widersprechen. Nur so zum Spaß. Wenigstens dieses eine Mal.«

Mit einem raschen, energischen Handgriff zog er den Poncho über ihren Hut, noch bevor sie erneut protestieren konnte. Ihrer beider Atem vermischte sich, als Case sich vorbeugte und den Poncho zurechtzog.

Er hing bis über ihre Knie herab.

Er war mollig warm.

»Danke«, murmelte sie.

»Bitte«, erwiderte er spöttisch.

»Es ist wirklich erstaunlich, wie mir jemand sagen kann, ich soll mich zum Teufel scheren, ohne die Worte tatsächlich jemals auszusprechen.«

»Was ist daran erstaunlich? Du schaffst das mit einem Blick.«

Damit zog Case brüsk seinen eigenen Poncho über seine Jacke, schnappte sich die Schaufel und marschierte zum zweiten Mal auf den Geröllhaufen zu.

Sarah folgte ihm dicht auf den Fersen.

Schnee begann zu fallen. Die ersten Flocken waren weich und hauchzart, wirbelten wie Apfelblüten im Wind. Wenig später frischte der Wind auf. Die Flocken fielen dichter und schneller, kleideten die Landschaft in eine saubere, weiße Stille.

»Wir sollten umkehren«, sagte Case, sobald er die Kuppe des Hügels erreicht hatte.

»Wozu? Nur Regenfälle sind in diesen Canyons gefährlich.«

»Was, wenn sich Schneewehen auftürmen?«

Sie schüttelte den Kopf. »Nicht hier. Vielleicht weiter oben im Hochland.«

»Was ist mit Erfrieren?« fragte er sarkastisch.

»Es ist jetzt wärmer als vorhin, bevor es zu schneien angefangen hat.«

»Verflucht«, murmelte er.

»Zumindest brauchen wir uns keine Sorgen wegen eines Hinterhalts zu machen«, erklärte sie sachlich. »Bei dem Schneegestöber kann man nicht mehr als sechs Meter weit sehen.«

»Wir sind dir dankbar, Herr, für diese kleine Gnade. Amen.«

Case machte auf dem Absatz kehrt und blickte wieder zur Südseite des Canyons hinauf. Obwohl der fallende Schnee die meisten Orientierungspunkte verdeckte, erinnerte sich Case noch daran, wie die Wand durch sein Fernrohr ausgesehen hatte.

»Komm mir nicht in die Quere«, sagte er. »Wenn ich stürze, will ich dich nicht mit in die Tiefe reißen.«

»Tut dein Bein weh?« fragte sie besorgt.

Nein, aber mein verdammter Schwengel schmerzt, dachte er. *Und zwar höllisch.*

Er konnte noch immer die Hitze ihres Atems schmecken, als er sich über sie gebeugt hatte, um den Poncho zurechtzuziehen. Wie ihr Duft, ihre Bewegungen, ihre simple Gegenwart, so quälte und verfolgte ihn das Wissen um ihre verführerische Wärme.

»Geh mir einfach aus dem Weg«, stieß er zwischen zusammengebissenen Zähnen hervor.

Zwanzig Minuten später zog er sich über ein brusthohes Steinsims hinauf. Der Felsvorsprung, den er gefunden hatte, war weniger als zwei Meter tief. Der Überhang bot einem Mann kaum genug Platz, um aufrecht zu sitzen.

Eher eine Spalte als ein Alkoven, lief der Vorsprung ungefähr sechs

Meter weit an der Wand entlang, bevor er sich zu einer Felsnase verjüngte. Irgendwann einmal war die Nase ein hoher, roter Pfeiler aus Fels gewesen, aber Frost und Wasser hatten sich durch das weichere, porösere Gestein am Fuß gefressen und die Säule schließlich in den Canyon hinunterstürzen lassen. Es war unmöglich zu erkennen, ob der Pfeiler am Tag zuvor oder vor tausend Jahren zusammengebrochen war.

Eine niedrige Wand und mehrere kleine Lagerkammern waren mit einheimischem Felsgestein in die Spalte hineingebaut worden. Auf den ersten Blick und selbst noch auf den zweiten fiel es Case schwer zu entscheiden, ob die Überreste der Mauern nicht nur Geröll und Felsbrocken waren, die sich zufällig in der Spalte angesammelt hatten. Das Steinmaterial wies von Natur aus eine grob rechteckige Form auf, das nicht viel Nachbearbeitung von Menschenhand erforderte, um zu kleinen Bausteinen zu werden.

»Sind wir schon da?« rief Sarah von unterhalb des Felsvorsprungs herauf.

»Sieht ganz danach aus.«

Case ging in die Knie, legte die Schaufel beiseite und streckte dann beide Arme hinunter, um Sarah auf das Sims heraufzuhelfen. Dabei entdeckte er etwas, was hinter einer der niedrigen Mauern hervorragte und wie ein verbogenes Stück Holz aussah. Er wandte den Kopf, um einen genaueren Blick darauf zu werfen.

An dem seltsam geformten Gebilde hingen die Überreste einer Schnalle.

Er stieß einen lautlosen Pfiff aus.

»Halt dich fest«, sagte er. »Es ist wärmer hier oben, wo der Wind nicht hinkommt.«

»Sind hier wirklich Ruinen?« fragte Sarah ungeduldig. »Manchmal ist es aus der Ferne nur schwer zu erkennen.«

»Das kannst du gleich selbst beurteilen.«

Case sagte nichts weiter, als er sie über den Vorsprung heraufzog. Sarah kauerte sich auf den kalten Fels und blickte sich neugierig um.

»Paß auf, stoß dir nicht den Kopf«, warnte er sie.

Das erste, was sie sah, war etwas, das hinter einer der halb eingestürzten Mauern hervorragte. Sie griff so hastig danach, daß sie sich trotz seiner Warnung hart den Kopf an der niedrigen Decke stieß.

Sie achtete kaum darauf. Ihre Finger waren um einen uralten Lederriemen geschlossen, den die abwechselnd glühende Hitze und eisige Kälte der Steinwüste zur Konsistenz von Holz hatte vertrocknen lassen.

»Ist er so alt, wie ich glaube?« fragte sie mit ehrfürchtiger Stimme.

»Ich weiß es nicht. Ich weiß nur mit ziemlicher Sicherheit, daß er nicht von Indianern hier zurückgelassen wurde. Sie hatten kein Metall.«

Sie wandte sich um und blickte ihn mit weit aufgerissenen, strahlenden Augen an.

»Aber die Spanier hatten Metall«, flüsterte sie.

»Und noch eine Menge anderer Völker nach ihnen«, erwiderte Case. »Es ist ein weiter Weg von dem verrotteten Überrest eines alten Geschirrs bis zu dreihundert Pfund Silber.«

Aber der Glanz seiner Augen sagte ihr, daß er ebenso aufgeregt war wie sie.

Sie kroch vorwärts, um zu sehen, was sich sonst noch hinter der niedrigen, halb eingestürzten Mauer verbergen mochte. Dann hielt sie zögernd inne.

Sei da, bitte, flehte sie stumm. *Für Conner. Er hat etwas Besseres verdient als das, was das Leben ihm zugeteilt hat.*

»Sarah?« fragte Case und berührte ihren Arm. »Stimmt irgendwas nicht?«

»So viele Hoffnungen«, sagte sie schlicht.

Schmerz zog sein Inneres zusammen.

»Laß dich nicht von der Hoffnung beirren«, erwiderte er. »Sie wird dir nichts als Schmerz einbringen.«

»Nein«, sagte sie. »Erinnerung schmerzt. Hoffnung heilt. Ohne Hoffnung würde das Leben unerträglich für uns sein.«

Schweigend ließ Case ihren Arm los.

Sarah kroch um die niedrige Mauer herum und spähte in die Dunkelheit dahinter.

Undurchdringliche Dunkelheit starrte ihr entgegen.

Sie griff unter ihren Poncho und zog vorsichtig eine Blechbüchse mit Streichhölzern hervor. Nach einem Moment flackerte eine Flamme am Ende des winzigen Holzstäbchens.

Hinter der bröckelnden Mauer war nichts anderes als ein weiterer Haufen rechteckiger Steinbrocken.

Enttäuschung durchzuckte sie wie ein schwarzer Blitz. Das Streichholz brannte herunter, flackerte noch einmal flüchtig auf und erlosch, während es ihren Handschuh ansengte. Sarah bemerkte nichts davon.

Lange Zeit hockte sie nur reglos da und starrte mit tränenblinden Augen in die Dunkelheit. Dann spürte sie, daß Case in dem schwachen Licht direkt hinter ihr kauerte.

Sie drehte sich zu ihm um.

»Es gibt noch andere Canyons«, sagte er tröstend.

Obwohl sie nickte, machte sie keine Anstalten, aufzustehen und zu gehen. Sie hielt das Stück Geschirr so fest umklammert, daß die Metallschnalle trotz des dicken Handschuhs in ihr Fleisch schnitt.

»Waren noch irgendwelche anderen Ruinen in diesem Canyon?« fragte sie.

»Ich habe keine anderen gesehen.«

»Dann gibt es auch keine«, erwiderte sie tonlos.

Case widersprach nicht.

»Es war ja auch nur eine vage Vermutung«, sagte Sarah nach einer Weile. »Hier ist keine rote Felssäule in der Nähe. Ich dachte, daß sie vielleicht bei der letzten großen Überschwemmung vor ein paar Jahren eingestürzt wäre.«

»In dem Jahr, als dein Ehemann starb?«

»Ja«, flüsterte sie. »Hal hat Conner damals erzählt, daß er das Silber niemals finden würde, bis die Alten zurückkehrten und ihre Verstecke öffneten und der rote Felsfinger den Weg weisen würde.«

»Hat Hal oft mit Conner über seine Schatzsuche gesprochen?«

»Er hat nur ein einziges Mal davon gesprochen«, erwiderte sie. »Als er im Sterben lag. Er hat Conner immer nur schikaniert und gequält.«

Hal hat ihn einmal zu oft gequält, dachte Case.

Aber er sagte es nicht laut, denn er hatte Conner versprochen, Stillschweigen über den Vorfall zu bewahren.

»Ist dies der Canyon, wo es passiert ist?« fragte er nach einer Pause.

»Ich glaube, ja. Nach dem, was ich gesehen habe, als ich neulich Holz gesammelt habe …« Ihre Stimme erstarb.

Case blickte Sarah scharf an. Sie merkte es nicht. Sie starrte in das Schneetreiben hinaus mit Augen, die nur die Vergangenheit sahen.

Plötzlich schauderte sie.

»Das Silber der Toten«, flüsterte sie. »Genau wie du gesagt hast. Ich würde es niemals anrühren, wenn es nicht für meinen Bruder wäre.«

Mehrere Atemzüge lang blickte Case in den Schnee hinaus, während er an den riesigen Berg von Fluttrümmern dachte, den sie hatten erklettern müssen, um zu den unbedeutenden Ruinen zu gelangen. Die Säulen aus rotem Granit, die sich überall in dem wilden Land in den Himmel reckten, sahen wie für die Ewigkeit geschaffen aus, aber er hatte in mehr als einem Canyon Beweise dafür entdeckt, daß selbst Stein im Laufe der Zeit zerfiel.

»Wie weit erstrecken sich die Ruinen in die Felswand hinein?« fragte er und spähte angestrengt in die Dunkelheit.

»Das weiß ich nicht. Ungefähr zwei Meter vor mir liegt eine Menge Geröll.«

»Kann ich mal sehen?«

Wortlos preßte sie sich gegen den massiven Fels, der die Rückwand des Spalts bildete.

Es war gerade genug Platz für Case, um sich an ihr vorbeizuzwängen. Er legte die Schaufel beiseite und kroch vorwärts. Als er sich bewegte, verfing sich sein Poncho an den scharfkantigen Überresten der Mauer und löste einen rechteckigen Stein aus dem Gefüge.

Der Felsbrocken rollte polternd aus dem Spalt heraus, stürzte über den Rand und verschwand in dem dicht fallenden Schnee. Nach den Geräuschen zu urteilen, die aus der Tiefe heraufhallten, prallte der Stein mehrmals von der steilen Seite des Canyons ab, schlug dann auf dem Geröllhügel auf und bewegte sich nicht mehr.

Schnee dämpfte jedes Echo mit Stille.

Case zündete ein Streichholz an und spähte in die Dunkelheit knapp jenseits der unruhig flackernden Flamme. Irgendwann einmal war der Boden von Menschen geglättet worden, die schon lange in ihren Gräbern ruhten. Jetzt lag er wieder unter zerbrochenen Felsbrocken begraben.

Schweigend schätzte Case die Höhe der Ruinen ab, die Tiefe des Felsspalts und die Größe des Steinhaufens, der ihm den Weg versperrte. Irgend etwas stimmte nicht so ganz, aber er konnte nicht entscheiden, was das war.

Das Streichholz verlöschte.

Er schob sich noch ein Stück vorwärts, bis ihn die natürliche Felswand auf der einen Seite einengte und die von Menschenhand erbaute Mauer auf der anderen und das Geröll eine massive Barriere vor ihm bildete.

Zuviel Schutt, dachte Case, als er begriff, was ihm so unstimmig daran vorgekommen war.

Die eingefallene Wand war nicht hoch oder breit genug, um den enormen Haufen von Steinen zu erklären. Selbst wenn das flackernde Licht des Streichholzes seine Augen getäuscht hatte, wäre der größte Teil der Steine, die aus den Ruinen bröckelten, in den Canyon hinuntergerollt und verschwunden, so wie der eine, den er versehentlich aus der Mauer herausgerissen hatte.

Es könnte ein kleiner, enger Raum zur Aufbewahrung und Lagerung gewesen sein, überlegte er. *Wenn die Konstruktion in sich zusammengefallen ist, würde das die Menge der Steine erklären.*

Er zündete noch ein Streichholz an und betrachtete den Steinhügel prüfend. Er reichte nicht ganz bis zu der niedrigen Decke. Ganz oben mochte vielleicht gerade noch genügend Platz sein, so daß man hinüberschauen und sehen konnte, was sich auf der anderen Seite befand.

Das zweite Streichholz verlöschte.

»Siehst du irgend etwas?« fragte Sarah, aber in ihrer Stimme schwang keine echte Hoffnung mit.

»Steine.«

Sie stellte keine weiteren Fragen.

Case nahm seinen Hut ab und hievte sich auf den Geröllhaufen hinauf. Unbeholfen strich er ein Streichholz an und spähte in die tintenschwarze Dunkelheit am anderen Ende.

Er sah nicht das geringste. Es war einfach nicht genug Platz für ihn, um hinüberzublicken.

Er blies das Streichholz aus.

»Kriech so weit zurück, wie du kannst«, wies er Sarah an. »Ich werde den oberen Teil von diesem Haufen hier wegschieben, damit ich bis zur anderen Seite hinübersehen kann.«

»Sei vorsichtig. Diese Ruinen sind gefährlich.«

»Ist dir das jetzt erst klargeworden?« murmelte er.

»Ich weiß es, seit ich zum ersten Mal einen Blick auf die Mauern geworfen habe«, erwiderte sie gleichmütig.

»Aber du hast dein Wissen für dich behalten.«

Was immer sie sagte, wurde von dem Geräusch von Steinen übertönt, die sich knirschend und polternd bewegten, als Case begann, das Geröll von der Kuppe des Hügels wegzuschieben. Er stieß die Steine so weit wie möglich von sich fort und in die dahinter liegende Dunkelheit.

Das Poltern und Prasseln von Geröll sagte ihm, daß die Fläche hinter der Barriere frei war. Er schob noch kräftiger. Eine Kaskade von Steinen kollerte auf der anderen Seite hinunter und prallte mit dumpfen Geräuschen auf den Felsboden auf.

Dann ertönte ein Geräusch, das nicht von Stein auf Stein herrührte.

»War das deine Schaufel?« fragte Sarah.

»Ich habe sie hinter dir abgelegt.«

»Aber gerade eben hat etwas wie Metall geklungen.«

»Bleib zurück«, war alles, was er sagte.

Hastig schob er noch mehr Steine von der Kuppe weg, zog einen Handschuh aus und strich dann prüfend mit den Fingern über die gerade freigelegten Trümmer.

Er fühlte Stein unter seinen Fingerspitzen. Dann noch mehr Stein, rauh und kalt. Dann etwas sehr Kaltes.

Und Glattes.

Er zündete ein Streichholz an und starrte auf das Geröll, das nur Zentimeter von seinem Gesicht entfernt war.

Alles, was er sah, waren hellgraue Rechtecke von Fels und ein paar Steine, so dunkel, daß sie Licht zu absorbieren schienen.

Schwarze Quader? überlegte Case. *Ich habe noch niemals schwarzes Gestein in diesen Canyons gesehen, außer wenn es Kohleadern waren.*

Hat hier irgendwann mal jemand Kohle eingelagert?

Abrupt tauchte er seine Hände in das Geröll. Seine Finger schlossen sich um einen schwarzen Quader.

Kalt. Glatt. Schwer.

Viel zu schwer für Kohle.

»Case? Ist alles in Ordnung mit dir?«

Vage wurde ihm bewußt, daß Sarah schon mehr als einmal nach ihm gerufen hatte.

»Mir geht's gut«, rief er zurück.

»Was tust du denn da?«

»Ich durchwühle das Geröll.«

»Es ist plötzlich so still.«

»Ich verschnaufe nur einen Moment.«

Das Streichholz verlöschte flackernd.

Case nahm kaum Notiz davon. Er brauchte kein Licht, um sich zu erinnern, wie der schwere, schwarze Quader ausgesehen hatte.

In seine Oberfläche war ein Kreuz eingeritzt gewesen. Mit einiger Anstrengung gelang es ihm, sein Messer aus der Lederscheide an seinem Gürtel zu ziehen. Er arbeitete nach Gefühl in der Dunkelheit, während er mit der scharfen Stahlspitze an dem Barren herumkratzte.

Dann zündete er ein neues Streichholz an.

Eine Träne reinen Silbers schimmerte auf der schwarzen Oberfläche.

»Ich will verdammt sein!« murmelte er.

»Was hast du gesagt?«

»Es ist hier. Das Silber ist hier!«

Sarah schnappte überrascht nach Luft und bahnte sich hastig einen Weg zu ihm.

»Rück mal ein Stück zur Seite«, sagte sie.

Er konnte es nicht, aber er konnte sich auf eine Seite rollen.

»Ich kann überhaupt nichts sehen«, rief sie frustriert. »Bist du sicher, daß hier Silber ist?«

Sie mühte sich damit ab, ein Streichholz aus ihrer Jackentasche hervorzukramen. Doch so eingezwängt, wie sie war, war es fast ein Ding der Unmöglichkeit, an ihre Tasche heranzukommen.

»Spar dir die Mühe«, sagte Case.

»Aber …«

»Zieh einen Handschuh aus«, sagte er über ihre Einwände hinweg. Mit einem ungeduldigen Ruck streifte sie einen Handschuh ab.

»Stütz dich mit der anderen Hand an der Wand ab«, befahl er. Etwas Kaltes, Glattes, Schweres schmiegte sich in ihre Handfläche. Wie Case so wußte auch sie augenblicklich, daß kein Stein derart schwer war.

Und auch keine Handvoll *reales*.

»Ein Silberbarren«, hauchte sie atemlos. »Lieber Gott. Es ist ein Silberbarren!«

Ungläubigkeit und Erregung kämpften in ihrem Inneren miteinander. Ihre Finger schlossen sich fest um den kostbaren Fund.

»Es sind noch mehr davon da«, sagte Case.

»Noch mehr«, wiederholte sie wie in Trance, voller Angst, daß sie ihn nicht richtig verstanden hatte. »Ich kann es einfach nicht glauben.«

»Geh ein Stück zurück, damit ich graben kann. Dann wirst du es glauben.«

»Ich werde dir helfen.«

»Liebes, wir sind hier so eingekeilt, daß der Platz noch nicht einmal reicht, um ein Streichholz anzuzünden, geschweige denn, um gemeinsam zu graben.«

»Aber … ach, verdammt, du hast ja recht.«

Sie zog den schweren Silberbarren aus dem Geröll heraus und kroch durch den engen Gang zurück. Dann kauerte sie sich einen Schritt vom Fuß des Geröllhaufens entfernt auf den Boden und balancierte den Barren in beiden Händen.

»Ich reiche dir die Barren hinüber, sobald ich sie gefunden habe«, sagte Case.

»Wie viele sind es?«

»Das weiß ich nicht.« Er knurrte und schob ihr gleich darauf einen zweiten Barren in die Hand. »Fang an zu zählen.«

»Huch!«

»Huch?« meinte er trocken. »Das macht bis jetzt zwei Barren. Hier kommt Nummer drei.«

Ein gedämpftes, fast melodisches Klirren ertönte, als Sarah die ersten beiden Barren an der Rückwand des Felsspalts ablegte. Sie zog ihren Handschuh wieder an und streckte erneut beide Hände in die Dunkelheit.

»Fertig«, sagte sie.

Wieder klatschte ein schwerer, schwarz angelaufener Silberbarren in ihre Handfläche.

»Drei«, sagte sie.

Ohne innezuhalten warf sie den dritten Barren auf die Seite.

»Fertig.«

Nach dem fünften Barren entwickelten Case und Sarah einen gleichmäßigen Rhythmus, der nur dann variierte, wenn er besondere Mühe hatte, das Silber aus dem Geröll herauszuziehen. Dann pflegte Sarah einen Moment auszuruhen, während Case vor sich hin schimpfte und ein Streichholz anzündete und Trümmer beiseite schob, bis er weitere Barren freilegen konnte.

Vor Kälte zitternd, ohne sich dessen bewußt zu sein, wartete sie darauf, daß Silberreichtum in ihre Hände geschoben wurde, damit sie ihn zur Seite werfen und ihre Hände nach mehr ausstrecken konnte.

Steine verlagerten sich polternd und rumpelnd und füllten das Loch, wo Case gegraben hatte.

»Wie viele?« fragte er.

»Vierzig.«

»Das ist mehr, als wir in unseren Satteltaschen transportieren können. Besonders, wenn das hier noch dazukommt.«

Er wich rückwärts aus dem Loch heraus und drehte sich um. Schwarz angelaufene Münzen ergossen sich aus seinen Händen. Der trübe Belag änderte nichts an dem herrlich melodischen Klang von Silber auf Silber, als die Münzen auf den Boden fielen.

»Genug, um meine Satteltaschen zu füllen und deine noch dazu«, sagte Case. »Wir werden die Barren zurücklassen müssen, um sie später zu holen.«

»Was ist mit den Packpferden?«

»Keine Zeit«, erwiderte er.

»Aber wir können die Barren nicht einfach hierlassen.«

»Warum nicht?«

»Jemand könnte sie finden«, erklärte Sarah ungeduldig.

»Bis jetzt hat sie ja auch keiner gefunden.«

»Ich werde das Silber bewachen. Du gehst zurück, um ...«

»Nein«, unterbrach er sie. »Überall, wohin ich gehe, gehst du mit.«

»Wir können nicht beide hierbleiben.«

»Richtig. Das bedeutet, daß wir beide gehen werden.«

»Aber der Rest des Silbers ...«

»Wir sollten uns besser beeilen«, sagte Case, während er sich wieder zu den Ledersäcken mit *reales* umwandte, die noch in dem Geröll lagen. »Es wird eine höllische Kletterpartie werden, Satteltaschen voller Silber diese schneeglatten Felsen hinunterzuschleppen.«

Sarahs Zähne schlugen aufeinander, als sie den Mund zuklappte. Etwas von ihrer Erregung verebbte, während sie den Stapel von Barren und die brüchigen, halb verrotteten Ledersäcke betrachtete, die Case vorsichtig aus dem Schutt herauszog.

Silber war unglaublich schwer.

Wie Blei.

»Worauf wartest du noch?« fragte er.

»Darauf, daß mir Flügel wachsen.«

»Vorher wirst du erst noch erfrieren. Komm, beweg dich, Liebes. Du zitterst jetzt schon wie ein kranker Hund.«

Zuerst unbeholfen und steif vor Kälte, dann etwas geschickter, half sie ihm, ein paar der Barren die steile Flanke des Canyons hinunterzuschaffen und anschließend die leeren Satteltaschen wieder hinaufzutragen.

Case wollte mit den Satteltaschen aufhören.

Sarah weigerte sich.

Sie würde nicht eher gehen, bis auch der allerletzte der Barren, die sie gefunden hatten, aufgeladen war. Sie hatte zu lange und zu angestrengt nach dem Schatz gesucht, um auch nur einen winzigen Teil davon zurückzulassen.

Es hatte fast aufgehört zu schneien bis zu dem Zeitpunkt, als Case die schweren Satteltaschen auf Crickets Rücken hievte und sie sorgfältig festschnallte. Auch Sarahs kleine Stute trug ihren Anteil an dem Silber.

Die Packpferde hatten die Ohren flach angelegt. Das gewaltige Gewicht des Metalls war die schwerste Art von Last, die sie je getragen hatten.

Kälte legte sich über das Land wie eine Decke von Stille. Schneeschleier wirbelten im Wind und lösten sich auf, enthüllten die Landschaft eine Sekunde lang und verbargen sie in der nächsten wieder. Allmählich ließ der Schneefall nach. Der Mond stieg klar und hell genug am Himmel auf, um Schatten zu werfen. Die Hufabdrücke der Pferde hoben sich dunkel und scharf umrissen gegen den glitzernden weißen Boden ab.

Am Eingang des Canyons war keine Spur von Banditen zu sehen.

Sarah seufzte erleichtert und begann sich zu entspannen. Als die freudige Erregung über den kostbaren Fund langsam verebbte, wich ihre Hochstimmung einem bittersüßen Gefühl der Akzeptanz.

Conners Zukunft war gesichert.

Und ihre Hälfte der Lost River Ranch gehörte nun Case Maxwell.

»Bist du sicher, daß du es dir nicht doch noch einmal überlegen willst und lieber die Hälfte des Silbers statt die Hälfte der Ranch wählst?« fragte sie nach einer Weile. »Das Silber ist sehr viel mehr wert.«

»Nicht für mich.«

Sie fragte nicht noch einmal.

Schweigend ritt Sarah zu dem Heim zurück, das nicht länger ihr Zuhause war. Ihr Blick schweifte wehmütig über das Land, während sie sich seine karge Schönheit unauslöschlich ins Gedächtnis einprägte.

Bald würden Erinnerungen alles sein, was ihr noch von der Ranch blieb, an der sie mit jeder Faser ihres Herzens hing.

21. Kapitel

Lauf weg! Schnell! Die Flut kommt, und er ist betrunken und bösartig und sucht nach dir!

Schneller, Conner! Ich kann dich nicht mehr tragen, du bist jetzt zu groß!

Sarah erwachte mit wild hämmerndem Herzen. Kalter Schweiß perlte auf ihrer Haut und ließ sie frösteln.

O Gott, diesmal wird Hal mich todsicher einfangen.

Von panischer Angst erfüllt sah sie sich um.

Obwohl sie im Freien war, wirbelte kein Flutwasser schäumend um sie herum. Es gab keine Wände, keine verschlossenen Türen, nichts, was sie daran hinderte, vor ihrem Ehemann zu fliehen.

Sie holte zitternd Luft und versuchte sich zu orientieren.

Am Himmel über ihr erstrahlten Millionen von Sternen in atemberaubender Pracht. Schnee lag silbern auf dem Land. Was nicht von Schnee bedeckt war, schimmerte in einem seltsam leuchtenden Ebenholzschwarz, so tief wie die Nacht selbst.

Abrupt erinnerte sie sich wieder daran, wo sie war und warum. Auf Hunters Vorschlag hin – tatsächlich war es eher ein Befehl gewesen – hatte sie beschlossen, nicht mehr im Inneren des Blockhauses zu schlafen, wie es ihre Gewohnheit war. Nachdem es so dunkel geworden war, daß mögliche Spione sie nicht mehr sehen konnten, hatte sie ihren Schlafsack mit hinausgenommen.

In ihrem Rücken war eine steile Canyonwand. Schützendes Gebüsch flankierte sie zu beiden Seiten. Pferde waren über die gesamte Fläche um die Ranch herum verstreut. Dank ihrer empfindlichen Sinne würden sie Eindringlinge wahrnehmen, lange bevor die Ranchbewohner auf sie aufmerksam wurden.

Und Case schlief irgendwo in der Nähe, unsichtbar in der Dunkelheit, um sie und den spanischen Schatz zu bewachen.

Sarah atmete erneut durch, tiefer diesmal. Die Nachtluft war kalt und süß und von dem Geruch nach Freiheit erfüllt.

Nur ein Alptraum, sagte sie sich immer wieder. *Nichts, weswegen du gleich in Angstschweiß ausbrechen müßtest.*

Hal ist tot.

Conner ist in Sicherheit.

Ich bin in Sicherheit.

Und dennoch, noch während ihr diese Gedanken durch den Kopf gingen, kroch beklemmende Furcht in ihr hoch, eine Furcht, die keine noch so beruhigenden Worte zu erreichen vermochten. Sie hatte diese Angst nicht mehr gefühlt, seit sie begriffen hatte, daß ihre Eltern und ihre Geschwister tot waren und daß einzig und allein sie für Conners nacktes Überleben verantwortlich war.

Das Silber bedeutet, daß Conner niemals Not leiden wird. Und ich auch nicht.

Ich werde niemals gezwungen sein, zu heiraten oder mich als Hure zu verkaufen, nur um zu überleben.

Warum fühle ich mich dann so ängstlich und niedergedrückt?

Dann fiel ihr wieder ein, daß der Preis des spanischen Schatzes immens hoch gewesen war – die Lost River Ranch.

Ich habe schon schlimmere Verluste verkraftet.

Ich werde auch diesen verkraften.

Irgendwie.

»Sarah?«

Cases Stimme war so gedämpft, daß sie nur wenige Meter weit trug.

»Ich bin wach«, erwiderte sie leise. »Ist irgendwas nicht in Ordnung?«

Er materialisierte sich aus der Dunkelheit neben ihr.

»Das gleiche wollte ich dich fragen«, sagte er. »Du hast um dich geschlagen wie ein Fisch an einem Angelhaken.«

Seine breitschultrige Gestalt verdeckte ein Stück sternenübersäten Himmels. Der selbstfabrizierte Poncho, den er trug, schwang um seine Knie, so dunkel wie die Nacht.

Sarah schöpfte zitternd Atem. Die Luft war noch immer kalt und sauber, doch jetzt roch sie nach Leder, Wolle und Mann.

»Ich hatte nur einen Alptraum«, erklärte sie.

»Die Flutkatastrophe oder dein Ehemann?«

»Beides, glaube ich. Ich erinnere mich nicht mehr an viel, außer an die Angst.«

Obwohl Sarahs Worte sachlich waren, bebte ihre Stimme noch immer von dem Nachhall des Grauens.

Case erwiderte nichts, sondern setzte sich nur auf das Fußende ihres Schlafsacks. Sanft zog er Sarah auf seinen Schoß, wickelte sie in eine Decke von der Bettrolle und hielt sie mit beiden Armen umfangen.

»Manchmal dauert es eine Weile, bis Alpträume verblassen«, sagte er.

Der Verlust der Lost River Ranch war etwas, was niemals in ihrer Erinnerung verblassen würde, ebensowenig wie der Tod ihrer Familie. Aber sie wies nicht den Trost zurück, den er ihr anbot. Sie stieß einen zittrigen Seufzer aus und lehnte sich an ihn.

Stille und das weiche Flüstern ihres sich miteinander vermischenden Atems erfüllten die Nacht.

»Sieh dich um«, murmelte Case nach einer Weile. »Die Landschaft ist so schön wie der Gesang einer Wiesenlerche.«

Sarah brauchte sich nicht umzuschauen. Das Land war unauslöschlich in ihr Gedächtnis eingeprägt, war in ihrem Herzen und ihrer Seele.

»Morgen wird der Schnee schmelzen«, sagte sie ruhig. »Aber bis dahin wird alles wie ein Weihnachtsengel sein, über und über glitzernd und schimmernd vor Licht.«

Sein Atem stockte einen winzigen Moment lang, dann ging er wieder ruhig und gleichmäßig trotz der Erinnerungen, die wie messerscharfe Klingen durch sein Herz schnitten.

»Hattet ihr früher auch einen Engel an der Spitze eures Weihnachtsbaums?« fragte Case.

Sie nickte. »Von all dem Weihnachtsschmuck fand ich den Engel immer am schönsten.«

»Emily liebte den Engel auch ganz besonders.«

Der Widerhall von Schmerz in seiner Stimme ließ Sarah zusammenzucken. Schweigend verlagerte sie ihr Gewicht auf seinem Schoß, bis sie ihre Arme um ihn legen konnte. Der Griff seiner Arme um sie verstärkte sich.

Schnee schimmerte wie die Flügel eines Engels, weiß und glitzernd, fedrige Schleier von Reinheit und Unschuld, die die schroffe Schönheit des Landes milderten und zugleich hervorhoben.

Wie kann ich all das hier verlassen? dachte Sarah verzweifelt.

Ein gebrochener Seufzer entrang sich ihrer Kehle.

»Fürchtest du dich noch immer?« fragte Case.

»Ich kenne den Unterschied zwischen Alptraum und Nacht«, war alles, was sie erwiderte.

Er zog sie noch fester an sich und schmiegte ihren Kopf unter sein Kinn. Mit jedem Atemzug inhalierte er den sauberen Duft ihres Haares.

Zärtlichkeit und Verlangen tobten in seinem Inneren.

Beide gewannen den Kampf.

»Woran denkst du?« fragte er nach einer Weile.

»An Land und Silber und Conner.«

»Er war so aufgeregt, daß er Freudensprünge gemacht hat.«

»Aber nur so lange, bis ich wieder davon angefangen habe, ihn auf eine Schule im Osten zu schicken«, gab Sarah zurück.

»Conner hatte die Idee, das Silber für gutes Vieh und einen Brunnen und solche Dinge auszugeben.«

»Das kann er tun, nachdem er ein Universitätsstudium abgeschlossen hat. Falls er das dann immer noch will.«

Case öffnete den Mund, um sie darauf hinzuweisen, daß Conners Zukunft einzig und allein seine Entscheidung war, nicht ihre.

Doch am Ende sagte er gar nichts.

»Hunter war nicht sonderlich erfreut über das Silber«, meinte sie.

»Weil es Probleme bedeutet.«

»Wir waren arm und hatten Probleme. Und jetzt sind wir reich und haben Probleme. Ich würde lieber den Kummer *und* das Silber haben.«

Wieder hielt Case den Mund.

Dann überlegte er es sich anders. Wenn er Sarah begreiflich machen konnte, wie ungeheuer groß das Risiko geworden war, seit sie das spanische Silber gefunden hatten, vielleicht würde sie sich dann Conner schnappen und so schnell wie möglich von der Ranch verschwinden, während sich der Rest von ihnen um die Culpeppers kümmerte.

»Wir sind verfolgt worden, nachdem wir diesen Nebencanyon verlassen hatten«, sagte er unverblümt.

»Wir sind schon mehrfach verfolgt worden.«

»Aber damals haben wir Feuerholz transportiert.«

»Und?«

»Wir kommen aus dem bewußten Canyon heraus, ohne irgendwelches Feuerholz dabeizuhaben, trotzdem hinterlassen unsere Tiere sehr viel tiefere Spuren als auf dem Weg *in* den Canyon.«

Sarah versteifte sich.

»Ab Culpepper ist ein guter Fährtenleser«, erklärte er. »Das gleiche gilt für den überwiegenden Teil seiner Sippe. Sie wissen, daß du nach dem spanischen Schatz gesucht hast.«

»Und jetzt wissen sie, daß ich ihn gefunden habe«, fügte sie lahm hinzu.

»Das ist das, was ich denken würde, wenn ich derjenige gewesen wäre, der dich beobachtet und verfolgt hat.«

»Aber keiner weiß, wo das Silber jetzt versteckt ist, außer uns beiden«, sagte sie triumphierend.

»Du würdest nicht lange durchhalten, wenn Ab erst einmal anfinge, dich auszuquetschen. Ich auch nicht. Er ist ein Mann von seltener Grausamkeit.«

»Dann mußt du eben einfach weiterhin dafür sorgen, daß ich ihm nicht in die Hände falle, bis ich das Silber auf eine Bank gebracht habe.«

»Ich habe eine bessere Idee. Nimm Conner, vier Barren Silber und sechs Pferde. Reitet nach Santa Fe, ohne zwischendurch Rast einzulegen. Ute wird euch begleiten, zum Schutz. Ihr könnt wieder zurückkommen, sobald wir uns um die Banditen gekümmert haben.«

»Conner wird nicht fortgehen«, erwiderte sie.

»Woher willst du das wissen?«

»Ich bin nicht vollkommen blöde. Ich will, daß mein Bruder von hier wegkommt, und zwar heil und in einem Stück. Aber er weigert sich zu gehen. Als ich ihm gesagt habe, daß ich ihm nichts von dem Silber geben würde, wenn er hierbliebe, hat er nur mit den Achseln gezuckt.«

»Verdammt«, murmelte Case.

»Amen.«

Sie stieß einen zittrigen Seufzer aus.

Alles fällt auseinander, all meine schönen Pläne für die Zukunft. Warum mußte sich Conner bloß zu einem solchen Dickkopf entwickeln?

Sternenlicht glitzerte auf Schnee wie gefrorene Tränen.

Sarah schloß die Augen, verdrängte alles aus ihrem Bewußtsein bis auf den Trost von Cases Körper, so fest und warm und unerschütterlich, und das Gefühl seiner starken Arme um sie. Ein Schauer, der Traurigkeit und Wohlbehagen zugleich war, überlief sie.

»Denk nicht mehr an den Alptraum«, sagte er leise.

»Ich habe nicht an den Alptraum gedacht.«

»Du hast gezittert.«

»Ich dachte gerade daran, wie wundervoll es wäre, einfach hier mit dir in der Nacht zu bleiben und den Rest zu verbannen, alles davon, all die traurigen Erinnerungen und die Angst …«

Seine Lider schlossen sich. Die Sehnsucht in ihrer Stimme hallte in seinem eigenen Herzschlag wider, seiner eigenen Seele.

»Einfach nur leben, hier und jetzt?« fragte er.

»Ja. Wie in einem schönen Traum, der Art von Traum, aus der man lächelnd erwacht, statt in Schweiß gebadet.«

»Wie ein Traum«, murmelte er. »Nichts davor und nichts danach. Nur ein süßer Traum …«

Seine Lippen strichen zart über ihren Haaransatz, ihre Augenbrauen, ihre Wangenknochen, ihre Mundwinkel.

»Case?« flüsterte sie.

»Nur ein Traum«, erwiderte er. »Mehr nicht. Nur ein Traum.«

Seine Zungenspitze zeichnete behutsam ihre Oberlippe nach, dann ihre Unterlippe, während sie ein köstliches Feuer auf ihrer Haut zurückließ. Ihr stockte der Atem, und ihr Herz tat einen seltsamen kleinen Hüpfer bei der zärtlichen Liebkosung.

Dann fiel ihr plötzlich seine unverblümte Warnung wieder ein.

Führ mich nicht in Versuchung, bis ich mich vergesse und dich schwängere. Ich würde uns beide dafür hassen.

Der Lederbeutel, den Lola ihr gegeben hatte, lag drüben im Haus. Sarah wußte, wenn sie hinüberging, um ihn zu holen, würde Case sich wieder hinter seine sorgfältig errichteten inneren Mauern zurückziehen.

Nur jetzt, in diesem Augenblick, war er verwundbar.

So wie sie.

Es spielt keine Rolle, dachte sie. *Ich werde längst von der Lost River Ranch fort sein, bevor einer von uns beiden weiß, ob ich schwanger bin.*

Und vielleicht, nur vielleicht, gelingt es mir ja, so weit ins Innere seiner Mauern vorzustoßen, daß er mich nie wieder aussperren kann …

Sie glaubte nicht wirklich daran, aber sie hoffte es …

Ihre Zähne knabberten behutsam an seiner Unterlippe. Als er überrascht aufkeuchte, überrumpelte sie ihn, indem sie ihre Zunge rasch zwischen seine Lippen schob und ihn zu erforschen begann.

Ihr war nicht bewußt, daß sie erschauerte und einen kehligen Laut ausstieß, als sie seinen Geschmack kostete.

»Ich liebe deinen Geschmack«, flüsterte sie. »Ich liebe die Art, wie sich deine Zunge anfühlt, so samtig und warm.«

Case gab ein heiseres Stöhnen von sich. Seine Arme schlossen sich noch fester um sie, bis er sie wie ein starker, warmer, herrlich sinnlicher Schraubstock umfangen hielt.

»Du solltest solche Dinge nicht sagen«, flüsterte er.

»Warum nicht?«

»Du wirst mich dazu bringen, den Kopf zu verlieren.«

»Nur für eine Weile. Nur ein Traum. Das ist alles«, murmelte sie. »Ein süßer Traum.«

Bevor er zurückweichen konnte, verlagerte sie ihr Gewicht in seinem Schoß in dem Versuch, sich noch enger an ihn zu pressen. Als sie sich bewegte, rieb ihre Hüfte über sein erregtes Fleisch.

Er war hart, prall, bereit.

Sie seufzte tief und bewegte sich erneut, rieb sich liebkosend an seinem steifen Schaft, weil sie auf irgendeiner tieferen weiblichen Ebene ihres Bewußtseins erkannt hatte, daß dies der einzig sichere Weg war, um seine Barrieren niederzureißen, wenn auch nur für kurze Zeit.

Nur ein Traum.

Er versuchte zu sprechen. Doch alles, was über seine Lippen kam, war ein ersticktes Stöhnen, als er seinen Mund auf ihren preßte. Ihr köstlicher Geschmack, als sie seiner suchenden, hungrigen Zunge begegnete, das Gefühl ihres weichen Körpers, der sich in seinem Schoß bewegte, und die Art, wie sie keuchend nach Luft schnappte, sagten ihm, daß sie ihn ebenso heftig begehrte wie er sie.

Das Wissen wirkte wie hochprozentiger Whiskey auf ihn, berauschte ihn derart, daß ihm jede Selbstkontrolle zu entgleiten drohte. Er kämpfte gegen sich selbst, noch während er wieder und wieder gierig seine Zunge in Sarahs Mund schob und sie so leidenschaftlich erforschte wie sie ihn.

Und dennoch, ganz gleich, wie tief und vollständig ihrer beider Münder verschmolzen – es war nicht genug. Er brauchte mehr, sehr viel mehr. Er brauchte alles von ihr.

Ihr Name war eine rauh klingende Frage auf seinen Lippen.

Ihre Antwort war eine hungrige Bewegung ihres Körpers, die ihn in Flammen versetzte.

Case gab es auf, gegen das anzukämpfen, was er dringender brauchte als das Blut in seinen Adern. Unter der Decke, die er um sie geschlungen hatte, suchten und fanden seine zitternden Hände das köstlich weiche, volle Gewicht ihrer Brüste.

Er streichelte sie, fiebernd vor Erregung, aber es war ihre seidige, glatte Haut, nach der er hungerte, nicht rauher Stoff. Hastig knöpfte er ihr Flanellhemd auf und löste die Bänder an ihrem Mieder.

Seine Finger waren kalt von der Nacht. Sarah schnappte keuchend nach Luft, als er zart an ihren Brustspitzen zog. Als Case zögernd innehielt, legte sie ihre Hände auf seine und drückte sie an ihre Brüste.

»Hör nicht auf«, flüsterte sie.

»Meine Hände sind so kalt.«

»Kalt?« Sie lachte kehlig. »Sie sind Feuer. Reines, wundervolles, erregendes Feuer. Ich will sie überall auf meinem Körper spüren. Aber am stärksten sehne ich mich danach, dich wieder in mir zu fühlen.«

Er stieß ein tiefes, gebrochenes Stöhnen aus und drängte sie ungeduldig auf den Schlafsack zurück. Gemeinsam fanden sie ihren Weg durch dicke Kleider, bis Sarah spürte, wie er ihre nackten Schenkel spreizte.

Der Duft ihrer Erregung machte ihn rasend vor Begierde und ließ ihn alles um sich herum vergessen. Er liebkoste sie einmal, schob tief seine Finger in ihren heißen Schoß und fühlte, wie ihr flüssiges Feuer seine Hand benetzte. Er versuchte, ihren Namen zu flüstern, und konnte es nicht.

Lange Beine schlangen sich um seine Hüften. Ungeduldig zerrte er am Verschluß seiner Hosen, bis sie offen waren, dann gelang es ihm nur mit Mühe, ein wildes Stöhnen zu unterdrücken, als sie ihm verlangend die Hüften entgegenhob und die Spitze seines Schafts ihr Feuer berührte.

Heißhungrig rieb er sich an ihrer feuchten Hitze. Sarah erschauerte vor Lust und erwiderte die Liebkosung, während ihr Schoß über sein hartes, hungriges Fleisch glitt. Vorsichtig stieß er in sie hinein, testete ihre Bereitschaft. Als er sanft ihren Schoß dehnte, ergoß sich erneut ihre flüssige Glut über ihn.

Es war, als steckte man eine Fackel in Brand.

Sein Körper spannte sich an, und er vergrub sich in ihr, so tief, wie er konnte. Er trank die entzückten, sinnlichen Schreie, die sich ihrer Kehle entrangen, bevor sie weiter als bis zu ihren Lippen gelangen konnten. Seine Hüften bewegten sich vor und zurück, vor und zurück, während er immer schneller, härter und tiefer in ihr heißes, feuchtes, wundervoll enges Zentrum hineinstieß.

Sarahs Beine schlossen sich noch fester um ihn, und ihre Hüften hoben sich ihm fordernd entgegen, drängten ihn, erregten ihn, bis er nichts mehr wahrnahm außer dem berauschenden Gefühl ihres lebendigen Feuers, das ihn umschloß. Seine innere Stimme riet ihm eindringlich, sich zurückzuziehen, sich wieder in die Gewalt zu bekommen, aber er konnte es ebensowenig, wie er dazu fähig gewesen war, der seidigen Hitze ihrer Leidenschaft zu widerstehen.

Ihre Nägel gruben sich in seine muskulösen Schenkel, während sie sich wild aufbäumte, um ihn noch tiefer in sich zu spüren. Die Nacht löste sich um ihn herum auf, als er in ohnmächtige Verzückung stürzte und seinen Samen in sie ergoß in einer Serie von tiefen, erschütternden Pulsen, die ihn zittrig und schwindelig und erschöpft nach Atem ringend zurückließen.

Unsicher hielt Sarah Case in ihren Armen, streichelte ihn, drückte sanfte Küsse auf seine Stirn und Augenlider und Lippen, während er erschauernd auf ihr lag.

Nach einer langen Weile hob er den Kopf und blickte mit verschleierten Augen hinunter in ihr Gesicht.

»Habe ich dir weh getan?« fragte er.

»Ich dachte, ich hätte *dir* weh getan«, erwiderte sie unglücklich. »Du hast gestöhnt, als ob du im Sterben lägst. Habe ich ... habe ich dich wieder angewidert?«

»Mich angewidert? Wovon redest du eigentlich? Du hast mich niemals angewidert.«

»Auch nicht beim ersten Mal, als wir das hier getan haben?«

»Du könntest mich nicht anwidern, selbst wenn du es mit aller Kraft versuchen würdest«, sagte er brüsk.

Sie stieß einen tiefen Seufzer der Erleichterung aus.

»Aber ich bin von mir selbst angeekelt«, sagte er rauh. »Ich habe noch niemals so die Beherrschung verloren. Es tut mir leid.«

Er machte Anstalten, sich aus ihr zurückzuziehen.

Ihre Beine schlossen sich blitzschnell um seine Hüften und hielten ihn fest.

»Du hast gesagt, ich hätte dich nicht angewidert«, flüsterte sie.

Case nahm ihr Gesicht behutsam zwischen seine Hände.

»Du widerst mich nicht an«, sagte er klar und deutlich. »Du erregst mich, wie es noch keine Frau je zuvor vermocht hat.«

»Warum willst du dann weg?«

»Weil ich dich zerdrücke.«

Lächelnd hob sie ihre Hüften und stieß gegen ihn. Die heißen, köstlichen Gefühle, die sie bei jeder Bewegung durchströmten, erweckten in ihr das Verlangen, ihn noch intensiver in sich zu spüren, noch tiefer.

»Du zerdrückst mich nicht«, murmelte sie. »Du hältst mich von innen warm. Das ist eine angenehme Sache in einer kalten Winternacht. Hättest du gern einen Job als meine Decke?«

Er gab einen seltsamen Laut von sich und schmiegte sein Gesicht an ihre Wange.

»Case? Fühlst du dich nicht wohl?«

»Nein. Du erweckst in mir den Wunsch zu ...«

Seine Stimme brach. Er konnte ihr einfach nicht die vielschichtigen Emotionen erklären, die nur knapp unter der Oberfläche seiner Selbstbeherrschung brodelten.

»… zu lachen«, sagte er schließlich. »Und ich will nicht lachen, will nicht fühlen, will nicht lieben. Niemals mehr. *Ich kann nicht.*«

Sarah war froh, daß die Dunkelheit verbarg, welche Empfindungen seine Worte in ihr auslösten; Schmerz und Ablehnung, Zorn und eine brutale, schonungslose Art von Kummer.

Und vor allem – Akzeptanz.

Sie verstand, was Case von ihr wegtrieb und warum. Und sie konnte ihm keinen Vorwurf daraus machen, daß er diese und keine andere Wahl getroffen hatte.

Sie liebte ihn.

»Ist ja schon gut«, flüsterte sie besänftigend. »Lache oder weine oder tu nichts von alledem. Dies ist nur ein Traum, erinnerst du dich? Träume zählen nicht.«

Während sie sprach, bewegten sich ihre Hüften in einer sinnlichen Aufforderung, die unmißverständlich für Case war.

Sie wollte ihn noch immer.

Ein heißer Schauder der Begierde überlief ihn vom Kopf bis zu den Zehenspitzen. Sein Herz begann zu rasen. Blut pulsierte heiß durch seine Adern und verdichtete sich zu einem tosenden Sturm, der ihn mit sich riß. Sein gesamter Körper spannte sich auf ihr an. Er füllte sie aus, bis sie überfloß.

»Gott«, flüsterte sie träumerisch. »Das fühlt sich einfach wundervoll an.«

Wieder und wieder hob sie ihre Hüften, ließ ihr heißes, feuchtes Fleisch an seinem prallen Schaft entlanggleiten, während sie Case streichelte und ihm und sich selbst brennende Lust bereitete.

»Sarah.«

»Mmmm?«

»Du verbrennst mich bei lebendigem Leibe«, stöhnte er.

»Ist das gut oder schlecht?«

»Frag mich in ein paar Minuten noch einmal.«

»Was?«

Seine Antwort war ein Kuß, der ihren Mund so gründlich ausfüllte, wie er ihren Schoß füllte. Er hielt nicht eher inne, bis sie atemlos war und sich fiebernd vor Erregung unter ihm wand, die Ekstase suchte, die sie nur knapp außerhalb ihrer Reichweite ahnte.

Erst dann rollte er sich von ihr herunter. Hastig begann er die Kleider abzustreifen, die er vorher lediglich geöffnet hatte.

»Warte«, murmelte Sarah unruhig, während sie blindlings die Arme nach ihm ausstreckte. »Wo willst du hin?«

»Nirgendwohin. Ich bin genauso hungrig wie du.«

Verspätet erkannte sie, daß er sich ganz einfach auszog. Sternenlicht ergoß sich in blassem Schimmer über seine Haut, als er sich auf den Rücken legte und ungeduldig seine Hosen über die Hüften hinunterzerrte. Noch immer feucht von ihrer Leidenschaft, ragte sein steifer Schaft glitzernd in der Dunkelheit auf.

Er sah riesig aus.

»Großer Gott«, flüsterte Sarah erstaunt. »War das alles in mir?«

Case gab erneut einen sonderbaren Laut von sich, der Lachen oder Schmerz oder auch beides zugleich hätte sein können.

»Jeder Millimeter davon«, sagte er mit tiefer Stimme.

Selbst die Dunkelheit konnte nicht verbergen, wie sich ihre Augen überrascht weiteten.

»Ich glaube es einfach nicht«, murmelte sie.

»Ich schon. Du hast es genossen, Liebste. Du hast dich an mich gedrängt und dich gewunden wie eine Katze, wolltest noch mehr, aber ich habe die Kontrolle verloren, bevor ich dir geben konnte, was du brauchst.«

Sie streckte die Hand nach seiner harten, fast furchteinflößend gewaltigen Erektion aus. Dann hielt sie erschrocken inne.

»Darf ich … darf ich dich berühren?« fragte sie unsicher.

Etwas, was einem Lächeln sehr nahe kam, verzog seine Lippen, als er sie im Mondlicht mit den Augen verschlang.

»Überall, wo du möchtest«, murmelte er. »Überall, wo du möchtest. Aber würde es dir etwas ausmachen, zuerst diese Decke mit mir zu teilen? Es ist verdammt kalt allein hier draußen.«

Zitternd vor Gefühlen, die eine Mischung aus Furcht und Ungeduld und verzehrendem Hunger waren, hob Sarah in einer wortlosen Einladung die Decke.

Sie konnte noch immer nicht glauben, daß sie alles von ihm in ihrem Schoß gehalten hatte, ohne zerrissen zu werden.

Ein Schwall kalter Luft strich über ihre Haut, und dann war Case neben ihr unter der Decke. Sie lag auf der Seite, mit dem Gesicht zu ihm. Zuerst fühlte sich seine Haut kühl auf ihrer an. Dann wurde sie köstlich warm.

Langsam und behutsam zog er sie in seine Arme, preßte sich mit seinem nackten Körper verlangend an ihren. Sein steifer Schaft lag an ihrem Bauch wie ein langes Stück warmen Felsens.

»Lieber Gott«, hauchte sie. »An dir ist wirklich eine Menge dran.«

Obwohl er keinen Laut von sich gab, bebten seine Schultern vor etwas, was ein stummes Lachen hätte sein können.

»Nicht mehr, als vorher da war«, flüsterte er schließlich dicht an ihren Lippen.

»Aber du fühlst dich so hart an.«

»Das ist der Grund, warum Frauen so weich sind«, murmelte er.

»Du meinst, im Hirn, wie?« gab sie feixend zurück. »Damit wir zulassen, daß Männer dieses riesige, steinharte Ding in uns schieben?«

Wieder zuckten seine Schultern.

Wieder gab Case keinen Laut von sich.

»Es ist nicht steinhart«, flüsterte er nach einem Moment.

»Ha!«

»Wenn du mir nicht glaubst …«

Seine Finger schlossen sich um ihre. Er wich ein Stück zurück, nur gerade so weit, um ihre Hand an seinem Körper hinunterzuführen.

Sarahs Atem kam in einem überraschten Laut über ihre Lippen, als er mit ihren Fingern von der glatten, feuchten Spitze seines erregten Gliedes bis hinunter zu dem heißen Dickicht von Haar an der Wurzel strich.

»Siehst du?« fragte er heiser. »Gar nicht mal so hart.«

»Es ist so hart wie Fels.«

»Fels hat keinen Herzschlag. »Er schlang ihre Finger um seinen Schaft. »Aber ich. Hier, fühle ihn.«

Der Puls seines Lebensblutes pochte unverkennbar gegen ihre Handfläche.

Es verschlug ihr den Atem.

Neugierig erkundete sie mit ihren Fingerspitzen das seltsame Fleisch, das prall und hart und gleichzeitig pulsierend lebendig war.

»Glatte Seide hier«, murmelte sie, während sie seine Spitze liebkoste, »und hier unten ganz anders. Nicht rauh. Nur … anders.«

Behutsam kämmte sie mit den Fingerspitzen durch das dichte Haar zwischen seinen Schenkeln, dann umfaßte sie mit beiden Händen die festen Halbkugeln seiner Hoden und massierte sie zart.

Ein tiefes Stöhnen entrang sich seiner Kehle.

»Bist du sicher, daß ich dich nicht anwidere?« fragte Sarah ängstlich.

»Verdammt sicher.«

Trotzdem zögerte sie, ihn weiter zu liebkosen.

»Widert dich das hier an?« fragte Case.

Seine Hand glitt zwischen ihre Schenkel. Er schob seine Finger durch das heiße Nest von Haaren und fand das feuchte, erregte Fleisch darunter. Langsam und unglaublich erotisch kreisten seine Fingerspitzen um die hungrige Öffnung.

Sie seufzte zittrig.

»Widert dich das an?« fragte er erneut.

»Du mußt scherzen«, stieg sie atemlos hervor. »Weißt du denn nicht, wie gut sich das für mich anfühlt?«

»Tut es das?«

»Großer Gott, ja!«

»Genauso fühlt es sich auch für mich an«, erwiderte er. »Gut. Unglaublich gut. Und dies ist sogar noch besser.«

Er teilte weiche, glatte Falten von Haut und liebkoste sie, bis sie einen gebrochenen Laut von sich gab. Seidige Hitze leckte über seine Fingerspitzen.

»Reines Feuer«, murmelte er. »Gott, ich liebe es, deine Reaktion zu fühlen. Wie könnte mich etwas so Schönes jemals anwidern?«

Sarah gab keine Antwort. Sie konnte es nicht. Sein Daumen rieb behutsam den geschwollenen, pulsierenden Knoten ihrer Leidenschaft.

»Schling dein Bein um meine Hüften«, flüsterte er.

Als sie sich bewegte, begriff sie, daß sie sich ihm öffnete, sich ihm schutzlos darbot. Sie erinnerte sich an den fast furchterregenden Anblick seines feuchtglänzenden, harten Schafts im Sternenlicht.

»Case, ich ...«

Ihre Stimme brach.

Seine Finger streichelten die feste Knospe in ihrem Schoß auf köstliche, unerträgliche Weise, rieben und zupften und erforschten die Tiefe ihrer Reaktion. Ohne sich dessen bewußt zu sein, begann sie zu stöhnen.

»Gib mir deinen Mund«, flüsterte er.

Blindlings hob sie ihm ihr Gesicht entgegen.

»Und jetzt«, murmelte er an ihren Lippen, »gib mir alles.«

Seine Zunge glitt in ihren Mund, während sich seine Finger tief in ihren Schoß schoben und behutsam die Geheimnisse ihres Körpers erforschten.

Sarah erschauerte und hätte laut aufgeschrien vor Lust, aber Case hatte von ihrem Mund ebenso vollständig Besitz ergriffen, wie er ihren Körper beherrschte. Diese Erkenntnis löste ein atemberaubendes, nie gekanntes Gefühl in ihr aus.

Es war keine Furcht.

Es war eine wilde Freiheit, die dem bedingungslosen Vertrauen einer Frau in ihren Geliebten entsprang. Sie wußte, daß er sie beschützen würde, während sie wehrlos in seinen Armen lag, genauso wie sie ihn beschützt hatte, als er zitternd und erschöpft auf ihren Brüsten gelegen hatte.

Lust schoß in einer glühenden Spirale durch sie hindurch, spannte ihren Körper an, bis sie glaubte, es nicht mehr ertragen zu können. Unablässig streichelte und rieb Case ihre heiße, schwellende Knospe der Leidenschaft, verstärkte den köstlichen Druck, und dann, plötzlich, schlug wilde Verzückung wie eine Woge über ihr zusammen und entlud sich in einer sinnlichen Explosion, die sie vollends verzehrte.

Er trank ihre gebrochenen Schreie der Lust, dämpfte sie mit seinen Lippen, so daß kein Laut durch die Decke drang, die sie einhüllte. Langsam und widerstrebend gab er ihren feuchtheißen, seidigen Schoß schließlich wieder frei.

Sie protestierte auf die einzige Art, wie sie konnte, indem sie ihm hungrig ihre Hüften entgegenhob.

Mit einem erstickten Stöhnen gab er ihr, wonach sie verlangte, und vergrub sein pralles, hungriges Fleisch zwischen ihren Schenkeln. Als er auf diese Weise nicht genug von ihr bekommen konnte, rollte er sie ungeduldig auf den Rücken und zog ihre Beine über seine Schultern.

Und dann drang er mit einem kraftvollen Stoß in sie ein und versank vollständig in ihr.

Das Gefühl ihres Körpers um ihn, so fest und heiß und geschmeidig, jagte einen lustvollen Schauer über seine Haut, während ihn gleichzeitig ein elementarer Hunger überwältigte, dessen Ausmaß ihn regelrecht schockierte. Er begehrte Sarah noch heftiger als jemals zuvor.

Vage wurde sich Case bewußt, daß ihm das unbändige, fast grimmige Verlangen, das ihn verzehrte, Furcht hätte einflößen sollen; aber genau wie es für Sarah gewesen war, so war auch für ihn die Verlockung der Ekstase in diesem Moment, als ihre beiden Körper vollständig miteinander verschmolzen, größer als jede Furcht.

»Ich wünschte, ich hätte ein großes Federbett, das ich dir unterschieben könnte«, sagte er mit leiser, besorgter Stimme.

»Frierst du?«

»Alles, was ich fühlen kann, bist du.«

Er blickte in ihr Gesicht hinunter. Ihre Augen waren geschlossen, ihre Miene angespannt von etwas, was Lust oder auch Schmerz hätte sein können.

»Wie fühle ich mich für dich an?« flüsterte er.

»Wundervoll.«

Er stieß einen tiefen Seufzer aus und zügelte das wilde, fast unbezähmbare Verlangen seines Körpers.

»Nur damit es keine Mißverständnisse gibt«, sagte er, »schieb deine Hand zwischen uns.«

Ihre Augen öffneten sich. Sternenlicht ließ sie rätselhaft leuchten.

»Nur zu«, flüsterte er. »Tu es.«

»Du meinst, so?« fragte sie, während sie ihre Hand zwischen ihrer beider Brust schob.

»Tiefer.«

Ihre Hand bewegte sich zu ihrem Bauch hinunter.

»Noch tiefer«, drängte er.

Sie bewegte ihre Hand noch ein Stück abwärts. Plötzlich wurden ihre Augen riesengroß, schimmerten wie reines Silber in der Nacht.

»Ja«, murmelte er dicht an ihren Lippen. »Jeder Zentimeter von mir ist in dir. Hast du immer noch Angst?«

»Ich bin nur … erstaunt.«

Sie bewegte sich versuchsweise.

Unbeschreiblich köstliche Gefühle breiteten sich von der Stelle aus, wo er so tief in ihr vergraben war.

»Wir passen zusammen«, hauchte sie atemlos. »Wir passen wie angegossen zusammen.«

»Gott, ja!«

Er biß sie zart in die Lippen und wurde überrascht von dem lustvollen Stöhnen, das aus ihrer Kehle aufstieg. Er wußte, sie hatte nur wenige Augenblicke zuvor Erfüllung gefunden. Er hatte nicht erwartet, daß sie noch mehr von dem sinnlichen Spiel wollte.

Dennoch war die instinktive Art, wie sich die Muskeln in ihrem Schoß um ihn herum zusammenzogen, unmißverständlich.

»Ich werde mich wieder bewegen, wenn du nicht damit aufhörst«, flüsterte er.

»Womit?«

»Mich überall zu streicheln, tief in dir.«

Wieder liebkoste Sarah ihn, ohne ihre Hüften in irgendeiner Weise zu bewegen. Sie erschauerte unter dem Ansturm lustvoller Gefühle, die mit jedem verborgenen Zusammenziehen ihres Körpers sinnliche Flammen in ihrem Schoß züngeln ließen.

»Du meinst, so?« flüsterte sie.

»Genau so.«

»Aber es fühlt sich so unbeschreiblich gut für mich an. Ich will nicht damit aufhören.«

»Wie ist es hiermit?« fragte er.

Case bewegte seine Hüften geschmeidig hin und her. Es gelang ihm gerade noch rechtzeitig, ihren Mund mit seinen Lippen zu verschließen, um ihren überraschten, kehligen Aufschrei zu dämpfen. Wieder und wieder wand er sich auf ihr, während er seinen Schaft fest in sie hineinpreßte, und entführte sie mit jeder kraftvollen Bewegung seines Körpers in neue, schwindelerregende Höhen der Verzückung.

Sarah war sich in ihrer blinden Leidenschaft nicht bewußt, wie sie rücksichtslos mit den Nägeln über seinen Rücken kratzte und sie dann tief in seine Hüften grub. Es entflammte ihn noch heftiger, als es jede zärtliche Liebkosung vermocht hätte, denn er war inzwischen zu intensiv und zu vollständig erregt, um noch eine sanfte Berührung zu spüren. Alles in ihm hungerte nach etwas, was ebenso primitiv war wie die sinnliche Gier, die seinen Körper anspannte, bis Schweiß auf jedem Zentimeter seiner Haut glitzerte.

Und sie gab ihm, was er brauchte, während sie fast mit ihm um die Umarmung kämpfte und verlangte, daß er ihr wiederum alles gab, was er hatte.

Sie mußte es haben, sonst würde sie sterben.

Sie hätte ihr Verlangen laut herausgeschrien, wenn sie es gekonnt hätte, aber sein Mund war fest mit ihrem verschmolzen und erstickte jeden Laut. Schweiß machte ihren Körper schlüpfrig, als sie verzweifelt darum kämpfte, ihm noch näher zu kommen – ihm und der Ekstase, die nur knapp außerhalb ihrer Reichweite schimmerte.

Und dann war die Ekstase plötzlich da, überall um sie herum und in ihrem Inneren, eine Explosion von Licht und Dunkelheit, die sich zu einem schillernden Kaleidoskop von Farben auflöste.

Dennoch bewegte Case sich noch immer in ihr, stieß hart in sie hinein, steigerte ihre Verzückung ins Unermeßliche, bis sie von Kopf bis Fuß erschauerte und weinte und sich vollständig in den blendenden, pulsierenden Farben verlor, die keine Dunkelheit kannten, nur Freude.

Mit einem heiseren Aufstöhnen erlebte auch Case schließlich den Höhepunkt der Lust, während er seinen heißen Samen in sie ergoß und alles um sich herum vergaß bis auf die goldenen Feuer der Ekstase, die ihn bis ins Innerste seiner Seele verbrannten.

Es dauerte eine ganze Weile, bis Case und auch Sarah wieder sprechen konnten. Sie hielten einander nur schweigend umklammert, sanft und hart zugleich, hungrig und zutiefst gesättigt, preßten ihre erhitzten, schweißüberströmten Körper aneinander, um in den letzten verzehrenden Feuern der Erfüllung zu baden.

»Großer Gott«, flüsterte sie schließlich.

»Amen«, murmelte er.

Er streifte zart mit den Lippen über ihre und kostete sie und fühlte, wie sie seinen Kuß mit unermeßlicher Süße erwiderte.

»Du bist unglaublich«, flüsterte er an ihrem weichen Mund. »So verdammt *lebendig*.«

»Du bist es, nicht ich.«

»Nein, du«, gab er beharrlich zurück.

Sie lachte leise.

»Wir haben ja noch den Rest der Nacht, um uns darüber zu streiten, wer nun wen bei lebendigem Leibe verbrennt«, erwiderte sie.

Weiß blitzte flüchtig in dem Schwarz seines Bartes auf.

»Es gibt gewisse Arten von, äh, Auseinandersetzungen, zu denen ein Mann nicht mehr als ein- oder zweimal pro Nacht fähig ist«, erklärte er.

»Wirklich?«

»Wirklich.«

Sie lächelte und rieb sich träge an seiner nackten männlichen Kraft.

»Heißt das, daß ich dich jetzt überall streicheln und küssen kann, und du wirst friedlich in meinen Armen einschlafen?« fragte sie.

Er preßte flüchtig seine Lippen auf ihren Hals, gähnte und rollte sich auf die Seite, während er sie mit sich zog.

»Wenn du möchtest«, sagte er leise. »Für eine Weile.«

Ein Traum, mehr nicht.

Nur ein Traum. Nur für eine Weile.

Nur ein Traum.

Trotz der Tränen, die hinter ihren Lidern brannten, drückte Sarah liebevolle kleine Küsse auf Cases Hals, seine Schultern, die Hand, die ihre Wange umfangen hielt. Sie schmeckte den salzigen Schweiß seiner Haut, grub behutsam ihre Zähne in die muskulöse Geschmeidigkeit seines Bizeps, fing das Haar auf seiner Brust zwischen ihren Lippen ein und zupfte zart daran.

Ihre Liebkosungen hatten nichts Aufreizendes an sich, nichts Verführerisches oder Forderndes. Sie erforschte ganz einfach die Beschaffenheit seines Körpers auf jede nur mögliche Weise. Langsam arbeitete sie sich an seinem langen, kraftvollen Torso hinunter, während sie ihr Gesicht von einer Seite zur anderen drehte, genüßlich mit ihren Wangen über seine muskulöse Brust und seinen Bauch rieb und tief den elementaren Geruch von Mann und Frau und Erfüllung in ihre Lungen sog.

Der Streifen von Haar, der keilförmig von seinem Nabel bis zu seinen Lenden verlief, faszinierte sie. Die feinen, dunklen Härchen kitzelten ihre Lippen auf eine Weise, die sie zum Lächeln brachte. Sie lächelte noch immer, als ihr Mund das feste männliche Fleisch liebkoste, das ihr zunehmend vertraut wurde …

… und das sich hungrig unter ihren Lippen aufrichtete.

Sie hob den Kopf, bis sie Case ins Gesicht sehen konnte. Er beobachtete sie mit einer glühenden Intensität, die selbst die Dunkelheit nicht verbergen konnte.

»Ist dies ein Dauerzustand bei dir?« fragte sie verdutzt.

»Bisher nicht.«

»Bisher?«

»Bis ich dir begegnet bin.«

»Oh. Ist das … gut?« fragte sie.

»Ich weiß es nicht. Es ist mir noch nie zuvor passiert. Aber ich freue mich schon darauf, das herauszufinden.«

Sarah schmiegte ihre Wange an ihn. Ihr Atem strich in einem tiefen Seufzer über seine schwellende Erregung.

Sie küßte ihn.

Wie in Trance fragte Case sich, ob er gestorben und in den Himmel gekommen sei statt in die Hölle, von der er immer angenommen hatte, daß sie ihn erwartete.

Ihre Zungenspitze zog eine Linie köstlichen Feuers über den Puls, der so heftig in seinem harten Fleisch klopfte.

»Es ist gut«, flüsterte er rauh. »Es ist so verdammt gut, daß ich nicht glauben kann, daß es nicht nur ein Traum ist.«

»Es *ist* ein Traum, erinnerst du dich?« erwiderte sie, während sie seinen steifen Schaft kostete. »Nur ein Traum.«

»Für eine Weile. Bis zum Morgengrauen.«

Sarah schloß die Augen.

Bis zum Morgengrauen, wenn alle Träume endeten. Aber bis dahin konnte sie die Träume eines ganzen Lebens träumen, genug, um bis zu ihrem Todestag davon zu zehren.

»Bis zum Morgengrauen«, sagte sie. Dann, so leise, daß sie hoffte, er würde es nicht hören, flüsterte sie: »Ich liebe dich, Case.«

Trotz ihrer Vorsicht hörte er das gehauchte Geständnis. Er wollte gegen die Qual protestieren, die sie unweigerlich erleiden würde, denn er wußte, ihre Liebe zu ihm würde ihr nichts als Schmerz einbringen.

Dennoch konnte er nicht sprechen.

Er konnte noch nicht einmal mehr atmen, so heiß und sinnlich war der Druck ihrer Lippen um seinen Schaft.

Schließlich gab er es auf, zu sprechen, zu denken oder zu atmen. Er streckte ganz einfach die Arme nach der goldenen Flamme von Sarah aus, klammerte sich an sie, so wie sich ein Sterbender an das Leben klammert.

Und wie das Leben selbst kam sie zu ihm, heiß und süß und voller Versprechungen.

22. Kapitel

Sarah erwachte in Cases warmer, schützender Umarmung und fühlte sein Herz unter ihrer Wange pochen. Sie murmelte schlaftrunken, kuschelte sich noch enger an ihn und schlief erneut ein.

Als Case ihre leichten Bewegungen spürte, fühlte er sich hin und hergerissen zwischen Schmerz und innerem Frieden.

Schmerz, weil er niemals in ihrem Bett hätte sein dürfen.

Frieden, weil sie in seinen Armen lag.

Was, wenn sie schwanger ist?

Die Frage hatte ihn die ganze Nacht über unablässig gequält und ihm den Schlaf geraubt.

Ich darf nicht zulassen, daß es noch einmal passiert.

Doch er wußte selbst nicht so recht, was das war, was nicht noch einmal geschehen durfte: Liebe mit Sarah zu machen oder sich für das Leben eines Kindes verantwortlich zu fühlen oder dieses Kind an den Tod zu verlieren. Er wußte nur, daß sich eine eisige Furcht in seiner Magengrube angesammelt hatte, eine Angst, anders als alles, was er je zuvor erlebt hatte, selbst während der schlimmsten Augenblicke des Krieges.

Von Dunkelheit verhüllt, hatte er gelächelt.

Hinter Schweigen versteckt, hatte er gelacht.

Letzte Nacht hatte er sich in Sarahs wilder Leidenschaft verloren.

Niemals wieder, dachte er verzweifelt. *Ich kann es nicht noch einmal durchmachen, das Lachen und dann den entsetzlichen Verlust.*

Seufzend schmiegte sich Sarah noch enger an ihn. Ihr bedingungsloses Vertrauen überwältigte Case immer wieder in Wogen, die heiß und kalt, erregend und furchteinflößend zugleich waren und ihm jede Sicherheit zu nehmen drohten.

Sie liebt mich.

Ich kann sie nicht lieben.

Ich werde sie verletzen.

Ich will sie nicht verletzen.

Sie liebt mich.

Ich kann keine Liebe empfinden!

Gedanken kreisten und schossen im Sturzflug herab, gruben ihre scharfen Klauen in Case und erzeugten einen Schmerz, der ihn hätte bluten lassen sollen, aber um so qualvoller war, weil er es nicht tat.

»Schwester?« rief Conner besorgt. »Fühlst du dich nicht gut?«

Case spürte die Veränderung, die mit Sarah vor sich ging, als sie die Stimme ihres Bruders hörte. Die Anspannung, mit einem Ruck hellwach zu sein, schoß durch ihren Körper hindurch und bewirkte, daß sie sich abrupt versteifte.

»Was ist los?« rief sie leise.

»Die Sonne ist aufgegangen, und du liegst noch immer hier«, erwiderte Conner. »Ich dachte, du wärst vielleicht krank.«

»Ich habe mich noch nie besser gefühlt.«

Sie gähnte, streckte sich … und wurde sich zum ersten Mal vollauf bewußt, daß sie nackt unter der Decke war.

Der Ausdruck auf ihrem Gesicht hätte Case fast dazu gebracht, laut aufzulachen.

Fast, aber nicht ganz. Lachen hatte einfach einen zu hohen Preis.

»Hunter meinte, ich sollte dich schlafen lassen, du hättest wahrscheinlich eine unruhige Nacht hier draußen verbracht«, erklärte Conner, »aber ich habe mir Sorgen gemacht.«

Case spürte förmlich, wie die Hitze über Sarahs Haut kroch, als sie errötete.

»Ah, ja, ziemlich unruhig«, murmelte sie.

Als sie ihre eigenen Worte hörte, errötete sie noch stärker.

Ein Lächeln zog an Cases Mundwinkeln. Er kämpfte dagegen an, preßte seine Lippen zu einer schmalen Linie zusammen, doch er konnte nicht gegen die Zärtlichkeit ankämpfen, die ihn erfüllte, als Sarah ihr schamrotes Gesicht an seiner Brust verbarg.

»Was hast du eben gesagt?« fragte Conner. »Du klingst so komisch.«

Case öffnete den Mund, nur um zu fühlen, wie sich ihre kleine Hand warnend auf seine Lippen preßte.

»Mir geht's gut«, sagte sie laut und deutlich. »Hunter hat recht. Hier draußen zu schlafen war nicht so erholsam, als wenn ich die Nacht im Haus verbracht hätte, das ist alles.«

»Du wirst dich schon noch daran gewöhnen«, meinte ihr Bruder heiter.

Sie bezweifelte, daß sie sich jemals daran gewöhnen würde, etwas so Elementares wie Case in ihrem Bett zu haben, zu fühlen, wie er ihren Körper und ihr Herz ausfüllte. Der pure Himmel um Mitternacht im sinnlichen Höhenflug der Träume. Die Hölle im Morgengrauen, wenn alle Träume endeten.

Die Augen ihres Geliebten sagten ihr, daß der Morgen gekommen war.

»Geh wieder ins Haus zurück«, wies sie ihren Bruder ruhig an. »Ich werde in ein paar Minuten nachkommen, um Frühstück zu machen.«

»Morgan ist bereits dabei, sich um das Frühstück zu kümmern. Hast du Case zufällig gesehen?«

Eine schwarze Augenbraue hob sich in einer stummen Frage, als Case sie über ihre Hand hinweg anblickte. Seine Augen waren von gespenstischen Schatten verdunkelt und zugleich von dem Leben erfüllt, das zu akzeptieren er sich so beharrlich weigerte.

»Ach, was soll's«, murmelte Sarah und zog ihre Hand von seinem Mund.

»Was?« fragte Conner.

»Ja, ich habe Case gesehen«, erwiderte sie.

Alles von ihm, fügte sie in Gedanken hinzu. *Jeden einzelnen Zentimeter seines herrlichen Körpers.*

Und ich habe ihn auch geschmeckt.

Gott, ich wußte ja gar nicht, wie bittersüß das Leben sein kann, Himmel und Hölle und alles dazwischen.

»Wo ist er denn?« wollte ihr Bruder wissen. »Ich habe nämlich eine Idee, wie wir die Culpeppers bespitzeln können, die ich ihm. ...«

»Case ist hier bei mir«, unterbrach sie ihn.

Einen Moment lang herrschte Schweigen.

»Oh«, murmelte Conner. »Ach so. Hmmm ...«

»Ja, ach so, hmmm«, wiederholte Sarah spöttisch. »Wenn du jetzt vielleicht so gut sein würdest, uns in Frieden aufwachen zu lassen?«

»He, Mann, wie sollte ich das denn wissen?«

»Indem du deinen Kopf nicht nur als Hutablage benutzt«, gab sie zurück.

»Ist, äh, alles in Ordnung mit dir?«

Als sie die Mischung aus Liebe, Besorgnis und Verlegenheit in der Stimme ihres Bruders hörte, löste sich ihre Gereiztheit in liebevolles Lachen auf.

»Ich habe mich noch nie besser gefühlt«, erwiderte sie.

»Willst du dich eigentlich gar nicht nach meinem Wohlbefinden erkundigen?« fragte Case milde. »Deine Schwester ist eine ziemlich wilde Frau.«

»Case Maxwell, wenn du nicht zu groß wärst, um versohlt zu werden, würde ich ...«, begann sie.

»Aber ich bin es nun mal«, fiel er ihr ins Wort, »und deshalb wirst du es hübsch bleibenlassen. Geh du ruhig schon ins Haus, Conner. Wir kommen in Kürze nach.«

Das Gelächter des Jungen drang wie eine zweite Morgenröte durch das dichte Gebüsch. Er lachte noch immer, als sich endlich die Haustür hinter ihm schloß.

In Cases Augen war keinerlei Lachen.

»Sarah«, begann er.

»Nein«, unterbrach sie ihn.

»Was?«

»Nein. Schlicht und einfach nein. Zerstöre nicht alles, indem du mir sagst, daß du mich nicht liebst. Ich weiß, daß du keine Liebe für mich hast. Ich brauche die Worte nicht zu hören.«

Er schloß die Augen in dem verzweifelten Versuch, den Schmerz aus ihren zu verbannen.

Und aus seinen eigenen.

»Wir können das nicht noch einmal tun«, sagte er gepreßt.

»Wir können nicht?« Sie lachte zittrig. »Du bist so hart und erregt wie eh und je. Erzähl mir nur nichts von nicht können.«

In diesem Punkt konnte er ihr wohl kaum widersprechen. Sein Schaft pulsierte an ihrer Hüfte, als hätte er seit Jahren keine Frau mehr gehabt.

»In Ordnung«, stieß er zwischen zusammengebissenen Zähnen hervor. »Wir *dürfen* dies nicht wieder tun.«

»Warum nicht?«

»Weil ich dich schwängern könnte!«

Sie erschauerte und hob leicht ihre Hüften an, um seine Bereitschaft abzuschätzen.

»Das könntest du zweifellos«, stimmte sie zu.

»Und dann müßte ich dich heiraten und …«

»Warum?« unterbrach sie ihn.

Er starrte sie an, als hatte sie den Verstand verloren.

»Ich bin eine reiche Witwe, keine arme Jungfrau«, erklärte sie nüchtern. »Außerdem werde ich das nächste Mal das benutzen, was Lola mir gegeben hat.«

»Es wird kein nächstes Mal geben.«

»Dann ist es also in Wirklichkeit gar nicht die Gefahr einer Schwangerschaft, die dir Sorgen macht, stimmt's? Was ist los? Hast du nicht genossen, was wir getan haben?«

Selbst unter seinem Bart konnte Sarah sehen, wie ein Muskel an seinem Kinn zuckte.

»Du weißt verdammt gut, daß ich es genossen habe«, stieß er grim-

358

mig hervor. »Pest und Hölle, ich habe es mehr als genossen. Es war das Beste, was ich jemals gehabt habe.«

Oder jemals haben werde, gestand er sich voller Bitterkeit ein.

»Dann gibt es ja kein Problem.« Sie lächelte ihn heiter an. »Nun komm schon, du Faulpelz. Laß uns sehen, wie gut Morgan als Koch ist. Es sei denn, du würdest lieber sehen, ob wir durch Übung noch besser werden …?«

Mit einem gemurmelten Fluch schoß Case aus dem Schlafsack heraus. Er zog sich rasch in der morgendlichen Kälte an. Die Tatsache, daß ihn bewundernde graue Augen anblickten und sich jeden Zentimeter seines Körpers ins Gedächtnis einprägten, verstärkte seine Hast noch.

»Zieh dich an«, sagte er.

»Ich kann weder meine Unterhosen noch mein Mieder finden. Was hast du mit ihnen gemacht?«

Er sah sich fast verzweifelt um. Ihr Mieder schaute unter dem Fußende des Schlafsacks hervor. Ihre Unterhosen baumelten an einem tiefhängenden Ast des Salbeibusches, achtlos dort hingeschleudert von jemandem, der Besseres zu tun hatte, als sich Gedanken um den nächsten Morgen zu machen.

Während er ihre Unterwäsche einsammelte, erinnerte er sich wieder daran, wie er weichen, warmen Musselin von Sarahs Körper geschält und noch weicheres, heißeres Fleisch darunter gefunden hatte. Hastig warf er die Kleidungsstücke in Richtung Kopfende des Schlafsacks.

Ein nackter, eleganter weiblicher Arm kam aus dem Schlafsack hervor und zog die Unterwäsche unter die Decke, wo es warm war.

Warm, verdammt, dachte Case. *Sie ist ein heißes, wildes Feuer mitten im Winter. Selbst auf meinem Sterbebett werde ich mich noch daran erinnern, wie es war, in ihr zu versinken.*

Salz und unendliche Süße, durch und durch Frau, heißer Honig auf meiner Zunge, auf meinem Körper. Ein Winterfeuer, das nur für mich brennt.

Ein Schauder unbezähmbaren Hungers überlief Case. Es kostete ihn regelrecht Mühe, sein ungebärdiges Fleisch in seine Hose zu schieben.

»Brauchst du vielleicht Hilfe?« fragte Sarah.

Humor und Bewunderung und höchst erotische Erinnerungen schwangen in ihrer kehligen Stimme mit.

»Ich ziehe mich jetzt schon seit einigen Jahren selbst an«, sagte er rauh.

»Wie wär's dann, wenn du mir helfen würdest? Ich bin noch Anfängerin in solchen Dingen.«

Der sinnliche, neckende Unterton in ihrer Stimme ließ sein Blut noch heißer durch seine Adern pulsieren.

»Das war Eva auch«, knurrte er, »aber sie hat ziemlich schnell gelernt.«

Er blickte gerade noch rechtzeitig auf, um zu sehen, wie seine brüsken Worte das Lachen in ihren Augen verlöschen ließen.

»Sarah«, begann er hilflos.

Dieses Mal unterbrach sie ihn nicht. Sie verschwand ganz einfach. Die Decken bewegten sich und erzitterten, als sie sich darunter ankleidete. Wenige Minuten später tauchte sie voll bekleidet wieder darunter hervor.

»Könntest du vielleicht versuchen, in Conners Gegenwart höflich und zuvorkommend zu mir zu sein?« sagte sie ruhig.

»Ich möchte verhindern, daß er merkt, wie groß deine Abneigung gegen mich ist.«

»Ich hege keine Abneigung gegen dich.«

»Schön.« Sie schob ihren rechten Fuß grimmig in einen Stiefel. »Dann dürfte es ja kein Problem für dich sein, mich freundlich zu behandeln.«

Ihr Tonfall verriet Case, daß sie ihm kein Wort glaubte.

»Männer verbringen keine solch leidenschaftlichen Nächte mit Frauen, die sie nicht mögen«, erklärte er angespannt.

»Sicher doch.«

Sie rammte ihren linken Fuß in den anderen Stiefel und richtete sich rasch auf.

»Verdammt, hör mir zu!« fauchte er.

Kühle graue Augen starrten ihn an.

»Ich höre dir nicht nur zu, ich behandle dich auch freundlich«, erwiderte sie.

»Aber du meinst es nicht ernst.«

Zimtbraune Augenbrauen hoben sich in zwei eleganten, ungläubigen Bögen.

»Wenn du es sagst«, murmelte sie.

»Was?«

»Ich bin durchaus freundlich. Du solltest es auch mal versuchen. Nur der Übung halber natürlich. Ich erwarte keine Nettigkeiten, wenn Conner nicht in der Nähe ist.«

Case gab sich alle Mühe, seinen Zorn zu beherrschen. Er holte tief Luft und riß sich energisch zusammen.

Sie war wie Nesseln unter seiner Haut.

Eher distanziert fragte er sich, wo seine eiserne Disziplin geblieben war.

Erinnerungen daran, wie er Sarah geliebt hatte und mit ebensolcher Leidenschaft von ihr wiedergeliebt worden war, schossen wie heiße, schwarze Blitze durch ihn hindurch und sagten ihm, was genau mit seiner Selbstkontrolle passiert war.

Ich hätte es niemals tun dürfen.

Aber er hatte es getan. Und jetzt würde er den Rest seines Lebens damit verbringen, es zu bereuen. Der Winter schien soviel kälter und grimmiger, nun, da er wußte, daß es ein Feuer gab, das nur für ihn brannte.

Knapp außerhalb seiner Reichweite.

Und so muß es auch bleiben.

Außer Reichweite.

»Hast du Conner gesehen?« fragte Ute.

Überrascht wandte sich Sarah von dem Topf mit Bohnen um, der über dem Feuer brodelte. Sie war gerade damit fertig geworden, eine ihrer gehamsterten Zwiebeln in den Topf zu schneiden, zusammen mit mehreren von Utes tödlich scharfen grünen Chilischoten.

Sie hoffte, Case würde sich gründlich den Mund daran verbrennen.

Worüber beklage ich mich eigentlich? fragte sie sich trocken. *Heute morgen hatte ich ihn gebeten, mich höflich zu behandeln, und bei Gott, das hat er getan.*

*Er benimmt sich so zuvorkommend, daß mir übel davon wird.
Und so distanziert.*

Sie seufzte und fuhr fort, die Bohnen umzurühren.

Ute räusperte sich.

Sarah zuckte erschrocken zusammen. Sie hatte vollkommen vergessen, daß Ute hinter ihr stand und auf eine Antwort wartete.

»Ich habe Conner seit dem Frühstück nicht mehr gesehen«, erklärte sie und hoffte inständig, er bemerkte ihre verlegene Röte nicht.

Zumindest hat Conner mich nicht wegen der Sache mit Case geneckt. Abgesehen von dem Grinsen, das sein selbstgefälliges Gesicht verzogen hat, natürlich.

Schweigend betrachtete Ute das diffuse Muster auf dem festgestampften Lehmfußboden, erzeugt durch das Sonnenlicht, das durch die undichten Fugen zwischen den Holzbalken fiel. Das Licht war von einem intensiven Buttergelb.

Spätnachmittägliches Licht.

»Seit dem Frühstück, wie?« fragte er.

»Was ist los?« fragte sie scharf.

Er zuckte die Achseln, aber sie ließ sich nicht davon täuschen. Sie war mittlerweile sehr gut darin geworden, in dem wettergegerbten, ausdruckslosen Pokergesicht des älteren Mannes zu lesen.

»Ute«, sagte sie.

Mehr brauchte sie nicht zu sagen.

»Er sollte mich vor zwei Stunden oben auf dem Felsrand ablösen. Als er nicht auftauchte, kam Lola vorbei, um zu sehen, was los war. Sie ist jetzt dort oben und hat Conners Wache übernommen, damit ich essen und ausruhen kann.«

Stirnrunzelnd rührte Sarah ein letztes Mal die Bohnen um und legte noch ein Holzscheit ins Feuer nach.

»Vielleicht ist er mit Case zusammen«, meinte sie. »Sie veranstalten häufig Schießübungen.«

»Hab' schon nachgesehen. Dort ist er nicht.«

Unbehagen kroch in ihr hoch.

»Es sieht Conner überhaupt nicht ähnlich, seine Wache zu versäumen«, sagte sie.

»Eben. Genau das habe ich auch gedacht.«

»Wo ist Case?«

»Steckt mit seinem Bruder zusammen. Die beiden planen Mittel und Wege, um Culpeppers zu begraben.«

»Was ist mit Morgan?«

»Er spioniert den Culpeppers nach.«

Schweigend legte sie noch ein Stück Holz ins Feuer und beobachtete, wie sich die Flammen knisternd in den Ast fraßen. Dann wischte sie sich energisch die Hände an ihrer Schürze aus gebleichten Mehlsäcken ab.

»Ich werde ihn suchen gehen«, erklärte sie.

»Dachte mir schon, daß du das tun würdest.«

»Bewacht jemand Lolas Ziegen?«

»Ghost.«

»Hoffentlich verliert er die Schwarzweiße nicht wieder«, murmelte sie.

Ute hielt inne, eine Hand auf der Türklinke.

»War nicht die Schuld des Hundes«, erklärte er. »Diese Ziege ist unglaublich aufmüpfig. In der Minute, in der Ghost einen Ausreißer zur Herde zurücktreibt, flitzt sie mit hoch erhobenem Schwanz in die entgegengesetzte Richtung davon.«

»Du nimmst den Hund immer in Schutz.«

»Bin selbst mal ein Streuner gewesen. Ist ein verdammt hartes Leben.«

Die Tür schloß sich hinter ihm.

Abrupt veränderte sich Sarahs Ausdruck und ließ deutlich die Furcht erkennen, die sie fühlte. Ihr war gerade wieder eingefallen, was ihr Bruder an diesem Morgen gesagt hatte.

Ich habe eine Idee, wie man die Culpeppers bespitzeln könnte.

»Conner«, flüsterte sie bedrückt. »Du warst doch hoffentlich nicht so dumm, allein zu gehen, oder?«

Mit einer nervösen Handbewegung riß sie sich die Schürze herunter und hängte sie an einen Nagel.

»Morgan beobachtet die Culpeppers«, sagte sie laut vor sich hin. »Er wird nicht zulassen, daß Conner irgend etwas Leichtsinniges tut.«

Die Worte schienen im Raum widerzuhallen.

363

Conner.

Leichtsinnig.

Sie stürmte hinaus. Die Tür fiel krachend hinter ihr ins Schloß. Sie spürte nichts von dem scharfen Wind oder dem stechenden Prickeln winziger Schneeflocken, die ihr ins Gesicht peitschten.

»Conner?« rief Sarah laut. »Wo bist du?«

Blindlings rannte sie zu dem hohen Salbeidickicht, wo ihr Bruder sein Lager aufgeschlagen hatte.

»Conner? Conner!«

Der Wind trug ihre Schreie zu ihr zurück, verspottete sie, so wie er sie schon einmal verspottet hatte, als sie in Dunkelheit und Sturm und tosender Flut verzweifelt nach ihrem jüngeren Bruder gerufen hatte.

Ich habe ihn damals gefunden.

Und ich werde ihn auch jetzt finden.

Sein Lager war verlassen, aber sein Sattel lag noch da, wartete noch immer darauf, als Kopfkissen zu dienen.

»Conner! Antworte mir!«

Sie bekam nur das Heulen des Sturms zur Antwort.

Haarsträhnen, die der Wind aus ihren Zöpfen gelöst hatte, schlugen ihr ins Gesicht. Sie fing die losen Strähnen ein und hielt sie fest, während sie das Haar um ihre Finger schlang, als wäre es eine Rettungsleine.

»Nicht jetzt«, murmelte sie vor sich hin. »Nicht ausgerechnet jetzt, wenn ich endlich das Silber für dich gefunden habe! Conner, verdammt noch mal, wo bist du? Conner! *Conner!*«

Sie rief noch immer nach ihrem Bruder, als Case sie plötzlich herumwirbelte und seine Arme um sie schlang. Fest, ganz fest.

»Ruhig, Liebes. Immer mit der Ruhe. Nun nimm dich mal zusammen und sag mir, was los ist.«

Erst als seine beschwichtigende, samtige Stimme ihre Furcht durchdrang, begriff Sarah, daß sie wieder und wieder verzweifelt den Namen ihres Bruders geschrien hatte.

»Ist Conner bei dir?« fragte sie rauh.

»Er ist oben auf dem Felsrand.«

»Bist du dir sicher? Hast du ihn dort oben gesehen?«

»Nein, aber er weiß, wann er an der Reihe ist, Wache zu sitzen.«

»Er hat seine Wache nicht angetreten.«

»Was?«

»Lola hält Wache. Conner ist niemals dort oben erschienen.«

Case drehte sich um und blickte über seine Schulter zurück.

»Hunter?« fragte er.

»Ich habe ihn nicht gesehen«, erklärte sein Bruder.

»Morgan, was ist mit dir?« wollte Case wissen.

»Nein, Sir. Tut mir leid. Hab' den Jungen schon eine ganze Weile nicht mehr gesehen.«

»Morgan!« sagte Sarah eindringlich.

Sie riß sich aus Cases Armen los und wandte sich zu dem schwarzen Revolverschützen um.

»Warum sind Sie nicht auf Ihrem Beobachtungsposten?« sagte sie vorwurfsvoll. »Sie sollten doch die Culpeppers bespitzeln!«

Morgan warf Case einen argwöhnischen Blick zu.

Er starrte Sarah an, als ob sie eine Fremde wäre.

»Nun reg dich nicht gleich auf, Liebes«, sagte er. »Morgan befolgt nur Hunters Anweisungen.«

Sie schloß verzweifelt die Augen, als könnte sie sich auf diese Weise den Blicken der anderen entziehen, besonders Cases durchdringendem Starren.

»Hat er mit dir darüber gesprochen, die Culpeppers zu bespitzeln?« fragte sie gepreßt.

»Wer? Conner?« fragte Case.

Es kostete sie ihre gesamte Selbstbeherrschung, ihn nicht anzuschreien, daß sie natürlich von ihrem Bruder spräche.

»Ja«, erwiderte sie mit unnatürlich ruhiger Stimme. »Er ist der einzige von uns, der verschwunden ist, richtig?«

Case betrachtete sie jetzt ebenso mißtrauisch, wie Morgan es getan hatte.

»Wenn du sagst, Conner ist verschwunden«, meinte er vorsichtig, »dann muß es wohl so sein.«

»Ich sage es.«

Die Trostlosigkeit in ihren Augen weckte in ihm das Bedürfnis, sie wieder in seine Arme zu ziehen.

»Heute morgen …«, begann sie mit heiserer Stimme und brach dann hilflos ab. »Heute morgen hat Conner gesagt, er hätte eine Idee, wie man die Culpeppers bespitzeln könnte.«

Morgan stieß einen gedämpften, gotteslästerlichen Fluch aus.

Hunters Mund verzog sich zu einer grimmigen Linie.

»Sprich weiter«, forderte Case sie auf.

»Es gibt nichts weiter zu sagen«, erklärte sie. »Conner hatte eine Idee, und jetzt ist er spurlos verschwunden.«

»Morgan«, begann Hunter.

»Bin schon unterwegs.«

»Ich begleite dich«, sagte Case.

»Ich auch«, sagte Sarah.

Beide Männer fuhren zu ihr herum, um zu protestieren.

Drei schnelle Schüsse oben auf dem Felsrand schnitten ab, was immer die Männer hatten sagen wollen. Es folgte eine kurze Pause, dann ertönte ein vierter Schuß.

»Besuch«, knurrte Case.

»Nur einer«, meinte Sarah.

»Nur einer, der sich blicken läßt«, konterte Hunter. »Case, du bleibst bei Sarah. Morgan, komm mit.«

»Ute wird das Flußufer übernehmen«, erklärte Sarah. »Das tut er immer, wenn Conner nicht da ist.«

Hunter nickte, dann eilten er und Morgan im Laufschritt zu dem Dickicht hinter dem Haus, ihre Waffe in der Hand.

»Mach dir keine Sorgen«, sagte Case beruhigend. »Hunter wird nicht zulassen, daß wir von der Flanke aus angegriffen werden.«

»Ich hoffe nur, Lola erschießt ihn und Morgan nicht irrtümlich.«

»Sie wird sie niemals auch nur zu sehen bekommen.«

Sarah schwieg, zitternd vor Kälte.

»Wo ist deine Jacke?« fragte Case.

»Im Haus.«

»Wie kann man nur bei diesem Wetter seine Jacke im Haus lassen«, knurrte er, während er sich aus seiner eigenen Jacke schälte und sie ihr hinhielt.

Doch Sarah hatte bereits kehrtgemacht und rannte zum Haus zurück.

Er hatte den Verdacht, daß es nicht ihre Jacke war, die zu holen sie es so eilig hatte, sondern ihre Schrotflinte.

Sein Verdacht erwies sich als richtig.

Als sie einen Moment später wieder erschien, lag eine Schrotflinte in ihren Händen. Sie trug ihre Jacke eher als ein Mittel, um zusätzliche Patronen aufzubewahren, statt als Schutz gegen die Kälte. Ihre Jackentaschen waren prall gefüllt mit Munition.

»Laß dich nicht blicken«, sagte Case warnend.

»Aber …« Sarahs Worte wurden abrupt abgeschnitten, als er sie hastig in die Deckung zog, die dichtes Gestrüpp und Felsblöcke boten.

»Du wirst Conner keinen Gefallen damit tun«, erklärte er brüsk.

Er zog sein Fernglas hervor und begann, sorgfältig den Pfad zu beobachten, der vom Felsrand herunterführte. Sarah wartete in angespanntem Schweigen.

»Es ist Ab«, erklärte er nach einer Weile.

»Allein?«

»Ja, soweit ich es erkennen kann.«

Ein Prickeln des Unbehagens lief ihr Rückgrat hinunter. In Cases Stimme schwang etwas mit, was ihr das Blut in den Adern gefrieren ließ. Ängstlich forschte sie in seinem Gesicht, sah jedoch nichts.

Dann ließ er sein Fernglas sinken und drehte sich zu ihr um. Seine Augen waren so leer wie der Tod.

»Er hat Conners Hut.«

Alle Farbe wich aus ihrem Gesicht, und sie schwankte auf den Füßen, als hätte ihr jemand einen Fausthieb versetzt.

Er griff nach ihr, um sie zu stützen, nur um zu erleben, wie sie unwirsch seine Hand wegschob.

»Mir geht's gut«, erklärte sie gepreßt.

Ihre Stimme war so leer wie ihre Augen.

»Höchstwahrscheinlich lebt dein Bruder noch«, sagte Case mit sorgfältig beherrschter Stimme, »sonst würde Ab nicht ganz allein hier auftauchen und seinen Hut spazierentragen.«

Ein zittriger, gebrochener Seufzer war ihre einzige Antwort.

»Laß mich mit Ab reden«, sagte Case.

Sarah zögerte sekundenlang, dann nickte sie.

»Und laß dich um Gottes willen nicht sehen«, fügte er hinzu. »Ab kann … unvernünftig sein … wenn Frauen oder Kinder in der Nähe sind.«

Sie gab einen rauhen Laut von sich, der ein verächtliches Lachen hätte sein können.

»Unvernünftig«, sagte sie bitter. »Genausogut könnte man die Hölle als einen angenehm warmen Ort bezeichnen.«

»Ich werde mich an einer Stelle postieren, wo du auf Ab anlegen kannst, ohne durch mich hindurchzuschießen.«

»Bleib in der Nähe, damit ich mithören kann.«

Es war keine Bitte. Er wußte, er konnte entweder in Hörweite bleiben, oder sie würde ihm folgen, zum Teufel mit ihrer eigenen Sicherheit.

Nicht, daß er ihr einen Vorwurf daraus gemacht hätte. Wäre Hunter derjenige gewesen, der von den Culpeppers als Geisel festgehalten wurde, hätte Case genauso gehandelt.

Rasch bahnte er sich einen diagonalen Weg durch das Dickicht zu einer Stelle, die Ab auf seinem Weg zum Blockhaus passieren mußte. Dann lud er beide Läufe seiner Schrotflinte, spannte die Hähne und wartete mit der Geduld des Todes.

Ab unternahm keinen Versuch, sich zu verstecken. Er trabte dreist den Pfad hinunter, während er Conners Hut wie einen Schutzschild vor sich hielt.

Denn genau das war es.

Niemand würde es wagen, Ab auch nur anzurühren, bis Conners Schicksal bekannt war.

Es hat sich nichts geändert, dachte Case zähneknirschend. *Ob Krieg oder Frieden, die Geier folgen den Culpeppers noch immer.*

Conner ist nicht ihre erste Geisel.

Aber bei Gott, er wird ihre letzte sein.

»Halt, stopp, das ist jetzt weit genug«, sagte Case kalt.

»Trag deine Sache vor.«

Ab ließ sich Zeit damit, sein Maultier zu zügeln. Seine blaßblauen Augen suchten mißtrauisch jeden Zentimeter des Dickichts ab. Es behagte ihm nicht, daß er den Mann hinter der Stimme nicht sehen konnte.

»Du benimmst dich nicht gerade gutnachbarlich«, sagte Ab.

»Behalte es im Auge.«

Mit bedächtigen Bewegungen zog Ab einen Priem Kautabak aus seiner Tasche, biß ein Stück davon ab und begann zu kauen.

Case wartete.

Bis Ab seinen Priem halb durchgekaut hatte, war allen Beteiligten klar, daß Case weder die Absicht hatte, eine Unterhaltung zu beginnen, noch irgendwelche törichten Schritte zu unternehmen.

»In Ordnung«, sagte Ab schließlich. »Ich hab' ihren Bruder. Ich will ihr Silber. Wir werden ganz einfach tauschen, den Jungen gegen das Silber.«

»Wie kommst du auf die Idee, daß Mrs. Kennedy irgendwelches Silber hätte?«

»Ich bin euch gefolgt. Hab' in jedem Loch gewühlt, das ihr gegraben hattet. Leer.« Ab spuckte in den Staub. »Das letztemal, als ich eure Fährte zurückverfolgte, schnitten die Hufe eurer Pferde tief in den Boden. Ich hab' wirklich gründlich gesucht, aber ihr müßt das gesamte Silber gefunden haben. Diese verdammten Löcher sind so leer wie'n Grab, das auf 'ne Leiche wartet.«

Case war nicht überrascht über Abs Erklärung. Er hatte gleich vom ersten Moment an, als er Conners Hut gesehen hatte, geahnt, was der Bandit wollte.

»Wir geben dir das Silber, dafür bekommen wir Conner unversehrt zurück, und jeder einzelne von euch Hurensöhnen verzieht sich schleunigst nach Kalifornien«, erwiderte Case neutral. »Abgemacht?«

Wind strich durch das Gebüsch und ließ trockene Blätter rascheln. Es war eine Zeitlang das einzige Geräusch, das zu hören war.

»*Sie* bringt uns das Silber«, sagte Ab schließlich.

»Nein.«

Stille und Wind bewegten sich durch das Dickicht.

»Schätze, der Junge ist weg vom Fenster«, erklärte Ab in gleichmütigem Tonfall.

»Wenn er stirbt, stirbst du ebenfalls.«

»Nein!« rief Sarah aus dem Gebüsch. »Ich werde dir das Silber bringen!«

Case zischte einen wüsten Fluch.

»*Ich* werde das Silber bringen. Wenn dir das nicht paßt, kommen wir nicht ins Geschäft«, sagte er zu Ab.

»Was bringt dich auf den Gedanken, daß ich an dir mehr Gefallen finden würde als an einem munteren kleinen Mädchen?« spottete Ab.

»Ich bin einer von diesen Texanern, die dir Kopfzerbrechen bereiten.«

Ab wurde sehr still.

»Aus irgendeinem speziellen Teil von Texas?« wollte er wissen.

»Heaven Valley.«

Ab grunzte, und sein hageres Gesicht wurde noch eine Spur ausdrucksloser.

»Hab' mir schon so was Ähnliches gedacht. Macht es dir was aus, dich zu zeigen? Deine Stimme kommt mir irgendwie bekannt vor.«

»Das sollte sie auch. Du dachtest, ich hätte für dich gearbeitet. Damals in den Ruby Mountains.«

Das magere Maultier zuckte zusammen, als ob es mit einer Nadel gestochen worden wäre.

»Du hast meine Verwandten ermordet«, sagte Ab scharf.

»Ich habe sie getötet«, erwiderte Case. »Das ist ein kleiner Unterschied.«

»Tot ist tot.«

»Deine Verwandten waren Männer, und sie waren bewaffnet. Sie hatten eine Chance. Das ist mehr, als du jemals unseren Kindern und Frauen zugestanden hast.«

Ab starrte angestrengt durch das Gebüsch zu der Stelle, wo Sarahs Stimme ertönt war.

»Er kann das Silber für dich tragen«, sagte er zu ihr. »Bring es bei Tagesanbruch in unser Lager.«

»Sie bleibt hier«, erklärte Case kurz angebunden.

»Sie hat die Wahl.« Ab grinste hinterhältig und spuckte erneut in den Staub. »Aber ich schätze, das Mädchen möchte seinen Bruder gern lebendig sehen.«

»Ich werde gehen«, rief Sarah hastig.

Case hatte zwar nicht vor, das zuzulassen, aber er hielt wohlweislich den Mund.

»Bei Tagesanbruch«, sagte Ab.

Damit zog er sein Maultier an den Zügeln herum und drückte ihm die Fersen in die Flanken.

»Ab?« rief Case leise.

Der Unterton, der in seiner Stimme mitschwang, ließ den anderen Mann mitten in der Bewegung erstarren. Maultier und Reiter blickten mißtrauisch zurück in Richtung Gebüsch.

»Wenn Conner verletzt ist«, sagte Case, »werden wir dir alles das antun, was du ihm angetan hast. Und anschließend werden wir dich hängen.«

23. Kapitel

»Verdammt, Mädchen, wirst du wohl endlich auf die Stimme der Vernunft hören?« tobte Case.

»Sag etwas Vernünftiges, und ich werde auf dich hören«, gab Sarah zurück.

»Bleib zu Hause!«

»Ich soll zu Hause bleiben und zulassen, daß Conner getötet wird? Wenn das deine Vorstellung von Vernunft ist, dann ist es wirklich ein Wunder, daß selbst dein Pferd auf dich hört!«

Ute, Morgan und Hunter waren draußen vor dem Haus, was jedoch nicht bedeutete, daß sie nicht jedes Wort der erbitterten Auseinandersetzung mitbekamen. Sie traten unbehaglich von einem Fuß auf den anderen und gaben sich alle Mühe, nicht dem Mann und der Frau zuzuhören, die sich im Inneren des Blockhauses Nasenspitze an Nasenspitze gegenüberstanden und einander in einer Lautstärke anbrüllten, als läge die gesamte Länge des Hofes zwischen ihnen.

Lola grinste nur und fuhr fort, die Wolle zu kämmen, die sie von der schwarzweißen Ziege gesammelt hatte.

»Ich wette um einen Zehner, daß sie geht«, sagte Lola zu niemand Besonderem.

Ute grunzte und schüttelte den Kopf, weigerte sich, die Wette anzunehmen.

»Wie ist es mit euch, Jungs?« fragte sie.

Morgan und Hunter tauschten einen Blick. Keiner der beiden wollte sich auf Lolas Angebot einlassen, zehn Dollar auf den Ausgang des Streits zu wetten.

Lola spuckte in hohem Bogen einen Strahl Tabaksaft in den Staub, schmunzelte, setzte sich etwas bequemer auf dem kalten Boden zurecht und fuhr fort, Wolle zu kämmen, damit Sarah sie zu Garn spinnen konnte, sobald sie zu streiten aufhörte. Der Korb in Lolas Schoß füllte sich rasch mit sauberer, gekämmter Wolle.

»Der Junge hat eindeutig seinen Meister gefunden«, meinte sie nach einer Weile. »Er weiß es nur noch nicht. Aber er wird sich schon noch daran gewöhnen.«

»Ich würde an deiner Stelle kein Geld darauf setzen«, erwiderte Hunter ruhig. »Der Krieg hat Case verändert. Kalt, wo er früher leidenschaftlich war. Grimmiges Schweigen statt Lachen. Hast du ihn jemals lächeln sehen?«

Lola machte ein nachdenkliches Gesicht, dann schüttelte sie den Kopf.

»Manche Männer haben eben keinen Sinn für Spaß«, erklärte sie achselzuckend.

Hunter lächelte traurig. »Früher war Case so munter und ausgelassen, daß es für einen ganzen Sack voller junger Hunde ausgereicht hätte. Aber das hat der Krieg in ihm ausgelöscht.«

»Sie wird in den Spring Canyon gehen«, sagte Lola beharrlich.

»Ute könnte sie hier festhalten«, schlug Morgan vor.

Das Lächeln des alten Banditen war sogar noch trauriger, als Hunters Lächeln gewesen war. Er schüttelte energisch den Kopf.

»Der Mann, der sie hier festhält, sollte sich besser hüten, ihr jemals wieder den Rücken zuzukehren«, erklärte er trocken.

»Na schön, dann werde ich es tun«, sagte Morgan.

Einen Moment lang sah Ute nachdenklich aus. Dann schüttelte er erneut den Kopf.

»Wenn du sie festzuhalten versuchst, werde ich dich mit Gewalt daran hindern«, erwiderte er.

»Herrgott noch mal«, grummelte Hunter. »Warum denn bloß?«

»Sie wünscht sich etwas. Ich sorge dafür, daß sie es bekommt.«

»Nun«, meinte Morgan schleppend, »das erklärt natürlich den wertvollen Zuchtbullen unter all den bunt zusammengewürfelten Ranchkühen.«

Der alte Bandit grinste breit. »Er ist mir bis zum Haus nachgelaufen, Tatsache.«

»Darauf gehe ich jede Wette ein«, sagte Hunter süffisant. »Das gleiche gilt sicherlich auch für die Pferde aus besserer Zucht.«

»Und für die Hälfte der Vorräte und das Werkzeug und für alle anderen Dinge hier auf der Ranch, die es sonst nur gegen bare Münze zu kaufen gibt«, warf Lola ein. »Sarah ist allerdings hinter die Viehdiebstähle gekommen und hat Ute gezwungen, damit aufzuhören, aber aus den Vorräten ist sie noch nicht schlau geworden.«

Sie ließ die Wolle in ihren Schoß sinken und blickte mit klaren schwarzen Augen zu Hunter auf.

»Verschwende keine Zeit mit dem Versuch, Ute Vernunft beizubringen, wenn es um das Mädchen geht«, sagte sie ruhig. »Ist völlig sinnlos. Bei dem Thema stellt er sich schlichtweg taub. Überleg dir lieber, wie man ihn am besten einsetzen kann, um sie lebendig zu erhalten.«

»Ich habe schon eine Idee in dieser Richtung«, erwiderte Hunter. »Wenn Ab glaubt, Sarah würde ihm das Silber bringen, dann wollen wir ihn auch in dem Glauben lassen.«

Morgan sah Hunter an, warf einen Blick auf den kurzbeinigen, drahtigen alten Banditen und lächelte breit.

Ute brauchte einen Augenblick länger, bis er verstanden hatte. Seine Augen weiteten sich. Dann lachte er laut.

Lola spuckte Tabaksaft in einem kräftigen braunen Strahl auf den Boden.

»Hab' mich schon gefragt, wie lange es wohl dauern würde, bis ihr Männer endlich kapiert, was so offensichtlich ist wie die Nase in eurem Gesicht«, sagte sie.

»Wirst du es tun?« fragte Hunter Ute brüsk. »Oder wirst du gegen uns kämpfen?«

»Wenn es sein muß, werd' ich's tun.«

Hunter legte horchend den Kopf schief und blickte zu dem plötzlich stillen Haus hinüber.

»Was meint ihr? Ob mein Bruder sie endlich so mürbe gemacht hat, daß sie auf gesunden Menschenverstand hört?«

Lola schnaubte verächtlich. »Männer! Ihr habt doch keinen Funken gesunden Menschenverstand im Leib, keiner von euch. Das Mädchen dort drinnen ist eine ganze Ecke härter im Nehmen, als sie aussieht.«

Hunters Lächeln wärmte seine schiefergrauen Augen. Er warf Lola einen amüsierten Blick zu und tippte zustimmend an seine Hutkrempe.

»Ich habe festgestellt, daß manche Frauen tatsächlich sehr viel stärker sind, als sie aussehen«, sagte er.

»Das hat ihn seine Frau gelehrt«, fügte Morgan grinsend hinzu.

»Es war keine leichte Lektion, für keinen von uns beiden«, gestand Hunter.

Lola spuckte erneut in hohem Bogen Tabaksaft aus und raffte die Wolle zusammen, die sie gerade gekämmt hatte.

»Leicht ist keinen müden Penny wert«, erwiderte sie und stand auf. »Leicht bricht zusammen, wenn man es am dringendsten braucht. Leichtfertigkeit wird man in Sarah vergeblich suchen.«

»Oder in Case«, erwiderte Hunter.

»Sag' ich doch. Die zwei passen gut zusammen. Feurige Streithähne, alle beide, das schon, aber ein gutes Gespann.«

Das Haus strahlte weiterhin Stille aus.

»Wer von euch mutigen Jungs möchte denn diese Wolle hier zu ihr reinbringen?« fragte Lola unvermittelt.

»Ich nicht, Ma'am«, murmelte Morgan.

Ute grunzte nur und hakte seine Daumen noch fester in seinen Gürtel.

Hunter streckte schweigend die Hand aus.

Schmunzelnd reichte Lola ihm den Korb mit Wolle.

»Sie beißt nicht«, erklärte die ältere Frau. »Zumindest nicht fest genug, um Narben zu hinterlassen.«

Hunter tippte erneut an seine Hutkrempe, dann wandte er sich zu Morgan um.

»Finde heraus, ob Conner noch lebt«, sagte er. »Ab ist dafür berüchtigt, Gefangene zu ermorden.«

»Wenn er noch lebt, werde ich versuchen, ihn herauszuholen.«

»Nicht, wenn du dir nicht absolut sicher bist, daß du es schaffst, ohne daß einer von euch beiden dabei draufgeht. Unsere Chancen sind besser, wenn wir gemeinsam vorgehen statt einzeln.«

Morgan zögerte einen Moment, dann nickte er.

»Langsam und vorsichtig«, erklärte er. »Ich werde so lautlos wie ein Schatten sein.«

»Sei zwei Stunden vor Tagesanbruch wieder hier.«

»Was, wenn Conner tot ist?« fragte Morgan.

»Dann komm so schnell wie möglich wieder zurück.«

»Hättest du was dagegen, wenn ich unterwegs noch ein paar Kehlen durchschneide?« wollte er wissen.

»Sorg nur dafür, daß du heil und in einem Stück wieder zurückkommst.«

»Du solltest sie einfach ausräuchern«, meinte Ute. »Der Spring Canyon hat nur zwei Ausgänge. Zwei Männer auf dem Felsrand an jedem Ende. Du kannst sie so mühelos abknallen wie Blechdosen.«

Morgan nickte, äußerst angetan von der Idee.

»Die Culpeppers haben viele Leute ausgeräuchert«, erwiderte er. »Haben es auch mal mit uns versucht, drüben in den Rubys. Wer das Schwert ergreift, der soll durch das Schwert umkommen. Wird wirklich höchste Zeit, daß die Jungs ans Sterben denken.«

»Zwei Stunden vor Tagesanbruch«, erinnerte Hunter ihn. »Und jetzt mach, daß du wegkommst.«

Ohne ein weiteres Wort wandte er sich ab, marschierte zu dem Blockhaus und klopfte an die Tür.

»Ich bin's, Hunter«, rief er. »Ich habe hier einen Korb Wolle für Sarah.«

»Die Tür ist offen. Bitte kommen Sie doch herein.«

Er seufzte. Ihre Stimme hatte einen Klang, scharf genug, um Speck so dünn zu schneiden, daß man eine Zeitung hindurchlesen konnte. Er öffnete die Tür, duckte sich, um sich nicht den Kopf an dem niedrigen Türrahmen zu stoßen, und betrat das Haus.

Sarah rührte mit einer Heftigkeit Bohnen um, als hinge ihr Leben davon ab, den Inhalt des Topfes vor dem Anbrennen zu bewahren.

Case beobachtete sie.

Der Ausdruck in seinen Augen überraschte Hunter. Es war schon Jahre her, seit er seinen Bruder derart aufgewühlt und kochend vor Zorn erlebt hatte.

»Wo soll ich die Wolle hinstellen?« fragte Hunter.

»Nicht in die Nähe des Feuers«, erwiderte Sarah angespannt. Dann, verspätet, fügte sie hinzu: »Danke.«

Er stellte den Korb in einer Ecke des Raums ab und drehte sich um, um den Mann und die Frau zu mustern, deren Frustration und Wut derart spürbar waren, daß man sie mit Händen greifen konnte.

Hunter räusperte sich.

»Wir haben einen Plan«, begann er.

»Ich will doch stark hoffen, daß dieser Plan auch mich einschließt«, sagte sie.

»Das sollte er verdammt noch mal besser nicht«, fauchte Case.

»Ihr bekommt beide euren Willen.«

Wie auf Kommando fuhren Sarah und Case zu Hunter herum. Die argwöhnische Hoffnung und grimmige Entschlossenheit in ihren Augen erinnerten Hunter an die Frau, die er liebte.

»Sie sind meiner Frau noch nie begegnet«, sagte er zu Sarah. »Aber ich hoffe sehr, daß Sie sie eines Tages kennenlernen. Sie sind beide aus dem gleichen aufrichtigen, dickköpfigen Holz geschnitzt.«

Sie lächelte müde. »Eines Tages … falls wir alle den morgigen Sonnenaufgang überleben.«

»Du wirst ihn überleben. Dafür werde ich sorgen«, sagte Case. »Und wenn es das letzte ist, was ich tue.«

»Ich gehe.«

»Du wirst verdammt noch mal hierblei …«

»Entschuldigt«, unterbrach Hunter ihn. »Die Zeit wird knapp, und wir müssen noch eine Menge planen.«

»Du solltest besser planen, daß sie hierbleibt«, erwiderte Case.

»Denk doch mal nach«, sagte sein Bruder. »In dem Moment, in dem Ab sieht, daß sie nicht mitgekommen ist, tut Conner seinen letzten Atemzug.«

Case blickte zu Sarah hinüber, wünschte sich offensichtlich, daß sie nicht zuhörte. Aber sie dachte gar nicht daran, wegzuhören oder das Haus zu verlassen.

376

»Conner ist vielleicht schon tot«, sagte er nüchtern.

Sie schnappte scharf nach Luft, kämpfte gegen den Kloß in ihrer Kehle an, der sie zu ersticken drohte. Sie wollte nicht daran denken, daß Conner vielleicht nicht mehr lebte.

Dennoch war es ihr unmöglich, an irgend etwas anderes zu denken. Das war der Grund, warum sie Case und alles und jeden in ihrer Reichweite so erbittert angefaucht hatte.

»Ich habe Morgan losgeschickt, um das herauszufinden«, erklärte Hunter.

»Ich hätte gehen sollen«, sagte Case.

»Warum? Er ist genausogut im Anschleichen wie du.«

»Ich hätte die Anzahl der Culpeppers etwas reduzieren können, während ich mich umgeschaut hätte.«

»Das wird Morgan auch tun, falls Conner tot ist.«

Sarah gab einen erstickten Laut des Protests von sich.

»Ab wird Conner nicht töten, bevor er das Silber hat«, sagte sie.

»Höchstwahrscheinlich nicht«, stimmte Hunter zu.

»Aber wenn er das Silber erst einmal hat«, fügte Case hinzu, »wird er alles abschlachten, was er in die Finger kriegen kann, den Rest in Schutt und Asche legen und dann so schnell wie möglich verschwinden.«

»Darin sind die Culpeppers wahre Meister. Im Vergewaltigen und Morden und Verschwinden«, stimmte Hunter zu.

»Ich habe Angst um meinen Bruder«, sagte Sarah gepreßt.

»Sie haben auch allen Grund dazu. Aber er ist zu groß und zu stark, um das Schlimmste in Ab zum Vorschein zu bringen«, sagte Hunter offen. »Conner ist viel mehr Mann als Kind.«

Sarah schloß die Augen und versuchte zu atmen. Als Case sie in seine Arme zog, sträubte sie sich nicht. Sie klammerte sich nur verzweifelt an ihn und schickte ein stummes Gebet zum Himmel, daß ihr Bruder noch lebte.

Case streichelte beruhigend ihr Haar und drückte sie an sich, während er sich mit jeder Faser seines Herzens wünschte, er könnte ihr ihren Bruder zurückbringen.

»Falls Conner tot ist ...«, sagte er zu Hunter.

Sein Bruder nickte angespannt.

»Ansonsten sieht unser Plan folgendermaßen aus«, erwiderte Hunter.

Sarah hob den Kopf von Cases Schulter.

»Er sollte mich besser mit einschließen«, erklärte sie gepreßt.

Hunter begann zu sprechen, bevor Case wieder zu streiten anfangen konnte.

Sarah beobachtete das Feuer im Kamin mit Augen, die sich im Widerschein der Flammen in Gold verwandelten. Sie war wieder ins Haus umgesiedelt, denn die Notwendigkeit, sich selbst und das Silber zu verstecken, bestand nicht mehr.

Gewöhnlich lag sie um diese Zeit schon lange im Bett, aber sie wußte, daß sie in dieser Nacht kein Auge zutun würde.

Das Knistern der Flammen und der flüsternde Laut ihrer Spindel waren die einzigen Geräusche im Raum.

Das Licht des Feuers schimmerte in Streifen von Helligkeit auf der sich drehenden Spindel und den reglosen Läufen der Schrotflinten, die in Reichweite neben ihr auf dem Tisch lagen. Ihre Jacke hing über dem anderen Stuhl, sämtliche Taschen prall mit Patronen gefüllt.

Sie versuchte angestrengt, an nichts anders zu denken als daran, das Feuer die ganze Nacht hindurch am Brennen zu halten.

So wenig Wärme. So viel Kälte.

»Sarah?«

Die gedämpfte Stimme ließ sie leicht zusammenzucken, aber sie griff nicht nach der Schrotflinte.

»Komm herein«, sagte sie ruhig.

Die Tür öffnete und schloß sich wieder. Cases hochgewachsene Gestalt ragte in dem matten Dämmerlicht des Raums auf. Als er auf das Feuer zuging, spielten Licht und Schatten wie die Hände einer Geliebten über seinen Körper.

»Ich habe Rauch gerochen«, erklärte er, »daher wußte ich, daß du noch wach bist.«

»Das Feuer … tröstet mich.«

»Morgan ist gerade zurückgekehrt.«

Sarahs Herz krampfte sich zusammen. Sie sprang auf und starrte

Case an, als könnte sie ihn mit reiner Willenskraft dazu zwingen, ihr die Antwort zu geben, die sie hören wollte.

»Dein Bruder lebt«, erklärte Case hastig. »Er ist ein bißchen angeschlagen, aber im übrigen geht es ihm gut.«

Die Erleichterung war so überwältigend, daß ihre Knie unter ihr nachgaben und sie sich haltsuchend an der Stuhllehne festklammern mußte.

Mit einer raschen Bewegung hob er sie auf seine Arme und trug sie zu ihrem Bett. Behutsam legte er sie auf die Pritsche nieder und begann, ihre eiskalten Hände zu reiben.

»Mir geht's gut«, murmelte sie.

»Jaja«, erwiderte er spöttisch.

»Wirklich.«

Sie stieß einen tiefen, gebrochenen Seufzer aus. Langsam kehrte wieder die Farbe in ihr Gesicht zurück.

»Hör auf, dir Sorgen wegen morgen früh zu machen«, sagte er.

Ein rauhes Lachen war ihre einzige Antwort.

Zärtlich flüsterte er ihren Namen und zog sie erneut in seine Arme. Er hielt sie umfangen, um ihr Trost zu spenden. Ihr und auch sich selbst.

»Conner wird lebendig zu dir zurückkehren«, sagte Case eindringlich. »Ich schwöre es dir.«

»A-aber ...«

»Still«, flüsterte er. »Morgan ist schon wieder unterwegs zum Spring Canyon. Er glaubt, er kann sich weit genug hineinschleichen, um Conner zu schützen.«

Ob es ihm tatsächlich gelingt, ist eine andere Frage, dachte Case grimmig, aber das war etwas, was er lieber für sich behielt.

Laut Morgans Lagebericht war Conner an einen Pfahl angepflockt wie eine Ziege, die auf einen hungrigen Tiger wartet.

Sarah holte zitternd Luft, dann noch einmal.

»Sie werden nicht erwarten, daß wir oben auf dem Felsrand sind, mit der Sonne hinter uns«, sagte er ruhig. »Lola und Ute sind dabei, die *reales* zu bearbeiten, wie du sie gebeten hattest, obwohl ich verdammt sein will, wenn ich weiß, warum du sie poliert haben willst.«

Sie nickte, sah Case jedoch nicht direkt an.

»Wenn du nicht schläfst, wirst du uns morgen keine große Hilfe sein«, fuhr er fort. »Und wir zählen darauf, daß du und Lola unseren Rückzug deckt.«

Das ist zumindest das, was du glauben sollst, fügte er in Gedanken hinzu. *Was wir wirklich damit bezwecken, ist, dich aus der Schußlinie herauszuhalten.*

Wieder nickte Sarah schweigend.

Wieder wich sie seinem Blick aus.

»Sag etwas«, drängte er sie sanft. »Vorhin hast du weiß Gott genug geredet.«

»Was gibt es denn noch zu sagen?« flüsterte sie.

Er betrachtete ihre bleichen Lippen und wußte, daß sie recht hatte. Über die bevorstehenden Ereignisse zu sprechen würde das lange, bange Warten bis zum Tagesanbruch nur noch unerträglicher machen.

»Falls du feststellst, daß du schwanger bist, geh in die Ruby Mountains«, sagte er. »Hunter wird dafür sorgen, daß du und das Baby ein liebevolles Zuhause habt.«

Sie gab keine Antwort. Sie konnte es nicht. Noch bevor sie die Tatsache in sich aufnehmen konnte, daß Case nicht damit rechnete, den nächsten Morgen zu überleben, preßte sich sein Mund auf ihren und erstickte jegliche Worte oder Proteste, die sie hatte äußern wollen.

Nach seinem ersten heißen, verzehrenden Kuß kämpfte sie nicht länger gegen das sinnliche Vergessen an, das er ihr anbot. Verlangend streckte sie die Arme nach ihm aus, von einer inneren Not getrieben, die seiner in nichts nachstand. Noch während er sich mit ihren Kleidern abmühte, zerrte sie bereits ungeduldig an seinem Hemd.

Für jeden Kuß, den sie ihm schenkte, erhielt sie zwei zurück. Für jede Liebkosung revanchierte sich Case mit einer noch größeren Intimität. Als seine Finger zwischen ihre Schenkel eindrangen, fand er sie heiß und weich und feucht vom süßen Honig der Leidenschaft. Er vergrub sich mit einem einzigen kraftvollen Stoß in ihr, der sie vor Lust aufschreien ließ – einer Lust, so intensiv, daß sie fast an Schmerz grenzte.

»Sarah?« flüsterte er besorgt.

»Hör nicht auf.« Ihre Nägel gruben sich in seine Hüften. »Du darfst niemals aufhören.«

Er stöhnte kehlig und begann, die Tiefe ihrer beider Leidenschaft mit jedem Stoß seines Körpers zu messen. Hunger verzehrte seine Selbstbeherrschung mit tausend züngelnden Flammen.

»Das nächste Mal«, flüsterte er rauh, als er sich wieder und wieder in ihrem Schoß vergrub, »werde ich langsam vorgehen. Wundervoll, köstlich – *langsam.*«

Ein wollüstiger Laut entrang sich ihrer Kehle. Sie bäumte sich ihm stöhnend entgegen, und ihre Hände umklammerten hart seine Hüften, während sie sich unter ihm wand und sich die Muskeln in ihrem Schoß zuckend um sein hartes Fleisch zusammenzogen. Case erstickte ihren kehligen Schrei und sein eigenes wildes Stöhnen, als er seinen heißen Samen in sie ergoß und sich ihr auf die einzige Weise hingab, wie er konnte.

Es war nicht genug. Er wußte nicht, ob überhaupt jemals irgend etwas genug sein konnte.

Er mußte sie haben.

Er mußte *eins* mit ihr werden.

»Sarah?« flüsterte er.

Und dann bewegte er sich tief in ihr.

»Ja«, flüsterte sie gebrochen.

Jedesmal, wenn er sich bewegte, rief sie mit kehliger Stimme seinen Namen. Und er antwortete ihr mit all dem unbezähmbaren Hunger, der in ihm war, bis sie erneut heftig erschauerte, erneut brannte, erneut von Leidenschaft verzehrt wurde.

Er trank ihre Ekstase von ihren Lippen und stieß in sie hinein, wieder und wieder, wild und hart und tief, während er sie beide höher und höher auf den Gipfel der Verzückung entführte und die drohende Morgendämmerung aus ihrem Bewußtsein verbannte, bis es keine Worte mehr gab, keine Fragen, nichts mehr außer der elementaren Verschmelzung von Mann und Frau.

Sarah kam zu ihm wie Feuer, und wie Feuer brannte sie, Flammen der Liebe, die die Kälte des Winters vernichteten.

Von einem kalten Wind gepeitscht, beobachtete Sarah, wie Ute und Case in die alles verschlingende Dunkelheit hinausritten. Hunter war bereits vorausgeritten, um an einer Stelle Posten zu beziehen, von wo aus er Conners Rückzug würde decken können.

Falls ein Rückzug überhaupt noch möglich ist, dachte Sarah. Dann, hastig: *Er lebt noch. Du mußt ganz fest daran glauben. Er lebt!*

Eine dünne Schicht verkrusteten Schnees knirschte unter den Hufen zweier Packpferde. Ihre Eisen gruben sich durch den Schnee und schnitten tief in den trockenen Erdboden darunter.

Felsen, dachte sie, als sie die prallgefüllten Satteltaschen betrachtete. *Nur Felsbrocken, bis auf eine der Taschen.*

Genauso wertlos wie Katzengold.

Ihre eigenen Satteltaschen waren schwer vor Silber. Die frisch polierten *reales* würden wie Scherben vom Himmel im grauen Licht der Morgendämmerung schimmern.

Die restlichen Silberbarren und genügend Vorräte für einen langen, anstrengenden Ritt waren auf sechs Mustangs verteilt. Die Frauen würden zwei andere Pferde reiten.

Sarah wollte lieber nicht darüber nachdenken, warum sie mitten in finsterster Nacht aufbrachen und alles mit sich nahmen, was sie brauchten, um zu überleben und sich ein neues Leben aufzubauen; aber Cases letzte Worte hallten unablässig in ihrem Kopf wider.

Wenn wir nicht zurückkommen, flieht ihr beide in die Ruby Mountains. Elyssa und das Baby werden einen Teil des Silbers dringend brauchen.

Am Ende hatte Sarah eingewilligt, obwohl sie sich weigerte, die unterschwellige Bedeutung seiner Worte zu akzeptieren.

Sie konnte sich eine Welt ohne Conner einfach nicht vorstellen.

Oder eine Welt ohne Case.

Fröstelnd hüllte sie sich fester in Utes Jacke. Der Geruch nach kaltem Tabak, Schweiß, Ziegen und langen Nächten am Lagerfeuer umgab sie.

Case hat in jener Nacht nach Äpfeln geduftet, dachte sie wehmütig. *Mein Gott, es kommt mir vor, als wäre das schon tausend Jahre her.*

»Bist du wach, Mädchen?«

Sarah drehte sich zu Lola um. »Ich bin wach.«

»Du hast ausgesehen, als ob du träumst.«

»Ich habe mich nur an etwas erinnert ... Case hat nach Äpfeln gerochen, als ich ihm das erste Mal begegnet bin.«

Die andere Frau lachte.

»Ute hat damals nach Pulverrauch, Whiskey und Pferdescheiße gestunken«, erklärte sie unverblümt. »Er saß in einem Haufen Pferdeäpfel, betrunken wie ein Stinktier, und schoß mit seinem Revolver nach Fliegen. Junge, Junge, wenn ich daran denke, wie lange das zurückliegt ...«

Trotz ihrer Ängste mußte Sarah lächeln.

»Ich bin schon so viele Jahre mit dem Mann zusammen«, fuhr Lola fort. »So viele Jahre. Zu viele, um ihn gehen zu lassen und tatenlos zuzusehen, wie er von den verdammten Culpeppers ins Jenseits geschickt wird.«

Sternenlicht verwandelte die Augen der älteren Frau in glitzernde schwarze Steine.

»Du nimmst die vier Ponys und machst dich augenblicklich auf den Weg nach Nevada«, wies sie Sarah an. »Falls es nötig ist, kann dich jemand schnell genug einholen und wieder mit zurückbringen.«

»Nein.«

»Hör zu, Mädchen, du ...«

»Nein«, unterbrach Sarah sie ruhig.

Lola seufzte und biß ein Stück Kautabak ab.

»Keine Chance, daß du es dir doch noch einmal überlegst?« fragte sie.

»Nein.«

Eine Zeitlang kaute Lola nachdenklich auf ihrem Tabakpriem. Dann spuckte sie durch eine Lücke zwischen ihren Zähnen.

»Ich nehme an, du hast einen Plan«, meinte sie.

»Ich kenne den Spring Canyon besser als jeder andere.«

Lola grunzte nur.

»Ab Culpepper mag zwar so bösartig wie eine Schlange sein, aber er ist nicht blind«, sagte Sarah. »Ute wird ihn nicht lange täuschen können.«

»Muß er ja auch nicht. Kugeln sind ziemlich schnell.«

»Fleisch nicht«, gab Sarah zurück. »Nun komm endlich. Wir haben nicht viel Zeit.«

Rasch schwang sich Sarah auf Shakers Rücken.

Mit einem gedämpften Fluch kletterte Lola auf ihr Pferd. Der stämmige Mustang sah aus, als wäre einer seiner Vorfahren ein Ackergaul gewesen.

»Was ist mit den Packpferden?« fragte Lola.

»Nimm sie mit. Ich habe einen Plan für die Silberbarren.«

»Genau das habe ich befürchtet. Pläne, was für ein Schwachsinn.«

Es war Lolas letzte Klage. Ohne ein weiteres Wort folgte sie dem Pfad durch kalte Dunkelheit und noch kälteres Mondlicht.

Sarah war ebenfalls nicht nach Reden zumute. Je näher sie dem Spring Canyon kam, desto törichter erschien ihr ihr Plan. Das einzige, was sie mit Sicherheit wußte, war, daß ihr Ziel schneller zu erreichen war als der östliche Rand des Canyons, wohin die Männer ritten.

Ganz gleich, wie töricht mein Plan sein mag, alles ist immer noch besser, als verzweifelt die Hände zu ringen und abzuwarten, ob Conner und Case noch leben, sagte sie sich energisch.

Außerdem brauchen sie mich. Niemand sonst kann jenen Teil des Canyons erreichen. Von dort aus kann ich direkt in das Lager hinunterschießen.

Mein Eingreifen kann darüber entscheiden, ob Conner lebt oder stirbt.

Ob Case überlebt oder sterben muß.

Es ist kein törichter Plan. Nicht wirklich. Nicht, wenn man ihn von allen Blickwinkeln aus betrachtet.

Sie redete sich dies immer wieder ein, während Shaker den Aufstieg aus dem Canyon heraus begann und weiter hinauf zu dem riesigen, windumtosten Plateau kletterte. Der Lost River hatte sich durch das massive Gestein des Plateaus gegraben, um das Tal zu bilden, wo üppiges Gras und Weiden und Pyramidenpappeln gediehen. Das Lost River Valley war der größte Canyon, den Wassermassen aus dem Körper des Plateaus herausgemeißelt hatten, aber nicht der einzige. Es gab Hunderte von anderen, schmaleren Nebencanyons.

Der Spring Canyon war einer davon.

Bevor sich die Banditen dort niedergelassen hatten, war dieser Canyon Sarahs Zuflucht gewesen, ein geheimnisumwitterter Ort voller Frieden und Träume. Unzählige Male war sie dort herumgeklettert. Entlang der nach Süden blickenden Wand des Canyons gab es Ruinen in einer großen Nische, knapp fünf Meter unterhalb des Randes des glatten Felsmassivs. Die uralten Räume zerfielen langsam und lautlos wieder zu Ewigkeit und Staub. Nur ein paar von Hand erbaute Steinwände standen noch, zerbröckelnde Schutzwälle gegen einen Feind, der lange tot war.

Sechs Meter weiter die steile Felswand hinunter entsprangen die Quellen, die es den alten Stämmen ermöglicht hatten, ihre Festung zu erbauen. Drei Meter unterhalb des moosüberwucherten Felsspalts, wo Gestein kühles, süßes Wasser absonderte, hatten die Banditen ihr Lager aufgeschlagen.

Sarah zögerte kein einziges Mal auf ihrem Weg zu den Ruinen. Viele Male hatten sie und Conner sich in den zerfallenen Räumen versteckt, wenn Hal wieder einmal sinnlos betrunken gewesen war und wie ein Besessener getobt und auf alles eingeschlagen hatte, was ihm in die Quere kam.

Ganz gleich, wie angestrengt ihr Ehemann nach ihr gesucht hatte, er hatte sie niemals gefunden. Obwohl schmal für einen Mann, war er immer noch zu dick gewesen, um sich durch den verborgenen Gang zu zwängen, der vom oberen Teil des Plateaus zu den Ruinen hinunterführte und den sie durch Zufall bei einer ihrer Erkundungstouren entdeckt hatte.

Conner ist inzwischen zu groß geworden, dachte Sarah. *Ich bin die einzige, die in den Spalt hineinpaßt.*

Es gab keinen anderen Weg in die Ruinen, außer man kletterte an einem Seil die steile Felswand hinunter. Hal hatte dies einmal getan, als er nach Silber gesucht hatte. Er hatte nichts als jahrhundertealten Staub und Tonscherben gefunden.

Sarah lenkte ihre Mustangstute auf einen Pfad, den sie seit Hals Tod nicht mehr benutzt hatte. Unter normalen Umständen hätte sie davor zurückgescheut, diese spezielle Route auf das Plateau hinauf zu nehmen, weil sie zu steil, zu gefährlich war.

Besonders bei Nacht.

Aber es war Nacht gewesen, wenn Hal gewütet hatte. Nacht, wenn der schnellste Weg, um an einen sicheren Ort zu gelangen, jedes Risiko wert gewesen war.

»Wo willst du eigentlich hin, Mädchen?« fragte Lola.

»Auf das Plateau hinauf und dann weiter zum Rand des Spring Canyon.«

»Du bist schlichtweg bekloppt.«

Sarah widersprach nicht. »Gut, dann bleib hier.«

»Den Teufel werde ich tun.«

Die Mustangs schnauften schwer, als sie den letzten steilen Abhang hinaufkletterten, der auf das Plateau führte. Kein Pferd, das auf einer Ranch aufgezogen worden war, hätte den schwierigen Aufstieg bewältigt. Nur ein Tier, das von Geburt an daran gewöhnt war, wild durch die steilen Canyons zu galoppieren, hatte den untrüglichen Gleichgewichtssinn und die harten Hufe, um sich auf den schlüpfrigen Pfaden halten zu können.

Der Wind peitschte und fauchte um sie herum wie ein lebendiges Wesen, heulte mit voller Kraft.

»Lola? Bist du noch da?« rief Sarah.

»Ich rede kein Wort mehr mit dir, Mädchen.«

»Versprochen?«

»Schei-ße.«

»Kannst du die Einkerbung in dem Felsrand dort drüben sehen?« fragte Sarah.

Ihr Arm bildete einen schlanken schwarzen Zeigestock gegen den Hintergrund des sternenübersäten Himmels.

Lola grunzte.

»An der Stelle beginnt ein alter Fußpfad zu den Quellen«, sagte Sarah. »Er ist nicht breit genug für ein Pferd.«

Ein Strahl von Tabaksaft landete auf dem windumtosten Felsen. Es war Lolas einziger Kommentar.

»Du mußt dort nicht hinunterklettern«, meinte Sarah.

Die ältere Frau zischte ein Wort und wartete.

»Ungefähr eine Viertelmeile den Pfad hinunter«, fuhr Sarah fort, »gibt es eine Stelle, wo man den Canyon überblicken kann. Wenn ich Ab oder Moody wäre, hätte ich dort eine Wache postiert.«

Lola knurrte.

»Nimm eine Jackentasche voller Silber mit«, sagte Sarah. »Wenn du eine Wache findest, erzähl dem Mann, du hättest den Rest gestohlen und brauchtest seine Hilfe.«

»Bleikugeln sind billiger.«

»Aber auch lauter.«

»Und solange es nur leise geschieht, kümmert es dich nicht, was mit dem Hurensohn passiert?« wollte Lola wissen. »Vorausgesetzt, er ist überhaupt da.«

»Nein, mach mit ihm, was du willst. Ich möchte nur nicht, daß jemand quer über den Canyon auf Case und Ute schießt.«

»In Ordnung. Ich werde so lautlos wie ein Messer sein.«

Sarah trieb ihr Pferd näher an Lolas heran und drückte die ältere Frau flüchtig an sich. »Danke.«

»Gott, Mädchen. Du brauchst mir nicht zu danken. Mein Mann steckt in derselben Klemme wie deiner.«

Aber Lola umarmte Sarah ebenfalls fest, bevor sie absaß und auf die schmale Schlucht zustrebte.

Nach einem besorgten Blick auf den östlichen Himmel drückte Sarah ihrem Mustang die Fersen in die Seiten und trabte auf die Stelle zu, wo der verborgene Pfad zu den Ruinen hinunterführte.

Das Land senkte sich, wo sich im Frühjahr abfließendes Schmelzwasser sammelte und dann in einem schäumenden Wasserfall bergabwärts und über den Felsrand schoß. Jetzt war die Senke nur von einem zerrissenen Schleier aus Schnee bedeckt. Winterstürme hatten das Land bis auf bloße Felsknochen abgeschält.

Derselbe eisige Wind pfiff durch Sarahs Jacke, als ob die Wolle kaum dicker als Musselin wäre. Fröstelnd, ohne sich dessen bewußt zu sein, schwang sie sich von Shakers Rücken und schnallte die Satteltaschen los. Sie schlugen mit einem dumpfen Laut und einem metallischen Klirren auf den Boden auf.

Sturm überwältigte das Geräusch und riß es mit sich, weg von dem Canyon. Das Brausen des Sturms würde auch jedes andere Geräusch übertönen, außer den Lärm von Gewehrfeuer.

Wieder warf sie einen prüfenden Blick zum Himmel hinauf. Ihr Magen krampfte sich nervös zusammen.

Der östliche Horizont wies bereits eine hellere Schattierung von Schwarz auf.

Beeil dich!

Die Zähne fest gegen die Kälte zusammengebissen, zerrte Sarah die Satteltaschen den Schmelzwasserkanal hinunter. Es dauerte so lange, sich in der Dunkelheit über unwegsames Gelände zu tasten und sich dabei mit den bleischweren Taschen abzumühen, daß sie vor Zorn am liebsten geschrien hätte.

Wenig später fiel das Land unter ihren Füßen steil in die Tiefe. Sie gab es schließlich auf, die schweren Taschen zu schleppen, und ließ sie einfach auf den Boden fallen und hinter sich herrollen. Schneller, als sie erwartet hatte, und dennoch weniger schnell, als sie gehofft hatte, fand sie sich in einer schmalen Felsspalte wieder, die rapide höher wurde, bis sie über ihrem Kopf aufstieg und fast das Sternenlicht verdeckte.

Ohne das Heulen des Sturms schien das Keuchen ihres eigenen Atems laut genug, um Tote zu erwecken. Sarah blickte nur einmal hoch, nur gerade lange genug, um zu erkennen, daß die Zeit knapp wurde. Der schwächste der Sterne direkt über ihr am Himmel verblaßte bereits.

Die Männer werden bald auf dem anderen Felsrand sein.

Um Gottes willen, beeil dich!

Keuchend vor Anstrengung zerrte sie die sperrigen Satteltaschen hinter sich her und versuchte gleichzeitig, ihren Revolver und die Schrotflinte daran zu hindern, bei jedem Schritt gegen die Felswände zu schlagen, die zu beiden Seiten näher rückten, während sie sich Zentimeter für Zentimeter durch den engen Gang vorwärtskämpfte. Sie wäre hilflos in dem Spalt steckengeblieben, wären nicht die Hände langer Verstorbener gewesen, die Teile des Durchgangs aus dem massiven Gestein herausgemeißelt hatten, und die Füße, die scharfe Kanten im Laufe der Zeit zu glatten Riffeln abgetreten hatten.

Nur noch ein paar Meter.

Schweiß rann zwischen ihren Brüsten hinunter, als sie mit aller Kraft zog und hievte und die Satteltaschen voller Silber näher und näher zum Eingang der Ruinen schleifte.

Die Vorboten der Morgenröte eroberten den Himmel und färbten den Horizont in Schattierungen von blassem Gelb und zartem Rosa. Die Nacht wich langsam zurück und begann, die Seiten des Plateaus hinunterzugleiten und sich auf dem Grund des Canyons zu sammeln.

Aber es gab keinen Ort, um sich vor der Sonne zu verstecken. Selbst der tiefste Punkt des Canyons würde bald die wärmende Liebkosung von Licht erfahren.

Stimmen schallten aus dem Canyon, mehr als dreizehn Meter unterhalb des östlichen Randes, herauf, leicht verzerrt durch den Wind.

Wütende Stimmen.

»Verflucht, die Sonne geht bald auf, und ich sehe noch immer kein Silber, verflucht. Seh' auch keine verdammte Frau, verflucht.«

Mehrere andere Männer schlossen sich Moodys Beschwerde an.

»Keine Sonne«, sagte Kester.

»Verdammt, Ab hat mir gesagt, bei Tagesanbruch, nich' bei Sonnenaufgang! Ich sage, erschießt den verdammten Bengel und holt euch das Silber.«

Unter Moodys Männern wurden zustimmende Rufe laut.

»Keine Sonne, kein Tagesanbruch«, erwiderte Kester.

»Verflucht …«

»Kein Tagesanbruch«, unterbrach Kester ihn barsch.

Die Tatsache, daß er eine Schrotflinte hielt, wirkte überzeugender als jede Logik. Moody und seine Männer fügten sich widerwillig und begnügten sich mit erbitterten Flüchen, die lauter wurden, während sich der Himmel heller färbte.

Case und Ute verschmolzen mit den Krüppelkiefern, die in der Nähe des östlichen Randes des Canyons wuchsen. Hinter ihnen breitete sich die Morgenröte in Streifen von Rot und Gold über dem wilden, windumtosten Land auf der Hochebene des Plateaus aus.

»Die Jungs da unten scheinen allmählich die Geduld zu verlieren«, murmelte Ute.

Case blickte nach Osten. Die Sonne war noch nicht über den Rand des Plateaus gestiegen.

»Sie werden eben warten müssen«, meinte er.

»Ist Ab noch immer mit Conner in diesem Weidendickicht direkt unterhalb der Quelle?«

Case nickte.

»Siehst du Morgan?« wollte Ute nach einer Weile wissen.

»Nein. Aber er ist dort unten. Irgendwo.«

»Hunter?«

»Er ist auf dem südlichen Felsrand, an diesem Ausguck, von dem du ihm erzählt hast.«

Ute grunzte. »Dort steht wahrscheinlich ein Wachtposten.«

»Wahrscheinlich *stand* dort einer. Jetzt ist Hunter da.«

Der alte Bandit schmunzelte.

Lautlos und unaufhaltsam fraß sich der brennende Strahlenkranz der Sonne durch die Dunkelheit am Ostrand des Canyons. Als der flache Bogen zu einem Halbkreis anwuchs, trat Case aus den Schatten der Kiefern in den Strahl von Licht. Die schweren Satteltaschen, die er rechts und links über der Schulter trug, ließen seinen langen, schmalen Schatten wie die Silhouette eines schwarzen Engels wirken, der über dem Canyon schwebt.

»Seht doch mal!« rief plötzlich einer der Männer in der Tiefe. »Dort oben auf dem östlichen Rand!«

»Ab!« brüllte Kester.

»Ich sehe ihn!«

Ein anderer, kleinerer Schatten erschien an Cases Seite. Der Hut und die Jacke gehörten Sarah. Der Rest, einschließlich des ungeschickt geflochtenen Haares unter der Hutkrempe, gehörten Ute.

»Wir sind da«, rief Case. »Laßt den Jungen frei.«

Gewehrläufe hoben sich, um auf die beiden Gestalten auf dem Canyonrand anzulegen.

»Wir haben Männer mit schußbereiten Gewehren entlang dem Rand postiert«, sagte Case. »Wenn ihr zu schießen anfangt, wird keiner von euch übrigbleiben, um die Toten zu begraben.«

Kester wich lautlos in das schützende Unterholz zurück. Ein anderer langer, magerer Culpepper tat es ihm nach.

»Diese Culpeppers sind richtige Kojoten«, murmelte Ute.

Moodys Männer bemerkten noch nicht einmal, daß sie jetzt allein waren, schutzlos dem feindlichen Gewehrfeuer ausgesetzt. Ihre gierigen Augen sahen nur die schweren Satteltaschen, die Case über der Schulter trug.

»Laßt eure Gewehre sinken, Jungs«, rief Ab. »Später ist immer noch Zeit genug, die Dinge zu klären.«

Ein knapper Befehl von Moody bewirkte, daß die Gewehrmündungen, die bisher auf den östlichen Canyonrand gezeigt hatten, eine Handbreit tiefer zielten.

»Wir wollen das Silber sehen«, brüllte Ab aus dem Weidendickicht.

»Erst wenn ich mich davon überzeugt habe, daß Conner imstande ist, zu gehen und zu sprechen«, erwiderte Case. *Laß ihn frei.«*

Wenige Minuten später kam Conner aus dem Dickicht herausgestolpert. Er bewegte Arme und Beine, als ob sie steif und verkrampft wären. Schlingen von kürzlich durchgeschnittenen Fesseln hingen lose um seine Fußknöchel und Handgelenke. Sein Gesicht wies zahlreiche Blutergüsse auf. Dennoch war deutlich zu erkennen, wie mit jedem Schritt, den er tat, neue Kraft in seinen Körper zurückkehrte.

»Hier ist er«, rief Ab. »Und jetzt laßt das Silber sehen!«

Case schüttelte die Satteltaschen von seinen Schultern. Sie prallten schwer auf den Boden zu seinen Füßen.

Das melodische Klirren und Klimpern von Silberbarren, die gegeneinanderschlugen, wirkte so berauschend wie ein hochprozentiger Whiskey auf die Männer am Fuß der Steilwand. Falls irgendeiner von ihnen bemerkt hatte, daß nur eine der Satteltaschen das liebliche Geräusch von Silberreichtum erzeugte, so ließ er jedenfalls nichts davon erkennen.

»Es ist hier in diesen Taschen«, rief Case. »Sobald Conner aus dem Canyon herauskommt, werden wir die Satteltaschen zu euch hinunterwerfen.«

Schweigen antwortete ihm.

»Hoffe, Conner sieht sich schleunigst nach einem Schlupfloch um«, knurrte Ute. »Es wird todsicher ein Wettschießen geben.«

Conner marschierte weiter, schlängelte sich gebückt zwischen den versammelten Banditen hindurch. Die nächste Deckung war dreißig Meter entfernt, in den Geröllhügeln am Fuß der Ostwand des Canyons.

»Ist nicht sie«, rief Kester Ab zu.

»Was?« verlangte Ab zu wissen.

»Ist nicht sie.«

»Was brabbelst du da?«

»Du erbärmlicher Schwachkopf von einem Hurensohn«, brüllte Kester laut und deutlich. »Das da oben auf dem Felsrand ist nicht das Mädchen!«

Die Weidenzweige erzitterten, als Ab sich hastig einen Weg zum Rand des Dickichts bahnte, um einen besseren Blick auf den Felsrand zu bekommen.

Conner beschleunigte seinen Schritt.

Gewehrläufe glänzten und verlagerten sich wie Quecksilber in den Schatten.

»Ich fürchte, es wird gleich verdammt lebhaft zugehen«, murmelte Ute.

»Wir müssen Conner soviel Zeit verschaffen, wie wir können«, erwiderte Case.

»Was, wenn Ab ein Fernglas hat?«

»Es wird Morgan ein prima Ziel bieten.«

Anscheinend war Ab der gleiche Gedanke gekommen. Das Weidendickicht erzitterte erneut, aber zwischen den Zweigen blitzte keine Glaslinse auf, die das Licht der Sonne reflektierte.

»Du da oben!« brüllte Ab. »Nimm deinen Hut ab und laß dein Haar herunter!«

»Bei drei«, murmelte Case.

Langsam hob er seinen Hut.

»Schei–ße!« fauchte Ab.

»Eins«, sagte Case leise.

»Nicht du!« brüllte Ab.

»Zwei.«

»Der andere!«

»Hier drüben!« rief Sarah plötzlich. »Sucht ihr vielleicht das hier?«

Die Banditen fuhren überrascht herum und starrten zur Südwand des Canyons hinauf. Sarahs langes Haar hob sich so feurig schimmernd wie ein zweiter Sonnenaufgang von dem Grau der uralten Ruinen ab.

Aber noch bezwingender war der Anblick der polierten *reales*, die sich wie ein melodisch klirrender silberner Wasserfall aus ihren umgedrehten Satteltaschen in den Canyon ergossen.

Moodys Männer rannten auf die Münzen zu, von blinder Gier getrieben.

Case und Ute ließen sich blitzschnell zu Boden fallen und griffen nach ihren Gewehren.

Conner stürzte sich mit einem Satz auf den nächstbesten Banditen, entriß ihm seinen Revolver und begann zu schießen.

Die Culpeppers feuerten aus ihrer Deckung hervor.

Unvermittelt explodierte Gewehrfeuer aus allen Richtungen. Moodys Männer waren die ersten, die in dem Kugelhagel starben, brutal in den Rücken geschossen von Culpeppers, noch bevor sie auch nur den glitzernden Wasserfall von Silbermünzen erreichen konnten, der sie blind gegenüber jeder Gefahr gemacht hatte.

Kugeln prallten jaulend von der östlichen Canyonwand ab, als die Culpeppers herumwirbelten und das Feuer auf Case und Ute eröffneten. Beide Männer wurden von scharfkantigen Steinsplittern getroffen, während sie sich auf dem Bauch kriechend vorwärts schlängelten und sowohl Deckung als auch eine geeignete Stelle zu finden versuchten, um auf die Banditen zu feuern.

»Verdammt«, fluchte Ute und spuckte Gesteinsstaub aus. »Die Jungs da unten sind mächtig gute Schützen.«

Wenig später eröffnete ein anderes Gewehr das Feuer. Die Schüsse erfolgten in kurzen Abständen, methodisch und zielsicher.

»Das ist Hunter«, sagte Case. »Wahrscheinlich versucht er, Conners Rückzug zu decken.«

Er zählte die Schüsse, während er näher an den Felsrand herankroch. Als er wußte, daß sein Bruder nur noch wenige Kugeln übrig hatte, beugte er sich vor und begann, in den Canyon hinunterzuschießen. Wie Hunter, so schoß auch Case in schneller, systematischer Folge und nagelte die Culpeppers am Boden fest, während Conner weiter zurückwich.

Gleich darauf donnerte eine Schrotflinte und ließ einen Bleihagel auf das Weidendickicht niederprasseln, wo Ab und die anderen Culpeppers in Deckung gegangen waren. Augenblicke später ertönten zwei weitere Schüsse aus der Schrotflinte.

Conner wartete nicht erst auf eine bessere Gelegenheit. Er rannte auf das Unterholz zu und verschwand wie der Jäger, der er war.

Wieder zerfetzte eine Salve von Schüssen das Weidendickicht und zwang die Culpeppers, sich flach an den Boden zu pressen.

»Das ist mein Mädchen«, sagte Ute und grinste über den Lauf seines Gewehres hinweg. »Hab' ihr beigebracht, so schnell wie ein springender Floh nachzuladen.«

»Lola?«

»Sarah. Wette darauf, daß die Culpeppers in diesem Moment inständig um Erlösung beten.«

»Die werden sie schon noch bekommen, auf die eine oder andere Weise.«

Ute lachte rauh, dann zielte er mit seinem Gewehr auf einen Busch, der sich bewegte.

»In der Hölle wird heute nacht ganz schön Betrieb herrschen«, knurrte der alte Bandit, als er angestrengt durch sein Visier spähte.

Case hatte die Bewegung ebenfalls gesehen. Beide Männer schossen auf den Busch.

Danach regte sich dort nichts mehr.

Die Sonne war inzwischen über den Rand des Plateaus gestiegen und ergoß ihr goldenes Licht auf den Grund des Canyons. Gewehrrauch verfärbte sich blau und dann grau, als er langsam zum Felsrand aufstieg.

Nach und nach verstummten die Gewehre, und Stille breitete sich aus. Nach einer Weile stülpte Case seinen Hut auf den Lauf seines Gewehres und schob ihn über den Felsrand.

Sofort kam eine Salve von Schüssen aus dem Weidendickicht, die den Hut davonwirbeln ließ.

Gewehre und Schrotflinten antworteten in einem tödlichen Hagel, der andauerte, bis alle Beteiligten gezwungen waren, ihre Waffen nachzuladen.

Aus dem Weidendickicht erwiderte niemand das Feuer.

Stille dehnte sich aus, erfüllte den Canyon mit einer fast unerträglichen Anspannung.

Der Ruf einer Lerche ertönte aus der Tiefe. Case antwortete. Morgan ebenfalls.

Nichts rührte sich in dem Weidendickicht.

Ute ahmte den hohen, durchdringenden Ruf eines Habichts nach. Ein antwortender Ruf schallte vom Grund des Canyons herauf, wo Conner übernommen hatte. Von dem uralten Pfad zu den Quellen, wo Lola war, ertönte ein dritter Habichtsschrei.

Nur aus den Ruinen kam keine Antwort.

»Sarah!« rief Case beunruhigt.

»*Sarah!*« brüllte Conner.

Blindlings stürmte er aus der Deckung hervor, während er wieder und wieder den Namen seiner Schwester rief.

Plötzlich krachte ein Schuß aus dem Weidendickicht.

Conner taumelte und stürzte in das Unterholz, wo er reglos liegenblieb.

Aus den Ruinen ertönte ein angstvoller Schrei, der Conners Name war.

Sarah, dachte Case. *Gott sei Dank!*

Er war der erste, der in schneller Folge in das Weidendickicht feuerte, aus dem der Schuß abgegeben worden war, aber er war nicht der letzte. Unnatürlicher Donner hallte von den Canyonwänden wider, bis Hunters schriller Pfiff durch die Luft schnitt.

Die Schüsse verstummten.

Case entspannte den Hahn seines Gewehres und begann, Patronen in das Magazin zu schieben.

Widerstrebend senkte Ute sein Gewehr.

»Bist du sicher, daß sie erledigt sind?« fragte der Bandit zweifelnd.

»Hunter und Morgan sind gerade dabei, das Gebüsch abzukämmen. Wenn es noch nicht vorbei ist, wird es bald soweit sein.«

»Hoffentlich ist Conner nicht allzuschwer verletzt. Sarah hängt mit jeder Faser ihres Herzens an dem Jungen.«

»Ich weiß.«

Verbissen schob Case eine weitere Kugel in das Magazin, füllte es bis auf die letzte Kammer, um für etwas gerüstet zu sein, von dem er inständig hoffte, daß es nicht eintreten würde.

Es schien eine Ewigkeit zu dauern, bis der Ruf der Lerche erneut aus dem Tal heraufschallte.

Wenig später kam Hunter aus einer Lücke in dem Gebüsch hervor und blickte zum östlichen Felsrand hinauf, wo sein Bruder angespannt wartete.

»Es ist vorbei«, rief er Case zu.

»Sind sie tot? Alle?«

»Jeder einzelne von ihnen.«

Langsam stand Case auf. Er zog ein zerknittertes »Gesucht: Tot oder lebendig«-Plakat aus seiner Jackentasche. Nur einige wenige Culpepper-Namen waren noch übrig.

Er riß das Plakat in Fetzen von der Größe von *reales* und warf sie über den Felsrand. Unzählige kleine Papierfetzen drehten sich im Licht der hellen Morgensonne und schwebten so langsam wie Asche auf den Grund des Canyons hinab.

Ich hoffe, ihr könnt jetzt endlich in Frieden ruhen, Ted und Emily. Gott weiß, daß die Lebenden von nun an ruhiger schlafen werden.

24. Kapitel

Mit einem überraschten Ausruf klammerte sich Sarah an die Schultern ihres Bruders, um nicht das Gleichgewicht zu verlieren, als er sie um die Taille packte und hochhob. »Conner Lawson, gerade eben habe ich deine Schußwunden frisch verbunden, und schon tust du etwas, was sie wieder bluten läßt«, protestierte sie. »Ich hätte dich einfach den Culpeppers überlassen sollen!«

»Du hast es aber nicht getan«, erwiderte er grinsend. »Du hast mich gerettet, weil ich dein einer und einziger Bruder bin und du mich mehr liebst als ein Vermögen in Silber.«

Lachend hob er sie noch höher und schwenkte sie übermütig im Raum herum, wobei er es nur knapp verfehlte, die beiden Stühle und den kleinen Tisch umzustoßen. Falls ihm der Schmerz der frisch bandagierten Wunden in seinem linken Arm und Bein zu schaffen machte, so war ihm zumindest nichts davon anzumerken.

Conners überschwengliche Freude darüber, mit dem Leben davongekommen zu sein, war noch nicht versiegt in den Stunden, seit er und Sarah in den Ranchhof geritten waren und die mit Silber beladenen Mustangs zurückgebracht hatten. Trotz der dunklen Ringe unter seinen Augen, der bläulich verfärbten Blutergüsse auf der Stirn und der beiden Schußverletzungen, die er erlitten hatte, schäumte er förmlich über vor Energie.

Lächelnd nahm Sarah das Gesicht ihres Bruders zwischen beide Hände. Unter ihren Handflächen fühlte sie die leicht rauhe, stoppelige Beschaffenheit seiner Wangen, unverkennbare Hinweise darauf, daß er zum Mann heranwuchs. Bittersüße Freude erfüllte sie. Sie blickte in die klaren, tiefgrünen Augen, die sie so sehr an ihren Vater erinnerten, daß es ihr in der Seele weh tat.

»Hör mir zu, Conner. Bitte. Nimm deine Hälfte des Silbers und geh in den Osten. Mit einer guten Ausbildung stehen dir alle Möglichkeiten offen. Du kannst überall hingehen, alles tun, alles *werden*, was du dir erträumst.«

Das Lächeln verblaßte von Conners Gesicht. Behutsam stellte er Sarah wieder auf die Füße und erwiderte ihren eindringlichen Blick.

»Ich weiß«, sagte er ernst. »Und in ein paar Jahren werde ich das vielleicht auch tun. Aber zuerst möchte ich die Ranch soweit ausbauen, daß sie dich ernährt und dir eine sichere Zuflucht bietet, ganz gleich, was passiert.«

»Das läßt sich mit meiner Hälfte des Silbers bewerkstelligen.«

Conner warf ihr einen merkwürdigen Blick zu, als hätte er eine andere Antwort erwartet. Seine nächsten Worte verrieten ihr, welche Antwort das war.

»Was ist mit Case?« fragte er ohne Umschweife. »Du liebst ihn, nicht wahr?«

Sarah hätte Conner am liebsten erklärt, daß ihn das nichts anginge. Leider ging es ihn aber etwas an. Er und Case hatten mehr gemeinsam, als ihr Bruder ahnte.

Beiden gehörte jeweils eine Hälfte der Lost River Ranch.

Irgendwie mußte sie ihrem Bruder begreiflich machen, warum der Mann, den sie liebte, ihre Liebe nicht erwiderte. Sie wollte nicht, daß zwischen Conner und Case ihretwegen Feindschaft erwuchs.

»Ja, ich liebe ihn«, erklärte sie. »Aber meine Liebe allein ist nicht genug.«

»Verdammt noch mal, er muß dich lieben, sonst würde er nicht, äh, also ... *verdammt.*«

»Für einen Mann ist es anders«, erwiderte sie achselzuckend.

»Welcher Mann würde ...« begann Conner ärgerlich.

»Ein guter Mann«, unterbrach sie ihn. »Ein sanfter Mann. Ein Mann, der die Wunden der Vergangenheit in mir geheilt hat. Ein Mann, der in seiner eigenen Vergangenheit soviel Schlimmes durchmachen mußte, daß er Angst hat, Liebe zu empfinden.«

»Angst? Case hat vor nichts Angst.«

»Na schön, dann nenn es Widerstreben. Oder Unfähigkeit zu lieben. Wie auch immer. Es spielt keine Rolle. Das einzige, was eine Rolle spielt, ist, daß Case mich nicht liebt.«

»Wie kann dich jemand *nicht* lieben?«

Sarah lachte hilflos, obwohl ihr eher nach Weinen zumute war. Dann umarmte sie ihren Bruder und drückte ihn fest an sich.

»Ist schon in Ordnung«, sagte sie. »Wirklich, Conner. Sei nicht wütend auf Case. Er hat mir mehr gegeben als jeder andere Mann. Ich hätte niemals für möglich gehalten, daß ein Mann einer Frau überhaupt so viel geben kann.«

Conner schlang seine Arme um sie, überraschte sie mit seiner Kraft und seiner fast gewalttätigen Fürsorglichkeit.

»Geld hat keinen Bestand«, sagte er schließlich. »Aber das Land. Wenn ich erst einmal die Ranch ausgebaut habe, wirst du niemals Not leiden. Du wirst so frei sein wie deine geliebten Habichte.«

»Das gleiche wünsche ich mir auch für dich.«

»Für mich bedeutet Freiheit, hier auf der Ranch zu sein, nicht auf irgendeiner Universität im Osten.«

Hätte Sarah auch nur das geringste Zögern, den geringsten Zweifel in den Augen ihres Bruders gesehen, hätte sie mit ihm gestritten.

Aber sie sah keinerlei Unsicherheit.

Die Zeit für Auseinandersetzungen und Überredungsversuche war vorbei. Das Kind in ihrem jüngeren Bruder, oder was auch immer noch davon übrig gewesen sein mochte, war gestorben in der Nacht seiner Gefangenschaft und der darauffolgenden Schießerei.

Conner war nicht länger ein Junge. Er war über Nacht zum Mann herangereift, und er hatte seine Wahl getroffen.

Mit einem tiefen, zittrigen Seufzer der Akzeptanz stellte Sarah sich auf die Zehenspitzen, um ihren Bruder auf die Wange zu küssen.

»In Ordnung«, sagte sie. »Die Entscheidung liegt bei dir, nicht bei mir.«

Er erwiderte den Kuß so sanft, wie er ihn bekommen hatte.

»Danke«, sagte er.

»So ruhig?« fragte sie belustigt. »Keine Freudensprünge, kein Triumphgeheul?«

»Gestern hätte ich das vielleicht noch getan. Aber nicht heute. Heute genügt es, ganz einfach am Leben zu sein. Nachdem sich die Culpeppers urplötzlich auf mich gestürzt hatten, hatte ich nicht mehr damit gerechnet, daß ich den nächsten Sonnenaufgang noch erleben würde.«

Ein finsterer Ausdruck breitete sich auf Conners Gesicht aus. Bis zu diesem Augenblick hatten weder er noch seine Schwester über die lange, bange Nacht oder den darauffolgenden Kampf gesprochen. Sie hatten ganz einfach die Silberbarren zur Ranch zurücktransportiert und sie vergraben, während Case und sein Bruder damit beschäftigt waren, die Culpeppers im Spring Canyon zu begraben.

Trotz einer Schußverletzung am Arm hatte Morgan es sich nicht nehmen lassen, den anderen bei der grausigen Arbeit zu helfen; es sei eine Aufgabe, auf die er sich schon lange gefreut hätte, hatte er erklärt. Selbst Lola hatte sich geweigert, mit Sarah und ihrem Bruder zur Ranch zurückzukehren. Sie hatte behauptet, sie würde nicht eher glauben, daß Ab wirklich tot war, bis sie eigenhändig Kieselsteine auf seine Augenlider gelegt und Erde in sein Grab geschaufelt hätte.

»Was ist bloß in dich gefahren, überhaupt zu dem Ausguck hinaufzuklettern?« wollte Sarah wissen.

»Dasselbe, was in Hunter gefahren ist, als er dort hinging, und in dich, als du Lola dort hingeschickt hast. Neben den Ruinen ist der Ausguck der beste Ort, um den Spring Canyon auszuspionieren. Oder um von oben hineinzuschießen.«

»Du hättest niemals allein gehen dürfen.«

»Das war ein Fehler, den ich garantiert kein zweites Mal machen werde.« Conner grinste breit. »Aber ich wäre gern dabeigewesen, als Lola Hunter fand.«

»Das hat sie nicht. Nicht direkt. Sie fand nur einen toten Culpepper und dachte sich, wer immer in dem Moment auf dem Ausguck wäre, müßte entweder Morgan oder Hunter sein.«

»Ich habe Morgan kein einziges Mal auch nur von weitem gesehen, bis er diesen einarmigen Banditen erschoß, der sich gerade bereit machte, mir in den Rücken zu schießen«, erwiderte Conner kopfschüttelnd. »Hab' noch nie zuvor einen Mann so schnell zielen und schießen sehen.«

»Morgan war die ganze Nacht über im Canyon, um dich zu schützen.«

»Ich bin ihm etwas schuldig«, sagte Conner.

»Ich habe ihm gesagt, er soll all die *reales* nehmen, die ich in den Canyon geschüttet hatte.«

»Gut.«

Sarah stieß erneut einen tiefen, zittrigen Seufzer aus und berührte die Wange ihres Bruders, als könnte sie noch immer nicht ganz glauben, daß er lebendig vor ihr stand.

Es war die Sache wert, dachte sie. *Alles.*

Selbst das, was noch kommen wird.

»Hey, geht's dir gut?« fragte Conner besorgt und legte seiner Schwester die Hände auf die Schultern.

»Ich bin nur … müde.« Sie lächelte mit bleichen Lippen. »Ganz plötzlich. Schrecklich müde.«

»Du solltest schlafen. Du siehst völlig erschöpft aus.«

Nach dem, was ich noch von Mutter weiß, ist diese bleierne Müdigkeit ein typisches Anzeichen dafür, daß eine Frau schwanger ist, dachte Sarah trübselig. *In den ersten Monaten pflegte sie jedesmal einzuschlafen, wenn sie aufhörte, sich zu bewegen.*

Sie hütete sich jedoch, laut darüber zu sprechen, daß sie Cases Kind erwartete. Sie sagte sich, daß es noch zu früh war, um ganz sicher zu sein, aber das war nur ein Teil der Wahrheit. Das letzte, was sie wollte, war, ihren Bruder gegen genau den Mann aufzubringen, der jetzt Miteigentümer der Lost River Ranch war.

Conner würde nicht verstehen, warum Case sie nicht heiratete, ganz gleich, welche Narben die Vergangenheit auf seiner Seele hinterlassen haben mochte.

Sarah verstand.

Sie hatte am Tag zuvor begriffen, was in Case vor sich ging, als sie den Ausdruck seiner Augen sah, nachdem sie sich geliebt hatten. Angst, Reue und Zorn hatten sich darin gespiegelt. Erbitterte Auflehnung und eine quälende Art von Distanz.

Den gleichen Ausdruck hatte sie in den Augen gefangener Habichte gesehen.

Ihre Liebe spendete Case keinen Trost. Sie erzeugte nur noch mehr Aufruhr in seinem Herzen.

Er hatte sie von den Ängsten befreit, die die Vergangenheit in ihr erzeugt hatte.

Aber ihr war es nicht gelungen, ihm seine zu nehmen.

Vielleicht wird Case ein gewisses Maß an innerem Frieden finden, wenn er Emilys Mörder begräbt.

Sarah wußte es nicht. Sie wußte nur, daß sich ihre Zeit auf der Lost River Ranch dem Ende näherte, daß sie selbst dann nicht bleiben könnte, wenn ihr noch immer eine Hälfte der Ranch gehörte.

Führe mich nicht in Versuchung, bis ich mich vergesse und dich schwängere. Ich würde uns beide dafür hassen.

Sie würde alles ertragen können, nur das nicht. Von dem Mann, den sie liebte, gehaßt zu werden, wäre mehr, als sie verkraften könnte.

»Schwester?« fragte Conner besorgt. »Vielleicht solltest du dich besser hinlegen.«

Sie zwang sich zu einem Lächeln, als sie zu ihrem Bruder aufschaute.

»Später«, erwiderte sie. »Ich glaube, ich werde erst einmal einen Topf mit Bohnen zum Kochen aufsetzen. Und danach gehe ich vielleicht eine Weile in den Deer Canyon und schaue den Habichten beim Fliegen zu.«

Und dabei werde ich mir mit jeder Faser meines Herzens wünschen, ich könnte wieder mit ihnen fliegen, könnte wieder die Ekstase in Cases Armen erleben.

Doch statt zu ihren geliebten Habichten zu gehen, wartete Sarah, bis Conner eingeschlafen war. Dann begann sie, leise ihre Kleider zusammenzupacken. Als sie fertig war, blieb noch genügend Platz in den beiden Satteltaschen, um ein paar Silberbarren darin zu verstauen.

Während sie die Taschen zuschnallte, fiel ihr Blick auf die ungewöhnlichen, an den Henkeln verbundenen Krüge, die Case in den alten Ruinen gefunden hatte. Sie griff nach dem winzigen Tongeschirr und erinnerte sich wieder an die Miniaturteetasse und -untertasse, die Lola damals unter Cases Habseligkeiten entdeckt hatte.

Ach, Case, dachte Sarah traurig. *Wenn wir uns vor Emilys Tod begegnet wären, ob du mich dann wohl geliebt hättest?*

Die einzige Antwort, die sie bekam, war das Echo ihrer eigenen stummen Frage.

Sie stellte die Krüge wieder in ihre kleine Nische zurück, strich einmal liebkosend mit den Fingerspitzen über den glatten Ton und wandte sich seufzend ab.

Es wurde Spätnachmittag, bis die anderen aus dem Spring Canyon zurückkehrten. Lola eilte geradewegs zu dem Pferch neben ihrer Hütte, um ihre Ziegen zu versorgen. Die Männer wuschen sich und strebten dann zu den großen Töpfen mit Bohnen und den Pfannen mit Maisbrot, die auf sie warteten.

Sarah begrüßte jeden der Männer mit einem Lächeln und einem bis zum Rand gefüllten Teller mit Essen.

»Ich werde wirklich noch ein paar Stühle zimmern müssen«, sagte Case, der am Feuer stand, einen Teller mit Bohnen in der Hand. »Aber zuerst werde ich die Bretter für den Fußboden sägen, den ich Sarah versprochen habe.«

Sie hätte beinahe den Teller fallen lassen, den sie Morgan reichen wollte.

»Vorsicht«, warnte Morgan, während er das Essen mit einem raschen Griff rettete.

»Entschuldigung. Ich bin gewöhnlich nicht so ungeschickt.«

»Sie haben jedes Recht darauf. Sie haben in letzter Zeit eine Menge durchmachen müssen.«

Sie blickte in Morgans dunkle, mitfühlende Augen und lächelte müde.

»Nicht soviel wie Sie oder Hunter oder …« Ihre Stimme erstarb. »Ich weiß gar nicht, wie ich Ihnen danken soll.«

»Sie brauchen mir nicht zu danken.«

»Bitte nehmen Sie die *reales*.«

Morgan begann zu protestieren, wie er es bereits die anderen Male getan hatte, wenn das Thema zur Sprache gekommen war, aber Case schnitt ihm das Wort ab.

»Ich würde das Silber nehmen, wenn ich an deiner Stelle wäre«, sagte er. »Das hübsche Mädchen, das du in Texas zurückgelassen hast, würde sicher liebevollere Gefühle für den Mann hegen, der aufgebrochen ist, um Vieh in den Norden zu treiben, und sich fast ein volles Jahr nicht hat blicken lassen, wenn selbiger Mann bei seiner Rückkehr die Taschen voller Silber hätte.«

Morgans Grinsen blitzte weiß in seinem dunklen Gesicht. »Es ist nicht Geld, wonach mein Mädchen Ausschau hält, wenn sie den staubigen Pfad entlangschaut und auf meine Rückkehr wartet.«

»Willst du etwa behaupten, daß ein goldener Ring und eine eigene kleine Ranch sie nicht zum Lächeln bringen würden?«

»Es gibt andere Möglichkeiten, um Letty zum Lächeln zu bringen.«

Ute schnaubte verächtlich und erhob sich steif von seinem Platz, um seinen leeren Teller wegzustellen. Er schonte sein rechtes Knie, wo ihn eine abprallende Kugel getroffen und einen Bluterguß von der Größe einer Faust verursacht hatte, als er sich zu Morgan umdrehte.

»Nueces«, sagte der alte Bandit, »du wirst mich nicht dazu zwingen, den ganzen weiten Weg bis nach Texas zu reiten, nur weil du so ein dickschädeliger alter Hurensohn bist.«

Morgan blinzelte verständnislos und warf Ute einen mißtrauischen Blick zu.

»Und das soll heißen?« fragte er milde.

»Das soll heißen«, fuhr Ute fort, »daß ich dafür sorge, daß Sarah bekommt, was sie will. Entweder du nimmst das verdammte Silber mit, das sie dir anbietet, oder du kannst dich darauf gefaßt machen, daß ich dich in Texas aufspüren werde – mit mächtig viel Wut im Bauch, einer geladenen Kanone und zwei Satteltaschen voller *reales*.«

»Nimm das Silber«, riet Hunter seinem Gefährten.

»Würdest du es nehmen?« gab Morgan zurück.

»Wenn ich die Wahl hätte zwischen dem Silber und der Aussicht, Ute im Nacken zu haben, würde ich mich für das Silber entscheiden.«

Morgan grinste. »Sie haben gerade einen Handel abgeschlossen, Herr Oberst. Sie nehmen eine Hälfte, und ich nehme eine Hälfte.«

»Warte, ich habe doch nicht damit gemeint …«

Morgan fiel ihm ins Wort. »Oder wäre es dir lieber, wenn ich *dir* im Nacken sitzen würde?«

»Jetzt hat er dich«, sagte Case zu seinem Bruder.

Hunter murmelte etwas Unverständliches vor sich hin und drehte sich dann zu Sarah um.

»Ma'am, Sie haben sicherlich einen besseren Verwendungszweck für das Silber, als es zu verschenken.«

Sie schüttelte den Kopf.

»Conner?« fragte Hunter eine Spur verzweifelt.

»Ich tue immer, was meine Schwester sagt«, erklärte er mit einer großäugigen Unschuldsmiene, die Ute schmunzeln ließ. »Fragen Sie sie nur.«

»Verdammt«, knurrte Hunter.

Er warf Case einen glitzernden Blick zu, dann vergaß er plötzlich, was er hatte sagen wollen.

Case kämpfte gegen ein Lächeln an und verlor den Kampf. Der Anblick erstaunte seinen Bruder derart, daß er Case einen Moment lang schweigend anstarrte.

»Teil das Silber auf«, sagte Hunter gedankenverloren zu Morgan. »Ich werde mich morgen früh im ersten Tageslicht auf den Rückweg machen. Elyssa wird wissen wollen, daß Case lebt.«

»Sie wird noch sehr viel erleichterter sein, wenn sie weiß, daß dein jämmerliches Fell heil geblieben ist«, gab Case zurück.

Hunter grinste nur.

»Würde es Ihnen zuviel Mühe machen, mich zur nächsten Postkutschenstation oder zum nächsten Endbahnhof zu begleiten?« fragte Sarah.

Lastendes Schweigen breitete sich im Raum aus.

»Conner könnte es tun, aber ich möchte ihm mit seinen Verletzungen keinen mehrtägigen Ritt zumuten«, fuhr sie ruhig fort. »Ute würde mit seinem Knie ebenfalls Schwierigkeiten haben.«

»Wovon redest du eigentlich?« verlangte Case zu wissen.

»Ich werde eine Reise machen.«

»Wenn du dir Sorgen darüber machst, das Silber auf eine Bank zu bringen, dann werde ich es persönlich hinschleppen.«

»Danke. Das erspart mir eine Menge Mühe.« Sie wandte sich wieder an Hunter. »Wenn Sie so schnell wieder nach Nevada zurückwollen, wie Sie hergekommen sind, kann ich auch im Sattel schlafen. Ich werde Sie in keiner Weise aufhalten.«

Hunter warf Case einen prüfenden Blick zu. Obwohl das Gesicht seines Bruders völlig ausdruckslos war, waren seine Augen zu Schlitzen verengt, als ob er zornig wäre oder Schmerz fühlte.

»Sprechen Sie die Sache mit Case durch«, erwiderte Hunter. »Wenn Sie danach immer noch mit mir reiten wollen, werde ich Sie sicher an jeden Ort bringen, wohin Sie wollen.«

»Das wird nicht nötig sein«, meinte Sarah. »Nur bis zur nächsten ...«

»Überallhin«, unterbrach Hunter sie. »Das ist das mindeste, was ich für die Frau tun kann, die meinem Bruder das Leben gerettet hat.«

»Ich bin schon reichlich dafür entschädigt worden.«

»Ute, Conner, kommt mit«, sagte Hunter brüsk. »Wir sind hier nur im Weg.«

Sarah wollte Einwände erheben, dann zuckte sie die Achseln.

»Schwester?«

»Geh mit Ute und Hunter«, sagte sie zu ihrem Bruder. »Ich werde bald nachkommen.«

»Ich werde eines der Maultiere für Sie satteln«, erklärte Hunter. »Aber wenn Sie damit von der Ranch reiten, ist mein Bruder ein Narr.«

Sie beobachtete, wie die drei Männer im Gänsemarsch zur Tür hinausgingen, um sie allein zu lassen mit dem Mann, den sie liebte.

Einem Mann, der ihre Liebe nicht erwiderte.

»Was zum Teufel hast du eigentlich vor?« fragte Case barsch.

»Ich will Land kaufen und Pferde züchten. In Kalifornien, denke ich. Oder vielleicht auch in Oregon.«

»Das ist doch Unsinn.«

»Für mich ergibt es durchaus Sinn. Ich mag Rancharbeit.«

Er machte eine ungeduldige, wegwerfende Geste.

»Du weißt genau, was ich meine«, erwiderte er. »Du hast hier den Grundstock einer guten Ranch, aus der du eine Menge machen kannst. Wenn du Pferde züchten willst, ist Cricket ein ebenso guter Zuchthengst, wie du ihn westlich des Mississippi finden wirst.«

Sarah atmete tief durch und stählte sich innerlich für die Konfrontation, die sie zu vermeiden gehofft hatte.

Hunter soll sich zur Hölle scheren, dachte sie müde. *Was geht es ihn eigentlich an, ob Case und ich uns gegenseitig anbrüllen, bevor wir uns trennen?*

»Die Lost River Ranch gehört nicht mir«, sagte sie.

»Die Hälfte der Ranch ...«

»... gehört dir«, unterbrach sie ihn. »Die andere Hälfte gehört Conner.«

»Was?«

Unter anderen Umständen hätte sie der schockierte Ausdruck auf Cases Gesicht amüsiert. Jetzt versetzte er ihr ganz einfach einen schmerzlichen Stich.

»Ich habe die Hälfte der Ranch an Conner überschrieben, nachdem er ... nachdem Hal tot war«, erklärte sie.

»Du hast gewußt, daß er deinen Ehemann getötet hat?«

Sarahs Augenlider zuckten.

»Das einzige, was ich wußte, war, daß nur einer von ihnen zurückkehrte«, sagte sie. »Und ich danke Gott jeden Tag dafür, daß Conner derjenige ist, der überlebt hat.

Hal versuchte, ihn mit seiner Pistole zu verprügeln. Conner schlug zurück. Aus der Pistole löste sich ein Schuß. Es war ein Unfall.«

Sie schwankte auf den Füßen und holte zitternd Luft.

»Danke«, flüsterte sie. »Ich hatte immer gehofft, daß mein Bruder nicht meinetwegen zum Mörder geworden war. Aber Gott helfe mir, ich war so unendlich dankbar, als ich erfuhr, daß Hal tot war ...«

Case trat vor und packte Sarah bei den Schultern, hielt sie fest, als befürchtete er, daß sie fallen würde.

»Vergiß deinen unsinnigen Plan und bleib hier«, sagte er schroff. »Conner und ich werden uns jeder mit einem Drittel der Ranch zufriedengeben.«

»Nein.«

Er blinzelte, dann starrte er sie aus schmalen, graugrünen Augen an.

Die Augen, die seinem Blick begegneten, hatten die Farbe von Gewitterwolken. Wenn Sarah einen Moment zuvor noch kraftlos ausgesehen hatte, so wirkte sie jetzt alles andere als schwach.

»Warum nicht?« fragte er. »Conner wäre der erste, der dir das anbieten würde.«

»Was für eine Art von Zukunft schwebt dir eigentlich vor?« fragte sie scharf. »Alle die … *Annehmlichkeiten* eines gesicherten Heims und nichts von der Verantwortung?«

Eine brennende Röte überzog die Wangenknochen über seinem Bart. Er ließ sie los und wich vor ihr zurück, als hätte er sich verbrannt.

»So habe ich das nicht gemeint«, erwiderte er.

»Wie hast du es dann gemeint?«

Er strich sich mit den Fingern durchs Haar in einer Geste der Frustration und Hilflosigkeit, bei deren Anblick sich Sarahs Herz in einer Mischung aus Liebe und Schmerz zusammenkrampfte.

Aber nichts von ihren Gefühlen war in ihrer Miene zu erkennen.

»Ich möchte nicht, daß du gehst«, murmelte er.

»Tu das, was du möchtest, in eine Hand, und spuck in die andere und warte ab, welche sich zuerst füllt«, schlug sie sarkastisch vor.

»*Verdammte Pest.* Du hörst mir überhaupt nicht zu!«

»Das liegt daran, weil du nicht besonders logisch bist.«

»Aber du, wie?« gab er wütend zurück.

»Ja. Du willst keine Ehe, weil eine Ehe Kinder bedeutet.«

Er schnappte scharf nach Luft.

»Du willst auch keine Affäre«, fuhr sie fort, »weil ich früher oder später schwanger würde.«

Case schwieg.

»Wir können nicht einfach so tun, als ob wir uns niemals geliebt hätten. Ich zumindest kann es nicht. Was du mir gibst, ist … der Flug eines Habichts. Ich könnte es nicht ertragen, dieser Art von Ekstase so nahe zu sein und dennoch zu wissen, daß sie immer außer Reichweite für mich sein würde.«

»Sarah«, flüsterte er.

Sie wartete, während sie wider alle Hoffnung hoffte.

Case sagte kein weiteres Wort.

Das brauchte er auch nicht. Die Worte, die er einmal gesagt hatte, waren unauslöschlich in ihr Gedächtnis eingeprägt: *Ich habe keine Liebe mehr in mir. Ich will auch keine Liebe empfinden. Ich werde nie wieder irgend etwas lieben, was sterben kann.*

»Jetzt weißt du, warum ich nicht bleiben kann«, sagte sie und wandte sich ab. »Ich kann mit dem Bewußtsein leben, daß du mich nicht liebst, aber ich könnte es nicht ertragen, von dir gehaßt zu werden. Sag Hunter, daß ich jetzt bereit zum Aufbruch bin.«

»Zur Hölle mit Hunter«, knurrte Case. »Was ist mit Conner?«

»Du hattest recht in bezug auf ihn. Er will nicht von hier fort, um eine Schule zu besuchen.«

Case zischte ein bitteres Wort. »Das habe ich nicht gemeint.«

»Mein Bruder wird nicht überrascht sein«, erklärte Sarah. »Er weiß, daß du mich nicht liebst.«

»Ich spreche von der Tatsache, daß Conner noch ein Junge ist«, erwiderte er gepreßt. »Er braucht dich.«

»Er ist kein Junge mehr. Du weißt das besser als ich. Du warst derjenige, der mich darauf hingewiesen hat. Was er braucht, ist, weniger an meinem Schürzenzipfel zu hängen, nicht mehr. Worauf du mich ebenfalls deutlich hingewiesen hast, wie ich mich erinnere.«

»Du versuchst, mich in die Falle zu locken«, stieß Case grimmig hervor.

»Nein. Ich lasse dich gehen.«

Sarah wandte sich wieder zu ihm um und spreizte die Hände, als ob sie ihm zeigen wollte, daß nichts darin war, um ihn festzuhalten.

Dennoch hatten seine Augen einen wilden, panikerfüllten Ausdruck.

Wie die Augen eines gefangenen Habichts.

»Flieg fort«, flüsterte sie. »Du bist frei.«

Wieder stieß er einen lästerlichen Fluch aus und strich sich hilflos mit der Hand durch sein dichtes schwarzes Haar.

Dann fuhr Case abrupt herum und riß die Tür auf.

»Mach, was du willst«, knurrte er. »Mir ist das völlig egal.«

Die Tür fiel krachend hinter ihm ins Schloß.

Hunter, Ute und Conner standen ungefähr hundert Schritte entfernt. Der Himmel am westlichen Horizont hatte die blaßgelbe Farbe von Winterbutter.

Hoch oben war er von einem intensiven Dunkelblau, so kalt und leer, wie Case sich fühlte.

Conner wollte etwas sagen, als Case wutentbrannt an ihm vorbeimarschierte.

»Später«, sagte Hunter ruhig. »Im Moment ist mein Bruder nur auf Streit aus. Soll er seine Wut doch an sich selbst auslassen. Er hat sich den Ärger ja selbst zuzuschreiben.«

Case wirbelte zu Hunter herum. »Was soll das denn heißen?«

»Ich werde dir das gleiche sagen, was du *mir* vor ein paar Monaten gesagt hast. Geh und sprich mit deinem Pferd. Es hat mehr Vernunft im Hintern als du im Kopf.«

»Das ist mehr Vernunft, als ihr alle zusammengenommen habt«, fauchte Case.

Hunter lächelte.

Case machte einen kampfbereiten, gleitenden Schritt auf seinen Bruder zu, dann hielt er inne.

»Das wollte ich dir aber auch geraten haben«, sagte Hunter nickend. »Mit den Fäusten auf mich einzuhämmern wird nicht das geringste ändern. Zum Teufel, wenn ich dächte, daß ich dir mit einer ordentlichen Tracht Prügel Vernunft einbleuen könnte, würden wir uns jetzt im Schmutz herumwälzen. Aber es würde nichts nützen.«

Die einzige Antwort, die Case gab, war ein Pfiff, dessen schriller Klang durch die Nacht schnitt. Wenige Augenblicke später kam Cricket herbeigetrottet.

Case machte sich nicht erst die Mühe, den Hengst zu satteln oder aufzuzäumen. Er schwang sich einfach auf den Rücken des Tieres und galoppierte davon in die sich herabsenkende Nacht.

Um ihn herum hoben Pyramidenpappeln ihre kahlen Zweige, umarmten den eisigen Griff des Winters. Das filigrane Muster von reinem Schwarz gegen den sich langsam dunkler verfärbenden Himmel war so wunderschön wie der elegante Flug eines Habichts.

Die Luft war kalt und klar, von Zeit und Ferne und unendlicher Stille erfüllt. Jenseits des Flusses ragten schroffe Felsen in ebenholzschwarzen Reihen auf und schulterten die herabsinkende Nacht mit massiver Mühelosigkeit.

Die Hälfte von all dem hier ist mein, dachte Case.

Er wartete, aber er fühlte keine Freude in sich aufsteigen bei dem Gedanken, daß ihm die Hälfte dieses wilden, atemberaubend schönen Landes gehörte. Der Preis dafür, es zu besitzen, war höher, als er vermutet hatte.

Sarah liebte dieses Land ebensosehr wie er. Ihre Worte hallten unablässig in seinem Gedächtnis wider.

Die Lost River Ranch ist alles, was ich mir vom Leben wünsche. Hier zu leben erfüllt mich mit tiefer Zufriedenheit.

Dennoch verließ sie ihre geliebte Ranch.

Seinetwegen.

Blindlings ritt Case tiefer in die Nacht hinein. Die Zeit verlor jede Bedeutung. Nur er war lebendig. Er und die Nacht.

Er und die Nacht und eine grenzenlose Qual, die er weder ertragen noch ignorieren konnte.

Mondschein glitt über die Oberfläche des Lost River in silbernen Wirbeln, die ihn an Sarahs Augen erinnerten, geheimnisvolle Tiefe und strahlendes Licht zugleich. Das flüssige Murmeln des Wassers war wie ihr gedämpftes, glückseliges Lachen, wenn sie eng umschlungen dalagen und gemeinsam die warmen, köstlichen Nachwirkungen der Leidenschaft erlebten.

Noch auf seinem Sterbebett würde er sich an ihr geflüstertes Geständnis erinnern, als sie das harte Fleisch liebkoste, das sie einst so gefürchtet hatte.

Ich liebe dich, Case.

Ergriffenheit überwältigte ihn und erschütterte ihn bis ins Innerste.

Nein, dachte er erbittert. *Ich kann es nicht noch einmal durchma-*

chen, die Liebe und dann den unerträglichen Verlust. *Genau dazu ist Schmerz da – um einen zu lehren, wie man weiteren Schmerz in der Zukunft vermeidet.*

Aber nicht für Sarah. Für sie war Schmerz, genau wie Lust und Freude, ganz einfach Teil des Lebens.

Sarah, die ein wärmendes, tröstliches Feuer im Mittelpunkt seines eisigen Lebens war. Ohne sie würde es kein Feuer mehr geben. Keine Wärme. Keinen Trost.

Nur Winter.

Qual schnitt wie ein Messer durch Case hindurch, ein Schmerz, so stark, daß er kaum noch atmen konnte. Es war ein Gefühl, als würde er innerlich entzweigerissen.

Nein!

Es kann nicht sein. Es darf einfach nicht sein!

Dennoch war es so.

Die Qual tobte wie ein lebendiges Wesen in seinem Inneren, verschlang ihn unerbittlich. Er hatte kein solches Leid mehr gefühlt, seit er seine tote Nichte in seinen Armen gewiegt und gewußt hatte, daß er nichts, aber auch gar nichts tun konnte, um zu ändern, was geschehen war.

Damals hatte er nicht geweint.

Jetzt vergoß er heiße Tränen.

Sarah wollte nicht erwachen. Wach zu sein bedeutete, daß es Morgen war, und Morgen bedeutete, daß sie auf dem Weg in die Fremde sein würde, um alles hinter sich zu lassen, was sie liebte.

Sie wimmerte leise und bewegte sich unruhig, während sie der Morgendämmerung zu entfliehen versuchte, von der sie selbst im Schlaf wußte, daß sie kommen mußte.

Zärtliche Küsse beschwichtigten ihre Unruhe. Starke Arme hielten sie umfangen, besänftigten sie. Wärme drang durch ihre Haut und breitete sich in ihr aus, als läge sie neben einem lodernden Feuer.

Seufzend streckte sie die Arme aus nach dem Traum, den sie dringender brauchte als Luft zum Atmen. Sie hüllte sich in die Hitze ein wie in eine schützende Decke gegen die Kälte des nahenden Morgengrauens.

Die Spitze einer warmen Zunge zeichnete behutsam die Umrisse ihrer Lippen nach. Sie lächelte und genoß den sinnlichen Traum.

Nur ein Traum.

Ein Traum von Sonnenlicht, das mich am ganzen Körper liebkost. Sonnenschein und …

»Case!«

Sarah fuhr mit einem Ruck im Bett hoch. Die Öllampe auf dem Tisch brannte noch immer, doch das Feuer war erloschen.

Sie war nackt, was nur noch mehr zu ihrer Verwirrung beitrug.

»Ich bin eingeschlafen, als ich am Tisch gesessen habe«, sagte sie benommen.

Ein langer, muskulöser Arm schlängelte sich unter der Decke hervor und zog sie wieder in die Wärme zurück.

»Ich habe dich ins Bett getragen«, flüsterte Case.

Er zog sie in seine Arme und preßte sie an sich. Haut glitt samtig über Haut. Die Lust war ein süßes Feuer, das in ihrem Inneren züngelte.

»Ich war angezogen«, sagte sie, während sie noch immer zu begreifen versuchte.

»Ich habe dich ausgezogen.«

Zähne knabberten zart an ihrem Ohrläppchen. Der Atem stockte ihr in der Kehle, und ihre Gedanken zerstreuten sich.

»Ich träume noch immer«, flüsterte sie.

Es mußte einfach ein Traum sein.

Case lachte und drückte einen Kuß auf den Puls, der in ihrer Halsgrube pochte. Dann streifte er liebkosend mit den Lippen an ihrem Hals entlang und weiter hinunter zu ihren Brüsten, während er ununterbrochen leise lachte.

»Jetzt weiß ich mit Sicherheit, daß ich träume«, sagte sie schläfrig.

»Warum?«

»Du lachst nur in meinen Träumen.«

»Du wirst dich schon noch daran gewöhnen.«

Mit unendlicher Zärtlichkeit küßte er zuerst die Spitze einer Brust, dann die andere. Ein Lächeln spielte um seine Lippen, als er beobachtete, wie sich ihr Körper mit jeder streichelnden Bewegung seines Bartes veränderte.

Sarah schloß die Augen und wand sich lustvoll unter ihm, hob sich verlangend seinem Lächeln entgegen. Dann seufzte sie tief und gab sich vollkommen dem wundervollen Traum hin.

»Sarah?«

»Weck mich nicht auf. Ich will nicht aufwachen. Nie mehr.«

Lange, starke Finger wanderten über ihren Bauch hinunter und streichelten die weichen Blütenblätter zwischen ihren Schenkeln.

»Es gibt Dinge, die sind noch schöner, wenn du wach bist«, murmelte er.

Ihre einzige Antwort war eine sinnliche Bewegung, die ihren Körper seiner Berührung öffnete. Er liebkoste ihr heißes, glattes Fleisch, und ihre leidenschaftliche Reaktion benetzte seine Fingerspitzen wie geschmolzenes Silber.

Ein hungriges Stöhnen entrang sich seiner Kehle. Dann kniete Case sich zwischen ihre Schenkel und vergrub sich in Sarahs Schoß, um sie zu nehmen und sich ihr zu schenken.

Er bewegte sich ohne jede Eile, gründlich und behutsam. Mit traumähnlicher Langsamkeit begannen die seidigen Muskelbewegungen in ihrem Schoß, liebkosten seinen Schaft, entführten ihn auf den Gipfel der Verzückung.

Es dauerte lange, bis Case wieder sprechen konnte.

»Wir werden das hier weiter tun«, flüsterte er, »und dann wirst du mit Sicherheit schwanger werden.«

Die Augen noch immer geschlossen, schüttelte Sarah nur träge den Kopf, während sie sich sehnsüchtig an den unendlich schönen Traum klammerte.

»Kann nicht«, murmelte sie.

»Warum nicht?«

»Bin schon schwanger.«

»*Was?*«

Sie riß abrupt die Augen auf. »O Gott. Es war überhaupt kein Traum, nicht?«

Case starrte sie an.

»Bist du sicher?« fragte er gespannt.

»Fast. Ich bin die ganze Zeit so verdammt schläfrig, genau wie meine Mutter es damals während ihrer Schwangerschaften war.«

Ein tiefes Erschauern ging durch Cases kräftigen Körper. Langsam senkte er den Kopf und preßte sein Gesicht an ihre Brüste.

Ihr Herz zog sich schmerzlich zusammen, als sie die Hitze seiner Tränen auf ihrer Haut fühlte und sein leises Lachen hörte.

»Du hast mich wieder geheilt«, sagte er rauh.

Sarah hielt einen Moment reglos inne. Dann vergrub sie ihre Finger in seinem dichten Haar und hob seinen Kopf, bis sie ihm in die Augen sehen konnte.

»Was hast du gesagt?« flüsterte sie.

Er lächelte.

Plötzlich glitzerten Tränen wie Tautropfen an ihren langen Wimpern und verwandelten ihre Augen in ein silbrig schimmerndes Mysterium.

»Ich dachte, es wäre nur das Land, das nach mir ruft, das mir das Gefühl gibt hierherzugehören«, sagte er. »Aber du bist es. Du warst es von Anfang an. Ein Feuer im Winter, das nur für mich brennt.«

»Case«, flüsterte Sarah erstickt.

Er beugte sich zu ihr hinunter und strich zärtlich mit seinen Lippen über ihre.

»Ich liebe dich, Sarah. Und der einzige Ort, wohin du morgen früh gehen wirst, ist zum nächsten Priester.«

Sie erwiderte seinen Kuß liebevoll.

»Kein Widerspruch?« fragte er neckend.

»Warum sollte ich dem Mann widersprechen, den ich liebe? Besonders, wenn er ausnahmsweise einmal vernünftig ist.«

Lächelnd zog Case Sarah an sich und fühlte ihre innige Liebe in der Wärme ihrer Lippen auf seiner Brust.

Und so schlief er schließlich ein.

Lächelnd.

Epilog

Emily Jane Maxwell wurde im darauffolgenden Herbst geboren, als sich die Blätter der Pyramidenpappeln verfärbten und sich so sanftgelb wie Kerzenflammen gegen den windumtosten Himmel abhoben. Case zimmerte Emilys Wiege aus dem gleichen goldenen Holz, das er gefällt hatte, um ein neues Haus für seine wachsende Familie zu bauen. Emilys erste Erinnerung an ihren Vater war, wie er sie lachend zur Decke hochhob und sie behutsam im Zimmer herumschwenkte.

In den Jahren, die folgten, wurden Case und Sarah noch mehr Kinder geschenkt. Zwei weitere Töchter mit geschickten Händen und scharfen Zungen. Drei hochgewachsene Söhne, die sich endlos daran erfreuen konnten, ihre Schwestern abwechselnd zu necken und zu beschützen.

Conner verließ seine Nichten und Neffen lange genug, um die Ausbildung zu bekommen, die Sarah sich für ihn gewünscht hatte. Er kehrte schließlich mit einer Braut auf die Lost River Ranch zurück. Mit der Zeit hallte das Tal von den schnellen Streitigkeiten und dem fröhlichen Gelächter weiterer Kinder wider.

Cases und Sarahs Liebe wuchs, gestärkt durch die alltäglichen Sorgen und Freuden des Lebens. Ihre Vereinigung war ein Feuer in allen Jahreszeiten, sanft und heiß lodernd, ruhig und leidenschaftlich, Flammen der Liebe, die allem, was sie berührten, Wärme spendeten und Leben einhauchten.

GOLDMANN

Das Gesamtverzeichnis aller lieferbaren Titel erhalten Sie im Buchhandel oder direkt beim Verlag.

Taschenbuch-Bestseller zu Taschenbuchpreisen
– Monat für Monat interessante und fesselnde Titel –
✳
Literatur deutschsprachiger und internationaler Autoren
✳
Unterhaltung, Thriller, Historische Romane
und Anthologien
✳
Aktuelle Sachbücher, Ratgeber, Handbücher
und Nachschlagewerke
✳
Esoterik, Persönliches Wachstum und
Ganzheitliches Heilen
✳
Krimis, Science-Fiction und Fantasy-Literatur
✳
Klassiker mit Anmerkungen, Autoreneditionen
und Werkausgaben
✳
Kalender, Kriminalhörspielkassetten und
Popbiographien

Die ganze Welt des Taschenbuchs

Goldmann Verlag · Neumarkter Str. 18 · 81673 München

Bitte senden Sie mir das neue kostenlose Gesamtverzeichnis

Name: _____

Straße: _____

PLZ / Ort: _____